MIRA®

Der Preis dieses Bandes versteht sich einschließlich der gesetzlichen Mehrwertsteuer.

Umwelthinweis:
Dieses Buch wurde auf chlor- und säurefreiem Papier gedruckt.

Sheila Roberts

Schokolade für dich

Roman

Aus dem Amerikanischen von
Gabriele Ramm

MIRA®

MIRA® TASCHENBUCH
Band 25653
1. Auflage: März 2013

MIRA® TASCHENBÜCHER
erscheinen in der Harlequin Enterprises GmbH,
Valentinskamp 24, 20354 Hamburg
Geschäftsführer: Thomas Beckmann

Deutsche Erstveröffentlichung

Titel der nordamerikanischen Originalausgabe:
Better Than Chocolate

erschienen bei: MIRA Books, Toronto

Published by arrangement with
HARLEQUIN ENTERPRISES II B. V./S.àr.l.

Konzeption/Reihengestaltung: fredebold&partner gmbh, Köln
Umschlaggestaltung: pecher und soiron, Köln
Redaktion: Daniela Peter
Titelabbildung: Corbis; Thinkstock/Getty Images, München
Autorenfoto: © Harlequin Enterprises S.A., Schweiz
Satz: GGP Media GmbH, Pößneck
Druck und Bindearbeiten: CPI – Ebner & Spiegel, Ulm
Printed in Germany
Dieses Buch wurde auf FSC®-zertifiziertem Papier gedruckt.
ISBN 978-3-86278-509-4

www.mira-taschenbuch.de

1. KAPITEL

Sorge dafür, dass es in deinen Beziehungen gut läuft, dann läuft auch dein Geschäft. Denn ein Geschäft ist nichts anderes als eine Beziehung, an der ein paar Dollarnoten mit dranhängen.
Muriel Sterling, *Die Verbindung von Arbeit und Vergnügen: Wie man Arbeit und Liebe erfolgreich miteinander verknüpft*

Samantha Sterling saß neben ihrer Mutter in der ersten Reihe der Icicle-Falls-Gemeindekirche und kämpfte gegen den Wunsch an, aufzuspringen und nach vorn zum Altar zu laufen, um ihren Stiefvater Waldo am Kragen zu packen und zu erwürgen. Doch es gab zwei Gründe, die dagegensprachen: Zum einen tat ein braves Mädchen so etwas nicht in der Kirche. Trotzdem, vielleicht hätte sie ausnahmsweise ihre Skrupel über Bord geworfen, wenn es nicht den zweiten Grund gegeben hätte: Gott hatte Waldo bereits zu sich gerufen. Waldo war mausetot. Sein Foto stand vor der Messingurne, die seine Asche enthielt. Zurückgelassen hatte er nicht nur eine Tochter aus erster Ehe, sondern auch seine trauernde Witwe Muriel, seine drei Stieftöchter Samantha, Cecily und Bailey sowie einen Familienbetrieb, der genauso leblos war wie Waldo.

Als Samanthas Vater Stephen noch gelebt hatte, war Sweet Dreams Chocolates ein gesundes Unternehmen gewesen. Ihre Urgroßmutter Rose hatte es gegründet, und unter Stephens Leitung war es langsam, aber stetig gewachsen. Das Unternehmen glich einer großen, glücklichen Familie – ein Spiegelbild der Familie, die von den Firmenerlösen lebte. Alle drei Schwestern hatten ihre Sommerferien stets damit verbracht, für Sweet Dreams zu arbeiten. Allen drei war schon früh eingeimpft worden, dass dieses Geschäft die Familie nicht nur finanziell versorgte, sondern ihnen auch zur Ehre gereichte – abgesehen davon, dass es ihnen nie an Schokolade fehlte. Aber es war Samantha gewesen, die dem Betrieb mit Haut und Haaren verfallen war. Von den drei Mädchen war sie diejenige, die in ihrem Heimatort geblieben und zur rechtmäßigen Erbin auserkoren worden war.

Doch dann war ihr Vater gestorben, und auf einmal hatte alles stillgestanden. Samantha verlor den Mann, den sie und ihre Schwestern vergöttert hatten, und ihre Mutter verlor die Lust am Leben. Muriel überließ es Samantha und der Buchhalterin Lizzy, das Geschäft sozusagen per Autopilot am Laufen zu halten, während sie erst trauerte und sich danach auf die Suche nach einem neuen Ehemann machte.

Und da kam Waldo Wittman ins Spiel, ein großer grauhaariger Witwer, der erst kürzlich von seiner Firma ermuntert worden war, in Frührente zu gehen, weil man Personal abbauen musste. (Inzwischen überlegte Samantha, dass es vielleicht auch noch andere Gründe gegeben haben mochte, warum man Waldo freigesetzt hatte.) Er hatte damals behauptet, er habe aus dem erbarmungslosen Konkurrenzkampf aussteigen wollen. Angesichts des herrlichen Blicks auf die Berge, der Nähe zu den Weinanbaugebieten im östlichen Washington, der freundlichen Kleinstadtatmosphäre und der attraktiven Witwe hatte Waldo entschieden, dass Icicle Falls ganz nach seinem Geschmack war. Und Muriel befand, dass Waldo genau nach ihrem Geschmack war. Also hatte sie, nach anderthalb Jahren Witwendasein, einen neuen Mann gehabt.

Und jetzt stand seine Urne vor dem Altar. Der nette, geliebte Waldo … der Geldvernichter. *Oh Waldo, wie konnte nur alles so schnell den Bach runtergehen?*

Es war Anfang Januar, der Beginn eines neuen Jahres. Leider versprach es, der reinste Albtraum zu werden, und das nur, weil Mom ihren neuen Ehemann zum Geschäftsführer des Familienbetriebs gemacht hatte. Samantha war als stellvertretende Geschäftsführerin fürs Marketing zuständig gewesen, was leider auch nichts genützt hatte. Jetzt war Samantha als Geschäftsführerin zuständig für das Desaster, das Waldo hinterlassen hatte, und wenn sie an das Chaos dachte, das sie im Büro erwartete, konnte sie kaum still sitzen.

„Du zappelst“, flüsterte ihre Schwester Cecily, die neben ihr saß.

Auf einer Trauerfeier zu zappeln war wahrscheinlich nicht besonders höflich, aber es war immer noch besser, als aufzuspringen, sich die Haare zu raufen und wie eine Verrückte zu schreien.

Warum nur hatten Mom und Dad nicht beizeiten getan, was hätte getan werden müssen, um sicherzustellen, dass – falls Dad etwas passierte – das Geschäft in kompetente Hände überging? Dann hätte Mom sich glücklich ihren neuen Ehefreuden widmen können, und es wäre nichts weiter passiert.

Niemand hatte erwartet, dass sie für immer allein bleiben würde. Sie war erst Anfang fünfzig gewesen, als Dad gestorben war, und sie war kein Mensch, der gut allein zurechtkam.

Als Waldo aufgetaucht war, hatte sie wieder Spaß am Leben gehabt, und Samantha hatte sich für sie gefreut. Er war lustig und charmant gewesen, und sie und ihre Schwestern hatten begeistert den Daumen gehoben. Was sprach dagegen? Mit ihm hatte Mom wieder Lachen gelernt. Anfangs verstanden sich alle wunderbar. Waldo war Hobbyfotograf gewesen, genauso wie Samantha, und sie hatten sich gern darüber ausgetauscht. Wann immer sie zu Hause vorbeigekommen war, um mit Mom übers Geschäft zu reden (oder es zumindest zu versuchen), hatte sie sofort gefragt: „Wo ist Waldo?“ Es war zu einer Art Running Gag geworden.

Aber nachdem Mom Waldo wie eine Bombe auf die Firma hatte fallen lassen, brauchte Samantha nicht länger zu fragen. Sie wusste, wo Waldo war: Er war im Büro, versunken in seine Arbeit, und trieb Samantha in den Wahnsinn.

Sie knirschte fast mit den Zähnen, als sie kurz überschlug, wie viel Geld er verschleudert hatte: die neuen Visitenkarten mit seinem Namen darauf, das neue Briefpapier, neue Ausstattung, die sie nicht gebraucht hatten, eine neumodische Telefonanlage, die sie sich nicht leisten konnten und die sich Waldo von einem ausgebufften Vertreter hatte andrehen lassen. Wie konnte ein Geschäftsmann so schlecht darin sein, Geschäfte zu machen?

Natürlich hatte er sowohl sich als auch Mom davon überzeugt, dass all diese Anschaffungen absolut notwendig waren, und Samantha hatte leider nicht genügend Macht, um ein Veto einzulegen und ihn aufzuhalten.

Doch das war nur der Anfang gewesen. Vor sechs Monaten waren ihre Gewinne drastisch eingebrochen, und sie hatten Schwierigkeiten gehabt, ihre Zulieferer zu bezahlen. Daraufhin hatte Waldo die Produktion zurückgefahren, was zwangsläufig dazu geführt hatte, dass sie ihre Aufträge nicht mehr vollständig hatten ausführen können. Und Lizzy, die Buchhalterin, hatte angefangen auszusehen, als wäre sie zum Essen mit dem Sensenmann verabredet. „Wir sind schon mit den vierteljährlichen Steuervorauszahlungen im Verzug", hatte sie Samantha berichtet. „Aber das ist noch nicht alles." Sie hatte Samantha Ausgaben auf den Auszügen des Geschäftskontos gezeigt, die keinen Sinn ergaben. Eine Waffe. Munition. Kistenweise Mineralwasser, genug, um die ganze Stadt vor dem Verdursten zu bewahren. Waldo glich einem Heuschreckenschwarm, der die gesamte Firma verschlang.

Wo ist Waldo? Fleißig damit beschäftigt, die Firma und damit sie alle den Bach runtergehen zu lassen. Und tschüss! Am liebsten hätte Samantha ihn mit hinuntertreiben sehen, am besten direkt auf einen Wasserfall zu und …

„Und ich glaube, wenn Waldo jetzt zu uns sprechen könnte, würde er sagen: ‚Ich danke Gott für ein gutes Leben'", sagte Pastor Jim.

Ihre Mutter schluchzte laut auf, und Samantha bekam ein schlechtes Gewissen. Sie sollte auch weinen, schließlich hatte sie Waldo gemocht. Er hatte ein großes Herz besessen und viel Freude am Leben gehabt.

„Wir wissen, dass ihn alle schmerzlich vermissen werden", sagte Pastor Jim weiter. Cecily legte tröstend eine Hand auf Moms Arm, woraufhin diese erst richtig zu weinen begann.

„Arme Mom", flüsterte Bailey, die auf der anderen Seite neben Samantha saß. „Erst Dad und jetzt Waldo."

Zwei Ehemänner zu verlieren – das nannte man wohl einen

doppelten Schicksalsschlag. Mom hatte nicht nur ihre beiden Männer geliebt, sondern sie war auch gern verheiratet gewesen. Sie war keine Geschäftsfrau (was vermutlich erklärte, warum Grandpa vollkommen glücklich und zufrieden damit gewesen war, Dad die Leitung von Sweet Dreams zu übertragen), aber sie besaß ein Händchen für Beziehungen. Sie hatte sogar schon ein paar Beziehungsratgeber in einem kleinen Verlag veröffentlicht, und bevor Waldo starb, hatte sie gerade ein neues Buch anfangen wollen: *Geheimnisse einer glücklichen Wiederheirat*.

Samantha hoffte, dass Mom jetzt ihre Aufmerksamkeit lieber darauf richtete, zu lernen, wie man ein glückliches Leben führte, *ohne* verheiratet zu sein. Jedenfalls sollte sie bitte, bitte nicht wieder heiraten, ehe sie nicht die Firma vor Schlimmerem bewahrt hatten und Samantha offiziell die Leitung übertragen worden war.

Je schneller, desto besser. Ihr erster Tagesordnungspunkt würde sein, Lizzy wieder einzustellen, die Waldo in einem missglückten Anflug von Sparwillen entlassen hatte. Sie hoffte nur, dass Lizzy zurückkehren würde, um ihr dabei zu helfen, das Chaos in den Griff zu bekommen.

Sie seufzte. Hier saß ihre Mutter und trauerte, während sie nichts anderes im Kopf hatte, als das Familienunternehmen zu retten. Was stimmte mit ihr nicht? Schlug in ihrer Brust ein Taschenrechner statt eines Herzens?

„Jetzt möchte ich Ihnen allen die Möglichkeit geben, ein paar Worte über Waldo zu sagen“, erklärte Pastor Jim.

Er hat mich in den Wahnsinn getrieben, wäre wohl nicht unbedingt der passende Kommentar. Samantha blieb sitzen.

Allerdings gab es genügend andere Leute, die der Bitte des Pastors gern folgten.

„Er war der großzügigste Mann, den ich je getroffen habe“, sagte Maria Gomez, die Kellnerin, die ihn bei Zelda’s immer bedient hatte. „Er hat mir zweihundert Dollar gegeben, damit ich mein Auto in der Werkstatt reparieren lassen konnte. Einfach so. Er meinte sogar, ich solle mir wegen der Rückzahlung keine Gedanken machen.“

Samantha presste die Lippen fest aufeinander und stellte sich vor, wie die Hundertdollarnoten Flügel bekamen und in Richtung Sleeping Lady Mountain, dem Berg, der vor ihrer Haustür lag, davonsegelten.

Du hast wirklich einen Taschenrechner als Herz. Die Leute sprachen darüber, wie nett Waldo gewesen war, und das Einzige, woran sie denken konnte, war Geld. Sie war ein schrecklicher Mensch, ein durch und durch schrecklicher Mensch. Sie war nicht immer so gewesen, oder? Eine Träne rann ihr über die Wange.

Ed York, der Eigentümer des Weingeschäfts D'Vine Wines, stand auf. „Ich kann mich noch gut daran erinnern, wie ich mit Waldo auf seiner Veranda gesessen und mit ihm auf die Berge geschaut habe. Wir haben Wein getrunken, und er hat gesagt: ‚Weißt du was, Ed? Besser als jetzt kann es gar nicht mehr werden.' Ja, Waldo hat gewusst, wie man das Leben genießt."

Während alle um ihn herum sich die Haare gerauft haben.

„Er war wirklich ein wunderbarer Mensch", sagte die alte Mrs Nilsen. „Erst letzten Monat hat er in eisiger Kälte angehalten und meinen Reifen gewechselt, als ich auf dem Highway einen Platten hatte."

So ging es immer weiter mit dem Lob auf Waldo. Der gute alte wunderbare Waldo. Alle hier würden ihn vermissen, außer seiner miesen kleinen undankbaren Taschenrechner-statt-Herz-Stieftochter, dem weiblichen Dagobert Duck. Wie jämmerlich. Samantha kullerte noch eine Träne über die Wange.

Schließlich beendete der Pastor die Feierlichkeiten, und die Gemeinde machte sich unter einem düsteren Himmel auf den Weg zur Festival Hall, wo man sich weiter unterhalten, noch einmal Lobgesänge auf Waldo halten und Schnittchen und Kartoffelsalat verputzen konnte. Die drei Schwestern lächelten tapfer und nahmen Beileidsbekundungen entgegen.

Wanda, Waldos Tochter, und auch sein Bruder waren von der Ostküste rübergeflogen. Als Wanda sich mit rot geweinten Augen näherte, gelang es Samantha trotz all ihrer Schuldgefühle, ihrer Verbitterung und dem Frust, ein Fünkchen Mitleid aufzubringen.

„Es tut mir leid, dass wir uns unter solchen Umständen wiedersehen“, sagte Wanda.

„Uns auch“, erklärte Cecily.

„Dich trifft der Verlust sicherlich am härtesten“, fügte Samantha hinzu. Und es tat ihr wirklich leid. Sie wusste, wie schmerzhaft es war, den Vater zu verlieren. Das war etwas, das sie nicht einmal ihrem ärgsten Feind wünschte.

Wanda wischte sich die Augen mit einem durchnässten Taschentuch ab. „Ich kann es immer noch nicht fassen, dass er nicht mehr da ist. Er war der beste Vater der Welt. Und er war immer so positiv, so fröhlich.“

So ahnungslos. „Ich wünschte, man könnte die Zeit zurückdrehen“, sagte Samantha.

Wanda schniefte und nickte. „Ihr wart alle so nett zu ihm.“

Dazu fiel Samantha nichts ein. Sie konnte ja wohl kaum gestehen, dass sie in den vergangenen Monaten alles andere als nett gewesen war.

Zum Glück sprang Cecily ein. „Er war ja auch ein sehr netter Mann.“

Richtig. Er war nur ein miserabler Geschäftsmann gewesen.

„Er hat Muriel wirklich geliebt“, fuhr Wanda fort. „Er war so einsam, nachdem meine Mutter gestorben war. Muriel hat ihm neuen Lebensmut gegeben.“

„Und ich weiß nicht, wie ihr Leben ohne ihn weitergegangen wäre“, betonte Samantha.

„Wanda, ich glaube, das würde sie gern hören“, murmelte Waldos Bruder Walter, während er ihre Stiefschwester davonführte.

„Ich brauche einen Drink“, befand Samantha.

„Gute Idee“, stimmte Bailey ihr zu, und sie machten sich gemeinsam auf den Weg zur Punschschüssel.

Samantha trank eigentlich selten Alkohol, aber im Film half ein kräftiger Schluck den Schauspielern anscheinend auch immer, stressige Situationen durchzustehen, also war sie durchaus willens, es zu versuchen. „Ich wünschte, hier wäre ein stärkerer Schuss drin“, murmelte sie.

Bailey blickte zu ihrer Mutter hinüber, die auf der anderen Seite des Raumes saß. „Mir tut Mom so leid.“

Muriel Sterling-Wittman saß auf einem Klappstuhl, eingerahmt vom fahlen Winterlicht, das durch das Fenster hinter ihr hineinschien. Sie wirkte wie eine schöne tragische Figur, die das neue Jahr allein beginnen musste. Ihr schlichtes schwarzes Kleid umhüllte ihre üppigen Kurven diskret, und ihr Haar hatte weiterhin den glänzenden Kastanienton wie damals, als Samantha noch ein Kind gewesen war – was vor allem den hervorragenden Friseuren im Sleeping Lady Salon zu verdanken war. Die grünen Augen, für die Waldo einst geschwärmt hatte, waren zwar vom vielen Weinen blutunterlaufen, aber immer noch schön dank der dichten langen mit wasserfester Mascara versehenen Wimpern. Mindestens die Hälfte der anwesenden Männer umschwirrte Muriel und hielt Taschentücher griffbereit, falls sie eines benötigen sollte.

„Na ja, zumindest brauchen wir keine Angst zu haben, dass sie einsam ist“, meinte Bailey. Sie war ihrer Mutter wie aus dem Gesicht geschnitten und ihr auch vom Charakter her am ähnlichsten: genauso nett, positiv denkend und naiv.

Cecily stieß einen verächtlichen Laut aus. „Als wenn einer dieser Männer ihr irgendwie nutzen würde. Die sind doch alle verheiratet.“

„Ed nicht“, korrigierte Bailey sie.

„Der ist scharf auf Pat aus dem Buchladen“, informierte Samantha ihre Schwestern und fügte im Stillen hinzu: zum Glück.

„Arnie ist nicht verheiratet“, meinte Bailey. „Und Bürgermeister Stone auch nicht. Oder wie wäre es mit Waldos Bruder? Wäre es nicht toll, wenn …“

Samantha unterbrach sie. „Sprich das bitte gar nicht erst laut aus.“ Das war jetzt wirklich das Letzte, was sie gebrauchen konnten: einen Mann, der Mom schnell davon überzeugte, dass aller guten Dinge drei waren.

„Schaut euch das bloß an. Waldo ist erst ein paar Tage tot, und schon umschwärmen sie sie wie in einer Seniorenversion von *Der Bachelor*." Angewidert schüttelte Cecily den Kopf. „Männer."

„Weißt du, dafür, dass du als Partnervermittlerin tätig bist, hast du eine ziemlich merkwürdige Haltung zu solchen Dingen", stellte Bailey fest.

„Was meinst du wohl, woher ich meine Einstellung habe?", konterte Cecily.

„Wie schaffst du es nur, im Geschäft zu bleiben?", wollte Bailey wissen.

„Indem ich Oberflächlichkeit zur Kunst erhoben habe." Cecily schenkte ihnen ein böses Grinsen.

Cecily war die einzige Blondine in der Familie, und sie war die Hübscheste von ihnen allen – mit einer tollen Figur und unglaublich langen Beinen. Samantha war die Niedliche, mit den roten Haaren und den Sommersprossen, aber Cecily war diejenige, hinter der die Jungs schon immer her gewesen waren. Doch obwohl sie so gut aussah, hatte sie kein Glück in der Liebe. Bisher konnte sie schon auf zwei gelöste Verlobungen zurückblicken. Samantha verstand nicht, wie Cecily es schaffte, in Los Angeles Geld damit zu verdienen, dass sie gut aussehende Paare zusammenbrachte, während es ihr nicht gelang, ihrem eigenen Liebesleben auf die Sprünge zu helfen.

Im Gegensatz zu dir, die das so gut hinbekommt?

Eins zu null für dich, musste sie ihrem schnippischen Alter Ego zugestehen.

„Du kannst eine Frau tatsächlich dazu bringen, das Thema Liebe ganz aufzugeben", murmelte Bailey, während sie höflich den alten Mr Nilsen anlächelte, der sie von der anderen Seite des Raumes anstarrte.

„Das wäre wahrscheinlich das Vernünftigste", erwiderte Cecily.

„Wie auch immer, ich glaube nicht, dass Mom schon so weit ist, die Liebe aufzugeben. Vielleicht könntest du sie mit irgendjemandem verkuppeln?", schlug Bailey vor.

„Nein!“ Mehrere Leute drehten sich um und starrten zu ihnen herüber, während Samantha hastig einen Schluck Punsch trank und hoffte, dass er die flammende Röte auf ihren Wangen vertreiben würde. Was war nur mit ihr los? Konnte man mit dreißig plötzlich am Tourettesyndrom erkranken?

Cecilys Grinsen wurde noch ein bisschen garstiger. „Ich weiß, was du meinst. Niemand wird Waldo ersetzen können.“

„Ich mochte Waldo, ehrlich“, rechtfertigte sich Samantha. „Aber Schluss mit Männern. Es gibt schon genug, womit ich mich abplagen muss.“

„Also ehrlich, Sammy.“ Bailey runzelte die Stirn.

Samantha erwiderte den bösen Blick. „Hey, Schwesterherz, ihr beiden könnt zurück ins sonnige Kalifornien fliegen und einsame Millionäre verkuppeln beziehungsweise das Catering für nette Events von Starlets organisieren. Ich bin diejenige, die sich um das Chaos hier kümmern muss.“

Cecily sah auf einmal betreten aus. „Es tut mir leid. Du hast ja recht. Wir lassen dich mit allem allein. Du musst nicht nur das Geschäft wieder auf Vordermann bringen, sondern dich auch noch um Moms Angelegenheiten kümmern.“

„Aber wenn es jemand schafft, dann du, Sammy“, erklärte Bailey und hakte sich bei Samantha unter.

Samantha seufzte. Als Älteste war es ihr Job, der Fels in der Brandung zu sein, obwohl sie sich im Moment überhaupt nicht wie ein Fels fühlte. Eher wie ein winziger Stein am Strand, der jeden Augenblick von einem Tsunami davongeschwemmt werden konnte.

Und ihre Mutter war diejenige gewesen, die sie unwissentlich dort hatte fallen lassen. Sie und Muriel mochten sich wirklich sehr, aber sie waren häufig unterschiedlicher Meinung. Und bevor Waldo gestorben war, hatten sie sich oft gestritten, vor allem als Samantha versucht hatte, ihre Mutter davon zu überzeugen, dass sie Waldo mal wieder zur Vernunft bringen sollte.

„Er fühlt sich nicht wohl“, hatte ihre Mutter dann immer gesagt, doch wenn man sie daraufhin nach Einzelheiten fragte, antwortete sie nur ausweichend.

Vielleicht hatte das Herz des Ärmsten schon die ganze Zeit Aussetzer gehabt. Vielleicht hatte er sich solche Sorgen um seinen Gesundheitszustand gemacht, dass er nicht in der Lage gewesen war, sich zu konzentrieren, und deshalb so absurde Entscheidungen getroffen hatte. Allerdings erklärte das auch nicht seine merkwürdigen Käufe. Oder die Antworten, die er Samantha gegeben hatte, als sie ihn darauf angesprochen hatte.

„Ein Mann muss in der Lage sein, das, was ihm gehört, zu beschützen", hatte er erklärt, als sie ihn nach der Waffe gefragt hatte.

„In Icicle Falls?", hatte sie erwidert. Das größte Verbrechen, das sie im letzten Jahr zu verzeichnen gehabt hatten, hatte Amanda Stevens begangen, als sie aus den Reifen von Jimmy Rodriguez' Jeep die Luft herausgelassen hatte, weil er fremdgegangen war. Und Jimmy hatte nicht einmal Anzeige erstattet.

„Man weiß ja nie", hatte Waldo ausweichend geantwortet. „Ich habe jemanden gesehen. Auf dem Parkplatz."

„Und was hat er getan?"

„Er ist mir gefolgt. Und erzähl das bloß nicht deiner Mutter", hatte er gesagt. „Ich will nicht, dass sie sich Sorgen macht."

So wie sich jetzt seine Stieftochter Sorgen machte? Dann war die Sache mit dem Wasser passiert.

„Wir könnten von einem Lawinenunglück getroffen werden, und dann wären wir hier tagelang eingesperrt", hatte er erklärt.

Auch das hatte sie noch durchgehen lassen. Doch danach war es richtig schlimm geworden. Und gerade als sie entschieden hatte, dass sie und ihre Mutter mal ein ernstes, vermutlich nicht gerade angenehmes, Gespräch führen müssten, war Waldo von ihrem Haus in Richtung Stadt marschiert und vor Lupine Floral, dem Blumenladen, tot umgefallen. Der arme Kevin hatte die Rosen fallen lassen, die er gerade in den Kühlraum bringen wollte, um Erste Hilfe zu leisten, während sein Partner Heinrich einen Notarzt gerufen hatte. Doch Waldo war innerhalb von Minuten gestorben.

Und jetzt war es an Samantha, das Chaos, das Waldo hinterlassen hatte, zu beseitigen. Ihre Schwestern würden am Montag wieder abreisen, und sie war diejenige, die sich um ihre Mutter kümmern und sich überlegen musste, wie sie die Arbeitsplätze der Angestellten von Sweet Dreams sichern konnte. Urgroßmutter Rose, die das Geschäft gegründet hatte, drehte sich vermutlich, angesichts dessen, was ihre Nachfahren dem Betrieb angetan hatten, im Grab um.

Samantha blickte stirnrunzelnd in ihr halb leeres Punschglas. *Das Glas ist halb leer … das Glas ist halb voll.* Wie auch immer. „In das Zeug muss mehr Alkohol rein."

2. *KAPITEL*

Das größte Plus ist deine Familie
Muriel Sterling, *Die Verbindung von Arbeit und Vergnügen: Wie man Arbeit und Liebe erfolgreich miteinander verknüpft*

Zwei Stunden später hatten Freunde und Verwandte das Thema Waldo erschöpfend behandelt und den gesamten Kartoffelsalat sowie die Schnittchen aufgegessen. Die Party war vorüber. Olivia Wallace schickte die drei Schwestern und ihre Mutter mit einer letzten Umarmung und einem Pappteller voller Zitronenschnitten nach Hause. Sie traten hinaus in einen kalten wolkenlosen Abend.

Mom sah genauso ausgelaugt aus, wie Samantha sich fühlte. Nur dass Mom aus reiner Trauer erschöpft war, während Samantha von weit weniger reinen Gefühlen heimgesucht wurde.

„Ich fahre hinter euch her", sagte sie und machte sich auf den Weg zu ihrem Auto.

Es war jetzt Freitagnachmittag, halb sechs, und die altmodischen Laternenpfähle an der Center Street hielten Wache über die Stadt, die sich schon bald zur Ruhe begeben würde. Die Restaurants in der Nähe wie Zelda's und Schwangau würden demnächst öffnen, doch die Geschäfte schlossen gleich, und nur noch wenige Autos waren unterwegs.

Samantha liebte ihre kleine Heimatstadt: den Park mit der Gartenlaube und den vielen Blumenbeeten, die Kopfsteinpflasterstraßen, an denen sich die unterschiedlichsten kleinen Läden aneinanderreihten. Und über allem wachten die Berge. Normalerweise wären sie um diese Jahreszeit mit einer dicken Schneeschicht bedeckt, und sowohl Alpin- als auch Langläufer sowie Snowboarder würden an den Wochenenden die Stadt bevölkern, um einzukaufen, in den Restaurants zu essen und sich auf der kleinen Eislaufbahn zu vergnügen, während sie die bayerische Architektur bewunderten. Aber in diesem Winder gab es leider wenige Besucher. Es gab wenig Schnee, was sich dramatisch auf die Wirtschaft von Icicle Falls ausgewirkt hatte. Mehrere Geschäfte, die früher floriert hatten, waren jetzt geschlossen.

Geschäfte, die pleitegegangen sind – denk bloß nicht darüber nach.

Zu spät. Es genügte, um wieder wütend darüber zu werden, dass ihre eigene Firma in solchen Schwierigkeiten steckte, und sie musste sich daran erinnern, dass ihre Welt, im Gegensatz zu der ihrer Mutter, gerade nicht eingestürzt war. Irgendwie würde es ihr gelingen, die Firma zu retten, aber Mom würde ihren Ehemann nicht wiederbekommen. Dies war nun schon der zweite Mann, den sie innerhalb von fünf Jahren verloren hatte. Wie es sich wohl anfühlte, verliebt und glücklich zu sein und dann nicht nur ein, sondern sogar zwei Mal alles zu verlieren? Samantha dachte an ihre eigenen romantischen Probleme und stellte fest, dass sie sich nicht in die Lage ihrer Mutter versetzen konnte. Sie konnte es sich nur vage vorstellen.

Wichtig war jetzt, dass sie sich als fürsorgliche Tochter zeigte, ihre Mutter unterstützte, all die negativen Gedanken in ihrem Kopf einschloss und einfach den Mund hielt. *Mund halten, Mund halten, Mund halten.* Sie bläute es sich immer wieder ein, bis sie die wenigen Schritte zu ihrem Wagen zurückgelegt hatte. Nachdem sie eingestiegen war, sagte sie es noch einmal laut: „Mund halten." Okay. Sie war bereit.

Als sie im Haus ankam, war Cecily gerade dabei, ein Feuer in dem großen Kamin zu entzünden, und das Knistern des Zedernholzes erfüllte bereits das Zimmer. Während Mom in der Küche Tee kochte, stellte Bailey die vielen Trauerkarten auf den Kaminsims, wo auch Waldos Asche in einer Messingurne einen Ehrenplatz gefunden hatte. Der Teller mit den Zitronenschnitten stand auf der Granitarbeitsplatte. Die übliche Szenerie nach einer Beerdigung.

Als Bailey sie die Tür klappen hörte, drehte sie sich um und stieß dabei gegen die Urne. Die geriet ins Wanken, und ihre Mutter schnappte entsetzt nach Luft. Zum Glück fing Cecily die Urne auf, ehe sie umfallen konnte.

„Entschuldigung", sagte Bailey zerknirscht.

Mom sandte einen Blick gen Himmel. „Stell ihn auf den Kamin, Schätzchen.“

Cecily nickte ernst und brachte Waldo in Sicherheit.

Samantha zog ihren Mantel aus und hing ihn an die Garderobe, bevor sie sich dazu zwang, in die Küche zu gehen und ihre Mutter zu fragen, ob sie Hilfe brauchte.

Mom schüttelte den Kopf, den Blick auf die Becher gerichtet, die sie vor sich auf der Arbeitsplatte aufgereiht hatte. „Möchtest du Tee?“

Das Angebot klang nicht besonders freundlich, was nicht weiter überraschend war. So schlecht, wie sie in letzter Zeit miteinander ausgekommen waren, fürchtete Samantha schon fast, dass ihre Mutter ihr Arsen in den Tee tun könnte. „Nein danke.“

Plötzlich sehnte sie sich nach ihrer kleinen Wohnung am Rande der Stadt, wo es keine emotionalen Unterströmungen zu umschiffen galt und wo der neue Mann in ihrem Leben sie willkommen heißen würde – ihr Kater Nibs. Die anderen wären ohne sie sowieso viel glücklicher. Mom hatte Cecily und Bailey, die ihr Gesellschaft leisten und sich Geschichten über Waldo anhören würden. Und die beiden konnten das ohne schlechtes Gewissen tun.

„Ich glaube, ich mache mich mal wieder auf den Weg.“

„Bleib doch noch ein bisschen“, erwiderte Mom.

Dann wohl nicht. Samantha nickte und ließ sich auf die Couch plumpsen.

„Tee ist fertig“, verkündete Mom.

Cecily und Bailey holten ihre Becher ab und gesellten sich dann wieder zu ihrer Schwester. Cecily setzte sich zu Samantha auf die Couch, während Bailey sich am Kamin neben Waldo platzierte.

Mom folgte und nahm auf dem gelben Ledersessel Platz, in dem sie immer saß und las. Vorsichtig nippte sie an ihrem Tee, bevor sie den Becher auf den Couchtisch stellte, den Kopf zurücklehnte und tief seufzte. „Ich möchte euch Mädchen noch einmal sagen, wie sehr ich eure moralische Unterstützung zu schätzen weiß. Ich kann immer noch nicht fassen, dass Waldo tatsächlich nicht mehr da ist."

„Wir werden ihn alle vermissen", sagte Bailey.

„Ja, das werden wir", stimmte Mom zu und warnte Samantha mit einem Blick, dass sie ja nicht wagen sollte, zu widersprechen.

Als ob Samantha sich das trauen würde. „Ich brauche eine Zitronenschnitte", murmelte sie.

„Vergiss es. Lass uns lieber was Richtiges essen", meinte Cecily. „Hol die Schokolade raus."

Aber im ganzen Haus gab es nicht ein einziges Stück Schokolade. Mom hatte sich in ihrem Kummer einem wahren Schokogelage hingegeben. Also blieb Bailey bei ihr, während Samantha und Cecily zum Laden rüberliefen.

Die Firma Sweet Dreams Chocolate war in guter Geschäftslage, nur wenige Straßen von der Center Street entfernt, untergebracht. Die Einheimischen nannten den Block, in dem der Laden lag, Foodie Paradise, das Schlemmerparadies.

Gegenüber lag das Gingerbread-Haus, die von Cassandra Wilkes geführte Bäckerei, in der es köstliche Konditoreispezialitäten zu kaufen gab. Zu Weihnachten wurde sie von Bestellungen für ihre Lebkuchenhäuser überschwemmt, die sie in alle Welt verschickte. Daneben befand sich das Spice Rack, in dem es praktisch alle exotischen Gewürze zu kaufen gab. Jedes Mal wenn die Ladentür geöffnet wurde, lockte der verführerische Duft von Lavendel oder Salbei potenzielle Kunden in den Laden. Immer wenn Bailey in der Stadt war, lebte sie mehr oder weniger dort. Auf der anderen Seite neben dem Gingerbread-Haus war das Bavarian Brews, wo alle hingingen, um ein Schwätzchen zu halten und köstlichen Kaffee zu trinken – auch sehr praktisch, wenn Samantha auf die Schnelle eine Tasse zum Mitnehmen brauchte. Am Ende der Straße konnte man das Schwangau sehen, ein Fünfsternerestaurant und ein weiterer beliebter Treffpunkt. Der Eigentümer und Chefkoch Franz Reinholdt briet die besten Schnitzel überhaupt.

Die Sterlings besaßen das größte Grundstück – jedenfalls noch – und einen herrlichen Ausblick, denn das zweistöckige

Bürogebäude überblickte die Stadt auf der einen und den Fluss Wenatchee auf der anderen Seite. Die Fabrik und der Laden bildeten einen großen Gebäudekomplex, und das Lagerhaus, das in der Zeit vor Waldo angebaut worden war, einen weiteren. Es sollte eigentlich viel mehr Vorräte und Bestände aufweisen, als es zurzeit tat. *Seufz.*

Samantha schloss den Laden auf und schaltete das Licht an und die Alarmanlage aus, während Cecily hineinschlenderte.

„Manchmal vermisse ich das alles hier", sagte ihre Schwester mit einem Seufzer und schaute sich im Laden mit den vielen Regalen und Ausstellungstischen voller Köstlichkeiten um. Und es gab viel zu sehen – Geschenkpackungen mit getrocknetem Obst mit Schokoladenüberzug, Kartoffelchips und Kekse, Schachteln mit Pralinenmischungen, exotische Sachen wie gesalzene Karamellbonbons, Cognactrüffel, hergestellt nach Urgroßmutter Roses Geheimrezept, Buttertoffee und Buttertoffeesoßen unterschiedlichster Geschmacksrichtungen (Moms Beitrag zur Produktlinie), die von mexikanisch würzig bis hin zur Schokoladen-Pfefferminz-Variante reichten. Weiter hinten in der Ecke lief auf einem Bildschirm ein Video, in dem die Belegschaft in der Fabrik gezeigt wurde, die all die Köstlichkeiten herstellte, die die Käufer hier finden konnten. Neben dem Fernsehmonitor fanden die Kunden all die nicht essbaren Sachen wie zum Beispiel Schälchen für Süßigkeiten, Kerzen mit Schokoladenduft, kleine Küchenschilder mit netten Sprüchen wie „Die besten Küsse sind aus Schokolade" und „Ich würde ja auf Schokolade verzichten, aber das hieße aufgeben, und das tue ich nie".

„Man kann eine Frau aus der Schokoladenfirma treiben, aber man kann einer Frau nicht die Schokolade austreiben", meinte Samantha neckend, schnappte sich eine Schachtel mit Trüffelpralinen und ging zur Kasse hinüber. „Hast du Geld dabei? Ich hab nur einen Fünfer." Und sie konnte froh sein, dass sie den überhaupt noch besaß.

Ihre Schwester sah sie schockiert an. „Seit wann müssen wir dafür bezahlen?"

„Seit wir pleite sind." Samantha streckte die geöffnete Hand aus.

Cecily runzelte die Stirn und holte ihr Portemonnaie heraus. „Ich muss für die Schokolade unserer eigenen Firma zahlen. Das ist doch pervers."

„Willkommen in meiner Welt."

„Behalt das Wechselgeld", sagte Cecily und reichte ihr einen Zwanziger.

„Danke. Mach ich."

„Es ist wirklich schlimm, oder?"

„Nein", erwiderte Samantha fest. Wenn sie es nur oft genug wiederholte, konnte sie vielleicht selbst daran glauben.

Als kleines Mädchen hatte sie es geliebt, die Geschichten von der Gründung der Firma zu hören. Wie ihre Urgroßmutter Rose angefangen hatte, die Firma in ihrer Küche aufzubauen, wie ihr die Rezepte buchstäblich in ihren Träumen eingefallen waren, wie sie und ihr Mann Dusty all ihre Ersparnisse zusammengeklaubt hatten, um dieses Stück Land zu kaufen und einen kleinen Laden aufzubauen. Damals, als Icicle Falls nur ein bunt zusammengewürfelter Haufen kleiner Häuser gewesen war. Sweet Dreams war nicht einfach nur irgendeine Firma. Es war eine Familienlegende. Außerdem versorgte die Firma dreißig Familien mit einem Einkommen, und Samantha war fest entschlossen, hart daran zu arbeiten, dass es auch so blieb – koste es, was es wolle.

Cecily lehnte sich gegen den Verkaufstresen und musterte sie. „Lügst du mich an?"

„Ja, aber es könnte noch schlimmer sein. Wir haben immer noch unser Inventar." Samantha steckte das Geld ein, öffnete dann die Schachtel, nahm eine Praline heraus und steckte sie in den Mund. Wie eine Droge verwöhnte die Schokolade ihre Geschmacksnerven, und Samantha genoss die köstliche Süße, die sich auf ihrer Zunge ausbreitete. Es war fast so, als könnte sie die Glückshormone spüren, die ihren Körper in Aufruhr versetzten. Eine Frau konnte sich der größten Herausforderung stellen, solange sie nur in Schokolade gehüllt war.

„Also, was können wir tun, außer das Inventar aufzuessen?", fragte Cecily besorgt ihre Schwester.

Cecily war diejenige gewesen, die Bedenken geäußert hatte, als sie damals überlegt hatten, einen Kredit aufzunehmen, um die Firma zu erweitern. Selbst Samanthas Kalkulationen und Dads Selbstvertrauen hatten sie nicht überzeugen können. Zu jener Zeit hatte Samantha ihr mangelnde Weitsicht vorgeworfen.

Wie sie jetzt zugeben musste, war das ein großer Fehler gewesen, denn Cecily besaß, was solche Dinge anging, einen außergewöhnlich sicheren Instinkt. Auf der Highschool hatte sie immer gewusst, wann ein Lehrer einen Überraschungstest schreiben lassen würde und auch wann ihre Schwestern mit ihren Freunden Schluss machen würden, lange bevor diese selbst das auch nur in Erwägung gezogen hatten. Nachdem Dad gestorben war, hatte sie vorausgesagt, dass Mom innerhalb eines Jahres wieder verheiratet sein würde. Sie hatte sich nur um wenige Monate geirrt.

Aber wenn es ums Geschäft ging, hatte Samantha sich ihres Fachwissens gerühmt und alle Einwände vom Tisch gefegt. Sie hatte große Träume gehegt und war bereit gewesen, aufs Ganze zu gehen. Und Dad hatte sie dabei unterstützt. Ihr Ehrgeiz und das Desaster, das Waldo angerichtet hatte, führten jetzt dazu, dass sie Gefahr lief, alles zu verlieren. Das Vertrauen, das ihr Vater in sie gesetzt hatte, war leider nicht begründet gewesen. Plötzlich sah die Pralinenschachtel so verschwommen aus, als befände sie sich unter Wasser. Sie blinzelte, und eine Träne fiel auf den Tresen.

Sie spürte eine Hand auf ihrer Schulter. „Hey, es ist okay“, sagte Cecily. „Du kriegst das schon wieder hin. Ich weiß, dass du es schaffst.“

Samantha verdrehte die Augen. „Glaubst du das wirklich, oder versuchst du nur, mich zu trösten?“

„Von beidem ein bisschen. Könntest du vielleicht in der Zwischenzeit mit Arnie von der Bank reden, um zu hören, was er so machen kann?“

„Arnie wird gerade geschasst.“

Cecily blinzelte. „Was?“

„Ich habe gehört, dass Cascade Mutual einen neuen Filialleiter engagiert hat. Ich habe keine Ahnung, was das für ein Mensch ist." Vielleicht würde er sich als genauso nett entpuppen wie Arnie. Die Hoffnung starb bekanntlich zuletzt. Aber realistisch gesehen vermutete sie, dass die guten alten Zeiten, in denen eine Bank sich noch um die Kunden ihrer Gemeinde bemühte, vorbei waren. Arnie hatte sich ein wenig zu sehr um seine Kunden gekümmert, was wohl dazu geführt hatte, dass die Bank jetzt einen neuen Chef bekam.

Cecily wickelte sich eine Locke ihres blonden Haares um den Finger. „Vielleicht könnte ich einen Kredit aufnehmen."

„Nein", sagte Samantha sofort. „Womöglich befinden wir uns in der gleichen Situation wie die Titanic, und wenn wir sinken, möchte ich nicht, dass du mit uns untergehst."

„Wir sind eine Familie, und dies ist ein Familienbetrieb. Wir halten zusammen. Schon vergessen?"

„Danke." Die Worte ihrer Schwester waren tröstlich, aber letztlich war Samantha sowohl Kapitän als auch Crew dieses Schiffes, und es lag allein in ihrer Verantwortung, den Eisberg zu umschiffen.

„Ich bin sicher, dass ich was auftreiben könnte", beharrte Cecily.

L. A. war ein teueres Pflaster, und Samantha hatte nicht die Absicht, ihrer Schwester einen großen Kredit aufzubürden. Abgesehen davon würde Cecily sowieso niemals so viel Geld auftreiben können, wie sie hier brauchten. „Ich schaffe das schon."

„Das tust du doch immer. Aber ich wollte dir nur noch mal versichern, dass du es nicht alleine wuppen musst. Schließlich hast du noch was bei mir gut, weil ich dein Tagebuch geklaut habe", meinte Cecily lächelnd.

Auch Samantha musste lächeln, als sie daran dachte, wie sie Cecily dabei ertappt hatte, wie die ihren Freundinnen die geheimen Gedanken ihrer zwölfjährigen Schwester vorgelesen hatte. Inzwischen war es eine lustige Anekdote, doch damals war es ein halber Weltuntergang gewesen. „Du kannst froh sein, dass du die Grundschulzeit noch überlebt hast."

Cecily wurde wieder ernst. „Ich möchte gern etwas tun, um mir den Anteil an den Gewinnen zu verdienen, sobald sie wieder fließen."

„Wenn mir etwas einfällt, sage ich Bescheid", erwiderte Samantha, doch sie wussten beide, dass sie es nicht wirklich ernst meinte. Sie hatte schon einen Menschen – nämlich Waldo – gehabt, der „geholfen" hatte, und das reichte für ein ganzes Leben.

Cecily öffnete die Pralinenschachtel und nahm sich eine heraus, bevor sie auch Samantha noch eine anbot. „Ich weiß, dass sich das Blatt wieder wenden wird."

„Ich hoffe, dass du so viel weißt, wie du zu wissen glaubst", sagte Samantha. Sonst ... Oh nein. Sie würde ihre Gedanken nicht wieder in diese Richtung treiben lassen. Jedenfalls noch nicht jetzt.

3. KAPITEL

Immer erst denken, dann handeln. Das ist die wichtigste Regel sowohl in einer guten Liebes- wie auch in einer guten Geschäftsbeziehung.
Muriel Sterling, *Die Verbindung von Arbeit und Vergnügen: Wie man Arbeit und Liebe erfolgreich miteinander verknüpft*

Es war Montag, und nachdem die Mädchen am Morgen abgereist waren, herrschte wieder Ruhe. In gewisser Weise genoss Muriel es, allein zu sein. Es gab ihr die Möglichkeit, sich ganz ihrer Trauer hinzugeben. Aber das Haus wirkte so leer, und sie fühlte sich so allein. Ihre Töchter hatten jedoch ihr eigenes Leben, in das sie zurückkehren mussten, und sie konnte ihnen nicht einmal verübeln, dass sie davongelaufen waren. Im Moment war es kein Vergnügen, mit ihr zusammen zu sein. Sie hatte ihnen nicht einmal Frühstück gemacht, bevor Samantha die beiden anderen zum Flughafen gebracht hatte.

Muriel goss sich eine Tasse Tee ein und tappte barfuß zum Fenster hinüber, um auf die winterliche Szenerie hinauszuschauen. An den Tannen tropfte der Schnee herab, der zu nass war, als dass er liegen blieb. Die Häuser in ihrem Viertel waren unbeleuchtet und wirkten verlassen. Die Besitzer waren allesamt mit ihrem Leben beschäftigt und würden erst am Abend zurückkehren. Ein Lieferwagen fuhr durch den Schneematsch. Nur für einen kurzen Augenblick brachte er etwas Abwechslung in diese bedrückende Stille.

Okay, sie hatte genug gesehen. Muriel nahm ihren Tee und ging wieder ins Bett. Die Tasse stellte sie in Reichweite auf den Nachttisch. Obwohl sie einen Pullover über ihrem Lieblingspyjama aus Seide trug, fühlte sich das Bett kalt an. Ihre beiden Ehemänner hatten das Bett immer ziemlich mit Beschlag belegt, vor allem Waldo. Er hatte nicht nur diagonal im Bett geschlafen, sondern auch die Decke jedes Mal, wenn er sich umgedreht hatte, wie eine große Ebbe mit sich gezogen. Es hatte sie immer unglaublich geärgert. Jetzt gab es keine Ebbe mehr.

Tränen schossen ihr in die Augen. Es war erstaunlich, dass nach all den Tränen, die sie in der letzten Woche schon vergossen hatte, überhaupt noch welche übrig waren. Sie wischte sie weg und griff entschlossen nach dem Teebecher, um einen Schluck zu trinken. „Du kannst nicht einfach den ganzen Tag im Bett bleiben“, ermahnte sie sich.

Nur um sofort zu argumentieren: „Warum nicht?“ Wen interessierte es, ob sie im Bett blieb oder aufstand?

Sie war wieder allein.

Oh, hör auf, schalt sie sich. *Waldos plötzlicher Tod war eine Erlösung. Hättest du gewollt, dass er lange leidet?*

Die Antwort lautete natürlich nein.

Nachdem sie sich damit wieder beruhigt hatte (zumindest für heute), trank sie noch einen Schluck Tee und schaute sich im Zimmer um wie ein Pionier, der neues Territorium erkundet. Was konnte man mit diesem neuen Territorium tun? Wo sollte sie anfangen?

Normalerweise würde sie um zehn Uhr morgens schon eifrig an ihrem nächsten Buch für Mountain Crest Publications arbeiten, einem kleinen Verlag an der pazifischen Nordwestküste. Sie hatte mit dem Schreiben nicht viel Geld verdient, aber es machte ihr Spaß. Im Moment hatte die Sache jedoch ihren Reiz verloren, jetzt, wo sie wieder in dieses tiefe Loch gefallen war.

Die Monate, nachdem Stephen gestorben war, waren ein einziger Albtraum gewesen, noch viel schlimmer als der Verlust ihrer Eltern, obwohl sie geglaubt hatte, dass nichts furchtbarer sein könnte. Verwitwet zu sein bedeutete nicht nur Einsamkeit. Man verlor damit im wahrsten Sinne des Wortes seine bessere Hälfte.

Das jetzt zum zweiten Mal zu erleben überstieg eindeutig ihre Kräfte. Das Einzige, wozu sie fähig war, war, wie ein Geist durchs Haus zu schleichen. Da es niemanden mehr gab, für den sie hätte kochen können, hatte sie kein Interesse an Essen, nicht einmal an Schokolade, dem Herzblut der Familie. Sich um Waldos Trauerfeier zu kümmern war eine einzige Qual gewesen.

An seinem Schreibtisch vorbeizugehen und all die Rechnungen dort zu sehen machte ihr entsetzliche Angst. Sie konnte nicht besonders gut mit Geld umgehen, und Mathe war ein Buch mit sieben Siegeln, das sie bisher nie hatte öffnen müssen. Schließlich hatte sie Stephen gehabt. Als er gestorben war, hatte nur die geduldige Hilfe von Arnie in der Cascade Mutual Bank sie davon abgehalten, sich (oder zumindest ihr Scheckbuch) vom Berg Sleeping Lady zu werfen.

Als Waldo wie ein Ritter auf einem weißen Pferd in ihrem Leben aufgetaucht war, hatte sie erleichtert aufgeseufzt. Aber er hatte sich als Don Quichotte entpuppt, und so war sie jetzt wieder hier, einsam und verloren. Warum ausgerechnet Waldo? Er war so süß gewesen, und alle – vor allem natürlich sie – hatten sein Lachen geliebt. Ohne ihn war dieses Haus wie eine Gruft, und sie fühlte sich wie betäubt. Und das Buch, an dem sie gearbeitet hatte, war genauso gestorben wie ihr Ehemann.

Muriels Lektorin hatte ihr vorgeschlagen, noch mehr als in ihren vorherigen Büchern Kapital aus den Verbindungen zur Schokoladenindustrie zu schlagen, und sie gedrängt, ein Kochbuch mit Schokoladenrezepten herauszubringen. Das hatte sie nicht gewollt. Weil sie mit Waldo so glücklich gewesen war, hatte sie angefangen, darüber zu schreiben, wie es war, wenn man noch einmal ganz von vorn begann. Doch darüber konnte sie jetzt nicht mehr schreiben. Sie konnte überhaupt nicht mehr schreiben. Punkt.

Sie stellte den Becher auf den Nachttisch und schlüpfte unter die Decke. In ihre Daunendecke gehüllt, schlief sie langsam ein und fand in ihren Träumen Waldo.

Aber er war nicht der Einzige, der ihr in ihren Träumen Gesellschaft leistete. Auch Stephen hatte seinen Auftritt, und auf einmal waren sie alle bei einer Tanzveranstaltung in der Festival Hall, in folkloristische deutsche Tracht gekleidet.

Sie hatte gerade mit Stephen getanzt, der in seinen Lederhosen umwerfend aussah, und jetzt entführte Waldo sie zu einer wunderbar wilden Polka. „Komm schon, Muriel, altes Mädchen, lass uns Spaß haben. Das Leben ist kurz."

Plötzlich flogen die Türen zum Saal auf, und ein schwarzer Tornado kam hereingefegt, riss Muriel von den Füßen und trennte sie von Waldo. Karamellbonbons wirbelten um sie herum, und sie versuchte, nach ihnen zu greifen, doch sie schaffte es nicht, auch nur einen zu erwischen. Und jetzt wirbelte der Wind sie aus der Tür. „Nein, ich will noch nicht gehen!"

Muriel schlug die Augen auf. Es dauerte ein paar Sekunden, bis sie erkannte, dass sie zu Hause im Bett lag. Durch das Fenster drang fahles Licht. Anscheinend war es schon später Nachmittag. Das war unmöglich. Sie konnte doch nicht den ganzen Tag verschlafen haben! Sie schaute auf den Wecker. Es war fast vier Uhr. Sie *hatte* den ganzen Tag verschlafen.

Und was war das für ein merkwürdiger Traum gewesen? Was versuchte ihr Unterbewusstsein ihr damit zu sagen? Vielleicht, dass sie langsam verrückt wurde.

Bailey umarmte Samantha zum Abschied. Dann folgte sie Cecily in den Sea-Tac-Airport, um den Flug nach Los Angeles zu bekommen.

Nachdem sie durch die Glastüren verschwunden waren, drehten sich die beiden Schwestern noch einmal um und winkten ein letztes Mal. Samantha winkte zurück und schluckte. Auf einmal hatte sie einen Kloß im Hals. Nicht zum ersten Mal wünschte sie sich, dass sie und ihre Schwestern näher beieinander wohnten, aber jeder musste seinen Träumen folgen. Nur schade, dass ihre Träume sie alle in verschiedene Richtungen geführt hatten.

Seufzend ging sie zu ihrem treuen Toyota und machte sich auf die zweistündige Heimfahrt auf die andere Seite der Bergkette. Sie würde es gerade rechtzeitig nach Hause schaffen, um noch Kekse zu backen, bevor sie sich mit ihren anderen Schwestern, den Schwestern des Herzens, treffen würde. Montag war normalerweise kein Partytag, aber heute gab es mal eine Ausnahme.

Wieder zu Hause, verarbeitete Samantha den Teig, den Bailey in ihrem Kühlschrank hinterlassen hatte, zu Keksen. Anschließend zog sie ihre Daunenjacke und Winterstiefel an und ging zu Fuß den kurzen Weg von ihrer Wohnung zu dem kleinen gemütlichen Haus ihrer Freundin Charley, das einen schönen Blick auf den Fluss Icicle Creek bot. Der Mond und die vielen Sterne leuchteten ihr den Weg, aber sie hätte das Haus auch so gefunden. Sie brauchte nämlich einfach nur dem Lärm zu folgen. Abgesehen von Gloria Gaynors Hit *I Will Survive* ertönte auch schallendes Gelächter durch die Nachbarschaft. Offenbar war die Party bereits in vollem Gang.

Samantha ging um das Haus herum nach hinten. Die Terrasse war mit Lichterketten – rosa Flamingos! – dekoriert. Überall standen Gartenstühle herum, und ein großer Tisch war mit Salaten und Desserts beladen. Aber das Geschehen spielte sich vor allem mitten auf dem Rasen ab, wo ein großes Feuer brannte, und im Zentrum des Interesses stand Charlene Albach. Charley, eine schlanke Frau Mitte dreißig mit dunklem Haar, das zu einem Bob geschnitten war, sah modisch chic aus in Jeans, Stiefeletten und einer mit Kunstfell besetzten Jacke. In der Hand hielt sie ein Weinglas im XXL-Format, während sie mit der anderen eine Handvoll Fotos in das knisternde Lagerfeuer warf.

„Komm her, Samantha“, rief sie. „Wir verkokeln gerade schlappe Würstchen.“

Samantha entging die Zweideutigkeit dieser Bemerkung nicht, deshalb musste sie lachen, als sie die Kekse auf den Tisch stellte. Nachdem sie sich einen davon geschnappt hatte, ging sie auf den Rasen hinunter, um sich zu der Gruppe von Frauen zu gesellen, die sich um das Feuer versammelt hatten. Sie erkannte Charleys ältere Schwester Amy, die extra zu dieser Gelegenheit aus Portland angereist war. Weitere Gäste waren Samanthas loyale Sekretärin Elena, Lauren, die Bankangestellte, ihre Freundin Cassandra Wilkes aus dem Gingerbread-Haus, Heidi Schwartz, die Teilzeit im Sweet Dreams Laden arbeitete sowie Rita Reyes und Maria Gomez, die für Charley in ihrem Restaurant Zelda’s arbeiteten – sie alle waren gekommen, um mit Charley ihren ersten offiziellen Tag der Freiheit zu feiern, denn seit dem Vormittag war Charley endlich geschieden.

Die Gastgeberin stellte ihr Glas beiseite und reichte Samantha einen Hotdog, der auf einem rostfreien Spieß steckte. „Willkommen auf meiner Scheidungsfeier. Hier, nimm dir einen Schwanz am Spieß."

Auf der anderen Seite des Feuers brachen Rita und Maria in lautes Gelächter aus. „Ich brauche mehr Wein", stellte Rita fest. „Soll ich dir auch welchen einschenken?", fragte sie Samantha.

Samantha war keine große Weintrinkerin. Sie schüttelte den Kopf. „Nein danke."

„Du musst irgendwas trinken. Wir wollen schließlich auf meine Zukunft anstoßen", erklärte Charley. „Holt ihr was von dem Schokowein. Der schmeckt genauso wie Baileys. Den magst du bestimmt", meinte sie zu Samantha. „Vertrau mir."

„‚Vertrau mir' – hat das nicht auch der alte Taugenichts Richard zu dir gesagt?", warf ihre Schwester ein.

Charley machte ein grimmiges Gesicht. „Ja, das hat er." Sie nahm weitere Fotos von ihrem Ex und verteilte sie im Feuer. „Hier, Baby, mach dich nützlich."

Sämtliche Frauen – Samantha eingeschlossen – applaudierten und feuerten sie an. Doch Samantha musste gleichzeitig an ihre Mutter denken, die wahrscheinlich zu Hause in ihrem gelben Ledersessel saß und sich wünschte, dass Waldo noch am Leben wäre. Aber es gab Abschiede, und es gab Abschiede. Waldo war nicht freiwillig gegangen. Richard dagegen hatte sich auf eine ziemlich unehrenhafte Weise aus seiner Ehe verabschiedet, indem er mit einer Kellnerin aus Charleys Restaurant Zelda's abgehauen war.

Wie auch immer, beide Frauen waren jetzt auf sich allein gestellt. Im Grunde konnte sich eine Frau nur auf sich selbst verlassen, überlegte Samantha.

„Also", sagte Cass und hob ihr Glas, nachdem Rita zum Feuer zurückgekehrt war. „Auf eine neue und bessere Zukunft für unsere Freundin hier."

„Auf eine neue und bessere Zukunft", wiederholten alle und tranken einen Schluck.

„Und darauf, dass du nie wieder ein Footballspiel ansehen musst", fügte Cass hinzu.

„Darauf trinke ich“, sagte Maria. „Mein Freund …“ Sie verdrehte die Augen. „Eines Tages wird er noch selbst zu einem Football.“

„Besser das, als dass er zu einem Ehebrecher wird.“ Charley warf weitere Fotos ins Feuer. „Ich bin so froh, dass ich herausgefunden habe, was für ein Mistkerl Richard ist, bevor ich noch mal zwölf Jahre an ihn vergeude.“

„Zwölf Jahre sind eine lange Zeit“, sagte Amy.

Einen Moment lang schimmerten Tränen in Charleys Augen, doch sie hob ihr Kinn und erklärte: „Eine viel zu lange Zeit, und ich werde nicht eine einzige Minute damit verschwenden, ihn zu vermissen. Er kann getrost bei seiner neuen Frau und in seinem neuen Restaurant in der Stadt bleiben. Seattles Verlust ist mein Gewinn. Und ich habe mein Bett endlich ganz für mich allein.“

„Ich werde direkt neidisch“, murmelte ihre Schwester.

„Außerdem kann ich jetzt so viele Folgen meiner Lieblingsserie gucken, wie ich will“, fuhr Charley fort, „die Teller in der Spüle stehen lassen und mein Geld so ausgeben, wie ich es für richtig halte. Und ich wette, ich habe mehr abgenommen als irgendjemand sonst hier.“

„Du siehst fantastisch aus“, stimmte Samantha zu.

„Kein Wunder. Das würdest du auch, wenn du hundertfünfzig Pfund totes Fleisch losgeworden wärst“, scherzte Charley, „Gott sei Dank, bin ich ihn los.“

„Weißt du, eigentlich mochte ich ihn nie so recht“, meinte Cass.

„Ich auch nicht“, warf Charleys Schwester ein.

„Warum hat keine von euch was gesagt?“, wollte Charley wissen. „Nein, vergesst es. Ihr braucht nicht zu antworten. Ich hätte wahrscheinlich sowieso nicht auf euch gehört.“

„Liebe macht blind“, erklärte Cass. „Und dumm.“

Im Laufe des Abends schwelgten die Freundinnen in Erinnerungen und sammelten Beweise dafür, dass Richard, der Ehebrecher, tatsächlich nichts anderes als eine miese Ratte war. Der Wein floss in Strömen, und die Party wurde immer lauter, vor allem als Charley den CD-Player aufdrehte und die Frauen anfingen, aus voller Kehle mitzusingen. Passend zum Anlass wurde *Before He Cheats*, *Over It* und *I Can Do Better* gespielt.

Irgendwann brüllte jedoch ein Nachbar ein paar Häuser weiter: „Ruhe dahinten“, und alle fingen an zu kichern.

Essen und Getränke waren verzehrt, und das Feuer war bis auf ein paar kleine glühende Scheite abgebrannt, als die Frauen sich daran erinnerten, dass sie alle am nächsten Tag arbeiten mussten. Charley lächelte in die Runde. „Danke, dass ihr alle gekommen seid und mir helft, positiv gestimmt in die Zukunft zu schauen.“

„Du siehst doch immer positiv in die Zukunft“, bemerkte Heidi. „Ich bin nicht sicher, ob ich das könnte, wenn ich an deiner Stelle wäre.“

Samantha bezweifelte, dass Heidi, die nicht nur einen Ehemann hatte, der sie vergötterte, sondern auch erst vor Kurzem ein süßes Baby bekommen hatte, sich jemals darüber Gedanken würde machen müssen.

Charley hob die Schultern. „Es gab den einen oder anderen Tag im vergangenen Jahr, wo ich alles andere als positiv gestimmt war. Aber wisst ihr was? Ich habe jetzt mein Leben zurück. Ich habe noch viele Jahre vor mir und bin wild entschlossen, jedes einzelne davon zu genießen.“

„Meinst du, dass du nie wieder heiratest?“, fragte Heidi.

Charley machte mit ihren Fingern ein Kreuz, als wollte sie einen Vampir abwehren. „Du weißt doch: Gebranntes Kind scheut das Feuer.“

„Und was ist mit dem Feuer, das ein Mann hin und wieder bei dir entzünden könnte?“, fragte Rita lachend.

„Für ein paar Sachen sind Männer doch ganz gut“, warf Elena ein. „Genau genommen sogar für eine ganze Reihe von Dingen. Nur weil du einmal einen schlechten Fang gemacht hast, solltest du nicht darauf verzichten.“

„Ja“, meinte auch Lauren, die mit Joe Coyote, dem nettesten Mann der Stadt, zusammen war.

„Na ja, wenn du ein Prachtexemplar an der Angel hast, sag Bescheid. Ich nehme ihn – um ihn auszunehmen.“ Charleys Bemerkung brachte die anderen zum Lachen. „Ernsthaft“, fügte sie hinzu, „Liebe ist ein Spiel, und ich habe genug vom Spielen."

„Du meine Güte, das ganze Leben ist doch ein Spiel", meinte Samantha.

Charley legte einen Arm um sie und drückte sie kurz. „Du hast recht. Aber ich sorge dafür, dass die Karten künftig zu meinen Gunsten gemischt werden. Also – Männer nur noch als gute Freunde."

„Freunde mit gewissen Extras?", neckte Rita sie, während sie die letzten Pappteller in die Glut warf.

„Vielleicht." Charley zuckte mit den Schultern. „Wer weiß, was die Zukunft bringt. Ich bin offen für alles, außer einer Ehe."

„Aber willst du denn keine Kinder?", fragte Heidi.

Samantha dachte an Elenas behinderte Tochter und das Baby, das Rita im letzten Jahr verloren hatte. Elternschaft konnte genauso riskant sein wie eine Ehe.

„Ich brauche keinen Mann, um Kinder zu bekommen", behauptete Charley. „Man kann doch auch welche adoptieren. Und in der Zwischenzeit darf ich mir James immer mal ausleihen, oder? Ich bin seine Tante Charley und kann ihn nach Herzenslust verwöhnen."

Baby-Sharing. Damit bewahrte sich eine Frau vor all diesen lästigen kleinen Komplikationen, wie zum Beispiel Männern. Und Geburten. Trotzdem, es war nicht dasselbe wie ein eigenes Kind.

Auf dem Weg nach Hause grübelte Samantha über eine Reihe von Dingen nach. Wollte sie jemals den Versuch starten, eine ernsthafte Beziehung einzugehen? Ihre Eltern hatten eine wunderbare Ehe geführt. Man konnte es schaffen. Nicht jeder Mann da draußen war ein Waldo oder ein Richard. Und nur weil sie einmal an den Falschen geraten war, hieß das nicht, dass sie nicht trotzdem ihren Mr Right finden konnte. Obwohl sie langsam daran zweifelte. Seit dem College hatte sie sich mit niemandem mehr verabredet, der auch nur als Mr Eventuell infrage kam. Grundgütiger!

Sieh es einfach so, redete sie sich ein. In deinem Leben kann es nur noch in eine Richtung gehen – aufwärts.

Oder auch nicht. Am nächsten Morgen saß Samantha zähneknirschend im Büro an Waldos altem Schreibtisch, der jetzt ihr gehören würde, und arbeitete sich durch die Papierberge, um sich auf ein Treffen mit Lizzy vorzubereiten, die Gott sei Dank zugestimmt hatte, wieder zurückzukehren. Da gab es ein Modell für ihren Frühlingskatalog, den Waldo vor drei Wochen unbedingt hatte ansehen wollen, nur um ihn dann zu ignorieren. Und wofür hatte er einen Stapel mit alten Zeitungen gebraucht? Auf einem anderen Stapel lagen verschiedene Drohbriefe von ihren Zulieferern, deren Rechnungen nicht beglichen worden waren. Sie würde heute Nachmittag anfangen müssen, sie anzurufen, um zu erklären, dass Waldo plötzlich verstorben war, und um Gnade zu bitten. Oh, und hier war eine Einladung von der Cascade Mutual Bank, die schon eine Woche alt war. Sie veranstalteten einen Tag der offenen Tür, um den neuen Manager, Blake Preston, vorzustellen, der – so die Einladung – ganz begierig darauf war, ihr in jeglicher Hinsicht behilflich zu sein.

Blake Preston? Der ehemalige Footballheld von Icicle Falls' Highschoolteam? Er war vier Klassen über ihr und sie deshalb zu jung für seine Clique gewesen, aber es war eine kleine Schule, und jeder kannte jeden. Er hatte ihr ein paar Mal zugezwinkert, wenn er ihr im Flur begegnet war, und hatte vermutlich geglaubt, dass er sie damit glücklich machte. Hatte er.

Ja, der gute alte Blake war ein Spieler gewesen, nicht nur auf dem Spielfeld. Aber wie zum Teufel war aus ihm ein Banker geworden? Das Bankwesen und Football passten nun wirklich nicht zusammen.

Samantha runzelte die Stirn und dachte an die Sportfanatiker, mit denen sie zusammen Betriebswirtschaft studiert hatte, ganz zu schweigen von dem, den sie fast geheiratet hätte. Solche Typen verbrachten mehr Zeit damit, ihre Spielbücher zu studieren, als dem zu lauschen, was die Professoren zu sagen hatten. Einige dieser Idioten hätten niemals ihren Bachelor in Wirtschaft verdient, doch sie hatten ihn trotzdem nachgeschmissen bekommen. (*Ihr* damaliger Idiot hatte nicht nur seinen Titel bekommen, sondern sie auch noch sitzen lassen und sich stattdessen mit dem reichsten Mädchen ihrer Abschlussklasse zusammengetan. Obendrauf gab es noch einen netten, gut bezahlten Job in Daddys Firma.) Gott sei Dank hatte Samantha ihre Collegeausbildung in einem anderen Bundesstaat absolviert. Zumindest brauchte sie ihn und Mrs Idiot jetzt nie wiederzusehen. Welchen Beruf auch immer er inzwischen ausübte, vermutlich ignorierte er die Firma, um Golf zu spielen und mit seinen alten Kumpeln zum Lunch zu gehen.

Also, welcher alte Kumpel aus der Collegezeit hatte Blake Preston den Einstieg in die Welt der Banken verschafft? Wer auch immer es gewesen war, er hatte Icicle Falls damit definitiv keinen Gefallen getan. Samantha warf die Einladung in den Papierkorb und grub weiter.

In einem anderen Papierstapel fand sie eine tickende Zeitbombe – noch ein Schreiben von der Bank, das diesmal allerdings weit weniger freundlich klang. Ihr Herzschlag beschleunigte sich so sehr, dass sie in Waldos großem Chefsessel zusammensackte. Gleich würde sie einen Herzinfarkt haben. Da, unter dem Briefkopf von Cascade Mutual, stand eine kalte, wenn auch höfliche Botschaft, die ihren Stiefvater darüber informierte, dass Sweet Dreams mit der Kreditrückzahlung im Rückstand war. „Wie Sie sicherlich wissen“ – *ach ja?* – „hat Cascade Mutual Bank, was überfällige Kreditratenzahlungen betrifft, eine strikte Neunzig-Tage-Nachfristregelung. Diese Nachfrist für Ihren Kredit in Höhe von … ist abgelaufen.“

Oh nein! Die Zahlen tanzten vor ihren Augen wie kleine Dämonen. Nein, das durfte nicht wahr sein! Sie las weiter.

„Weil Sweet Dreams Chocolates und Cascade Mutual Bank eine langjährige Geschäftsbeziehung unterhalten, weiten wir die Nachfrist letztmalig bis zum 28. Februar aus. Bitte zahlen Sie den oben genannten Gesamtbetrag bis zu diesem Datum. Wir hoffen, dass diese Angelegenheit so schnell wie möglich geregelt werden kann.“

Nur wenn sie anfing, im Keller Geld zu drucken. Was um Himmels willen sollte sie jetzt tun?

Hyperventilieren! Eine Tüte, wo war eine Tüte? Sie bekam

keine Luft mehr. Ihr wurde schlecht. Sie brauchte Schokolade! Als ihr Handy klingelte, erkannte sie am Klingelton – Gwen Stefanis *Sweet Escape* –, dass Cecily mit ihr sprechen wollte. Sie griff nach dem Handy wie nach einem Rettungsring. „Cec, wir ... oh, ich werde gleich ohnmächtig. Wo finde ich eine Tüte?" Sie wühlte in den Schreibtischschubladen herum, fand jedoch nur eine alte Zigarre, Büroklammern, Gummibänder und ... was war das denn? Ach, ein Anti-Stress-Ball. Sie griff danach und erwürgte ihn.

„Was ist los?"

„Wir ... die Bank. Oh Hilfe, ich fasse es nicht!", jammerte Samantha und brach in Tränen aus.

Inzwischen hatte sie solchen Krach gemacht, dass Elena ins Büro gestürmt kam.

„Was ist los?" Die Sekretärin warf einen Blick auf Samantha und wurde im nächsten Moment selbst ganz bleich. *„Madre de Dios."*

„Hol mir Schokolade", japste Samantha und zerquetschte den Ball noch einmal. Diese Dinger waren völlig nutzlos. Sie warf ihn durchs Zimmer und raufte sich die Haare, während Elena davoneilte, um eine Portion Frustschokolade zu holen.

„Sam, erzähl mir, was los ist", forderte Cecily sie auf.

„Die Bank will, dass wir den Kredit zurückzahlen. Als wäre nicht alles schon schwierig genug. Als wenn wir nicht schon Gott und der Welt Geld schulden würden! Du meine Güte, was habe ich getan, um das zu verdienen? Liegt es daran, dass ich dich und Bailey immer rumgeschubst habe, als wir noch kleiner waren? Es tut mir leid. Und ich hätte Tony Barrone beim Ehemaligentreffen keinen Korb geben sollen. Nein, daran liegt es wohl nicht. Bestimmt, weil ich Waldo angeschrien habe."

„Sam, bitte, du machst mir Angst."

Fürchte dich. Fürchte dich sehr. Aus welchem alten Film war das? Wahrscheinlich aus einem, in dem am Ende alle tot waren.

Samantha legte den Kopf auf den Schreibtisch und zog eine Zeitung über sich. Jetzt verstand sie, warum das Murmeltier sofort wieder unter der Erde verschwand, wenn es seinen Schatten sah. Sie wünschte, sie könnte sich ein Loch buddeln, es hinter sich schließen und nie wieder zum Vorschein kommen.

Aus der Ferne hörte sie ihre Schwester rufen. „Sam? Sam!“

„Ich gebe auf“, stöhnte sie, zog das Handy unter ihr Papierzelt und hielt es sich wieder ans Ohr. „Ich ergebe mich. Verkuppel mich mit einem Millionär. Ich will einfach nur noch irgendwo im Mittelmeer auf einer Jacht liegen und Schokowein trinken.“

„Nein, das willst du nicht“, erklärte Cecily fest. „So bist du nicht gestrickt. Du würdest dich innerhalb von einer Woche zu Tode langweilen.“

„Für das hier bin ich aber auch nicht geschaffen“, jammerte Samantha.

„Es wird schon wieder.“

Elena kam ins Zimmer zurück und schob eine offene Schachtel mit Pralinen unter die Zeitung.

„Danke“, sagte Samantha, bevor sie sich eine Handvoll in den Mund schob.

Elena hob eine Ecke der Zeitung an und linste darunter. „Was brauchst du noch?“

„Ein neues Leben.“ Samantha zog die Zeitung wieder von ihrem Kopf und zwang sich dazu, sich aufzusetzen und das Haar aus den Augen zu streichen. „Alles okay“, versicherte sie sowohl Elena als auch sich selbst. „Nur ein kurzer Zusammenbruch.“

Ihre Sekretärin blieb unschlüssig und zweifelnd vor dem Schreibtisch stehen.

„Ehrlich. Es ist okay.“ Was für eine entsetzliche Lügnerin sie doch war.

Elena wirkte immer noch nicht überzeugt, doch sie verstand den Wink, verschwand und schloss die Tür hinter sich.

Samantha nahm ihr Telefon wieder in die Hand. „Alles okay. Es geht wieder.“ Nein, nichts war okay. Wem wollte sie hier eigentlich etwas vormachen? Wo sollten sie so viel Geld auftreiben?

„Vielleicht solltest du zur Bank rübergehen und den neuen Typen, der da jetzt das Sagen hat, bezirzen, damit er dir ein bisschen mehr Zeit einräumt“, schlug Cecily vor.

Sie hatten ihr schon ein bisschen mehr Zeit gegeben. Wenn auch nur ein sehr kleines bisschen. „Hier geht es ums Geschäft. Da nützt mein Charme auch nichts.“ *Verdammt.*

„Charme nützt auch im Geschäftsleben mehr, als du denkst“, klärte Cecily sie auf.

Samantha seufzte. „Du hast recht. Ich muss wohl rübergehen und mit dem neuen Filialleiter sprechen. Sweet Dreams ist ein wichtiger Bestandteil des Wirtschaftslebens in dieser Stadt. Es ist im Interesse aller, dass die Bank mit uns zusammenarbeitet, um uns durch diese Krise zu helfen.“ Das war genau das, was sie ihm sagen würde. Wenn auf lange Sicht alle davon profitierten, konnte man die Regeln zurechtbiegen.

Sie atmete noch einmal tief durch und redete sich ein, dass sie sich schon viel besser fühlte. *Entsetzliche Lügnerin.*

„Das klingt schon besser“, meinte Cecily aufmunternd.

„Und ich bringe ihm was aus dem Laden mit“, entschied Samantha. „Wer mag schließlich keine Schokolade?“

„Charme und Bestechung, die besten Freunde einer Geschäftsfrau.“

Das hoffte Samantha zumindest. Sie dankte ihrer Schwester für die Therapiestunde und rief dann über die Büroleitung Elena an.

„Geht es dir wieder besser?“, fragte die.

„Ja“, log Samantha. „Ruf unten bei Luke an und bitte ihn, den allerbesten Präsentkorb zusammenzustellen.“

Um zehn Uhr marschierte Samantha mit einem in Zellophan eingewickelten Präsentkorb, der bis zum Rand mit Köstlichkeiten aus Sweet Dreams Chocolates gefüllt war, in das Bankgebäude. Wenn das Blake Prestons Herz nicht zum Schmelzen brachte – na, dann besaß er kein Herz, das man zum Schmelzen bringen konnte.

Wenn man vom Teufel sprach … Da saß er, am Schreibtisch des Managers in der hintersten Ecke, ein Tackling Dummy mit sandfarbenen Haaren, eingezwängt in einen Anzug. Blake Preston sah eher aus, als könnte er sich bei einer Wrestlingmeisterschaft bewähren als hinter einem Schreibtisch in einer Bank, wo er über das Schicksal von einheimischen Geschäften entscheiden sollte.

Lauren, die am Schalter saß, hieß Samantha mit einem Lächeln willkommen, doch das Lächeln, das sie von Blake Preston erhielt, als sie sich seinem Schreibtisch näherte, war nicht ganz so freundlich. Argwöhnisch war wohl das passendere Wort. Doch selbst ein argwöhnisches Lächeln hätte ihn für eine Zahnpastawerbung qualifiziert. Wow, das war ja ein 1000-Watt-Lächeln. Samantha spürte die elektrische Spannung quer durch den ganzen Raum. Als er aufstand, um sie zu begrüßen, blickte sie – auf der Suche nach einem Ehering – unwillkürlich auf seine Hand. Nichts zu sehen.

Vergiss seinen Ringfinger und all seine anderen Körperteile. Du bist geschäftlich hier.

Im Hinterkopf konnte sie die Stimme ihrer Schwester hören: Charme nützt auch im Geschäftsleben mehr, als du denkst.

Sie setzte ihr charmantestes Lächeln auf und meinte bemüht freundlich: „Guten Morgen." *Du magst mich. Du willst mir eine längere Laufzeit für meinen Kredit geben.* „Ich bin Samantha Sterling von Sweet Dreams Chocolates. Wir sind zusammen auf der Highschool gewesen", fügte sie hinzu, in der Hoffnung, dass sie damit ein paar Pluspunkte sammeln könnte.

Er streckte ihr die Hand entgegen. Samantha nahm sie und hatte das Gefühl, einen noch viel heftigeren Stromschlag zu bekommen als eben schon von seinem Lächeln. Vielleicht war das ein gutes Zeichen. Vielleicht würden sie sich ja super verstehen. Vielleicht würde er nichts lieber tun, als sich einen Besen zu schnappen, um das Durcheinander, in dem sie sich befand, in Ordnung zu bringen.

„Ich erinnere mich", sagte er.

Ja, sicher. Du warst älter und viel zu sehr damit beschäftigt, Party zu machen und Schule zu schwänzen, als dass du einer vier Jahre jüngeren Streberin Beachtung geschenkt hättest. „Ich war ja ein bisschen jünger, aber Sie haben damals schon Eindruck gemacht." Na, wenn das nicht verdammt charmant gewesen ist, lobte sie sich selbst. „Ich dachte, ich bringe Ihnen ein paar Kostproben der besten Schokolade im Staate Washington mit", sagte sie und reichte ihm den Präsentkorb.

Er nahm ihn ihr ab und stand etwas ratlos da. Sein Computer und mehrere Papierstapel bedeckten den gesamten Schreibtisch. „Oh, danke. Das ist aber nett. Setzen Sie sich doch."

Sie nahm Platz, und auch er setzte sich, noch immer den Korb in der Hand.

„Die Kartoffelchips mit Schokoladenüberzug schmecken Ihnen bestimmt", meinte sie und deutete auf den Korb mit den Bestechungsversuchen. „Das ist unser neuestes Produkt."

„Interessant." Er saß da wie ein Junggeselle, dem man unerwartet ein Baby in die Hand gedrückt hatte, und schob den Korb mit dem Vermögen an Schokolade unbeholfen hin und her.

Okay, das war die Charmeoffensive gewesen. Samantha entschied sich, als Nächstes die Sympathiekarte auszuspielen. „Ich bin mir nicht sicher, ob Sie es schon wissen, aber wir hatten in letzter Zeit Probleme in der Firma. Wir haben gerade meinen Stiefvater verloren."

„Ich habe davon gehört. Es tut mir leid", erwiderte er und sah tatsächlich mitfühlend aus.

„Die Dinge gestalten sich im Moment etwas chaotisch, und dann habe ich heute Morgen den Brief der Bank gefunden."

Er räusperte sich. „Ich fürchte, wir haben da ein kleines Problem. Ihre Firma ist mit den Ratenzahlungen im Rückstand."

Als wenn sie das nicht wüsste! Glaubte er etwa, sie hätte seinen Brief nicht gelesen? Samantha merkte, dass ihr Blutdruck merklich stieg, und es kostete sie ihre ganze Willenskraft, ruhig und professionell zu bleiben. „Diese Firma ist seit Anbeginn in den Händen meiner Familie. Ich führe es in der vierten Generation fort."

„Ms Sterling. Samantha. Ich weiß, was diese Firma Ihnen sicherlich bedeutet."

Nein, das weißt du nicht. Du hast keine Ahnung. Vermutlich schimmerte ihre Wut durch, doch sie versuchte es erneut mit Charme. „Nicht nur mir. Wir beschäftigen viele Leute, die hier in dieser Stadt leben und alle eine Familie haben."

„Das weiß ich. Ich bin hier aufgewachsen. Aber …“

Oh nein. Jetzt kam das Aber.

„Aber die Nachsicht, die der vorherige Filialleiter hat walten lassen, hat auch die Bank in erhebliche Schwierigkeiten gebracht.“

„Ich will ja gar nicht mehr Geld“, erklärte Samantha leise, damit möglichst niemand in diesem Goldfischglas mithören konnte. „Ich brauche nur ein paar Monate Zeit, um die Dinge zu regeln. Wenn Sie mir ein wenig zusätzliche Zeit einräumen könnten, den Kredit …“

Jetzt schüttelte er traurig den Kopf. „Ich fürchte, das kann ich nicht. Ich würde ja gern, aber es geht nicht. Wie ich in dem Brief schon geschrieben habe, hat Cascade Mutual im Bezug auf überfällige Kreditraten eine strikte NeunzigTage-Regelung. Kulanterweise haben wir die schon bis zum Ende des nächsten Monats ausgedehnt.“

„Das ist mir natürlich bewusst“, erwiderte sie und bemühte sich noch einmal um ihr charmantestes Lächeln, „aber Sie können doch angesichts dieser extremen Umstände sicher noch einmal eine Ausnahme machen, oder? Wir brauchen nur sechs Monate Zeit, um die Firma neu zu strukturieren.“

„Es tut mir leid“, sagte er ernst. „Ehrlich. Ich wünschte, ich könnte die Frist ausweiten, aber mir sind die Hände gebunden. Sie müssen das Geld irgendwie bis Ende Februar auftreiben.“

„Dazu bräuchte ich ein Wunder“, protestierte sie.

Er zuckte hilflos mit diesen breiten Schultern, die einem großen Felsbrocken glichen. „Wir haben mehrere Kirchen in der Stadt. Ich denke, an Ihrer Stelle würde ich eine davon aufsuchen und anfangen zu beten.“

Samantha kniff die Augen zusammen. „Wissen Sie, Sie haben wirklich einen ziemlich schrägen Sinn für Humor.“

„Das sollte kein Scherz sein“, entgegnete er. „Es tut mir leid. Ich wünschte, ich könnte Ihnen weiterhelfen, aber ich habe meine Befehle.“

Wo waren sie denn hier, beim Militär? „Sie sind Bankmanager“, brachte sie zwischen zusammengebissenen Zähnen hervor.

„Sie könnten mal anfangen zu managen und einen Weg finden, um mit mir zusammenzuarbeiten."

Er schüttelte den Kopf. „Glauben Sie nicht, dass ich es nicht versucht hätte. Mir ist durchaus bewusst, welchen Stellenwert Ihre Firma in dieser Stadt hat, und ich bin mir über Ihre schwierige Situation schmerzhaft im Klaren."

„Ach ja?", grollte sie. *Oh, sehr charmant, Samantha.*

Na und, wen interessierte es? Ihr Schiff war bereits untergegangen, und sie trieb jetzt hilflos und verzweifelt in eisigen Gewässern. Wie hatte sie nur so dumm sein können, ihm auch noch Leckereien zu schenken, während er dabei zusah, wie sie langsam blau anlief? Alles, was sie je über professionelles Verhalten gelernt hatte, all die gut gemeinten Ratschläge ihrer Schwester, sich charmant zu verhalten, gingen in ihrer aufkeimenden Wut und Verzweiflung unter. Abrupt stand Samantha auf und schnappte sich den Präsentkorb von Blakes Schoß.

Er blinzelte schockiert. „Was …?"

„Es hat keinen Sinn, leckere Schokolade an Leute zu verschwenden, die sie nicht genug schätzen, um sie vor dem Verschwinden zu bewahren." Das Friedensangebot, mit dem sie gekommen war, fest an die Brust gepresst, machte Samantha auf dem Absatz kehrt und marschierte aus der Bank.

Sämtliche Bankangestellten musterten Blake Preston. Er fühlte sich wie eine Kakerlake unter einem Vergrößerungsglas. Arnie Amundsen war schuld daran, dass er hier gelandet war, ein Eindringling in einem feindlichen Land.

Natürlich war hier niemand offen feindselig. Dafür waren sie alle zu froh, überhaupt noch einen Job zu haben. Aber durch den höflichen, doch eher lauwarmen Empfang, den man ihm bereitet hatte, durch die Blicke, manchmal nachdenklich *(Was zum Teufel willst du hier?)*, manchmal verärgert *(Wer hat dich gebeten, zurückzukommen und dich in unsere Angelegenheiten zu mischen?)*, spürte er, wie unbeliebt er war. Er war hier, um sie vor noch größerem Schaden zu bewahren. Einem Schaden, den ihr geliebter Arnie heraufbeschworen hatte. Und wenn er nicht gekommen wäre, um sich in ihre Angelegenheiten einzumischen, hätten sie keinen Job mehr, verdammt noch mal! Er wusste das, und sie wussten das. Sie ärgerten sich nur darüber.

Und er ärgerte sich über das Gekicher in einer Ecke der Bank, das jetzt abrupt verstummte, darüber, wie Lauren Belgado drüben am Schalter ihr Das-geschieht-dir-recht-Grinsen unterdrückte und sich wieder daranmachte, Heinrich Blum zu bedienen, der eine Einzahlung für den Blumenladen Lupine Floral machte. Und er ärgerte sich über die Köpfe, die schnell gesenkt wurden, damit er das leicht hämische Grinsen nicht sehen konnte.

Er presste die Lippen fest aufeinander, in der Hoffnung, dass sich die Röte, die von seinem Hals bis zu den Wangen aufgestiegen war, dadurch irgendwie vertreiben ließ. Spätestens bis heute Nachmittag um fünf würde die ganze Stadt von dem Treffen mit Samantha Sterling wissen. Natürlich würde niemand die Einzelheiten kennen. Das Einzige, was man weitererzählen konnte, war das, was alle hier gesehen hatten – ihn, wie er sich ganz offensichtlich als Mistkerl aufgeführt und die regierende Schokoladenkönigin verärgert hatte. *Toll, ganz toll. Willkommen zurück, Preston.* Kaum war er in seine Heimatstadt zurückgekehrt, bewarb er sich schon als oberster Staatsfeind.

Was hätte er denn machen sollen? Er war kein Weltherrscher. Er war Bankmanager, und wenn er diese Bank nicht vernünftig betrieb, würde sie untergehen. Und all diese alten Highschoolkumpel und Freunde von Freunden, die eine Sonderbehandlung verlangten, würden das endlich in ihren Dickschädel bekommen müssen.

Vielleicht stimmte das alte Sprichwort ja doch, dass man nicht zurückkehren sollte. Icicle Falls war ein wunderbarer Ort gewesen, um dort groß zu werden. Picknicks, die von der Kirche veranstaltet wurden, Campingausflüge mit den Pfadfindern, am Fluss mit Gramps, seinem Großvater, angeln gehen. Aber inzwischen überlegte Blake, ob er das Kleinstadtleben nicht in der idyllischen Vergangenheit hätte belassen sollen – da, wo es hingehörte. Diesen Job anzunehmen war auf der Karriereleiter kein

Schritt nach oben, sondern ein Schritt in einen großen Haufen Mist gewesen.

Er zupfte an seinem Kragen, der ihm auf einmal schrecklich eng vorkam, und machte sich dann wieder daran, den Kreditantrag zu bearbeiten, der vor ihm lag. Doch das Einzige, was er vor sich sah, waren Samantha Sterlings volle Lippen, die sie wütend zusammengepresst hatte. War er eigentlich auf Drogen gewesen, als er sich entschieden hatte, nach dem Collegeabschluss ins Bankgeschäft einzusteigen? Verdammt, er hätte auch seiner Familie nach Seattle folgen und seinem Dad helfen können, den Honda-Vertrieb aufzubauen. Oder in die IT-Branche gehen und ein Vermögen verdienen. Oder Bauarbeiter werden. Lkw-Fahrer. Gefängniswärter.

Im Moment kam er sich vor wie ein Gefängniswärter, der aufpassen musste, dass er nicht hinterrücks mit einem Taschenmesser erstochen wurde. Und das nur wegen einer wütenden Frau. Korrektur, einer wütenden und unausgeglichenen Frau.

Natürlich verstand er jetzt, warum sein Vorgänger sich zu so idiotischen Entscheidungen hatte hinreißen lassen. Das lange rote Haar, diese großen braunen Rehaugen, dieser kleine niedliche Hintern – Samantha Sterling war heißer als das Wenatchee-Tal im August. Genauso wie ihre Schwestern und ihre Mutter. Er hatte sie in der Stadt gesehen. Sie waren ein perfekt aufeinander abgestimmtes Team von Jungfrauen in Nöten. Er konnte sich gut vorstellen, wie Muriel ein bisschen Dekolleté zeigte, mit ihren dichten Wimpern klimperte und damit den alten Arnie in eine Art Trancezustand versetzt hatte, sodass er ihr glücklich alles gegeben hätte, einschließlich des Schlüssels für den Tresor. Ihr dabei zuzusehen, wie sie und ihre Tochter so tapfer kämpften, um den Familienbetrieb am Leben zu erhalten, wie diese großen Augen in Tränen schwammen – der arme Kerl hatte keine Chance gehabt.

Doch Blake war aus härterem Holz geschnitzt. Natürlich würde er alles tun, was in seiner Macht stand, um Samantha zu unterstützen. Er würde Schokolade kaufen, obwohl er dagegen allergisch war, aber Grams Geburtstag stand vor der Tür, und er würde ihr die größte Schachtel Pralinen besorgen, die es dort gab, und wenn seine Mutter und seine Schwester zu Besuch kamen, würde er sie in den Sweet-Dreams-Laden schicken, damit sie mit seiner Kreditkarte nach Herzenslust einkaufen gehen konnten. Er war sogar willens, zusammen mit Samantha zu überlegen, wie sie Geld auftreiben konnte – vielleicht über private Investoren oder mit einem Darlehen von einem ihrer Kumpanen aus der Handelskammer. Das hätte er ihr alles erklärt, wenn sie nicht ausgerastet und so plötzlich verschwunden wäre. Aber er konnte ja nicht wegen ihr einfach die Regularien der Bank ändern. Mit der verlängerten Nachfrist hatte er sich sowieso schon in eine prekäre Lage gebracht.

Du musst dich nicht für die Fehler, die andere gemacht haben, verantwortlich fühlen, erinnerte er sich. Du kannst nicht jeden einzelnen Betrieb retten, der in diesem Land vor der Pleite steht. Trotzdem wäre es eine Schande, gerade diesen Betrieb zugrunde gehen zu lassen. Er war sich der Geschichte der Firma durchaus bewusst, schließlich war es schon fast filmreifer Stoff. Allerdings sah es im Moment nicht so aus, als würde die Geschichte der Sterlings auf ein Happy End zusteuern.

Er versuchte sich wieder auf die Papiere vor sich zu konzentrieren. Doch es war zwecklos. Er fühlte sich wie der Schurke in einem Drama. Sweet Dreams war Samantha Sterlings Baby, und sie bemühte sich verzweifelt darum, es zu retten. Wenn er gezwungen war, die Türen der Firma zu schließen und sämtliche Vermögenswerte zu veräußern, wäre er ein Kidnapper, und alle Einwohner der Stadt würden ihn hassen. Fast so sehr, wie er sich selbst hasste.

Elena warf nur einen Blick auf Samantha, als die wieder ins Büro gestürmt kam, und murmelte: „*Mierda.*“

Samantha knallte den Präsentkorb auf Elenas Schreibtisch. „Hier, nimm den mit nach Hause zu deiner Familie und genießt das alles.“

Elena hob erstaunt die Augenbrauen. „Da steckt aber eine ganze Menge Geld drin.“

„Betrachte es als Bonus", meinte Samantha. „Vermutlich ist es der letzte, den ich dir je werde geben können."

„So darfst du nicht reden", schalt Elena sie. Sechzehn Jahre älter und vierzig Pfund schwerer als Samantha, vergaß sie manchmal, dass sie eine Angestellte war, und verwandelte sich in die Büromutter. „Und warum bringst du den wieder mit?"

„Lange Geschichte", sagte Samantha, „und eine, die ich nicht erzählen möchte." Nachdem sie so eine weitere Lektion verhindert hatte, schloss sie ihre Bürotür, ließ sich auf ihren Schreibtischstuhl fallen und starrte verbittert auf die Fotogalerie an der Wand.

Generationen erfolgreicher Familienmitglieder lächelten auf sie nieder. Urgroßmutter Rose und ihre Ehemann Dusty – beide in ihrem Sonntagsstaat – standen vor dem neu erworbenen Gebäude, in dem Sweet Dreams Chocolates unterkommen würde. Dann waren da ein Foto aus den Fünfzigerjahren von Tante Fiona und Grandma Eleanor, die mit Schürzen bekleidet hinter dem Tresen im Laden standen, und eines von Grandpa Joe, der lächelnd über die Schulter in die Kamera blickte, während er zusammen mit dem jungen José Castillo und mit George Loomis am Fließband in der Fabrik stand. Es gab ein Foto von Mom am Empfangstisch, das aufgenommen worden war, bevor sie Dad geheiratet hatte. Und eines von ihr und Grandpa, wie sie das Logo zeigten, das Mom für das Siegel auf den Pralinenschachteln entworfen hatte. Außerdem ein Foto von Dad, der zusammen mit seinen drei Töchtern vor dem Geschäft posierte, das gesamte Sweet-Dreams-Team um sich geschart, und alle mit strahlenden Gesichtern. Die Unterschrift darunter lautete: *Nichts ist süßer als Erfolg!*

Samantha wurde ganz schlecht. Sie legte den Kopf auf den Schreibtisch und schloss die Augen.

Einen Moment später ertönte Gwen Stefani aus ihrem Handy. Schon wieder Cecily. Ohne den Kopf vom Schreibtisch zu heben, angelte Samantha ihr Telefon hervor und hielt es sich ans Ohr. „Sag mir, dass du anrufst, weil du eine Vision hattest, in der Geld vom Himmel fiel."

„Tut mir leid, Sterntaler ist weit und breit nicht in Sicht. Ich dachte nur, du willst vielleicht reden."

Viel lieber wollte sie eigentlich die Zeit zurückdrehen. „Ich hab's in der Bank vermasselt."

„Wieso, bist du reingestürmt und hast den neuen Manager erschossen?"

„Schlimmer. Ich habe ihm Schokolade geschenkt."

„Bestechung ist immer gut."

„Und dann hab ich sie wieder mitgenommen." Was war nur mit ihr los? Hatte sie einen Nervenzusammenbruch? Vielleicht litt sie unter Schizophrenie und wusste es nur noch nicht.

„Oh", meinte ihre Schwester verblüfft. Samantha konnte sich gut vorstellen, wie Cecily jetzt vor Schreck in ihrem kleinen rosa gestrichenen Büro, in dem sich ihre Partnervermittlung Perfect Matches befand, auf den Schreibtischstuhl plumpste.

„Ich habe mich am Anfang wirklich bemüht, charmant zu sein, ehrlich", verteidigte Samantha sich. „Aber dann saß er einfach nur da. Er wirkte so überheblich, während er ständig wiederholt hat, dass er mir leider, leider nicht helfen kann – wie ein großer blöder Papagei in einem dreiteiligen Anzug. Und dann, na ja, bin ich ausgerastet."

Ein Seufzer drang durch die Leitung. „Was würde Dad jetzt wohl sagen, wenn er noch da wäre?"

Er würde sagen: Was hast du dir dabei nur gedacht, Prinzessin? Oder vielleicht würde er sagen: Du hättest dem Kerl einen Kinnhaken verpassen sollen. Okay, das wohl eher nicht.

„Ich weiß nicht", meinte Samantha unglücklich.

„Er würde sagen, ‚Wutausbrüche …'"

Ach ja, das. „… und gutes Geschäftsgebaren gehören nicht zusammen", beendete Samantha den Satz. Er hatte ihr das oft genug eingebläut, vor allem als sie noch jung und impulsiv gewesen war.

Und jetzt war sie ja so reif. Ha!

Eine lange Pause entstand, ehe Cecily fragte: „Vielleicht könntest du dich bei ihm entschuldigen?"

„Entschuldigen? So nach dem Motto, ‚Hey, Sie Drachen, es

tut mir leid, dass ich böse geworden bin, weil Sie Feuer gespuckt und mein Dorf zerstört haben'?"

„Er versucht, die Bank zu retten, so wie du versuchst, Sweet Dreams zu retten."

Muss sie immer so verständnisvoll sein, dachte Samantha böse. „Er versucht nur, seinen Arsch zu retten."

Ihre Schwester seufzte noch einmal. „Okay, du bist diejenige mit dem Abschluss in Wirtschaftswissenschaften. Du weißt es wohl am besten."

„Ha, ha, sehr witzig."

„Tut mir leid. Es ist nur so … na ja, wenn es ums Geschäft geht, hast du dich normalerweise besser unter Kontrolle."

Samantha runzelte die Stirn. Sie hasste es, wenn ihre Schwester recht hatte. Samantha war die Älteste. Sie sollte eigentlich die Reifste sein, diejenige, die immer wusste, was zu tun war. Nur verlor sie leider anscheinend völlig die Übersicht, wenn es um Sweet Dreams ging.

„Ich wünschte, ich könnte nach Icicle Falls kommen, um dir zu helfen."

„Es wird schon irgendwie gehen", erwiderte Samantha seufzend. „Ich verspreche auch, dass ich nicht wieder ausrasten werde."

„Ruf mich an, wenn du jemanden brauchst, bei dem du dich ausweinen kannst."

„Danke, das mache ich. Verdien du solange ein bisschen Geld."

„Ja, das sollte ich tun. Ich muss noch eine Cocktailparty für Singles planen, und in zehn Minuten kommt ein Klient."

Reiche Männer für hübsche Frauen finden, Partys in schicken Restaurants organisieren – kein Wunder, dass Cecily sich für Los Angeles statt für Icicle Falls entschieden hat, dachte Samantha, als sie das Handy beiseitelegte. Wer entschied sich schon für das Kleinstadtleben, wenn es auch die Großstadt inmitten von tollen Leuten sein konnte?

Samantha. Sie liebte nämlich ihre Heimatstadt am Rande der Berge mit der herrlichen Aussicht, den netten Leuten, und sie war stolz, dass ihre Familie und ihre Firma ein Teil der Geschichte dieses Ortes waren.

Sie wollte, dass es auch so blieb, jetzt und in Zukunft. Ungeduldig klopfte sie mit den Fingern auf den Schreibtisch. Welche Möglichkeiten blieben ihr nun noch, abgesehen davon, eine Bank auszurauben? *Denk nach, Samantha.*

Nach einer Stunde angestrengten Nachdenkens hatte sie Kopfschmerzen und eine allerletzte Option – das Geld aus Waldos Lebensversicherung. Ihre Mutter um einen Teil dieses Geldes zu bitten gefiel ihr genauso wenig, als wenn sie sich ein Messer in den Bauch hätte rammen sollen. Aber es ist zum Wohl der Firma und all unserer Angestellten, erinnerte sie sich, und sie würde das Geld ja zurückzahlen. *Also sieh zu, dass du aufstehst und rübergehst.*

Noch einmal legte sie den Kopf auf den Schreibtisch. Morgen. Wie Scarlett O'Hara, die Heldin aus *Vom Winde verweht*, würde sie die Sache auf morgen verschieben.

Doch leider tickte die Uhr, und sie konnte es sich nicht leisten, bis morgen zu warten. Sie holte tief Luft, stand auf und marschierte aus dem Büro.

4. KAPITEL

Niemand ist perfekt. Das sollte man nie vergessen, wenn man mit der Familie zusammenarbeitet.
Muriel Sterling, *Die Verbindung von Arbeit und Vergnügen: Wie man Arbeit und Liebe erfolgreich miteinander verknüpft*

Muriel befand sich in einem Pool voll geschmolzener Schokolade und nahm an einem Schwimmwettbewerb teil. Im Schmetterlingsstil versuchte sie verzweifelt, hinter ihren Mitstreitern auf den anderen Bahnen herzukommen. Waldo stand an einem Ende des Beckens und hielt einen riesigen Silberpokal, der bis zum Rand mit Toffee gefüllt war, während Cecily und Bailey in der vordersten Reihe der Menschenmenge standen und jubelten. „Weiter, Mom! Du schaffst es!“ Aber die Schokolade war so zähflüssig, dass sie nicht vorankam, egal wie energisch sie dagegen anschwamm.

Sie hatte die Hälfte der Strecke bewältigt und war völlig außer Atem, als die böse Hexe auf ihrem Besen herangezischt kam. Die Hexe trug nicht ihr übliches schwarzes, sondern einen dieser altmodischen Badeanzüge, die man Anfang des zwanzigsten Jahrhunderts getragen hatte. Und mit ihren braunen Augen und dem langen roten Haar, das unter ihrem Hexenhut hervorwehte, sah sie verdächtig nach Samantha aus.

„Tsunami! Schnell, alle raus aus dem Pool“, rief die Hexe. Sie flog über das Becken, streckte die Hand aus und zog Muriel an den Haaren heraus. „Mom, du kannst nicht hierbleiben. Mom. Mom!“

„Mom?“

Muriel öffnete die Augen und sah, dass sich Samantha über sie beugte. Sie hatte eine Hand auf Muriels Schulter gelegt und sah besorgt aus. „Ist alles in Ordnung?“

Natürlich war nicht alles in Ordnung. Muriel strich sich die Haare aus den Augen und setzte sich auf. „Wie spät ist es?“

„Viertel vor zwölf."

Fast Mittag. Sie verschlief also schon wieder einen ganzen Tag.

„Hast du schon was gegessen?", fragte Samantha.

„Schätzchen, ich bin nicht hungrig."

„Wann hast du denn überhaupt das letzte Mal etwas gegessen?"

Was spielte das schon für eine Rolle? Muriel machte eine abwehrende Handbewegung. Sie schlüpfte aus dem Bett, ging ins Bad und schlug ihrer Tochter die Tür vor der Nase zu.

Samanthas Stimme folgte ihr: „Ich setze einen Kaffee auf."

Kaffee, bäh. Muriel hatte immer gern Kaffee getrunken, aber offenbar hatten ihre Geschmacksnerven, genauso wie der Rest von ihr, dem Leben entsagt.

Sie stand am Waschbecken und starrte auf ihr Spiegelbild. Unter den braun gefärbten Locken blickte ihr eine traurige alte Frau entgegen. Sie hatte dunkle Ringe unter den Augen. Offensichtlich schlief sie, trotz all der Zeit, die sie im Bett verbrachte, zu wenig.

Muriel schaltete das Licht aus und verließ das Badezimmer. Das Bett lockte sie, aber der Duft von frisch gebrühtem Kaffee erinnerte sie daran, dass Samantha sie in der Küche erwartete. Sie zog einen Morgenmantel an und setzte sich auf die Bettkante, während sie versuchte, die Kraft aufzubringen, in die Küche zu gehen. Doch ihr Körper gehorchte ihr nicht.

Schließlich kam Samantha mit einer Tasse in der Hand ins Zimmer zurück. Beim Anblick ihrer Mutter brachte sie ein zaghaftes Lächeln zustande. „Wie wäre es, wenn ich dir ein schönes Schaumbad einlasse und uns ein Omelett mache?"

Muriel nahm die Tasse. „Soll das ein dezenter Hinweis sein?" Das klang schnippisch. Na und? Sie fühlte sich auch so.

Samanthas helle Haut lief rot an. „Nein. Ich dachte nur …"

„Geh und mach dir was zu essen. Ich komme gleich nach." Mit so viel Würde, wie sie aufbringen konnte, kehrte Muriel ins Bad zurück. Sie war zu jung, als dass ihre Tochter ihr sagen durfte, was sie zu tun hatte.

Obwohl Samantha recht hatte. Sie musste dringend mal duschen.

Zwanzig Minuten später tauchte sie wieder auf. Ihre Tochter saß zusammengekauert auf einem Hocker am Küchentresen, eine Tasse Kaffee in den Händen. Muriel gesellte sich zu ihr, und dann saßen sie Seite an Seite da und blickten in die leere Küche.

„Ich komme überhaupt nicht wieder auf die Beine", murmelte Muriel.

„Irgendwann schaffst du es", erwiderte Samantha.

Und wenn es nach ihrer Tochter ginge, wäre dies besser früher als später der Fall. Doch all die Geschäftigkeit kam Muriel wie reine Zeitverschwendung vor. Plötzlich hatte sie Kopfschmerzen.

„Also, wie wäre es jetzt mit einem Omelett?", versuchte Samantha sie zu überreden.

Waldo war ein großer Freund von ausgedehntem, herzhaftem Frühstück gewesen. „Das ist der richtige Start in einen guten Tag", hatte er immer gesagt.

Dieser Tag konnte gar nicht mehr gut starten. „Nein, ich möchte nichts", sagte Muriel. *Ich will nur meinen Mann wiederhaben.*

„Dann lass mich dir wenigstens einen Toast machen."

Na gut, wenn es sie glücklich macht, dachte Muriel und nickte.

Erst als Samantha eine Scheibe Toast geröstet, mit Butter bestrichen und auf einem Teller vor Muriel auf den Tresen gestellt hatte, machte Muriels benebeltes Gehirn eine Entdeckung. „Du bist ja gar nicht im Büro."

Samantha schob den Teller noch ein Stück näher. „Iss den Toast."

Muriel biss ab und kaute. Sie hätte genauso gut Sägespäne kauen können. Sie schob den Teller wieder von sich. „Ich dachte, du wärst im Büro."

Noch einmal drängte Samantha ihr den Toast auf. „Beiß noch mal ab. Komm, noch einen Bissen."

Wieder schob Muriel den Teller weg. Sie kniff die Augen zusammen und musterte ihre Tochter. „Samantha Rose. Warum bist du hier?“

Samantha senkte den Blick auf den Tresen und kaute auf ihrer Unterlippe. Hinter dem hübschen Gesicht verbarg sich ein eiserner Willen, der sich in dem starken Kinn widerspiegelte, das immer Entschlossenheit signalisierte. Nur: Heute sah ihre Tochter aus, als wäre sie in sich selbst zusammengefallen.

Mütterliche Instinkte setzten sich gegen die Trauer durch, und Muriel legte spontan eine Hand auf Samanthas Arm. „Erzähl's mir“, befahl sie, obwohl sie es wirklich nicht hören wollte. Die schlechten Nachrichten, die sie im Laufe der letzten Monate von ihrer Tochter und den Ärzten bekommen hatte, reichten für ein ganzes Leben. Sie erschauerte innerlich und wappnete sich.

Samantha blickte wieder auf, und in ihren Augen spiegelte sich Verzweiflung. „Ich weiß nicht mal, wie ich das sagen soll.“

Wenn eine der drei Mädchen nie Angst davor gehabt hatte, ihrer Mutter direkt zu sagen, was sie dachte, dann war es diese. „Erzähl es mir einfach. Es kann auch nicht schlimmer sein als all die schlechten Nachrichten, die ich im letzten Monat erhalten habe.“

„Die Bank fordert den Kredit zurück. Wenn ich das Geld nicht bis Ende nächsten Monats aufbringe, beschlagnahmen sie unsere Aktivposten, und wir verlieren die Firma.“

Muriel hatte gewusst, dass die Firma in Schwierigkeiten steckte. Aber als sie jetzt das hörte, kam es ihr vor, als würde sie von einer Lawine mitgerissen. Erst diese schreckliche Diagnose, dann Waldos plötzlicher Tod, und jetzt auch noch die Firma. Was kam als Nächstes?

Wenn sie in dem bescheidenen – abbezahlten – Haus geblieben wären, in dem sie und Stephen die Mädchen großgezogen hatten, könnten sie und Samantha zur Bank gehen und eine Hypothek auf das Haus aufnehmen, und damit wäre das Problem gelöst. Aber stattdessen hatte sie es verkauft und ein großes neues Haus gekauft, das zu ihrem neuen Ehemann und ihrem neuen Leben gepasst hatte und natürlich noch nicht abbezahlt war. Die Immobilienpreise waren überall in der Gegend gefallen, und sogar sie wusste, was das bedeutete: Ihr Haus war längst nicht mehr so viel wert wie vor ein paar Jahren, als sie es erworben hatten. Und das hieß, dass man ihr darauf kein Geld geben würde.

Es kam ihr falsch vor, ihre Tochter zu fragen: „Was sollen wir jetzt tun?" Eigentlich sollte sie die Antwort darauf kennen. Aber sie wusste es auch nicht. Also saß sie da, starrte Samantha an und kam sich wie eine Rabenmutter vor, während sie versuchte, ein gewisses Verständnis für Zahlen aufzubringen.

„Ich war schon bei der Bank", erzählte Samantha. „Sie wollen uns nicht helfen. Im Moment fällt mir nur eine Sache ein, die uns weiterhelfen könnte."

Sie hatte eine Idee. Gut. Was auch immer es war, Muriel würde sie unterstützen.

Samantha zögerte und kaute auf ihrer Unterlippe. Ganz offensichtlich war sie nicht besonders glücklich über die Lösung, die sie gefunden hatte.

„Ich höre", ermunterte Muriel sie, obwohl sie den drängenden Wunsch verspürte, davonzulaufen.

„Ich frage dich das wirklich nur sehr ungern, aber hatte Waldo eine Lebensversicherung?"

Lebensversicherung. Allein bei dem Wort verkrampfte sich Muriels Magen. Waldo war nicht nur tot, sondern sein Leben wurde jetzt auch noch auf einen Scheck reduziert. Aber es war ein Scheck, den sie brauchten. Sie konnte ihn benutzen, um ihrer Tochter zu helfen, die Firma zu retten und vielleicht diese lächerliche Hypothek abzulösen.

Oh, wie schrecklich das klang! *Waldo, es tut mir leid.*

„Mom, ich würde nicht fragen, wenn mir irgendeine andere Lösung einfallen würde, aber ich habe wirklich keine andere Wahl", fuhr Samantha fort. „Wenn du mir das Geld nur so lange leihen könntest, dass wir die Bank zufriedenstellen können, sorge ich dafür, dass du es so schnell wie möglich zurückbekommst."

Sie tätschelte ihrer Tochter den Arm. „Es geht um unsere Firma, Schätzchen. Ich gebe dir das Geld."

Samanthas Unterlippe zitterte, und sie holte tief Luft. „Danke", sagte sie mit Tränen in den Augen.

„Wir sind doch eine Familie, und Familien halten zusammen." Muriel umarmte sie.

Samantha schlang die Arme um Muriel, wie ein Mensch, der kurz davor war, zu ertrinken, nach einem Rettungsring greifen würde.

Egal wie unabhängig ihre Tochter war, hin und wieder brauchte sie doch noch ihre Mutter, und sosehr Muriel sich auch wünschte, sie könnte das Leben für eine Weile – vielleicht für immer – einfach aussitzen: Sie hatte nicht vor, ihr Kind diesen Kampf allein ausfechten zu lassen. „Ich lasse nicht zu, dass wir unsere Firma verlieren", versprach sie. „Da würde sich Grandma Rose ja im Grab umdrehen."

„Daddy auch." Samantha löste sich von ihr, und Muriel sah ihr an, dass sie sowohl erleichtert war als auch ein schlechtes Gewissen hatte. „Danke, Mom. Es tut mir leid, dass wir das so lösen müssen."

Sie strich eine der roten Locken hinter Samanthas Ohr. „Mir nicht. Und Waldo wäre glücklich, wenn er wüsste, dass er helfen kann."

Bei der Bemerkung gingen die Mundwinkel ihrer Tochter nach unten, und obwohl sie es nicht laut sagte, konnte Muriel sie geradezu denken hören: Das ist ja auch das Mindeste, was er unter den gegebenen Umständen tun kann.

Aber sie sagte es nicht, und dafür war Muriel dankbar. Auch sie behielt einen Gedanken für sich: Ja, Waldo hat ein paar Fehler gemacht, aber er war nicht derjenige, der diesen Kredit für die Expansion aufgenommen hat. Manchmal vergaß ihre Tochter das.

„Ich suche die Police heraus und ruf die Versicherungsgesellschaft heute Nachmittag an", versprach sie.

Samantha nickte. Offenbar fühlte sie sich immer noch nicht ganz wohl in ihrer Haut. „Danke." Und plötzlich war sie wieder ganz geschäftsmäßig, bereit, den Kampf aufzunehmen. „Dann fahre ich jetzt wohl besser zurück ins Büro. Ruf mich an, sobald du mit der Versicherung gesprochen hast."

„Das mache ich“, versicherte Muriel ihr.

Sie verabschiedete Samantha mit einem Abschiedskuss. Dann stand sie am Fenster und sah ihrer Tochter hinterher, wie sie die Auffahrt hinunter zu ihrem Wagen eilte. Einen Moment lang sah sie sie mit achtzehn, wie sie auf den Beifahrersitz neben ihren Vater geklettert war, um ihren Sommerjob im Büro von Sweet Dreams anzutreten. „Irgendwann werde ich die Firma leiten“, hatte sie verkündet, als sie sechzehn gewesen war, „und wir kommen ganz groß raus.“

So große Träume und Ambitionen. „Sie ist ein Naturtalent“, hatte Stephen gesagt.

Muriel seufzte. Sie hätte daran denken und ihrer Tochter die Leitung der Firma übertragen sollen, statt Waldo mit an Bord zu nehmen und die ganze Sache zu verkomplizieren. Sie hatte weder ihrem eigenen Urteil noch dem Geschäftssinn ihrer Tochter vertraut, und jetzt erkannte sie, dass das ein Fehler gewesen war. Aber Samantha war noch so jung gewesen.

Als ob Alter etwas mit Geschäftssinn zu tun hätte. Muriel selbst war der lebende Beweis, dass das nicht der Fall war.

Na ja, es war ein neuer Tag. Jetzt trug Samantha die Verantwortung, und irgendwie passte es, dass das Geld aus Waldos Lebensversicherung ihr dabei helfen würde, Sweet Dreams wieder aufzubauen und womöglich zu erweitern.

Muriel ging hinauf ins Loft, das sie zu einem Arbeitszimmer umgebaut hatten, und öffnete den Aktenschrank. Darin herrschte absolutes Chaos. Die Aktenordner waren nicht alphabetisch sortiert, sondern standen wild durcheinander. Es dauerte eine Weile, bis sie schließlich den fand, auf dem „Lebensversicherung“ stand. Sie zog ihn heraus, nur um festzustellen, dass sich darin Unterlagen zum Haus befanden.

Langsam geriet sie in Panik. Sie legte den Ordner auf den Schrank und zog den heraus, der mit „Haus“ beschriftet war, weil sie dachte, dass Waldo die beiden vielleicht vertauscht hatte. Doch auch dort gab es keine Lebensversicherungspolice. Sie ging zum Schreibtisch und blätterte durch die Papiere, die dort aufgestapelt waren. Eine Mahnung für eine längst fällige Ratenzahlung für Waldos BMW ließ sie schlucken, brachte sie aber nicht von ihrer Suche ab. Irgendwo musste die Police doch sein.

Drei Stunden und zwei Tassen Kaffee später fand sie einen Brief von der Versicherungsgesellschaft. Sie nahm ihn in die Hand und begann zu lesen.

Einige Worte sprangen ihr förmlich ins Auge und waren wie ein Schlag ins Gesicht. *Aufgrund von ausgebliebenen Zahlungen … Police … gekündigt.*

Da musste ein Fehler vorliegen. Gleich morgen früh würde sie die Versicherungsgesellschaft anrufen und alles regeln.

Oh Himmel, bitte, lass es sich um ein Missverständnis handeln.

Aber es war kein Missverständnis. Egal mit wie vielen Vorgesetzten sie am nächsten Morgen auch sprach, egal wie sehr sie flehte, die Antwort lautete immer gleich: „Es tut uns leid, aber wir können Ihnen nicht helfen."

Und jetzt musste sie im Büro anrufen und ihrer Tochter das Gleiche sagen. Muriel starrte auf das Telefon und wünschte, sie könnte einfach wieder im Bett verschwinden.

5. KAPITEL

Wenn du dich in Krisenzeiten nicht auf deine Familie verlassen kannst, auf wen denn sonst?
Muriel Sterling, *Der unschätzbare Wert der Familie*

Samantha saß an ihrem Schreibtisch und knabberte an ihren Fingernägeln, während sie aus dem Fenster auf den Wenatchee River blickte. Heute schien die Sonne, und der Fluss glitzerte saphirblau, aber sie nahm es kaum wahr. Alles, was sie sah, war, dass ihr Leben einstürzte wie ein Kartenhaus. Sweet Dreams würde schon bald Geschichte sein. Das Geld aus Waldos Lebensversicherung zu verwenden war ihre letzte Hoffnung gewesen. Was sollte denn jetzt aus ihren Angestellten werden? Was würde mit Mom passieren, wenn sie nicht mehr über dieses Extraeinkommen verfügen konnte? Wie konnten sie das Desaster noch abwenden?

Vielleicht würde eine andere Bank ihr Geld leihen, damit sie es benutzen konnte, um Cascade Mutual auszubezahlen. Samantha tätigte ein paar Telefonanrufe, um das Terrain zu sondieren. Vergeblich. Da war nichts zu machen. Das kostete sie einen weiteren Fingernagel.

Aus ihrem Handy erklang *Girls Just Want to Have Fun*. Bailey.

Samantha ging ran, obwohl sie keine Lust dazu hatte. Mit Cecily hatte sie schon gesprochen, und die hatte zumindest so viel Anstand besessen, nicht gegen Samanthas Depression anzureden. Bailey, die Cheerleaderin der Familie, rief bestimmt an, um ihre große Schwester aufzumuntern. Aber Samantha wollte gar nicht aufgemuntert werden, verdammt, sie wollte einfach nur sauer sein. Sauer, sauer, sauer!

„Ich bin da“, knurrte sie.

„Natürlich. Wo solltest du auch sonst sein?“, erwiderte Bailey vernünftig. „Du wärst nicht du, meine Schwester Samantha, wenn du nicht im Büro sitzen würdest und fleißig damit beschäftigt wärst, die Firma zu retten.“

„Ich bin nicht fleißig damit beschäftigt, die Firma zu retten. Ich bin fleißig dabei …“ Was tat sie eigentlich die ganze Zeit? Ach ja, sich selbst bemitleiden – und das tat sie ganz ausgezeichnet.

„Cecily hat mir erzählt, was mit der Bank los ist. Geht es dir einigermaßen?“

„Nein.“

Einen Moment lang herrschte Stille am anderen Ende der Leitung, und Samantha stellte sich vor, wie ihre kleine Schwester sich auf die Lippen biss und fieberhaft überlegte, was sie als Nächstes sagen sollte. „Es tut mir leid, Sammy“, erklärte sie schließlich. „Mir kommt es vor, als ob wir dich da oben allein in einem riesigen Haufen Mist sitzen lassen.“

Samantha rieb sich die Stirn. „Es sieht so aus, als würde ich da nicht mehr lange sitzen.“ Und dann, was sollte sie dann machen? Und, noch schlimmer, was sollte Mom tun? Als Autorin verdiente sie nicht gerade ein Vermögen. Cecily würde für sie beide Millionäre finden müssen.

„Aber du kannst nicht zulassen, dass man der Familie Sweet Dreams wegnimmt“, sagte Bailey. „Sammy, das wäre einfach falsch.“

Manchmal hatte Samantha das Gefühl, dass der Fehler war, dass sie als Einzige der Schwestern in Icicle Falls geblieben war, um alles am Laufen zu halten.

Sie kam sich fast vor wie der letzte Mohikaner.

„Hast du irgendeine Idee, wie man die Firma retten kann?“

Ich könnte anbieten, mit Blake Preston zu schlafen, und dafür verlangen, dass er, was die Vorgaben der Bank betrifft, eine Ausnahme macht. Oh ja, sicher. Was war das denn für eine Schnapsidee? „Nein“, antwortete Samantha. Aber irgendetwas musste man doch tun können. Warum fiel ihr nur absolut nichts ein? Bisher war sie nie um gute Einfälle verlegen gewesen. Also, wo waren all die brillanten Ideen jetzt? Offensichtlich war ihre Ideenfabrik auch schon geschlossen.

„Wir müssen ein Familien-Brainstorming veranstalten“, erklärte Bailey fest entschlossen.

Wenn Samantha selbst schon nichts einfiel, auf was für Ideen sollten denn – Baileys Meinung nach – die anderen kommen? „Hör mal …“, begann sie.

Bailey unterbrach sie. „Ich weiß, dass du glaubst, dass niemand außer dir die Firma leiten kann, aber wir sind alle ziemlich kreativ.“

Das konnte man nicht leugnen. Samantha schaute auf ihre linke Hand und entschied, dass Maniküre eindeutig überbewertet wurde.

„Ich rufe Cecily an“, erklärte Bailey entschieden. „Ich fahre heute Abend zu ihr, du gehst zu Mom, und um sieben Uhr wird geskypt.“

Um sieben wollte Samantha einfach nur gemütlich in ihrer Wohnung sitzen, um sich mit einem Computerspiel oder einem Fernsehfilm abzulenken, während Nibs auf ihrem Schoß lag. „Ich glaube nicht …“, versuchte sie sich herauszureden.

„Komm schon, jetzt drück dich nicht. Lass es uns zumindest versuchen.“

Ihre kleine Schwester würde so lange am Telefon bleiben und sie bedrängen, bis Samantha nachgab. Da kann ich auch gleich klein beigeben, und die Sache ist ausgestanden, redete sie sich ein. „Na gut. Dann um sieben heute Abend.“

„Sehr schön“, meinte Bailey so zuversichtlich, als hätten sie schon etwas erreicht.

Überrascht starrte Cecily auf die üppige Blondine mit dem tief ausgeschnittenen Top und den dicken Klunkern, die auf der anderen Seite des Schreibtischs saß. Sie konnte kaum glauben, was sie da hörte. Eigentlich hätten Liza und Brad das perfekte Paar sein müssen. Er wünschte sich eine Frau mit einem Busen, so groß wie ein Schlauchboot, und sie wollte einen Mann mit unerschöpflichem Portemonnaie, damit sie weiterhin ihrem Lieblingshobby frönen konnte: auf dem Rodeo Drive zu shoppen. Brad hatte nicht nur jede Menge Geld, zu allem Überfluss sah er auch noch ausgesprochen gut aus – auch das eine Forderung von Liza. Und jetzt erklärte die allen Ernstes, dass sie ihn nicht wiedersehen wollte? Ernsthaft?

„Also haben Sie sich nicht gut verstanden?“, fragte Cecily.

„Eigentlich hätte es funktionieren müssen. Er hat mich ins Melisse eingeladen, und das Essen dort ist wirklich köstlich. Wir lieben beide gutes Essen.“

„Gemeinsame Interessen sind wichtig“, warf Cecily ein. Sie hätten sich glücklich ihren Weg durchs Leben essen können, während Liza sich ihren Weg durch Brads Bankkonto gefressen hätte.

„Dann hat er gesagt, dass ihm mein Haar gefällt.“

„Komplimente, das ist gut.“

Liza verzog das Gesicht. „Ach ja? Nicht wenn er sagt, dass es die gleiche Farbe hat wie das seiner Mutter, und dann anfängt, über *sie* zu reden.“

„Vielleicht dachte er, Sie würden seine Mutter mögen?“

„Spätestens als er endlich fertig war, definitiv nicht mehr. Ich hatte wirklich das Gefühl, als wären wir bei dieser Verabredung zu dritt. Und sie wohnt bei ihm. Er ist vierzig und lebt mit seiner Mutter zusammen? Vergessen Sie es. Ich muss ehrlich sagen: Ich bin entsetzt, dass Sie Ihre Klienten nicht genauer unter die Lupe nehmen.“

„Na ja …“, begann Cecily stotternd. Dann hielt sie inne. Sie wusste wirklich nicht, was sie darauf sagen sollte. Auf ihren Formularen gab es keine Spalte, in der man ankreuzen konnte, ob man ein Muttersöhnchen war. „Liza, das tut mir leid. Ich dachte, er wäre perfekt.“

„Nein, das war er leider nicht. Da müssen Sie sich schon ein bisschen mehr anstrengen.“

Das könnte schwierig werden. Denn Liza hatte bei den letzten beiden Männern, mit denen sie ausgegangen war, jeweils schon bei der zweiten Verabredung versucht, die armen Kerle dazu zu bewegen, mit ihr shoppen zu gehen. „Ich kann das gern versuchen“, antwortete Cecily. „Aber vielleicht sollten Sie damit aufhören, die Männer gleich am Anfang Ihrer Bekanntschaft darum zu bitten, dass sie mit Ihnen einkaufen gehen. Da bekommen sie leicht das Gefühl, Sie wären nur deshalb an ihnen interessiert.“

Liza sah sie böse an. „Natürlich ist das nicht alles, worauf es mir in einer Beziehung ankommt. Sehe ich etwa aus wie eine Nutte?"

Genau genommen ja, und nicht mal wie eine erstklassige. „Nein, nein", erwiderte Cecily schnell. „Keine Angst, wir finden schon noch den passenden Mann für Sie."

„Das will ich hoffen. Ich meine, wissen Sie, ich könnte ja auch zu einer anderen Agentur gehen."

Versuch's doch gleich bei *The Millionaire Matchmaker*, dachte Cecily gehässig. In der Fernsehsendung wurden Millionäre verkuppelt. Sie zwang sich zu dem diplomatischen Lächeln, das ihr bisher immer über so brisante Situationen hinweggeholfen hatte. „Natürlich. Ich möchte, dass Sie glücklich werden." Der Rest des Satzes hätte jetzt eigentlich ungefähr so lauten sollen: „Und ich werde alles tun, was in meiner Macht steht, um den perfekten Mann für Sie zu finden." Aber leider kam der Rest des Satzes nicht aus ihrem Mund. Stattdessen entdeckte Cecily, dass sich wohl tief in ihrem Inneren eine böse Zwillingsschwester versteckt hielt. Und diese Zwillingsschwester sagte: „Wenn Sie das so sehen, sollten Sie mit Ihren Jimmy Choos woandershin traben und schauen, ob die einen Mann für Sie finden können, der auf Goldgräberinnen steht." Um Himmels willen, hatte sie das eben wirklich gesagt?

Offensichtlich hatte auch Liza das Gefühl, nicht richtig gehört zu haben. Ihr klappte der Mund auf. „Wie bitte?"

Verflixt. „Ich glaube, ich kann Ihnen nicht weiterhelfen", erklärte Cecily schlicht. Und dann fügte der böse Zwilling noch hinzu: „Und ich glaube, ich möchte es auch nicht."

Liza funkelte sie wütend an. „Ich will mein Geld zurück."

Viel Glück dabei, dachte Cecily nur. Das Geld war längst aufgebraucht, genau wie ihre Geduld. „Sie haben für Ihr Geld genug bekommen. Ich habe Sie mit sechs geeigneten Männern bekannt gemacht. Ich kann nichts dafür, dass Sie es vermasselt haben."

Liza starrte sie böse an. „Na gut. Ich werde allen meinen Freundinnen erzählen, dass sie ja nicht zu Ihnen kommen sollen. Niemals!", meinte sie schnippisch, schnappte sich ihre Kate-Spade-Tasche und wackelte auf ihren zehn Zentimeter hohen

Absätzen aus dem Büro.

Cecily fuhr sich mit der Hand durchs Haar. Was für eine Katastrophe. Nicht dass sie Liza als Klientin verloren hatte – sie hatte schon lange vermutet, dass sie dieser Frau sowieso nicht würde helfen können. Nein, das Problem war die Art und Weise, wie sie auf Lizas Drohung reagiert hatte – so unverschämt, so unprofessionell. Was war nur mit ihr los? Sie war wohl schlicht und ergreifend ausgebrannt.

Sie bat ihre Sekretärin Willow, keine Anrufe durchzustellen, und schloss sich mit einem Pfefferminztee in ihrem Büro ein. Doch der Tee half ihr auch nicht, sich besser zu fühlen. Sie schüttete den Rest weg und loggte sich in ihr E-Mail-Programm ein. Und bei jeder Mail, die sie öffnete, fragte sie sich: Was machst du hier eigentlich?

Gute Frage.

Samantha wollte gerade das Büro verlassen, als ihre Mutter anrief, um sich zu erkundigen, wie es ihr ging.

„Noch habe ich mir nicht die Pulsadern aufgeschnitten", versicherte Samantha ihr.

„Darüber macht man keine Witze", schalt ihre Mutter sie. „Ich habe gerade mit Cecily telefoniert. Anscheinend wollen wir heute Abend ein kleines Brainstorming veranstalten. Da wollte ich mal hören, ob ich uns etwas zu essen machen soll."

Samantha zog das Essen anderer Leute immer dem, was sie selbst kochte, vor – besonders wenn ihre Mutter es zubereitet hatte. Dennoch scheute sie, nach allem, was passiert war, und angesichts der letzten Ereignisse davor zurück, mit ihrer Mom allein an einem Tisch zu sitzen. „Ich muss noch tausend Dinge erledigen, bevor wir uns zum Skypen treffen." *Bitte frag nicht, was.* „Können wir das auf ein andermal verschieben?"

„Natürlich", erwiderte ihre Mutter. „Aber dann lass mich dir wenigstens Essen mitgeben. Ich habe so viele Aufläufe geschenkt bekommen."

Kostenloses Essen. Sehr schön. Und sich mit Mrs Nilsens Makkaroni-Käse-Auflauf vollzustopfen war immer noch besser, als ihren Schmerz mit Köstlichkeiten aus dem Laden zu betäuben oder die letzten Fingernägel abzukauen, die noch übrig waren.

Fünf vor sieben fuhr Samantha die Auffahrt hoch, schaltete den Motor aus und seufzte. Es war nicht richtig, sich nicht darüber zu freuen, dass sie ihre Mutter einen Abend lang für sich hatte. Sie liebte ihre Mutter. Aber im Moment hatte sie das Gefühl, als stünde zwischen ihnen eine große, unbezwingbare Mauer aus Groll, Schuldgefühlen und wer weiß was noch allem. Mom versuchte sie zu überwinden, und das war ihr hoch anzurechnen. Andererseits bekam Samantha dadurch ein noch schlechteres Gewissen.

Die Auskunft, dass Waldo keine Lebensversicherung mehr gehabt hatte, war auch nicht gerade hilfreich gewesen. Mom war ganz bedrückt gewesen, als sie angerufen hatte, um ihr die katastrophalen Neuigkeiten mitzuteilen. Und Samantha war wie betäubt. Das hatte sie allerdings nicht davon abgehalten, laut zu schimpfen: „Wie konnte er nur so unverantwortlich sein? Meine Güte! Erst die Firma und jetzt auch noch das hier."

„Komm, lass uns nicht in Panik geraten", hatte Mom versucht, sie zu beruhigen.

„Mom", hatte Samantha streng erwidert. „Wir befinden uns in einem Haus, das in Flammen steht, und die Feuerwehr streikt. Was erwartest du von mir?"

„Wir finden eine Lösung", hatte Mom ihr versichert.

Leicht gesagt für ihre Mutter, die Königin der Ahnungslosen. Sie hatte keine Ahnung von geschäftlichen und finanziellen Dingen. „Du hast recht", hatte Samantha gelogen und so versucht, ihren Fauxpas wiedergutzumachen. „Ich muss jetzt Schluss machen." *Bevor ich explodiere.*

Nachdem sie aufgelegt hatte, hatte sie sich ganz elend gefühlt. Wenn es einen Preis für die unsensibelste Tochter gäbe, würde sie unangefochten auf dem ersten Platz landen.

Jetzt ging sie langsam den Weg zum Haus hoch und benutzte ihren eigenen Schlüssel, um aufzuschließen. Als sie den Flur betrat, hoffte sie noch, sie würde die Stimme ihrer Mom schon aus dem Loft hören, wo sie mit Cecily und Bailey über den Computer sprach. Stattdessen saß ihre Mutter in ihrem gelben Lieblingssessel, wo sie einen Schokoladen-Pfefferminz-Tee trank. Als Samantha das Wohnzimmer betrat, umfing sie der Duft des Tees.

„Auf dem Tresen steht eine Kanne Tee“, sagte Mom, als Samantha sich hinunterbeugte, um sie auf die Wange zu küssen, „und Pat hat Schokoladen-Himbeer-Brownies rübergebracht. Vitamin C“, fügte sie hinzu und spielte damit auf den Familienscherz an, dass Schokolade das Äquivalent von Vitaminen war.

Wenn Samantha so weitermachte, würde sie demnächst an einer Überdosis Schokolade zugrunde gehen. Sie lief zum Tresen, schenkte sich eine Tasse Tee ein und nahm einen Brownie. Nur einen. Das war das letzte Mal in ihrem Leben, dass sie etwas aß, das so dick machte. Okay, das letzte Mal in diesem Monat. Diese Woche. Na ja, wenigstens für diesen Abend.

„Wie geht es dir?“, fragte Mom.

Wie den Mitgliedern des französischen Königshauses auf dem Weg zur Guillotine. Samantha zuckte mit den Schultern. „Mir ging's schon mal besser.“

Auf dem Gesicht ihrer Mutter spiegelten sich Bedauern und Mitgefühl. „Süße, es tut mir so leid.“

Da waren sie schon zu zweit. „Mom, wegen heute Morgen – es tut mir leid, dass ich dich so angeschnauzt habe.“ Töchter sollten ihren Müttern Trost spenden. Doch sie war ungefähr so tröstlich wie ein Tritt in den Hintern.

Mom wischte die Entschuldigung mit einer Handbewegung beiseite. „Vergiss es einfach. Ich weiß, dass du total gestresst bist.“

Stress, die typisch amerikanische Entschuldigung für schlechtes Benehmen. Ob sie noch mal zur Bank gehen könnte, um das auch bei Blake Preston zu probieren?

Mom tätschelte mütterlich ihre Schulter. „Irgendwie wird sich das alles wieder einrenken, mein Schatz.“

Leider war Samantha diejenige, die einen Weg finden sollte, diese Vorhersage wahr zu machen. Die Last der Verantwortung, die auf ihren Schultern lag, fühlte sich an wie ein Paar Elefanten.

Wie sollte sie es nur schaffen, sie alle aus diesem Schlamassel zu befreien? *Panik!*

Nein, nein. Gerate nicht in Panik. Bleib ruhig und denk nach.

„Also haben die beiden noch nicht angerufen?“, fragte sie, obwohl es mehr als offensichtlich war. Plötzlich konnte sie es gar nicht mehr erwarten, mit ihren Schwestern zu reden. Auch wenn sie keinerlei Hilfe anbieten konnten, wäre ein bisschen moralische Unterstützung doch gut.

„Noch nicht“, erwiderte Mom. „Ich wollte gerade nach oben gehen. Wir könnten ja schon mal mit Cecily reden. Du weißt doch, wie das mit dem Skypen funktioniert, oder? Waldo hat immer …“ Mom verstummte.

Samantha nickte einfach nur und ging auf der Treppe voran nach oben. Auf den ersten Blick sah es so aus, als ob Mom das Arbeitszimmer gründlich aufgeräumt hätte, doch bei näherer Betrachtung stellte Samantha fest, dass ihre Mutter nur sämtliche Papiere von Waldo ordentlich aufgestapelt hatte.

„Ich bin noch dabei, mich durch die Unterlagen deines Stiefvaters zu arbeiten“, sagte Muriel, als sie sich setzte und den Computer hochfuhr.

„Ich kann dir gern dabei helfen“, bot Samantha an und zog sich einen Stuhl heran, um sich neben ihre Mutter zu setzen.

„Das hat noch Zeit“, antwortete Mom. „Du hast im Moment schon genug am Hals.“

Nicht so viel wie ihre Mutter. Ja, Samantha fühlte sich verantwortlich dafür, dass die Firma nicht in Konkurs ging, aber Mom hatte den Verlust eines Ehemannes zu verkraften, verlor vermutlich auch noch ihr Haus, und dazu kamen noch all die Schwierigkeiten mit Sweet Dreams. Sämtliche Lebensfreude war aus ihr gewichen, und sie sah aus wie ein Zombie, mit ihren Augen, die vom vielen Weinen ganz rot waren. Samantha mit ihren unbesonnenen Wutanfällen war da nicht gerade hilfreich.

Die Internetverbindung wurde hergestellt, und Cecily erschien auf dem Monitor. Sie saß auf dem braunen Zweiersofa in ihrem Wohnzimmer, trug eine gemütliche Jogginghose und ein altes Sweatshirt. Das Haar hatte sie zu einem Pferdeschwanz zusammengebunden. An der Wand hinter ihr konnte Samantha den Moskowitz-Druck von 1979 sehen, den Mom Cecily mitgegeben hatte, als sie nach Los Angeles gezogen war. Das Bild zeigte drei pastellfarbene Strauße. Einer hatte den Kopf in den Sand gesteckt, während die anderen beiden erstaunt in die Welt hinaussahen. Ziemlich symptomatisch für die meisten Frauen in ihrer Familie, wenn man Samantha fragte. Was natürlich keiner tat.

„Bailey ist noch nicht hier", erzählte Cecily ihnen. „Sie hat angerufen, um Bescheid zu sagen, dass sie sich verspätet."

„Was für eine Überraschung", murmelte Samantha.

„Unser Baby. Was soll man dazu sagen?", meinte Cecily nur. Sie riss die Augen auf. „Isst du da etwa einen Brownie?"

Samantha stopfte sich schnell den Rest Kuchen in den Mund. „Mmmh."

Cecily verzog das Gesicht. „Das ist nicht fair."

Genauso wenig wie die Tatsache, dass Samantha allein hier oben war und sich Sorgen um Mom und die Firma machen musste. Dann erinnerte sie sich daran, dass sie die dumme Märtyrerin gewesen war, die darauf bestanden hatte, dass ihre Schwestern nach L. A. zurückkehrten.

„Aber lieber deine Taille als meine", ärgerte Cecily sie.

„Bis die Leute von Icicle Falls aufgehört haben, mir Essen zu bringen, haben wir keine Taillen mehr. Da gleichen wir dann schon eher Baumstämmen", unkte Mom. „Trotzdem ist es natürlich sehr fürsorglich."

Und es kostet nichts, dachte Samantha. Im Moment war alles, was nichts kostete, gut, denn ihr Sparkonto war sozusagen leer.

„So. Habt ihr schon irgendwelche Ideen, wie wir das Geld zusammenbekommen, das wir brauchen?", fragte Cecily.

Die Elefanten, die auf Samantha Schultern hockten, machten es sich gemütlich – offensichtlich hatten sie vor, noch länger zu bleiben. „Abgesehen von der Idee, die Bank auszurauben, eigentlich nicht."

„Ich finde immer noch, ich sollte mich um einen Kredit bemühen", erwiderte Cecily. „Vielleicht könnte ich eine Hypothek auf meine Eigentumswohnung aufnehmen."

„Netter Versuch, aber ich habe dir doch schon gesagt: keine Kredite", beharrte Samantha. „Diese Familie wird sich nicht weiter verschulden." Es war schon schlimm genug, dass Mom mit ihrem Haus in Bedrängnis geriet. Da brauchten sie ihre Schwester nicht noch in die gleiche missliche Lage zu bringen.

Cecily ergab sich mit einem fatalistischen Schulterzucken. „Weißt du, ich hab eigentlich immer gedacht, ich wäre ganz gut darin, um die Ecke zu denken. Aber ich muss zugeben, dass mir bisher nichts eingefallen ist. Ich könnte dich höchstens mit einem reichen Mann verkuppeln", neckte sie Samantha.

„Einen netten Mann treffen, das wär doch eine Idee", griff Mom Cecilys Vorschlag begeistert auf. „Vielleicht jemanden, der bereit wäre, dir einen persönlichen Kredit zu geben."

„Kein Problem", meinte Samantha verärgert. „Lass uns schnell mal zum Markt für reiche Männer laufen und uns einen Einfaltspinsel aussuchen."

„Wir hätten keine Chance", meinte Cecily. „Dein Busen ist nicht groß genug."

Mom runzelte nachdenklich die Stirn. „Wie ist denn der neue Filialleiter der Bank?"

„Er ist kein Arnie", erklärte Samantha verbittert. Vor ihren Augen erschien ein Bild von Blake Preston mit seinen breiten Schultern und dem Kinn eines Superhelden, und natürlich trug er seine Footballausrüstung. Sofort verdrängte sie das Bild wieder.

„Er kann uns doch trotzdem bestimmt helfen", beharrte Mom.

Samantha schüttelte den Kopf. „Ich habe ihn schon getroffen. Er nützt uns gar nichts."

„Vielleicht hattet ihr einfach nur einen schlechten Start", fuhr Mom fort.

Konnte man wohl so sagen, angesichts dessen, dass sie ihm ihren Präsentkorb, der als Bestechung gedacht war, wieder entrissen hatte. Mit einem Blick, der körperliche Schmerzen versprach, warnte Samantha ihre Schwester davor, sie an ihre Mutter zu verpfeifen, und sagte dann: „Glaub mir, der ist keine Hilfe. Nicht immer ist ein Mann die Lösung für ein Problem." Sie konnte es sich einfach nicht verkneifen.

Ihre Mutter seufzte. „Ich wünschte, euer Vater wäre noch am Leben. Er wüsste, was wir tun sollten."

„Wenn Dad noch am Leben wäre, würden wir gar nicht in dieser Klemme stecken", sagte Samantha und hätte sich im nächsten Moment am liebsten auf die Zunge gebissen. Erschießt mich einfach sofort, dachte sie, als sie sah, wie sich die Schultern ihrer Mutter anspannten. „Entschuldige. Ich hab es nicht so gemeint, wie es geklungen hat", murmelte sie. Doch sie hatte es so gemeint, und das wusste nicht nur sie, sondern auch ihre Mutter.

„Ist schon okay", meinte Mom, obwohl sie beide wussten, dass es das nicht war.

Jetzt konnte Samantha Baileys Stimme im Hintergrund hören. Kurz darauf erschien ihre jüngste Schwester auf dem Bildschirm. Sie ließ sich neben Cecily aufs Sofa plumpsen und zog eine rote Lederjacke aus, die sie bestimmt irgendwo günstig ergattert hatte. Seit die Firma keinen Gewinn mehr abwarf, kauften sie alle in Secondhandläden ein. Oder, wie in Samanthas Fall, gar nicht mehr.

„So, was habt ihr euch ausgedacht?", fragte Bailey.

„Nichts", erwiderte Samantha. Das war doch alles reine Zeitverschwendung.

„Okay, ich habe auf dem Weg hierher etwas überlegt", erzählte Bailey ihnen. „Wie wäre es mit einer Art Spendensammlung? Ihr wisst schon, mit einem großen Thermometer, damit die Leute sehen können, wie viel Geld wir schon gesammelt haben."

„Nein", erwiderte Samantha bestimmt. „Ein guter Ruf ist im Geschäftsleben immens wichtig. Und das Letzte, was wir wollen, ist doch, den Leuten auf die Nase zu binden, dass wir pleite sind."

„Aber wir sind pleite", entgegnete Bailey.

„Kein Thermometer", sagte Samantha streng.

Bailey runzelte die Stirn und ließ sich enttäuscht zurück in die Sofakissen sinken.

„Da wir gerade vom guten Ruf sprechen", sagte Cecily. „Weiß eine von euch, wie man mit Mimi LeGrande Kontakt aufnehmen kann? Wenn sie Sweet Dreams in ihrer Sendung vorstellt, wären wir gemachte Leute."

Warum hatte *sie* nicht daran gedacht? Mimi LeGrande war die Moderatorin der brandneuen und sehr erfolgreichen Show *All Things Chocolate*, eine Sendung nur über Schokolade, die im Food Network lief. Jede einzelne Bäckerei oder Confiserie im Land träumte davon, in einer ihrer Shows genannt zu werden. Wenn Mimi den Daumen für Sweet Dreams heben würde, würden die Aufträge für ihre Schokoladenprodukte nur so hereinströmen, und die Zukunft ihres Geschäfts wäre gesichert.

„Ich habe gehört, dass sie hier wohnt. Ich könnte mich mal umhören", bot Bailey an. „Es muss doch jemanden geben, der sie kennt."

„Das wäre großartig", meinte Samantha. Das wäre sogar besser als großartig. Es wäre ein Wunder. „Aber da schnelle Ergebnisse zu erwarten ist ziemlich aussichtslos. Ich denke, wir brauchen einen Plan, der sofort greift." Es musste doch irgendetwas geben. Warum kam sie nicht darauf?

Ganze fünf Minuten lang herrschte Schweigen, bis Cecily sagte: „Wisst ihr was? Vielleicht ist die Idee unserer kleinen Schwester doch gar nicht so schlecht."

„Oh nein, fang du nicht auch noch an", stöhnte Samantha.

„Wie wäre es, wenn wir irgendeine Art von Event veranstalten, bei dem Geld für unsere Firma reinkommt?"

„Ein Schokoladen-Dinner?", schlug Bailey vor und wurde wieder munter. „Jeder Gang könnte in irgendeiner Form Schokolade beinhalten. Und wir könnten es bei Zelda's abhalten."

„Leute, die Idee mag nicht schlecht sein", sagte Samantha, „aber mit einem Dinner können wir nicht mal einen Bruchteil dessen zusammenbekommen, was wir an Geld brauchen." Doch vielleicht waren sie auf dem richtigen Weg. „Lasst uns mal in größeren Dimensionen denken."

„Ich habe mal eine Schokoladentour in Seattle gemacht", warf Bailey ein.

„Eine Schokoladentour, ein Schokoladen-Wochenende", überlegte Samantha. Vielleicht konnten sie so etwas auf die Beine stellen. Sie könnten ein Abendessen und einen High Tea – also ein frühes Abendessen – in Olivias Frühstückspension veranstalten. Aber egal, was sie damit verdienen würden, es wäre nur ein Tropfen auf den heißen Stein. „Ein Schokoladenfestival." Zu schade, dass sie nicht mehr Zeit hatten. Festivals zogen massenhaft Leute an und brachten viel Geld ein.

„Das ist eine fantastische Idee!", rief Cecily aus.

„Fantastisch, aber leider nicht praktikabel", erwiderte Samantha. „Wir brauchen das Geld in gut sechs Wochen. Um eine Veranstaltung in so einer Größenordnung zu planen, braucht man sechs Monate."

„Dann lasst uns doch einfach klein anfangen", schlug Bailey vor. „Wir könnten das Wochenende vor dem Valentinstag nutzen. Da sind die Leute doch immer ganz romantisch drauf und kaufen sowieso Süßigkeiten."

Samantha schüttelte traurig den Kopf. „Dafür reicht die Zeit nicht. Man muss so viel planen, und dann muss man ja auch noch reichlich Werbung dafür machen."

„Wenn du Leute findest, die dich dabei unterstützen, könnte es klappen", beharrte Bailey. „Und heutzutage, mit dem Internet und den sozialen Netzwerken, kannst du richtig schnell und flächendeckend Werbung machen."

„Das ist eine tolle Idee", fand auch Cecily.

War ihre gesamte Familie verrückt geworden?

Plötzlich sah sie Massen von Besuchern durch Icicle Falls schlendern, die alle auf dem Schokoladentrip waren. Etwas in dieser Art würde nicht nur ihrer eigenen Firma helfen, sondern der ganzen Stadt.

Wurde sie auch schon verrückt?

„Na los, wir machen das", sagte Bailey eifrig.

Was sollte das heißen: *Wir machen das?* Bailey und Cecily

waren in L. A., und sie war hier oben. Auf sich allein gestellt.

„Wir könnten eine Reihe von Events sponsern, vielleicht auch eine Art Wettbewerb veranstalten", fuhr Bailey fort. „Ich könnte erst kurz vorher hochkommen, aber zwischen meinen Cateringjobs kann ich per Telefon und E-Mail bei der Planung helfen."

„Na ja, ich könnte auch sofort hochkommen", sagte Cecily.

„Du hast doch eine Firma, um die du dich kümmern musst", protestierte Samantha.

„Im Moment ist nicht so viel los. Ich habe Zeit."

Nicht viel los? Was sollte das bedeuten? Lief ihre Partnervermittlung nicht mehr gut?

Cecily neigte dazu, persönliche Dinge für sich zu behalten. Wenn sie in einer Krise steckte, erfuhr man immer erst etwas davon, wenn das Schlimmste schon lange überstanden war.

Trotzdem war Samantha jetzt besorgt. „Nicht dass ich dich nicht gern hier hätte", sagte sie. „Aber du kannst doch nicht einfach verschwinden und deine Firma für ein paar Wochen verlassen."

Cecily setzte eine Miene auf, die Samantha ihr Pokerface nannte; sie verriet nichts über ihre Gefühle. „Ich schließe die Agentur. Das ist eine lange Geschichte", fügte sie hinzu, ehe Samantha nach Einzelheiten fragen konnte. „Wie auch immer, ich habe fürs Erste genug Sonne abbekommen. Ich brauche mal wieder Jahreszeiten. Meine Eigentumswohnung kann ich vermieten, und ich wette, dass Charley mich ein paar Abende in der Woche bei Zelda's kellnern lässt. So hätte ich tagsüber Zeit, mich mit euch um das Festival zu kümmern. Mom, kann ich bei dir wohnen?"

„Natürlich", erwiderte Mom. „Aber ich glaube, ihr Mädchen solltet noch ein paar Dinge überlegen. Zum Beispiel, wo das Festival stattfinden soll."

„In der ganzen Stadt." Bailey machte eine weit ausholende Handbewegung und traf dabei fast Cecilys Nase.

„Ich wette, wir bringen alle Pensionen dazu, an dem Festival teilzunehmen und die Zimmer zu Sonderkonditionen anzubieten“, meinte Samantha nachdenklich. „Im Moment ist niemand voll ausgebucht, also könnte es sein, dass einige Nachlässe für dieses Wochenende gewähren.“

„Oh, und die Restaurants könnten spezielle Schokoladendesserts anbieten“, meinte Bailey.

„Wir können das kreativste Dessert, in dem natürlich unsere Schokolade verwendet werden muss, prämieren“, schlug Cecily vor. „Die können dann mit den Rezepten prahlen, und wir schlagen Profit daraus.“

„Ich finde die Idee toll“, sagte Samantha. Die Sache klang von Minute zu Minute verlockender.

Bailey nickte eifrig. „Die einheimischen Künstler können im Park an der Center Street Stände aufstellen. Und, noch besser, wir bauen Essenstände auf, so wie am vierten Juli.“

„Ihr Süßen, das klingt ja alles wunderbar. Aber ihr braucht Zeit, um die Leute an Bord zu holen“, warf Mom ein.

„Seit wann kommt die Handelskammer von Icicle Falls nicht an Bord, wenn es darum geht, Touristen in die Stadt zu holen?“, widersprach Samantha. „Ich könnte mich darum kümmern.“

„Ich auch“, sagte Bailey. „Ich kann ja auch von hier aus die Leute anrufen. Oh, das könnte echt eine ganz große Sache werden. Wir können Gratisproben verteilen, Fabrikbesichtigungen anbieten, lauter so coole Dinge.“

„Aber dafür bräuchte man Genehmigungen“, meinte Samantha und kehrte schlagartig wieder in die Realität zurück. „Wir können nicht einfach sagen, wir veranstalten ein Festival, ohne dass wir die erforderlichen Genehmigungen für den Verkauf von Essen und Alkohol eingeholt haben. Und wir brauchen eine Sondergenehmigung für so ein Event, die von allen Abteilungen unterschrieben ist. Bis das im Rathaus die Runde gemacht hat, braucht es Zeit.“

„Aber ich wette, wenn es Icicle Falls nützt, findest du jemanden, der die Sache beschleunigt“, sagte Cecily.

Hm. Da hatte ihre Schwester nicht ganz unrecht.

„Lasst es uns versuchen“, drängte Bailey. „Denkt an all die Schokoladenliebhaber, die wir zu euch locken könnten. Oooh, und wir können auch einen Ball veranstalten, einen Schokoladenball", fügte sie verträumt hinzu. „Ich sehe es schon vor mir: einen altmodischen Maskenball, wo alle sich richtig rausputzen."

„Und vorher veranstalten wir ein Schokoladen-Dinner", warf Cecily ein.

„Wir können das Essen und den Ball sponsern und heiße Schokolade und Trüffel an einem Stand verkaufen." Bailey strahlte geradezu und sprudelte vor Ideen.

Wenn sie auch nur einen Teil dessen umsetzen konnten … Samantha spürte, dass auch sie sich immer mehr für die Idee begeisterte. „Wir müssten in den Zeitungen in Seattle inserieren und eine eigene Website hochladen." Sie schnappte sich ein Blatt Papier von Waldos Schreibtisch und fing an, sich Notizen zu machen.

„Das alles kostet aber auch eine Menge Geld", gab Muriel zu bedenken. „Ich glaube nicht, dass wir so viel aufbringen können, wie wir bräuchten, um das zu unterstützen. Das Wort Sponsern an sich beinhaltet ja schon Kosten."

Jetzt, wo die Firma den Bach runterging, entwickelte sie einen Sinn fürs Geschäftliche? „Alles beinhaltet Kosten", widersprach Samantha.

Aber Mom hatte nicht ganz unrecht. Das Ganze war ziemlich hoch gepokert und konnte ihnen auch um die Ohren fliegen.

Doch selbst wenn – na und? Wenn die Bank sowieso ihr Geschäft übernehmen wollte, war es doch egal, oder? Die Chancen, dass sie auch nur annähernd genug Geld zusammenbekamen, um die Bank zufriedenzustellen, waren äußerst gering – doch wenn sie gar nichts unternahmen, waren die Chancen nicht nur gering, sondern gleich null. Und vielleicht schafften sie es ja zumindest, so viel Geld zu verdienen, dass sie noch einmal mit der Bank verhandeln konnte. Wenn sie mit einem Scheck hereinspazierte …

„Ich habe ein gutes Gefühl bei der Sache", verkündete Cecily.

Samantha vertraute den Instinkten ihrer Schwester. „Dann lasst es uns machen. Was haben wir zu verlieren?"

Ihre Firma natürlich. Und vielleicht auch ihren Verstand.

Oh, Moment, wenn sie versuchen wollten, so eine große Veranstaltung in so kurzer Zeit zu organisieren, hatten sie wohl schon den Verstand verloren. Was sollte es also. Sweet Dreams Chocolates würde ein Schokoladenfestival sponsern.

6. KAPITEL

Der Mann deiner Träume ist der, der deine Träume mit dir teilt.
Muriel Sterling, *Die Verbindung von Arbeit und Vergnügen: Wie man Arbeit und Liebe erfolgreich miteinander verknüpft*

Nach der Telefonkonferenz mit ihren Schwestern versorgte Muriel Samantha mit reichlich Hähnchenauflauf, Thunfischsalat und Brownies, drückte sie noch einmal aufmunternd und schickte sie nach Hause. Samantha war ein bisschen schlecht. Sie hoffte, dass das an all dem Zucker lag, den sie in letzter Zeit in sich hineingestopft hatte, und nicht an der Angst, zu scheitern.

Sie ging ins Bett in der Hoffnung, den Tag zu retten, indem sie ein köstliches Schokoladenrezept erträumte, so wie es ihre Urgroßmutter Rose vor all den Jahren getan hatte.

Konnte sie das? Nein, natürlich nicht. Statt von einem neuen Rezept zu träumen, das sich als Goldgrube erwies, verbrachte sie ihre REM-Phase damit, vor Schokoladenriegeln in King-Kong-Größe zu fliehen. Die Ungeheuer verfolgten sie quer durch die ganze Stadt und versuchten sie mit ihren großen breiten Füßen zu zerquetschen. Schließlich hatten drei von ihnen sie direkt vor der Bank eingekesselt.

„Schnappt sie euch“, brummte einer und hob seinen riesigen Fuß.

„Nein“, schrie sie. „Ich tue alles. Wirklich alles!“

Bisher sah es in ihrem Traum so aus, als wäre sie der letzte lebende Mensch in Icicle Falls, doch plötzlich öffnete sich die Bank hinter ihr, und Blake Preston stand – nur mit einer Boxershorts im Leopardenmuster bekleidet – in der Tür. „Hast du gesagt, du würdest alles tun?“, fragte er.

„Alles“, erwiderte sie schwer atmend. Er nahm ihren Arm und zog sie in die Bank.

Dort sah sie, dass alle Schreibtische durch runde Betten ersetzt worden waren, auf denen sich rosafarbene Satinbettüberwürfe befanden. Und die Decke war ein einziger Spiegel. In einer Ecke stand ein Whirlpool, in dem Schokolade vor sich hin blubberte.

Blake schlang Samantha einen Arm um die Taille. „Ich habe auf dich gewartet", flüsterte er. Dann strich er eine Locke hinter ihr Ohr und knabberte an ihrem Ohrläppchen, sodass Samantha ganz weiche Knie bekam. „Warum ziehst du nicht dieses Kleid aus und leistest mir im Whirlpool Gesellschaft?"

„Rettest du mich vor den Monstern?", fragte sie ihn.

„Natürlich. Dafür sind Männer doch da, oder? Schau dir an, wie Waldo deine Mutter gerettet hat."

„Oh nein!" Sie bedeckte ihr Gesicht mit den Händen.

Blake fing an zu lachen, und als sie aufblickte, sah sie, dass er eine Art Dracula-Umhang trug und Vampirzähne bekommen hatte. Und von denen tropfte Schokolade.

Erschrocken schrie sie auf und rannte zur Tür. Doch dort erblickte sie ein großes braunes Monsterauge, das sie direkt anstarrte. Also rannte sie blindlings in die entgegengesetzte Richtung, während Blake ihr mit wehendem Mantel auf den Fersen blieb.

„Haha. Du willst mich, und das weißt du genau", rief er gackernd.

„Ich will meine Firma retten!", brüllte sie ihm über die Schulter zu. „Unterschreib mir eine Garantie, dass du meine Firma rettest."

„Lass uns erst mal den Deal besiegeln", rief er, während er sie um ein Bett herum verfolgte. „Komm schon, Samantha, du willst es doch."

„Ich sollte das nicht tun", sagte sie schwer atmend und zögerte. Die Chance nutzte er, um das Bett zu umrunden und sie einzufangen. „Es ist in Ordnung", murmelte er, während er sie am Hals küsste. „Vertrau mir."

Kaum hatte er das gesagt, half er ihr auch schon, das kleine Schwarze auszuziehen. Und, siehe da, sie trug einen Slip mit Leopardenmuster und einen passenden BH.

„So, und jetzt unterschreib das hier", sagte Blake und zauberte eine Art Vertrag hervor, außerdem einen Stift in Form einer

Lakritzstange. Samantha nahm ihn und setzte ihren Namen ans Ende des Dokuments. „Was habe ich gerade unterschrieben?“

Blake nahm sie in die Arme und lächelte sie an. „Baby, du hast dein Leben weggegeben. Du hast deine Firma an Madame C verkauft.“

Die Firma in Seattle, die so billige Schokolade produzierte? „Nein!“, protestierte sie und versuchte freizukommen.

„Und nun braucht dich niemand mehr“, verkündete er. Während sie noch immer in seinen Armen zappelte, flog er hinüber zum Whirlpool und ließ sie hineinfallen. „Sayonara, Schätzchen“, murmelte er und tauchte ihren Kopf in die Schokolade.

Kurz bevor sie ertrinken konnte, erwachte Samantha. Abrupt setzte sie sich auf, schwer atmend und schweißgebadet. Was hatte sie nur für ein krankes Unterbewusstsein? Sie strich sich die Haare aus den Augen und legte sich wieder hin, während sie leise stöhnte. Nibs kam langsam über das Bett getapst, um nach dem Rechten zu sehen, und sie zog ihn eng an sich.

„Okay, es war nur ein Traum“, beruhigte sie sich. Und einer, der sie davon überzeugt hatte, dass sie – egal wie schlimm es noch werden würde – die Sache nicht dadurch beenden wollte, dass sie sich in Schokolade ertränkte.

Blake holte sich gerade seinen vormittäglichen Koffeinnachschub im Bavarian Brews ab, als er sah, wie Samantha Sterling zur Tür hereinkam. Über ihrer eng anliegenden Jeans trug sie eine kurze Jacke, die mit Kunstfell besetzt war, außerdem hohe schwarze Stiefel – also ganz das legere Icicle-Falls-Business-Outfit. Nur dass die lässige Geschäftskleidung bei ihr ziemlich erotisch aussah und Blake gegen einen Anflug heißer Lust ankämpfen musste. Die Erinnerung an ihren Wutausbruch in der Bank half ihm, die Funken zu löschen – bis ihm ein ungewollter Gedanke durch den Kopf schoss und die Flammen wieder aufflodern ließ. Bei so viel Leidenschaft wäre sie wahrscheinlich im Bett das reinste Dynamit.

Sie sah ihn, und ihre Wangen, die von der Kälte schon rosig waren, wurden knallrot. Nach einem kurzen Blick zur Tür verwarf sie ihre Fluchtgedanken jedoch offensichtlich wieder. Stattdessen setzte sie ein höfliches Lächeln auf und ging auf den Tresen zu. Blake lächelte zurück, entschlossen, ihr auf halbem Weg entgegenzukommen. Sie lebten in derselben Stadt. Da war es vielleicht angebracht, eine schwierige Situation halbwegs zivilisiert zu bewältigen.

„Guten Morgen", sagte sie, wobei ihre Stimme genauso steif wirkte wie ihr Lächeln.

Er hob seinen Becher. „Ja, das ist er, jetzt, wo ich meinen Kaffee habe."

Sie nickte. „Ich brauche auch dringend einen."

„Kann ich Ihnen etwas spendieren?"

Sie errötete erneut und senkte den Blick. „Nein, danke. Ähm ...", sie räusperte sich, „... wegen neulich."

Das war eine heikle Sache. Er hob die Hand. „Betrachten Sie es als vergessen."

Jetzt schaute sie ihn an. Sie hatte wunderhübsche Augen. Und dann dieser Mund ... und all die anderen Körperteile ...

„Es war sehr unprofessionell von mir", gab sie zu. „Normalerweise verhalte ich mich nicht so."

„Davon bin ich überzeugt", stimmte er ihr zu. „Und glauben Sie mir, für die Bank ist das genauso wenig erfreulich wie für Sie."

Sie zog eine ihrer zarten Augenbrauen in die Höhe. Inzwischen blickte sie nicht länger ernst, sondern eher zynisch drein. „Es tut Ihnen mehr weh als mir?"

„Na ja, in gewisser Weise." Das klang ganz schön idiotisch. Jetzt stand er wie ein Trottel da. Irgendwie lief die Sache nicht gut. „Ich bin nicht gern der Bösewicht", sagte er. Verdammt, das war eine ziemliche Untertreibung. Warum hatte er sich noch mal ausgerechnet für das Bankgeschäft entschieden? Wo es doch so viele andere Berufe gab ...

Ach ja. Er hatte den Menschen helfen wollen, ihre Geldprobleme zu regeln, hatte helfen wollen, ihre Träume wahr werden zu lassen, bla, bla, bla. So was von naiv ... Banken kurierten keine finanzielle Dummheit. Sie profitierten davon. Er war kein Held. Er war ein Profitjäger.

„Dann seien Sie nicht der Bösewicht", drängte sie ihn. „Arbeiten Sie mit uns zusammen."

Sie sah so hilflos, so verzweifelt aus. Er hätte gern die Arme um sie geschlungen und ihr versichert, dass er einen Weg finden würde, um ihr zu helfen.

Moment mal. Was dachte er da gerade? Natürlich dachte er gar nicht. Bei Frauen wie dieser hier setzte bei Männern der Verstand völlig aus. Er ermahnte sich streng, dass Samantha Sterling nicht der einzige Mensch in der Stadt war, der Geld brauchte. Auch die Bankangestellten und andere Bankkunden verließen sich auf ihn.

Aber keiner seiner anderen Kunden sah so aus wie diese Kundin hier.

Oh nein. Er würde nicht dem alten Arnie über die Klippe folgen und die Bank mit sich reißen. Sicher, Männer taten massenhaft idiotische Dinge für Frauen. Sie gaben Geld für sie aus, das sie nicht besaßen, stahlen, ja, mordeten sogar für sie. Aber er musste den Heerscharen nicht folgen.

„Wir sind dabei, etwas zu planen, das nicht nur Sweet Dreams, sondern der ganzen Stadt nützen könnte", sagte Samantha ernst.

Na also. Sie würde es schon schaffen. Das hatte er doch die ganze Zeit gewusst.

Dies hier war eine Stadt voller Kämpfernaturen. Schon seit damals, als man das Sägewerk geschlossen und die Eisenbahn umgeleitet hatte, wodurch Icicle Falls während der Depression in arge Bedrängnis geraten war. In den Fünfzigerjahren war der Ort fast zu einer Geisterstadt verkommen, doch die Einwohner von Icicle Falls hatten sich selbst am Schopf aus dem Sumpf gezogen: Anfang der Sechzigerjahre hatten sie begonnen, ihre Stadt in ein nachgemachtes Alpendorf und ein Mekka für Skifahrer zu verwandeln. Dieser Erfolg spiegelte sich auch in der Firmengeschichte von Sweet Dreams Chocolate wider: Man hatte harte Zeiten überstanden, doch die Stadt konnte stolz darauf sein, dass sie es geschafft hatte. Und die Geschichte, wie Sweet Dreams gegründet worden war, war inzwischen legendär. Samantha Sterling war eine Kämpferin, genauso wie die anderen Einwohner von Icicle Falls. Sie würde die Krise überstehen.

„Wenn wir nur noch ein bisschen mehr Zeit hätten“, fügte sie hinzu.

Das schon wieder. So viel zu dem rosigen Bild, das er von ihr gemalt hatte. Sein Morgenkaffee schmeckte auf einmal bitter. „Ich wünschte, ich könnte Ihnen helfen“, sagte er. Und das tat er wirklich. Das war keine Lüge.

Wieder schoss die Augenbraue in die Höhe. „Tatsächlich?“

Ja, verdammt. Aber was sollte er denn tun? Die Bank für sie ausrauben? Sah er aus wie ein Geldbaum, dem die Hundertdollarscheine aus den Ohren wuchsen? „Wie ich schon sagte …“

„Ich glaube, ich möchte nicht hören, was Sie bereits gesagt haben“, fuhr sie ihn an. „Es war schon beim ersten Mal deprimierend genug.“

In weniger als einer Minute war es ihr gelungen, ihn von einer Größe von gut einem Meter achtzig auf fünfzig Zentimeter zu reduzieren, den kleinsten Mann der Welt mit dem kleinsten Herzen der Welt. „Wenn es irgendeine andere Möglichkeit gibt, wie ich helfen kann …“, begann er.

„Sie helfen schon genug“, erklärte sie eisig und marschierte mit stocksteifem Rücken zum Tresen.

Aber der Hintern war alles andere als steif. Wow, wie schafften Frauen es eigentlich, so zu gehen? Unglaublich … und so verdammt erotisch.

Na toll, Preston, schalt er sich. Du bist dabei, ihr den Familienbetrieb wegzunehmen, und schwärmst von ihrem Hintern. Was bist du bloß für ein Mistkerl? Seine Exfreundin würde es ihm vermutlich haarklein erläutern können.

Es war eine oberflächliche Beziehung gewesen, die von Anfang an zum Scheitern verurteilt gewesen war. Nachdem sie sich getrennt hatten, hatte er sich geschworen, vorsichtiger zu sein und sich seinen Verstand nicht von einem hübschen Gesicht vernebeln zu lassen. Oder von einem knackigen Po.

Also, denk an zum Scheitern verurteilte Beziehungen – Samantha Sterling ist nichts für dich. Trotzdem, das bedeutete ja nicht, dass er nicht noch einmal einen Schritt zurückmachen konnte, um ihre Situation erneut zu analysieren. Vielleicht kam er dann zu einem anderen Ergebnis. Mal ehrlich: War es klug von der Bank, sich gegenüber einer Firma, die eine so wichtige Rolle in der Wirtschaft vor Ort spielte, so knallhart aufzutreten?

Er warf seinen Kaffeebecher weg und trat hinaus in die Kälte. Statt jedoch in die Bank zurückzukehren, ging er hinunter zum Riverfront Park. Abgesehen von ein paar tapferen Spaziergängern war der Fußweg wie ausgestorben. Er nahm sein Handy und wählte die Nummer von Darren Short, seinem Bezirksmanager, während er sich gleichzeitig einredete, dass er nicht dabei war, Arnie über die Klippen zu folgen.

„Blake! Wie geht's?", begrüßte ihn Darren. „Haben Sie sich schon wieder eingelebt?"

„Danke, ja", sagte Blake. „Aber jetzt, wo ich hier bin, bekomme ich einen besseren Überblick, was das Gesamtbild angeht, als nur mithilfe der Unterlagen."

„Aha?" Auf einmal klang Darren argwöhnisch.

„Sehen Sie, ich glaube, dass wir ein paar dieser Kredite noch einmal bewerten sollten, vor allem den für Sweet Dreams Chocolates."

„Kommen Sie, werden Sie mir jetzt nicht weich", schalt Darren. „Sie sind da oben, um uns davor zu bewahren, dass wir ausbluten."

„Ich weiß."

„Dann lassen Sie mich nicht hängen. Sie sind unser Wunderkind, und wir vertrauen darauf, dass Sie die Filiale wieder auf Vordermann bringen, damit sie für Cascade Mutual Gewinn erwirtschaftet. Verdammt, auch die Leute, die da oben arbeiten, sind von Ihnen abhängig."

„Ich bin fest entschlossen, das auch umzusetzen, aber …"

Darren unterbrach ihn. „Gut. Ich habe mich für Sie eingesetzt. Lassen Sie es mich nicht bereuen."

„Keine Angst. Ich mache meinen Job", erwiderte Blake. „Aber dazu gehört auch, dass ich eine Situation genau evaluiere und …"

Wieder unterbrach Darren ihn. Diesmal mit einem harschen:

„Die wurde bereits evaluiert, und ich bin sicher, dass ich Sie nicht an die Bankregularien erinnern muss."

„Die habe ich nicht vergessen", meinte Blake mit zusammengebissenen Zähnen.

„Freut mich zu hören. Wenn wir uns Freitag sehen, können Sie mir einen vollständigen Bericht geben."

„Mach ich." Darren würde sogar einen sehr viel ausführlicheren Bericht bekommen, als er erwartete. Blake war wild entschlossen, seinen Chef irgendwie dazu zu bringen, auf die Stimme der Vernunft zu hören. Das musste er tun. Er würde es nicht ertragen, für den Rest seines Lebens als der kleinste Mann der Welt zu leben.

Samantha hatte sich schon den ganzen Morgen auf ihren Caramel Latte gefreut, aber nachdem sie zwei Schlucke getrunken hatte, warf sie den Becher weg. Sie machte sich auf den Weg zum Büro, änderte dann aber in letzter Minute die Richtung und ging hinüber zum Gingerbread-Haus, das ihrer Freundin Cassandra Wilkes gehörte.

Samantha hatte so oft in der Bäckerei und Cass bei Sweat Dreams vorbeigeschaut, dass es gar nicht anders hatte kommen können: Die beiden Frauen waren Freundinnen geworden. Neben ihrer Liebe zum Essen teilten die beiden eine Leidenschaft fürs Geschäft und für Klatsch und Tratsch.

Cass war alleinerziehende Mutter von drei Kindern. Jetzt war sie Anfang vierzig und erfolgreich. Doch als sie als enttäuschte Dreißigjährige, frisch Geschiedene nach Icicle Falls gekommen war, hatte sie kaum einen Cent besessen. Sie hatte angefangen, für Dot Morrison in deren Restaurant Breakfast-Haus zu arbeiten. Vor sieben Jahren hatte Dot ihr dann das Geld geliehen, damit Cass eine eigene Bäckerei aufbauen konnte. Cass hatte das Geld genommen und war so schnell sie konnte die Erfolgsleiter emporgeklettert, ohne je einen Blick zurückzuwerfen.

Samantha öffnete die Tür und wurde von einem Schwall warmer Luft empfangen, die köstlich nach Zimt und Muskatnuss duftete. Hinter dem Glastresen lockten Lebkuchen in allen erdenklichen Formen. Windbeutel in Schwanenform warteten, zusammen mit Sahnetorten, die nach deutschen Originalrezepten gebacken waren, in einer Vitrine darauf, gekauft zu werden. Ein großes Lebkuchenschloss thronte auf dem Tresen, und in den Regalen dahinter konnte man weitere Beispiele von Cass' Kreativität bewundern.

Heute stand sie, über und über mit Mehl bestäubt, in der Küche und rollte Keksteig für ihre süßen Pizzas aus. Aber als sie sah, dass Samantha am Tresen stand und mit ihrer ältesten Tochter, der zwanzigjährigen Danielle, sprach, wusch sie sich die Hände, nahm die Schürze ab und entschied, dass sie eine Kaffeepause verdient hatte.

Obwohl Cass ihr Möglichstes tat, um nicht gut auszusehen, sah sie nicht schlecht aus. Sie machte sich nie die Mühe, sich zu schminken, und wenn ihr dunkles Haar nicht in einem Netz steckte, war es zu einem nachlässigen Knoten zusammengerollt. Sie hatte dreißig Pfund Übergewicht und war stolz darauf, und sie trug selten etwas anderes als Jeans mit Sweat- oder T-Shirt. Vermutlich lag es aber eher an ihrer Haltung als an ihrem Aussehen, dass sie immer noch Single war. Während Muriel ausstrahlte: Ruf mich an, sendete Cass Signale aus, die besagten: Denk nicht mal dran.

Jetzt musterte sie Samantha mit ihrem durchdringenden Blick und fragte: „Okay, wen willst du heute umbringen?"

Angesichts des Einfühlungsvermögens ihrer Freundin musste Samantha lächeln. „Weder meine Mutter noch mich selbst."

„Das ist doch schon mal ein Schritt in die richtige Richtung", erwiderte Cass, griff sich ein bisschen Keksbruch und setzte sich mit Samantha an einen Tisch in der Ecke.

„Aber vielleicht den neuen Filialleiter in der Bank."

„Zum Tag der offenen Tür habe ich es nicht geschafft, aber heute Morgen habe ich eine Einzahlung gemacht und unseren Footballhelden gesehen, der zu uns zurückgekehrt ist." Cass schüttelte den Kopf und lächelte. „Ich muss schon sagen: Obwohl mein Traummann aus Lebkuchenteig besteht, hat der gute Blake meine Hormone doch kurz wieder in Schwung gebracht."

„Ich wusste ja schon immer, dass du ein männermordender Vamp bist“, neckte Samantha sie.

„Und? Warst du bei ihm, um mit ihm über das Durcheinander zu reden, das Waldo hinterlassen hat?“

Cass und Charley waren die Einzigen, die wussten, dass Samantha Probleme in der Firma hatte. Aber keiner von ihnen hatte sie erzählt, wie dramatisch die Lage wirklich war. „Er ist keine Hilfe“, sagte sie und ließ es dabei bewenden.

Cass schüttelte den Kopf. „Der Mann muss ein Herz aus Stein haben.“

„Wahrscheinlich. Wir wollen versuchen, andere Wege zu finden, wie wir die Firma wieder sanieren können. Gestern Abend hab ich mit Mom und meinen Schwestern überlegt, und wir hatten eine Idee, die ich gern mit dir besprechen möchte.“ Cass war eine clevere Geschäftsfrau. Wenn sie auf ihrer Seite war, half das sicher, den anderen Mitgliedern in der Handelskammer die Idee schmackhaft zu machen.

Cass lehnte sich zurück und legte einen Ellenbogen über die Rückenlehne ihres Stuhls. „Ich höre“, meinte sie unverbindlich.

„Wir haben uns überlegt, ein Schokoladenfestival zu sponsern.“

Cass nickte nachdenklich. „Klingt interessant. Erzähl mir mehr.“

Genau das tat Samantha, und während sie redete, änderte sich Cass’ skeptische Körperhaltung. Sie beugte sich vor, legte die Arme auf den Tisch und hörte aufmerksam zu. „Weißt du was? Das könnte echt gut werden“, sagte sie schließlich.

„Meinst du, es klappt?“

„Warum nicht? Wir versuchen doch ständig, neue Besucher in unsere Stadt zu locken. Wann wollt ihr die Sache veranstalten? Ihr müsst sicherstellen, dass es sich nicht mit irgendwelchen anderen Veranstaltungen überschneidet.“

„Nächsten Monat.“

Cass blinzelte und ließ sich auf ihrem Stuhl zurückfallen. „Nächsten Monat?“

„Mir ist schon klar, dass das ein bisschen überstürzt ist.“ Das war ja wohl die Untertreibung des Jahrhunderts.

„Ein bisschen?“ Cass hob beide Augenbrauen. „Du weißt schon, wie lange es dauert, so etwas zu planen, oder?“

Samantha sank in sich zusammen. „Es ist aussichtslos, oder? Ich wusste es.“ Sie hatte sich etwas vorgemacht – genau das taten Leute, die den Verstand verloren hatten.

„Das habe ich nicht gesagt. Aber verdammt …“

„Wir könnten klein anfangen“, schlug Samantha vor.

„Warum Februar?“

„Ich brauche bis Ende nächsten Monats massenhaft Geld. Cass, es ist meine letzte Chance.“ Es tat weh, das laut zugeben zu müssen. Samantha blinzelte gegen die Tränen an.

„Nicht unbedingt. Du hast hier in der Stadt Freunde.“

Samantha schüttelte den Kopf. „Für das, was ich der Bank schulde, habe ich nicht genügend Freunde. Und sowieso würde ich meine Freunde nicht damit belasten wollen. Wenn die Bank mit mir zusammengearbeitet hätte …“ Es war sinnlos, den Satz zu beenden.

„Okay, warum also nächsten Monat?“

„Der Valentinstag fällt in diesem Jahr auf einen Montag. Wir würden es gern an dem Wochenende davor veranstalten.“

Cass nickte langsam. „Ein Schokoladenfestival am Wochenende vor dem Valentinstag. Perfektes Timing. Damit sollte man einen Haufen Paare hierher locken können. Das ist gut für die Pensionen, die Restaurants, die Weinläden und die Bäckereien“, fügte sie grinsend hinzu.

„Also, was meinst du: Könnten wir es schaffen, wenn wir es nicht übertreiben?“

Cass zuckte mit den Schultern. „Ich würde sagen, probiert es. Du hast doch nichts zu verlieren.“

Außer ihrer Firma, und die würde sie nicht ohne Kampf aufgeben.

Cass ging wieder an die Arbeit, und Samantha eilte zurück ins Büro, entschlossen, den Kampf aufzunehmen.

Elena sah sie verunsichert an. „Ich habe mir schon Sorgen gemacht. Wo bist du gewesen?

„Draußen, um mich inspirieren zu lassen. Ich möchte, dass du Festivals googelst und mir alles, was du findest, ausdruckst."

„Okay", meinte Elena. „Aber ..."

„Und ruf Luke an und sag ihm, er soll sich darauf einstellen, dass wir die Produktion unserer Pfefferminz-Schokoladenherzen verdreifachen müssen."

„Was ist denn jetzt los?"

„Wir sind dabei, Icicle Falls erstes jährliches Schokoladenfestival zu sponsern", erwiderte Samantha und marschierte dann in ihr Büro – eine Generälin, die ihren Schlachtplan ausarbeiten und die Welt erobern wollte. Oder zumindest die Bank.

7. KAPITEL

Wenn du eine positive Einstellung ausstrahlst, sorgt das auch für eine positive Einstellung bei anderen.
Muriel Sterling, *Der unschätzbare Wert der Familie*

Am Mittwochmorgen saßen die Mitglieder der Handelskammer von Icicle Falls im Festsaal von Dot Morrisons Breakfast-Haus zusammen.

„Soll ich die Idee mit dem Festival ansprechen?“, fragte Cass Samantha.

„Vielen Dank für das Angebot, aber nein.“ Es wäre nett, wenn jemand anderes die Zügel in die Hand nehmen und alle Hürden überwinden würde (oder über die Klippen springen würde), aber Samantha wusste, dass sie diese Sache schon selbst in Angriff nehmen musste. Verstohlen blickte sie zum Ende des Tisches, wo Blake Preston saß und mit Ed York sprach, dem der Weinladen D'Vine Wines gehörte. Würde Blake sich einmischen und allen anderen raten, nicht auf eine Frau zu hören, deren Firma kurz vor dem Ruin stand?

Sei nicht albern, schalt sie sich. Es war im Interesse der Bank, dass sie erfolgreich war. Sonst hätten sie eine Schokoladenfabrik am Hals, und was sollte eine Bank schon mit einer Schokoladenfabrik anfangen?

„Denk vor allem daran, zu betonen, dass wir alle davon profitieren“, sagte Charley, die von Samantha auf dem Weg zum Meeting eingeweiht worden war. „Wir müssen uns überlegen, wie wir es schaffen, dass Icicle Falls das ganze Jahr über ein Ziel für Touristen ist, egal ob es Schnee gibt oder nicht.“

Samantha nickte und schob ihren Teller beiseite. Das bisschen, das sie von ihrer Waffel gegessen hatte, lag ihr wie ein Stein im Magen.

Eine Viertelstunde lang plauderten sie noch ungezwungen, dann eröffnete Ed die Sitzung. Es gab viel zu besprechen, zum Beispiel wie man alle Anwohner dazu bringen konnte, im kommenden Frühjahr Kästen und Körbe voller Blumen aufzuhängen, damit das Bild vom Alpendorf weiterhin flächendeckend aufrechterhalten wurde.

Während dieser Diskussion warfen mehrere Frauen in der Runde böse Blicke in Todd Blacks Richtung, dessen Sportbar Man Cave am Rande der Stadt lag – fast so, als wäre er ein peinlicher Verwandter, von dem beim Familienpicknick alle hofften, dass er bald wieder verschwinden würde. Todds einzige Zugeständnisse zum erforderlichen bayerischen Image, auf das man sich im Ort verständigt hatte, waren ein hölzernes Vordach und ein gemalter – keuleschwingender – Neandertaler in Lederhosen, den einer von Todds Kumpeln an die Hauswand gemalt hatte. Viele fanden, dass das nicht gerade guter Stil war. Genauso wenig wie die Keilereien, die sich die Männer samstags oft lieferten.

Ein weiteres heiß diskutiertes Thema war die Frage, ob man das Geld für ein neues Straßenschild zusammentragen sollte, auf dem die Gäste von Icicle Falls mit einem netten deutschen Spruch willkommen geheißen wurden.

„Also“, sagte Annemarie Huber, die erst kürzlich das Bavarian Inn gekauft hatte, „ich finde, wenn wir ein Alpendorf sein wollen, sollten wir auch so ein typisches Willkommensschild haben, wie es dort üblich ist.“

„Da haben Sie nicht ganz unrecht, Annemarie“, sagte Ed. „Wir sollten mal Bill Jacobs fragen, was das kosten würde.“

„Zu viel“, murmelte Todd.

„Es verleiht aber unserer Stadt noch mehr Charme“, beharrte Annemarie. Immerhin schaffte sie es, dass die anderen sich darauf verständigten, die Sache noch mal genauer zu prüfen.

Der Stein in Samanthas Magen wurde immer schwerer. Wenn schon niemand Geld für ein Schild lockermachen wollte, das nicht besonders teuer war, dann waren sie bestimmt auch nicht begeistert davon, richtig viel Geld für ein Festival in die Hand zu nehmen.

„Wir haben noch einen neuen Geschäftsvorschlag von Samantha.“ Ed lächelte ihr aufmunternd zu.

Jetzt musste sie also nur noch ihr großes Mundwerk aufmachen und ihm erzählen, dass sie etwas vorschlagen wollte, das der ganzen Stadt nützen könnte. Leider hatte sie inzwischen nicht nur kalte, sondern eisige Füße bekommen. Ob wohl alle ihre Idee total selbstsüchtig fanden? Wahrscheinlich wurde sie erschossen. Himmel, wenn sie das alles nicht so dringend brauchen würde, würde sie sich selbst erschießen.

Die anderen musterten sie neugierig. Verkauf deine Idee. Es ist die einzige, die du hast, und die muss einschlagen wie eine Bombe. Sie stählte sich und setzte ihr Pokerface auf. „Ja, ich habe die Sache schon mit mehreren Leuten besprochen" – Charley und Cass und ihre Familie, das waren doch mehrere, oder? – „und durchweg positive Resonanz erhalten." Vor allem von ihrer Familie.

„Dann lass mal hören", meinte Ed. „Ich weiß ja nicht, wie es euch anderen so geht, aber ich bin immer offen für neue Ideen. In diesem Winter liefen die Geschäfte nicht besonders gut."

„Das kannst du laut sagen", warf Olivia Wallace ein, die die Icicle Creek Lodge führte.

„Wir müssen uns ein paar Sachen ausdenken, mit denen wir Geschäfte machen können. Vor allem muss Icicle Falls das ganze Jahr über ein Magnet für Touristen werden", erklärte Samantha. „Schließlich ist es hier das ganze Jahr wunderschön. Im Sommer kann man herrlich wandern, und im Herbst, wenn sich das Laub verfärbt, ist die Landschaft einfach atemberaubend. Außerdem haben wir hier in der Nähe einige der besten Winzereien außerhalb von Napa."

Ed nickte. „Wohl wahr. Also, was schwebt dir vor?"

„Na ja, es ist ein Gedanke, mit dem meine Familie schon seit einiger Zeit spielt." – Zwei Tage waren doch einige Zeit, oder? – Sie fuhr fort, indem sie den anderen eine große Lüge auftischte, die ihr entschlüpfte, ehe sie sich auf die Zunge beißen konnte. „Und es ist ein Traum meines Stiefvaters Waldo, den er leider nicht mehr verwirklichen konnte." Wenn Waldo von der Idee erfahren hätte, wäre er hellauf begeistert gewesen, rechtfertigte sie sich und hoffte, dass sie nicht schuldbewusst errötete. Waldo hatte Feste geliebt, und dies wäre die Party aller Partys gewesen. Wie auch immer, im Leben war er für die Firma nutzlos gewesen. Da konnte er wenigstens jetzt als Toter seinen Teil zum Geschäft beitragen.

„Gott hab ihn selig“, murmelte jemand.

Wenn sie es schafften, diese Sache durchzuziehen, konnte er mit Samanthas Segen in Frieden ruhen.

„Worum handelt es sich denn nun?“, hakte Ed nach, der vor Neugier schon fast platzte.

Samantha spürte Blake Prestons Blick auf sich, als sie jetzt dastand – aufgebrezelt im Geschäftsäquivalent für des Kaisers neue Kleider – und merkte, dass ihre Wangen anfingen zu glühen. „Okay, welcher Feiertag erwirtschaftet den drittgrößten Umsatz?“

„Muttertag“, vermutete Annemarie.

„Nah dran“, erwiderte Samantha. „Nein, es ist der Valentinstag, der gleich nach Weihnachten und Thanksgiving rangiert. Und ich denke, dass wir den Tag hier in Icicle Falls feiern sollten. Deshalb möchte Sweet Dreams gern ein Schokoladenfestival sponsern, sozusagen zu Ehren von Amors großem Tag. Ihr alle wisst, wie viel Profit ein Festival einer Stadt bringen kann, da bin ich mir sicher.“

Okay, jetzt war es raus. War der Köder, den sie ausgeworfen hatte, fett genug gewesen?

Einige der Anwesenden hatten sich von ihrer Begeisterung anstecken lassen, das konnte sie an dem Glitzern in ihren Augen erkennen. Andere wie Dot und Todd Black, Mr Alpenneandertaler, wirkten nicht gerade überzeugt.

„Was genau habt ihr vor?“, wollte Dot wissen.

Samantha setzte zu ihrer einstudierten Rede an und führte das Verkaufsgespräch ihres Lebens. Währenddessen hoffte sie inständig, dass niemand merken würde, dass überhaupt nicht genug Zeit blieb, um so eine Sache zu planen.

„Aber das ist doch schon in einem Monat“, protestierte Hildy Johnson. Hildy war eine stämmige Frau, deren Lächeln so dünn wie der Rest von ihr dick war. Ihr Mann Nils war Apotheker. Er kümmerte sich in Johnson’s Drugs um die Rezepte, aber alles andere hatte Hildy fest im Griff, ihn eingeschlossen.

Und jetzt hatte sie gerade das sprichwörtliche Haar in der Suppe gefunden. „Ich weiß, dass es nicht mal mehr sechs Wochen bis zum Valentinstag sind“, gab Samantha zu. „Aber meine Familie hat schon einiges an Vorarbeit geleistet.“ Na ja, zumindest ein bisschen. Am Wochenende hatten sie Dauertelefonate miteinander geführt, um die Sache zu diskutieren. Und Cecily und Bailey arbeiteten schon an Zeitplänen und Veranstaltungsorten für mögliche Events. „Dieses Jahr müssten wir natürlich klein anfangen. Aber wenn wir alle zusammenarbeiten und etwas auf die Beine stellen, was den Leuten Spaß macht und wobei sie sich amüsieren können, wird sich das schnell herumsprechen. Und im nächsten Jahr kommen dann doppelt so viele Leute. Ich meine, jeder weiß, dass der Valentinstag sich hervorragend vermarkten lässt – Wochenendangebote für Verliebte in unseren Frühstückspensionen und Motels, Weinverkostungen, ein romantisches Candle-Light-Dinner, spezielle Blumenarrangements.“

Inzwischen leuchteten noch mehr Augen interessiert auf. Nur Blake anzusehen, traute sich Samantha immer noch nicht. Sie fuhr fort, indem sie verlockende Details aufzählte.

„Was ist mit Werbung? Wie wollt ihr das promoten?“, hakte Hildy nach. „So was ist doch nicht über Nacht bekannt zu geben.“

„Aber dank des Internets und der sozialen Netzwerke kann man es ziemlich schnell und problemlos verbreiten“, argumentierte Samantha. Das waren Baileys Worte.

„Wie viele Freunde, die nicht hier wohnen, habt ihr denn auf Facebook? Wie viele Leute klicken eure Websites an?“, fragte Todd zynisch. Am liebsten hätte Samantha ihm einen Tritt gegen das Schienbein gegeben.

„Natürlich müssen wir es auch anderweitig bewerben“, sagte sie. „Im Radio, in den Zeitungen …“

„Das kostet alles Geld“, unterbrach Hildy sie.

Jetzt schaute Samantha doch in Blakes Richtung. Das Mitleid, das sich auf seiner Miene abzeichnete, trieb ihr fast die Tränen in die Augen. Doch sie kämpfte dagegen an und setzte stattdessen ihr freundlichstes Verkäuferlächeln auf. „Ich weiß natürlich, dass wir gegen die Zeit arbeiten. Aber wenn wir uns alle zusammentun, all unsere Reserven mobilisieren, könnten wir richtig viel Geschäft in die Stadt holen."

„Und das können wir weiß Gott alle gut gebrauchen", murmelte Heinrich, dem der Blumenladen Lupine Floral gehörte.

„Also, wollen wir uns daran beteiligen?", fragte Ed. „Leute, was meint ihr?"

„Was soll's", meinte Dot achselzuckend. „Ich kann ein paar Plastikherzen aufhängen und ein besonderes Frühstück anbieten, kein Problem."

„Unsere Rücklagen sind sehr begrenzt", erklärte Hildy. „Und so etwas ...", sie schüttelte den Kopf, „... so etwas wird ziemlich kostspielig. Wir müssten der Polizei Überstunden bezahlen, damit sie außerplanmäßig für Sicherheit sorgt, und wir hätten zusätzliche Ausgaben für Wartungs- und Aufräumarbeiten."

„Aber dafür sind Rücklagen doch da, oder nicht?", konterte Samantha.

Hildy sah sie missbilligend an. „Natürlich, aber sie sind nicht für jede hirnrissige Idee da, die auf einer unserer Sitzungen zum Besten gegeben wird. Geld wächst nicht auf Bäumen. Mit dem wenigen, was wir haben, müssen wir sorgsam umgehen. Ich finde, wir sollten ein Komitee gründen, das sich mit der Angelegenheit befasst", schloss sie.

„Ich denke, da es bis zum Valentinstag nur noch gut einen Monat hin ist, sollten wir heute entscheiden, ob wir uns darauf einlassen oder nicht", sagte Dot.

„Also ich finde, wir sollten es versuchen", mischte sich Charley ein. „Ich stimme Samantha zu – wir können ja klein anfangen."

Gott segne dich, dachte Samantha und lächelte sie dankbar an.

Hildy schüttelte wieder den Kopf. „Ich finde, wir sollten es lassen."

„Das auf die Beine zu stellen schafft ihr nicht", erklärte Todd selbstsicher.

„Ich denke, doch", beharrte Samantha. „Wenn die ganze Stadt das Projekt unterstützt, schaffen wir es, und alle würden ordentlich davon profitieren."

„Was denken Sie, Blake?“, fragte Hildy, ganz offensichtlich auf der Suche nach jemandem, der ihre Ansicht unterstützte.

Er zupfte an seiner Krawatte. „Es ist ein ziemlich großes Unterfangen“, druckste er. „Wahrscheinlich werden Sie im ersten Jahr mehr Geld ausgeben, als Sie einnehmen.“

„Sehen Sie!“, meinte Hildy, so als wäre die Sache damit entschieden.

Mach schon, stich mir ins Herz, dachte Samantha verbittert und musterte Blake mit bösem Blick.

Er weigerte sich, in ihre Richtung zu schauen. „Aber wenn Sie mich fragen, ob es eine Idee ist, die Touristen anlocken könnte, wenn man ein bisschen mehr Zeit für die Planung und Ausführung hat, ist meine Antwort ja“, fügte er hinzu. Jetzt sah er Samantha an, die noch immer böse guckte. Er musterte sie mit seinen blauen Augen, als wollte er sagen: Schau her, ich bin überhaupt nicht voreingenommen.

Von wegen. Natürlich war er das.

„Ich weiß nicht“, meinte Todd und zuckte mit den Schultern. „Mir bringt das nicht viel. Ich verkauf bei mir keine Schokolade.“

„Aber ich verkaufe Wein“, erinnerte Ed ihn, „und der passt verdammt gut zu Schokolade. Wir sollten mal die Köpfe zusammenstecken und sehen, was uns alles einfällt“, sagte er, an Samantha gewandt.

„Ich finde, dass das eine tolle Idee ist“, warf Heinrich ein. „Es lockt Leute her, und das ist gut für uns alle. Warum sollten wir nicht die Tatsache hervorheben, dass es in der Stadt eine Schokoladenfabrik gibt?“

„Mir gefällt die Idee auch“, sagte Annemarie.

„Nach dem miesen Winter, den wir hatten, müssen wir einfach was tun“, fügte Olivia hinzu. „Und ich schnüre lieber ein paar Sonderangebotspakete, um die Pension voll zu bekommen, als rumzusitzen, Däumchen zu drehen und darauf zu warten, dass die Bank mir alles wegnimmt.“ Sie errötete und warf Blake einen entschuldigenden Blick zu. „Entschuldigung.“

„Kein Problem“, versicherte er ihr. „Cascade Mutual möchte

Teil dieser Gemeinde sein, und eine gute Zusammenarbeit ist in unser aller Interesse."

Was für ein Heuchler, dachte Samantha.

Es wurde noch zehn Minuten lang heftig diskutiert, und Hildy kam mit immer neuen Gegenargumenten. Schließlich zuckte Todd mit den Achseln und sagte: „Macht doch, was ihr wollt. Mein Geschäft beeinflusst es weder positiv noch negativ."

„Stimmt", murmelte Charley angewidert. „Solange es Loser und Bier auf dieser Welt gibt, geht es ihm gut."

„Wir stimmen ab", verkündete Ed. „Wer ist für Samanthas Vorschlag?"

Die Zustimmung war fast einstimmig. Nur Todd enthielt sich, und Hildy stimmte vehement dagegen.

„Das ist reine Geldverschwendung", informierte sie Ed, als sie ging. Doch einige der anderen blieben noch kurz, um Samantha zu ihrer großartigen Idee zu gratulieren.

„Ich helfe dir gern bei der Planung", bot sich Olivia an.

„Ich auch", warf Cass ein.

„Ich bin schon dabei, mir ein leckeres Menü für das Schokoladen-Dinner auszudenken", sagte Charley. „Wie wäre zum Beispiel ein Gang mit Schokoladen-Pasta, französischem Käse und Artischocken?"

„Klingt himmlisch", murmelte Samantha. Und teuer. „Denk dran: Wir wollen Gewinn machen."

„Vertrau mir, das tun wir auch."

„Ich glaube, das wird richtig gut", schwärmte Heinrich. „Wir könnten hier im Nordwesten der perfekte Ort für Liebespaare werden. Annemarie", rief er und eilte ihr hinterher. „Wir sollten uns zusammen ein romantisches Arrangement ausdenken."

„Vergesst nicht, irgendwie Schokolade mit einzubauen", rief Samantha ihm nach. Er grinste und hob den Daumen.

Wir sind auf dem richtigen Weg, dachte Samantha strahlend, während die Mitglieder der Handelskammer an ihr vorbeigingen und versprachen zu helfen.

„Ich glaube, du bräuchtest dringend einen E-Mail-Verteiler", schlug Jonathan Templar vor. Er war ihr Computerexperte und betrieb den Computerservice Geek Gods. „Damit ihr euch alle gegenseitig auf dem Laufenden halten könnt."

„Himmel, wen können wir wohl beauftragen, den zu erstellen?", neckte sie ihn. „Hoffentlich jemanden, der seine Dienste günstig anbietet."

„Da es zum Wohl der Stadt ist, biete ich meine Dienste umsonst an", sagte er und schob seine Brille hoch. „Und ich mache euch eine spezielle Website. Die müsste ich in ein paar Tagen installiert haben."

„Du bist mein Held", sagte sie und küsste ihn auf die Wange. Prompt errötete er.

Aus dem Augenwinkel bemerkte Samantha, wie Blake – dem ja angeblich das Wohl der Gemeinschaft so am Herzen lag – mit Ed sprach, gleichzeitig aber sie beobachtete. Er schenkte ihr ein Lächeln, das wohl ermutigend gemeint war, sie jedoch nur vor Wut kochen ließ. Oh ja, sicher, die Bank wollte alles tun, um der Gemeinde zu helfen. Bis ein Geschäft in Schwierigkeiten steckte. Dann konnten sie es schnell vergessen.

Sie wandte ihm den Rücken zu und sagte zu Charley: „Lass uns gehen. Ich habe noch einiges zu tun." Zum Beispiel eine Firma retten.

8. KAPITEL

Wenn du deine Familie nicht im Griff hast, wie willst du dann eine Firma im Griff haben?
Muriel Sterling, *Der unschätzbare Wert der Familie*

Es war gegen zwei Uhr nachmittags, und für heute hatte Muriel genug getan. Sie hatte sich angezogen. Jetzt saß sie auf der Couch und schaute sich eines ihrer Fotoalben an.

Das schnurlose Telefon, das vor ihr auf dem Tisch lag und langsam Saft verlor, klingelte, und sie hob es hoch. Auf dem Display erschien der Name ihrer Ältesten.

Nicht jetzt, entschied sie und legte das Telefon wieder weg. Sie liebte ihre Tochter, aber manchmal erschöpfte Samantha sie einfach nur.

Das war nichts Neues. Schon während ihrer Schwangerschaft hatte sie ihre Mutter die halbe Nacht lang mit ihren akrobatischen Übungen im Bauch wach gehalten, und seit sie das Licht der Welt erblickt hatte, war es mit ihr nicht einfacher geworden. Für das Wort Nein hatte Samantha nie viel übrig gehabt. Beim Spendensammeln in der Schule hatte sie das immer zu einer der Erfolgreichsten gemacht. Sie großzuziehen war aber eine große Herausforderung gewesen. Egal ob es ums Taschengeld, um Modestile oder Ausgehzeiten gegangen war: Sie hatte immer getestet, wie weit sie gehen konnte. Als dann die beiden anderen so weit waren, hatte Muriel ihre strenge Erziehung aufgegeben und war deutlich nachsichtiger geworden.

„Ich durfte nie so lange ausgehen", hatte Samantha sich beschwert, als Bailey erst nach Mitternacht nach Hause gekommen war. „Und ihr erlaubst du, nach dem Abschlussball die ganze Nacht wegzubleiben?"

Der Frust über die Entscheidungen ihrer Mutter hatte sich aber nicht auf so nichtige Dinge beschränkt. „Mom, du kannst Waldo nicht die Leitung der Firma übertragen. Er ist ein netter Mann, und ich weiß, dass er sich gern einbringen möchte. Aber er versteht nicht, wie wir die Dinge handhaben."

„Er ist Geschäftsmann", beharrte Muriel. „Und er wird neue Ideen einbringen."

Der Streit über diese Entscheidung hatte die Beziehung zu ihrer Erstgeborenen auf einen neuen Tiefpunkt befördert. Und bisher hatte sie noch keine Wiedergutmachung für diese Fehlentscheidung leisten können. Also hatte sie sich geschworen, dass sie ihre Tochter in dem, was sie für sinnvoll hielt, unterstützen würde. Aber dieses Festival auf die Beine zu stellen erschien ihr vollkommen unmöglich. Allein darüber nachzudenken erschöpfte sie schon. Das Letzte, was sie heute tun wollte, war, darüber zu reden.

Mit einem Stirnrunzeln konzentrierte Muriel sich wieder auf die Fotos von ihrer Hochzeitsreise mit Waldo. Sie waren auf Kreuzfahrt gegangen und standen an der Reling, während im Hintergrund das türkisfarbene Wasser der Karibik schimmerte. Sie lächelten, wie ein Paar, das noch viele gute Jahre vor sich hatte. Muriel seufzte und schlug die Seite um. Auf dem nächsten Foto saßen sie am Tisch des Kapitäns, Muriel in einem Abendkleid, Waldo in seinem Smoking. Sie hätten einfach weiter auf Reisen gehen und Samantha die Firma leiten lassen sollen.

Sie blätterte das Album durch. Als sie die Schnappschüsse ihres kurzen gemeinsamen Lebens betrachtete, kämpfte sie gegen die Tränen an: ein Picknick an den Lost Bride Wasserfällen, ein köstliches Abendessen im Space Needle in Seattle, vor dem Tannenbaum am letzten Weihnachtsfest. Sie sah sich an, wie tapfer Waldo dreingeschaut hatte, und merkte, wie ihr die Tränen über die Wangen liefen. Da hatten sie seit ungefähr einem Monat über seinen Zustand Bescheid gewusst, es den Mädchen aber noch nicht erzählt. Die Weihnachtszeit schien ihnen nicht der richtige Zeitpunkt zu sein. Jetzt bestand keine Veranlassung mehr, etwas zu sagen, vor allem nicht Samantha gegenüber. Sie würde nur ein schlechtes Gewissen bekommen, weil sie so wütend auf Waldo gewesen war.

Samantha. Mit einem kleinen Seufzer griff Muriel nach dem Telefon, um die Nachricht abzuhören.

Ihre Tochter klang energiegeladen. „Gute Neuigkeiten, Mom.

Die Handelskammer steht hinter uns. Unser Schokoladenfestival kann steigen. Es sieht so aus, als würdest du in den nächsten Wochen eine Menge zu tun haben."

Viel zu tun, und dann noch eine Tochter, die wieder zu Hause wohnte.

Natürlich freute sie sich, dass Cecily zurückkam – sie würde ein Trost sein. Aber sie würde auch … hier sein. Und obwohl Muriel ihre Tochter liebte – sie hatte keine Lust, ihre Energie darauf zu verschwenden, ihr etwas vorzuspielen. Sie kam zurecht. Sie wollte einfach nur schlafen oder im Arbeitszimmer sitzen und in die Luft starren oder sich Fotos anschauen. Dass sie das alles schon einmal erlebt hatte, machte es beim zweiten Mal nicht einfacher. Genau genommen hatte sie eher das Gefühl, dass es noch härter wurde.

Und wie sollte sie das ihren Töchtern oder sonst jemandem erklären? Wie sollte man den Schmerz des Verlusts und die tiefe Verzweiflung jemandem beschreiben, der so etwas noch nie erlebt hatte?

Kaum war ihr der Gedanke gekommen, erkannte sie, dass sie nicht ganz fair war. Ihre Töchter hatten den Verlust eines Vaters hinnehmen müssen, den sie vergöttert hatten.

Trotzdem, die drei waren jung. Sie hatten noch ihr ganzes Leben vor sich. Sie würden Männer finden, die sie liebten, und sich eine Zukunft mit ihnen aufbauen. Das kam für Muriel nicht mehr infrage. Sie hatte das wunderbare Glück gehabt, in einem Leben zwei wundervolle Männer zu finden. Für sie würde es kein drittes Mal geben. Und da das der Fall war, stellte sich die Frage, was sie mit dem Rest ihres Lebens anstellen sollte. Sie hatte so viele Jahre als Ehefrau und Gefährtin verbracht. Was war sie jetzt?

Immer noch Mutter, erinnerte sie sich. Und das war eine Rolle, die eine Frau niemals ablegen konnte. Das Leben ging weiter.

Was für eine deprimierende Aussicht! An Tagen wie diesen schien es einfach falsch, dass das Leben weiterging, wenn jemand, den man geliebt hatte, gestorben war. Im Moment schien ihres stillzustehen, und um es wieder in Gang zu bringen, würde es einer großen Kraftanstrengung bedürfen. Nur, dazu war sie nicht bereit. Noch nicht, doch für ihre Töchter würde sie es auf sich nehmen. Sie würde Samantha anrufen – morgen.

„Das ist großartig“, freute sich Cecily, nachdem Samantha ihr die guten Neuigkeiten berichtet hatte.

„Und es wird auch Mom richtig guttun“, erklärte Samantha. „Sie kann doch nicht ewig nur im Haus herumsitzen und nichts tun.“

„Na ja“, meinte Cecily nachdenklich. „Ich weiß nicht. Vielleicht lassen wir ihr nicht genügend Zeit zum Trauern.“

„Wir haben keine Zeit. Jedenfalls nicht, wenn wir unsere Firma behalten wollen.“

„Oh, oh, der alte Scrooge lebt noch.“

„Muss er ja. Hat sie dir erzählt, dass Waldo seine Lebensversicherung irgendwann nicht mehr bezahlt hat, sodass es kein Geld gibt?“

„Was? Du meinst …“

„Sie bekommt nichts. Absolut nichts.“

„Das neue Haus ist doch noch nicht abbezahlt, oder?“ Jetzt klang Cecily doch ein wenig besorgt. Und durchaus zu Recht. Wieso sollte Samantha die Einzige sein, die sich Sorgen machte? „Nein, und das macht ihr ganz schön zu schaffen.“

Cecily stieß einen tiefen Seufzer aus. „Das ist nicht gut.“

Das sah Samantha auch so. „Je schneller du herkommst, desto besser, denn Mom geht nicht ans Telefon.“

„Vielleicht ist sie einkaufen.“

„Nein, sie sitzt zu Hause und bläst Trübsal.“

„Woher weißt du das?“

„Weil sie genau das getan hat, als ich das letzte Mal bei ihr war.“ Am anderen Ende der Leitung herrschte Schweigen, und plötzlich bekam Samantha ein schlechtes Gewissen. „Was ist?“, fragte sie und ignorierte die leise Stimme im Hinterkopf, die vor sich hin sang: schlechte Tochter, schlechte Tochter, schlechte Tochter.

„Du lässt ihr nicht genügend Raum zum Trauern.“

Ihre Schwester hatte recht. Trotzdem reagierte Samantha leicht gereizt. „Wir haben dafür keine Zeit mehr."

„Das kann schon sein", erwiderte Cecily diplomatisch.

Verdammt richtig. Oh, wem wollte sie eigentlich etwas vormachen? Sie war echt gemein. Ihre Schwestern sollten ihr zum nächsten Geburtstag einen Maulkorb kaufen.

Sie seufzte. „Du hast ja recht. Mom braucht die Möglichkeit, ihre Trauer zu verarbeiten, und ich brauche einen Therapeuten."

„Keine Angst. Wir biegen dich schon wieder zurecht", neckte Cecily sie.

„Ich fürchte, das ist hoffnungslos", sagte Samantha. „Ich muss jetzt los. Ich will schnell noch ins Rathaus, um die ganzen Genehmigungen zu beantragen."

„Okay. Ich komme Ende der Woche hoch."

Samantha hoffte nur, dass ihre Schwester die Partnervermittlung nicht ihretwegen schloss. „Bist du dir ganz sicher, dass du das so machen willst?"

„Ganz sicher. Wahrscheinlich brauchst du mich gar nicht. So wie ich dich kenne, hast du alles schon gut im Griff."

Auch wenn sie sich ein bisschen im Stich gelassen gefühlt hatte, als ihre Schwestern sie mit Sweet Dreams alleingelassen hatten: Es gefiel ihr, alles unter Kontrolle zu haben. Doch der Betrieb war immer noch ein Familienbetrieb. Hatte sie Cecily tatsächlich das Gefühl vermittelt, dass sie sie nicht brauchte?

Der letzte Gedanke war eine kleine Offenbarung. „Ich brauche dich, um die ganzen Bälle in der Luft zu halten", sagte sie. „Und damit ich nicht den Verstand verliere."

„Na ja, Letzteres kann ich nicht garantieren, aber beim Jonglieren kann ich dir helfen."

„Danke", erwiderte Samantha. „Habe ich dir in letzter Zeit mal gesagt, was für eine tolle Schwester du bist?"

„Nein. Aber du hast recht, das bin ich."

Sie hörte das Lächeln in Cecilys Stimme, und als sie auflegte, lächelte sie ebenfalls. Sie würde die Schokoladenfestung nicht allein verteidigen müssen. Verstärkung war im Anmarsch. Schnell schickte sie eine E-Mail an Ed, um ihn wissen zu lassen, dass sie die erforderlichen Genehmigungen beantragen würde, schnappte sich dann ihre Handtasche und verließ das Büro.

„Ich gehe rüber ins Rathaus, um die Genehmigungen einzuholen“, erklärte sie Elena, die ihr Telefonat, das sie in rasend schnellem Spanisch geführt hatte, unterbrochen hatte, um zu fragen, wohin Samantha ging.

„Ich bin wahrscheinlich bald zurück.“

Elena nickte und setzte ihre Unterhaltung fort, stirnrunzelnd und wild gestikulierend. Die ausladenden Handbewegungen und das Spanisch ließen nur einen Schluss zu – sie redete mit ihrer Mutter. Samantha war froh, dass sie für eine Weile aus dem Büro entkommen konnte. Elena brauchte immer mindestens eine halbe Stunde, um sich nach einem ihrer Mutter-Tochter-Gespräche wieder zu beruhigen.

Was war das nur mit den Müttern? Von einem Moment zum anderen konnten sie sich von der besten Freundin zur ärgsten Feindin verwandeln. Deine Mutter war nie deine Feindin, korrigierte sie sich. Mom war keine Hellseherin; sie konnte ja nicht ahnen, wie sich die Dinge entwickeln würden. Sie hatte Samantha immer unterstützt. Na ja, bis Waldo aufgetaucht war.

Samantha zog die Stirn in Falten. Und das war der Knackpunkt. Sie hatte sich über Moms Entscheidung, Waldo die Leitung der Firma zu übertragen, geärgert. Im Grunde tat sie das immer noch, obwohl er inzwischen nicht mehr da war.

Ich brauche wirklich einen Therapeuten, dachte sie, als sie die Center Street entlangging, an deren Ende das Rathaus und die Polizeistation von Icicle Falls lagen. Aber momentan hatte sie dafür keine Zeit.

Priscilla Castro saß am Empfangstresen und begrüßte Samantha mit einem überheblichen Grinsen, die übliche Begrüßung für ihre ehemalige Rivalin. Auf der Highschool hatten Samantha und Priscilla um alles miteinander gerungen, angefangen bei den Noten bis hin zu den Jungs. Priscillas Freundinnen nannten sie Cilla. Die anderen Mädchen nannten sie Prissy, was ziemlich schnell zu Pissy wurde. Samantha war als Siegerin aus dem Wettstreit hervorgegangen, wer die Abschiedsrede halten durfte, und hatte – was für Priscilla noch schlimmer gewesen war – die Krone der Miss Icicle Falls bekommen sowie das Collegestipendium, das damit einherging. Pissy, die damit eindeutig das Nachsehen gehabt hatte, hatte sich dadurch gerächt, dass sie Samantha ihren Freund Neil Castro ausgespannt hatte, direkt vor dem Abschlussball. Sie hatte Neil, der nach der Schule in einer Obstverpackungsfirma in Wenatchee einen Job gefunden hatte, sogar geheiratet. Nicht gerade der beste Fang, wie Samantha fand. Pissy letztlich wohl auch nicht, denn sie hatten sich schon nach wenigen Jahren scheiden lassen. Wahrscheinlich machte Pissy Samantha auch dafür verantwortlich. Wenn Sweet Dreams bankrottging, würde Pissy vermutlich aufs Dach des Rathauses steigen und einen Triumphschrei ausstoßen. Lang lebe die Highschool.

„Hallo Piss … Priscilla", sagte Samantha.

„Samantha, was führt dich her?" Pissys Tonfalls nach zu urteilen, fügte sie in Gedanken hinzu: Glaub nicht, dass dich hier irgendjemand sehen will.

„Ich brauche die Genehmigung für eine besondere Veranstaltung, ein Festival. Und ich dachte mir, da wende ich mich am besten an dich", erwiderte Samantha mit aufgesetzter Freundlichkeit.

„Eine besondere Veranstaltung?" Pissy neigte den Kopf wie eine neugierige Krähe, die sie ja auch war. „Wer veranstaltet ein Festival?"

„Die Handelskammer."

„Davon hab ich ja noch gar nichts gehört", sagte Pissy.

„Na ja, das liegt wohl daran, dass es gerade erst entschieden wurde." Samantha bemühte sich, weiterzulächeln.

„Weiß Bürgermeister Stone darüber Bescheid?"

Del Stone konnte es genauso wenig wie Pissy leiden, wenn in der Stadt etwas passierte, wovon er nichts wusste. „Noch nicht, aber ich bin sicher, dass Ed York ihn über alle Einzelheiten informieren wird. Also, was muss ich ausfüllen?"

Pissy reichte ihr den erforderlichen Antrag. Der war ellenlang. „Du kannst ihn morgen wiederbringen."

„Weißt du, ich glaube, ich fülle ihn gleich aus“, erwiderte Samantha zuckersüß. Je schneller sie die Sache anleierte, desto besser.

Pissy zuckte mit den Schultern. „Wie du willst. Wir schließen in zehn Minuten.“ Sie stand auf und steuerte schnurstracks auf das Büro des Bürgermeisters zu, um zu petzen, und ließ Samantha am Tresen stehen.

Samantha hatte kaum angefangen zu schreiben, als Del Stone aus seinem Büro kam, ein kleiner stämmiger Mann, der gern verrückte Krawatten zu seinen konservativen Anzügen trug. Heute war es eine schwarze Krawatte, auf der ein springender Lachs zu sehen war. Darunter stand „Zum Angeln geboren“.

„Samantha“, begrüßte er sie, nahm ihre Hand und tätschelte sie väterlich. „Wie geht es Ihrer Mutter?“

Sie hat kein Geld, und sie schläft den ganzen Tag. „Danke, gut“, log Samantha.

„Na ja, wenn es irgendetwas gibt, das ich tun kann …“

Ja, frag sie einfach nicht, ob sie dich heiratet. „Danke“, erwiderte Samantha.

„Wie mir zu Ohren gekommen ist, will die Handelskammer ein Festival veranstalten“, sagte der Bürgermeister. „Das höre ich ja zum ersten Mal.“

Er lächelte, doch Samantha wusste, wann sie geschimpft wurde. Sie sah zu Pissy hinüber, die – immer noch mit einem fiesen Grinsen – wieder an ihrem Schreibtisch saß. „Na ja, wir haben das auch erst heute beschlossen.“

Er schüttelte den Kopf. „Ich wünschte, ich hätte an der Sitzung teilnehmen können, aber leider hatte ich geschäftlich in Wenatchee zu tun. Soll es vielleicht im Sommer stattfinden?“

Samantha wurde wieder mal bewusst, wie verrückt der Versuch war, das innerhalb so kurzer Zeit auf die Beine zu stellen. „Äh, ein bisschen früher.“

„Ach ja?“, bohrte er nach.

Sie spürte, wie ihre Wangen heiß wurden. „Eher um den Valentinstag herum.“

Das Lächeln des braven Bürgermeisters schwand wie das

Lächeln der Cheshirekatze aus Alice im Wunderland. „Valentinstag“, wiederholte er.

„Ja. Sweet Dreams möchte das Festival sponsern.“

„Hätte ich mir denken können“, murmelte Pissy drüben an ihrem Schreibtisch.

„Samantha, das ist nicht besonders klug“, erklärte der Bürgermeister.

„Wir werden erst mal klein anfangen“, versicherte Samantha ihm.

„Mit so wenig Vorlaufzeit müsste man mikroskopisch klein anfangen.“

„Ich glaube, wir können es schaffen“, beharrte sie.

Jetzt runzelte der Bürgermeister die Stirn. „Es wirft kein gutes Licht auf unsere Stadt, wenn das Ergebnis total unausgegoren ist.“

„Ich garantiere Ihnen, dass das nicht passieren wird“, erklärte Samantha. Del stand da wie eine Regenwolke auf zwei Beinen, bereit, kübelweise Schauer auf ihr Festival niederregnen zu lassen. Also fuhr sie schnell fort: „Warum lassen Sie sich heute Abend nicht einfach von Ed und mir zu Zelda’s zum Essen einladen, damit wir Ihnen mehr darüber erzählen können? Dann werden Sie merken, dass alle von so einem Festival profitieren können.“ Na wunderbar. Noch mehr Geld, das über den Sleeping Lady Mountain davonflog. Der Bürgermeister aß liebend gern. Und außerdem trank er liebend gern. Der Abend würde ein Vermögen kosten.

Del nickte nachdenklich. „In Ordnung. Und wissen Sie was? Bringen Sie doch Ihre Mutter mit. Es tut ihr bestimmt gut, mal rauszukommen.“

Das war genau das, was ihre Mutter sich immer gewünscht hatte: ein Abendessen mit Del Stone, dem Junggesellen, der nur allzu gern und allzu häufig seine Partnerinnen wechselte. Del war seit Jahren geschieden, und seit er keine Ehefrau mehr hatte, auf die er Rücksicht nehmen musste, versuchte er sich einen Namen als Casanova zu machen. Es sah ganz so aus, als wäre Mom die Nächste auf seiner Liste.

„Mal sehen, ob sie schon wieder ausgehen will“, erwiderte Samantha vage.

Bürgermeister Stone nickte noch einmal. „Okay, dann sehen wir uns heute Abend. So um sieben?“

Samantha nickte. Sie hoffte, dass Ed Zeit hatte. Del konnte sich selten für eine Idee begeistern, die nicht seinem eigenen Kopf, der immer kahler wurde, entsprungen war. Es würde Zeit und Mühe kosten, ihn zu überzeugen und auf ihre Seite zu ziehen. Doch wenn ihnen das gelang, würde das die Sache mit den Genehmigungen sicher sehr positiv beeinflussen und vor allem beschleunigen.

Er blickte auf die Uhr. „Okay, dann sehen wir uns heute Abend. Und vergessen Sie nicht, Ihre Mutter mitzubringen.“

Während sie ihm hinterhersah, wie er in sein Büro zurückging, überlegte sie, ob das wohl eine Bedingung dafür war, dass sie seinen Segen erhielten. Wahrscheinlich.

Inzwischen zeigte die Uhr an der Wand an, dass in einer Minute Feierabend war. Samantha runzelte die Stirn, als sie auf das halb ausgefüllte Formular vor sich auf dem Tresen blickte. Leider war es Pissy und Del mit ihrem Gerede gelungen, sie davon abzuhalten, ihr Formular einzureichen. Und Pissy blickte jetzt noch hämischer drein.

Samantha faltete die Unterlagen zusammen, steckte sie in die Handtasche und erwiderte Pissys garstiges Grinsen. „Ich denke, wir sehen uns morgen.“ Und den Rest des Tages würde sie rotsehen. Warum mussten die Leute ihr das Leben nur so schwer machen?

Wütend marschierte sie aus dem Rathaus heraus. Das schrie geradezu nach einer riesigen Dosis … Kaffee.

Gerade hatte sie sich einen großen Becher Latte macchiato im Bavarian Brews geholt. Sie überlegte, dass sie morgen als Allererstes wieder im Rathaus antanzen würde, um ihr ausgefülltes Formular an Pissys Stirn zu tackern. Da entdeckte sie am Ende der langen Schlange – lebte der eigentlich hier? – Blake Preston, Firmenschlucker und Festivalsaboteur. Der Dampf, der aus ihrem Pappbecher aufstieg, war nichts im Vergleich zu dem, was aus ihren Ohren kam.

Als Blake sie entdeckte, machte er entschlossen einen Schritt auf sie zu. „Samantha.“

Oh nein. Ich will nicht mit dir reden. Sie wandte den Blick ab und eilte an den Tischen entlang, an denen Büroangestellte eine kleine Kaffeepause einlegten und sich Collegeschüler nach einem anstrengenden Unterrichtstag erholten.

„Samantha, warten Sie“, rief er.

Sie tat so, als würde sie nichts hören, und umrundete einen Tisch, an dem zwei ältere Damen saßen und Kaffee und Kuchen genossen. Blake schnitt ihr den Weg ab.

„Ich habe wirklich keine Zeit, um mit Ihnen zu reden“, fuhr sie ihn an und ging auf der anderen Seite um den Tisch herum.

„Ich möchte nur fünf Minuten“, sagte er.

„Ich würde Ihnen fünf Minuten geben“, meinte eine der Frauen und strich sich über ihr Haar, das eine Farbe hatte, die man definitiv nirgends in der Natur finden konnte.

Samantha beschleunigte ihre Schritte. Oder versuchte es zumindest. Leider stolperte sie über die große Handtasche, die neben dem Stuhl einer der Frauen lag. Statt also einen übereilten, aber würdevollen Abgang aus dem Café hinzulegen, taumelte sie gleich einem Clown, sodass ihr Kaffee überschwappte, ihre Handschuhe durchweichte und Mantel und Fußboden bekleckerte. Sie stieß einen spitzen Schrei aus und landete auf dem Schoß eines stämmigen Highschooljungen.

„Wow“, meinte dieser, freudig überrascht, während seine Freunde grinsten.

Das war ja wie im Film, wo alle innehielten, um die Augen auf sie zu richten.

Von wegen „wie im Film“. Alle Augen *waren* auf sie gerichtet. Samantha lief krebsrot an. „Entschuldigung“, murmelte sie und kletterte vom Schoß des Jugendlichen.

„Jederzeit wieder“, erwiderte dieser nur.

Samantha verzichtete auf einen würdevollen Abgang und eilte zur Tür.

Blake folgte ihr hinaus und griff nach ihrem Arm. Es war

schwierig, das Kribbeln zu ignorieren, das sie bei der Berührung durchzuckte.

„Samantha, warten Sie", sagte er.

Sie wartete. Und nahm seine Hand von ihrem Arm. Wut, sowohl auf sich selbst als auch auf ihn, rief den drängenden Wunsch in ihr hervor, ihn zu treten. Da sie sich immer bemühte, sich erwachsen zu verhalten, widerstand sie mannhaft dieser Versuchung. „Wenn ich es nicht besser wüsste, würde ich annehmen, dass Sie mich verfolgen", sagte sie bemüht locker.

Er runzelte die Stirn. „Sehr witzig."

„In Zeiten wie diesen bin ich dankbar für jede Aufheiterung."

„Hören Sie: Ich weiß, Sie meinen, ich hätte heute bei der Sitzung mehr sagen müssen."

„Das hätten Sie tun können", erwiderte sie kühl.

„Ich war nur ehrlich", rechtfertigte er sich. „Beim ersten Mal werden Sie nicht viel Geld verdienen, zumal mit so einer kurzen Vorlaufzeit."

„Na ja, ich hätte auch lieber ein Jahr Zeit gehabt, um die Sache zu planen. Aber Sie wissen ja, dass die Zeitbombe schon tickt. Ich kann mir diesen Luxus schlicht nicht leisten."

„Samantha, vielleicht sieht es nicht so aus, aber ich bin auf Ihrer Seite."

Während er dabei zusah, wie sie zu Tode geprügelt wurde. „Ach kommen Sie", sagte sie schnippisch und verdrehte die Augen.

Verärgert stieß er die Luft aus. „Sie glauben doch nicht wirklich, dass ich den Kredit zurückfordern will."

So, für heute hatte sie endgültig genug von gemeinen Heucheleien. „Dies ist ein freies Land. Ich kann also glauben, was ich will", informierte sie ihn. „Und sobald ich meine Firma aus dieser Notlage befreit habe, werde ich mein Geschäftskonto zu einer Bank verlagern, die auch so handelt, wie sie redet, und ihren Kunden wirklich hilft." Er wollte etwas sagen, doch sie hob die Hand. „Sagen. Sie. Jetzt. Nichts. Denn wenn, könnte es passieren, dass ich zufällig noch einmal stolpere und den Rest meines Kaffees über Sie ausschütte."

„Na los, machen Sie schon, wenn Sie sich dann besser fühlen.“ Er breitete die Arme aus und streckte die Brust vor, um sich als Ziel zu präsentieren.

Aber momentan sah sie nur, wie breit sein Oberkörper war.

Sie hob das Kinn. „Nein, ich glaube nicht. Es wäre Quatsch, den guten Kaffee zu verschwenden.“ Mit diesem letzten Seitenhieb machte sie auf dem Absatz kehrt und ging über die Straße, um zu ihrer einzig wahren Liebe zurückzukehren – ihrer Firma.

9. KAPITEL

Es besteht ein Unterschied darin, ob man seine Ideen oder sich selbst verkauft.
Muriel Sterling, *Erkenne, wer du bist: Eine Frau geht ihren Weg*

Zelda's Restaurant war im Art-déco-Stil eingerichtet, und auf der Speisekarte waren alle Spezialitäten des Nordwestens versammelt. In den Wintermonaten, wenn die Skifahrer und Snowboarder in der Stadt waren, brummte der Laden. Einheimische bekamen dann nur einen Platz, wenn sie reserviert hatten. Aber heute Abend war es nicht nötig gewesen, zu reservieren. Es war mitten in der Woche, und weil es so wenig Schnee gab, hatten sich nur einzelne Touristen nach Icicle Falls verirrt. Das und der unangenehme Schneeregen hatten dafür gesorgt, dass das Restaurant heute nur knapp zur Hälfte gefüllt war. Nur ein paar Familien und einige Paare, die den Zwei-für-einen-Gutschein nutzten, den Charley am Sonntag in die Mountain Sun gesetzt hatte, saßen an den Tischen.

Als Samantha mit ihrer Mutter zur Tür hereintrat, strömte ihnen der Duft von Gewürzen und gegrilltem Fleisch entgegen. Aus der offenen Küche hörte man, wie das Fleisch brutzelte. Charleys neuer Koch war eifrig dabei, kulinarische Köstlichkeiten zu kreieren. Diese Hintergrundmusik wurde von dem fröhlichen Lachen von drei Frauen übertönt, die offensichtlich schon mal mit ihren Drinks angefangen hatten. Später würden sie in die Bar hinübergehen, um sich mit ein paar einheimischen Männern zu treffen, aber erst mal genossen sie Zelda's Huckleberry Martinis und Garnelenpasteten. Drüben am Fenster entdeckte Samantha ihren Produktionsmanager Luke. Der war mit seiner vierjährigen Tochter Serena aus, die gerade einen Eisbecher verputzte. Luke lächelte und winkte Samantha zu.

Luke war alleinerziehender Vater, allerdings nicht freiwillig. Seine Frau war vor zwei Jahren auf tragische Weise ums Leben gekommen: Beim Joggen war sie von einem Auto erfasst worden.

Luke war ein netter Mann und arbeitete hart in der Firma, einer der vielen, der auf den Job bei Sweet Dreams angewiesen war, um den Lebensunterhalt für die Familie zu verdienen. Sie winkte zurück und versuchte die drückende Verantwortung zu ignorieren, die ihr plötzlich den Appetit verdarb.

Als die feiernden Frauen in kollektives Jubeln ausbrachen, verzog Mom das Gesicht. „Ich hätte mich nicht von dir dazu überreden lassen sollen, hierherzukommen."

„Die sind bald weg", meinte Samantha.

„Es liegt nicht an ihnen, sondern an mir. Liebes, ich bin noch nicht bereit, wieder unter Leute zu gehen. Unterhalte du die Männer. Ich kann zu Fuß nach Hause gehen."

Sie drehte sich um und wollte das Restaurant verlassen. Doch Samantha legte ihr eine Hand auf den Arm und meinte flehend: „Mom, bitte. Es ist doch nur für eine Stunde. Ich brauche wirklich deine Unterstützung."

Das stimmte, denn sie brauchte Mom, damit sie Del schöne Augen machte, sodass er die Idee mit dem Festival unterstützte. Wie eine Zuhälterin bot sie ihre Mutter feil. Es war erbärmlich.

Ed winkte ihnen von einem Tisch in der Ecke zu. Neben ihm saß Del, der ausgesprochen erwartungsvoll aussah. „Außerdem haben sie uns schon gesehen", fügte sie hinzu. „Jetzt wieder zu gehen wäre unhöflich." Auf Sitte und Anstand hinzuweisen zog bei ihrer Mutter immer.

Und tatsächlich, mit einem Seufzer ergab Mom sich in ihr Schicksal. „In Ordnung. Aber ich will nicht den ganzen Abend hierbleiben."

Nachdem die Frau, die sie früher dafür bezahlt hatte, allzu zuvorkommend zu Charleys jetzigem Exmann gewesen war, begrüßte Charley ihre Gäste jetzt selbst. Mit den Speisekarten in der Hand hieß sie Samantha und Muriel willkommen. „Ed und Del sind schon da. Ich habe euch einen Tisch in der Ecke zugewiesen, damit ihr in Ruhe reden könnt." An Mom gewandt, sagte sie: „Schön, Sie zu sehen, Mrs Wittman."

Mom lächelte angestrengt und murmelte einen Dank. Dann geleitete Charley sie zu ihrem Tisch.

Als sie näher kamen, standen die beiden Männer höflich auf. Neben Ed, der groß und schlank war und noch immer einen Schopf dunkler Haare aufzuweisen hatte, wirkte Del mit seinem Bierbauch und dem kahlen Kopf nicht gerade vorteilhaft. Daran konnte auch sein schwarzer Anzug, das schneeweiße Hemd und die lavendelfarbene Krawatte, die er jetzt statt der Fischkrawatte trug, nichts ändern. Bestimmt hatte er sie in der Hoffnung umgebunden, damit die Damenwelt zu beeindrucken.

Ed ergriff Moms Hände und sagte: „Ich bin froh, dass du gekommen bist."

Del übertrumpfte ihn, indem er Moms Hand an die Lippen zog und sie küsste. „Muriel, Sie sehen heute Abend bezaubernd aus."

Das war nicht gelogen. Mom trug ein schlichtes schwarzes Kleid und hatte einfach nur ein wenig Wimperntusche und Eyeliner aufgetragen (ohne dieses Minimum an Make-up würde sie nicht einmal auf ihrem Sterbebett liegen wollen). Aber ihr blasses Gesicht ließ sie sehr verletzlich aussehen. Und genau das war sie auch.

Moms höfliches Lächeln verblasste ein bisschen. „Danke", murmelte sie und entzog Del ihre Hand.

Sie setzten sich, und Del rieb sich die Hände. „Wie wäre es mit etwas, um die Kälte zu vertreiben?", fragte er Mom. Dem fast leeren Glas nach zu urteilen, das vor ihm stand, hatte Del die Kälte schon vertrieben.

„Eine Tasse Tee wäre nett", erwiderte sie.

„Ich dachte eigentlich an etwas Stärkeres", sagte Del. „Vielleicht einen Weißwein?"

Mom schüttelte den Kopf, und Del sah enttäuscht aus.

Maria kam an den Tisch, um die Bestellung aufzunehmen. „Wir nehmen am besten eine Flasche, oder?", fragte Del, an Ed gewandt.

„Sicher", stimmte Ed zu.

Samantha konnte nur hoffen, dass er die Rechnung übernahm.

Nachdem der Wein gekommen war und sie ihr Essen bestellt hatten – Steak für die Männer, Huhn mit Himbeersoße und neuen Kartoffeln für Samantha und ein kleiner Salat für Mom – kam Samantha auf das Thema Festival zu sprechen.

Del trank einen Schluck Wein und schüttelte den Kopf. „Wir haben doch noch genug Zeit, um darüber zu reden“, sagte er. „Muriel, erst einmal wollte ich sagen: Sie wissen hoffentlich, dass Sie, wenn Sie irgendetwas brauchen, nur Bescheid geben müssen.“

„Vielen Dank, Del. Das ist sehr nett von Ihnen“, erwiderte Mom.

Das wäre die perfekte Gelegenheit gewesen, um zu sagen: „Ich brauche Ihre Unterstützung für dieses Festival, das wir planen.“ Stattdessen nahm Muriel die Teekanne von Maria entgegen und schenkte sich eine Tasse ein.

Samantha zwang sich, nicht mit den Fingern auf dem Tisch zu trommeln. Sie blickte zu Ed, der damit beschäftigt war, seinen Wein zu genießen. Anscheinend drängte es ihn nicht, über geschäftliche Dinge zu reden. Und genau so macht man Geschäfte, ermahnte sie sich. Fang bloß nicht sofort mit dem an, was du willst. Sorge erst dafür, dass die anderen sich entspannen und aufnahmefähig sind. Na ja, genau genommen war Del schon entspannt. Und Ed auch. Die Einzige, die angespannt war, war sie selbst.

Als das Essen gebracht wurde, schenkte sich Del bereits das dritte Glas Wein ein. Jetzt wäre es wohl an der Zeit, das Thema Festival anzuschneiden. Samantha nippte an ihrem Wasserglas und wagte den Sprung ins kalte Wasser. „Ich bin froh, dass Sie heute Abend Zeit hatten“, begann sie.

„Es ist mir ein Vergnügen, den Abend mit meinem alten Kumpel Ed und mit zwei meiner Lieblingsfrauen der Stadt zu verbringen“, erklärte Del und strahlte Mom an.

„Wir sind gespannt, was Sie zu dem sagen, was die Handelskammer sich ausgedacht hat, um mehr Touristen in die Stadt zu locken“, fuhr Samantha fort.

Del trank noch einen Schluck Wein. „Lasst uns erst unser Essen genießen, ja? Danach können wir immer noch übers Geschäftliche reden.“

Nach wie vielen weiteren Gläsern Wein? Samantha sah zu Ed rüber, der nur mit den Schultern zuckte und sein Steak anschnitt.

Samantha seufzte innerlich. Es kostet immer viel Zeit, Leute zu umgarnen, redete sie sich ein. Und um Del zu umgarnen, brauchte man besonders viel Material.

Der Abend schritt voran, und der Wein floss weiter. Langsam wurde es immer anstrengender, Dels Angelgeschichten zu verdauen, und sein Lachen wurde immer dröhnender. „Ach, es gibt doch nichts Schöneres als die freie Natur“, schloss er schließlich. „Wenn man am Fluss sitzt, kann man die Welt um sich herum vergessen. Und wenn ein Mann dann auch noch eine schöne Frau an seiner Seite hat, ist es wie das Paradies.“

Dels Hand verschwand unter dem Tisch, und plötzlich rutschte Mom auf ihrem Stuhl zur Seite. Oh-oh.

„Na ja, hier oben haben wir ja auch eine Art kleines Paradies“, versuchte Samantha ihn abzulenken. „Und dadurch ist Icicle Falls geradezu dafür prädestiniert, ein Festival abzuhalten.“

Offensichtlich war Del mehr daran interessiert, andere Dinge zu halten, wie zum Beispiel Moms Bein. Allerdings zog er jetzt einen Schmollmund.

Und Mom hatte sich in eine Eiskönigin verwandelt. Sie drehte sich zu Samantha um. „Ich fühle mich nicht wohl. Wenn es dir nichts ausmacht, nehme ich das Auto und fahre nach Hause.“

„Ich kann Sie gern fahren“, bot Del an. Wahrscheinlich erhoffte er sich noch ein bisschen mehr Zeit zum Fummeln.

„Ich glaube nicht, dass Sie sich überhaupt noch ans Steuer setzen sollten“, wies Mom ihn zurecht. „Ed, würdest du Samantha nach Hause fahren? Und Del auch?“

„Natürlich, gern.“

„Mom, ich bringe dich“, sagte Samantha. Das war das Mindeste, was sie tun konnte. Oje, was war das nur für eine bescheuerte Idee gewesen.

Mom machte immer noch gute Miene zum bösen Spiel, doch Samantha spürte, wie irritiert sie war. „Nein, Schatz, du bleibst und genießt den Abend.“

Als ob das noch möglich wäre. Nichts, aber auch gar nichts

war an diesem Abend bisher zu genießen gewesen. Und Samantha fürchtete, dass es nur noch schlimmer werden würde.

Und genau so kam es auch. Mom ging, und Del hatte nur noch Augen für die zweite Flasche Wein, die Ed bestellt hatte. Als Samantha versuchte, die Situation noch zu retten, indem sie das Thema Festival noch einmal anschnitt, erwiderte er nur: „Ich wünschte, ihr hättet mit mir darüber gesprochen. Ich sehe keine Chance, dass ihr das durchziehen könnt."

Maria kam an den Tisch, um zu fragen, ob sie noch Nachtisch wollten.

Sie hatten schon genügend Geld an Del verschwendet. „Nein, danke, nur die Rechnung, bitte", erwiderte Samantha.

Glücklicherweise bestand Ed darauf, zu bezahlen.

„Ich fürchte, wir haben dein Geld vergeudet", sagte Samantha, nachdem sie einen angeheiterten Del in Eds Auto verfrachtet hatten.

„Nichts ist je vergeudet, Samantha", entgegnete er weise. „Bist du sicher, dass ich dich nicht mitnehmen soll?"

Sie schüttelte den Kopf. „Ich möchte lieber laufen. Ehrlich gesagt habe ich schon genügend Zeit mit unserem guten Bürgermeister verbracht."

Ed grinste. „Del ist schon in Ordnung. Verträgt nur leider keinen Alkohol. Hat er noch nie. Aber keine Sorge, wenn er nüchtern ist, versuche ich es noch mal. Er wird schon mitspielen."

Samantha hoffte es sehr. Es war wichtig, dass Del das Festival unterstützte. Ob sie nämlich noch auf die Unterstützung ihrer Mutter zählen konnte, bezweifelte sie nach diesem Abend stark. Sie schlang ihren Mantel noch enger um sich und machte sich auf den Weg zu Moms Haus. Dabei versuchte sie, sich innerlich darauf vorzubereiten, dass ihre Mutter sie zu Recht schelten würde.

Mom saß in ihrem gelben Ledersessel, trank eine Tasse Tee und blickte stirnrunzelnd auf den Fernseher, als Samantha die Tür öffnete. Als ihre Tochter hereinkam, blickte sie auf, doch sie lächelte nicht. Kein gutes Zeichen.

„Wie geht es dir?“, fragte Samantha vorsichtig.

Mom hob eine Augenbraue.

Samantha kannte diesen Ausdruck, seit sie ein Kind gewesen war. Er verhieß nichts Gutes. Sie biss sich auf die Lippen und setzte sich auf die Sofakante. „Es tut mir leid wegen heute Abend. Ich konnte nicht ahnen, dass Del sich so danebenbenehmen würde.“

„So benimmt er sich immer, wenn er zu viel getrunken hat, und er trinkt immer zu viel.“

„Mom, es tut mir wirklich leid. Ich dachte …“

Ihre Mutter unterbrach sie. „Samantha, ich weiß genau, was du gedacht hast. Mir ist schon klar, dass wir unsere Firma retten müssen.“

„Nicht nur die Firma. Das Festival würde der ganzen Stadt nutzen“, beharrte Samantha.

Ihre Mutter hob eine Hand. „Es ist mir egal, ob es der ganzen Stadt nützt. Ich lasse mich von meiner Tochter nicht feilbieten.“

„Mom!“, protestierte Samantha. Schlimm genug, dass sie das gedacht hatte. Aber es von der eigenen Mutter laut ausgesprochen zu hören … Sie errötete.

Mom stellte die Tasse weg und sah Samantha streng an. Die fühlte sich, als sei sie wieder acht Jahre alt. „Samantha Rose, ich tue, was ich kann, um euch hinter den Kulissen zu helfen, aber so einen Unsinn lasse ich nicht mit mir machen. Ist das klar?“

Samantha biss sich noch einmal auf die Lippen und nickte.

Mom nickte ebenfalls. „Gut. So, und jetzt gib mir einen Kuss und mach, dass du nach Hause kommst.“

Samantha gehorchte, küsste ihre Mutter auf die Wange, nahm ihren Autoschlüssel und floh. Auf dem ganzen Weg nach Hause heulte sie. Dann versuchte sie bis zwei Uhr morgens, ihr Elend mit Computerspielen zu betäuben. Doch egal, wie viele Zombies sie auch tötete, es ging ihr einfach nicht besser.

Sie war immer noch dabei, im Traum Zombies zu töten (die alle wie Del aussahen), als der Wecker morgens um sieben klingelte. Stöhnend schaltete sie ihn aus und zwang sich, aufzustehen. Sieger gaben niemals auf, und wer aufgab, konnte niemals siegen. Sie war keine Frau, die aufgab.

Sie fütterte Nibs, der wie immer am Verhungern war. Anschließend suchte sie sich ihre Lieblings-Tanz-Work-out-DVD heraus und machte sich ans Werk. Wenn sie trainierte, bekam sie immer gute Laune. Als jemand wütend von unten klopfte, war sie gerade richtig in Schwung. Das musste Lila Ward, ihre mürrische Nachbarin, sein. Also gut, dann musste sie ihren Enthusiasmus wohl ein bisschen bändigen. Sie stampfte ein paar Mal mit dem Fuß auf, damit Lila wusste, dass sie die Botschaft verstanden hatte. Dann machte sie mit den Bauchübungen weiter. Danach huschte sie schnell unter die Dusche, machte sich ein Rührei und verließ die Wohnung.

Heute hatten sie einiges zu tun. Zum einen musste sie das Formular im Rathaus abgeben. Außerdem wollte sie den Mitgliedern des neu gegründeten Festivalkomitees eine Mail schicken, sich die Website ansehen, die Jonathan gestaltet hatte, und sich mit ihrer Buchhalterin Lizzy treffen.

„Also, wie viel können wir für Werbung ausgeben?", fragte sie später am Tag, nachdem Lizzy ihr versichert hatte, dass sie und ihre Angestellten noch einen Monat überleben würden.

Lizzy blickte Samantha über ihre rosafarbene Brille an. „Ganz ehrlich?"

Samantha lehnte sich auf ihrem Stuhl zurück und seufzte. „Ja. Dumme Frage, ich weiß."

Es fiel Blake Preston verdammt schwer, sich Samantha Sterling aus dem Kopf zu schlagen. Diese Frau hatte eine Firma geerbt, die kurz vor dem Ruin stand. Nachdem sie die Situation erfasst hatte, hätte sie einfach das Handtuch werfen können. Stattdessen kämpfte sie mit allen Mitteln. Das musste man doch einfach bewundern. Und abgesehen davon, dass sie eine Kämpfernatur war, sprühte sie nur so vor Ideen. Wenn man ihr auch nur die kleinste Chance gab, würde sie ihre Firma retten.

Er kannte all die Gründe, warum er keine Ausnahme machen durfte, um ihr diese Chance zu geben. Aber der Kommune würde es definitiv sehr zugutekommen, wenn er es täte. Und sowieso: Was sollte Cascade Mutual schon mit einer Schokoladenfabrik anfangen?

Während er mit seinem Bezirksmanager Darren Short Schnitzel im Schwangau – Blakes Lieblingsrestaurant – aß, versuchte er seinem Gegenüber seine Sicht der Dinge darzulegen.

Darren schnitt sich ein großes Stück Fleisch ab und stopfte es in den Mund. „Keine Sorge. Die Fabrik haben wir nicht am Hals."

Blake sah Darren irritiert an. Der war fünfzehn Jahre älter und für Blake immer sowohl Mentor als auch Förderer gewesen. Jetzt betrachtete Blake Darrens dürre Gestalt, sein schwaches Kinn und dachte: Was für ein Waschlappen. „Nein, wieso nicht?"

Darren spülte sein Schnitzel mit einem kräftigen Schluck Bier herunter. „Weil wir jemanden haben, der daran interessiert ist, die Aktivposten zu übernehmen."

„Wer? Wer um alles in der Welt sollte an so einem Aktivposten interessiert sein?"

„Madame C in Seattle."

Blake schob seinen Teller von sich. Urplötzlich war ihm der Appetit vergangen. „Sweet Dreams Konkurrent."

„Die großen Fische verschlingen die kleinen", meinte Darren nur achselzuckend.

„Und wir servieren ihnen den kleinen Fisch noch auf einem Silbertablett."

Jetzt legte Darren Messer und Gabel beiseite. „War es ein Fehler, dass ich Sie hierher in Ihre Heimatstadt versetzt habe?"

Vielleicht. „Sie haben meinen Bericht gelesen. Sagen Sie es mir."

Darren trank noch einen Schluck Bier. Dann lehnte er sich zurück und musterte Blake. Einen Augenblick lang saßen sie schweigend da und starrten einander an. Im Hintergrund redeten die anderen Gäste, und aus den Lautsprechern erklang ein altes deutsches Trinklied.

Darren war der Erste, der den Blick senkte. Er nahm sein Besteck wieder in die Hand und attackierte sein Schnitzel. „Sie machen einen guten Job. Es wäre mir sehr unangenehm, wenn ich dabei zusehen müsste, wie Sie in Arnies Fußstapfen treten."

„Ich habe nicht die Absicht, das zu tun", erklärte Blake. „Aber ich versuche, das zu machen, was das Beste für die Bank ist. Und es ist vernünftig, gute Beziehungen zur Stadt zu erhalten, indem man einer Firma hilft, die schon seit Generationen ein integraler Bestandteil dieser Gemeinde ist. So gewinnt man neue Kunden."

„Wir wollen keine Kunden, die uns Riesensummen kosten. Kommen Sie, Blake, Sie sind schon lange genug Banker, um zu wissen, was wichtig ist."

„Ja, und es sind nicht die Menschen, obwohl wir damit werben", murmelte Blake.

„Auch Trevor Brown ist ein Mensch, und wenn Sweet Dreams untergeht, profitiert seine Firma von dem Verlust."

Blake kniff misstrauisch die Augen zusammen. „Also kennen Sie Brown?"

Darren schnitt sich seelenruhig noch ein Stück Fleisch ab. „Ich kenne eine Menge Geschäftsleute in Seattle. Hören Sie, Blake. Ich sage ja nicht, dass ich will, dass diese Firma dichtmachen muss. Ich hoffe, dass sie es schaffen. Aber wenn nicht – die Bank profitiert in jedem Fall, und auch jemand anderes wird glücklich sein. Der eine geht unter, ein anderer taucht auf. So läuft nun mal das Geschäft, mein Junge." Er schenkte Blake einen aufmunternden Blick und schob sich das Stück Fleisch in den Mund.

„Wie Sie schon sagten, die Bank profitiert immer", meinte Blake angewidert.

„So kann man es wohl zusammenfassen. Und alle Leute, die in der Icicle-Falls-Filiale arbeiten, werden auch im kommenden März noch ihren Job haben. Und zwar, weil Sie das tun, was getan werden muss." Er nahm sein Glas und prostete Blake zu. „Prost."

Ja, Prost Mahlzeit.

10. KAPITEL

Glück ist das, was du daraus machst.
Muriel Sterling, *Erkenne, wer du bist: Eine Frau geht ihren Weg*

Der gestrige Tag war schlimm gewesen. Samantha hatte sich mit unfreundlichen Gläubigern abplagen müssen, und dann war zu allem Überfluss auch noch das Computersystem zusammengebrochen. Zum Glück hatte Jonathan Templar es wieder zum Laufen gebracht, ein wahres Wunder! Aber dieses kleine Wunder hatte Stunden in Anspruch genommen, und er hatte Samantha vorgewarnt, dass er es nur vorübergehend wieder in Ordnung hatte bringen können. Schließlich war sie abends gegen sieben endlich aus dem Büro gekommen, völlig ausgelaugt und deprimiert. Das war wirklich eine ausgedehnte Pechsträhne!

Aber jetzt würde sich das Blatt wenden, davon war sie überzeugt. Dass ihre Schwester zurückkam, war ein echter Glücksfall, munterte sie sich auf, als sie am Freitag zum Sea-Tac-Airport fuhr, um Cecily abzuholen. Verstärkung traf ein, und auch sonst waren schon viele Dinge für das Festival auf den Weg gebracht worden.

Die Ladenbesitzer sowie die Restaurant- und Pensionsbetreiber waren mit an Bord und hatten versprochen, besondere Angebote für das Wochenende auszuarbeiten. Jonathan hatte die Website installiert, und die sah – mit einer Ausnahme – gut aus. Als Homepage hatte er eine ansprechende Landschaftsaufnahme der Stadt und der umliegenden Berge benutzt, in die er eine edle Schachtel mit Pralinen hineinmontiert hatte. Und wenn man sich die Center Street mit den bayerisch anmutenden Läden und Blumenkästen voller Frühlingsblumen ansah (ganz zu schweigen von der leckeren Pralinenschachtel), wer würde da nicht gern nach Icicle Falls kommen wollen, um ein Wochenende mit Shoppen, Spaß und Schokolade zu genießen? So ließ sich doch jeder gern verwöhnen.

Cecilys Flugzeug landete pünktlich … noch ein Glückstreffer.

„Wie geht es dir?“, wollte Cecily wissen, nachdem sie ihr Gepäck im Auto verstaut hatten.

„Wunderbar“, erwiderte Samantha. „Hast du dir unsere Website angeschaut?“

Cecily nickte. „Sie sieht toll aus. Ich fasse es nicht, wie viel wir schon geschafft haben.“

„Es ist wirklich erstaunlich, was man alles erreichen kann, wenn so viele Leute an einem Strang ziehen“, meinte Samantha. „Aber der Veranstaltungsplan, den Jonathan da veröffentlicht hat – also, diese Sache mit dem Wettbewerb, in dem Icicle Falls’ Traummann gekürt werden soll –, ich weiß ja nicht.“ Sie hatte den leisen Verdacht, dass ihre kleine Schwester dahintersteckte. „War das Baileys Idee?“ Wer auch immer sich das ausgedacht hatte, hätte erst mit ihr darüber reden sollen, bevor es auf der Website veröffentlicht wurde. Ob es schon zu spät war, um den Wettbewerb wieder aus dem Veranstaltungskalender rauszunehmen? Obwohl schon viele Leute die Seite angeklickt hatten, hatte sich noch niemand beworben. Sie sollte es wissen, schließlich sollten sich die Bewerber laut Website das Anmeldeformular herunterladen und es im Sweet-Dreams-Laden abgeben. Noch so ein kleines Detail, über das sie niemand informiert hatte.

„Ja, das war Baileys genialer Einfall“, sagte Cecily, „aber es ist wirklich eine tolle Idee.“

Was übersetzt bedeutete, dass Cecily sie nicht aufgehalten hatte, weil sie die Gefühle ihrer Schwester nicht verletzen wollte. Samantha runzelte die Stirn.

„Damit wecken wir auch bei den Einheimischen großes Interesse an dem Festival“, fuhr Cecily fort. „Und du kannst darauf wetten, dass die Festival Hall an dem Abend, an dem wir den Wettbewerb abhalten, voller Frauen sein wird. Wir nehmen für den Wettbewerb Eintritt, also machen wir reichlich Gewinn.“

„Und woher weißt du das?“

„Weil ich schon auf Veranstaltungen war, wo Feuerwehrleute aufgetreten sind, die sich für diese Spendenkalender ausziehen. Die Frauen flippen aus. Wir versorgen alle mit einer kleinen

Schachtel Pralinen und der Chance, ihrem Lieblingsmann dabei zuzusehen, wie er ohne Hemd über den Catwalk läuft. Dann denken sie, sie haben den großen Preis gewonnen."

„Ich finde, es klingt ein bisschen billig und geschmacklos."

„Kann schon sein", gab Cecily zu. „Aber mit dem Maskenball, dem Dinner und dem High Tea bei Olivia's haben wir genügend erstklassige Veranstaltungen. Dieser Wettbewerb eröffnet den Leuten die Möglichkeit, aus sich herauszugehen und albern zu sein. Und Bailey hat sogar schon ein paar richtig gute Gewinne zusammenbekommen. Ich gehe also davon aus, dass sich massenhaft Männer bewerben. Und dann kommen noch die ganzen Frauen dazu, die ihre Ehemänner oder Freunde anmelden."

„Ich weiß ja nicht", meinte Samantha, immer noch zweifelnd.

„Sam, du willst doch wohl nicht anfangen, uns in jedes Detail reinzureden, oder?"

„Natürlich nicht." Sie warf ihrer Schwester einen kurzen Seitenblick zu. Dabei erntete sie einen Blick, der besagte: Ach ja? „Mach ich nicht", beharrte sie.

„Okay. Wenn das so ist, dann tu es gefälligst auch nicht. Du hast die Sache mit den Veranstaltungen und der Werbung an uns delegiert. Also lass uns machen. Du hast doch schon genug damit zu tun, das Festival zu organisieren und die Firma zu leiten. Das bedeutet, dass du nur darauf achten musst, dass wir unseren Job erledigen. Aber du musst uns nicht sagen, wie wir ihn machen sollen."

„Das würde ich nie tun. Ich meine, vielleicht unterbreite ich hin und wieder ein paar Vorschläge." Das gehörte schließlich auch zu einer guten Gesamtorganisation.

„Vorschläge sind immer willkommen, aber mach dir keine Sorgen. Wir haben alles unter Kontrolle", versicherte Cecily ihr.

„Na schön, dann erzähl mal, wie es mit der Werbung aussieht."

„Ich habe den Namen der Produzentin herausbekommen, die diese Talkshow in Seattle macht, du weißt schon, *Northwest Now.* Ich werde ihr eine E-Mail schicken und vorschlagen, dass sie eine Story über das Festival macht. Ich weiß, dass die Mountain Sun einen Artikel bringt."

„Kostenlose Werbung ist die beste Werbung", sagte Samantha zufrieden.

Während der restlichen Fahrt sprachen sie über Cecilys Ideen und überlegten, wie sie das Festival noch bewerben konnten. Als sie schließlich in Icicle Falls ankamen, waren beide Schwestern ganz aufgeregt.

„Das wird sicher richtig gut", prophezeite Cecily.

Samantha nickte. „Ich glaube, das Blatt wendet sich gerade zu unseren Gunsten."

Genau in diesem Moment begann ihr Wagen auf einmal zu holpern.

„Was ist das denn?", fragte Cecily, während Samantha das Lenkrad, das sich selbstständig zu machen drohte, fest umklammerte.

„Wir haben einen Platten. Was für ein Mist." Samantha fuhr auf den Parkplatz vom Man Cave.

Nachdem sie aus dem Wagen gestiegen war, stellte sie fest, dass ihr hinterer linker Reifen platt war. „Mein Glückstag", schimpfte sie, als sie wieder in den Wagen stieg, um ihr Handy rauszuangeln und einen Abschleppwagen zu bestellen.

„Was ist das hier?", fragte Cecily, obwohl die Neonreklame für eine Biermarke im Fenster ein ziemlich deutlicher Hinweis war.

Trotzdem musste sie fragen. Das Ding war wirklich ein Schandfleck: das billige Wandgemälde, der Parkplatz voller Schlaglöcher, auf dem eine Ansammlung von verbeulten Pickups und Motorrädern stand.

Der Laden war erst eröffnet worden, nachdem sie nach Los Angeles gezogen war. Cecily erinnerte sich noch an das Gebäude. Bevor Safeway in der Stadt eröffnet hatte, war es ein Tante-Emma-Laden gewesen. Jetzt hatten die kleinen Läden alle dichtgemacht. Anschließend hatte sich für kurze Zeit ein Büromarkt eingemietet. Danach hatte das Haus leer gestanden. Jugendliche waren hier solange Aktivitäten nachgegangen, von denen die Eltern nichts wissen sollten. Auch sie selbst war eine Weile eine der Jugendlichen gewesen. Bis sie gemerkt hatte, dass sie durchs Highsein weder die Aufmerksamkeit erlangte, die sie sich im Leben erhoffte, noch die Art Jungs kennenlernte, die sie interessierten.

Nicht dass sie den Typ Mann, der ihr gefiel, nach der Highschool bekommen hätte. Es war schon jämmerlich, dass sie in ihrer Partnervermittlung genau wusste, wer zu wem passte (auch wenn die Leute nicht unbedingt auf sie hörten), für sich selbst aber einfach nicht den Richtigen fand.

Ein ziemlich dubioses neues Leben, das dem alten Gemäuer wieder eingehaucht worden ist, dachte sie, während sie das große Wandgemälde mit dem Neandertaler in Lederhosen betrachtete, das eine Seite dieses Hauses zierte. Das war genau die Art von Mann, zu dem sie sich schon immer hingezogen gefühlt hatte. Warum nur? War ihr Leben so langweilig, dass sie es mit einem Höhlenmenschen aufpeppen musste?

„Den Laden gibt es ungefähr seit einem Jahr“, antwortete Samantha. „Ein Typ, der Todd Black heißt, hat das Haus gekauft und es in eine Sportbar verwandelt. Er ist einer der wenigen, die kein Interesse an dem Festival haben“, fügte sie grimmig hinzu.

„Interessanter Geschmack, was die Deko angeht“, stellte Cecily fest.

„Der Neandertaler sagt alles. Ach, wenn man vom Teufel spricht …“

Hübscher Teufel. Cecily musterte den schlanken Mann mit den breiten Schultern, der über den Parkplatz auf sie zukam. Er hatte dunkles Haar und diesen Piratenlook. Genau das, worauf sie immer wieder reinfiel. Er war auch so angezogen wie die Männer, auf die sie immer flog, trug Jeans und eine Lederjacke, die offen stand und ein graues T-Shirt offenbarte. Die Muskeln, die darunter zutage traten, konnten sich sehen lassen.

Oh nein, ermahnte sie sich, diese Muskeln gehören zum falschen Mann.

Aber schauen konnte man ja wohl noch.

Wenn du guckst, willst du mehr. Vergiss es!

Als er näher kam, sah sie, dass er helle blaue Augen hatte. Blau wie Eis. Rätselhaft. *Hör auf! Lass es einfach.* Sie schluckte und wandte den Blick ab. *Aus den Augen, aus dem Sinn.*

Sie hörte, wie ihre Schwester die Scheibe herunterließ, und dann seine Stimme. „Na, wollen Sie auf ein Bier reinkommen?" Oh, sie liebte solche tiefen sexy Stimmen. Magnetisch angezogen drehte sie den Kopf in die Richtung, aus der die Stimme kam.

„Wie haben Sie das erraten?", konterte Samantha. „Wir haben einen Platten. Ich wollte gerade den alten Schweden anrufen."

„Der wird Ihnen ordentlich was dafür abknöpfen. Ich gehe mal davon aus, dass Sie einen Ersatzreifen dabeihaben?"

Ihre Schwester war immer auf alles vorbereitet. Wenn es keinen Ersatzreifen im Kofferraum gab, dann war Samantha von Aliens gekidnappt worden, und diese zänkische Frau, die da hinter dem Lenkrad saß, war eine geklonte Attrappe. „Natürlich", sagte Samantha beleidigt.

„Machen Sie den Kofferraum auf, dann wechsle ich Ihnen den Reifen."

„Danke, aber das müssen Sie nicht", sagte Samantha. „Wir kommen schon klar."

„Ich weiß. Machen Sie den Kofferraum auf."

Während Samantha gehorchte und ausstieg, beschloss Cecily, sitzen zu bleiben. Man brauchte keine zwei Frauen, um darüber zu wachen, wie ein Reifen ausgewechselt wurde. Und außerdem brauchte sie nicht noch mehr von Todd Black zu sehen.

Die Stimmen der beiden drangen durch das offene Fenster zu ihr hinein.

„Und, sind Sie sauer, weil ich mir nichts aus Schokolade mache?"

„Sollte ich das sein?"

„Eigentlich nicht. Warum sollte man auf jemanden sauer sein, nur weil er zufällig eine andere Meinung hat?"

„Dazu besteht natürlich keinerlei Veranlassung. Aber es macht einen gewaltigen Unterschied, ob man nur anderer Meinung ist oder ob man versucht, andere Leute von etwas abzuhalten", sagte Samantha gereizt.

„Hey, ich glaube einfach, dass Sie sich übernehmen und Ihnen die ganze Sache um die Ohren fliegt. Da will ich nicht mitmachen."

„Sie sind so ziemlich der Einzige in der Stadt, der das so sieht", erwiderte Samantha.

Cecily musste grinsen. *Verschwende nicht deine Zeit damit, dich mit meiner Schwester zu streiten.*

„Ein kleines Kind hat auf den ersten Blick gesehen, dass der Kaiser splitterfasernackt war", erwiderte Todd. „Egal, wir leben in einem freien Land. Dann fallen Sie eben auf die Fresse."

Dieser Mann war schlagfertig, auch wenn seine Retourkutsche nicht gerade nett war. Cecily kannte diese Art von Mann. Sie fielen alle in bestimmte Kategorien, und jetzt wusste sie auch, wie der hier tickte. Er war einer von den Sturköpfen, unbeugsam und immer davon überzeugt, dass er recht hatte. Bäh.

Als es am Fenster klopfte, fuhr sie zusammen. Sie drehte sich um und blickte in die blauen Augen des Sturkopfs. „Macht es Ihnen was aus, auszusteigen? Ich muss den Wagen anheben, und wenn Sie sich da drin bewegen, fliegt er mir womöglich aus dem Wagenheber."

Sie nickte und stieg aus.

„Ich bin Todd Black", sagte er. „Sind Sie neu hier?"

„Ich hab mein ganzes Leben hier verbracht", informierte Cecily ihn.

Dieses Lächeln auf seinem Gesicht – machte er sich etwa über sie lustig? „Ach so, Mitglied im Club der Alteingesessenen", sagte er mit einem wissenden Nicken. „Ich bin jetzt seit einem Jahr hier und hab Sie noch nie gesehen. Wo haben Sie sich versteckt?"

„L. A." Und sie hatte sich nicht versteckt. „Ich bin Cecily, Samanthas Schwester."

„Das erklärt so einiges", sagte er. Jetzt war sein Lächeln definitiv spöttisch.

„Erklärt was?", wollte sie wissen.

„Den warmen Empfang, den ich bekomme." Er ging um den Wagen herum zur anderen Seite und setzte den Wagenheber an.

„Todd, wir wissen es wirklich zu schätzen, dass Sie uns helfen", sagte Samantha. „Ich wünschte nur, ich könnte Sie davon überzeugen, dass dieses Festival für die ganze Stadt ein Gewinn ist."

„Ich brauche kein Festival, um meinen Laden zu füllen."

„Oh? Sie brauchen keine zahlenden Gäste?"

„Ich habe schon genügend zahlende Gäste", sagte er, während er den Wagen hochkurbelte.

„Diese Veranstaltung wird noch mehr anlocken", warf Cecily ein.

Er grinste sie über die Schulter an. „Ach, Sie sind also auch von dem Festivalvirus infiziert, was?"

„Ich glaube, dass meine Schwester recht hat", sagte sie. „Deshalb bin ich hergekommen, um ihr bei der Vorbereitung zu helfen."

Er zuckte mit den Schultern. „Na ja, Blut ist ja bekanntlich dicker als Wasser. Und was machen Sie, wenn Sie nicht gerade ein Festival planen?"

Cecily spürte, dass ihre Wangen heiß wurden, ein sicheres Indiz dafür, dass sie errötete. Aber sie hatte keinen Grund, sich zu schämen. Sie bot eine wichtige Dienstleistung an. „Ich habe eine Firma." Stimmte ja auch.

„Ich auch", sagte er und machte eine Kopfbewegung zu dem Saftladen am Ende des Parkplatzes hin. „Was haben Sie für einen Laden?"

„Eine Partnervermittlung." *Und zwar eine ziemlich gute.*

Zumindest war sie das gewesen, bis der letzte Tropfen, der das Fass zum Überlaufen gebracht hatte, in ihrem Büro aufgetaucht war – und zwar in Form von Clyde Dangler-Dunn. Mr Doppel-D hatte sie ihn genannt. Er war einer von diesen Machos, die sich für Gottes Geschenk an die Frauen hielten und mehr daran interessiert waren, ihren Lieblingsmuskel in der Horizontalen zu trainieren, als eine Lebensgefährtin zu finden. Sie hatte versucht, das Unmögliche möglich zu machen und jemanden für Clyde zu finden, war jedoch gescheitert. Nicht weil sie es nicht ausdauernd genug versucht hätte, sondern weil es einfach keine perfekte Frau für einen Mann wie ihn gab. Vielleicht höchstens eine Professionelle. Aber da sie keine Puffmutter war, konnte sie ihm in der Hinsicht nicht helfen.

„Keine der Frauen, die Ihre Agentur mir vorgestellt hat, hat meinen Anforderungen entsprochen“, hatte er sich bei Cecily beklagt und dabei sein Doppelkinn hochmütig vorgestreckt. (Clydy war ein bisschen füllig, doch da er auch über ein gut gefülltes Bankkonto verfügte, erwartete er, dass die Frauen das übersahen.)

Was wohl bedeuten sollte, dass die Frauen sich geweigert hatten, schon beim ersten Date mit ihm ins Bett zu gehen. „Also, Clyde“, sagte sie honigsüß, „ich habe Ihnen sechs hübsche, talentierte Frauen vorgestellt, nach denen sich die Hälfte aller Amerikaner die Finger lecken würde.“ Und allein diese Frauen zu finden hatte schon an ein Wunder gegrenzt.

„Ich bin nicht die Hälfte aller Amerikaner. Ich habe Ihnen gesagt, dass ich Frauen mit großen Brüsten will. Echten!“

Und die sollte sie in L. A. finden? Haha.

„Lösen Sie sofort meinen Vertrag auf und erstatten Sie mir das Geld, oder Sie hören von meinem Anwalt.“

Den Vertrag auflösen? Lieber wäre es ihr gewesen, wenn er sich in Luft aufgelöst hätte. Aber da sie das Desaster, das sie mit Liza erlebt hatte, nicht noch einmal wiederholen wollte, beherrschte sie sich. Stattdessen hatte sie sich absolut diplomatisch verhalten und an Ort und Stelle einen Scheck ausgeschrieben. Damit war ihr Geschäftskonto leer gefegt gewesen.

Und ihre Geduld am Ende. Ein Burn-out hatte sowohl ihre Träume als auch ihr Geschäft ruiniert. Männer wie der Sexprotz oder dieser Sturkopf hier machten es Amor und seinen Helfern wirklich nicht leicht. Sie hatte beschlossen, dass Amor seine Arbeit von nun an allein machen konnte. Cecily war einfach zu erschöpft, um sich darüber noch weiter Gedanken zu machen. Sollten sich doch all diese Loser im Internet tummeln und dort ihre Lügen verbreiten. Sollten sie doch selbst ihre Wahl treffen und ihre eigenen Singlepartys veranstalten, ganz wie sie wollten. Sie hatte genug, genug, genug. Sie hatte noch einige Angelegenheiten in Ordnung gebracht, noch ein paar letzte Paare verkuppelt und schließlich die Türen ihrer Agentur geschlossen.

„Eine Partnervermittlung, aha", meinte ein weiteres missratenes Mitglied der männlichen Spezies. Welche Ehre es doch war, ihn kennenzulernen!

„Ich kann mir vorstellen, was Sie denken", sagte sie schnell. „Aber nicht alle Partnervermittlungen existieren nur, um Goldgräberinnen mit Millionären zu verkuppeln." Obwohl das bei den meisten ihrer Klienten der Fall gewesen war.

„Gut. Das beruhigt mich ungemein."

Sarkasmus, immer eine nette Eigenschaft bei einem Mann. Cecily lächelte höflich, dann wandte sie ihm den Rücken zu und blickte auf die dünne Schneeschicht auf den Berggipfeln. Als sie zu Waldos Trauerfeier hier gewesen war, hatte sie noch gedacht, wie schön es war, dass die Stadt langsam wuchs. Auf diese Art von Wachstum konnten sie allerdings gut verzichten.

„So, meine Damen", sagte Todd schließlich. „Damit können Sie sich erst mal fortbewegen, bis Sie zum alten Schweden fahren und sich einen neuen Reifen aufziehen lassen. Fürs Abschleppen nimmt er ja Wucherpreise, aber Reifen bekommt man bei ihm recht günstig."

Als ob sie das nicht wüssten. Der alte Schwede war seit zwanzig Jahren hier in Icicle Falls mit seiner Kfz-Werkstatt ansässig. Außerdem war er der Großvater des neuen Bankmanagers, der Samantha so viel Kummer bereitete.

„Danke", sagte Samantha. „Ich würde Ihnen ja, sozusagen als Dankeschön für Ihre Mühe, Schokolade anbieten, aber da Sie die nicht mögen ..."

„Wer hat gesagt, dass ich keine Schokolade mag?", fragte er. „Ich halte nur das Festival für eine Schnapsidee."

Samantha schüttelte den Kopf, versprach ihm aber eine Schachtel Pralinen. Dann stiegen sie wieder ins Auto und verließen den Neandertaler, damit er zu seinen sabbernden Neandertalerkunden zurückkehren konnte.

„Na, das ist ja mal was anderes", meinte Cecily verächtlich.

Samantha warf Cecily einen Seitenblick zu. „Aber er sieht heiß aus."

„Nicht hinter jedem tollen Cover verbirgt sich ein gutes Buch."

„Hast du das deinen Klienten auch immer gesagt?"

„Wär völlig sinnlos", erwiderte Cecily. „Die haben sowieso nie auf mich gehört."

„Na ja, hoffentlich hörst wenigstens du auf dich. Was Männer angeht ..."

Cecily unterbrach sie. „Ich weiß. Daran brauchst du mich nicht zu erinnern."

„Okay. Ich mein ja nur."

Zum Glück ließ Samantha es dabei bewenden. Auf eine schwesterliche Belehrung konnte sie gut verzichten. Cecily hatte ihre Lektion gelernt. Sie hatte die Nase voll von bösen Jungs, die versicherten, dass sie einen heiraten wollten, während sie einen mit der besten Freundin betrogen. Von Männern, die so taten, als hätten sie Geld, nur um einen dann anzupumpen und hinterher angeblich zu vergessen, ihre Schulden zurückzuzahlen. Schluss mit den ganzen Losern! Schluss mit Männern! Man sah ja überall, wie viel Kummer sie den Frauen bereiteten.

Apropos Kummer. Mom war immer noch im Nachthemd, als sie zu Hause ankamen, obwohl es schon früher Nachmittag war. „Willkommen zu Hause", sagte sie und umarmte Cecily.

Normalerweise duftete ihre Mutter nach Calvin Kleins *Obsession.* Heute roch sie nach … na ja, auf jeden Fall nicht nach Calvin Klein.

Cecily erinnerte sich an die Zeit, nachdem ihr Vater gestorben war. Da war sie manchmal in der Nacht aufgewacht und hatte ihre Mutter weinen hören, doch tagsüber hatte Mom sich zusammengerissen. Dieses Mal hatte sie wohl das Gefühl, dass das nicht mehr nötig war. Wer wusste es schon? Wie auch immer, irgendwie war es beängstigend.

„So früh habe ich euch gar nicht erwartet", sagte Mom. „Ich bin noch gar nicht dazu gekommen, mich anzuziehen."

Was hatte sie getrieben? Cecily sah sich im Haus um. Auf den

Möbeln lag eine dünne Staubschicht. Ein paar Fotoalben lagen offen auf dem Couchtisch, und daneben stand ein halb voller Becher mit Schokoladen-Pfefferminz-Tee. Na ja, egal, was Samantha davon hielt, es war ihr gutes Recht.

„Möchtet ihr einen Tee?", fragte Mom.

„Wir können ihn kochen, wenn du dich anziehen willst", schlug Samantha vor, bemüht, diplomatisch zu sein.

„Ich bin gleich wieder da."

„Keine Eile", sagte Cecily nur.

Sobald ihre Mutter außer Hörweite war, meinte Samantha flüsternd: „So ist sie die ganze Zeit."

Cecily zuckte nur hilflos mit den Schultern. Was erwartete Samantha von ihr? Dass sie Mom erklärte, sie solle sich zusammenreißen? „Wir müssen ihr Zeit lassen."

Samantha verzog das Gesicht, und Cecily entschied sich, das Thema nicht weiterzuverfolgen, sondern in der Küche nach Tee und Ablenkung zu suchen.

Samantha folgte ihr. „Jetzt, wo du hier bist, geht es ihr bestimmt besser. Ich glaube, sie braucht jemanden, der sie braucht. Wenn wir sie erst mal mit in die Festivalplanung einbeziehen, wird sie sich schon wieder berappeln."

Da war sich Cecily nicht so sicher. Geschäftigkeit war kein Wundermittel gegen ein gebrochenes Herz. Das wusste sie aus eigener leidvoller Erfahrung.

Eine halbe Stunde später gesellte Mom sich wieder zu ihnen. Mit frisch gewaschenen Haaren, den grauen Stoffhosen und einem schwarzen Pullover mit V-Ausschnitt – der sozusagen ihr Markenzeichen geworden war, nachdem sie gelernt hatte, dass Rollkragen für ältere Frauen nicht unbedingt vorteilhaft waren – wirkte sie wieder wie sie selbst.

„Wie geht es dir?", fragte Cecily und reichte ihr eine Tasse mit Earl-Grey-Tee.

„Ganz gut", erwiderte Mom. „Schön, dass du wieder zu Hause bist, Schätzchen."

„Es tut gut, wieder hier zu sein", meinte Cecily. Da war sie also von hier weggegangen, um ihrem Herzen zu folgen, sich selbst zu beweisen und die Welt mit Liebe zu erfüllen, nur um festzustellen, dass ihr Herz sie in die Irre geführt hatte. Angesichts der Tatsache, dass die Welt voll egoistischer, oberflächlicher Leute war, war es eine Herkulesaufgabe, sie mit Liebe zu erfüllen.

Und dann waren da noch die Menschen, die einfach zu beschäftigt waren, als dass sie Zeit für die Liebe hätten, so wie ihre Schwester. Samantha gelang es gerade mal, so lange still zu sitzen, bis sie ihren Tee ausgetrunken hatte, doch dann wurde sie auch schon wieder unruhig.

„Ich weiß, dass du wieder ins Büro musst", sagte Mom und erteilte ihr damit die Erlaubnis, zurück an die Arbeit zu gehen.

„Ja, ich sollte wohl mal los." Zu Cecily sagte sie: „Vielleicht kannst du Mom erzählen, was wir im Auto besprochen haben."

Cecily stimmte zu, und nachdem Samantha gegangen war, begann sie auch, über das Festival zu reden. Doch irgendwie kamen sie vom Thema ab, und statt über den Wettbewerb zu diskutieren, bei dem Icicle Falls' Traummann gekürt werden sollte, sprachen sie über Moms eigenen Traummann Waldo, und schon wurden die Fotoalben wieder hervorgeholt. Cecily hatte jedoch kein Problem damit, sie anzuschauen. Und im Gegensatz zu Samantha hatte sie auch kein Problem damit, den Mann, den sie alle gemocht hatten, mit dem Mann, der so viel Chaos in ihr Leben gebracht hatte, in Einklang zu bringen.

„Er war nicht besonders geschäftstüchtig", gab Mom zu und berührte ein Foto von Waldo, auf dem er an seinem Schreibtisch saß und ihr mit einem Glas Wein in der Hand zuprostete. „Aber er hatte so ein großes Herz. Und ich war so froh, dass ich mich noch einmal verliebt hatte. Das hätte ich nie für möglich gehalten."

Mom hatte wirklich Glück gehabt. Sie hatte die wahre Liebe nicht nur ein, sondern sogar zwei Mal erleben dürfen.

„Ich hoffe immer, dass meine Mädchen auch bald den Richtigen finden." Sie lächelte Cecily an. „Man sagt doch, es gibt für jeden Topf den passenden Deckel. Aber ich nehme an, das weißt du selbst auch schon."

„Daran habe ich auch immer geglaubt", meinte Cecily. „Inzwischen bin ich mir allerdings nicht mehr so sicher. Die Leute erwarten viel zu viel. Und geben zu wenig", fügte sie hinzu, während sie an ihre beiden Exverlobten dachte.

„Nicht immer. Du wirst schon noch einen Mann finden", tröstete Mom sie und tätschelte Cecilys Arm.

Im sonnigen Kalifornien hatte sie sogar zwei Männer gefunden, aber keiner von ihnen hatte sich als der Richtige entpuppt. Offenbar war sie genauso wenig dazu qualifiziert, ihren eigenen Mr Right zu finden, wie ein Chirurg sich selbst operieren konnte. „Und woher weißt du das?"

„Weil es eine Verschwendung wäre, wenn nicht, so wunderbar, wie du bist."

Dasselbe hatte ihre Mutter ihr gesagt, als Cecily gerade ihre rebellische Phase durchgemacht hatte, damals jedoch etwas strenger. „Ich glaube, diese Worte habe ich schon einmal gehört", meinte sie neckend.

„Sie entsprechen noch immer der Wahrheit." Mom lehnte sich auf der Couch zurück und betrachtete sie. „Ich glaube, dass Gott darauf gewartet hat, dass du wieder nach Hause kommst. Ich bin sicher, dass er den perfekten Mann für dich hier in Icicle Falls parat hat."

Cecily dachte an den Neandertaler, der sozusagen das Empfangskomitee für sie gebildet hatte. *Oder auch nicht.*

Samantha hatte eine kurze Besprechung mit Jim, ihrem Verkaufsrepräsentanten, und versprach einem Zulieferer das Blaue vom Himmel. Dann rief sie im Rathaus an, um zu hören, was die Genehmigungen machten.

Dieses Mal musste sie sich nicht mit Pissy abplagen. Emily Brookes, eine der Verwaltungsangestellten, ging ans Telefon. „Hallo, ich wollte nur mal hören, wie es mit unseren Genehmigungen für das Schokoladenfestival aussieht", fragte Samantha fröhlich.

„Na ja, ich habe bisher nichts weiter gehört", erwiderte Emily freundlich. „Also gehe ich davon aus, dass es läuft. Willst du mit Priscilla sprechen?"

Genauso wenig wie Pissy mit ihr reden wollte. „Nein, ist schon okay“, sagte Samantha. „Ich ruf später noch mal an.“ Diese Dinge brauchten Zeit, und ihr Formular machte wahrscheinlich erst mal die Runde durch die verschiedenen Abteilungen – es sei denn, Pissy hatte es in den Aktenvernichter gesteckt.

Positiv denken, ermahnte sie sich und ging wieder an die Arbeit. Sie beantwortete eine Flut von E-Mails und schrieb anschließend eine an Ed York, um ihm über die Idee des Traummann-Wettbewerbs zu berichten (natürlich wollte sie ihre Schwestern nicht kontrollieren, sondern einfach nur noch eine andere Meinung hören). Eds Antwort kam postwendend. Er war sehr angetan von der Idee. Also fand sich Samantha schließlich damit ab, dass sie diese Veranstaltung durchführen würden, obwohl sie die Sache immer noch ziemlich geschmacklos fand.

Egal, wenigstens sind das gute Nachrichten für Cecily, dachte sie und rief zu Hause an.

„Bailey hat gerade angerufen“, erzählte Cecily ihr. „Sie hat einen Wochenendtrip in ein Weingebiet als Gewinn ergattert. Und sie konnte noch die Adventure Outfitters dazu überreden, ein Kajak zu spenden, das unser Traummann als Hauptpreis bekommt.“

„Das ist ja toll“, meinte Samantha beeindruckt.

„Das ist noch nicht alles. Es sieht so aus, als würden sowohl das Italian Alps als auch das Big Brats einen Fünfundzwanzig-Dollar-Gutschein spenden – also kostenloses italienisches und deutsches Essen für jeweils zwei Leute. Und ich glaube, Cass wird uns auch noch einen Gutschein für ihr Restaurant geben. Also, es kann losgehen.“

„Hört sich so an. Ed York hält es übrigens auch für eine gute Idee.“ Kaum waren die Worte draußen, bereute Samantha schon, dass sie etwas gesagt hatte.

„Du hast Ed nach seiner Meinung gefragt?“

„Ich wollte ihn nur auf dem Laufenden halten“, rechtfertigte sich Samantha hastig. Am anderen Ende der Leitung hörte sie ein Seufzen. „Ich wollte dich nicht kontrollieren. Echt nicht.“

„Das will ich auch hoffen“, erwiderte Cecily. „Übrigens, wir wollen gerade Essen machen. Willst du vorbeikommen?“

„Seit ich derart in den roten Zahlen stehe, schlage ich keine Mahlzeit mehr aus, zu der ich eingeladen werde.“

Sie freute sich darauf, mit ihrer Schwester zusammen zu sein. Und so ungern sie es auch zugab: Sie freute sich auch darüber, dass Cecily als Dritte im Bunde dafür sorgen würde, dass das Essen mit ihrer Mutter in einer entspannteren Atmosphäre stattfinden würde als sonst.

Die gespendeten Aufläufe waren inzwischen aufgegessen. Doch Cecily hatte noch Hühnersuppe gefunden, die Bailey irgendwann gekocht und eingefroren hatte. Und sie hatte Mom dazu überredet, Brötchen zu backen. Der Duft der frisch gebackenen Brötchen und der Suppe, die vor sich hin köchelte, erinnerte Samantha daran, dass es schon eine ganze Weile her war, seit sie etwas gegessen hatte. Prompt knurrte ihr Magen.

„Bei dem schrecklichen Wetter ist das genau das richtige Essen“, sagte sie, nachdem sie ihrer Mutter ein Begrüßungsküsschen auf die Wange gegeben hatte.

„Schade, dass es nur nieselt, aber nicht schneit.“ Cecily stellte die Teller auf den Esstisch.

„Wir hätten wirklich Schnee brauchen können. Es war keine gute Saison“, pflichtete Samantha ihr bei. „Aber bestimmt wird es bald besser“, fügte sie hinzu. „Ich glaube, mit unserem Festival sind wir auf dem richtigen Weg. Wir brauchen interessante Veranstaltungen, um Touristen anzulocken. Wenn sie dann erst mal da sind und sehen, wie schön es hier ist, wenn sie wandern, einkaufen und essen gehen, dann haben wir sie am Haken. Bei uns ist es genauso toll wie in diesen teuren Skigebieten, und wir sind kostengünstiger.“

„Wir sollten das vielleicht irgendwo in unsere Werbung einbauen“, meinte Cecily nachdenklich. „Skilaufen zu annehmbaren Preisen. Was meinst du, Mom?“

„Hört sich gut an“, antwortete ihre Mutter zerstreut, während sie die Brötchen in einen Korb legte.

„Gefällt dir das besser als ‚Icicle Falls, Ihr Urlaubsziel in den Bergen‘? Was meinst du?“

„Klingt beides nett“, erwiderte Mom unverbindlich.

Früher hatte sich ihre Mutter gern Werbeslogans ausgedacht und mit Ideen gespielt, wie man die Firma noch bekannter machen könnte. Doch heute kam nichts von ihr, nur ein stilles Lächeln, das an die Stepford-Frauen erinnerte. Auch während des Essens trug sie nicht viel zur Unterhaltung bei. Nur als Cecily Baileys Suppe lobte, stimmte sie ihr zu.

„So. Wie sieht es aus, wollen wir uns einen Film ansehen?“, fragte Cecily nach dem Essen.

Mom schüttelte den Kopf. „Wenn es euch nichts ausmacht, gehe ich ins Bett und lese noch ein bisschen.“

„Oh, sicher. Wenn du möchtest.“ Cecily warf heimlich einen Blick auf die Kuckucksuhr, die in der Küche an der Wand hing.

„Mom, es ist doch erst sieben“, protestierte Samantha. Ihre Mutter ging sonst nie vor elf ins Bett. Aber früher hatte sie ja auch nie bis mittags geschlafen.

„Ich weiß. Ich bin müde“, sagte Mom. „Ihr zwei könnt euch ja noch einen netten Abend machen.“

Als ob sie einfach Spaß haben könnten. Über ihren Köpfen hing ein Damoklesschwert, das nur noch durch die seidenen Fäden der Hoffnung und Entschlossenheit daran gehindert wurde, auf sie niederzusausen.

Ihre Mutter küsste sie beide auf die Wange, schnappte sich ein Fotoalbum und verschwand in ihrem Schlafzimmer.

„Sie ist ganz schön fertig“, sagte Cecily, sobald Mom außer Hörweite war. „Ich habe versucht, sie dafür zu interessieren, sich Werbung auszudenken. Aber irgendwie hatte ich keine Chance. Sie konnte sich überhaupt nicht darauf konzentrieren. Natürlich ist das ist nicht verwunderlich, aber trotzdem.“

„Ich weiß“, stimmte Samantha zu. „Sie kommt einem vor wie ein Schatten ihrer selbst. Ich dachte, wenn du hier bist, würde sie ein bisschen aufwachen.“

„Sie trauert. Das dauert seine Zeit.“

Leider das Einzige, was sie nicht hatten. Samantha hob einen Finger an den Mund, um an einem Nagel zu kauen. Doch dann fiel ihr ein, dass es nichts mehr zu kauen gab. Stirnrunzelnd betrachtete sie ihre abgenagten Fingernägel.

„Du hast also deine schlechte Gewohnheit wieder angenommen“, meinte ihre Schwester.

„Na ja. Immer noch besser, als das Inventar aufzuessen“, konterte Samantha und seufzte. „Ich brauche ein neues Laster.“

„Du wolltest doch mit dem Trinken anfangen. Warum gehen wir nicht einfach rüber zu Zelda’s?“

„Ich bin zu abgebrannt, um mit dem Trinken anzufangen.“

„Keine Sorge. Ich geb einen aus. Ein bisschen was hab ich noch auf der hohen Kante.“ Cecily ging zur Garderobe und holte ihre Jacke. „Komm, wir gehen dich ein bisschen aufmuntern.“

„Das Einzige, was mich noch aufmuntern könnte, wäre ein Lottogewinn“, murmelte Samantha, zog sich aber ebenfalls an und folgte ihrer Schwester hinaus in die Kälte.Bei Zelda’s war es nicht gerade voll, aber da es Freitagabend war, hatten sich doch ein paar mehr Gäste eingefunden. Ein Rentnerehepaar beendete sein Essen gerade mit Kaffee und Dessert, während mehrere junge Familien noch beim Abendessen saßen. Die Eltern genossen ihre Suppe mit geräuchertem Lachs, und die Kinder ließen sich die Burger und Pommes schmecken.

Samantha sah Pissy und einen ihrer Untergebenen aus dem Rathaus an einem Tisch am Fenster sitzen und stellte sich blind. Stattdessen ging sie rüber, um Heidi Schwartz zu begrüßen, die weiter vorn mit ihrem neuen Ehemann saß. James, der kleine Sohn, saß in einem Hochstuhl und schlug aufgeregt auf das Tablett, als er einen Löffel mit Kartoffelbrei sah.

Cecily kam ebenfalls dazu, und Heidi begrüßte die beiden Schwestern fröhlich. „Setzt euch doch zu uns.“

„Nein, nein, genießt ihr euer Essen. Wir wollen an die Bar“, sagte Samantha. „Frauenabend.“

„Hört sich nett an“, sagte Heidi. Dabei strahlte sie ihren Ehemann so an, dass Samantha klar war: Niemals würde sie ihr jetziges Leben wieder gegen ihr ehemaliges Singledasein eintauschen.

Ein Anflug von Neid überkam Samantha, doch sie ignorierte das Gefühl. Ja, es wäre nett, sich irgendwann häuslich niederzulassen. Vorausgesetzt, es käme dabei so ein Happy End heraus wie bei Heidi. Aber dafür gab es keine Garantie. Genauso gut könnte sie – wie Charley – auf einen Loser hereinfallen.

Sie musste an Blake Preston mit den breiten Schultern und dem kleinen Herzen denken. Und schon hatte die Sehnsucht ein Ende. Oh nein. Männer wie Blake Preston waren der Grund, warum sie immer noch Single war. Sie war zufrieden mit ihrem Leben, so wie es war. Na ja, so wie es sein würde, sobald sie alles wieder unter Kontrolle hatte.

„Bist du wegen dem Festival hier?“, wollte Heidi von Cecily wissen.

„Ja, genau.“

„Toll, dass du dir einfach freinehmen kannst, um herzukommen.“

Cecily nickte, sagte aber nichts weiter dazu. Samantha konnte es ihrer Schwester nicht verübeln. Sie würde es auch nicht überall herausposaunen, wenn sie ihre Firma geschlossen hätte. Diesem Gedanken folgten weitere – eher niederschmetternde –, die sie aber schnell beiseiteschob.

„Lasst euch euer Essen schmecken“, sagte sie zu Heidi und ihrem Mann, bevor sie sich umdrehte. Plötzlich sah sie, dass Charley, während sie sich mit Heidi unterhalten hatten, neue Gäste an einen Tisch begleitet hatte, an dem sie auf dem Weg zur Bar vorbeimussten. Mist, konnte man den Tisch nicht irgendwie meiden? Vielleicht sollte sie sich einfach wieder blind stellen. Sie hätten zu Hause bleiben und sich einen Film anschauen sollen.

„Samantha“, rief Ed York lächelnd und winkte ihr zu.

Natürlich hätte sie Blind- und auch Taubheit vortäuschen können. Aber da ihre Schwester direkt neben ihr stand und in Eds Richtung lächelte, wäre das wohl nicht gerade die feine englische Art gewesen. Also fluchte sie nur leise, setzte ein Lächeln auf und winkte Ed zu, der ein paar Tische entfernt mit ihrem Erzfeind Blake Preston zusammensaß.

„Lass deinen Charme spielen“, murmelte Cecily kaum hörbar und ging voran zu dem Tisch, an dem die Männer saßen.

„Das wird hier wohl langsam unser zweites Zuhause, was, Samantha?", begrüßte Ed sie. „Hallo, Cecily. Was bringt dich denn so schnell wieder zurück nach Icicle Falls?"

„Ich bin hier, um bei den Vorbereitungen für das Festival zu helfen", antwortete sie wahrheitsgemäß.

„Wir nehmen jede Hilfe, die wir bekommen können, an, nicht wahr?" Ed stand auf und zog einen Stuhl heraus. „Trinkt was mit uns. Dabei können wir uns unterhalten."

Ha! Das war natürlich genau das, worauf Samantha jetzt Lust hatte! Sich mit Blake Preston, dem Firmenkiller, zu einem Drink zusammenzusetzen.

„Vielleicht sind sie verabredet", sagte Blake. Wahrscheinlich hatte er genauso wenig Lust auf einen gemütlichen Abend in ihrer Gesellschaft wie sie in seiner. Oder wollte er etwa andeuten, dass es niemanden gab, der mit ihr ausgehen wollte?

„Wenn nicht, könnt ihr ja mit uns essen", bot Ed an.

„Oh nein. Wir haben schon gegessen", sagte Samantha.

„Na, dann ein Glas Wein."

„Ein Glas Wein hört sich gut an", erwiderte Cecily. Damit traf sie die Entscheidung für sie beide. Und weckte in Samantha außerdem den dringenden Wunsch, sie zu erwürgen. Blake stand auf, um ihnen noch einen Stuhl anzubieten, und ihre Schwester streckte ihm die Hand zur Begrüßung entgegen. „Ich bin Cecily Sterling. Ich war in der Schule ein paar Jahre unter Ihnen, aber …"

„Ich weiß, wer Sie sind. Jeder kennt die hübschen Sterling-Schwestern", sagte Blake galant.

So ein Quatsch. Dieser Mann war im Bankwesen echt vergeudet. Er hätte Verkäufer werden sollen. Am besten Gebrauchtwagenhändler. Oder Händler auf einer Messe, wo er überteuerte Küchengeräte verkaufte.

„So, anscheinend machen wir schon richtig gute Fortschritte, findet ihr nicht auch?", meinte Ed zufrieden.

„Auf jeden Fall", stimmte Samantha zu. „Alle sind von der Idee ganz angetan", fügte sie hinzu. Sollte Blake ihr doch widersprechen. Na los!

In diesem Moment kam Charley mit Samanthas Nachbarin

Lila Ward sowie einer weiteren älteren Frau vorbei. Lila war pensionierte Lehrerin, dünn wie ein Bleistift, mit kurzen grauen Haaren und einem verkniffenen Mund. Sie erzählte allen, sie wäre verwitwet, doch Samantha glaubte ihr nicht. Ihre Vermutung war, dass Mr Ward – wenn es ihn denn überhaupt gegeben hatte – das Weite gesucht hatte.

Heute Abend trug Lila eine graue Hose und einen dicken Troyer – eine Vogelscheuche in Winterkleidung. Als sie Samantha und den Rest zusammen am Tisch sitzen sah, presste sie die Lippen zusammen, und Samantha machte sich auf eine unangenehme Begegnung gefasst.

Und tatsächlich, Lila blieb an ihrem Tisch stehen und ließ ihre Freundin und Charley allein weitergehen. „Ich habe gehört, Sie planen irgend so ein Festival, Ed", sagte sie und ignorierte die anderen am Tisch völlig. Gutes Benehmen hatte Lila offenbar nicht unterrichtet.

„Stimmt, das machen wir", erwiderte er jovial. „Wenn alles nach Plan läuft, sollten wir nächsten Monat die Stadt voller Leute haben."

„Und schon ist es vorbei mit Ruhe und Frieden", erwiderte Lila schnippisch. „Ich habe mich nach meiner Pensionierung nicht hierher zurückgezogen, um mitzuerleben, wie die Stadt von Yuppies und Rowdys überschwemmt wird. Ich weiß nicht, was Sie sich dabei gedacht haben."

„Wir haben uns gedacht, dass wir die Wirtschaft der Stadt ankurbeln", warf Samantha ein. Sie konnte einfach nicht widerstehen. Bei dieser Auseinandersetzung musste sie mitmischen.

„Sie sind eine kluge Frau, Lila", sagte Ed mit beruhigender Stimme. „Sie verstehen, wie die Wirtschaft läuft. Keine Geschäfte, keine Stadt. Und wo wollen Sie dann Ihre Lebensmittel kaufen?"

„Wir brauchen hier keine Horden von fremden Leuten, damit die Geschäfte florieren", widersprach Lila.

Ed wurde ernst. „Haben Sie es nicht bemerkt? In diesem Winter waren so gut wie gar keine Touristen in Icicle Falls."

„Natürlich habe ich das bemerkt. Und wir sind immer noch hier, oder etwa nicht?"

„Nicht mehr alle“, sagte Ed, der nun definitiv nicht mehr lächelte.

„Diese Sache wird auch nicht helfen. Das ist alberner Quatsch.“ Lila warf Samantha einen missbilligenden Blick zu. „Ein Schokoladenfestival, also ehrlich.“ Und mit dieser bitterbösen Bemerkung stolzierte sie davon.

„Na ja, *fast* alle sind von dem Festival angetan“, murmelte Ed.

In dem Moment kam Maria an ihren Tisch, um die Bestellung entgegenzunehmen. Damit war die Unterhaltung erst mal unterbrochen.

„Ich hätte gern ein Glas Pinot Grigio“, sagte Cecily.

Während Samantha eifrig damit beschäftigt gewesen war, eine echte Überfliegerin zu werden, hatte ihre Schwester die hohe Kunst des weltmännischen Trinkens studiert.

„Was willst du, Samantha?“, wollte Maria wissen.

„Schokowein.“

„Da musst du auf eine Party bei Charley gehen, *amiga*“, meinte Maria. „Warum probierst du nicht einmal den Huckleberry Martini? Der ist ein bisschen süßlich. Könnte dir gefallen.“

„Okay, dann versuch ich den mal.“

„Wir müssen Hank dazu überreden, einen Schokoladendrink für das Festival zu kreieren“, schlug Cecily vor und wickelte gedankenverloren eine Locke um den Finger. Maria ging wieder, um die Getränke zu holen. „Einen Schokoladenkuss. Hört sich das nicht gut an?“, fragte sie in die Runde.

„Ein Kuss klingt gut“, stimmte Blake zu.

Samantha ignorierte ihn.

Und das tat sie weiterhin, während sie an ihren Drinks nippten und Ed und Cecily Ideen austauschten. Die Männer bestellten sich etwas zu essen, und Ed bestand darauf, den beiden Schwestern noch einen Drink auszugeben. Samantha musste er nicht lange bitten. Sie hatte beschlossen, dass sie Huckleberry Martinis mochte.

Aber Blake Preston mochte sie noch immer nicht. Das stand fest. Er war eine Schlange.

„Was das Festival betrifft, gehört Lila Ward definitiv einer Minderheit an“, sagte Ed gerade.

„Nur selten können sich wirklich alle für eine Idee begeistern“, meinte Blake. „Aber ich hoffe, dass das Festival ein großer Erfolg wird.“

Samantha hob eine Augenbraue. „Tun Sie das?“

„Natürlich tue ich das“, erwiderte er ernst.

Sie trank einen großen Schluck Martini. „Na ja, natürlich. Dumm von mir, daran zu zweifeln. Die Bank war uns ja schon eine große Stütze.“

„Ich glaube, wir sollten mal gehen“, meinte ihre Schwester.

Ausgezeichnete Idee.

Jetzt würden sie sowieso keinen Spaß mehr haben. (Nicht dass Samantha die Hoffnung gehegt hätte, sich zu amüsieren. Stress und Spaß passten leider nicht zusammen.) Dass sie hier unverhofft auf Blake, die Schlange, getroffen waren, hatte ihr das ganze Wochenende vermiest.

Sie versuchte ihn aus ihren Gedanken zu vertreiben, indem sie am nächsten Morgen ihre samstägliche Joggingrunde drehte. Aber seine Stimme verfolgte sie, hallte bei jedem Schritt auf der nassen Straße in ihrem Ohr wider. *Ich hoffe, es wird ein großer Erfolg, großer Erfolg, großer Erfolg.* Hoffte er das wirklich?

Selbst der wöchentliche Frauenabend bei Cass am Sonntagabend konnte Samantha nicht wirklich aufmuntern. Charley war an der Reihe gewesen, einen Film auszusuchen, und sie hatte sich für *E-Mail für dich* entschieden. Samantha wurde richtiggehend übel, als sie Meg Ryan dabei zusah, wie die sich in den Mann verliebte, der dafür gesorgt hatte, dass sie ihren Laden aufgeben musste.

Na ja, im Gegensatz zu Meg würde sie der Versuchung widerstehen, so viel war sicher.

11. KAPITEL

Jeder Tag bringt etwas Neues. Aber wenn du die Arme nicht öffnest, um es anzunehmen, wird es an dir vorübergehen.
Muriel Sterling, *Erkenne, wer du bist: Eine Frau geht ihren Weg*

Vor dem Meeting mit dem Festivalkomitee hatte Samantha noch einiges zu erledigen. Deshalb hatte sie keine Zeit, die Pralinen persönlich abzuliefern, die sie Todd Black versprochen hatte. Also war Cecily so nett und bot an, diesen Botengang für Samantha zu erledigen.

„Das ist auch wirklich der einzige Grund, oder?", fragte Samantha und betrachtete Cecily misstrauisch. „Ich meine, ich gebe ja zu, dass er ein Prachtexemplar von Mann ist. Aber ich würde wetten, dass er eine Spur gebrochener Herzen von hier bis Tahiti gezogen hat."

„Keine Sorge, *Mama*", erwiderte Cecily und griff nach der rosa Schachtel mit dem Goldband. „Ich bin inzwischen dagegen geimpft."

„Ich wäre mir nicht so sicher, dass es gegen den schon einen Impfstoff gibt."

„Ich bringe es einfach nur vorbei. Dann laufe ich um mein Leben", versicherte Cecily ihr.

„Okay. Wenn du in zwanzig Minuten nicht wieder hier bist, schicke ich einen Suchtrupp los."

Cecily lächelte und schüttelte den Kopf. Manchmal war Samantha wirklich eine richtige Übermama. Dabei bestand dafür überhaupt keine Notwenigkeit. Cecily hatte zwei grässliche Beziehungen überstanden. Ein drittes Mal würde ihr das nicht passieren. Außerdem brachte sie ihm die Schokolade nur, um Samantha einen Gefallen zu tun. Schließlich war sie deshalb nach Hause gekommen – um zu helfen.

Wie auch immer, bestimmt war er sowieso nicht da. Es war noch früh am Morgen. Solche Kneipen schlossen immer erst in den frühen Morgenstunden, und er war garantiert noch zu Hause – wo auch immer das sein mochte – und lag in seinem Bett.

Bett. Todd Black im Bett. Was er da wohl anhatte?

Was ging sie das an? Sie würde diese Pralinen abgeben und verschwinden.

Als sie bei der Sportbar ankam, war die Neonreklame im Fenster ausgeschaltet, und der Parkplatz war, abgesehen von einem schlammbespritzten Jeep, leer. Ein Höhlenmensch steckte also noch in der Höhle. Es war nicht schwierig zu raten, wem der Jeep gehörte.

Aber Cecily konnte im Inneren kein Licht erkennen. Vielleicht war Todd Black zu betrunken gewesen, um nach der Arbeit noch nach Hause zu fahren. Vielleicht lag er jetzt irgendwo auf dem Fußboden und schlief seinen Rausch aus.

Cecily stieg aus dem Wagen und ging über den Parkplatz auf die Kneipe zu. Als sie näher kam, konnte sie durch das Fenster in Todd Blacks Königreich hineinsehen. Stühle standen umgedreht auf den Tischen und warteten darauf, dass jemand den Boden wischte. Im schummrigen Licht entdeckte sie eine Dartscheibe an der Wand und einen alten Flipperautomaten in einer hinteren Ecke. Der obligatorische Fernsehmonitor hing über der Bar, auf der Barhocker standen, die aussahen, als wären sie aus einem alten Film importiert worden. Orte wie dieser hier wirkten bei Tageslicht immer so heruntergekommen und trostlos.

Sie hatte gehört, dass hier abends richtig viel los war und es öfter mal ziemlich hoch herging. Vor allem Männer fanden sich hier zusammen. Kein Wunder. Welche Frau, die noch bei Verstand war, würde schon hierherkommen, wenn sie stattdessen Wein oder Huckleberry Martinis bei Zelda's trinken konnte? Vielleicht eine Frau, die gern Flipper spielt, dachte sie lächelnd, fügte aber sofort hinzu: Aber nicht du.

Vorsichtig klopfte sie an die Tür. Nichts passierte.

Auch gut, überlegte sie. Sie wollte Todd Black sowieso nicht sehen.

Sie klopfte noch einmal ein wenig lauter. Schließlich war sie extra hergekommen, und sie wollte die Pralinen nicht vor der Tür liegen lassen. Es könnte immerhin sein, dass es regnen oder schneien würde. Oder irgendein herrenloser Hund könnte sie auffressen. Für Hunde war Schokolade nicht gesund. Sie war es der Hundebevölkerung von Icicle Falls schuldig, sicherzustellen, dass diese Pralinen bei Todd ankamen. Sie klopfte noch ein letztes Mal – und wurde mit dem Anblick eines Schattens belohnt, der durch den Raum auf die Tür zukam. Eine Sekunde später wurde die Tür geöffnet, und da stand Todd Black in Jeans und schwarzem Sweatshirt, unrasiert, zerzaust und ziemlich verlockend.

Er legte eine Hand gegen den Türrahmen und ließ seinen Blick langsam und herausfordernd über Cecily gleiten. „Na, wenn das nicht unser Mädchen aus Kalifornien ist."

Wenn ein heißer Typ ab einem bestimmten Alter noch Single war, hatte das meistens einen guten Grund. Jetzt wusste sie, warum dieser hier noch allein war. Er besaß die außerordentliche Gabe, eine Frau mit wenigen Worten auf die Palme zu bringen.

Cecily beschloss, sich nicht auf dieselbe Ebene zu begeben. Stattdessen lächelte sie einfach und reichte ihm die Schachtel mit den Pralinen. „Ich soll das hier als Dankeschön abgeben – dafür, dass Sie meiner Schwester den Reifen gewechselt haben."

Er grinste. „Rosa, genau meine Farbe."

„Dachte ich mir."

Er öffnete die Tür noch ein Stückchen weiter. In der Ecke lockte der Flipperautomat. „Wollen Sie reinkommen und mir helfen, die hier zu essen?"

Komm in meinen Salon, sagte die Spinne zur Fliege. „Ich bin sicher, dass Sie das auch ganz gut allein hinbekommen."

„Klar, aber das würde nicht so viel Spaß machen. Wie auch immer, ich könnte eine Pause brauchen. Sie nicht auch?"

Sie war hierher zurückgekommen, um eine Pause zu machen. Und zwar von Männern. „Nein, ich muss wirklich wieder los", sagte sie und machte einen Schritt rückwärts.

„Ich wette, Frauen wie Sie gehen nicht in Kneipen wie die

hier, oder?“, meinte er herausfordernd.

„Was für eine Art von Frau bin ich denn?“

„Eingebildet und spießig?“

Nur weil sie seine Einladung abgelehnt hatte, sein schäbiges Etablissement zu betreten – wer da wohl eingebildet war? „Nein, nur beschäftigt“, sagte sie und drehte sich um, um zum Wagen zurückzugehen. „Und darüber können Sie ganz froh sein. Am Flipper bin ich nämlich verdammt gut.“ Und spießige Frauen spielten nicht Flipper. Also …

„Sie können jederzeit wiederkommen und mir zeigen, was Sie draufhaben“, rief Todd ihr hinterher.

Sie lief schneller. Je eher sie in ihrem Auto saß und von hier verschwinden konnte, desto besser. Offensichtlich war Todd Black ein Experte darin, Frauen dazu zu bewegen, dass sie ihm zeigten, was sie draufhatten.

„Wir sind für das Festivalwochenende schon fast ausgebucht“, verkündete Olivia dem Rest des Organisationskomitees, als sie sich in Dots Breakfast-Haus zum Frühstück trafen.

„Ich habe auch schon mehr als die Hälfte vermietet“, berichtete Annemarie. Sie lächelte Samantha an. „Das war eine tolle Idee.“

„Und der Traummann-Wettbewerb war auch ein ausgezeichneter Einfall“, sagte Olivia. „Ich werde meine beiden Söhne anmelden.“

Samantha musste Cecily nicht mal anschauen, um ihr überhebliches Grinsen zu sehen. Der Stoß mit dem Ellenbogen, den sie zwischen den Rippen spürte, war völlig unnötig.

„Wir haben die Genehmigungen noch nicht“, berichtete Samantha.

„Vielleicht solltest du mal nachfragen, warum sich das so verzögert“, schlug Olivia vor.

Als ob sie das nicht schon versucht hätte. Was diese Genehmigungen anging, kam Samantha sich vor wie ein Lachs, der versuchte, im Treibsand zu laichen. Niemand im Rathaus schien irgendetwas darüber zu wissen, und alle verwiesen sie immer nur an

Pissy. Was jedoch ein schlechter Witz war. Denn jedes Mal, wenn Samantha anrief, war es dasselbe: Pissy war entweder nicht im Büro, oder sie telefonierte. Oder war eben einfach nicht erreichbar.

Als es Samantha endlich gelungen war, ihre Erzfeindin in die Ecke zu drängen, war Pissy ziemlich, na ja, pissig geworden. „Hältst du uns hier für inkompetent oder was?“, hatte sie Samantha böse gefragt.

„Nein, natürlich nicht“, hatte Samantha erwidert und dabei an Cecily gedacht, die das alles so viel besser konnte. Dass sie Pissy schlichtweg für gehässig hielt, hatte sie nur gedacht.

Aber selbst Pissy konnte doch nicht so kleinkariert sein, dass sie diese Sache sabotierte, nur um Samantha eins auszuwischen. Jedenfalls hoffte Samantha das. Es sei denn, Pissy begriff nicht, dass die gesamte Stadt davon profitieren würde.

„Vor allem deshalb nicht, weil es doch so vielen Geschäften hier in Icicle Falls helfen würde“, hatte Samantha hinzugefügt, damit Pissy auch wirklich kapierte, um was es eigentlich ging.

„Vor allem eurem“, hatte Pissy nur gemeint. „So. Wenn du sonst nichts wolltest – ich muss los. Ich habe noch eine wichtige Besprechung.“

„Mit deinem Therapeuten?“, war Samantha herausgerutscht.

Doch Pissy hatte schon aufgelegt, und das Einzige, was Samantha noch hörte, war der Wählton.

Wahrscheinlich wäre es klüger, wenn jemand anderes als Samantha den Leuten im Rathaus noch einmal in den Hintern trat. „Vielleicht könnte jemand mit ein bisschen mehr Einfluss versuchen, die Sache zu beschleunigen. Ed, könntest du nicht mal Del anrufen?“

„Ich bin sicher, dass er die Sache im Griff hat“, erwiderte Ed, „aber ich rede gern noch mal mit ihm. Es wäre gut, wenn wir wüssten, wo wir stehen.“ Er rieb sich über die Stirn.

„Geht es dir nicht gut?“, fragte Olivia. Dabei klang sie wie eine besorgte Ehefrau. Samantha vermutete, dass sie diese Rolle gern ausfüllen würde, doch Ed hatte nur Augen für Pat Wilder, die stattlichen Witwe, der der Buchladen Mountain Escape Books gehörte.

„Nur ein bisschen Kopfschmerzen“, antwortete Ed. „Wird schon wieder. Aber ich glaube, ich gehe nach Hause und lege mich hin. Irgendwie fühle ich mich müde und erschöpft.“

„Ich hoffe, du hast dir nicht irgendwas eingefangen“, sagte Olivia.

Das hoffe ich auch, dachte Samantha. Und wenn, dann werde bitte erst krank, nachdem du mit Del gesprochen hast.

Sei nicht so egoistisch, schalt sie sich. „Gute Besserung“, meinte sie zu Ed. „Und lass uns wissen, was Del gesagt hat“, fügte sie noch hinzu, ein subtiler Hinweis darauf, den Bürgermeister anzurufen, bevor er zusammenbrach. Okay, sie war vielleicht nicht gerade das netteste Mädchen in Icicle Falls. Aber immerhin musste sie ihren Betrieb retten, und eine ganze Stadt verließ sich auf sie.

Ed war gegangen, und die Pfannkuchen waren aufgegessen. Das hieß wohl, dass ihre Besprechung beendet war. Doch Samantha entschied, dass sie noch einmal mit ihrer Schwester unter vier Augen sprechen musste. „Komm, geh mit mir bis zum Büro“, sagte sie, als sie das Restaurant verließen.

„Ist das eine Einladung oder ein Befehl?“

„Kannst du dir aussuchen.“

Cecily runzelte die Stirn, gehorchte aber.

Außerdem ist es ein herrlicher Tag für einen Spaziergang, rechtfertigte Samantha sich. Die Sonne schien von einem blauen Himmel, die raue Schönheit der Berge war atemberaubend und die frische Bergluft belebend. Diese Stadt war wirklich ein landschaftliches Juwel. Das Festival würde bestimmt viele neue Gäste anlocken, und wenn die erst mal gesehen hatten, wie hübsch Icicle Falls war, würden sie zurückkehren und Familien und Freunde mitbringen.

„Gibt es Probleme?“, fragte Cecily und brachte Samantha damit wieder zurück in die Gegenwart.

In letzter Zeit schien es so, als gäbe es nichts als Probleme. Doch das sagte Samantha jetzt nicht. Stattdessen meinte sie: „Es wäre mir lieber gewesen, wenn du mit diesem Bericht über den Wettbewerb heute Morgen in der Sun noch ein paar Tage

gewartet hättest."
„Mit solchen Sachen kann man doch nicht bis zur letzten Minute warten."
„Ich weiß."
„Du machst dir Sorgen wegen den Genehmigungen, stimmt's?"
Samantha nickte. „Wir zäumen das Pferd von hinten auf, und das macht mich nervös."
„Wenn du wartest, bis du die Genehmigungen in der Hand hältst, hast du keine Zeit mehr, alle deine Veranstaltungen zu planen", widersprach Cecily.
Natürlich hatte ihre Schwester recht. Es war sowieso ein Wettlauf mit der Zeit. Und das hieß, dass sie nicht nach den üblichen Regeln spielen konnten. Trotzdem. Sie hatte es gern, wenn alles seine Ordnung hatte, und das hier war ein einziges Chaos. Jetzt rieb sie sich die Stirn. Offenbar waren Eds Kopfschmerzen ansteckend.
„Ich weiß, dass ich schon wie besessen wirke", gab sie zu. „Aber ohne die Buden mit Kunsthandwerk und Essen wird das kein richtiges Festival. Dann fühlen sich die Leute betrogen."
„Wir müssen halt das Beste draus machen", meinte Cecily achselzuckend.
Richtig. Wenn man sich ständig Sorgen machte, brachte das auch nichts. Und wenn es so weiterging, hatte sie bis zum Valentinstag graue Haare. Samantha zwang sich, beim Thema zu bleiben. „Also, stimmt es, was ich gehört habe: Ihr wollt, sozusagen als Auftakt zum Traummann-Wettbewerb, am Abend davor noch bei Zelda's feiern?" Sie konnte sich gut vorstellen, was das für eine niveaulose Veranstaltung werden würde. „Ist das wirklich nötig?"
„Ja, klar. Das wird ein lustiger Abend, und alle sind dann voller Vorfreude. Außerdem erinnert es die Leute daran, sich Karten für die Veranstaltung zu kaufen. Und natürlich Schokolade."
„Kann schon sein", meinte Samantha widerstrebend. „Wen hast du eigentlich dazu verdonnert, Jury zu spielen?"
„Dich, zum Beispiel."
„Mich?" Na toll, das war schon immer einer ihrer sehnlichsten

Wünsche gewesen: Preisrichterin bei einem Schönheitswettbewerb für Männer zu sein.

„Höre ich da etwa Spott und Hohn in deiner Stimme, ehemalige Miss Icicle Falls?"

Samantha hob drohend einen Finger. „Da ging es darum, ein Stipendium zu bekommen. Und zumindest gab es bei uns noch einen Talentwettbewerb."

„Na ja, und hier geht es um recht ansehnliche Preise", konterte Cecily. „Außerdem werden den Kandidaten in einem Interview Fragen gestellt."

„Ob sie für den Weltfrieden sind?", meinte Samantha bissig.

„Nichts so Langweiliges", erwiderte Cecily grinsend.

„Ich weiß ja nicht", murmelte Samantha. Obwohl es jetzt sowieso keinen Unterschied mehr machte. Ihre Schwestern hatten sich zu Event-Dampfwalzen entwickelt, die einfach über ihre Einwände und Sorgen hinwegratterten. Gegen die stilvolleren Veranstaltungen hatte sie ja auch gar nichts einzuwenden. Nur auf diesen albernen Schönheitswettbewerb für Männer war sie wirklich nicht erpicht.

„Das wird ganz toll", versicherte ihr Cecily. „Die Kandidaten müssen uns ihre Lieblingsschokolade aus dem Sweet-Dreams-Laden verraten. Also müssen sie natürlich vorher reichlich einkaufen, um Recherche zu betreiben. Und das ist gut für den Umsatz. Wie auch immer, alle sind ganz heiß drauf, und die Sache läuft schon."

„Mir wäre es lieber, wenn sie ohne mich laufen würde", erklärte Samantha.

„Ich fürchte, das geht nicht. Sweet Dreams sponsert dieses Festival, und du bist das Gesicht von Sweet Dreams. Übrigens, Nia Walters möchte dich für einen Zeitungsartikel interviewen. Also liefert dir der Wettbewerb nicht nur zusätzlichen Umsatz, sondern auch noch kostenlose Werbung."

Etwas gegen kostenlose Werbung einzuwenden war schwierig. Trotzdem wäre Samantha lieber nackt in den eiskalten Wenatchee-Fluss gesprungen, als bei diesem dämlichen Wettbewerb als Jurorin mitzuwirken. „Wer sitzt denn noch in der Jury?",

fragte sie grimmig.
„Mom und ich."
„Das hört sich doch so an, als hättet ihr genügend Sweet-Dreams-Gesichter. Da braucht ihr meins doch nicht mehr. Und was macht Bailey?"
„Zeremonienmeisterin. Du weißt doch, wie gern sie im Rampenlicht steht. Und ja, wir brauchen dich."
„Und das sind alle? Sollten wir nicht noch jemand anderes dabeihaben?"
„Ich hatte an Cass gedacht. Die ist unbefangen."
„Hast du sie schon gefragt?" Irgendwie konnte Samantha sich Cass nicht bei so einer albernen Veranstaltung vorstellen.
„Ich hatte gehofft, das übernimmst du", sagte Cecily und wich Samanthas Blick aus.
„Du Angsthase."
Cecily zuckte nur mit den Schultern. „Reg dich nicht auf. Immerhin bietet dir das die Möglichkeit, mal wieder alles selbst bis ins Detail zu kontrollieren."
Inzwischen waren sie am Laden angekommen. Ehe Samantha ihrer Schwester eine Retourkutsche verpassen konnte, war die im Geschäft verschwunden, um zu hören, wie viele Männer sich bisher ein Anmeldeformular abgeholt hatten.
„Sechs Männer waren schon hier", berichtete Heidi.
„Ich wusste, dass das ein Erfolg wird!", jubelte Cecily.
Samantha verkniff sich jeglichen Kommentar, sondern sagte nur: „Ich muss zurück an die Arbeit", und verschwand in ihr Büro.
„Vergiss nicht, mit Cass zu reden", rief ihre Schwester ihr nach.
„Warum ich?", grummelte sie.
Die Antwort war einfach. Sie war die Älteste. Die mussten immer die Drecksarbeit verrichten.
Also fügte sie sich in ihr Schicksal und ging in Cass' Laden hinüber. Dort waren Cass und ihre Tochter Danielle gerade dabei, Ketten aus Schokoladenkeksherzen mit rosa Überzug auf einem Kettenhalter zu drapieren.

„Die sind für das Festival", sagte Cass. „Was hältst du davon?"

„Die sehen bezaubernd aus", staunte Samantha. „Wer hat die entworfen?" Eigentlich brauchte sie gar nicht zu fragen. Danielle strahlte, und Cass war ganz die stolze Mama.

„Es war Danis Idee", erwiderte Cass. „Ist sie gut oder ist sie gut?"

„Sie ist fantastisch. Du bist ja eine richtige Künstlerin", sagte Samantha zu dem Mädchen.

„Probier mal eine", drängte Danielle sie.

Sie waren fast zu schön zum Essen. Aber nur fast. Samantha biss in eine hinein und wurde prompt in den siebten Zuckerhimmel befördert. „Die werden sich wie verrückt verkaufen", prophezeite sie.

„Vor allem bei den Mädchen aus der Mittelstufe", meinte Danielle. „Wenn sie gut ankommen, erlaubt mir Mom vielleicht, dass ich sie auch über die Website vertreibe." Sie warf ihrer Mutter einen bittenden Blick zu.

Cass nickte langsam. „Das wäre eine Möglichkeit."

„Meinst du, Luke kann mir helfen, zu überlegen, wie man sie am besten verpackt, damit sie nicht kaputtgehen?", fragte Danielle Samantha.

„Ich schicke ihn nachher mal vorbei", versprach Samantha. Einer angehenden Geschäftsfrau war sie immer gern behilflich.

Zwei Teenager kamen auf der Suche nach einer Stärkung nach dem harten Schultag in den Laden, und Danielle ging hinüber, um sie zu bedienen.

„Du hast wirklich eine tolle Tochter", sagte Samantha.

„Ja, das habe ich", stimmte Cass zu und sah Dani stolz an. „Ich wünschte nur, ihre Schwester würde aufhören, mich in den Wahnsinn zu treiben", ergänzte sie mit gerunzelter Stirn.

Amber, Cass' Jüngste, war vierzehn Jahre alt und nicht gerade einfach. „Willie macht sich aber doch auch gut, oder?", versuchte Samantha Cass aufzumuntern. Cass' Sohn ging zum Wrestling, zum Football und zu den Pfadfindern, hatte also so viel um die Ohren, dass er kaum Zeit hatte, allzu viel Unfug anzustellen.

Cass stieß einen verächtlichen Laut aus. „Zwei von drei ist nicht so schlecht. Wolltest du das damit sagen?“

Ja. Ein lahmer Versuch. „Sie fängt sich schon noch wieder. Cecily hatte auch mal so eine Phase, in der sie unsere Eltern verrückt gemacht hat. Aber irgendwann war es dann wieder vorbei.“

„Das hoffe ich bei Amber auch“, stöhnte Cass. „Entweder das, oder ich bringe sie um. Ich weiß was. Vielleicht gebe ich sie zur Adoption frei. Hast du Interesse an einer Vierzehnjährigen?“

„Vielleicht ungefähr in zwanzig Jahren“, witzelte Samantha.

Cass schüttelte den Kopf. „Ich liebe sie wirklich, aber manchmal … Wenn sie doch nur nicht so nach ihrem Vater kommen würde. Sie kann so unwirsch sein. Und stur.“

Soweit Samantha das beurteilen konnte, traf das auf alle vierzehnjährigen Mädchen zu.

„Und natürlich bin ich im Moment immer die Böse, weil ich sie wegen ihrer Noten ermahne und mich in ihr Privatleben einmische“, fuhr Cass fort. „Während ihr Vater in ihren Augen eine Mischung aus Weihnachtsmann und Nikolaus ist. Männer“, fügte sie angewidert hinzu.

Cass war ganz offensichtlich nicht gerade positiv auf das andere Geschlecht zu sprechen. Vielleicht war das nicht der beste Augenblick, um sie zu fragen, ob sie helfen wollte, Icicle Falls' Traummann zu finden.

Aber Cass war nie gut auf ihren Ex zu sprechen, also gab es wahrscheinlich gar keinen richtigen Zeitpunkt. „Da wir gerade von Männern reden: Wir brauchen noch eine unparteiische Jurorin für unseren Traummann-Wettbewerb. Cecily hat gehofft, dass wir dich dazu überreden können.“

„Solange keiner der Männer so aussieht wie Mason, kann ich durchaus unparteiisch sein“, meinte Cass grinsend.

„Na, dafür können wir ja sorgen.“ Samantha wurde wieder ernst. „Sag mal, ehrlich gesagt überrascht es mich, dass du bereit bist, mitzumachen.“

„Ach ja? Wieso?“

„Na ja, zum einen ist es total albern.“

„Aber es macht bestimmt auch Spaß. Und ich werde meine helle Freude daran haben, dabei zuzusehen, wie diese Männer mit all den fiesen Prüfungen kämpfen, die Cecily sich ausgedacht hat. Und ich nehme mal an, dass da für mich auch ein bisschen Schokolade rausspringt, oder?“

„Auf jeden Fall.“

„Okay, dann bin ich dabei.“

Na, das war ja einfach, dachte Samantha, als sie den Laden wieder verließ. Abgesehen davon, dass die Genehmigungen im Bürokratiedschungel des Rathauses verloren gegangen waren, kamen alle Vorbereitungen für das Festival gut voran. Was eigentlich Monate gebraucht hätte, kam in Rekordzeit zustande. Und zwar, weil die ganze Stadt voller Enthusiasmus an einem Strang zog. Allerdings passierte so etwas nicht im wahren Leben, sondern nur in Romanen und Filmen.

Es war also nur noch die Frage der Zeit, wann die nächste Bombe platzen würde.

Als Cecily im Supermarkt anhielt, um ein Poster für den Traummann-Wettbewerb am Schwarzen Brett auszuhängen, erregte sie großes Aufsehen.

„Was für eine witzige Idee“, rief Lauren Belgado, die während ihrer Frühstückspause vorbeigekommen war. „Und, wow, das sind ja echt tolle Preise. Da muss ich Joe unbedingt anmelden.“

Ihr Freund Joe Coyote sah sympathisch aus und hatte eine beeindruckende Figur. Leider hatte er außerdem eine Narbe im Gesicht und humpelte (das Souvenir eines Baustellenunfalls), sodass Cecily nicht sicher war, ob er gegen die besser aussehenden Männer in der Stadt eine Chance hatte. Wenn allerdings ein Mann mit Herz gewinnen sollte, würde der Preis definitiv an Joe gehen.

Jetzt war noch eine Frau dazugetreten. „Oh, davon hab ich schon in der Zeitung gelesen. Ich hol mir nachher ein Anmeldeformular. Wenn mein Freund gewinnt, können wir diese Tour in den Weinanbaugebieten machen.“

„Was müssen die Männer denn tun?“, fragte Lauren. „Gibt

es so eine Art Talentwettbewerb? Joe ist da ja eher ein bisschen schüchtern."

„Nein, kein Talentwettbewerb."

„Was müssen sie denn dann machen?", fragte die andere Frau.

„Oh, sie müssen ein paar Fragen beantworten. Zum Beispiel, welche Schokolade von Sweet Dreams sie am liebsten mögen."

„Das heißt, sie müssen Recherche betreiben", meinte Lauren glücklich, während Cecily wünschte, ihre Schwester wäre dabei, um diese Unterhaltung mit anzuhören. „Was noch?"

„Nichts, was zu schwierig wäre", versicherte ihr Cecily. „Wahrscheinlich müssen sie mit nacktem Oberkörper über einen Laufsteg gehen."

Die Frauen kicherten.

„Bescheuert", erklärte eine tiefe Stimme hinter Cecily.

Sie drehte sich um. Todd Black war offensichtlich aus seiner Höhle gekrochen gekommen, um Nahrung für die Neandertaler zu besorgen; wenn man einen Einkaufswagen voller Softdrinks und Brezel als Nahrung bezeichnen konnte. Aber der erste Gedanke, der ihr durch den Kopf schoss, war: Hier kommt Icicle Falls' erster Traummann.

Cecily verscheuchte den Gedanken sofort. Sie wusste nicht, wie Todd Blacks schulische Karriere verlaufen war. Aber dort, wo er gewesen war, musste sein Hauptfach auf jeden Fall schlechtes Benehmen gewesen sein. „Auch nicht bescheuerter als der Miss-Amerika-Wettbewerb", konterte sie.

„Genau", stimmte er zu. Und sein Tonfall machte unmissverständlich klar, was er von dieser Art von Wettbewerb hielt.

„Oder die Victoria's Secret Show", meinte sie zuckersüß. Sie war wild entschlossen, seine ach so coole Tarnung aufzudecken und zu beweisen, dass er genauso oberflächlich war wie alle anderen Männer auch.

Er enttäuschte sie nicht. „Na klar. Mädels in Dessous schaut man sich doch immer gerne an", meinte er grinsend.

Inzwischen hatten sich zwei weitere Frauen zu ihnen gesellt. Cecily hielt es für dringend nötig, Todd in seine Schranken zu verweisen. Natürlich auf diplomatische Art und Weise. „Mann vielleicht, Frau nicht unbedingt", klärte sie ihn auf. „Und deshalb veranstalten wir unseren Traummann-Wettbewerb. Da Frauen diejenigen sind, die Schokolade mögen ..."

„Auch Männer mögen Schokolade. Schon vergessen?", sagte er.

„Nur keine Schokoladenfestivals."

„Veranstalten Sie einen Miss-Schokokuss-Wettbewerb, und ich bin dabei", versicherte er ihr. „Ich würde sogar für Sie stimmen", fügte er augenzwinkernd hinzu, bevor er seinen Einkaufswagen aus dem Laden schob.

„Mein Gott, der ist aber auch fantastisch", hauchte eine Frau.

„Besser als Schokolade", räumte eine andere ein.

„Nichts ist besser als Schokolade", informierte Cecily sie, während ihre verräterischen Hormone murmelten, dass sie für eine Nacht mit ihm sämtliche Lagerbestände von Sweet Dreams veräußern würden.

Glücklicherweise hatte im Moment ihr Verstand das Sagen. Ihre Hormone hatten wieder mal bewiesen, dass man ihnen nicht trauen konnte.

Oh, aber sie würde darauf wetten, dass er hervorragend küssen konnte.

Reichlich Übung, konterte ihr Verstand. Lass ihn zurück in seine Höhle kriechen, wo er hingehört.

Gute Idee.

Eigentlich hatte Muriel vorgehabt, sich anzuziehen. Wirklich. Aber irgendwie waren die Stunden so dahingegangen. Jetzt klingelte es an der Tür, und sie saß im Pyjama im Wohnzimmer.

Sie würde einfach nicht aufmachen. Die Vorhänge waren zugezogen. Sie konnte sich so lange verstecken, bis die Person, die sie belästigte, wieder verschwunden war.

Aber dann hörte sie Stimmen und einen Schlüssel im Haustürschloss. Also musste sie schleunigst ein neues Versteck finden. Sie eilte den Flur entlang zum Schlafzimmer und schloss die Tür hinter sich.

Einen Augenblick später drang Cecilys Stimme an ihr Ohr.

„Sie ist zu Hause, und ich bin sicher, dass sie dich sehen will."

Nein, wollte sie nicht, wer auch immer das war. Sie schlüpfte ins Badezimmer und schloss auch die Tür. Noch eine Wand zwischen ihr und der Welt. Das sollte reichen.

Sie hörte es an der Schlafzimmertür klopfen. Dann ein „Mom?", gefolgt von einem vorsichtigen Klopfen an der Badtür. „Mom? Pat ist hier."

„Sag ihr, dass ich sie später anrufe", antwortete Muriel. „Mir geht es nicht gut." Das war schließlich nicht gelogen.

„Okay."

Ihre Tochter klang enttäuscht, so als wäre Muriel bei einer Art Test durchgefallen. Das war nicht überraschend. Anscheinend bestand sie in letzter Zeit so manchen Test nicht.

Pat war eine gute Freundin. Nicht mit ihr zu reden wäre unhöflich. Widerstrebend öffnete Muriel die Tür und sagte: „Vergiss es."

Cecily sah sie überrascht an. „Ich dachte, du fühlst dich nicht wohl."

Muriel bezweifelte, dass sie sich jemals wieder gut fühlen würde. Sie war sich nicht einmal sicher, ob sie überhaupt je wieder etwas fühlen würde. Aber sie war immer noch am Leben, und sie musste sich mit anderen Menschen auseinandersetzen. So funktionierte das Leben nun mal, oder zumindest sollte es so funktionieren.

„Es wird schon gehen", erklärte sie sowohl ihrer Tochter als auch sich selbst und ging hinüber ins Wohnzimmer, um ihre Freundin zu begrüßen.

Pat Wilder, ebenfalls Witwe, war eine große attraktive Frau, die, genau wie Muriel, ihre jugendliche Haarfarbe durch regelmäßige Besuche im Sleeping Lady Salon erhielt. Anders als bei Muriel konnte man bei ihr aber keine Ansätze erkennen. Pat kleidete sich immer modisch und chic. Heute trug sie Jeans, Stiefel und eine schwarze Lederjacke über einem cremefarbenen Kaschmirpullover, dazu reichlich Silberschmuck. Ein Strickschal – wahrscheinlich ein Geschenk von Olivia, die unheimlich gern strickte – vervollkommnete ihr Ensemble. Als Pat sie umarmte, stieg Muriel ein Hauch ihres Lieblingsblumenparfums in die Nase.

Muriel wollte lieber nicht darüber nachdenken, was für Düfte von ihr ausgingen. Plötzlich war ihr ihr Aufzug peinlich.

„Ich frage gar nicht erst, wie es dir geht“, sagte Pat, „denn ich weiß es. Es tut mir so leid, dass du das jetzt ein zweites Mal durchmachen musst.“

Muriel spürte, dass ihr Tränen in die Augen traten, doch sie versuchte, tapfer zu sein, und bedankte sich murmelnd.

Cecily stand in der Ecke des Zimmers. Sie war sich nicht sicher, ob sie gehen oder bleiben sollte. „Möchtest du einen Tee?“, fragte sie Pat.

„Ja, gern“, erwiderte Pat und setzte sich auf die Couch. Sie klopfte neben sich auf das Kissen, und Muriel nahm Platz. Dabei wurde immer klarer, wie sehr ihre Aufmachung gegen die von ihrer Freundin abfiel.

„Es wird noch eine Weile dauern, bis du wieder klar denken kannst“, sagte Pat tröstend, und Muriel wünschte, auch ihre Töchter würden das begreifen. „Und dann hast du noch die ganze Aufregung wegen des Festivals am Hals.“

Eine Aufregung, die man sich hätte sparen können. Und zwar dadurch, dass sie eine bessere Geschäftsfrau gewesen wäre und dafür gesorgt hätte, dass ihre Firma nicht in so einen Schlamassel geriet.

„Aber ich hoffe, dass ich dich dazu überreden kann, zu einem Essen mitzukommen.“

Muriel starrte ihre Freundin an. Gerade Pat sollte doch verstehen, wie wenig ihr im Moment der Sinn nach Gesellschaft stand. Und nach dem Fiasko mit Del neulich Abend hatte sie die Nase erst recht gestrichen voll. „Oh, ich glaube nicht …“

Pat unterbrach sie. „Es handelt sich dabei nicht um einen gesellschaftlichen Anlass.“

Eben brachte Cecily zwei dampfende Teetassen ins Wohnzimmer und lauschte schamlos.

Muriel fühlte sich in die Ecke getrieben. „Ich habe kein Interesse an einem mehrlagigen Geschäftsplan“, meinte sie tonlos.

Pat lachte leise. „Du meinst mehrstufigen, und darum geht es auch gar nicht. Olivia und ich haben vor anderthalb Jahren, nachdem sie George verloren hatte, eine kleine Gruppe gegründet."

„Einen Buchclub." Natürlich. Pat besaß einen Buchladen. Aber Muriel hatte keine Zeit, um einem Buchclub beizutreten. Die Mädchen brauchten Hilfe, und sie war beschäftigt – sie saß in ihrem Pyjama herum und schaute sich Fotos an.

„Nein, nein, nichts dergleichen", sagte Pat. „Es ist eine Art Selbsthilfegruppe."

Muriel wollte keine Hilfe. Sie öffnete den Mund, um abzulehnen, doch Pat war schneller. „Ein Witwenclub", fügte sie offen hinzu. „Dot gehört auch dazu."

Dot, die Kettenraucherin, hatte eine scharfe Zunge und war nicht unbedingt jemand, mit dem Muriel engeren Kontakt haben wollte. „Danke, aber ich bin nicht interessiert."

„Ich möchte einfach nur, dass du uns mal ausprobierst. Komm morgen mit uns zum Essen."

„Pat, ich bin noch nicht so weit", erklärte Muriel fest.

„Du warst auch nicht bereit für Waldos Tod", konterte Pat, doch der sanfte Ton, in dem sie das sagte, milderte die brutale Wahrheit. „Wir sind für vieles im Leben nicht bereit. Trotzdem passiert es. Los, was meinst du? Ich lade dich auch ein."

„Warum gehst du nicht einfach mal mit, Mom?", drängte Cecily.

Muriel konnte sich gerade noch beherrschen. Fast hätte sie gefragt: Warum kümmerst du dich nicht um deine eigenen Angelegenheiten?

„Komm wenigstens ein Mal", drängte Pat sie. „Zumindest gibt es dir die Gelegenheit, deine Erinnerungen mit Waldo mit jemandem zu teilen."

Das wäre nett. Ihre Töchter waren zu sehr mit dem Festival beschäftigt, als dass sie Zeit für Reisen in die Vergangenheit hätten. Vielleicht würde es ihr helfen, im Leben wieder Fuß zu fassen, wenn sie mit Frauen sprach, die das gleiche Schicksal erlitten hatten wie sie.

„Na gut.“

Ihre Töchter liebten sie wirklich, aber im Augenblick waren sie, was das Emotionale anging, keine Stütze. Als Einzelkind hatte sie leider keine Schwestern. Konnten Freundinnen diese Lücke schließen? Vielleicht sollte sie das jetzt mal herausfinden.

12. KAPITEL

Am besten begegnet man Unerfreulichem mit Humor.
Muriel Sterling, *Die Verbindung von Arbeit und Vergnügen: Wie man Arbeit und Liebe erfolgreich miteinander verknüpft*

Am Dienstagabend war Muriel also wieder bei Zelda's. Olivia, grauhaarig und pummelig, hatte sich in einen paillettenverzierten schwarzen Pullover und ihre Lieblingshose (mit Gummizug) geworfen und umarmte Muriel zur Begrüßung. „Süße, ich bin so froh, dass du dich entschieden hast, zu uns zu stoßen."

Zu ihrer eigenen Überraschung freute sich auch Muriel darüber, jetzt wo sie hier war. Sie hoffte, dass hier einmal die ständige Anspannung von ihr abfallen würde und sie endlich tief durchatmen und sich fallen lassen konnte. Die Frauen, die hier zusammenkamen, würden sie verstehen, weil sie das Gleiche durchgemacht hatten. Niemand würde sie drängen, irgendwelche Veranstaltungen zu planen. Niemand würde sie fragen, ob sie schon bei Lupine Floral angerufen und sich erkundigt hatte, ob die bereit wären, Blumenschmuck für den Ball zu spenden, oder ob sie sich schon ein paar clevere Fragen für den Wettbewerb ausgedacht hatte. Hier konnte sie erzählen, wie sehr sie Waldo vermisste und wie verloren sie sich fühlte. Keine der Frauen würde nur so tun, als hätte sie Mitleid mit ihr. Sie alle wussten genau, wie es ihr ging.

Charley hatte ihnen gerade einen Tisch in einer Ecke zugewiesen, als Dot Morrison ankam. Sie war dünn, hatte ein entsprechend langes Gesicht mit einer spitzen Nase und trug die grauen Haare kurz geschnitten. Zugegeben, sie hat schöne Augen. Aber die schienen irgendwie immer zusammengekniffen zu sein, wahrscheinlich um sich gegen den ganzen Rauch zu schützen. Im Grunde sah Dot aus wie eine zum Leben erwachte Maxine, die alte Dame, die die Cartoon-Grußkarten zierte und flotte Sprüche zum Besten gab. Muriel hatte niemals Maxine-Karten gekauft.

Dot ließ sich, eingehüllt in eine Wolke von Zigarettenrauch, auf einen Stuhl fallen. „Was für ein Abend“, sagte sie. Ihre Stimme war so tief, dass sie ohne Weiteres den Bass in einem Quartett hätte singen können. „Wenn dieser verdammte Eisregen nicht bald aufhört, fangen wir noch an zu rosten.“ Erst jetzt schien sie Muriel entdeckt zu haben. „Wie ich sehe, haben wir ein neues Mäll-Mitglied. Obwohl ich darauf wetten würde, dass du nicht lange bei uns bleibst.“ Sie wandte sich Muriel zu.

Müll? Was sollte das denn heißen? Und wieso glaubte sie, dass Muriel nicht lange bei ihnen sein würde? Hatten sie vor, sie rauszumobben?

Sie lächelte steif. „Müll?“

„Nicht Müll, sondern Mäll. Es ist eine Abkürzung und steht für ‚Männerlos leben‘.“

Männerlos leben? Das klang irgendwie deprimierend.

„Es ist positiv gemeint“, sagte Olivia, als könnte sie Muriels Gedanken lesen, „um uns daran zu erinnern, dass unsere Ehen zwar zu Ende sind, nicht aber unser Leben.“ Sie lächelte Pat dankbar an. „Ich weiß nicht, wie ich es geschafft hätte, wenn Dottie und Pat mich nicht unter ihre Fittiche genommen hätten, nachdem George gestorben war. Den Jungs helfen, die Pension allein führen, das war alles so unglaublich anstrengend. Manchmal kam ich mir vor, als wäre ich unter einem Steinschlag begraben. Und manchmal fühle ich mich immer noch schrecklich einsam, aber in Wirklichkeit bin ich es nicht.“

Bis du abends allein ins Bett gehst, dachte Muriel.

„Trotzdem ist es hart, sich daran zu gewöhnen“, sagte Pat.

„Aber keine Angst“, meinte Dot zu Muriel. „Ich wette, du findest einen anderen Mann und bist in sechs Monaten schon wieder weg.“

Ich habe mich geirrt, dachte Muriel. Hier finde ich keinen Trost. Enttäuscht und irritiert fuhr sie Dot an: „Wie bitte?“

„Du bist immer noch jung und attraktiv“, sagte Dot, als hätte das Alter irgendetwas damit zu tun, ob man Liebe fand und als ob eine Frau einfach in den Park hinübergehen könnte, um in den Büschen nach einem neuen Seelengefährten zu suchen wie ein Kind nach Ostereiern.

Oder Dot wollte womöglich andeuten, dass sie nicht besonders wählerisch war. Was auch immer sie sagen wollte, Muriel fand ihre herablassende Haltung nicht gerade erbaulich. Auch wenn ihre Haut vom Rauchen vorzeitig gealtert war und sie graue Haare hatte, war Dot nicht viel älter als sie, also stand ihr die Rolle der weisen alten Frau nicht zu.

„Ich hatte das Glück, mit zwei wundervollen Männern verheiratet zu sein", sagte Muriel aufgewühlt und ein wenig verärgert. „Ich habe nicht die Absicht, loszurennen und mich mit irgendwem zufriedenzugeben, nur weil ich einsam bin."

Dot hob die Augenbrauen. Was übersetzt wohl hieß: Ach nein?

Was für eine Frechheit. Wenn die Unterstützung so aussah, konnte sie gut darauf verzichten. Muriel wollte gerade ein dringendes Anliegen erfinden, damit sie nach Hause verschwinden konnte, als Maria auftauchte, um ihre Getränkebestellung aufzunehmen.

„Hallo, meine Damen. Mal wieder Zeit für ein Mäll-Treffen?"

„Genau", sagte Pat. „Also, bringen Sie uns Sekt."

Maria nickte und eilte davon, während Pat Muriel anlächelte. „Wir müssen auf unser neuestes Mitglied anstoßen."

Neuestes Mitglied? Muriel hatte doch noch gar nicht zugesagt. Sie hatte nur gesagt, dass sie mit zum Essen kommen würde. „Na ja, wir werden sehen", murmelte sie. Jetzt zu gehen wäre wohl ziemlich unhöflich gewesen. Sie würde auf einen Drink bleiben, ihnen alles Gute wünschen und dann gehen.

Während sie auf den Sekt warteten, drehte sich die Unterhaltung um belanglose Themen wie die Heldentaten von Pats Enkeln, die in der Grundschule waren; die neue Diät, die Olivia gerade ausprobierte – sieben Tage nur Gemüse, gefolgt von sieben Tagen, an denen es nur Proteine gab. Dann begannen die Frauen, über ihre Betriebe zu reden, und Muriel kam sich vor wie ein Fisch auf dem Trockenen. Diese Frauen waren allesamt kompetente Geschäftsfrauen. Und sie war … ahnungslos. Noch ein Grund, zu gehen.

Maria brachte den Sekt und füllte die Gläser.

Pat hob ihres und sagte: „Auf Muriel. Mögen schöne Erinnerungen dich begleiten, während neue Anfänge dich leiten."

„Auf starke Frauen", sagte Dot und prostete Muriel zu. „Kräftige Winde können uns biegen, doch wir brechen nicht."

„Und auch wenn du jetzt auf dich gestellt bist, mögest du nie vergessen, dass du nicht allein bist", sagte Olivia zum Schluss. „Auf Mäll."

„Auf Mäll", wiederholten die anderen.

Während sie an ihrem Sekt nippten, grübelte Muriel über die Worte nach, die die drei Frauen ihr mit auf den Weg gegeben hatten. Vielleicht sollte sie doch zum Essen bleiben. Es wäre wirklich unhöflich, einfach abzuhauen.

Cecily war überrascht, als sie den Duft von gebratenem Schinken roch, als sie aufwachte. Mom war doch wohl nicht etwa schon auf und machte Frühstück? Als sie in die Küche ging, staunte sie noch mehr: Ihre Mutter machte nicht nur Frühstück, sondern war sogar schon angezogen. Ihre roten Augen verrieten, dass sie heute Morgen heimlich ihrem Kummer freien Lauf gelassen hatte. Aber sie war auf und schien wieder zu funktionieren. Das zu sehen war ermutigend.

Cecily gab ihr einen Kuss. „Das duftet wunderbar."

Ihre Mutter tätschelte ihr die Wange. „Du hast heute sicher tausend Sachen zu erledigen. Da kannst du ein gutes Frühstück gebrauchen, oder?"

„Du hast recht", erwiderte Cecily und schenkte sich einen Kaffee ein.

Mom schob eine Scheibe Weißbrot in den Toaster. „Was liegt denn heute an?", fragte sie zum ersten Mal, seit Cecily angekommen war.

„Ich muss Fotos von den ganzen Männern ausdrucken, die sich für den Traummann-Wettbewerb angemeldet haben. Die werden dann im Laden ausgehängt. Und bevor Bailey und ich heute Nachmittag skypen, sollte ich mir mal ein Motto für den Ball überlegen und mir Details dazu ausdenken."

Mom nickte und schlug Eier in eine Pfanne.

„Ich könnte ein bisschen kreative Hilfe gebrauchen", meinte Cecily vorsichtig.

Sie hatte Mom schon gefragt, ob sie ein paar Fragen beisteuern könnte, die sie den Traummann-Kandidaten stellen könnten. Dabei hatte sie auf die schriftstellerischen Fähigkeiten ihrer Mutter gehofft. Gleichzeitig hatte sie sie auch ein bisschen von ihrer Trauer ablenken wollen, jedoch nur eine höfliche, aber klare Absage kassiert. Sie wusste eigentlich gar nicht, warum sie überhaupt noch mal fragte.

„Vielleicht fällt mir ja etwas ein", sagte Mom vage.

Abgesehen von der Brainstorming-Session, zu der sie mehr oder weniger gezwungen worden war, war das heute das erste Mal seit Waldos Tod, dass ihre Mutter Interesse an dem Leben zeigte, das um sie herum weiterging. Cecily wusste nicht, ob ihr Essen mit Pats Selbsthilfegruppe am Abend vorher etwas damit zu tun hatte – Mom hatte nichts erzählt, als sie nach Hause gekommen war –, aber wenn ja, dann schuldeten sie Pat lebenslang Schokoladenvorräte.

„Das wäre toll", sagte sie. Und Samantha war bestimmt richtig glücklich, wenn sie mitbekam, dass Mom wieder am Leben teilnahm.

„Ich will nicht, dass ihr Mädchen meint, ihr müsst das allein stemmen", sagte Mom. Sie ließ ein Spiegelei auf einen Teller gleiten, fügte eine Scheibe Toast hinzu und reichte Cecily den Teller.

„Wir alle haben eine Menge zu bewältigen", fuhr ihre Mutter fort, „aber zusammen sind wir stark genug, um alle Hindernisse zu überwinden. Wir schaffen das."

Wenn es darum ging, die richtigen Worte zu finden, war Mom immer noch die Meisterin. Sie konnte Sätze sagen, die einen wie eine tröstende Decke umhüllten. Cecily stellte den Teller hin und umarmte ihre Mutter. „Du bist immer da für uns."

„Danke, mein Schatz", sagte ihre Mutter mit erstickter Stimme und erwiderte die Umarmung.

Es war der perfekte Start in den Tag, und Cecily machte sich, dick eingemummelt in einen Rollkragenpullover und eine Winterjacke, mit einem Lächeln auf den Lippen auf den Weg in den Laden.

Als sie den Kopf ins Büro streckte, um Guten Morgen zu sagen, stellte sie fest, dass Samantha nicht da war.

„Sie ist drüben im Bavarian Brews“, informierte Elena sie. „Sie trifft sich dort mit Nia Walters.“

Ach ja, das Interview mit der Mountain Sun, das Cecily für sie organisiert hatte. „Sehr schön. Ich gehe mal die Fotos mit unseren Kandidaten für den Traummann-Wettbewerb im Laden aufhängen. Vielleicht kommt sie ja nach dem Interview mit Nia vorbei, um sich die anzusehen.“

„Das wird bestimmt ein toller Wettbewerb“, meinte Elena. „Heidi hat erzählt, dass heute Morgen noch ein paar Typen ihre Bewerbung eingereicht haben. Kein Wunder, bei den Gewinnen.“

Bailey hatte sich wirklich selbst übertroffen. „Sieht so aus, als würden alle Frauen der Stadt ihre Männer anmelden.“ Cecily lächelte.

„Ich nicht“, erklärte Elena schnaubend. „Selbst wenn wir als Mitarbeiter mitmachen könnten, würde ich das nicht tun. Meiner hätte mit seinem dicken Bauch sowieso keine Chance. Obwohl er gern mitgemacht hätte.“

„Was hast du zu ihm gesagt?“

„Dass er verrückt ist.“

„Glaubst du, es war auch verrückt von uns, dass wir diesen Wettbewerb angezettelt haben?“

„Na klar. Aber was soll’s? Wir werden eine Menge Schokolade verkaufen, oder? Ich komme auf jeden Fall. Und meine Schwestern bringe ich auch mit.“

Egal wie viel Samantha noch rumzickt, dachte Cecily, als sie nach unten in den Laden ging: Dieser Wettbewerb wird für ein volles Haus sorgen. Hoffentlich waren der Ball und die anderen Veranstaltungen genauso erfolgreich.

„Ich wusste gar nicht, dass wir so viele gut aussehende Männer in Icicle Falls haben“, sagte Heidi, als sie Fotos und Anmeldeformulare der neuesten Kandidaten an Cecily weiterreichte.

Eines der Fotos zeigte Brandon, Olivias jüngeren Sohn, der in voller Skimontur posierte. Er war ein Skifreak und alles andere als ein braver Junge. Die Spur der gebrochenen Herzen – und das schloss leider auch Baileys mit ein –, reichte von Icicle Falls bis nach Ellensburg. Bailey hatte gehofft, ihn wiederzutreffen, als sie zu Waldos Trauerfeier hergekommen war, aber zum Glück war er nicht in der Stadt gewesen. Es sah so aus, als wollte er zum Festival hier sein. Das bedeutete für ihre kleine Schwester nicht unbedingt etwas Gutes.

Cecily betrachtete das Foto und überlegte, an welchen Filmstar er sie erinnerte. Das kantige Kinn und das braune, leicht gelockte Haar erinnerten ein wenig an Orlando Bloom, doch die Augen ähnelten eher denen von Jake Gyllenhaal, und der schlanke, durchtrainierte Körper glich dem von Jude Law. Im Grunde, stellte sie schließlich fest, ist er einfach eine fantastische Mischung aus allen drei.

Und hier war … Sie blinzelte. Blake Preston? Nicht zu fassen. Der Mann hatte vielleicht Nerven.

„Was macht der denn hier?“, fragte sie Heidi.

Erstaunt fragte Heidi: „Wieso? Warum sollte er nicht mitmachen?“ Ihre Frage erinnerte Cecily daran, dass nicht alle von ihren finanziellen Schwierigkeiten wussten. Zum Glück.

„Kommt mir für einen Banker irgendwie nicht passend vor“, improvisierte sie schnell.

„Sag das seiner Großmutter“, erwiderte Heidi. „Sie findet ihn toll. Und das ist er ja auch.“

Es war traurig, dass so ein gut aussehender Mann so hartherzig war. Aber nicht ungewöhnlich. Die meisten Männer, die Cecily bisher getroffen hatte, waren oberflächliche Typen, die ihr Herz nicht für das wichtigste Organ ihres Körpers hielten.

Sie nahm das Foto mit und ging zur Stellwand hinüber, an der sie alle Fotos aufhängen wollte. Dann rief sie ihre Schwester an. „Du errätst im Leben nicht, wer sich für den Wettbewerb angemeldet hat.“

„Wer?“

„Blake Preston.“

Einen Moment lang herrschte angespannte Stille am anderen Ende der Leitung. Und dann explodierte Samantha. „Oh, das glaube ich jetzt ja wohl nicht. Dieser miese, doppelzüngige, hinterhältige …“

„So könnte man es wohl zusammenfassen“, stimmte Cecily ihr zu. „Soll ich das Foto zufällig verlieren?“

„Nein, behalt es. Vielleicht kann ich dann noch mal mit Dartpfeilen darauf zielen.“

„Zumindest kannst du Nia erzählen, dass wir den Segen derjenigen haben, die hier was zu sagen haben.“

„Den würde ich mir gerne vorknöpfen, aber richtig“, schimpfte Samantha. „Oh, Nia kommt gerade. Ich muss Schluss machen.“

Cecily beendete das Telefonat und machte sich an die Arbeit, während sie weiter über die neuesten Entwicklungen nachdachte.

Sie hatte jedoch kaum angefangen, als die Klingel über der Ladentür ertönte und Billy Williams – den alle nur Bill Will nannten – hereinspazierte. Bill Will, der auf der River Bend Ranch arbeitete, war einer der Ersten gewesen, der sich angemeldet hatte. Er war ein stadtbekanntes Enfant terrible, und während der Highschool hatte Cecily eine kurze Zeit lang zu seiner Clique gehört. Sie war inzwischen erwachsen geworden. Billy dagegen hatte das anscheinend noch nicht geschafft. Heidi hatte sie – was Billy anging – mit einem einzigen, aber sehr aussagekräftigen Satz wieder auf den Stand der Dinge gebracht: „Er hängt bevorzugt im Man Cave rum.“ Das sagt doch schon alles, fand Cecily, wenn man sich überlegt, wem der Schuppen gehört.

„Hallo, Bill Will“, begrüßte Heidi ihn. „Willst du Schokolade kaufen?“

„Ich wollte Samantha mal was Gutes tun.“ Er nahm seinen Cowboyhut ab, unter dem seine zerzausten braunen Locken zum Vorschein kamen. „Hallo, Cec“, meinte er zu Cecily. „Hab schon gehört, dass du wieder in der Stadt bist.“

„Bin ich, und ich bin sehr mit dem Festival beschäftigt“, erwiderte sie, bevor er vorschlagen konnte, dass sie sich mit ihm vergnügen sollte.

Er zuckte gutmütig mit den Schultern. „Also, wo ist deine Schwester?"

„Drüben im Bavarian Brews."

Er nickte. „Okay. Dann geh ich mal zu ihr rüber."

„Was willst du denn von ihr?", fragte Cecily. Und was wollte er Samantha Gutes tun? Auf die Idee, dass jemand versuchen könnte, die Jury zu bestechen, war sie noch gar nicht gekommen.

„Oh, nichts. Ich dachte mir nur, ich könnte ihr ja schon mal zeigen, warum ich der beste Traummann der Stadt bin. Bis später, Mädels." Schon war er wieder verschwunden.

Die beiden Frauen tauschten vielsagende Blicke aus. Bill Will war ein bisschen exhibitionistisch veranlagt.

„Sollen wir Samantha vorwarnen?", fragte Heidi.

Wenn Bill Will eine Show abzog, war das tolle Werbung. Egal, was er vorhatte, es würde den Artikel, den Nia für die Sun schreiben wollte, bestimmt aufpeppen. „Nein, soll er sie doch überraschen."

Samantha und Nia hatten sich gerade an einen Tisch in der Ecke gesetzt und tranken ihren Latte macchiato, als Billy Williams hereinspazierte. Mit den eng anliegenden Jeans und einem T-Shirt, das so aussah, als würde es platzen, sobald er die Muskeln noch weiter anspannte, wirkte er wie das Poster eines Muskelpakets, das zum Leben erwacht war. Seinen Cowboyhut hatte er nach hinten geschoben, und in der Hand hielt er ein Seil.

„Samantha Sterling! Hey, Mädchen, ich möchte dir gern was zeigen", rief er durch den Coffeeshop. Alle Blicke richteten sich auf ihn.

Und es gab reichlich Publikum. Ladenbesitzer und Büroangestellte, die sich nach ihrer morgendlichen Dosis Koffein sehnten, standen in einer langen Schlange vor dem Tresen. Drei ältere Damen saßen an einem Tisch, während an einem anderen vier junge Mütter saßen, die ihre Babys auf dem Schoß oder im Buggy neben sich geparkt hatten. Die Frauen starrten Billy an, als wäre er eine Schachtel Pralinen, die um die Hälfte reduziert worden war. Und an einem weiteren Tisch saßen – oh nein – Hildy Johnson und Lila Ward, die beide ziemlich pikiert dreinschauten. Oh, oh, das verhieß nichts Gutes.

Und tatsächlich: Jetzt hatte Bill Will sein Seil ausgepackt und schwang es als Lasso über seinem Kopf. Und fing dann an – oh nein, bitte nicht! – zu singen. Er schmetterte ein altbekanntes Cowboylied. Dazu schwang er die Hüften und machte aufreizende Bewegungen in ihre Richtung, während an dem Tisch mit den jungen Müttern geklatscht und gejohlt wurde. Sogar die Baristas hörten auf zu arbeiten, sodass nicht mal mehr das Zischen der Espressomaschine Bill Wills Vorstellung störte. Er konnte sich also der ungeteilten Aufmerksamkeit aller sicher sein.

Was er sichtlich genoss. Jetzt war er an Samanthas Tisch angelangt. Sie rutschte auf ihrem Stuhl immer tiefer und wünschte sich, sie könnte im Erdboden verschwinden. Das stellte sich jedoch als Fehler heraus, denn auf einmal befand sie sich auf ziemlich peinliche Weise Auge in Auge mit Bill Wills Hüften, die er ihr rhythmisch entgegenstreckte. Und – oh nein – Nia Walters, ganz die junge Journalistin, hatte ihre Kamera gezückt und schoss Erpresserfotos, während Bill Will sich aufführte, als erwartete er von Samantha, dass sie ihm einen Fünfdollarschein in die Jeans stecken würde. Nia war nicht die Einzige. Jeder, der ein Handy dabeihatte, nahm diesen Moment für die Ewigkeit auf.

Samantha versuchte den Blick von Billy abzuwenden. Doch auch das erwies sich als Fehler, denn ihr peinlich berührter Blick wanderte zur Tür.

Es gab Millionen Coffeeshops auf dieser Welt. Warum musste er ausgerechnet immer in ihren kommen?

13. KAPITEL

Es ist nicht besonders schwierig, herauszufinden, wohin du auf dieser Welt gehörst: Du gehörst dorthin, wo du gebraucht wirst.
Muriel Sterling, *Erkenne, wer du bist: Eine Frau geht ihren Weg*

Zum krönenden Abschluss seiner Vorführung warf Bill Will seinen Hut in die Luft und brüllte ein lautes „Jippiee!“ Hildy saß da und schaute schockiert zu, während Lila wie eine strenge Schuldirektorin das Gesicht verzog. Aber die restlichen Gäste spendeten ihm donnernden Applaus.

Es wurde viel gelacht, während Samantha das Gefühl hatte, ihr Gesicht würde in Flammen stehen. Es gelang ihr, mit kühler Stimme „Das war mal eine Show, Bill“, zu sagen.

Er grinste. „Wollte nur, dass du den zukünftigen Traummann in Aktion erlebst.“ Anschließend schenkte er Nia sein Tausend-Watt-Lächeln. „Komme ich jetzt in die Zeitung?“

„Auf jeden Fall“, versprach Nia ihm. Samantha musste sich sehr beherrschen, um nicht laut zu fluchen.

Eine der Mütter rief ihn an ihren Tisch hinüber, und Bill Will stolzierte davon. Samantha sah heimlich zu Blake hinüber. Er war am Tresen angekommen und hielt Abstand.

Gut so. Es fehlte gerade noch, dass er zu ihr kam, um seine Teilnahme am Wettbewerb zu kommentieren. Das würde seiner Heuchelei die Krone aufsetzen.

Sie drehte sich wieder zu Nia um. „Du willst dieses Foto doch wohl nicht ernsthaft veröffentlichen, oder?“

„Doch, natürlich. Die Leute werden begeistert sein.“

„Aber bei dem Festival geht es doch um viel mehr als nur um diesen Traummann-Wettbewerb“, protestierte Samantha.

„Keine Angst. Das weiß ich doch“, versicherte Nia ihr. „So, und jetzt erzähl mir mal, wie ihr auf die Idee gekommen seid und was wir erwarten können.“

Samantha begann ihre Werbekampagne, während Nia fleißig auf ihrem Laptop mitschrieb. Am Ende hatte Samantha sich selbst fast noch mehr begeistert als Nia.

Dann sah sie, dass Bill Will noch einmal auf sie zukam, vermutlich um seine Vorstellung zu wiederholen. „Ich habe noch so viel zu tun“, sagte sie. „Da mache ich mich lieber mal wieder auf den Weg ins Büro.“

Auch Nia hatte Bill gesehen. „Ja, das ist wohl besser“, stimmte sie zu. „Und schließ deine Tür ab.“ Sie zwinkerte Samantha zu.

Diese trat die Flucht an. In ihrer Eile, Bill Will zu entkommen, sah sie leider nicht, dass sie direkt in Blake hineinlief. Oder zumindest fast. Er schaffte es gerade noch, seinen Kaffeebecher außer Reichweite zu bringen, damit er bei ihrer Beinahe-Kollision nicht auf seinen Anzug schwappte.

„Entschuldigung“, murmelte sie mit zusammengebissenen Zähnen und griff nach der Tür.

Blake stieß sie auf und folgte ihr nach draußen. „Ich wusste gar nicht, dass Sie nebenbei noch Musicals produzieren. Ich vermute, für heute ist das Vorsingen vorbei?“

Samantha spürte, dass sie schon wieder rot wurde. „Sehr witzig. Vielleicht sollten Sie in der Bank aufhören und stattdessen Alleinunterhalter werden.“

„Würden Sie mir zuschauen?“

„Dürfte ich mit faulen Eiern werfen?“, fragte sie zuckersüß zurück.

Er lächelte. „Ich ziehe Geldscheine vor.“

Als ob sie das nicht wusste.

Als ihm auffiel, dass er sich gerade in die Nesseln gesetzt hatte, räusperte er sich. „Also, war das einer Ihrer Traummann-Kandidaten?“

Sie gab einen nicht sehr damenhaften Laut von sich. „Warum fragen Sie? Haben Sie Angst vor der Konkurrenz?“

Er schüttelte nur den Kopf.

Angewidert sah sie ihn an. Dann meinte sie brüsk: „Na ja, natürlich würde ich gern den ganzen Tag hier stehen, während Sie versuchen, mir Honig um den Bart zu schmieren. Aber ich muss mich jetzt leider darum kümmern, dass meine Firma gerettet wird.“ Bevor er irgendetwas darauf antworten konnte, eilte sie über die Straße. Cecily hatte recht. Männer!

Blake sah Samantha hinterher, wie sie über die Straße zu ihrem Laden lief. Als Gott die vollkommenen Körper ausgeteilt hatte, hatte sie wohl als Erste in der Reihe gestanden. Und diese vollen Lippen! Wussten Frauen eigentlich, was dieses Lipgloss-Zeug bei Männern anrichtete?

Er runzelte die Stirn, trank den restlichen Kaffee aus und warf den Becher in den nächsten Mülleimer. Er bewunderte Samanthas Entschlossenheit, ihre Firma zu retten, und die cleveren Ideen, mit denen sie dabei ans Werk ging. Das würde er ihr auch gern sagen, aber wenn er es tat, würde sie ihm nur erklären, wohin er sich seine Bewunderung stecken könnte. In dieser Geschichte war er der Bösewicht, und nichts, was er tun oder sagen könnte, würde daran etwas ändern. Was für eine verzwickte Situation. Er war sich nicht sicher, was er verbrochen hatte, um so etwas zu verdienen, aber offenbar hatte im Moment jemand da oben seinen Spaß mit ihm.

Gerade als Cecily alle Fotos der Traummann-Kandidaten aufgehängt hatte, tauchte ihre Schwester wieder auf. „Hat Bill Will dich gefunden?“ Wenn man sich Samanthas Gesichtsausdruck ansah, war das eine ziemlich dumme Frage.

Samantha blickte sie böse an. „War dieses Fiasko deine Idee?“

„Was hat er gemacht?“, fragte Heidi, die gerade die Regale auffüllte.

„Er hat im Bavarian Brews einen Lapdance sozusagen direkt vor meiner Nase veranstaltet“, murmelte Samantha. „Und natürlich hat Nia jede Menge Fotos geschossen.“

Cecily kicherte. Das war zwar nicht nett, aber sie konnte es sich einfach nicht verkneifen. Sich vorzustellen, dass ihre ach so perfekte ältere Schwester von Bill Will in aller Öffentlichkeit in Szene gesetzt worden war, war einfach zu komisch.

„Wie schön, dass du das so lustig findest. Hast du dir das zusammen mit Bailey ausgedacht?“

„Nein, natürlich nicht", versicherte Cecily ihr.

„Stimmt", stand Heidi ihr bei. „Er kam her, um dich zu suchen, und wir haben ihm nur gesagt, dass du drüben bist. Wir wussten ja nicht, was er vorhat."

Außer dass Cecily, die Billy Williams kannte, vermutet hatte, dass es etwas Verrücktes sein würde. Und er hatte sie nicht enttäuscht. Seine kleine Einlage war mehr wert als tausend Zeitungsanzeigen.

„Wenn noch jemand nach mir sucht, ich bin nicht da. Ich bin nach Tahiti gezogen", erklärte Samantha und stapfte nach oben in ihr Büro.

„Deine arme Schwester." Heidi versuchte vergeblich, ein Lächeln zu unterdrücken.

„Es ist nicht leicht, die Schokoladenkönigin zu sein", meinte Cecily. „Das Königshaus hat halt seinen Preis."

Eine Königin ohne König zu sein hat auch seinen Preis, dachte Cecily. Die arme Sam trug wahrlich eine ziemlich große Last auf ihren Schultern. Ihr Leben wäre einfacher, wenn sie einen König an ihrer Seite hätte.

Und Cecily hatte diese merkwürdige Vorstellung, wer dieser König sein sollte. Bei sich selbst konnte sie zwar nicht herausfinden, wer zu ihr passte, aber bei anderen Leuten besaß sie die Gabe, genau zu sehen, wer zu wem gehörte. Es war verrückt, aber sie konnte sich gut vorstellen, dass ihre Schwester und Blake Preston ein Paar werden könnten.

Das war natürlich absurd. Offenbar hatte sie ihre Fähigkeiten verloren. Noch ein Grund mehr, aus dem Verkupplungsgeschäft auszusteigen.

Was sie jedoch stattdessen machen sollte, wusste sie beim besten Willen nicht. Jetzt würde sie ihrer Schwester erst einmal mit dem Festival helfen und nebenbei bei Charley arbeiten. Sie war im Zelda's gewesen und hatte ihre Dienste angeboten, und Charley war begeistert davon, sie als Hostess für die Wochenenden zu engagieren. Wobei sie selbstverständlich am Festival-Wochenende freihaben würde. Das Geld sowie das wenige, das sie noch auf ihrem Sparkonto hatte, würde bis zum Frühjahr reichen.

Und dann – wer weiß, dachte sie. Bis dahin hatte Samantha bestimmt bei Sweet Dreams alles wieder unter Kontrolle und würde sie nicht mehr brauchen. Mom kam auch langsam wieder aus dem Schlimmsten raus, und es würde wohl nicht mehr lange dauern, bis es ihr wieder gut ging. Und das bedeutete, dass es niemandem wirklich etwas ausmachen würde, wenn Cecily weiterzog.

Als Kind hatte sie sich oft unsichtbar gefühlt. Samanthas Babybuch hatte Mom nicht nur vollständig ausgefüllt, sie hatte auch zusätzliche Bemerkungen und Fotos eingeklebt. Cecilys Album dagegen wurde nur halb fertig. Nicht dass Mom sie nicht liebte. Ihre Mutter hatte nie mit liebevollen Worten und Küssen gegeizt. Aber die Zeit war stets knapp gewesen, und sie hatte Schwierigkeiten damit gehabt, sie gerecht zu verteilen, vor allem, als auch noch Bailey auf der Bildfläche erschienen war. Es war immer schwierig, sich als etwas Besonderes zu fühlen, wenn man das mittlere Kind war, eingeklemmt zwischen Miss Perfekt und Miss Bewundernswert. Samantha war die brillante Erstgeborene gewesen und Bailey das Baby der Familie, die mit ihren Kapriolen immer alle unterhalten hatte. Cecily war … die Ruhige, die kleine Nebendarstellerin im Schatten der beiden Stars.

Was tat sie also, als sie erwachsen war? Sie wurde Partnervermittlerin und übernahm damit eine weitere Nebenrolle. Für andere versuchte sie die große Liebe zu inszenieren, während sie sich um ihr eigenes Liebesleben nur nebenbei kümmerte und dabei kläglich versagte. Ein Trauerspiel.

Na ja, wie Scarlett O'Hara, die Heldin aus *Vom Winde verweht* schon festgestellt hatte, morgen ist auch noch ein Tag. Nach dem Festival würde sie neu anfangen, vielleicht nach Seattle ziehen und … ja, was? Was wollte sie tun? Sie wusste es nicht. Ihre Zukunft lag verborgen in einem dichten Nebel.

Hoffentlich schaffte sie es noch, ihre Nebelscheinwerfer anzuwerfen und ihren Weg zu finden. In der Zwischenzeit würde sie nach Hause gehen und etwas zu Mittag essen. „So, das war's erst mal", sagte sie zu Heidi. „Jetzt verschwinde ich für eine kleine Weile, damit ich dir nicht mehr im Weg bin, wenn die Rushhour zur Mittagszeit einsetzt."

Wenn es doch nur eine Rushhour geben würde! Bisher waren die Kunden eher spärlich eingetrudelt. Noch etwas, was Samantha Sorgen bereiten würde.

„Zu spät“, antwortete Heidi, als die Tür aufgestoßen wurde.

Ein kleines Mädchen mit blonden Locken und kornblumenblauen Augen kam herein. Und hinter ihr eine zierliche Frau mittleren Alters. Cecily erkannte sie sofort. Das war Bernadette Goodman, die Mutter von Luke, ihrem Produktionsmanager.

Luke war ungefähr zehn Jahre älter als Samantha und hatte schon als Teenager angefangen, für Sweet Dreams zu arbeiten. Damals hatte er noch am Fließband gestanden. Doch als ihr Produktionsmanager vor ein paar Jahren von einer größeren Firma fortgelockt worden war, war Luke mit seiner Loyalität und seiner Fähigkeit, mit Menschen umzugehen, die ideale Besetzung für diesen Job gewesen. Bernadette unterstützte ihn dabei, seine Tochter großzuziehen.

Cecily hatte die Kleine nicht mehr gesehen, seit die noch ein Krabbelkind gewesen war. Jetzt hatte Serena jedoch nichts mehr von einem Kleinkind an sich. Sie war ein niedliches kleines Mädchen. Wie traurig, dass die Mutter nicht mehr miterleben konnte, wie ihre Tochter aufwuchs!

„Wir wollen Daddy besuchen“, verkündete die Kleine munter. „Mein Daddy will mit uns Hambaburger essen gehen.“

„Hambaburger“, wiederholte Heidi ernst. „Das klingt ja lecker.“

„Und Grammy hat gesagt, danach kriege ich noch Schokolade“, fuhr Serena fort.

„Eine ausgezeichnete Idee“, sagte Cecily und begrüßte die ältere Frau.

„Hallo, Cecily, ich habe schon gehört, dass Sie wieder in der Stadt sind. Arbeiten Sie mit an dem Festival?“, fragte Bernadette.

„Ja, genau.“ Sie war nie so häufig in der Firma gewesen wie Samantha, und ganz sicher hatte sie nie so im Mittelpunkt gestanden wie Bailey. Daher freute sie sich darüber, dass Bernadette sich an sie erinnerte.

„Ich bin sicher, dass Samantha sich über die Hilfe freut", sagte Bernadette.

Cecily dachte daran, wie verärgert ihre Schwester noch vor kurzer Zeit gewesen war, und lächelte. „Das tut sie sicher." Sie beugte sich vor und meinte zu Serena: „Du bist ja jetzt schon ein richtig großes Mädchen geworden."

Serena nickte, sodass ihre blonden Locken auf und ab wippten. „Ich bin vier." Zum Beweis hielt sie vier Finger hoch.

„Das ist auf jeden Fall alt genug für ein Stück Schokolade." Cecily lächelte. „Was ist deine Lieblingssorte?"

„Milchschokolade!"

Süß. Das Mädchen kannte bereits seine Vorlieben. „Weißt du was? Ich glaube, ich habe hier etwas, auf dem dein Name steht", sagte Cecily zu ihr. „Oder verdirbt ein Stück Schokolade ihren Appetit?", fragte sie die Großmutter.

„Nein, das ist schon in Ordnung", erwiderte Bernadette und öffnete ihr Portemonnaie.

„Für Familienmitglieder von Sweet Dreams ist das natürlich kostenlos." Sie zog einen Plastikhandschuh an und fischte ein großes Stück aus dem Glasbehälter mit den Bruchstücken, die sie lose verkauften, während Serena aufgeregt auf und ab hüpfte. Sie reichte dem Mädchen die Schokolade, die sie freudig entgegennahm.

„Was sagt man?", soufflierte Bernadette.

„Danke", flötete Serena. Sie musterte die Schokolade und zog die Augenbrauen zusammen.

„Was ist los?"

„Ich seh da gar nicht meinen Namen drauf." Serena hielt ihr die Schokolade hin.

Die drei Frauen lächelten. „Das sagt man nur so, Schätzchen", erklärte Bernadette. „Es bedeutet, dass Miss Cecily dieses Stück extra für dich aufbewahrt hat."

Serena strahlte und schob genüsslich das ganze Stück in den Mund, etwas, das sich kein Erwachsener getraut hätte. „Mhm, lecker", sagte sie, wobei ihr eine kleine Spur von Schokoladespucke das Kinn herunterlief.

„Oh Serena Hope!“, meinte Bernadette seufzend und wischte mit einem Taschentuch über das Kinn ihrer Enkelin. „Was soll denn dein Daddy sagen, wenn er sieht, dass du dich überall mit Schokolade bekleckert hast?“

„Er wird sagen: noch ein zufriedener Kunde“, antwortete eine männliche Stimme.

Cecily drehte sich um und sah, dass Luke vom Flur, der zur Fabrik führte, in den Laden gekommen war. Er war ein großer Mann mit heller Haut und hellem Haar, blauen Augen und einem runden Gesicht – nicht so attraktiv, dass er damit den Traummann-Wettbewerb gewinnen könnte, aber nett. Genau genommen war ‚nett‘ das Wort, mit dem man Luke Goodman insgesamt beschreiben konnte. Er war der nette Junge von nebenan, der perfekte große Bruder, der Freund, der einem beistand.

Aber das war auch schon alles, was Cecily verspürte, wenn sie Luke ansah. Da funkte es von ihrer Seite aus nicht. Dabei sollte ein fleißiger, loyaler Familienmensch doch das Ideal jeder Frau sein. Warum nur erwachten ihre dummen Hormone bei seinem Anblick nicht genauso zum Leben wie bei dem von Todd Black?

„Daddy!“, quietschte Serena beglückt und rannte zu ihm.

Er nahm sie in die Arme und küsste ihre Wange. „Du duftest nach Schokolade“, meinte er. „Ich glaube, ich muss dich aufessen.“ Er knabberte an ihrem Hals, woraufhin Serena kicherte und sich in seinen Armen wand.

„Nicht, Daddy“, protestierte sie halbherzig.

Bevor er sie wieder auf den Boden stellte, gab er ihr noch einen letzten Kuss. Dann richtete er seine Aufmerksamkeit auf Cecily. Der Ausdruck in seinen Augen verriet ihr, dass seine Hormone nicht schliefen. „Hallo, Cecily. Wir haben dich hier lange nicht gesehen!“

Wer würde so einen Mann nicht wollen? Aufwachen, ihr da drinnen!

Ihre Hormone hielten weiter ihren Winterschlaf.

Er ist groß. Ihr mögt große Männer.

Schnarch.

Vergiss es, sagte sie sich. Anscheinend bist du dazu ausersehen, Single zu bleiben.

Todd Blacks dunkles Gesicht schoss ihr durch den Kopf. *Oder dumm.*

Nein. Sie hatte genug von solchen Dummheiten. Sie hatte genug von Männern wie Todd Black. Sie hatte genug von Männern. Punkt. Nach zwei Jahren Erfahrung als Partnervermittlerin hatte sie genügend Gelegenheit gehabt, sich die Männer genauer anzusehen. *Sie soll Körbchengröße D haben … Was? Ich habe nie gesagt, ich wäre an einer Ehe interessiert, nur an einer Beziehung* (was übersetzt hieß: Sex). Oh ja, sie hatte definitiv genug von der männlichen Spezies.

Doch nicht alle Männer, die ihre Partnervermittlung aufgesucht hatten, waren so. Auch dieser hier bildete zum Beispiel eine rühmliche Ausnahme. Sie erwiderte sein Lächeln. „Wie geht es dir?“

„Kann nicht klagen“, sagte er. „Ich habe schon gehört, dass du wieder zurück bist.“

Anscheinend hatten alle in der Stadt schon davon gehört. „Und ich bin schon gleich schwer beschäftigt“, meinte sie und deutete auf die Fotos der Kandidaten für den Wettbewerb.

Er schüttelte den Kopf. „Hauptsache, es bringt was fürs Geschäft.“

Okay, es war nicht gerade kulturelle Unterhaltung. Und vielleicht auch ein bisschen heuchlerisch angesichts der harschen Urteile, die sie über einige ihrer Klienten gefällt hatte. Doch diesen letzten Gedanken schob sie lieber schnell beiseite.

„Daddy, ich hab Hunger“, quengelte Serena.

„Natürlich. Wir machen uns auf den Weg zu Herman’s“, sagte er zu Cecily. „Hast du Lust, mitzukommen?“

Das Diner war einer der beliebtesten Orte in der Stadt, und die Hamburger des Deutschen Herman waren so riesig, dass kaum ein menschlicher Mund mit ihnen fertig wurde.

Es wäre bestimmt spannend zu sehen, wie die kleine Serena es versuchte, aber Cecily wollte bei Luke keine falschen

Hoffnungen wecken. „Geht leider nicht. Ich muss zurück nach Hause“, sagte sie.

Sein Lächeln verblasste ein wenig.

„Aber vielen Dank für das Angebot“, fügte sie hinzu, um den Schlag gegen sein Ego etwas abzumildern.

„Klar, kein Problem.“

„Lass uns los, Daddy“, drängelte Serena.

Er schüttelte seine Enttäuschung ab, wie ein großer Hund Wasser abschüttelte. „Okay. Kommt, Mädels. Wir entern Herman's und lassen uns die Knoblauch-Pommes schmecken.“

„Es war schön, Sie wiederzusehen“, sagte Bernadette, als sie den Laden verließen. „Kommen Sie doch mal auf einen Kaffee vorbei.“

„Das mache ich“, log Cecily.

„Was für ein netter Mann“, sagte Heidi, als die Tür sich hinter Luke und seiner Familie schloss.

„Das ist er wirklich“, stimmte Cecily zu. Irgendwo gab es bestimmt auch genau die richtige Frau für ihn.

Du bist nicht länger Partnervermittlerin, ermahnte sie sich. Luke würde ohne sie zurechtkommen müssen.

14. KAPITEL

Kein Geschäft ist vor einem gewissen Maß an Unannehmlichkeiten gefeit.
Muriel Sterling: *Die Verbindung von Arbeit und Vergnügen: Wie man Arbeit und Liebe erfolgreich miteinander verknüpft*

Nichts krönt einen Tag öffentlicher Demütigung so sehr wie ein bisschen Verrücktheit in der Familie, dachte Samantha, als sie versuchte, eine vollkommen überdrehte Bailey per Skype zu bändigen.

Wieder einmal saßen Mutter und Töchter zusammen, um Ideen auszutauschen, und insgesamt waren sie sehr produktiv gewesen. Sie hatten Moms Vorschlag aufgegriffen und sich darauf geeinigt, den Maskenball unter das Motto „Mondschein und Magie" zu stellen, und beim Problem mit der Musik hatten sie sich auf die wirtschaftlichste Lösung verständigt. Es wäre nett gewesen, ein Orchester oder eine lokale Band spielen zu lassen, doch ein Radio-DJ von einem Sender in Wenatchee würde für den halben Preis Platten für sie auflegen. Um dem Motto gerecht zu werden, würde er hinter einer dekorativen Stellwand verborgen sein, und die Lautsprecher wollten sie mithilfe von Blumenarrangements verstecken, die Lupine Floral beisteuern würde. So würde niemand sehen, woher die Musik kam. Die Besitzer des Hutgeschäfts Mad Hatter hatten sich bereit erklärt, ein paar exotische Masken vorrätig zu haben, damit die Gäste des Balls bis zur Demaskierung um Mitternacht inkognito bleiben konnten. Bailey hatte berichtet, dass die Vorbereitungen für den High Tea und das Schokoladen-Dinner gut vorankamen. Und das war auch alles schön und gut und hätte genügen sollen – genug Arbeit war es allemal –, aber jetzt hatte sie noch eine neue Idee, die ihr beim Lesen eines historischen Liebesromans gekommen war.

„Ich finde, wir sollten auch einen Kuss-Stand aufbauen", beharrte sie. „Das haben die Leute schon immer gemacht."

„Das war vor der sexuellen Revolution", widersprach Samantha. „Heutzutage interessiert sich niemand mehr für einen Kuss-Stand." Jedenfalls niemand, von dem sie meinte, dass er ihre kleine Schwester küssen sollte.

„Das haben die Leute anfangs bei Baristas in Bikinis bestimmt auch gesagt", konterte Bailey, „und jetzt sieht man sie überall."

„Aber im Coffeeshop wird niemand geküsst. Wie auch immer, ich wäre mir nicht mal sicher, dass es legal ist. Das ist ja so, als wollte man Sex feilbieten."

„Wir würden doch nur Küsse verkaufen", beharrte Bailey.

„Mir kommt es auch ein bisschen billig vor", gab Mom zu bedenken.

Genau wie der Traummann-Wettbewerb. „Wir stoßen schon mit einigen anderen Dingen, die wir veranstalten, an gewisse Grenzen. Wir sollten es nicht zu weit treiben", sagte Samantha und sah, wie Cecily die Stirn runzelte.

„Du könntest ein Vermögen damit verdienen", fing Bailey noch einmal an. „Du …"

„Du könntest dir auch das eine oder andere einfangen", unterbrach Samantha sie.

Bailey verzog das Gesicht. „Igitt."

„Genau, igitt", sagte Samantha. „Kein Kuss-Stand."

Wenn es so weitergeht, haben wir überhaupt keinen Stand, überlegte sie später, als sie ihre Wohnungstür aufschloss. Sie hatte bei Ed im Weinladen angerufen, um zu hören, ob er mit seinem Anruf im Rathaus mehr Erfolg gehabt hatte, erfuhr jedoch nur, dass er mit einer Grippe flachlag. Die Chancen, dass er in irgendeiner Form Lobbyarbeit betrieben haben könnte, um diese Genehmigungen jetzt zügig zu bekommen, waren daher wohl eher gering, wenn nicht gleich null.

Als sie den Flur betrat, hörte sie den dumpfen Aufprall von Katzenkrallen auf dem Boden. Nibs war also wieder auf dem Küchentresen gewesen, obwohl er genau wusste, dass er dort nichts zu suchen hatte. Nicht dass solche unwichtigen Details eine Katze jemals aufhielten. Jetzt kam er ganz unschuldig zu ihr getapst und drückte sich an ihr Bein.

„Du bist ein böser Junge“, sagte sie und hob ihn hoch.

Böser Junge. Sofort fiel ihr wieder Bill Wills anzügliche Serenade im Coffeeshop ein. Vielleicht waren die Fotos, die Nia geschossen hatte, nichts geworden. Vielleicht hatten sie gar keinen Platz in der Zeitung, um sie abzudrucken. Das war durchaus möglich ... in einem Paralleluniversum.

Samantha setzte die Katze wieder auf den Boden und machte sich auf die Suche nach einem Aspirin.

Als sie am nächsten Morgen ins Büro kam und Elena ihr die Morgenzeitung reichte, brauchte sie gleich wieder eine Tablette. Das Foto, das Nia gemacht hatte, prangte mitten auf der Seite eins und gab die Aktion vom Vortag aufs Schönste bildlich wieder. Sie hatte Samantha dabei erwischt, wie sie versuchte, nicht auf Bill Wills Unterleib zu schauen. Doch leider vermittelte die Kameraperspektive die Illusion, dass Bill Wills bestes Stück genau das war, was Samanthas Blicke anzog. Unter dem Foto stand in großen Buchstaben: *Der Wettbewerb um Icicle Falls' Traummann geht in die heiße Runde.*

Warum erschießt mich nicht jemand an Ort und Stelle, dachte Samantha. War es nicht schon schlimm genug, dass sie ihre Firma retten musste? Wie sollte sie sich nach dieser Sache hier noch in die Öffentlichkeit wagen?

„Ich weiß, was du denkst, aber so schlimm ist es auch wieder nicht“, meinte Elena tröstend.

„Wer sagt das?“

„Alles wird gut, *amiga*. Du wirst sehen. *A veces, todo el mundo tiene un dia de pelo revuelto.*“

Samantha zerknüllte die Zeitung und warf sie in den Papierkorb. „Okay, und was soll das bedeuten?“

Elena zuckte mit den Schultern. „Es bedeutet, jeder hat mal einen schlechten Tag.“

„Ich würde einen schlechten Tag begrüßen. Ich würde mich sogar damit abfinden, mein Leben lang Tage zu erleben, an denen alles schiefläuft ... das wäre immer noch besser, als so etwas zu erdulden.“

Elena lächelte. „Über die Sache ist schnell wieder Gras gewachsen. Und in der Zwischenzeit bekommst du kostenlose Werbung."

„Auf diese Art von Werbung kann ich gut verzichten", grummelte Samantha.

Elena angelte die Zeitung wieder aus dem Papierkorb und reichte sie Samantha. „Lies den ganzen Artikel", riet sie.

Samantha schloss sich in ihrem Büro ein und las. Nia hatte das Festival auf erstklassige Weise angepriesen, hatte die unterschiedlichen Veranstaltungen aufgelistet und war sogar so weit gegangen, den Kandidaten zu empfehlen, zu Sweet Dreams zu gehen und sich mit Schokolade zu versorgen. „Denn jeder Mann, der unseren Lieblingsschokoladenladen repräsentiert, sollte doch wohl wissen, was seine Lieblingssorte ist."

Okay, das musste sie Nia lassen. Sie hatte es geschafft, die Aufregung und Vorfreude, die Samantha und die anderen Mitglieder der Handelskammer verspürten, in ihrem Artikel rüberzubringen, sodass auch die Leser angesteckt wurden und darauf brannten, dabei zu sein. Und das war ja wirklich gut.

„Das ist tolle kostenlose Werbung", sagte Cecily, als sie zwanzig Minuten später anrief.

„Stimmt", musste auch Samantha zugeben. „Nur dieses Foto – grässlich. Ich werde mir eine Tüte über den Kopf stülpen müssen, bevor ich mich raustraue."

Cecily lachte. Und musste dann niesen.

„Du wirst doch wohl nicht krank, oder?", fragte Samantha besorgt.

„Ich? Du weißt doch, dass ich nie krank bin."

„Na ja, lass es heute etwas ruhiger angehen", empfahl Samantha ihr. Keiner von ihnen konnte sich erlauben, krank zu werden – jedenfalls nicht vor dem Festival.

„Mach dir keine Sorgen um mich", entgegnete Cecily. „Und nimm keine Bestechungsgelder oder so was von den Traummann-Kandidaten an. Wir wollen doch nicht beschuldigt werden, dass wir den Wettbewerb manipulieren."

„Ha, ha", sagte Samantha nur und legte auf.

Cecily war nicht die Einzige, die sich bei ihr meldete. Auch die anderen Mitglieder des Festkomitees schickten ihr E-Mails und gratulierten ihr zu der gelungenen Werbemaßnahme. In ihren Antworten stellte Samantha sicher, dass ihre Schwester die Lorbeeren erntete. Im Laufe des Morgens legte sich so langsam das Gefühl der Peinlichkeit. Es half, dass sie die Zeitung in eine Schublade gestopft hatte und sie so nicht länger ansehen musste.

Gegen Mittag war sie über den peinlichen Zwischenfall hinweg. Jedenfalls redete sie sich das ein.

Ed lag immer noch flach, also rief sie wieder im Rathaus an und wurde zu Pissy durchgestellt. Natürlich.

„Nettes Foto in der Zeitung", kommentierte Pissy abfällig.

„Du klingst eifersüchtig", konterte Samantha. Oh, so gewinnt man Freunde und beeinflusst Leute, dachte sie dann. Nicht dass sie Ambitionen hatte, Pissy jemals zu ihrer Freundin zu machen. Und selbst wenn sie ihr einen lebenslangen Vorrat an Schokolade versprach, würde das sicherlich nicht Pissys Einstellung beeinflussen.

„Ich lasse mich nicht dazu herab, dir darauf eine Antwort zu geben", erwiderte Pissy hochnäsig. „Was willst du, Samantha?"

Eine Million Dollar. „Ich rufe nur an, um mich zu erkundigen, wie weit ihr mit den Genehmigungen seid."

„Da muss ich erst nachfragen, bevor ich dir dazu etwas sagen kann", sagte Pissy.

Na toll. „Und wann, meinst du, könnte das sein?", bohrte Samantha weiter nach. Sie musste sich sehr beherrschen, nicht die Geduld zu verlieren.

„Sobald ich etwas höre. So, und jetzt hör auf, mich ständig zu belästigen", fuhr Pissy sie an und legte auf.

Samantha warf das Telefon auf den Tisch und schimpfte laut vor sich hin. „Diese blöde Kuh." Wenn sie doch nur einen Zauberstab hätte. Den würde sie dazu benutzen, um Pissy auf eine einsame Insel ohne Schokolade zu verbannen.

Ungeduldig klopfte sie mit den Fingern auf den Schreibtisch. Irgendetwas oder irgendjemand hielt diese Genehmigungen zurück. Samantha ging nicht davon aus, dass Pissy so viel Macht besaß, auch wenn sie das gern glauben würde. Warum dauerte es also so lange?

Offensichtlich konnte sie zum Kern dieses Problems nicht per Telefon durchdringen. Sie musste ins Rathaus hinübergehen. Vielleicht konnte sie Del vor dem Mittagessen abfangen und mit ihm reden, um zu sehen, ob er ein paar Fäden ziehen konnte, damit die Sache voranging.

Samantha hatte die Center Street fast für sich, als sie Richtung Rathaus ging. Nur ein Paar, das einen Schaufensterbummel machte, kam ihr entgegen. Dabei bekam sie mit, wie die beiden sich unterhielten.

„Die Stadt hat Charme", meinte die Frau.

„Kann schon sein", erwiderte der Mann. „Aber es liegt kein Schnee."

Das stimmte nicht. Es lag Schnee, genügend, um Ski zu laufen – wenn man ein Kaninchen war.

„Diese Urlaubstage sind echt vergeudet", erklärte der Spielverderber.

Samantha musste sich sehr beherrschen und presste die Lippen fest aufeinander. Aber sie war davon überzeugt, dass genug Dampf aus ihren Ohren kam, um auch noch das letzte bisschen Schnee auf den höchsten Gipfeln zum Schmelzen zu bringen. Vergeudung von Urlaubstagen? Ha! Dem würde sie es schon noch zeigen.

Als sie ins Rathaus kam, kochte sie immer noch innerlich. Und die Tatsache, dass sie Pissy, die auf dem Weg nach draußen war, begegnete, machte die Sache nicht besser. Vor allem, weil Pissy in Begleitung von Blake war. „Wir gehen essen, also kann ich dir leider nicht helfen", verkündete Pissy schadenfroh.

Blake lud Pissy zum Lunch ein? Na toll, zwei eiskalte Herzen, die über einer Bratwurst im Gleichklang schlugen. „Es würde mir nicht im Traum einfallen, dich vom Lunch abzuhalten", erwiderte Samantha zuckersüß.

„Gut, denn ich weiß, dass Blake ein viel beschäftigter Mann ist", sagte Pissy und schob ihren Arm durch seinen.

Wie ätzend. Obwohl diese beiden einander verdienten und obwohl es Samantha schnurzegal sein konnte, mit wem er essen ging, warf sie Blake einen kurzen Blick zu, um zu sehen, wie er auf die Schleimerei reagierte. Seine Wangen waren leicht gerötet, und er vermied es, Samantha in die Augen zu sehen.

Er räusperte sich. „Na ja, wir sollten jetzt wohl lieber gehen."

„Ja, schließlich haben wir einen Tisch im Schwangau reserviert", verkündete Pissy.

Na toll. Die beiden steckten vermutlich unter einer Decke und ersannen weitere Pläne, wie sie diese Genehmigungen zurückhalten konnten. Samantha hoffte, sie erstickten an ihrem Schnitzel.

„Oh, und wenn du zu Bürgermeister Stone willst, bist du zu spät dran. Er ist auch zum Mittagessen gegangen", rief Pissy ihr noch über die Schulter zu.

Samantha sah Pissy böse hinterher. Wäre es nicht nett, wenn Blicke wirklich töten könnten?

Blake hatte keinen guten Tag. Genau genommen war auch der gestrige Tag alles andere als gut verlaufen. Erst hatte er unter dem angewiderten Blick von Samantha Sterling gelitten, den sie ihm auf den Stufen zum Rathaus zugeworfen hatte, so als wäre es ein Verbrechen, jemanden zum Essen einzuladen. Nur zu gern hätte er ihr erzählt, dass er mit Priscilla Castro essen ging, um sie dazu zu bewegen, diese Genehmigungen für das Festival ein wenig zu beschleunigen. Aber da Priscilla direkt neben ihnen gestanden hatte, konnte er das natürlich nicht tun. Und nachdem er Priscilla genügend Honig um den Bart geschmiert hatte, um ein ganzes Bienenvolk anzulocken, hatte er Del Stone aufgesucht und auch ihn noch einmal dezent aufgefordert, die Sache in Gang zu bringen.

Nachdem er seine Mission erfüllt hatte, war er am Überlegen gewesen, ob er in Samanthas Büro vorbeigehen sollte, um ihr zu erzählen, was er getan hatte. In allen Einzelheiten hatte er sich ausgemalt, wie sie ihn dankbar umarmen und erklären würde: „Das wusste ich ja nicht. Wie lieb von Ihnen." Diese Vorstellung hatte ein Lächeln auf sein Gesicht gezaubert, und als er nach dem klingelnden Telefon gegriffen hatte, hatte er immer noch gelächelt.

Aber Darren Short hatte das Lächeln schnell vertrieben. „Ich komme morgen zu Ihnen, und ich bringe Trevor Brown von der Firma Madame C mit. Ich möchte ihm die Sweet-Dreams-Anlage zeigen."

„Sie … Sie wollen was?", hatte Blake gestottert.

„Ich will ihm den Betrieb zeigen."

„Noch gehört uns die Firma nicht", hatte Blake ihn erinnert.

„Aber wir haben ihnen den Kredit gegeben. Es ist unser gutes Recht, unsere Investitionen zu inspizieren."

„Sie kommen nicht, um den Betrieb zu inspizieren."

„In gewisser Weise schon. Das ist alles total rechtmäßig", versicherte Darren ihm.

War aber moralisch in keinster Weise vertretbar. „Es besteht keine Veranlassung, die Sache so voranzutreiben. Lassen Sie uns damit bis zum März warten."

„Trevor will sich den Betrieb mal anschauen, um zu sehen, in welchem Zustand er ist. Sich mal umzusehen ist doch völlig harmlos."

Ja, erzähl das den Sterlings, dachte Blake. „Ich mache da nicht mit."

Einen Moment lang herrschte eisiges Schweigen zwischen ihnen. „Arbeite ich jetzt auf einmal für Sie?", fragte Darren schließlich.

„Nein", erwiderte Blake, „aber warum haben Sie mich hierher versetzt, wenn Sie mir auf einmal nicht mehr zutrauen, die Bank angemessen zu vertreten?"

„Kommen Sie, Blake, seien Sie jetzt nicht eingeschnappt. Ich vertrete die Interessen unserer Bank – genauso wie Sie auch."

Was er damit sagen wollte, war klar. Blakes Loyalität wurde infrage gestellt, und wenn er nicht kooperierte, zeigte er seine wahre Gesinnung. Er wollte bei der Sache nicht mitspielen. Aber er wollte natürlich auch nicht gefeuert werden. Dann hätte er nämlich überhaupt keine Möglichkeit mehr, seinen Kunden zu helfen, vor allem den Sterlings nicht.

Als wenn du jetzt eine große Hilfe für sie bist.

Diese Feststellung hatte ihm die ganze Nacht lang und auch den ganzen Morgen über zu schaffen gemacht. Als Darren jetzt mit einem dünnen grauhaarigen Mann mit Hängebacken – in Stoffhosen und Pullover gekleidet – in die Bank marschiert kam, schoss sie ihm wieder durch den Kopf.

„Blake, ich möchte Ihnen Trevor Brown vorstellen“, sagte Darren jovial.

„Freut mich, Sie kennenzulernen“, sagte Brown und streckte seine gierige Pranke aus.

Handschlag mit dem Teufel. Blake drückte dem Mann die Hand und nickte brüsk. „Trevor.“

„Okay, zeigen Sie mir den Betrieb“, sagte Brown, ohne irgendwelche Zeit zu verlieren.

„Ich denke, Sie werden feststellen, dass sich Ihr Besuch gelohnt hat“, erklärte Darren ihm. „Meinen Sie nicht auch, Blake?“

„Ihnen ist bewusst, dass es sich um ein Familienunternehmen handelt und dass die Familie alles daransetzt, um es zu behalten, oder?“, fragte Blake, was ihm ein Stirnrunzeln von Darren einbrachte.

„Natürlich.“ Brown nickte herablassend. „Aber mal ehrlich: Wir wissen doch alle, dass sie keine Chance haben.“

Was leider stimmte.

„Also“, meinte Darren und warf Blake einen Blick zu, der nicht nur Kündigung, sondern Verstümmelung verhieß, „wollen wir gleich los?“ Blake wollte sich gerade mit extrem viel Arbeit herausreden, damit er nicht mitgehen musste, als Darren hinzufügte: „Zeigen Sie uns den Weg, Blake.“

Blake biss die Zähne zusammen und ging mit ihnen aus der Bank. Dabei kam er sich vor wie eine Ziege namens Judas, die die Schafe zur Schlachtbank führte.

15. KAPITEL

Früher oder später klopft bei jedem das Unglück an die Tür. Heiß es willkommen. Und dann mach ihm den Garaus.
Muriel Sterling. *Erkenne, wer du bist: Eine Frau geht ihren Weg*

Del war mal wieder nicht in seinem Büro. „Wann kommt er wieder?“, wollte Samantha von Pissy wissen.

„Mittags, aber dann ist er zum Lunch verabredet, kann also nicht mit dir reden.“

„Ich bin sicher, dass er eine Minute Zeit übrig hat“, meinte Samantha und ließ sich auf einem Stuhl nieder, um zu warten. Dieses Mal würde sie nicht eher gehen, bis jemand ihr sagte, was mit den Genehmigungen war.

Pissy zuckte mit den Schultern. „Wie du willst.“ Dann schlenderte sie wieder an ihren Schreibtisch und tat so, als wäre sie beschäftigt.

Also ehrlich, wenn man einen Abschluss in Unreife machen könnte, hätte Pissy schon einen Doktortitel. Samantha holte ihr Handy heraus und checkte ihre E-Mails.

Sie hatte kaum angefangen, als Elena anrief. „Du solltest lieber schnellstens zurück ins Büro kommen.“

Die Dringlichkeit, mit der sie das sagte, versetzte Samantha einen Schock. „Was ist los?“

„Hier ist was faul. Der Filialleiter von der Bank ist mit zwei anderen Typen hier, und sie wollen die Fabrik begutachten.“

„Was?“ Samantha sprang auf und eilte nach draußen. „Wo sind sie jetzt?“

„Ich habe sie in den Laden geschickt, damit sie sich dort ein paar Kostproben abholen. Ich wusste nicht, was ich sonst mit ihnen machen sollte.“

„Du hast genau das Richtige getan“, versicherte ihr Samantha.

„Warum sind die hier? Hat das was mit deinem Zusammenbruch neulich zu tun?“

„Ja, aber es ist alles unter Kontrolle. Mach dir keine Sorgen.“

„Keine Sorgen? Bist du verrückt? Ich erkenne einen Hai, wenn ich ihn sehe. Was ist hier los, *chica*?"

„Nichts, was ich nicht wieder zurechtbiegen kann", versicherte Samantha Elena und auch sich selbst. Oh, du meine Güte, sie konnte nur hoffen, dass sie recht hatte. Sie beendete das Telefonat und rannte los.

Als sie jedoch in ihre Straße einbog, wurde ihr klar, dass sie diesen Aasgeiern nicht als schwache, sondern als starke Frau entgegentreten musste. Wenn sie atemlos, verschwitzt und voller Panik in ihren Laden trat, würde das nicht gerade überzeugend wirken. Also ging sie langsamer, fuhr sich mit den Fingern durchs Haar und fand ein Taschentuch, um sich den Schweiß von der Stirn zu wischen. Dann holte sie tief Luft und zog in die Schlacht.

Auf Blake, die Schlange, war sie eingestellt gewesen, und auch noch auf einen anderen Banker. Aber beim Anblick des dritten Mannes setzte ihr Herz fast aus. Sie kannte diesen Mann, so wie sie all ihre Konkurrenten kannte. Sie hatte es sich zur Aufgabe gemacht, sich die Konkurrenz genau anzusehen. Trevor Brown war ein geschäftiger Mann. Jedes Jahr betrieb er eifrig Lobbyarbeit für Madame C, um als offizieller Schokoladenlieferant für den Staat Washington anerkannt zu werden. Genauso wie die Leute von Liberty Orchards, die die köstlichen Aplets and Cotlets herstellten, Süßigkeiten mit Nuss- und Apfelgeschmack, und Brown und Haley, Produzenten von Almond Roca, einer Buttercrunch-Schokoladen-Toffee-Spezialität. Es war absurd zu glauben, er könnte in deren Liga mitspielen – oder aber mit Sweet Dreams mithalten, dem Bewerber um die beste Schokolade im Bundesstaat. Er hatte große Lieferanten und einen großen Appetit. Zwei kleinere Firmen hatte er schon geschluckt, und jetzt wollte er offenbar auch noch ihre verschlingen. Nur, die würde er nicht bekommen.

Sie setzte ein professionelles Lächeln auf und zwang sich, auf die Männer zuzugehen, um ihnen die Hand zu schütteln. „Ich habe gehört, wir haben Besuch."

Blake ergriff ihre Hand. Sie spürte einen kleinen Stromschlag und redete sich ein, dass das nichts weiter als Wut gewesen war, reine Wut.

Er sah peinlich berührt aus. Sollte er auch. Sein Verhalten sollte ihm mehr als unangenehm sein. Beim Traummann-Wettbewerb mitmachen wollen, und jetzt mit den Geiern hier zu einem kleinen Besuch am Totenbett erscheinen. Der Mann hatte vielleicht Nerven. Sie beendete den Handschlag so schnell wie möglich. Den beiden anderen Männern die Hand zu schütteln, während Blake sie ihr vorstellte, war nicht weniger unangenehm. Nicht weil sie sich elektrisiert fühlte, sondern weil Angst in ihr aufkeimte. Keine Panik, ermahnte sie sich.

„Freut mich, Sie kennenzulernen“, sagte sie zu Trevor Brown, obwohl sie beide wussten, dass es eine Lüge war. „Ihr Ruf eilt Ihnen voraus.“ *Als Hersteller minderwertiger Schokolade.*

„Ach ja?“ Er lächelte und biss noch einmal von dem Pekannuss-Knusper-Toffee ab, den Heidi ihm spendiert hatte.

Die stand hinter dem Tresen und hatte ein großes Fragezeichen in ihren blauen Augen.

Samantha lächelte ihr zu, um sie zu beruhigen, bevor sie ihre Aufmerksamkeit wieder auf das Geiertrio vor sich richtete. „Also, meine Herren, was kann ich für Sie tun?“

„Na ja, wir möchten uns Ihren Betrieb ansehen“, sagte der Mann, den Blake als Darren Short vorgestellt hatte.

„Es tut mir leid, aber wir bieten keine Betriebsbesichtigungen an.“ Bedauern heuchelnd, lächelte Samantha.

„Für die Bank, deren Kredit Sie nicht zurückzahlen können, machen Sie sicher eine Ausnahme“, erklärte Darren freundlich.

Samantha gefror das Blut in den Adern. Heidis Schock spülte wie eine Welle über sie hinweg; noch heute würde das gesamte Personal in Panik geraten. Plötzlich kam sie sich vor, als müsste sie an allen möglichen Fronten gleichzeitig kämpfen – und hätte dabei nicht die geringste Chance, zu gewinnen. „Sweet Dreams gehört nicht der Bank.“ Jedenfalls noch nicht.

„Nein“, sagte Darren, „aber als Kreditgeber steht uns das Recht zu, jederzeit den Betrieb zu inspizieren, um uns zu vergewissern, dass alles in Ordnung ist.“

„Dann schlage ich vor, dass Sie jemanden schicken, der auch dafür qualifiziert ist, das zu tun."

„Haben wir ja", erwiderte Darren. „Deshalb begleitet Trevor uns heute."

So musste sich ein Fuchs fühlen, wenn er von einer Meute Jagdhunde eingeholt wurde. Sowohl Darren Short als auch Trevor Brown sabberten schon, weil sie es nicht erwarten konnten, sie zu verschlingen, und Blake, die Schlange, stand einfach nur da. Er hatte die Zähne zusammengebissen, als hoffte er, sie würde den Mund halten und sterben, damit die Sache erledigt war.

Na, sie würde einen Teufel tun. Sie hob ihr Kinn. „Es tut mir leid, meine Herren, aber ich fürchte, Mr Brown ist kein qualifizierter Inspektor." Der einzige Titel, der ihm gebührte, war der der Mittelmäßigkeit. „Wenn Sie sich Sorgen um den Zustand unserer Gebäude oder unserer Anlagen machen, können Sie natürlich gern jemanden vorbeischicken, der eine entsprechende Qualifikation besitzt, obwohl ich Ihnen versichern kann, dass alles in perfektem Zustand ist." Jetzt lächelte sie, ganz die charmante Geschäftsfrau und Gastgeberin. „Mr Brown, ich weiß, dass Sie einen weiten Weg zurück nach Seattle vor sich haben, aber ich bin sicher, dass Sie vorher noch eines unserer netten Restaurants ausprobieren möchten. Zelda's wird sehr geschätzt, und wenn Sie Mexikanisch mögen, gibt es ‚Der Spanier'. Und im Schwangau bekommen Sie richtig gutes deutsches Essen." Sie ging zur Tür und öffnete sie.

„Also, jetzt warten Sie aber mal einen Moment", plusterte Darren sich auf.

„Meine Herren, ich denke, es ist Zeit fürs Mittagessen", sagte Blake und ging zur Tür.

Trevor zuckte mit den Schultern. „Ich habe genug gesehen. Übrigens, leckere Toffees", sagte er zu Samantha, als er an ihr vorbeischlenderte.

Darren nahm die Sache nicht ganz so gelassen. Er deutete mit dem Finger auf sie. „Ich will einen Bericht über all Ihre Anlagen und den Zustand Ihrer Gebäude haben. Der liegt bis heute Abend auf Blakes Schreibtisch. Ist das klar?"

Träum weiter. Samantha funkelte ihn böse an. „Raus."

Er stürmte nach draußen, doch Blake blieb noch stehen. „Samantha, das war nicht meine Idee."

Auch ihn bedachte sie mit einem wütenden Blick. „Aber Sie sind trotzdem hier."

„Nicht weil ich es wollte."

„Sagte der Henker zum Gefangenen", erwiderte sie.

„Ob Sie es glauben oder nicht, ich versuche Ihnen zu helfen."

„Ja, klar, das sehe ich", stieß sie zwischen zusammengebissenen Zähnen hervor. Sie deutete zu seinen Komplizen, die sich entfernten. „Sie sollten sich lieber beeilen und die beiden einholen. Ich möchte nicht, dass die Geier ihr Mittagessen ohne Sie einnehmen."

Einen Moment lang stand er einfach nur da und mahlte mit seinem Kiefer.

„Ich glaube, das war zu höflich. Lassen Sie es mich übersetzen: Verschwinden Sie."

Er nickte kurz und marschierte dann die Straße entlang, während sie die Tür hinter ihm schloss und sich dagegenfallen ließ.

„Was ist los?", fragte Heidi zaghaft.

„Eine vorübergehende Unstimmigkeit mit der Bank", sagte Samantha. „Aber keine Angst. Alles wird gut."

Eine Minute später sagte sie dasselbe noch einmal zu Elena.

„Das kannst du deiner Großmutter erzählen. Wir haben Probleme, stimmt's?"

„Ja, haben wir, aber wir werden sie lösen", beharrte Samantha. „Vertrau mir, okay?" Sie verlangte eine ganze Menge. Elena brauchte sowohl das Geld als auch die Krankenversicherung.

Elena nickte. „Du weißt, dass ich das tue."

Samantha bekam einen Kloß im Hals und spürte, dass ihr Tränen in die Augen schossen. „Danke", brachte sie heraus, bevor sie in ihr Büro eilte und sich darin verschanzte.

Der Rest des Tages war die reinste Tortur. Mehr als ein Angestellter kam mit besorgter Miene zu ihr.

In der Nacht wälzte Samantha sich im Bett hin und her und starrte an die Decke. Als sie endlich einschlief, beförderte ihr

Traum sie in die Fabrik, wo sie allein am Fließband stand und versuchte, Millionen von Pralinen vom Band zu sammeln, um sie in Schachteln zu verpacken. Über ihr schlug eine riesige Standuhr zur Mitternacht. Mit dem letzten Gong öffneten sich die Fabriktore, und die fliegenden Affen aus dem *Zauberer von Oz* kamen herein. Einer ergriff sie, und schon flogen sie durch die Tür nach draußen. Über dem gefrorenen Wenatchee River ließ er sie los, und Samantha begann zu fallen. Kurz bevor sie auf das Eis knallte, wachte sie mit klopfendem Herzen auf.

Am nächsten Tag rief sie ihre Mitarbeiter zu einer Versammlung zusammen und versicherte ihnen, dass Sweet Dreams nicht die Pforten schließen würde. Sie hoffte inständig, dass das die Wahrheit war. „Durch Waldos Tod müssen wir uns einigen Herausforderungen stellen." Ja, und die Sintflut war nur ein Regenschauer gewesen. Ha, ha.

„Aber was wollten die Männer hier?", fragte Heidi.

„Unsere Firma auskundschaften", erwiderte Samantha.

„Ich hab gehört, einer von ihnen war von der Bank", sagte Chita Arness, eine alleinerziehende Mutter, die am Fließband arbeitete. „Wollen die uns etwa dichtmachen?"

Keines von Samanthas Betriebswirtschaftsseminaren hatte sie auf eine Situation wie diese hier vorbereitet. Sie holte tief Luft. „Niemand macht Sweet Dreams dicht. Meine Familie schuldet der Bank Geld. Also wollten sie sich ansehen, wo sie ihr Geld investiert haben. So einfach ist das." Und so hässlich. Sie hatte nicht den Mut, allen zu erzählen, dass die Bank Sweet Dreams an den höchsten Bieter verschachern würde, wenn sie das Geld nicht aufbrachten.

„Was ist, wenn Sie der Bank das Geld nicht zahlen können? Was ist dann mit unseren Jobs?", fragte Chita.

„Sollten wir wider Erwarten aufgekauft werden, gehe ich ganz fest davon aus, dass die Jobs trotzdem sicher sind." Trevor Brown würde doch alle weiterbeschäftigen, oder? Samantha bekam Magenschmerzen. „Aber keine Angst", sagte sie, mehr zu sich als zu ihren Angestellten. „Wir sind dabei, alles ein bisschen umzustrukturieren, und wie Sie alle wissen, erwarten wir, dass wir an dem Wochenende, an dem das Schokoladenfestival stattfindet, reichlich Umsatz machen. Wir haben nicht die Absicht, unsere Firma zu schließen, auch wenn Sie etwas anderes hören sollten." Das war ihre Geschichte, und bei der würde sie bleiben.

Völlig erschöpft ging sie zurück in ihre Wohnung. Am liebsten hätte sie sich jetzt einfach nur vor ihren Fernseher gesetzt. Aber leider stand das nicht zur Debatte. Es war Freitag, und sie musste ins Zelda's, wo heute die Auftaktveranstaltung für den Traummann-Wettbewerb stattfinden sollte. Das Ganze war eine Schnapsidee von ihrer Schwester und Charley. Und laut Cecily war es wichtig, dass das Gesicht von Sweet Dreams präsent war, um den großen Wettbewerb einzuläuten.

„Na, da müsst ihr euch halt ein anderes Gesicht suchen", hatte sie gesagt, als Cecily sie neulich gebeten hatte, dabei zu sein. „Ich komme nicht mit."

Leider hatte Cecily eine Grippe bekommen und lag immer noch im Bett, schlürfte Moms hausgemachte Hühnersuppe und sah sich alte Spielfilme auf ihrem Computer an. Und, wer ging nun zum Traummann-Abend? Genau.

Samantha band sich das Haar zu einem legeren Pferdeschwanz hoch, zog einen schwarzen Rock und ihren grauen Lieblingspulli sowie ein paar Stiefel an. Das musste reichen. Sie hatte keine Lust, ihr Make-up aufzufrischen und sich zu stylen, nur um dann womöglich noch mal in eine Situation wie neulich mit Bill Will zu geraten. Cecily und Charley hatten ihr zwar versprochen, dass die Sache nicht ausarten würde, doch sie wusste es besser. Im Moment lief ihr ganzes Leben aus dem Ruder. Warum sollte es ausgerechnet heute Abend anders sein?

In ihrem Kühlschrank war nicht mehr viel zu essen, was aber auch okay war. Seit ihrer Begegnung mit den Geiern hatte sie sowieso keinen Appetit mehr.

Um Viertel vor acht traf sie im Restaurant ein. Der Speisesaal war fast leer, nur einige ältere Leute und ein, zwei Paare saßen an den Tischen. Es war nicht schwierig zu erraten, wo die ganzen Gäste steckten. Aus der Bar drang lauter Lärm.

„Die können es alle kaum erwarten, dass es losgeht", sagte

Charley zu ihr. „Geh rein und bestell dir was zu trinken. Ich komme, sobald ich hier weg kann."

Samantha betrat die Bar. Es war schon so voll, dass man vor lauter Menschen kaum die Schwarz-Weiß-Bilder aus den Zwanzigerjahren an den Wänden sehen konnte, die Gangster und Frauen, die Charleston tanzten, zeigten. Wie eine Welle rauschten das Gelächter und die Stimmen über Samantha hinweg. Das war hier ja wie im Irrenhaus. Niemand unter vierzig war heute zu Hause geblieben; sie waren alle hier, schlürften Huckleberry Martinis und ließen sich die heißen Chicken-Wings und die Brezel schmecken. Samantha schaute sich um. Die meisten Tische waren von Paaren belegt, aber auch viele Singles hatten den Weg hierher gefunden. Vier Frauen saßen an einem Tisch, ganz offensichtlich auf der Jagd nach ihrem persönlichen Traummann. Sie waren ziemlich spärlich bekleidet, und ihr Make-up sah aus wie eine Kriegsbemalung. An einem anderen Tisch entdeckte Samantha ein paar Kassierer aus dem Supermarkt, wahrscheinlich neue Kandidaten für den Wettbewerb.

Rita Reyes, die in ihren schlichten schwarzen Shorts, dem T-Shirt und dem Stirnband im Stil der Zwanzigerjahre ziemlich heiß aussah, kam auf Samantha zu. Sie hielt einen beeindruckend dicken Papierstapel in der Hand. „Neue Teilnehmer", sagte sie.

„Alle von heute Abend?"

„Ja. Oh, und Charley hat gesagt, ich soll dich mit Alkohol versorgen. Was hättest du gerne?"

So wie ihre Woche verlaufen war, kam eigentlich nur Arsen infrage. „Ich weiß nicht."

„Deine Schwester hat Hank gebeten, extra für heute Abend einen Drink zu kreieren. Einen Schokoladenkuss. Der ist heiß begehrt. Willst du mal einen probieren?"

Eigentlich wollte sie einfach nur nach Hause gehen und in Selbstmitleid zerfließen. Aber das würde ja auch nicht helfen, also sagte sie: „Na klar."

„Charley kommt auch demnächst rüber. Im Restaurant sind wir sicher gleich durch."

Samantha war ebenfalls durch, und dabei hatten sie noch nicht einmal angefangen.

„In zwanzig Minuten müssen die Männer mit freiem Oberkörper über die Bühne. Charley moderiert das."

Männer mit freiem Oberkörper? *Du meine Güte.* Cecily hatte praktischerweise versäumt, ihr davon zu erzählen. „Bring mir bloß schnell meinen Drink", sagte Samantha schwach.

Sie versuchte ihr Möglichstes, um im Hintergrund zu bleiben, aber leider gelang es ihr nicht. Eine Reihe von Frauen schleppten ihre Freunde herbei, um sie anzupreisen. Ein paar Männer boten ihr an, ihr einen Drink zu spendieren. Und dann – oh nein – kam auch noch Bill Will an.

„Samantha!"

Sie hob die Hand. „Kein Ständchen."

Er zog sich einen Stuhl von der anderen Seite des kleinen Tisches heran, an dem sie saß, und setzte sich direkt neben sie. „Ach komm schon", meinte er neckend und legte ihr einen Arm um die Schultern.

Rita kam mit ihrem Drink, und Samantha trank einen großen Schluck. „Wow, das schmeckt gut", sagte sie überrascht.

„Fehlt nur noch eine Praline von Sweet Dreams", meinte Bill Will. Was für ein schamloser Schmeichler!

Allerdings war es eine wirklich gute Idee.

Red Ralston, der mit Bill Will auf der Ranch arbeitete, kam an ihren Tisch und setzte sich auf die andere Seite. „Hey, versucht Bill Will gerade, dich zu bestechen?"

„Ich bin unbestechlich", versicherte sie ihm. „Außerdem ist der Wettbewerb ja nicht heute Abend, das wisst ihr doch. Hier wird doch nur vorgeglüht."

„Wissen wir", meinte Red freundlich.

„Und ich bin ja auch nicht die einzige Jurorin."

„Aber die wichtigste", befand Bill Will und stieß sie kumpelhaft mit der Schulter an.

Sie musste lächeln; Bill Will war so unglaublich eingebildet. „Wie viel hast du schon getrunken?", fragte sie ihn. Als ob er Alkohol bräuchte, um sich ungeheuerlich zu benehmen.

Er hob beide Hände. „Nur ein Bier. Ehrlich."

„Na, dann geh und hol dir noch eins", sagte Samantha. „Du auch", meinte sie zu Red. „Dieser Tisch ist reserviert."

„Okay, wenn du meinst", erwiderte Bill Will achselzuckend.

„Bill Will, hier!", rief eine der Frauen, die auf einen Traummann aus war.

Das war für Bill Will Einladung genug. Er schlenderte davon, und sein Kumpel folgte ihm auf den Fersen. Samantha sah ihnen nach. Dann trank sie noch einen Schluck. Der Drink war echt gut. Noch ein paar mehr davon, und man konnte seine Probleme tatsächlich vergessen.

Jetzt kam Rita mit einer Schüssel Brezeln zurück. „Das ist wirklich ein toller Drink", sagte Samantha.

Rita lächelte. „Wir dachten uns schon, dass er dir schmeckt."

„Kann ich noch einen bekommen?"

„Natürlich. Aber sei vorsichtig. Er ist süß, aber nicht ohne."

Nach allem, was sie in dieser Woche durchgemacht hatte, konnte sie so leicht nichts mehr umhauen. Samantha war davon überzeugt, dass es auch einem Schokoladendrink nicht gelingen würde. „Ich kann damit umgehen", sagte sie.

Rita sah sie zweifelnd an, verschwand dann aber wieder, um weitere Bestellungen entgegenzunehmen.

„Ich kann mit Alkohol umgehen", murmelte Samantha und lächelte. Den Ausdruck hatte sie schon mal gehört. Allerdings hatte sie nie geglaubt, dass sie ihn selbst einmal benutzen würde.

Charley kam zu ihr an den Tisch. „Wie ich sehe, hast du die neuen Anmeldungen schon bekommen", sagte sie und deutete auf den Papierstapel, der vor Samantha auf dem Tisch lag.

„Oh ja. Sieht aus, als ob's ein Riesenspektakel wird."

„Glaube ich auch", meinte Charley. „Mach es dir mit den Brezeln gemütlich. Ich muss jetzt unsere ‚Oben-ohne-Parade' ankündigen."

„Das ist echt widerlich." Samantha runzelte die Stirn.

„Gib nicht mir die Schuld. Das hat sich deine Schwester ausgedacht."

„Welche?"

„Die, die praktischerweise nicht hier ist", antwortete Charley und machte sich auf den Weg zu der winzigen Bühne, die man samt Mikrofon in einer Ecke der Bar aufgebaut hatte.

Als Samantha Sterling das Restaurant betreten hatte, hatte Blake in einer Nische gesessen. Mutig, wie er war, hatte er sich bei ihrem Anblick sofort hinter der Speisekarte versteckt. Seit sie in der Bar verschwunden war, hatte er versucht, sein Steak und die Ofenkartoffel, die er bestellt hatte, zu essen, allerdings mit wenig Erfolg. Es verschlug ihm den Appetit, wenn er daran dachte, in was für einer Notlage sie sich befand. Seit dem Moment, als sie neulich das erste Mal seine Bank betreten hatte, beherrschte Samantha Sterling seine Gedanken. Und damit nicht genug. Auch in seinen Träumen spielte sie die Hauptrolle. Träume, die definitiv nicht jugendfrei waren.

Niemals würden diese Träume Wirklichkeit werden. Entgegen seinem Willen war er in ihren Augen der Bösewicht. Er musste an die unsägliche Szene mit Darren denken, nachdem der Versuch, ihren Betrieb anzusehen, gescheitert war. Brown hatte die Begegnung mit Samantha einfach achselzuckend abgetan. Er hatte eine Elefantenhaut und würde einfach warten. Darren dagegen hatte während des gesamten Essens sichtlich vor unterdrückter Wut geschäumt. Bevor er und Brown sich wieder auf den Weg nach Seattle gemacht hatten, hatte er Blake zur Seite genommen. Er habe es an Teamgeist mangeln lassen, hatte sein Chef ihm vorgeworfen.

Blake hatte entgegnet: „Wenn Trevor die Firma will, dann wartet er. Bis dahin ist unser Kunde noch Sweet Dreams."

„Nicht mehr lange", hatte Darren ihn angefahren. „Genauso wie Sie nicht mehr lange Filialleiter hier sind, wenn Sie so weitermachen." Dann war er davongestürmt.

Verletzter Stolz, hatte Blake sich eingeredet. Er würde sich schon wieder beruhigen. Und in ein paar Monaten würde Trevor Brown glücklich irgendeine andere Schokoladenfirma schlucken. Die Einzige, die in dem ganzen Spiel schlechte Karten hatte, war Samantha Sterling.

„Sollten Sie nicht drüben in der Bar sein?", fragte Maria, als sie ihm die Rechnung brachte.

„Was ist denn da los?", fragte er.

„Na, da wird der Traummann-Wettbewerb eingeläutet", meinte sie. „Sie sind doch auch einer der Bewerber. Warum sind Sie nicht dort?"

„Was bin ich?" Sollte das etwa ein schlechter Witz sein?

„Hat Ihnen niemand was gesagt?"

Er schüttelte den Kopf.

Maria verzog das Gesicht. „Na ja, Sie stehen auf der Liste."

„Was für eine Liste?" Befand er sich auf einmal in einem Paralleluniversum?

Jetzt schüttelte die Bedienung den Kopf und stemmte eine Hand in die Hüfte. „Die Liste mit allen Bewerbern. Sie haben echt harte Konkurrenz."

„Ich habe mich nicht dafür beworben", protestierte er.

„Dann hat jemand anderes Sie angemeldet. Jedenfalls hängt Ihr Foto zusammen mit denen von allen anderen Teilnehmern im Laden von Sweet Dreams."

Er nahm seine Brieftasche und zog eine Kreditkarte heraus. „Ich weiß nichts davon."

Sie zuckte mit den Achseln und marschierte los, um die Rechnung fertig zu machen, während Blake dasaß und mit den Fingern auf den Tisch trommelte. Wer konnte ihm das nur angetan haben? Jemand mit einem merkwürdigen Sinn für Humor.

Oder jemand, der ihn großartig fand. Er runzelte die Stirn. Gram. Oh verdammt, das war doch wirklich krank.

Maria brachte ihm den Rechnungsbeleg. Er gab ihr ein großzügiges Trinkgeld, nachdem er unterschrieben hatte. Dann ging er Richtung Bar, um dafür zu sorgen, dass sein Name von dieser berüchtigten Liste verschwand. Nach allem, was in dieser Woche passiert war, hegte er keinerlei Zweifel daran, dass Samantha Sterling sehr glücklich sein würde, wenn er verschwand, am besten gleich vom Erdboden.

Er kam gerade rechtzeitig zum Appell. Charlene Albach, die Besitzerin des Restaurants, rief die Teilnehmer einzeln auf die kleine Bühne am anderen Ende der Bar. Dem Applaus und Gejohle nach zu urteilen, das die Männer begleitete, wenn sie zur Bühne schritten, hatten sie alle ihren eigenen Fanclub mitgebracht.

„Joe Coyote", rief Charlene, und Blakes alter Footballkumpel humpelte zögernd auf die Bühne, während Lauren Belgado und eine Freundin ihm zujubelten. Er wusste, dass Joe und Lauren zusammen waren. Wenn sie es geschafft hatte, den ruhigen Joe zu so etwas zu überreden, musste es wirklich ernst mit ihnen sein.

„Bill Williams."

Als der großspurige Cowboy im Westernhemd und in Jeans, die eng genug waren, um seine veritable Männlichkeit zu zeigen, auf die Bühne schlenderte, brach lauter Jubel los, und alle klatschten. Offensichtlich war Bill der Liebling der Menge, und Blake konnte es sich nicht verkneifen, einen Blick in Samantha Sterlings Richtung zu werfen. Er musste einfach wissen, ob der Typ auch ihr Favorit war. Anscheinend nicht. Sie verzog das Gesicht.

„Blake Preston."

Jetzt sah Samantha aus, als hätte sie gerade in eine Zitrone gebissen, und Blake spürte, dass er bis an die Haarwurzeln errötete, als sich alle Augen auf ihn richteten. Lauren schien überrascht, doch sie und ihre Freundin klatschten und jubelten, zusammen mit ein paar anderen Frauen, pflichtbewusst.

„Tut mir leid, ich nehme nicht teil", rief er.

„Ach komm schon. Hier wird nicht gekniffen", neckte Charlene ihn. Ganz offensichtlich freute sie sich über sein Unbehagen. Sie brachte die Menge dazu, „Blake, Blake, Blake" zu skandieren.

Er schüttelte den Kopf, ging auf Samanthas Tisch zu und setzte sich neben sie. Seine Ankunft machte sie nicht fröhlicher.

Die Menge gab auf und wandte sich dem nächsten Bewerber zu. Während wieder laut gerufen und gelacht wurde, zischte Samantha: „Dieser Tisch ist besetzt."

„Sehe ich", erwiderte er. „Deshalb habe ich ihn ja ausgewählt. Ich möchte mit Ihnen reden."

Sie trank den Rest ihres Cocktails in einem Zug aus und bekam prompt einen Schluckauf. „Na und? Ich aber nicht mit Ihnen."

„Sie haben mir gestern keine Möglichkeit gegeben, die Sache zu erklären."

„Als ob Ihre Handlungsweise noch einer Erklärung bedarf."

„Doch, das tut sie."

Sie neigte den Kopf und starrte ihn an, als wollte sie versuchen, sich ganz auf ihn zu konzentrieren. Wie viele von diesen Drinks hatte sie wohl schon runtergekippt?

Die Kellnerin kam an ihren Tisch und fragte ihn, was er gern trinken wollte.

„Einen Jack Daniels, bitte. Pur", antwortete er.

„Und ich nehme noch einen von diesen hier." Samantha hob ihr Glas, das fast leer war.

„Wie viele hatten Sie davon schon?", wollte Blake wissen.

„Geht Sie gar nichts an", informierte sie ihn.

Die Kellnerin zögerte. „Du trinkst doch sonst nicht so viel, Samantha. Meinst du nicht, dass zwei reichen?"

„Drei ist eine schöne Zahl", meinte Samantha. „Bring mir noch einen."

Die Kellnerin runzelte die Stirn. „Okay, aber danach kriegst du von Hank keinen mehr. Das sage ich dir jetzt schon."

„Na gut", entgegnete Samantha und wedelte mit der Hand. Danach wandte sie ihre Aufmerksamkeit wieder Blake zu. „Sind Sie immer noch da?"

„Ich fürchte, ja", erwiderte er freundlich.

„Wissen Sie, Sie sind wirklich eine Schlange. Und ein Heuchler. Dass Sie bei unserem Traummann-Wettbewerb mitmachen wollen, während Sie gleichzeitig versuchen, uns unsere Firma wegzunehmen."

„Ich habe mich nicht für den Wettbewerb angemeldet. Und ich versuche nicht, Ihnen die Firma wegzunehmen", erklärte er ihr.

„Doch, das tun Sie. Sie wollen Sie Trevor Brown geben. Ich bin doch nicht doof."

„Habe ich auch nie behauptet." Genau genommen hielt er sie für ziemlich clever.

„Wahrscheinlich sind Sie auch dafür verantwortlich, dass unsere Genehmigungen irgendwo im Rathaus verschwunden sind!" Sie richtete anklagend einen Finger auf ihn.

„Was?" Oh, das war nicht fair. Und das, obwohl er ein Mittagessen mit Priscilla Castro über sich hatte ergehen lassen. Allein dafür hätte er schon eine Medaille verdient, doch stattdessen zeigte man ihm die kalte Schulter.

„Wir brauchen die Genehmigungen, damit wir die ganzen Festivalstände in der Stadt aufbauen können. Man kann sie ja nicht einfach wie Blumen pflanzen. Wir brauchen die Genehmigung, damit wir Essen und Alkohol verkaufen können. Und damit wir Musiker auftreten lassen können. Wir brauchen eine Veranstaltungserlaubnis. Und bisher haben wir nichts. Absolut nichts!" Sie wedelte mit der Hand durch die Luft, wobei sie fast seine Nase traf. „Wissen Sie, was für ein Reinfall das alles wird, wenn wir in der Stadt keine Stände aufstellen dürfen?" Er öffnete den Mund, um etwas zu sagen, doch sie redete einfach weiter. „Aber es ist auch egal", sagte sie und widersprach sich damit selbst. „Wir haben ja immer noch unser Dinner und unseren Ball und den Traummann-Wettbewerb, und da verkaufen wir bestimmt ganz viel Schokolade. Und dann zahle ich Ihnen und Ihren Bankfuzzis alles zurück, was ich Ihnen schulde." Sie griff nach dem Glas und kippte den Rest ihres Cocktails in einem Zug hinunter.

„Hey, man nippt an diesem Zeug nur", warnte Blake sie.

„Tu ich doch", sagte Samantha. „Ich nippe nun mal gern ausgiebig."

„Und nun, bevor wir mit unserer Oben-ohne-Parade beginnen, möchte ich Samantha Sterling auf die Bühne bitten. Sie ist eine unserer Jurorinnen", sagte Charlene ins Mikro.

Zu lautem Applaus und Gejohle stand Samantha auf – wenn auch ein bisschen unsicher – und ging zur Bühne. „Vielen Dank, dass Sie heute alle hergekommen sind", rief sie der Menge zu. „Meine Damen, wenn Sie bisher noch keine Eintrittskarte für unseren Traummann-Wettbewerb gekauft haben, sollten Sie das morgen unbedingt nachholen. Kommen Sie in den Sweet-Dreams-Laden, da erhalten Sie nicht nur die Karten, sondern auch unsere fantastische Schokolade und köstliche Pralinen. Nichts ist besser als Schokolade, vor allem wenn sie von Sweet Dreams ist." Nach diesen Worten gab sie das Mikro an Charlene zurück, die an den Männern vorbeimarschierte, die sich in einer Reihe aufgestellt hatten und nun, einer nach dem anderen, ihr Hemd ausziehen mussten. Angefeuert vom Alkohol und den Hormonen, gerieten die Frauen im Publikum völlig aus dem Häuschen.

Samantha kam an den Tisch zurück und ließ sich auf ihren Stuhl plumpsen. „Oh, wie schön, mein Drink ist schon da." Sie musterte Blake böse. „Aber Sie sind ja auch immer noch da. Müssen Sie nicht irgendwohin?"

„Nö", antwortete er.

Sie nippte an ihrem Drink, ohne ihn aus den Augen zu lassen. „Sie fanden sich immer schon ganz toll, oder? Der tolle Hecht auf dem Schulhof, auf den alle Mädchen abfuhren. Haben Sie auch auf dem College Football gespielt?", fragte sie herausfordernd, als wäre es ein Verbrechen.

„Nein, ich hab mir gleich im ersten Jahr mein Knie kaputt gemacht."

Sie schlürfte weiter an ihrem Cocktail. Sie trank ihn, als wäre es Selterwasser. „Wie ärgerlich", meinte sie spöttisch. „Dann müssen Sie ja wohl tatsächlich für Ihren Abschluss gearbeitet haben."

„Habe ich. Genau wie Sie." So langsam ärgerte es ihn, wie sie ihn behandelte. Samantha Sterling hatte ein ganz schön loses Mundwerk.

Sie gab einen verächtlichen Laut von sich und widmete sich wieder ihrem Drink. „Was war Ihr Hauptfach?"

„Wirtschaft."

„Da haben Sie wohl gelernt, wie man krumme Geschäfte macht, was?", murmelte sie. „Warum sind Sie überhaupt bei der Bank gelandet?"

„Das ist gar nicht Ihre eigentliche Frage, oder?", konterte er.

„Ach nein? Was ist denn meine Frage?“

„Sie wollen wissen, warum ich nicht Arnie bin.“

Sie machte ein langes Gesicht und starrte in ihr Glas. „Und? Warum sind Sie es nicht?“, fragte sie mit leicht zitternder Stimme. „Er würde nicht einfach nur zusehen, wie man meiner Familie die Firma wegnimmt. Er wusste, wie wichtig die Gemeinschaft ist.“

„Vielleicht. Aber was er nicht gewusst hat, ist, wie man mit Geld umgeht. Leider wissen das viele Leute nicht.“

Abrupt hob sie den Kopf und sah ihn aus verschwommenen Augen an. „Wollen Sie mir vorwerfen, ich könnte nicht mit Geld umgehen?“

Er wusste, dass sie das Chaos, in dem sich die Firma befand, geerbt hatte. „Nein, überhaupt nicht. Ich wollte nur sagen …“

„Ich will gar nicht wissen, was Sie sagen wollten. Ich will gar nicht mit Ihnen reden. Ich will Spaß haben. Wissen Sie: Alle Frauen wollen nur Spaß haben. Warum haben alle Spaß, nur ich nicht? Warum muss ich mir Sorgen um die Firma machen, dafür sorgen, dass Mom ein Dach über dem Kopf behält, und mich auch noch um alle anderen kümmern? Ich sollte feiern. Ich glaube, das tue ich jetzt auch“, entschied sie und begann, auf ihren Stuhl zu klettern. Dabei zeigte sie genügend Bein, um sämtliche Männer vom anderen Ende der Bar herbeizulocken. Es war ein wackeliger Aufstieg. Und er war dazu prädestiniert, in einer Katastrophe zu enden.

Blake streckte die Hand nach ihr aus. Aber sie wich aus, prallte dabei gegen den Nebentisch und schüttete einer Frau den Drink in den Schoß. „Hoppla, t'schuldigung“, sagte sie zu der wütenden Frau und kicherte. „Wissen Sie, Frauen wollen nur Spaß haben. Und ich will jetzt auch Spaß haben.“ Sie begann zu tanzen und wedelte mit den Armen über ihrem Kopf herum. „Ich will in der Sonne oder im Mondschein tanzen oder was auch immer …“ Noch einmal versuchte sie auf den Stuhl zu klettern, landete jedoch nur quer über dem Tisch. „Wer dreht dieses Ding?“

„Die ganzen Drinks, die Sie wie Wasser runtergekippt haben“, erklärte Blake ihr sachlich.

Es gelang ihr, auf den Tisch zu krabbeln. Aber jetzt war sie auf allen vieren und funkelte Blake durch einen Vorhang von roten Haaren böse an. Also keine Stellung, die irgendjemanden antörnen sollte, doch Blake passierte genau das.

Während sie ihn wütend musterte, versuchte sie sich das Haar aus dem Gesicht zu pusten. „Du tust immer so, als wolltest du mir helfen. Na also, dann hilf mir auf den Tisch."

„Ich glaube nicht, dass das eine gute Idee ist", widersprach er. Schlimm genug, dass er sie nicht davon abhalten konnte, sich zum Affen zu machen. Aber er wollte nicht auch noch dazu beitragen, dass sie herunterfiel und sich am Ende verletzte.

„Na gut. Wenn du mir nicht helfen willst, mache ich es eben alleine. Ich brauche sowieso niemanden." Mühsam kam sie hoch. Letztlich ließ sie ihm keine andere Wahl, als ihr zu helfen.

Mist, noch etwas, woran sie ihm die Schuld geben würde, sobald sie wieder nüchtern war.

„Oh, ganz schön hoch hier oben. Ich kann alle sehen. Auf geht's, Traummann!" Sie wedelte mit dem Arm, verlor prompt wieder das Gleichgewicht und fiel vom Tisch. Blake fing sie auf, bevor sie sich den Kopf aufschlagen konnte.

„Ich glaube, es wird Zeit, nach Hause zu gehen", sagte er und stellte sie auf die Füße.

Inzwischen war Charlene an ihren Tisch gekommen. „Samantha, wie viele hattest du davon?"

Samantha zog die Brauen zusammen. „Wie viele was?"

„Vergiss es." Charlene streckte die Hand aus. „Gib mir deinen Autoschlüssel."

„Keine Angst, ich bringe sie nach Hause", sagte Blake.

„In *ihr* Haus", ermahnte Charlene ihn.

Wofür hielt sie ihn? Er machte sich nicht die Mühe, darauf eine Antwort zu geben. Stattdessen holte er ein paar Dollarscheine heraus und legte sie auf den Tisch. „Komm, Partygirl", sagte er zu Samantha. Sie hatte, beschwipst, wie sie war, angefangen, ihn zu duzen. Also sah er keine Veranlassung, beim Sie zu bleiben. „Für heute hast du genug Spaß gehabt."

Er legte einen Arm um sie und ging mit ihr zum Ausgang.

Niemand bemerkte es. Alle waren viel zu sehr damit beschäftigt, die möglichen Traummänner anzufeuern. Die stolzierten gerade zwischen den Tischen hindurch, begleitet von den Weather Girls, die ihren Hit *It's Raining Men* zum Besten gaben.

Sie durchquerten das Restaurant, das jetzt völlig leer war. Die Gäste waren wahrscheinlich entweder vor dem Lärm geflüchtet, oder sie waren ebenfalls in die Bar gegangen, um an dem Spektakel teilzuhaben.

„Ist mein Kopf noch auf meinem Hals?", fragte Samantha, als Blake ihr die Tür aufhielt. „Ich habe das Gefühl, als wäre er ein Luftballon."

„Ja, er ist noch dran. Aber trotzdem solltest du nicht mehr Auto fahren."

„Ich will nicht mit dir nach Hause fahren", sagte sie bockig. „Und ich laufe auch nicht in meiner Unterwäsche durch die Bank oder lass mich von dir in einem Topf mit Schokolade versenken."

Blake blinzelte verwirrt. „Was?"

Sie sah ihn ebenfalls verwirrt an. „Was? Ach, vergiss es."

Jetzt standen sie vor seinem Wagen, einem klassischen roten Camaro, auf den Blake ziemlich stolz war. Er öffnete die Beifahrertür, und Samantha ließ sich in den schwarzen Ledersitz fallen. Dabei gewährte sie noch einmal einen großzügigen Blick auf ihre Beine. Was dazu führte, dass Blake das Blut aus dem Kopf in südlichere Gefilde schoss.

Alkohol und eine fantastische Frau, die er sehr anziehend fand – mehr brauchte es nicht; er sehnte sich nach dem, wonach sich alle Männer sehnten. Allerdings gab es da ein paar kleine Haken. Genau genommen drei. Erstens: Sie war betrunken. Zweitens: Sie verachtete ihn. Drittens: Er verachtete sich selbst.

Seine Eltern hatten ihn dazu erzogen, sich wie ein Gentleman zu benehmen, und genau so würde er sich jetzt auch verhalten. Aber es juckte ihn in den Fingern, Samantha zu berühren.

Er setzte sich hinter das Lenkrad und ließ den Motor an. Wie ein großes Ungeheuer erwachte der Wagen zum Leben. Also waren sie nun schon zwei Ungeheuer auf der Straße. Samantha lehnte den Kopf zurück und schloss die Augen. Offenbar war ihr nicht bewusst, wie sexy sie aussah mit dem langen entblößten Hals, der anscheinend nur darauf wartete, dass jemand daran knabberte.

„Ich bin müde", seufzte sie.

Diese Bemerkung hatte nichts mit der Uhrzeit zu tun. Blake warf ihr einen Seitenblick zu. Sie schaute ihn aus ihren großen grünen Augen an.

Eine Träne kullerte ihr aus einem Auge und rollte über ihre Wange. „Ich versuche doch wirklich alles."

Oh nein. Nicht weinen. Bitte nicht weinen. „Samantha", begann er.

Sie unterdrückte ein Schluchzen und wandte das Gesicht zum Fenster. „Ich habe all meine Ersparnisse aufgebraucht, ich musste all unsere Zulieferer vertrösten ..." Abrupt presste sie die Lippen aufeinander, als wollte sie verhindern, dass noch mehr Geheimnisse aus ihr heraussprudelten, und wischte sich die Augen.

Blake lenkte den Wagen von der Straße. Sie waren jetzt direkt am Park. Die große Tanne, die zu Weihnachten immer besonders schön mit Lichterketten geschmückt wurde, türmte sich über ihnen auf, ohne aber bedrohlich zu wirken. Stattdessen vermittelte sie ihnen das Gefühl, ganz allein zu sein. „Komm her", sagte Blake und zog Samantha an sich. Angesichts der Tatsache, dass sein verdammtes Auto Schalensitze hatte, war das gar nicht so einfach.

Den Kopf an seine Schulter gelehnt, sah sie zu ihm auf. Ihr Haare streichelten seine Wange. „So viele Familien in dieser Stadt sind von uns abhängig und verlassen sich auf uns. Was wäre Icicle Falls ohne Sweet Dreams? Ohne Schokolade? Was wäre die Welt ohne Schokolade?"

Dies war wahrscheinlich nicht der beste Zeitpunkt, um ihr zu beichten, dass er allergisch gegen das Zeug war.

„Es gibt nichts Besseres als Schokolade auf dieser Welt", murmelte sie.

„Oh, es gibt da noch ein paar Sachen", sagte er und starrte auf ihre Lippen. *Tu es nicht!*

„Von wegen! Was soll das denn sein?"

Er erkannte den Moment, als sie das Funkeln in seinen Augen wahrnahm. Sie riss die Augen auf. Dann senkte sie den Blick, sodass er nur noch das Flattern ihrer Lider und die langen Wimpern sehen konnte. Sie schaute auf seine Lippen und fuhr sich mit der Zunge darüber.

Okay. Gentleman hin, Gentleman her, wenn das keine Einladung war, wollte er einen Besen fressen. Also beugte er sich langsam vor und presste seinen Mund auf ihre weichen Lippen. Den leisen Seufzer, den Samantha ausstieß, verstand er als Einladung, den Kuss zu vertiefen. Gleichzeitig fuhr er mit den Fingern durch ihr volles Haar. Dabei spürte er, wie sie unter ihm geradezu dahinschmolz. Köstlich, all diese weichen femininen Kurven, die sich ihm hingaben. Oh ja, es gab eine ganze Menge auf dieser Welt, das viel besser war als Schokolade.

Gerade hatte er Samantha auf seinen Schoß gezogen und ließ genüsslich seine Hand über ihren Oberschenkel wandern, als Samantha plötzlich in der Bewegung innehielt – was sehr schade war, schließlich wollte sie gerade seinen Nacken streicheln. Sie lehnte sich zurück und schaute ihn entsetzt an. „Du … du …"

Ungeheuer. Sie hatte recht. Er nutzte ihren Zustand schamlos aus, und sie mussten sofort damit aufhören. Aber nicht so. Es war nicht fair, dass sie ihn ansah, als hätte er sie verraten.

„Samantha", protestierte er. „Ich bin nicht dein Feind."

„Doch, bist du wohl, und ich hätte fast mit dir geschlafen!", rief sie.

Na ja, ein paar heiße Küsse an einem kühlen Abend bedeuteten ja nicht, dass man mit dem Feind schlief.

Doch sie ließ ihm keine Gelegenheit mehr, ihr das zu sagen, denn sie kletterte schon von seinem Schoß. Im nächsten Augenblick lag ihre Hand auf der Türklinke.

„Samantha, warte", bat er.

Doch sie hörte nicht auf ihn. Stattdessen stieg sie aus dem Wagen, schnappte sich ihre Handtasche und schlug die Tür zu. Auf unsicheren Beinen marschierte sie die Straße entlang.

Blake drehte den Zündschlüssel um und startete den Motor.

Dann ließ er das Fenster herunter. „Wohin gehst du?“, rief er.

„Nach Hause!“

Langsam fuhr er neben ihr her. „Ich bringe dich.“

„Du hast mich heute Abend schon weit genug gebracht“, fuhr sie ihn an. „Ich gehe zu Fuß.“

„Du kannst nicht zu Fuß gehen“, protestierte er. Aber natürlich konnte sie. In Icicle Falls war man völlig sicher. Die einzige Gefahr, die für sie bestand, ist von dem Wolf hinter dem Lenkrad ausgegangen, dachte er grimmig, während er Samantha hinterhersah.

Fluchend schlug er aufs Lenkrad. Diese ganze Situation war einfach nur ätzend.

Vielleicht sollte er mal über seine Berufswahl nachdenken.

16. KAPITEL

Wenn du der Familie hilfst, hilfst du auch dem Familienunternehmen.
Muriel Sterling, *Die Verbindung von Arbeit und Vergnügen: Wie man Arbeit und Liebe erfolgreich miteinander verknüpft*

Nach zwei Tagen im Bett – immer mit dem Gefühl, dass sie dem Tode nah war – wachte Cecily am Samstagmorgen auf und stellte fest, dass sie doch weiterleben würde. Sie rief Charley an und sagte ihr, dass sie am Abend wieder zur Arbeit kommen würde. Anschließend gönnte sie sich eine lange heiße Dusche und frühstückte ausgiebig. Sie ließ sich frisches Obst, selbst gebackene Scones von ihrer Mutter mit weißer Schokolade und Lavendelgeschmack und dazu zwei Tassen Tee schmecken. Danach fühlte sie sich so weit gestärkt, dass sie wieder mit vollem Tatendrang an die Arbeit gehen konnte. Inzwischen war es fast zehn Uhr, da war Samantha bestimmt schon wach. Cecily wollte unbedingt hören, wie die Auftaktveranstaltung für ihren Traummann-Wettbewerb verlaufen war.

Es klingelte einige Male, ehe Samantha mit einem schwachen Hallo antwortete.

„Hast du noch geschlafen?", fragte Cecily. Wahrscheinlich war Samantha spät nach Hause gekommen. Sie hätte mit dem Anruf wohl doch lieber noch warten sollen.

„Nein."

Warum klang sie dann so merkwürdig? „Alles in Ordnung bei dir?"

„Ich habe höllische Kopfschmerzen", jammerte Samantha. „Ich glaube, ich hatte einen Schokoladenkuss zu viel."

Dieser Drink war doch mal eine gute Idee gewesen. Nicht dass Cecily auf Komplimente aus war oder so, aber … „Wie sind die geworden?" Okay, sie war doch auf Komplimente aus.

„Großartig. Allerdings sind sie tödlich. Mein Kopf fühlt sich an, als wäre jemand darauf herumgetrampelt."

„Wie viele hast du denn getrunken?" Ihre Schwester trank selten Alkohol. Deshalb brauchte es nicht viele Drinks, um sie umzuhauen.

„Ich kann mich nicht erinnern."

„Weißt du, die meisten von uns kriegen die Sache mit dem Trinken bis zum Ende ihrer Collegezeit in den Griff."

„Na ja, ist doch nicht Neues, dass ich ein Spätzünder bin."

„Kannst du dich an irgendetwas von gestern Abend erinnern?"

Mit dieser Frage erntete sie nur Schweigen.

„Oh nein", stöhnte sie. „Was ist passiert?"

„Nichts", erwiderte Samantha gereizt. „Die Auftaktveranstaltung war ein Riesenerfolg. Die Mädels sind ausgeflippt, als die Männer mit nacktem Oberkörper über die Bühne liefen. Wahrscheinlich haben wir in neun Monaten eine Bevölkerungsexplosion zu verzeichnen. Und ja, ich habe auch Werbung für Sweet Dreams gemacht."

„Das hört sich doch alles gut an."

„Ja, genau. Alles ist gut."

„Okay", meinte Cecily zweifelnd. „Möchtest du heute Nachmittag trotzdem arbeiten?"

„Nicht wirklich", meinte Samantha, „aber wir müssen. Am besten treffen wir uns gegen eins im Büro. Vielleicht hat sich bis dahin der Kater, der sich in meinem Kopf breitgemacht hat, verzogen."

Nachdem sie das Gespräch beendet hatten, saß Cecily am Küchentisch, spielte mit einer Haarlocke und stellte sich Fragen über Fragen: Was war am Abend zuvor wirklich passiert? Und wieso wollte ihre Schwester ihr nichts davon erzählen?

Kurz darauf kam Mom in die Küche und schenkte sich eine Tasse Tee ein. „Ist gestern Abend alles gut gelaufen?"

„Hörte sich so an." Warum nur hatte sie trotzdem so ein schlechtes Gefühl?

Mom setzte sich an den Tisch und musterte Cecily. „Alles in Ordnung?"

„Ja, ich glaube schon." Da ihre Mutter besorgt aussah, fügte

Cecily hinzu: „Ich bin sicher, dass alles gut ist."

Darauf erwiderte Mom nichts weiter. Sie stand einfach auf, gab Cecily einen Kuss auf den Scheitel und verschwand wieder in ihrem Schlafzimmer.

Cecily blieb allein in der Küche zurück. Als sie vor ein paar Wochen angeboten hatte, nach Hause zu kommen, um bei den Festivalvorbereitungen zu helfen, hatte sie die vage Vorstellung gehabt, dass sie von ihrer Familie gebraucht wurde und ihr Schicksal hier in Icicle Falls auf sie warten würde.

Bisher hatte ihr Schicksal darin bestanden, ihre Schwester zu verärgern und unwichtige Botengänge zu erledigen. Und Mom brauchte eigentlich nichts anderes als Zeit. Etwas, das Cecily ihr nicht geben konnte.

„Warum bin ich hier?", murmelte sie.

Die Kuckucksuhr, die an der Küchenwand hing, schlug zur vollen Stunde, und der kleine Kuckuck schoss aus der Tür, als wollte er Cecily sagen, was er von ihr hielt. Noch bevor er geendet hatte, verließ sie die Küche.

Blake hatte an diesem Morgen einiges zu erledigen, aber ganz oben auf der Liste stand ein Besuch bei seiner Großmutter. Janice Lind war eine der Alteingesessenen von Icicle Falls. Als der Ort sich ein neues Image – das eines Alpendorfs – aufgebaut hatte, um nicht zu einer Geisterstadt zu werden, war sie eine junge Frau gewesen. Tom, Blakes Großvater mütterlicherseits, den alle nur den alten Schweden nannten, war jahrelang der einzige Automechaniker in der Stadt gewesen. Ihm gehörte die Tankstelle, wo Blakes Vater als Teenager gearbeitet hatte. Nachdem er Blakes Mutter geheiratet hatte, war er dann Autoverkäufer geworden. Sogar Blake hatte den einen oder anderen Sommer auf der Tankstelle gejobbt. Er war der einzige Junge in der Familie, und deshalb hatten sowohl sein Vater als auch sein Großvater große Pläne mit ihm gehabt. Gramps hatte ihn dazu auserkoren, die Tankstelle weiterzuführen, sobald er seinen Abschluss hatte. Dad hatte gewollt, dass Blake zu ihm nach Seattle kam, um mit ihm zusammen Autos zu verkaufen. Hätte er sich für eines von beidem entschieden, hätte er Samantha unter anderen Umständen besser kennenlernen können. Vielleicht wären sie dann jetzt schon ein Paar. Bei dem Gedanken runzelte er die Stirn, während er den Weg hinauf zum gemütlichen Holzhaus seiner Großmutter ging.

Offenbar hatte sie ihn kommen sehen, denn sie öffnete schon die Haustür, als er erst halb die Einfahrt hochgekommen war. Sie war eine moderne Granny. Die mehlbestäubte Schürze trug sie über ihrer langen Hose, und ihre Brille mit Tigermuster hing ihr an einer Kette um den Hals. „Was für eine nette Überraschung!", begrüßte sie ihn.

Eine Überraschung? So wie sie ihn mit der Anmeldung für den Traummann-Wettbewerb überrascht hatte?

„Ich backe gerade Haferkekse."

„Mhm, meine Lieblingssorte. Anscheinend hast du gewusst, dass ich komme."

„Na ja, es sind fast deine Lieblingskekse. Ich probiere ein neues Rezept aus", sagte sie und führte ihn in die Küche. „Für die hier benutze ich Schokolade von Sweet Dreams. Ich dachte, es kann nicht schaden, wenn ich versuche, die Juroren ein bisschen zu beeindrucken."

Wenn es doch so einfach wäre. Er wünschte, selbst gebackene Kekse würden ausreichen, um Samantha Sterling zu beeindrucken. Nachdem er sich an den alten Tisch mit der roten Resopalplatte gesetzt hatte, schnupperte er. In Grams Küche duftete es immer köstlich, und heute Morgen roch es nach unterschiedlichen Gewürzen und dem Aroma von frischem Kaffee. Aber es duftete nicht nur gut, es sah auch so aus, als würde hier gleich eine Kochshow gedreht werden. Abgesehen vom Tisch war alles auf dem neuesten Stand der Technik, angefangen vom Kühlschrank mit der Edelstahlverkleidung bis zu dem großen Herd mit Ceranfeld. Kupferpfannen, die so poliert waren, dass sie glänzten, hingen an einem Regal, und zwei Backbleche, voll mit großen Keksen, standen zum Abkühlen auf der Arbeitsplatte.

Seine Großmutter nahm die Kaffeekanne, schenkte ihm einen Becher ein und stellte ihn zusammen mit einem Teller Kekse vor ihn auf den Tisch.

„Wenn da Schokolade drin ist, verzichte ich lieber“, sagte er vorsichtig.

„Dummkopf“, erwiderte sie und gab ihm einen spielerischen Klaps auf die Schulter. „Ich habe natürlich extra ein Blech nur für dich gemacht. Ohne Schokolade, stattdessen mit Rosinen und Nüssen.“

„In dem Fall …“ Er nahm sich einen Keks und verschlang die Hälfte mit einem Bissen.

„Wie schmeckt's?“

„Großartig“, erwiderte er mit vollem Mund. „Wo ist Gramps?“

„In der Werkstatt, Papierkram erledigen. Außerdem will er den neuen Mechaniker im Auge behalten, damit er auch ganz sicher weiß, was er tut.“ Sie schüttelte den Kopf. „Dein Grandpa kann es einfach nicht lassen, dorthin zu gehen. So viel zum Thema Ruhestand.“

Blake hatte die ganze Zeit gewusst, dass sein Großvater es nicht würde lassen können, egal wie viele Mechaniker er auch anstellte. Diese Werkstatt mit der Tankstelle war seine Leidenschaft. Der Glückliche. Er hatte etwas gefunden, das er leidenschaftlich gern tat, und er war in der Lage gewesen, es sein Leben lang zu tun.

Es hatte mal eine Zeit gegeben, da hatte Blake gedacht, dass das Bankwesen genau das war, was er wollte. Doch das wahre Leben hatte nicht an seine Visionen herangereicht, schon gar nicht in letzter Zeit.

„Haben sich die Leute von Sweet Dreams mit dir in Verbindung gesetzt?“, fragte seine Großmutter. Damit waren sie bei dem Thema, das der Anlass für seinen Besuch war. Sie lächelte ihn an, als hätte sie ihm einen großen Gefallen getan.

„Deshalb bin ich hier.“

Das Lächeln schwand. „Oh. Wie ich sehe, bist du nicht gerade erfreut.“

„Ich habe keine Lust, an einem Schönheitswettbewerb für Männer teilzunehmen.“

„Oh“, sagte sie noch einmal und klang dabei ziemlich enttäuscht. „Ich habe all diese tollen Gewinne gesehen und … na ja, du bist nun mal der bestaussehende Mann in Icicle Falls."

Darüber musste er lächeln. „Ich fürchte, da bist du ein bisschen voreingenommen."

„Bin ich ganz sicher nicht", erklärte sie resolut.

„Ich weiß deine gute Absicht zu schätzen." Eigentlich nicht, aber sie hatte es gut gemeint, und er wollte ihre Gefühle nicht verletzen. „Aber es würde sich nicht gut machen. Für den Filialleiter einer Bank gehört sich das einfach nicht."

„Ja, da könntest du recht haben. Deine Mutter und ich dachten nur, es würde dir vielleicht Spaß machen."

Also steckte auch seine Mutter in dieser Sache mit drin. Warum überraschte ihn das nicht? Wahrscheinlich konnte er von Glück sagen, dass im Moment nur eine der Frauen, die in seinem Leben wichtig waren, hier in der Stadt wohnte. Er erschauerte, als er sich ausmalte, was seine Mutter und seine Großmutter alles anrichten könnten, wenn sie beide hier lebten. Wenn dann noch seine Schwester ins Spiel kam, hatte er es mit einer dreifachen Bedrohung zu tun.

„Wir haben gehofft, dass es dich ein bisschen locker machen würde", fuhr Gram fort.

„Mich locker machen?"

Sie griff über den Tisch und legte eine Hand auf seinen Arm. „Du warst früher mal so ein glücklicher junger Mann. Heutzutage wirkst du immer so ernst."

„Ich bin glücklich", beharrte er. Doch noch während er das sagte, fiel ihm auf, dass er nicht ein einziges Mal richtig gelacht hatte, seit er wieder hierher gezogen war. Es war nicht einfach, die Leitung einer Bank zu übernehmen, die in Schwierigkeiten steckte. Dazu kam, dass er sich jedes Mal, wenn er Samantha Sterling sah, wie der Bösewicht in einem Cartoon fühlte. Und das bereitete ihm so manche schlaflose Nacht.

„Bist du das wirklich?", hakte Gram nach und musterte ihn über den Rand ihrer Kaffeetasse.

„Meistens. In der Bank trage ich ziemlich viel Verantwortung."

„Dein Großvater trägt in der Werkstatt ziemlich viel Verantwortung, und dein Vater mit seinem Autoverkauf auch. Trotzdem genießen sie das Leben."

„Das ist etwas anderes. Sie tragen nicht die Verantwortung für das Leben von anderen Menschen."

Sie hob eine Augenbraue. „Ach ja? Was ist mit ihren eigenen Familien, die sie unterstützen müssen? Mit den Menschen, die für sie arbeiten und auch Familie haben?"

Okay, das war nicht so ganz von der Hand zu weisen.

„Junge, jeder trägt Verantwortung."

„Wahrscheinlich hast du recht", gab er zu. „Aber ich möchte trotzdem nicht Icicle Falls' Traummann Nummer eins werden."

Nicht dass er es geworden wäre. Im Moment war er wohl alles andere als Samantha Sterlings Traummann. Aber irgendwie, irgendwann würde er etwas tun müssen, um das zu ändern.

Trauer war eine schwere Last, aber Schuldgefühle waren noch viel schlimmer, und Muriel hatte das Gefühl, diese Last nicht länger tragen zu können. Ihre armen Töchter arbeiteten so hart daran, das Durcheinander in Ordnung zu bringen, das sie angerichtet hatte. Jetzt musste sie ihren Teil dazu beitragen.

Aber wie? Von geschäftlichen Dingen hatte sie keine Ahnung. Ja, sie hatte hin und wieder für Sweet Dreams gearbeitet, aber niemals hatte sie mit Dingen zu tun gehabt, die zur Unternehmensführung gehörten. Ihr wichtigster Job war die Familie gewesen. So war es immer noch, und sie musste ihren Töchtern helfen, Sweet Dreams aus den schwarzen Zahlen zu holen. Oder war es aus den roten? Wie auch immer, sie verstand zwar nichts vom Geschäft, hatte aber eine gute Menschenkenntnis. Sie hatte viele Freunde hier in der Stadt. Menschen, die ihr helfen würden, wenn sie sie darum bat.

Cecily war zu Samantha gegangen – Muriel wusste nicht, weshalb, aber wahrscheinlich hatte es mit dem Festival zu tun. Also gehörte das Haus ihr.

Vor ein paar Wochen hätte sie diese Zeit allein dazu genutzt, um sich Fotos anzuschauen, zu schlafen oder zu weinen. In letzter Zeit hatte sie genügend Tränen vergossen, um den Wenatchee River zu überfluten. Nachts war es am schlimmsten. Immer wenn sie ins Bett ging und niemand sie in seine starken Arme nahm, spürte sie den Verlust am heftigsten. Jedes Mal, wenn sie versuchte, das große Bett auszufüllen, wurde sie daran erinnert, wie verloren sie sich fühlte.

Aber jetzt, bei Tageslicht, hatten wichtigere Probleme Vorrang. Wenn sie die Firma nicht retteten, brauchte sie sich keinen Kopf mehr über das große Bett oder über dieses Haus zu machen. Das Haus wäre weg, genau wie die Firma, die ihre Großmutter gegründet hatte.

Es blieb keine Zeit mehr, um Trübsal zu blasen. Sie griff nach dem Telefon. Sie wusste zwar nicht, wie man eine Firma führte. Aber wie man Spenden eintrieb, wusste sie sehr wohl. Für die Spendentafel, die sie und ein paar Freundinnen vor ein paar Jahren in Zusammenarbeit mit der Icicle-Falls-Gemeinde ins Leben gerufen hatten, hatte sie schon öfter solche Anrufe getätigt, um Geld zu sammeln. Jetzt war es also wieder einmal an der Zeit, Telefonate zu führen. Dieses Mal, um persönliche Darlehen zu bekommen.

Sie würde bei Del Stone anfangen. Wenn er im nüchternen Zustand genauso interessiert an ihr war wie im betrunkenen, würde er statt großer Worte vielleicht ein bisschen Geld für sie rausrücken, um ihr zu helfen.

17. KAPITEL

Sei immer auf Überraschungen gefasst. So bist du stets für alles gewappnet und auf Probleme vorbereitet.
Muriel Sterling, *Erkenne, wer du bist: Eine Frau geht ihren Weg*

Samantha war ausnahmsweise mal vernünftig gewesen und hatte nichts von ihrer verräterischen romantischen Heldentat nach der Auftaktveranstaltung für den Traummann-Wettbewerb erzählt. Als Cecily sie also am Samstag wieder verließ, meinte sie, dass Samantha nur von einem Kater geplagt wurde und sich Sorgen um die Firma machte. Das war ja auch keine Lüge. Sie machte sich sogar große Sorgen. Diese jämmerliche Knutscherei mit Blake war nur die Krönung einer unglaublichen Serie von absurden Situationen gewesen.

Der Freitag war die reinste Tortur gewesen und der Samstag einfach nur anstrengend. Nachdem sie sich Samstagvormittag mit Cecily getroffen hatte, war sie durch alle Restaurants gezogen, um die besten Deals für das Festival auszuhandeln. Nebenher hatten sie die Betreiber dazu angehalten, sich spezielle Gerichte auszudenken, in denen Sweet-Dreams-Schokolade oder -Pralinen verwendet wurden. Sie hatte die lokalen Geschäfte aufgesucht, hatte sich bei den Skeptikern eingeschmeichelt und allen möglichen Leuten kostenlose Schokolade versprochen. Diese ganzen Bestechungen und Versprechen kosteten sie ein Vermögen. Wie kannst du dein Konto nur so schröpfen, schalt sie sich.

Schröpfen? Was gab es da noch zu schröpfen, wenn sowieso nichts mehr da war?

Am Sonntag brauchte sie dringend eine Erholungspause. Also entschloss sie sich, sich in ihrer Wohnung zu verstecken.

„Das ist das Letzte, wozu ich Lust habe", sagte sie, als Cass anrief und vorschlug, auf dem Lost Bride Trail, dem Weg der verlorenen Braut, wandern zu gehen. Na ja, es gab da schon ein paar Dinge, die sie gern getan hätte, wie zum Beispiel eine Bank auszurauben (und sie wusste auch schon genau, welche), aber es war besser, sich zu Hause zu vergraben.

„Komm schon“, drängte Cass. „Die Sonne scheint, der Himmel ist strahlend blau. Wie oft haben wir im Winter schon so schönes Wetter? Du willst doch nicht nur drinnen hocken und dick werden, oder?“

Doch.

„Und vielleicht siehst du ja die verlorene Braut“, neckte Cass sie.

Die Einheimischen hielten immer Ausschau nach der verlorenen Braut. Der Sage nach hatte sich um 1860 herum ein Farmer namens Joshua Cane eine Katalogbraut bestellt. Schnell waren alle Männer im Umkreis von fünfzig Meilen neidisch geworden, denn Rebecca, seine Braut, war wunderhübsch gewesen. Weil sie so schön war, hatte Joshua Probleme gehabt, sie für sich allein zu behalten. Statt sich für Joshua zu begeistern, hatte sie sich in seinen jüngeren Bruder Gideon verliebt, einen Goldsucher. Die ganze Stadt bekam mit, wie die Brüder sich stritten und im Saloon wüste Drohungen ausstießen. Eines Tages war Rebecca verschwunden. Genau wie Gideon. Immer neue Gerüchte wurden laut. Man munkelte, die beiden wären davongelaufen. Oder, Joshua hätte sie beide ermordet und ihre Leichen irgendwo in den Bergen vergraben. Oder, noch eine Version, Joshua hätte seinen Bruder ermordet und Rebecca in den Bergen gelassen, wo sie verhungert war. Manchmal schworen die Leute, dass sie sie bei den Wasserfällen gesehen hätten. Nachdem eine der alten Jungfern der Stadt sie gesehen hatte, kurz bevor der neue Methodistenpfarrer ihr einen Antrag machte, wurde es zu einem Glückssymbol, den Geist der verlorenen Braut zu sehen, wie er hinter dem Wasserfall auftauchte. Wenn eine Frau den Geist von Rebecca Cane sah, bedeutete es, dass sie bald heiraten würde. Entsprechend beliebt wurden die Wasserfälle bei Paaren, die kurz davor standen, sich zu verloben.

Das Einzige, was Samantha bald bevorstand, war ein Nervenzusammenbruch. „Wohl kaum“, sagte sie.

„Man weiß nie“, widersprach Cass.

„Vielleicht siehst du sie ja", meinte Samantha neckend.

„Na, das wäre doch mal was. Aber ich glaube, Dani macht sich Hoffnungen. Also, komm mit und leiste uns Gesellschaft. Du musst mal an was anderes als das Festival denken."

Widerstrebend sagte Samantha zu und machte sich auf die Suche nach ihren Wanderstiefeln. Was soll's, dachte sie. Wenn sie den ganzen Tag nur zu Hause herumsaß, würde sie sich wahrscheinlich vor lauter Sorgen um das Festival – ganz zu schweigen von ihrer Firma – verrückt machen.

Eine Stunde später erklommen sie den Pfad zum Wanderweg, der sich am Icicle Creek entlangzog. Die Luft war so klar, wie es nur Bergluft sein kann, und in der Ferne konnten sie das Donnern des Wasserfalls hören. Trotz des blauen Himmels und der Sonne war es so kalt, dass sie ihren Atem beim Wandern sahen. Dass der Weg von den letzten Regen- und Schneeschauern so durchweicht war, dass der Matsch an ihren Schuhen hängen blieb, kam erschwerend hinzu.

„Verflixt, ist das matschig", schimpfte Samantha und wich einer Pfütze aus, die mit dünnem Eis überzogen war.

„Ich hoffe, es kommt keine Schlammlawine runter", murmelte Danielle.

„Beschwör es nicht", warnte ihre Mutter sie. „Das würde uns gerade noch fehlen. Wie auch immer, die Sonne wird das schon schnell wieder trocknen."

Das wäre ganz in Samanthas Sinne. Wenn in diesem Winter schon kein Schnee fiel, konnten sie wenigstens ein bisschen Sonne abbekommen.

Obwohl der Boden so glitschig war, gelangten sie ohne Zwischenfälle zu den Wasserfällen, die dem Ort Icicle Falls seinen Namen gegeben hatten. Der Anblick des Wassers, das über die Klippen schoss, war den Weg wert gewesen. „Schaut mal", rief Danielle. „Ein Regenbogen im Wasser!"

Wenn doch nur ein Topf mit Gold an dessen Ende zu finden wäre …

„Ist das alles, was du siehst?", fragte Cass sie.

Danielle errötete. „Das ist alles."

„Was Besseres als einen Regenbogen kann man doch nicht verlangen“, meinte Samantha und blickte auf das rauschende Wasser. Dann erhaschte sie einen flüchtigen Blick auf etwas anderes. War das ein Mensch? Du meine Güte, tatsächlich! „Da ist jemand hinter dem Wasserfall“, rief sie und deutete mit dem Finger hinüber. „An der Kante da, seht ihr sie?“

Cass ließ ihren Blick Samanthas ausgestrecktem Finger folgen. „Was soll ich sehen?“

„Das ist gefährlich. Sie könnte ausrutschen.“ Und von den zerklüfteten Felsen abprallen, während sie in den Bach stürzte. „Hallo!“, rief Samantha.

„Wen rufst du denn da? Da ist doch niemand“, stellte Cass fest.

„Doch, da ist eine Frau.“ Samantha sah sie stirnrunzelnd an. „Siehst du sie denn nicht? Sie ist direkt dort drüben …“ Aber jetzt war da niemand mehr. „Das ist ja merkwürdig. Ich hätte schwören können, dass ich jemanden gesehen habe.“

„Die verlorene Braut.“ Danielle schnappte nach Luft. „Du hast die verlorene Braut gesehen!“

„Das ist doch nur eine Legende“, winkte Samantha ab.

„Aber du hast sie gesehen“, beharrte Danielle.

„Und du weißt, was das bedeutet, oder?“, fragte Cass.

Samantha stieß einen verächtlichen Laut aus. „Am besten sollte es bedeuten, dass das Festival ein großer Erfolg wird.“

Wenn man nach der Anzeige ging, die sie in der Mountain Sun geschaltet hatten, würde es spektakulär werden. Auf dem Weg nach Hause hielt Samantha im Supermarkt an und kaufte sich eine Zeitung. Wieder draußen auf der Straße, schlug sie sie auf und fand schnell die ganzseitige Anzeige, die unter anderem sämtliche Veranstaltungen des Events auflistete.

Feiern Sie mit uns Icicle Falls' erstes jährliches Schokoladenfestival, lautete die Überschrift. Oh ja, sie hoffte sehr, dass es das erste von vielen Festivals sein würde.

In dem Moment kam Lila Ward an ihr vorbei und wünschte ihr widerstrebend einen guten Tag. Dann fügte sie hinzu: „Das wird hier das reinste Irrenhaus werden.“

„Das hoffe ich doch“, entgegnete Samantha.

Ganz offensichtlich angewidert und eingeschnappt zog Lila davon.

Samantha ging nach Hause und öffnete eine Flasche Weißwein, den Ed ihr vor einiger Zeit schon aus seinem Laden D’Vine Wines mitgegeben hatte, um zu feiern. Nachdem sie ihn probiert hatte, entschied sie sich jedoch, stattdessen lieber einen Kakao zu trinken. Sie hob den Becher und prostete Nibs zu, der sie von einem der Küchenstühle aus beobachtete. „Auf den Erfolg.“ Vielleicht würde es ihr ja doch Glück bringen, dass sie die verlorene Braut gesehen hatte.

In dieser Nacht schlief sie wie ein Stein, und am nächsten Morgen erwachte sie endlich einmal gut ausgeruht. Das war gut so, denn sie hatte eine Besprechung mit Lizzy, der Buchhalterin, anberaumt, und das würde kein Spaß werden. Sie hatten ihre Ausgaben zwar schon auf ein Minimum reduziert, aber sie würden das Messer herausholen und noch mehr Einschnitte vornehmen müssen.

Trotzdem war Samantha guten Mutes. Das Festival würde ein Erfolg werden. Sie würden richtig viel Geld verdienen, und sie würde einen Weg finden, um Zeit zu schinden. Oder sie würde … irgendeinen anderen Weg finden. Irgendwie musste diese Geschichte gut ausgehen. Sie war fest entschlossen, dafür zu sorgen.

Als sie das Büro betrat, lächelte sie immer noch.

Elena dagegen lächelte nicht. „Hast du die Zeitung von heute noch nicht gesehen?“

Samanthas Magen verkrampfte sich. Das klang nicht gut. Überhaupt nicht. „Was steht in der Zeitung?“ Was konnte denn von gestern auf heute Morgen Schlimmes passiert sein?

Elena reichte ihr nur schweigend die Zeitung.

Das war passiert: „Ein Erdrutsch“, flüsterte Samantha schwach.

„Mitten auf dem Highway 2.“

Und das war exakt der Highway, auf dem die meisten Touristen in die Stadt kamen. Heute war der 30. Januar. Das Festival begann in knapp zwei Wochen.

Okay, das war noch immer eine Weile hin. „Das Straßenbauamt hat das sicher in ein paar Tagen geräumt“, versicherte Samantha sich selbst.

Elena sah sie zweifelnd an, verkniff sich aber jeden weiteren Kommentar.

Im Gegensatz zu den ganzen anderen Leuten. Samanthas E-Mail-Eingang quoll förmlich über von panischen Mails, und das Telefon stand den ganzen Morgen nicht still. Schließlich berief Ed eine Krisensitzung in seinem Weinladen ein, damit sie ihre Sorgen in Cabernet Sauvignon ertränken konnten. Und um auf eine Idee zu kommen, wie sie mit der Situation umgehen sollten. Natürlich erwarteten sie von Samantha, der Initiatorin des Festivals, eine Lösung. Als ob sie eine parat hätte.

Sie brauchte ... keine Schokolade, ermahnte sie sich. Aber ihre Fingernägel waren leider alle schon abgekaut. Sie verließ ihr Büro und machte einen Zwischenstopp im Laden, um sich mit einem Schokoladenkaramell zu stärken.

Heidi sagte nichts weiter, als Samantha sich über die Auslage hermachte, sondern sah sie nur traurig an. Samantha nahm einen weiteren Karamell für unterwegs mit.

Gerade wollte sie den Laden wieder verlassen, als sie auf Darla Stone, Dels nicht mehr ganz so junge Schwester, traf. Sie stand mit Hildy Johnson vor dem Geschäft.

Beide Frauen waren notorische Naschkatzen. Eigentlich hätten sie regelmäßige Kunden sein müssen. Aber Samantha wusste genau, dass die beiden sich lieber jede Mengen billige Schokolade kauften, als auf Qualität zu setzen. Also deckten sie sich immer, wenn es Sonderangebote im Supermarkt gab, mit Vorräten ein. Was wollten sie also heute hier?

„Guten Morgen, meine Damen“, sagte sie. Dabei versuchte sie erfreut darüber zu klingen, dass sie die beiden sah. Schließlich sollte sie erfreut sein. Denn auch wenn sie nicht unbedingt zu ihren Freundinnen zählten: Immerhin waren sie Kundinnen.

Darla schenkte ihr ein mitleidiges Lächeln und wandte sich dann an Hildy. „Schau nur, wie tapfer sie ist.“

Samantha blickte sie verwirrt an. „Wie bitte?“

Darla tätschelte ihren Arm. „Oh, meine Liebe, wir wissen Bescheid. Ich finde es wirklich wunderbar, wie sehr Sie und Ihre Schwestern Ihre Mutter unterstützen, aber manchmal muss man eben doch das Handtuch werfen. Vor allem jetzt, nachdem dieser Erdrutsch den Highway versperrt."

„Ich nehme an, Sie haben Ihre Schokolade schon reduziert?", fügte Hildy hinzu.

„Meine Schokolade reduziert?", wiederholte Samantha. „Ich verstehe nicht …"

„Sie müssen uns nichts vormachen. Del hat mit Ihrer armen Mutter gesprochen."

Samantha blieb das Herz stehen. „Was hat meine Mutter gesagt?"

„Na ja, nur, dass Sie den Laden wohl schließen müssen", erwiderte Darla. „Sie hatte gehofft, dass Del ihr helfen könnte, aber er hat sein gesamtes Geld fest angelegt. Ich habe ihm gesagt, das Beste, was wir machen können, ist, Ihre Bestände aufzukaufen, für die Sie ja jetzt sicherlich die Preise heruntersetzen. Ich meine, das macht man doch, wenn man einen Laden schließt, oder?"

Und das, nachdem sie sich so viel Mühe gegeben hatte, ihre Angestellten nicht in Panik zu versetzen – in weniger als einer Sekunde verwandelte sich Samanthas Blut in flüssige Lava. „Ich weiß nicht, was genau meine Mutter zu Del gesagt hat, aber egal, was es gewesen ist, sie hat sich getäuscht. Wir schließen unseren Laden nicht. Und ganz sicher veranstalten wir keinen Ausverkauf."

Darlas plumpe Wangen färbten sich rosa. „Oh, na gut", stammelte sie. „Ich dachte nur …" Sie schwieg betreten und wurde jetzt knallrot.

„Ich weiß, was Sie dachten", sagte Samantha. *Okay, bis hierhin und nicht weiter. Sei vernünftig.* „Ja, wir hatten nach dem Tod meines Stiefvaters ein paar Probleme, aber lassen Sie es mich noch einmal wiederholen: Sweet Dreams hat nicht vor, seine Pforten zu schließen. Wir sind ein wichtiger Teil dieser Stadt und ihres Geschäftslebens. Und Sie, meine Damen, wollen doch sicher auch nicht, dass wir untergehen, oder?"

„Oh nein, natürlich nicht", erwiderte Darla.

Samantha lächelte sie an. „Das dachte ich mir. Und ich weiß es sehr zu schätzen, dass Sie uns Ihre Unterstützung zeigen, indem Sie bei uns einkaufen." Sie öffnete die Ladentür, sodass den beiden Frauen keine andere Wahl blieb, als hineinzugehen. „In dieser Stadt helfen wir uns doch alle gegenseitig, oder?", fügte sie hinzu und wandte ihre Aufmerksamkeit Hildy zu. „Meine Familie kommt mit ihren Rezepten in Ihre Apotheke, seit es sie gibt."

Hildy verstand den Wink mit dem Zaunpfahl. Sie presste die Lippen fest aufeinander und folgte Darla in den Laden.

Samantha kostete den kleinen Moment des Sieges aus. Sie streckte den Kopf in den Laden und rief Heidi zu: „Gib den Damen einen Rabatt von zehn Prozent. Als Dank dafür, dass Sie so loyale Kundinnen sind", sagte sie zu den Frauen. Wahrscheinlich war die Ironie an die beiden verschwendet. Aber falls sie sie zufällig doch verstehen sollten, hoffte sie, dass es ihnen peinlich war und sie einen entsprechend großen Einkauf tätigten.

Kochend vor Wut, eilte sie weiter zu Ed. Sie entschied sich, durch den Riverfront Park zu gehen, statt den Weg entlang der Hauptstraße zu nehmen. Es war ein hübscher Pfad, der einem zwischen Tannen, Kiefern und Büschen hindurch immer wieder einen Blick auf den Fluss gewährte. Der Untergrund war teilweise matschig, und der eisige Nieselregen sorgte dafür, dass es auch so blieb, doch Samantha marschierte weiter.

Das Wetter passte hervorragend zu ihrer Laune. Erst die Schließung des Highways, und jetzt mischte sich auch noch ihre Mutter ein. Was zum Teufel hatte sich Mom nur dabei gedacht, ausgerechnet Del Stone anzusprechen? Del, dessen Schwester eine der schlimmsten Klatschtanten von Icicle Falls war? Hatte ihre Mutter überhaupt nachgedacht? Wahrscheinlich nicht.

„Mist", murmelte sie bei jedem Schritt. „Mist, Mist, Mist, Mist!" Ihre Familie würde noch einmal ihr Tod sein – wenn Mutter Natur sie nicht vorher erwischte. Grimmig ging Samantha weiter und blickte auf die graue Szenerie, die sich ihr bot, denn der Regen hatte auch das letzte bisschen Schnee weggetaut.

Schon das letzte Jahr war grässlich gewesen, und das neue Jahr hatte genauso grässlich begonnen! Warum konnte nicht endlich mal irgendetwas klappen?

Tränen brannten in ihren Augen, doch sie blinzelte krampfhaft, um sie zurückzuhalten. Sie würde sich nicht auch noch von diesem verdammten Erdrutsch runterziehen lassen. Auf keinen Fall!

Sie dachte an Trevor Brown, der nur darauf wartete, Sweet Dreams zu schlucken, und an Blake Preston und seine Banker-Gang, die alles dafür taten, um sie wie einen Thanksgiving-Truthahn zu garnieren, um sie dann auf einem Silbertablett zu präsentieren. Am liebsten wäre sie davongelaufen.

Mit Blake.

Ach herrje, was sollte das denn jetzt? Sie würde nicht mit ihm davonlaufen, selbst wenn das Ende der Welt bevorstünde und er das letzte funktionstüchtige Auto in der Stadt besaß. Und wenn er und seine Kumpanen in der Bank glaubten, sie würde sich einfach hinlegen und sterben, weil es so ein kleines Missgeschick wie ein paar Steine auf der Straße gegeben hatte, dann hatten sie sich getäuscht. Entschlossen biss Samantha die Zähne zusammen und beschleunigte ihren Schritt.

Sie war schon fast an der Fußgängerbrücke angelangt, als sie andere Leute entdeckte. Teenager, die eigentlich in der Schule sein müssten. Sie hingen hier im Park herum und rauchten. Samantha runzelte angewidert die Stirn. Sie hatte das Rauchen nie ausprobiert, weil es sie nie gereizt hatte. Es war ein teures Laster, das die Klamotten stinken ließ und einem das Leben verkürzte. Deshalb konnte sie nicht verstehen, warum jemand das Bedürfnis verspüren sollte, an so einem ekligen Ding zu saugen. Aber die Leute taten es ständig. Und das ist ihre eigene Sache, ermahnte sie sich.

Aber als sie ein paar Schritte näher kam, erkannte sie eine der Jugendlichen. Das Mädchen mit dem kurzen rabenschwarz gefärbten Haar mit den roten Spitzen, der Jeans und der abgewetzten Jacke war Cass' vierzehnjährige Tochter Amber. Cass hatte sich schon Sorgen um sie gemacht. Und so wie es aussah, waren diese Sorgen durchaus berechtigt.

Samantha zögerte. Was sollte sie machen? Sollte sie so tun, als hätte sie Amber nicht gesehen? Sollte sie etwas sagen? Oh verflixt, was gab es da noch zu überlegen? Sie marschierte zu der Gruppe hinüber, die aus Amber, einem anderen Mädchen und zwei pickeligen schlaksigen Jungen bestand.

Einer der Jungs hatte Amber gerade eine Zigarette gereicht. Als Samantha sie entdeckte, führte Amber sie gerade zum Mund. Erschrocken riss sie die Augen auf, und als sie die Freundin ihrer Mutter erkannte, verschwand die Zigarette sofort hinter ihrem Rücken.

„Jetzt brauchst du sie auch nicht mehr zu verstecken", sagte Samantha. „Ich hab sie gesehen."

Der größere der beiden Jungs beäugte sie misstrauisch. „Wer sind Sie?"

„Ich bin jemand, der jetzt nicht in der Schule sein muss", antwortete Samantha und holte ihr Handy aus der Tasche. „Und ihr habt genau eine Minute Zeit, um euch in Bewegung zu setzen und euch auf den Weg dorthin zu machen, bevor ich eure Schulleiterin anrufe und ihr mitteile, dass ihr die Schule schwänzt."

Der Junge hob das Kinn. „Sie kennen uns nicht."

„Nein, aber ich kenne sie, und ich wette, für eure Lehrer ist es nicht besonders schwer, herauszufinden, wer fehlt."

Der Junge vergrub sich tiefer in seiner Jacke und stolzierte davon, nicht ohne Samantha mit einer eindeutigen Geste zu zeigen, was er von ihr hielt. Ohne mit der Wimper zu zucken, hob auch Samantha den Mittelfinger. Der andere Junge und das Mädchen folgten, behielten aber ihre Finger bei sich. Sie begnügten sich damit, ihr böse Blicke zuzuwerfen, als sie sich trollten. Fast hätte Samantha gelacht. Als ob sie sich über dieses Beleidigtsein Sorgen machen würde. Sie hatte mit einem Erdrutsch und Schokoladengeiern zu kämpfen. Dagegen war ein bisschen jugendlicher Verdruss nichts als ein Witz.

Amber blieb bei Samantha stehen. „Erzählst du das meiner Mom?", fragte sie schüchtern.

„Sollte ich?"

Amber schüttelte den Kopf, sodass die Reihe von Ohrringen, die ihre Ohren zierten, klimperten.

„Du rauchst."

„Ich wollte es gerade ausprobieren."

„Und deine Lungen mit Teer und Nikotin verpesten, süchtig werden und deine Gesundheit ruinieren? Und denk mal an dein Aussehen, Amber. Ist dir schon mal aufgefallen, wie viele Falten die ganzen Frauen haben, die rauchen? Um den Mund herum ist es besonders schlimm. Richtig hässlich."

Amber zuckte mit den Schultern, als wäre es ihr egal.

Samantha versuchte es mit einem anderen Ansatz. „Du weißt doch, wie sehr deine Mutter dich liebt, oder? Kannst du dir vorstellen, wie unglücklich sie wäre, wenn du dir etwas angewöhnst, was deiner Gesundheit schadet? Und woher würdest du das Geld für die Zigaretten bekommen? Sie sind nicht gerade billig. Oh, natürlich", sagte sie und schnippte mit den Fingern. „Deine tollen Freunde würden dir dabei helfen, dir das Geld zu beschaffen, wahrscheinlich mit Ladendiebstahl. In Icicle Falls ist es ziemlich schwierig, mit Ladendiebstählen durchzukommen. Jeder kennt jeden. Du würdest bestimmt geschnappt werden. Dafür schicken sie dich ins Gefängnis."

Amber biss sich auf die Lippen und sah aus, als würde sie gleich anfangen zu weinen. „Bitte, Sam, erzähl Mom nichts davon."

Vielleicht hatte sie dem Mädchen genügend Angst eingejagt, jedenfalls fürs Erste. Aber vorsichtshalber entschied Samantha sich, noch ein bisschen positive Verstärkung ins Spiel zu bringen. „Wenn du schon auf der Suche nach einem Laster bist, dann versuch es mit Schokolade. Da stinken deine Sachen nicht, und sie enthält Endorphine, die Glücksgefühle auslösen. Komm nach der Schule im Laden vorbei, dann wartet eine Schachtel Pralinen auf dich."

Ambers Gesicht hellte sich auf. „Ehrlich?"

„Ehrlich. Und wenn du deine Noten bis zum nächsten Zeugnis verbesserst, schenke ich dir eine Riesenschachtel."

Jetzt hüpfte Amber vor Aufregung fast auf und ab. „Oh, wow, danke. Und du erzählst es wirklich nicht Mom?"

„Das hab ich nicht gesagt.“

„Ich rühre keine Zigarette mehr an, versprochen.“

„Wenn du es tust, findet deine Mom es sowieso heraus, weil sie es riechen kann.“

„Bitte, erzähl es ihr nicht“, flehte Amber noch einmal.

„Ich denk mal darüber nach“, meinte Samantha ausweichend. „Genau wie ich hoffe, dass du dir mal überlegst, mit welchen Leuten du rumhängen willst. Du bist alt genug, um den Unterschied zwischen einem Gewinner und einem Verlierer zu erkennen. Wen willst du sehen, wenn du in den Spiegel schaust?“

Amber senkte den Blick und murmelte: „Einen Gewinner.“

„Viele von uns meinen, dass du ein ziemlich cooles Mädchen bist“, sagte Samantha. „Ich hoffe, wir täuschen uns nicht.“

Amber nickte. Offensichtlich nahm sie an, dass die Strafpredigt vorbei war. Sie drehte sich um und floh in Richtung Stadt – und hoffentlich – zurück zur Schule.

Wenn es eine wandelnde Reklame für Verhütung gab, dann war es ein Teenager. Ja, Samantha musste ihre Firma retten, aber selbst diese schwierige Aufgabe war ihr zehnmal lieber, als einen Teenager zu erziehen.

Oh, aber statt eines Teenagers hatte sie ihre Mutter, was fast genauso schlimm war. Und sobald sie die Besprechung mit dem Festivalkomitee hinter sich gebracht hatte, stand als Nächstes eine Auseinandersetzung mit ihr auf der Tagesordnung.

Sie fand die anderen Mitglieder bereits um den Eichentisch im Verkostungsraum von D’Vine Wines versammelt. Das bunte, italienisch anmutende Wandgemälde, der Käse und die Cracker, die offene Flasche Wein und die Gläser – man hätte denken können, sie feierten eine Party, wenn da nicht die langen Gesichter gewesen wären.

„Was sollen wir denn jetzt bloß tun?“, stöhnte Olivia.

„Wir verfolgen weiter unsere Pläne“, antwortete Samantha. „Das Straßenbauamt hat noch genügend Zeit, um den Erdrutsch vor dem Festival zu beseitigen.“

„Hast du es dir schon angesehen?“, fragte Ed.

„Ähm, nein.“

„Da ist gewaltig was runtergekommen", antwortete er.

Diese Aussage war genauso entsetzlich wie ihre Kopfschmerzen. „Das kriegen die schon hin", beharrte sie.

Annemarie schüttelte den Kopf und deutete auf die schreckliche Titelzeile in der Zeitung. *Erdrutschgefahr auf Highway 2: Der Gouverneur bittet Reisende, zu Hause zu bleiben.* Der Journalist hätte genauso gut noch hinzufügen können: *Gouverneur killt Schokoladenfestival.* „Ich habe in der letzten Stunde schon sechs Stornierungen notieren müssen", klagte Annemarie.

„Das war's dann wohl mit unserem Festival", sagte Cecily und schob ihr unberührtes Glas zur Seite. „Also, wie lautet jetzt der Plan?", fragte sie Samantha.

Alle sahen sie erwartungsvoll an. „Okay, wir machen Folgendes." *Wir geraten in Panik!* Das war nicht unbedingt die produktivste Lösung. „Wir machen einfach weiter", sagte sie. „Cecily, du rufst beim Straßenbauamt an und fragst, wann sie die Straße wohl wieder freibekommen. Dann schalten wir noch eine Anzeige in der Zeitung von Seattle, ganzseitig." Sie sah entschuldigend zu Ed. „Ich denke mir etwas aus, wie wir das bezahlen, Ed." *Ja, sicher. Wie? Mit Schokolade?*

„Gute Idee", sagte Annemarie zustimmend.

„Und, Cecily, versuch doch bitte noch einmal, die Produzentin von *Northwest Now* zu erwischen. Jetzt haben wir noch eine bessere Story. *Die Stadt kämpft gegen die Naturgewalten.* Oder irgendwas in der Art."

Cecily nickte und machte sich Notizen auf ihrem Tablet-Rechner.

„Und sonst?", fragte Olivia. „Es gibt doch bestimmt noch etwas, das wir tun können."

„Ja", meinte Samantha. „Wie verrückt beten."

18. KAPITEL

Wenn eine Frau in Schwierigkeiten steckt, lernt sie erst ihre wahren Freunde kennen.
Muriel Sterling, *Erkenne, wer du bist: Eine Frau geht ihren Weg*

Mutterschaft war der schwierigste Job, den es gab, und Mutter von erwachsenen Töchtern zu sein glich dem vergeblichen Versuch, aus Stroh Gold zu spinnen. Anscheinend hatte Muriel also wieder einmal alles falsch gemacht.

„Mom, du kannst den Leuten doch nicht erzählen, dass wir in finanziellen Schwierigkeiten stecken", schimpfte Samantha sie aus. „Ein guter Ruf ist das A und O."

„Es tut mir leid", sagte Muriel. „Ich dachte einfach, ich könnte ein paar Leute, die Geld haben, dazu überreden, uns zu helfen."

Jedenfalls hatte sie es anfangs für eine gute Idee gehalten. Als Ersten und Einzigen hatte sie Del angerufen, und im Grunde war ihr sofort klar gewesen, dass sie einen Fehler gemacht hatte. Del hatte sich dazu bereit erklärt, gemeinsam nach einer Lösung zu suchen, was ermutigend geklungen hatte. Aber dann hatte sie gehört, wie seine vorlaute Schwester im Hintergrund geredet hatte. Und gewusst, dass Darla da war. Sofort hatte Muriel beschlossen, lieber Abstand von diesem Plan zu nehmen, bis sie alle Auswirkungen noch einmal durchdacht hatte. Aber natürlich war es schon zu spät für diesen Rückzug gewesen. Noch bevor sie aufgelegt hatte, war ihr klar gewesen, dass Del alles ausplaudern würde. Darla wusste alles über das Geschäft ihres Bruders, und jetzt wusste sie auch genauestens über die finanzielle Situation der Sterlings Bescheid. Darüber war Samantha überhaupt nicht glücklich.

„Mom, bitte versuch nicht wieder zu helfen. Ich kann es mir nicht leisten, dass Leute wie Darla in den Laden kommen und unsere Angestellten erneut in Panik versetzen. Und es nützt uns gar nichts, wenn die ganze Stadt denkt, wir sind pleite, während wir versuchen, den Laden wieder in Schwung zu bringen."

„Ich verstehe", sagte Muriel. Sie war den Tränen nahe, und es fiel ihr schwer, mit fester Stimme zu sprechen.

Samanthas Ton wurde weicher. „Hör zu, ich weiß deine Bemühungen zu schätzen, ehrlich. Vor allem nach dem, was du durchgemacht hast. Aber wenn du dich einfach um den kreativen Teil der Sache kümmerst, nehme ich mich der finanziellen Aspekte an, okay?"

„Okay", antwortete Muriel. „Und es tut mir wirklich leid, dass ich dir mit dieser Aktion noch mehr Probleme bereitet habe, vor allem, wo du sowieso noch mit dem Erdrutsch zu kämpfen hast." So ignorant, dass ihr nicht bewusst war, was dieser neue Rückschlag für das Festival ihrer Tochter bedeuten konnte, war sie auch wieder nicht. Und logischerweise dann auch für ihr Geschäft. Und was machte sie? Statt zu helfen, machte sie alles noch schlimmer. So viel zu den guten mütterlichen Absichten.

„Mach dir keine Sorgen. Wir finden schon einen Weg, um das Problem zu lösen", sagte Samantha. Ihr Tonfall verriet, dass das auch eine Warnung an das Schicksal war, ihr nicht noch weiter ins Gehege zu kommen.

Ihre Älteste war wirklich effizient, aber anscheinend hatte sich alles gegen sie verschworen.

Sie verabschiedeten sich mit einem Ich-hab-dich-lieb. Als sie weg war, saß Muriel da und starrte aus dem Wohnzimmerfenster auf die Berge, die von grauen Wolken umhüllt waren, während sie über das Desaster nachsann, das ihr Leben momentan darstellte. Die meisten Eltern – wenn sie denn lange genug lebten – wurden irgendwann zu einer Bürde für ihre Kinder. Aber sie war definitiv zu jung, um so eine große Bürde zu sein.

Also, fragte sie sich selbst, was willst du dagegen unternehmen?

Sie würde etwas gegen ihre Unwissenheit tun. Entschlossen rief sie in der Buchhandlung Mountain Escape Books an.

„Ist dieser Erdrutsch nicht furchtbar?", begrüßte Pat sie. „Unserer Festivalplanung ist es jedenfalls nicht gerade zuträglich."

Unserer Firma auch nicht, dachte Muriel.

„Aber du rufst sicher nicht an, um darüber zu reden."

Ganz bestimmt nicht. Sobald sie anfingen, sich über den Erdrutsch und das Festival zu unterhalten, führte das zwangsläufig zu anderen Themen, die definitiv verboten waren. „Ich brauche ein gutes Buch über Geld und Finanzen. Oder auch zwei. Habt ihr irgendeinen Ratgeber darüber, den auch Dummköpfe verstehen?"

„Meinst du private Finanzplanung oder eher geschäftliche?"

„Private." Nach dem Fauxpas mit Del konnte sie froh sein, wenn ihre Tochter ihr erlaubte, überhaupt je wieder einen Fuß in den Laden zu setzen.

„Ich schaue mal, was ich finde", versprach Pat. „Soll ich sie morgen mit zum Essen bringen?"

„Nein, ich komme heute Nachmittag vorbei", erwiderte Muriel. So wie ihr Leben zurzeit verlief, durfte sie keine Zeit mehr verlieren.

Gerade hatte Samantha eine weitere Pensionsbesitzerin am Telefon beruhigt, als Elena ihr über die Gegensprechanlage mitteilte: „Du hast Besuch. Eine Amber Wilkes."

Samantha hatte eine Schachtel Pralinen für Amber bereitgestellt, war sich aber nicht sicher gewesen, ob Amber das Angebot annehmen würde. Dazu musste sie ja im Laden vorbeikommen, und es bestand die Gefahr, Samantha eventuell noch einmal zu begegnen. Aber, dachte sie jetzt, man sollte die Kraft der Schokolade niemals unterschätzen.

„Schick sie rein." Hoffentlich kam Amber nur vorbei, um sich zu bedanken, und nicht, um sie in irgendein Teenagerdrama zu verwickeln. Für Samanthas Geschmack war ihr Leben bereits aufregend genug.

Einen Moment später öffnete sich die Tür zu ihrem Büro, und Amber kam herein, in der Hand eine Schachtel mit Sweet-Dreams-Pralinen. Verstohlen blickte sie sich noch einmal über die Schulter, also fürchtete sie, dass … ja, was? Dass ihre Mutter auftauchte? Die Schokoladenpolizei erschien, um zu fragen, ob sie die Pralinen auch bezahlt hatte?

„Ich, äh, wollte mich bedanken“, sagte Amber.

Das war nicht alles, was sie wollte. So unsicher und schüchtern, wie sie auf einmal wirkte, sah Amber aus wie ein Teenager, der etwas auf dem Herzen hatte.

Aber Samantha fragte nicht, was. Stattdessen sagte sie einfach: „Gern geschehen.“

Amber kaute auf ihrer Unterlippe. Ja, jetzt kam’s. „Äh, hast du dich entschieden, ob du Mom was sagst? Das machst du doch nicht, oder?“

Würde Cass ihr dafür danken, wenn sie das für sich behielt? Wahrscheinlich. Aber Samantha musste an einen Vorfall aus ihrer eigenen Jugend denken.

Auch wenn sie eigentlich immer ziemlich vernünftig gewesen war, hatte sie sich doch einmal vom rechten Pfad abbringen lassen. Die Leute aus ihrer Clique von Gleichaltrigen hatten sie unter Druck gesetzt, und sie hatte ein paar Ohrringe bei Gilded Lily’s mitgehen lassen. Da sie eine miserable Diebin gewesen war, hatte Lily Swan sie natürlich erwischt und sofort bei Mom angerufen. Von der glamourösen Lily – einem ehemaligen Model, das erst vor Kurzem in die Stadt gezogen war und ihren Laden eröffnet hatte – erwischt zu werden war schon schlimm genug gewesen. Aber den enttäuschten Blick ihrer Mutter zu sehen – das war der schrecklichste Moment in Samanthas jungem Leben gewesen. Mom hatte sie für ihre Missetat bezahlen lassen: Sie musste diverse Sommernachmittage bei Ms Swan in deren Blumenbeeten Unkraut jäten. Das hatte keinen Spaß gemacht, aber es war immer noch besser gewesen als die Scham, die sie verspürt hätte, wenn Mom es Dad erzählt hätte.

„Bitte, bitte, sag es nicht Dad“, hatte Samantha sie angefleht. Die Vorstellung, dass ihr geliebter Vater ihren Kosenamen „meine Prinzessin“ in „diebische Elster“ verwandeln könnte, war furchtbar. Der Gedanke, in seiner Achtung so tief zu sinken, war mehr, als sie hätte ertragen können, und das hatte ihre Mutter gespürt.

„Wenn du das nie wieder machst, verrate ich ihm nichts“, hatte ihre Mom zu ihr gesagt.

Jetzt sagte Samantha dasselbe zu Amber. Das Mädchen stand schon auf der schwarzen Liste ihrer Mutter, da wollte Samantha ihrer Freundin keinen weiteren Anlass bieten, unglücklich über ihre Tochter zu sein.

In Ambers Miene spiegelte sich Erleichterung. Nun sah sie nicht mehr so besorgt aus. „Danke“, hauchte sie.

„Aber wehe, du hältst dich nicht an unseren Deal“, ermahnte Samantha sie streng. „Dann verpetze ich dich sofort.“

„Keine Sorge, ich halte mich dran. Du bist echt spitze“, schwärmte Amber, drehte sich um und tänzelte beglückt aus dem Büro.

Von wegen spitze. Samantha dachte an all ihre Sorgen und entschied, dass es Zeit war, nach Haus zu gehen, um sich im Selbstmitleid zu suhlen.

Ihre Wohnung war ein netter Ort dafür: Die Wände waren in einem warmen Braunton gestrichen, Fotos von Lupinen und anderen Bergblumen, die Samantha auf ihren Wanderungen geschossen hatte, hingen gerahmt über dem elektrischen Kamin.

Und als sie zur Tür hereinkam, stand das Willkommenskomitee schon bereit. Nibs war immer froh, wenn jemand kam, der mit dem mysteriösen Dosenöffner umgehen konnte, der ihm Zugang zum Katzenfutter verschaffte.

„Du hast Glück“, sagte Samantha zu ihm, als sie das Futter in seine Schale füllte. „Du hast jemanden, der sich um dich kümmert. Keine Sorgen, kein Stress.“ Wie sich das wohl anfühlte?

Wenn sie sich geschlagen gab, hätte sie auch keine Probleme und keinen Stress mehr.

Nur dass dann ihre Mutter obdachlos werden würde und sie in die Familienchronik als diejenige eingehen würde, die das Unternehmen, das seit Generationen mit Enthusiasmus und viel Kreativität geführt worden war, hatte bankrottgehen lassen. Toll.

„Wieso passiert das alles einem netten Mädchen wie mir?“

Nibs antwortete nicht. Er war zu sehr mit dem Essen beschäftigt.

Samantha schaltete ihr Handy aus und warf es in ihre Krimskramsschublade. Danach ging sie ins Bett und starrte an die

Decke. Blöde Idee. In ihrem Kopf drehten sich die Gedanken so schnell, dass ihr fast schwindelig wurde. Also stand sie wieder auf und verließ das Schlafzimmer.

Was sollte sie nur tun? Sie marschierte durch ihre Wohnung, ohne eine Antwort zu finden.

Schließlich schnappte sie sich die Bruchschokolade, die sie mit nach Hause gebracht hatte, und lümmelte sich auf die Couch im Wohnzimmer. Wie ein braver kleiner Masochist schaltete sie die Nachrichten im Fernsehen ein.

„In dieser Woche hat die Stadt Icicle Falls ein harter Schlag getroffen", sagte Erin Knowle, die Nachrichtensprecherin. „Ein Erdrutsch hat den Highway 2 unpassierbar gemacht, und der Gouverneur hat dazu aufgerufen, den Pass zu meiden. Dadurch besteht die Gefahr, dass das Schokoladenfestival abgesagt werden muss. Das ist ein doppelter Rückschlag für den kleinen Ort, der normalerweise ein attraktives Ziel für Wintersportenthusiasten ist. Der Highway 2 ist immer noch gesperrt. Wählen Sie also bitte eine andere Route, wenn Sie über den Pass müssen."

„Oh verdammt", schimpfte Samantha und warf ein Stück Schokolade gegen den Fernseher.

Erins Kollege schlug in dieselbe Kerbe. „Wir hatten in diesem Winter hier im Nordwesten wirklich ungewöhnlich warmes Wetter und häufige Regenfälle. Nicht wahr, Erin?"

„Ja", bestätigte Erin, ganz mustergültige und perfekt gekleidete Nachrichtensprecherin aus der vollkommenen Welt, in der die schlimmen Dinge immer nur anderen Menschen zustießen. „Und das heißt, dass es in den Bergen nur wenig Schnee gab. Was wiederum für all diese Skigebiete wie Snoqualmie Falls und Crystal Mountain sowie natürlich für Icicle Falls zu herben Verlusten geführt hat. Denn die Wirtschaft dieser Orte hängt von gutem Winterwetter ab."

Samantha warf noch ein Stück Schokolade Richtung Fernseher.

Du benimmst dich schrecklich kindisch, ermahnte sie sich. Und vergeudest Schokolade. Sie ging zum Fernseher hinüber, hob die Schokolade auf und steckte beide Stücke auf einmal in den Mund. Dann, reife Erwachsene, die sie war, setzte sie sich auf den Fußboden und brach in Schluchzen aus.

Sie war gerade richtig in Schwung gekommen, als jemand an ihre Tür klopfte. Oh nein. Wer hatte sie gehört? Sie unterdrückte das Schluchzen und saß ganz still da, in der Hoffnung, dass, wer auch immer vor der Tür stand, wieder verschwinden würde.

Von der anderen Seite der Haustür ertönte eine weibliche Stimme: „Alles in Ordnung bei Ihnen?"

Lila Ward. Sie war gekommen, um Salz in ihre Wunden zu streuen. Die Vorhänge waren zugezogen. Dennoch kam sich Samantha lächerlich und jämmerlich vor, wie sie dabei ertappt wurde, sich ihrem Elend hinzugeben, während sie auf dem Fußboden saß. Sie hielt den Atem an und hoffte inständig darauf, dass die Frau aufgab und verschwand.

Doch genau wie Samanthas Probleme blieb auch Lila hartnäckig an ihr kleben. Es klopfte noch einmal. „Samantha?"

„Scheiße", murmelte Samantha. Sie wischte sich die Wangen ab und ging zur Tür.

Als sie sie öffnete, stand Lila mit einer großen Schachtel Kosmetiktücher vor ihr. „Ich habe Sie gehört und dachte, Sie könnten vielleicht die hier gebrauchen."

Bei so viel unerwarteter Freundlichkeit schossen Samantha prompt wieder die Tränen in die Augen, und die Kehle schnürte sich ihr zu. Sie schaffte es gerade noch, die Schachtel zu nehmen und zu nicken.

Lila räusperte sich. „Na ja, ich gehe dann mal wieder. Ich bin unten, falls Sie etwas brauchen."

Samantha brauchte einen geräumten Pass. Sie brauchte einen Gouverneur, der den Mund hielt. Sie brauchte tonnenweise kostenlose Werbung. Und sie brauchte Leute, die zu ihrem Festival kamen und ein Vermögen hier ließen. Aber sie presste die Schachtel mit den Papiertüchern an sich, als wäre es ein Geschenk des Himmels.

Mühsam brachte sie ein Dankeschön heraus. Nachdem Lila gegangen war und Samantha die Tür wieder geschlossen hatte, ging sie zurück zur Couch und führte die Tücher ihrer Bestimmung zu.

Als Cecily an ihrer Tür klopfte, hatte sie einen Berg von feuchten Papiertüchern produziert und obendrein Kopfschmerzen bekommen. Aber ihre Tränen waren versiegt, und sie hatte sich ihrem Schicksal ergeben. Fühlten sich so die Menschen, die kurz davor waren, zu ertrinken? Flüsterte ihnen eine innere Stimme zu: Gib auf und stirb?

„Ist bei dir alles in Ordnung?“, fragte Cecily mit Blick auf die Unordnung auf dem Couchtisch.

Samantha seufzte tief. „Ja, wird schon wieder.“ Irgendwann in ihrem Leben, vielleicht in zehn Jahren. Oder zwanzig.

Sie setzte sich wieder auf das Sofa. Ihre Schwester folgte ihr und stibitzte sich ein Stück Schokolade. „Es tut mir leid, dass du das alles abbekommst.“

Da waren sie schon zwei. Wenn sie doch nur ein bisschen mehr Zeit gehabt hätte, wenn sie das Festival hätte auf die Beine stellen können. Wenn, wenn, wenn. „Ich werfe das Handtuch.“ *Es tut mir schrecklich leid, Urgroßmama. Wirklich.*

„Gib nicht auf, Sam.“ Cecily hielt ihrer Schwester ein Stück Schokolade hin. „Mund auf.“

Samantha gehorchte, und Cecily schob ihr das Stück zwischen die Lippen. Es schmeckte bitter, und sie spuckte es in ein Taschentuch. Im Moment konnte sie nichts mehr von dem Zeug essen. „Es geht ja nicht nur um uns. Die ganze Stadt hat darauf gebaut. Bei den Pensionen gehen ständig neue Stornierungen ein.“

„Ich bin davon überzeugt, dass sie noch bis zum Sommer durchhalten können, bis die Wanderer und Mountainbiker kommen“, meinte Cecily.

„Aber wir können nicht mehr so lange durchhalten.“ Auf einmal kam ihr die Idee, in einem Kessel mit flüssiger Schokolade zu ertrinken, gar nicht mehr so unattraktiv vor. Samantha ließ sich gegen die Kissen zurückfallen. „Was soll denn aus Mom werden?“

„Die kriegt das schon hin. Sie hat gerade ihr Autorenhonorar überwiesen bekommen.“

Mom war nicht gerade eine Bestsellerautorin. So viel konnte es also nicht gewesen sein. „Wie viel?“, fragte Samantha.

Cecily zuckte mit den Schultern. „Ich weiß nicht, aber sie meinte, dass es für den nächsten Monat reichen würde."

Samantha schüttelte den Kopf. „Woher will sie das wissen? Sie hat doch keine Ahnung von ihren Finanzen." Hatte sie noch nie gehabt. Das Gehirn ihrer Mutter war nicht für Mathematik geschaffen.

„Ja", stimmte Cecily ihr zu. „Aber sie sollte in der Lage sein, sich auszurechnen, was sie für das Haus und den Strom zu bezahlen hat."

Samantha rieb sich über die schmerzende Stirn. Mom stand vor dem finanziellen Ruin. Und ohne Sweet Dreams würde es all ihren Angestellten genauso ergehen. „Wenn ich die Firma verliere ..."

„Gründest du eine neue", erwiderte Cecily. „Das machen erfolgreiche Menschen nun mal. Sie stoßen auf ein Hindernis und suchen sich einen anderen Weg. Aber darüber sollten wir uns jetzt nicht den Kopf zerbrechen. Ich bin hergekommen, weil ich richtig gute Nachrichten für dich habe. Das Straßenbauamt will die Straße bis Donnerstag geräumt haben." Ihr Handy klingelte. „Bailey", verkündete sie, bevor sie den Anruf annahm. Dann: „Ja, wir sind hier. Ja, es geht ihr gut. Na ja, mehr oder weniger." Einen Moment später hielt Cecily Samantha das Handy hin. „Sie will mit dir reden."

Wie viele Familienmitglieder brauchte man, um eine verzweifelte Frau zu trösten? Samantha nahm das Telefon.

„Ich habe mir solche Sorgen um dich gemacht", sagte Bailey. „Du hast die Anrufe auf deinem Handy nicht beantwortet."

„Ich hab's ausgeschaltet." Mir irgendjemandem reden zu müssen, während sie so verzweifelt war, war wirklich das Letzte gewesen, das sie gewollt hatte. Das hatte sie jedenfalls geglaubt. Aber die Anwesenheit ihrer Schwester war so, als würde sie sich an einem kalten Abend in eine gemütliche Decke einwickeln. Dadurch wurde der Abend nicht weniger kalt, aber man fühlte sich gewärmt.

„Ich hatte von dem Erdrutsch gehört und mir schon gedacht, dass du ziemlich in Aufruhr bist", fuhr Bailey fort.

Wenn das keine Untertreibung war.

„Mach dir keine Sorgen, Sammy. Es wird sich schon alles finden. Das Straßenbauamt räumt den Highway bestimmt bald."

Samantha seufzte. „Selbst wenn. Nach den Warnungen des Gouverneurs und der Presse haben die Leute doch viel zu viel Angst, über den Pass zu fahren."

„Nicht wenn sie hören, dass alles wieder geräumt wurde. Wir müssen nur dafür sorgen, dass sie es erfahren", sagte Bailey, als wäre es das Einfachste auf der Welt.

„Bailey …", begann Samantha.

„Ich weiß, dass du das wieder in Ordnung bringen kannst."

„Ich bin nicht Gott", erwiderte Samantha verärgert.

„Na, so hast du dich früher aber immer aufgeführt", konterte Bailey. „Erinnerst du dich noch, wie wir uns im Wald verlaufen haben, damals, als wir mit Daddy und Grandpa zelten waren? Du hast den Weg zurückgefunden."

„So weit waren wir ja nicht vom Zeltplatz weg."

„Auch jetzt sind wir nicht so weit vom Ziel entfernt."

Wenn sie doch nur recht hätte …

Als Cecily ging, hatte Samantha immer noch keine Lösung für ihre Probleme gefunden, und niemand konnte ihr garantieren, dass sich alles wieder einrenken würde. Aber ihr Kampfgeist war zurück. Sie setzte sich an den Computer und fing an, die Neuigkeiten über Facebook und Twitter zu verbreiten. „Schon bald ist der Erdrutsch auf dem Highway 2 geräumt." Irgendetwas musste doch an der Kraft des positiven Denkens dran sein. „Das Icicle-Falls-Schokoladenfestival findet statt! Statt eines Steinschlags auf Ihren Kopf wird Sie der Geschmack unserer Pralinen treffen, und zwar direkt auf Ihre Geschmacksnerven. Kommen Sie her und probieren Sie unsere Schokolade – und schon schweben Sie im siebten Himmel."

Okay, sie wusste zwar nicht, ob sie mit diesem Anfall von Aktivität etwas erreichte, aber auf jeden Fall fühlte sie sich besser.

„Ich glaube, es wird noch eine Weile dauern, bis ich alles begriffen habe, was in dem Buch steht, das du mir empfohlen hast“, meinte Muriel zu Pat, als sie sich bei Zelda’s zu ihrem Mäll-Treffen an einen Tisch gesetzt hatten. „Dieser ganze Geldkram ist mir ein totales Rätsel.“ Fast hätte sie hinzugefügt: Ich wünschte, Waldo wäre noch am Leben. Aber was die Finanzen anging, war Waldo auch nicht viel klüger gewesen als sie.

„Du wirst es schon noch begreifen“, versicherte Olivia ihr. „Oh, seht mal, sie haben jetzt auch Huckleberry-Käsekuchen als Dessert auf der Speisekarte.“

„Du hast mir doch gesagt, du bist auf Diät“, warf Dot ein.

„Bin ich auch. Ich halte mich zurück“, sagte Olivia. „Aber nicht an unseren Dinnerabenden. Das sind die einzigen freien Abende, die ich mir gönne.“

Dot schüttelte den Kopf. „Jämmerlich.“

„Na, immerhin rauche ich nicht“, schoss Olivia zurück.

„Okay, okay. Hast ja recht“, gab Dot zu.

„Wie auch immer, ich brauche Käsekuchen als Trost“, fuhr Olivia fort. „Heute sind schon wieder zwei Stornierungen eingegangen, obwohl ich den Leuten gesagt habe, dass der Highway bis nächste Woche auf jeden Fall wieder frei sein wird.“

„Die Leute haben Angst. Die Presse hat ja auch ganze Arbeit geleistet, ihnen Angst einzujagen“, erklärte Dot verärgert.

Meine Tochter hatte recht, dachte Muriel niedergeschlagen. Ein guter Ruf ist unglaublich wichtig.

„Wir können weder die Presse noch die Berge kontrollieren“, sagte Pat zu ihnen. „Wir können nur hoffen. Also lasst uns über die Sachen reden, die wir kontrollieren können.“ Sie wandte sich an Muriel. „Abgesehen von den finanziellen Sorgen, mit denen du dich herumplagst, wie geht es dir sonst?“

Ihre Tochter war kurz davor, sich von den Klippen zu stürzen, sie selbst weinte sich jeden Abend in den Schlaf, und wahrscheinlich würde sie ihr Haus aufgeben müssen. „Mir ging es schon mal besser“, gab sie zu.

„Das wird schon wieder“, sagte Pat.

„Keine Angst, Muriel. Wir helfen dir durch dieses Tal“, fügte Dot freundschaftlich hinzu.

Muriel hoffte es inständig, denn ihr allein gelang es nicht besonders gut, sich durchzubringen.

Am folgenden Abend kam Del vorbei. Er bot ihr an, sie zum Essen auszuführen und mit ihr über eine Lösung für ihre finanziellen Probleme nachzudenken.

„Vielen Dank, Del, aber ich glaube, ich versuche einfach, selbst damit fertig zu werden", sagte sie zu ihm. So bestand wenigstens keine Gefahr, dass sie irgendwelche Geschäftsgeheimnisse ausplauderte.

„Quatsch", erwiderte er herzlich. „Jeder braucht mal jemanden, bei dem er sich ausweinen kann. Ich habe einen netten ruhigen Tisch in einer Nische drüben im Schwangau reserviert."

„Na ja …" Sie zögerte.

„Kommen Sie", drängte er sie. „Etwas essen müssen Sie doch sowieso, oder?"

Ja, aber nicht mit Del. Seine Annäherungsversuche und die Tatsache, dass er private Informationen brühwarm an seine Schwester weitergegeben hatte, machten ihn nicht besonders vertrauenswürdig.

„Ich denke, gemeinsam gelingt es uns bestimmt, Ihre Finanzen zu ordnen", sagte er.

Überhaupt irgendetwas geordnet zu bekommen wäre schon ein Segen, und es ist ja nur ein Essen, sagte sich Muriel. Sie würde darauf achten, dass sie nicht über Geschäftliches redeten. Vielleicht konnte er ihr ja einen Rat wegen des Hauses geben. „In Ordnung", entschied sie sich. Dieses Mal würde sie sich ihm gegenübersetzen, damit wenigstens ihre Beine außer Reichweite waren.

Doch sobald sie ihre Bestellung aufgegeben hatten, erkannte Muriel, dass sie einen Fehler begangen hatte. Während er seinen Martini schlürfte, fuhr Del fort, sie über das Geschäft auszufragen. Er unkte, dass das Schokoladenfestival ein Flop werden würde. „Viel zu wenig Vorlaufzeit. Schlechte Planung. Und jetzt noch dieser Erdrutsch …"

„Das Straßenbauamt wird die Straße bis zum Ende der Woche geräumt haben", protestierte Muriel.

„Zu spät. Es ist passiert, und der Schaden, der damit angerichtet wurde, ist groß. Da kommen jetzt keine Leute mehr. Aber selbst wenn, käme nicht genug dabei heraus, um eure Firma zu retten. Es tut mir leid, dass ich derjenige bin, der es Ihnen sagen muss, Muriel, aber das ist die Wahrheit."

„Meine Tochter rettet die Firma", erklärte sie beleidigt.

„Und warum haben Sie mich dann angerufen und um ein Darlehen gebeten?", konterte er.

„Ich habe Sie darum gebeten, weil ich es brauche, damit ich mein Hausdarlehen zurückzahlen kann." Dank des kleinen Schecks, den sie erhalten hatte, zum Glück nicht in diesem Monat, aber danach war sie in großen Schwierigkeiten.

Jetzt sah Del schockiert aus. „Waldo hatte doch bestimmt eine Lebensversicherung, oder?"

Ihre grässliche Lage trieb Muriel einmal mehr Tränen in die Augen. Sie biss sich auf die Lippen.

„Ach, du meine Güte. Aber er hatte doch sicher Aktien? Oder irgendwelche anderen Investitionen getätigt, oder?"

Irgendwann vielleicht mal. Waldo hatte auch eine Rente bekommen. Doch Muriel hatte inzwischen herausgefunden, dass die Zahlungen eingestellt worden waren, als auch Waldos Herz seine Tätigkeit eingestellt hatte. Sie schüttelte den Kopf.

„Muriel, das ist ja schrecklich." Del griff über den Tisch und nahm ihre Hand. „Aber keine Sorge, wir überlegen uns etwas."

„Ich muss nur erst einmal diese harten Zeiten überstehen", sagte sie und zog ihre Hand zurück. Wenn er ihr ein paar Tausend Dollar leihen könnte, wäre sie fürs Erste gerettet.

„Natürlich müssen Sie das", meinte er tröstend. „Ich verstehe schon. Eine Frau hat … Bedürfnisse."

Bedürfnisse? Oh nein. Nicht diese Art von Bedürfnissen. „Del, Sie haben mich falsch verstanden …"

Er tätschelte ihren Arm. „Sie brauchen sich doch nicht zu schämen, Muriel. Sie sind doch auch nur ein Mensch."

Und der Bürgermeister von Icicle Falls, Del Stone, war unmenschlich. Und der lebende Beweis dafür, dass Charme und Charakter nicht immer Hand in Hand gingen.

„Wir sollten nach dem Essen zu mir gehen. Ich habe noch einen exzellenten Chablis da. Der wird Ihnen ganz sicher gefallen."

Die erste Anmache konnte sie noch entschuldigen. Da war er betrunken gewesen. Für diese zweite Anmache gab es keine Entschuldigung mehr. „Del Stone, mein Mann ist gerade mal einen Monat tot. Was denken Sie sich eigentlich?" Dumme Frage. Es war offensichtlich.

„Nichts", beharrte er. „Ich dachte nur, dass Sie ein wenig Trost brauchen."

„Brauche ich nicht", fuhr sie ihn an. „Ich brauche Geld. Und jetzt gehe ich nach Hause." Sie rutschte aus der Nische.

„Aber wir haben gerade erst bestellt."

„Ich bin sicher, dass Sie sowohl Ihre als auch meine Portion schaffen."

„Muriel, gehen Sie nicht", bat er.

„Ich fürchte, ich bin nicht mehr hungrig", sagte sie und drehte ihm den Rücken zu.

Sie marschierte aus dem Restaurant und machte sich auf den Weg nach Hause. Der Kerl hatte vielleicht Nerven! Wie kamen Männer eigentlich darauf, sich so an eine Witwe heranzumachen und sie auszunutzen?

Es dauerte ungefähr einen halben Block, bis sie zu der Erkenntnis gelangte, dass sie ein Teil des Problems war. Sie war diejenige gewesen, die Del angerufen hatte, in der Hoffnung, dass er ihr vielleicht finanziell unter die Arme greifen konnte. Was sollte er denn da denken, außer dass sie eine einsame, verlorene Witwe war?

War sie ja auch. Ihr Herz schmerzte. Genau wie ihre Füße, dank dieser lächerlich hohen Absätze, die dazu führten, dass die Schuhe drückten. Leider gab es in Orten, die so klein waren wie Icicle Falls, keine Taxis. Also musste sie nach Hause humpeln.

Sie hatte schon den halben Weg geschafft, als ein Auto langsam neben ihr herfuhr. Sie drehte sich um, um Del darüber zu informieren, dass sie nicht in seinen Wagen einsteigen würde. Doch sie musste feststellen, dass das Auto gar nicht Del gehörte. Es war ein biederer schwarzer Lexus, und Arnie, ihr alter Freund aus der Bank, saß hinter dem Lenkrad und musterte sie besorgt.

Er ließ das Fenster herunter und rief: „Soll ich dich mitnehmen?"

Sie nickte und stieg dankbar ein.

„Ich war gerade auf dem Weg vom Supermarkt nach Hause, als ich dich gesehen habe", erklärte er.

„Herzlichen Dank, dass du angehalten hast", sagte sie. „Du hast mir das Leben gerettet. Meine Füße bringen mich um."

Arnie war nicht gerade der bestaussehende Mann auf Erden. Er war dünn und sein Haar schon ziemlich schütter, aber er hatte ein großes Herz, und er kannte sich mit Schuhen aus. „Die sind aber trotzdem hübsch", stellte er fest, „allerdings nicht gerade zum Wandern geeignet."

„Ich hatte auch nicht vorgehabt, so viel zu Fuß zu gehen", antwortete sie. Sie zog einen der Schuhe aus und rieb sich die schmerzenden Zehen. „Ich musste meine Essensverabredung vorzeitig beenden."

Arnie stellte keine Fragen. Er nickte einfach, als wäre es ein völlig normales Verhalten. „Wie geht es dir inzwischen, Muriel? Ich habe dich seit der Trauerfeier nicht mehr gesehen."

Samantha hatte sie davor gewarnt, über geschäftliche Dinge zu reden, aber dabei hatte sie bestimmt nicht an Arnie gedacht. Er wusste von ihrem Darlehen. Aber wusste er auch, dass sie mit ihren Zahlungen in Rückstand geraten waren? Wahrscheinlich nicht. Vielleicht sollte sie lieber nichts sagen. „Ich schlage mich so durch", log sie. Sie brauchte ihm ja nicht zu erzählen, dass sie gerade alles, was sie anpackte, ruinierte.

Er warf ihr einen Seitenblick zu und runzelte die Stirn. „In Ordnung. Und jetzt sag mir, wie es dir wirklich geht."

Eine Träne kullerte ihr über die Wange. „Schrecklich. Waldo hat irgendwann aufgehört, in seine Lebensversicherung einzuzahlen. Dadurch bin ich mit den Zahlungen für das Hausdarlehen im Rückstand …" Sie biss sich auf die Zunge. Was sie ihm bisher verraten hatte, war schon deprimierend genug.

„Oh Muriel", sagte er traurig.

Sie klang jämmerlich. Wie beschämend! „Ich werde das schon wieder hinbiegen."

„Ich habe ein wenig Geld gespart."

„Das kann ich nicht annehmen. Aber danke, dass du so ein guter Freund bist."

Er wäre gern mehr. Schon damals, bevor sie Waldo getroffen hatte, wäre er gern mehr als nur ein guter Freund gewesen. Wahrscheinlich bräuchte sie sich um Geld keine Sorgen zu machen, wenn sie Arnie geheiratet hätte. Er hatte jetzt eine gute Stelle als Schadensregulierer für eine Versicherungsgesellschaft in Wenatchee gefunden, und er hatte seine Finanzen im Griff. Trotzdem, das war keine Garantie für Stabilität. Ein Mann konnte krank werden und seine geistigen Fähigkeiten einbüßen, sodass sowohl seine Frau als auch die Finanzen gefährdet waren. Genau genommen gab es nur einen Menschen, auf den eine Frau sich verlassen konnte – auf sich selbst. Es war an der Zeit, dass sie diese Lektion lernte.

„Sind Freunde nicht dafür da, dass sie helfen?", fragte Arnie.

„Ich weiß dein Angebot wirklich zu schätzen. Aber ich glaube, ich muss mir überlegen, wie ich meine Probleme bewältige, ohne mir von allen möglichen Leuten etwas zu borgen. Allerdings könnte ich ein paar Ratschläge gebrauchen."

„Wenn ich dir helfen kann, tue ich das gern", sagte er. „Und wenn du wirklich in der Klemme sitzt, dann ruf mich an."

Sie saß schon in der Klemme.

Das wird sich ändern, versicherte sie sich. Das Leben änderte sich ständig, manchmal zum Guten, manchmal zum Schlechten. Und so schlecht, wie es im Moment um sie bestellt war, konnte es eigentlich nur noch bergauf gehen.

Samantha und Cass saßen im Bavarian Brews und stärkten sich mit Koffein. „Ich schwöre: Wenn es nach meiner Tochter geht, lande ich bald in der Klapsmühle", sagte Cass.

Oh nein. Hatte Amber ihr Versprechen gebrochen, sich zu bessern? Samantha kam sich plötzlich wie ein Komplize bei einem Verbrechen vor. Vielleicht hätte sie Cass doch davon erzählen sollen. Angenommen, sie selbst wäre Mutter: Würde sie es gutheißen, wenn ihre Freundin solche Informationen für sich behielte?

„Was hat sie angestellt?“, fragte Samantha vorsichtig.

„Schule geschwänzt“, erwiderte Cass grimmig.

„Da gibt’s Schlimmeres“, meinte Samantha. Rauchen. Ladendiebstahl. Einer Freundin *nicht* zu erzählen, dass man deren Tochter dabei ertappt hatte, wie die ausprobierte, wie man seine Gesundheit ruinierte.

„Ich weiß.“ Cass nickte. „Ich hab früher auch mal Schule geschwänzt. Es geht um die anderen Kinder, mit denen sie zusammen war. Mir gefällt nicht, mit wem sie sich in letzter Zeit abgibt.“

Samantha auch nicht.

„Weiß der Himmel, was sie als Nächstes anstellt. Übrigens, sie kam mit einer Schachtel Pralinen nach Hause und hat erzählt, dass du ihr die geschenkt hast.“

„Hab ich“, sagte Samantha und hoffte, dass Cass nicht fragen würde, warum.

„Warum? Wofür waren die?“

„Nennen wir es einfach eine Art Bestechung.“

Cass trank einen Schluck Kaffee. „So, so, eine Bestechung.“

„Na ja, du hast dir doch Sorgen wegen ihrer Noten gemacht, oder? Schokolade kann ein sehr wirksamer Motivator sein.“

„Gib’s zu: Da steckt noch mehr dahinter.“ Cass musterte sie, als wollte sie herausfinden, wo der Haken an der Geschichte war.

Samantha rutschte unruhig auf ihrem Stuhl hin und her. „Ein bisschen“, gab sie zu. „Und wahrscheinlich hätte ich dich fragen sollen, bevor ich ihr die Pralinen geschenkt habe.“

„Nein. Ich vertraue auf dein Urteilsvermögen.“

Das hätte eigentlich ein Trost sein sollen, doch es verstärkte den Druck der Verantwortung, der auf Samanthas Schultern lastete. Vielleicht hätte sie Amber doch verraten sollen. Sie konnte es noch immer tun.

Aber dann erinnerte sie sich an den erleichterten Blick des Mädchens, als sie ihr versprochen hatte, sie ungeschoren davonkommen zu lassen. Jeder verdiente eine zweite Chance. Vor allem Töchter, die einen Fehler gemacht hatten, aber dennoch in den Augen der Mutter gut dastehen wollten.

„Ich würde sagen, wir alle brauchen einen Mentor", meinte Cass nachdenklich. „Manchmal auch eine zweite Mom. Und ich muss zugeben, dass der Laden mich so in Anspruch genommen hat, dass ich ihr nicht so viel Aufmerksamkeit geschenkt habe, wie ich es hätte tun sollen." Sie schüttelte den Kopf. „Seit sie Weihnachten bei ihrem Dad verbracht hat, ist sie kaum noch zu bändigen." Cass stellte ihre Tasse zur Seite und zog die Brauen zusammen. „Es gibt Zeiten, da möchte ich aus meinem Leben fliehen."

Samantha konnte das sehr gut nachvollziehen. „Das Leben ist nichts für Weichlinge."

Das brachte Cass zum Grinsen. „Zum Glück gibt es Freundinnen, das ist alles, was ich dazu sagen kann. Und danke, dass du meiner Tochter eine Freundin bist."

„Jede Tochter von dir ist meine Freundin", witzelte Samantha.

Aber eine gewisse Vierzehnjährige sollte lieber vorsichtig sein. Samantha hatte schon genügend Stress in ihrem Leben. Sie würde dafür sorgen, dass Amber nicht noch mehr dazu beitrug.

Sei froh, dass du keine eigenen Kinder hast, sagte sie sich. Stell dir vor, du hättest zu all deinen Sorgen auch noch Probleme mit Kindern. Da wäre sie ja schon völlig verrückt geworden.

Oder vielleicht auch nicht, wenn sie einen Ehemann hätte, der ihr half, den Wahnsinn auf Abstand zu halten, ein großer Mann mit breiten Football-Schultern, an die sie sich anlehnen konnte.

Wo war das denn nun schon wieder hergekommen? Wieder einmal musste sie das Bild von Blake Preston aus ihrem Kopf vertreiben. *Verschwinde und bleib weg!*

Er verschwand, aber sie hörte ihn mit einem Arnold-Schwarzenegger-Akzent sagen: „Ich komme wieder."

Die Genehmigungen tauchten endlich aus den Katakomben des Rathauses auf. Das ist ein Zeichen, redete Samantha sich ein. Alles war genehmigt worden, und der Erdrutsch war auch bald Geschichte. Jetzt brauchten sie nur noch Besucher.

Wenn du fest daran glaubst, kommen sie auch. Zumindest hoffte sie das. „Lasst uns jetzt ganz massiv Werbung machen", sagte sie zum Festivalkomitee. „Wir müssen sämtliche Clubs und Kirchen dazu bringen, sich einen Stand zu mieten, genau wie die Restaurants. So mobilisieren wir unsere Leute und die aus den nahe gelegenen Orten. Wer hat eine Liste von all unseren einheimischen Künstlern und Kunsthandwerkern?"

„Drüben im Kammerbüro haben wir dazu eine Akte", erwiderte Ed.

„Wunderbar", sagte Samantha. „Ich glaube, statt E-Mails zu schreiben, sollten wir lieber telefonieren. Das ist persönlicher, und man bringt die Leute eher dazu, sich zu engagieren."

„Oje", meinte Olivia schwach. „Ich bin schon so beschäftigt mit dem High Tea. Obwohl, wenn dieses ganze Durcheinander nicht in Ordnung kommt, weiß ich sowieso nicht, wer überhaupt noch kommt."

„Solche Aktionen sind nicht so mein Ding", erklärte Annemarie Huber.

Ed zuckte mit den Schultern. „Tut mir leid, Samantha. Diese Grippe hat mich echt schachmatt gesetzt. Ich kann dir die Liste mit den Kontakten mailen, aber mehr Energie bringe ich im Moment noch nicht wieder auf."

Nachdem er getan hatte, was er konnte, damit die Genehmigungen endlich durchgewunken wurden, war Ed erlöst. Trotzdem, einige der anderen könnten ruhig mit einspringen. Sie warf einen hoffnungsvollen Blick zu Heinrich.

Der schüttelte den Kopf. „Wir haben noch einige Gestecke und Kränze für Sigmund Swensons Beerdigung zu machen und außerdem noch zwei Geburtstage. Hinzu kommt, dass ich mich noch um die Dekoration für den Ball kümmern muss. Ich habe keine Zeit, so viele Anrufe zu tätigen."

Wo blieb denn der Teamgeist? Na ja, dann nicht. Würde sie die Telefonate eben selbst erledigen. So wurde wenigstens sichergestellt, dass das auch gemacht wurde. „Na gut, kümmere ich mich also drum", sagte sie.

„Ich helfe dir", bot Cecily sich an.

Was hätte sie nur ohne ihre Schwester getan? Dankbar lächelte sie Cecily zu und fragte dann munter: „Okay, um was müssen wir uns noch kümmern?"

„Werbung", antwortete Cecily. „Ich habe eine Pressemitteilung sowohl an die Zeitungen auf dieser Seite der Berge als auch in Seattle geschickt. In der steht, dass der Erdrutsch rechtzeitig vor dem Festival geräumt sein wird. Und ich habe der Produzentin von *Northwest Now* eine Nachricht auf dem Anrufbeantworter hinterlassen. Aber sie hat sich noch nicht zurückgemeldet."

„Wir müssen noch mehr Anzeigen schalten", sagte Samantha.

„Können wir denn wirklich sicher sein, dass der Highway noch diese Woche geräumt wird?", fragte Annemarie besorgt.

„Hundertprozentig sicher", versicherte Samantha ihr. Die Straße würde geräumt sein, und wenn sie sich einen Lkw leihen und die Felsen eigenhändig wegräumen musste.

„Wie viel kann ich ausgeben?", fragte Cecily. „Ich habe mal nachgefragt. Eine Anzeige in der Sonntagszeitung von Seattle zu schalten ist nicht gerade billig."

„Du meine Güte, das ist ja im Vergleich zu unserer Zeitung hier in Icicle Falls richtig teuer", stöhnte Olivia, nachdem Cecily den Preis genannt hatte.

„Aber ich denke, viele Leute würden dann die Anzeige sehen", konterte Samantha. „Wir müssen schon etwas investieren. Sosehr wir alle auch kostenlose Publicity lieben" – außer wenn sie peinliche Situationen beinhaltete – „die Zeitungen sind immer eher daran interessiert, schlechte Neuigkeiten zu drucken als gute. Erst wenn viel Blut fließt, wird es zum Aufmacher."

„Wir können es uns nicht leisten, ein Vermögen für Werbung auszugeben", warnte Annemarie. „Dafür haben wir einfach schon zu viel Geld eingesetzt."

Aber wenn sie keine Werbung für das Festival machten, kamen auch keine Gäste. Dann wäre alles umsonst gewesen. „Eine Anzeige? Können wir nicht wenigstens eine Anzeige schalten?", drängte Samantha.

Ed wandte sich an Cecily. „Besorg mir alle Informationen.

Dann sehen wir, was sich machen lässt. Und versuch in der Zwischenzeit, diese Fernsehproduzentin zu erreichen. Denn das wäre richtig gute Publicity."

Solange niemand Bill Will erzählte, dass das Fernsehen in der Stadt war, war alles bestens.

Sie beendeten die Besprechung, und Samantha erinnerte Ed noch einmal daran, ihr die Liste mit den Künstlern zu schicken.

„Mach ich", sagte er. „Danach geh ich nach Hause und erhole mich mit einem guten Buch auf dem Sofa."

Das war nicht überraschend. Immerhin war er Pats bester Kunde. „Ich hoffe, es geht dir bald wieder besser", sagte sie. „Und ich weiß ja nicht, was du getan hast, um diese Genehmigungen endlich zu bekommen, aber auf jeden Fall vielen Dank."

Er schüttelte den Kopf. „Ich würde ja gern das Lob dafür einheimsen, aber ich habe leider überhaupt nichts getan. Ich bin nach Haus gegangen und ins Bett gefallen."

„Oh. Na ja."

Ed lächelte. „Die Räder der Bürokratie mahlen langsam, aber sie bewegen sich."

Trotzdem hatte es den Anschein gehabt, als würde es ein unerfüllter Traum bleiben, diese Genehmigungen zu bekommen. Was war also passiert?

Doch wen interessierte es schon? Sie hatten das Okay aus dem Rathaus bekommen, das war das Einzige, das zählte. Sie war einfach der guten Fee dankbar, die ihnen dazu verholfen hatte.

Wenn jetzt auch noch jede Menge Gäste kamen …

19. KAPITEL

Jedem erfolgreichen Menschen stellen sich mal Hindernisse in den Weg. Doch wenn du deine Familie dabeihast, findest du immer auch eine Umleitung zum Erfolg.
Muriel Sterling, *Der unschätzbare Wert der Familie*

Das Straßenbauamt schaffte es, den Highway bis zum Donnerstag zu räumen, doch der Schaden war schon angerichtet. Die meisten Leute, die Zimmer in den Pensionen der Stadt reserviert hatten, hatten diese storniert, und es gab auch keine neuen Buchungen.

„Unsere arme Stadt", jammerte Olivia Blake, als sie in die Bank kam, um Geld von ihrem Sparbuch abzuheben. „Erst fällt kein Schnee, und jetzt noch das hier. Wissen Sie, bevor diese dumme Sache mit dem Erdrutsch dazwischenkam, war ich ausgebucht. Jetzt hat nur ein Paar nicht storniert. Und Annemarie geht es genauso. Bei Gerhardt und Ingrid, die „Gerhardt's Gasthaus" betreiben, ist es dasselbe. Samantha versucht überall zu verbreiten, dass wir das Festival trotzdem abhalten, und ihre Schwester hat unglaublich viele Telefonate mit den Zeitungen und sogar mit der *Northwest-Now*-Fernsehshow geführt, aber bisher ohne Erfolg. Und wer kommt schon noch so kurzfristig?"

Das Festival sollte in weniger als zwei Wochen stattfinden. Es sah also nicht gerade rosig aus für die Sterlings und die Stadt. Restaurants, Pensionen, Geschäfte – sie alle zahlten den Preis für die Angst der Leute vor einem weiteren Erdrutsch. Aber am meisten Sorgen machte sich Blake um die Sterlings. Ganz besonders eine von ihnen.

Samantha Sterling rutschte offenbar von einem Unglück ins nächste.

Konnte er verhindern, dass sie noch tiefer abglitt? Er wusste nicht, ob er Erfolg haben konnte, wo sie und ihre Schwester gescheitert waren. Aber er war bereit, es zu versuchen. Verflixt, er schuldete es ihnen und seinen anderen Bankkunden, sich in die Sache mit der Publicity einzumischen.

Am nächsten Morgen war er schon um vier Uhr aus der Tür und auf dem Weg nach Seattle. Manchmal reichte ein Anruf nicht. Manchmal musste man von Angesicht zu Angesicht reden, um Dinge auf den Weg zu bringen.

„Hast du schon die Zeitung aus Seattle gesehen, *chica?*“, begrüßte Elena Samantha, als sie am Freitag ins Büro kam.

Samantha hätte am liebsten überhaupt keinen Blick mehr in eine Zeitung geworfen. Aber Elena lächelte, also konnten es ausnahmsweise mal keine schlechten Nachrichten sein.

„Schau, da“, sagte sie und hielt die Zeitung hoch. „Es ist auf Seite zwei, aber das ist okay.“

Samantha nahm die Zeitung. Als sie die fett gedruckte Überschrift über dem Artikel las, fielen ihr fast die Augen aus dem Kopf. „Straßenbauamt räumt Pass rechtzeitig vor Schokoladenfestival.“ Samantha schnappte nach Luft. „Du lieber Himmel!“ Kostenlose Publicity – ein Wunder war geschehen.

So wie es aussieht, können Schokoladenliebhaber den Pass überqueren, um das Schokoladenfestival, das am Wochenende vor dem Valentinstag in Icicle Falls stattfinden soll, zu besuchen. Dies ist dem Team des Straßenbauamts zu verdanken, das extra Überstunden gemacht hat, um den Weg freizumachen. Ein gewaltiger Erdrutsch hatte den Highway 2 vor Kurzem unpassierbar gemacht, aber die Repräsentanten des Straßenbauamts versicherten, dass der Pass jetzt wieder freigegeben sei und keine Gefahr mehr bestünde. „Wir freuen uns auf unsere Gäste“, erklärt Ed York, Einwohner von Icicle Falls und Besitzer des Weingeschäftes D'Vine Wines. Eds Geschäft ist nur eines von vielen, die an dem anstehenden Festival teilnehmen.

„Nicht schlecht, was?“, meinte Elena.

Offenbar hatte Ed Kontakt zur Zeitung aufgenommen. Super gemacht, Ed!

Samanthas Mundwinkel hoben sich. Was war das für eine ungewohnte Bewegung? Ach ja, ein Lächeln! Das erste, das sie seit Tagen zustande brachte, und es fühlte sich großartig an.

Sie ging in ihr Büro und begann, E-Mails zu schreiben. Die Uhr tickte, und sie musste Werbung für ein Festival machen. Gott sei Dank.

Sie war gerade dabei, einen kurzen Text über Twitter loszuschicken, als Elena sich über die Gegensprechanlage meldete. „Die Produzentin der *Northwest-Now*-Show ist auf Leitung zwei und möchte wissen, ob du ein Interview über die Firma geben willst und ihr erzählst, wie du auf die Idee mit dem Festival gekommen bist."

Und ob sie wollte!

Am Montag hieß es, Scheinwerfer und Kamera an ... und Action, als die Filmcrew der *Northwest-Now*-Show in die Stadt einfiel. Samantha hatte Mom und Cecily gebeten, bei dem Interview dabei zu sein. Zum einen aus Familiensolidarität, zum anderen, um ihrer Mutter einen Lorbeerzweig entgegenzustrecken. Im letzten Monat war sie ziemlich hart zu ihr gewesen. Sie hatte ein schlechtes Gewissen deshalb, zumal Mom sich wirklich bemüht hatte und sehr lieb zu ihr gewesen war. Samantha hoffte, auf diese Weise ein bisschen Wiedergutmachung leisten zu können.

Jetzt saßen sie also im Laden auf Stühlen, die sie sich aus Cass' Bäckerei geliehen hatten, umgeben von einem Berg von Pralinenschachteln, Scheinwerfern und Kabeln, und warteten darauf, dass Kiki Long, die Moderatorin von *Northwest Now*, sie interviewte. Kiki sah in ihrem roten Kostüm beeindruckend aus. Aber mit Cecily konnte sie einfach nicht mithalten: Die sah in ihrem rosafarbenen Kaschmirpullover und der Designerjeans schlicht umwerfend aus. Und auch nicht mit Mom, die einen engen Rock und eine cremefarbene Bluse trug, dazu dezenten Goldschmuck. Samantha hatte sich für eine bestickte grüne Jacke – ihr Lieblingsstück – über einer weißen Bluse und Jeans entschieden – die übliche Geschäftskleidung in Icicle Falls. Sie konnte es immer noch kaum fassen, dass ihnen das Glück jetzt endlich hold war und das alles hier passierte.

Jetzt durfte sie nur nicht das Interview vermasseln. Sie war noch nie im Fernsehen gewesen, und ihr Deo musste ganze Arbeit leisten.

„Schauen Sie nicht in die Kamera", instruierte Janice, die Produzentin, sie. „Sehen Sie einfach Kiki in die Augen."

Samantha nickte und schluckte, um ihre trockene Kehle zu befeuchten.

„Und lächeln", fügte Janice hinzu, bevor sie Samantha den Arm tätschelte. „Das hier soll doch Spaß machen."

Ach ja, Spaß. *Entspann dich.* Sie blickte zu ihrer Mutter, die genauso ernst dasaß wie die Mona Lisa. Aber Mom hatte auch schon mal so was Ähnliches gemacht. Als ihr letztes Buch herausgekommen war, hatte ein Radiosender in Seattle sie interviewt.

Sie lächelte Samantha und Cecily ermutigend zu und sagte: „Denkt daran, wie stolz eure Urgroßmutter Rose jetzt auf euch wäre."

Das brachte Samantha zum Lächeln. *Ja, Urgroß-Granny, wir haben noch nicht aufgegeben.*

Die Kamera begann zu surren, und Kiki eröffnete das Interview, indem sie eine Trüffelpraline mit weißer Schokolade und Zitronengeschmack probierte. Ihre Reaktion war besser als die teuerste Werbung, die sie hätten schalten können. Sie riss die Augen auf und stöhnte doch tatsächlich. „Oh mein Gott, das ist unglaublich", sagte sie und fächerte sich dramatisch Luft zu, wie man es von ihr kannte.

„Das ist ein Rezept meiner Mutter", erklärte Samantha. Bevor sie sich ganz aufs Schreiben konzentriert hatte, war Mom auch auf anderen Gebieten kreativ gewesen und hatte das eine oder andere Rezept beigesteuert. Anders als ihre älteste Tochter, die in dieser Hinsicht offensichtlich gehandicapt war.

„Also, dann erzählen Sie mir doch mal von Ihrer Firma", begann Kiki. „Stimmt es, dass Ihrer Urgroßmutter, die die Firma gegründet hat, das erste Rezept tatsächlich im Traum eingefallen ist?"

Und dann ging es los. Mom war äußerst charmant, Cecily war

wunderhübsch, und Samantha konnte gar nicht mehr aufhören zu lächeln. Welche Frau, die die niedlichen rosa Pralinenschachteln und die Bonbons in Goldfolie sah, würde nicht den Wunsch verspüren, den Laden zu stürmen oder Sweet-Dreams-Schokolade online zu bestellen? Sie sprachen über die Firma, über Icicle Falls und, natürlich, über das Festival.

„Wie kamen Sie auf die Idee, ein Schokoladenfestival ins Leben zu rufen?“, fragte Kiki.

Aus purer Verzweiflung. „Na ja, wer mag schon keine Schokolade?“, erwiderte Samantha munter.

„Wir produzieren hier in Icicle Falls ja nicht nur die weltbeste Schokolade, wir können außerdem noch eine herrliche Landschaft, tolle Läden und Restaurants und unheimlich nette Menschen bieten“, fügte Cecily hinzu.

Bessere Werbung kann man nicht machen, dachte Samantha. Warum war nicht sie auf die Idee gekommen? Ihre Schwester hatte wirklich Marketingtalent.

„Da stimme ich Ihnen zu“, sagte Kiki. „Und Ihre Trüffel sind unglaublich köstlich. Also, Samantha, Sie sind die Chefin des Unternehmens?“

„Ja, das ist sie“, erwiderte Mom.

Tief in ihrem Inneren löste sich ein Knoten, der Samantha schon seit Langem den Hals zugeschnürt hatte.

„Haben Sie auch schon Rezepte für Sweet Dreams erträumt?“, wollte Kiki von Samantha wissen.

Was? Warum musste diese Frau ausgerechnet diese eine Frage auswählen? Panik ergriff Samantha. Sprachlos saß sie auf ihrem Stuhl, wie erstarrt, unfähig, zu reden.

Mom rettete sie. „Jede Firma braucht Träumer und Macher. Samantha ist eine Macherin. Dank ihr wird es unsere Firma auch noch in vielen Jahren geben.“

Wenn der Präsident der Vereinigten Staaten höchstpersönlich sie mit einer Medaille geehrt hätte, wäre Samantha nicht tiefer gerührt gewesen. Tränen schossen ihr in die Augen, und sie drückte ihrer Mutter die Hand.

„Das wollen wir doch hoffen“, sagte Kiki. „Und hier meine

Botschaft an alle Schokoladenliebhaber und Liebespaare, die noch einen kleinen Wochenendtrip vor dem Valentinstag buchen wollen: Icicle Falls ist genau der richtige Ort dafür."

Und damit war dieser Teil der Sendung beendet.

„Perfekt", erklärte Janice.

Es war an der Zeit, Hände zu schütteln, den Beteiligten zu danken und sicherzustellen, dass alle eine Schachtel Pralinen geschenkt bekamen. Die Crew packte das Equipment wieder ein, und Cecily lud Kiki und Janice – natürlich auf Kosten von Sweet Dreams – ins Schwangau zum Mittagessen ein.

Samantha hielt ihre Mutter am Arm fest. „Mom, danke für das, was du gesagt hast."

„Oh Schätzchen", erwiderte ihre Mutter. „Ich sollte dir danken."

„Wofür? Weil ich so sauer war?"

Mom seufzte. „Liebes, ich mache dir keine Vorwürfe. Ich weiß, dass ich die Sache mit Waldo falsch angegangen bin." Sie zögerte und biss sich auf die Lippe.

„Mom, was ist?", drängte Samantha sie, bemüht, alle Missverständnisse zwischen sich und ihrer Mutter aus dem Weg zu räumen.

Ihre Mutter seufzte noch einmal. „Es geht um Waldo."

Samantha erstarrte und machte sich auf eine Lektion gefasst. *Du hättest netter zu ihm sein sollen. Er hat dich geliebt.* Na los, sag es schon, dachte sie. Ich verdiene es.

„Es ging ihm nicht gut."

Natürlich ging es ihm nicht gut. Er war gestorben. „Was genau meinst du damit?"

„Er hatte eine Krankheit, die man Lewy-Körper-Demenz nennt."

Es war, als hätte jemand einen Eimer kaltes Wasser über Samantha ausgeschüttet. Fassungslos fragte sie: „Lewy… Was ist das?"

„So etwas Ähnliches wie Alzheimer – das Gehirn bildet sich zurück", antwortete Mom leise.

„Einige der seltsamen Dinge, die er gemacht hat …" Natürlich, das erklärte, warum er auf einmal nicht nur inkompetente, sondern katastrophale Entscheidungen getroffen hatte. „Wie lange?“ Wie lange hatten sie das gewusst? Samantha wurde ganz schlecht.

Ihre Mutter zuckte mit den Schultern. „Ein paar Monate. Es begann mit dem Restless-Leg-Syndrom – jedenfalls dachten wir, das wäre es. Er konnte nicht mehr richtig schlafen. Ich habe ihm Vitamine besorgt. Die halfen aber nicht. Dann ist er auf der Veranda gefallen. Aber an dem Tag war es ziemlich rutschig, also haben wir uns nichts weiter dabei gedacht.“

Samantha erinnerte sich an den Sturz. Sie erinnerte sich auch, dass sie gehofft hatte, Waldo würde deshalb für ein paar Tage im Büro fehlen und sie hätte ihre Ruhe. *Oh verdammt, was war sie nur für eine grässliche Stieftochter gewesen.*

„Er hat angefangen, Dinge zu vergessen …“

Wie zum Beispiel die vierteljährlichen Steuervorauszahlungen.

„… und wurde immer verwirrter. Aber an anderen Tagen ging es ihm gut. Wir haben uns selbst etwas vorgemacht, haben uns eingeredet, dass es einfach nur Alterserscheinungen waren. Ab Oktober wusste ich jedoch, dass wir es mit einem ernst zu nehmenden Problem zu tun hatten. Die endgültige Diagnose haben wir dann erst im Dezember bekommen. Der Arzt hatte eine Computertomografie des Gehirns gemacht.“ Mom hielt inne und presste die Lippen aufeinander, während sie versuchte, ihre Gefühle wieder unter Kontrolle zu bringen. Dann fuhr sie fort: „Die einzige Möglichkeit, um festzustellen, ob es sich wirklich um Lewy-Körper-Demenz gehandelt hat, wäre eine Autopsie gewesen, aber das wollte ich ihm nicht antun. Wie auch immer, die Computertomografie war eindeutig genug.“

Ihr sogenannter Kurzurlaub in Seattle kurz nach Thanksgiving war gar kein Kurzurlaub gewesen. Sie waren bei Ärzten gewesen, hatten eine Reihe von Tests über sich ergehen lassen müssen, und das alles ohne die moralische Unterstützung vonseiten der Familie.

Samantha hatte das Gefühl, als müsste sie sich gleich übergeben. Oder heulen. Oder beides. „Warum habt ihr uns nichts davon erzählt?", fragte sie mit rauer Stimme.

„Wir wollten euch Weihnachten nicht verderben. Und du hattest doch alle Hände voll zu tun mit den Weihnachtsbestellungen."

Und damit, sich mit Waldo herumzuplagen. Sich darüber aufzuregen, dass das Finanzamt ihnen eine kräftige Mahngebühr aufgebrummt hatte, weil sie mit ihren vierteljährlichen Vorauszahlungen in Rückstand geraten waren. Und Waldo in seinem Büro eine Szene zu machen, nachdem sie erfahren hatte, dass er die Ratenzahlung im Dezember nicht hatte leisten können. Ihn bei Mom verpetzen.

„Mom, ich …" Samanthas Kehle war wie zugeschnürt. Wie ein begossener Pudel stand sie da. Sie wusste einfach nicht, was sie sagen sollte. All diese absurden Einkäufe, die Waldo getätigt hatte, die Paranoia, die immer schlimmeren Fehlentscheidungen, das finanzielle Durcheinander. Warum war sie nicht auf die Idee gekommen, dass Waldos Probleme eine medizinische Ursache hatten?

Weil sie zu sehr mit der Firma beschäftigt gewesen war. Und damit, sauer zu sein. Jetzt war Waldo oben bei den Engeln und verbesserte sein Golf-Handicap. Wenn für sie die Zeit gekommen war, würde ihr das Himmelstor bestimmt verschlossen bleiben, und man würde ihr empfehlen, sich einen Platz weiter südlich – in heißeren Gefilden – zu suchen. Verdammt, sie würden es ihr gar nicht zu sagen brauchen. Sie würde freiwillig dorthin gehen. Warum gab es im Leben eigentlich keinen Rückspulknopf?

Jetzt sah ihre Mutter sie anders an. Auf eine Art, die ihr ein noch schlechteres Gewissen bescherte: bedauernd. „Ich hätte dir davon erzählen sollen, sobald ich Verdacht geschöpft hatte", sagte sie zu Samantha. „Ganz offensichtlich hat die Krankheit Waldos Fähigkeiten beeinträchtigt, die Firma zu leiten."

Offensichtlich. Samantha hätte eigentlich froh sein sollen, dass ihre Mutter es endlich laut aussprach – doch sie war einfach nur traurig. Da hatten ihre Mutter und ihr Stiefvater mit Problemen zu kämpfen gehabt, bei denen es um Leben und Tod ging, und sie hatte einen Anfall bekommen, weil er kistenweise Selter gekauft hatte. „Mom, es tut mir so leid. Ich wünschte, ich hätte es gewusst."

„Und ich wünschte, ich hätte Waldo ermutigt, etwas anderes zu machen."

Da waren sie schon zwei, die das wünschten. Der arme Waldo hatte sich für einen tüchtigen Geschäftsmann gehalten, doch er war von Anfang an überfordert gewesen. Trotzdem, sie hätte mit ihm zusammenarbeiten können, hätte ihm mehr helfen können. Wäre das Unglück dann abzuwenden gewesen, wenn sie es intensiver versucht hätte? Sie würde es nie erfahren.

„Ich möchte, dass du weißt, dass er seinen Platz in der Firma räumen wollte, als wir endlich erfahren hatten, was ihm fehlte", sagte Mom. „Wir haben direkt vor seinem Tod darüber gesprochen. Du hättest die Firma schon die ganze Zeit leiten sollen. Es war dein Erbe."

So, jetzt war es endlich heraus, die Quelle von Samanthas Wut. Waldo war hereinspaziert und hatte ihr das rechtmäßige Erbe streitig gemacht. Der Mann, der für ihre Mutter das perfekte Happy End verkörperte und sich als perfekter Stiefvater erwiesen hatte. Und Mom hatte ihn dabei noch unterstützt. Seitdem hatte Samantha ihren Ärger in sich hineingefressen. Und egal, wie sehr sie auch versucht hatte, ihre Wut zu verstecken oder zu unterdrücken, die negativen Gefühle waren immer präsent gewesen. Aber jetzt war es an der Zeit, sie loszulassen. Diese Bürde wollte sie nicht länger mit sich herumschleppen.

„Kannst du mir noch einmal verzeihen, dass ich so dumme Entscheidungen gefällt habe?", fragte Mom mit Tränen in den Augen.

Samantha war so ergriffen, dass sie kaum noch sprechen konnte. Alles, was sie herausbrachte, war ein: „Oh Mom." Und als sie sich umarmten, spürte sie, wie der ganze Ärger aus ihr herausgeschwemmt wurde.

„Ich mache es wieder gut", flüsterte Mom.

„Mom, da gibt es nichts wiedergutzumachen." Jetzt nicht mehr. Sie war diejenige, die etwas wiedergutzumachen hatte, weil sie sich so mies verhalten hatte, weil sie kein Verständnis gezeigt hatte, weil sie auf einen Mann böse gewesen war, der ihr eigentlich einmal viel bedeutet hatte.

Ihre Mutter schenkte ihr ein schwaches Lächeln und strich Samantha eine Locke hinters Ohr. „Wenn jemand uns aus diesem Tal herausholen kann, dann du. Erinnerst du dich noch an dein Lieblingsbilderbuch von früher?"

„Die kleine Dampflokomotive." Mom hatte das Buch noch immer irgendwo stehen und bewahrte es für kommende Enkelkinder auf.

„Du warst immer so voller Vertrauen", sagte Mom. „Und ich vertraue drauf, dass uns das auch jetzt wieder hilft. Genau wie die kleine Dampflokomotive haben wir eine Menge süßer Dinge auszuliefern, und du bist unsere Dampflok, die uns dorthin bringt, wo wir hinwollen. Du hast genügend Energie und Entschlossenheit, um das zu schaffen."

Samantha konnte nur hoffen, dass ihre Mutter recht behielt. Doch nachdem der Highway jetzt wieder frei war und sie so viel kostenlose Werbung bekommen hatten, konnten sie es vielleicht – ganz vielleicht – schaffen.

20. KAPITEL

Man kann tatsächlich Liebe und Geschäft miteinander vereinbaren und daraus etwas ganz Wunderbares schaffen.
Muriel Sterling, *Die Verbindung von Arbeit und Vergnügen: Wie man Arbeit und Liebe erfolgreich miteinander verknüpft*

Pat, ich kann dir gar nicht genug danken, dass du mir hierbei hilfst", sagte Muriel, während sie sich durch die Papierberge, die Rechnungen und Kontoauszüge auf Waldos Schreibtisch arbeiteten.

Alleine hätte sie das alles gar nicht bewältigen können. Genau wie mit dem Buch über Finanzen, das sie von Pat bekommen hatte, wäre sie heillos überfordert gewesen. Steuerermäßigungen, Refinanzierung, Darlehensraten, Zinssätze (sie sollte diese Tabelle verstehen? Ernsthaft?) – davon hatte sie nur Kopfschmerzen bekommen. Sie sprach diese Sprache einfach nicht. Das war ... Mathe! Trotzdem hatte das Buch einen gewissen Zweck erfüllt: Sie brauchte abends nur ein paar Seiten zu lesen, und schon war sie eingeschlafen. Besser als Schlaftabletten.

Aber damit bekam sie natürlich nicht ihre Finanzen in Ordnung. Ein SOS-Anruf, und Pat war herübergekommen, bewaffnet mit ihrem Taschenrechner. Und jetzt hatten die beiden Frauen den Kampf mit den Rechnungen aufgenommen.

„Ich habe nicht die leiseste Ahnung, wie ich mit dem, was ich habe, auskommen soll", gab Muriel zu. „Diese ganzen Rechnungen." Sie schüttelte den Kopf. „Das ist echt beschämend. Ich bin wirklich völlig ignorant. Das Einzige, was ich kann, ist schreiben."

Warum nur hatte sie nicht darauf bestanden, eine aktivere Rolle bei den ganzen geschäftlichen Dingen zu übernehmen, als Stephen noch am Leben gewesen war? Oder sogar bei Waldo? Nach Stephens Tod hätte sie sich einarbeiten und alles übernehmen können.

Aber sie hatte so vieles regeln müssen – Berge von Formularen, die auszufüllen waren, Rechnungen, die sortiert werden mussten. Ständig waren alle möglichen Schecks nicht gedeckt gewesen. Immer wieder war Arnie abends vorbeigekommen, um mit ihr die Bankauszüge zu kontrollieren und das Durcheinander zu klären. Dabei hatte er stets geduldig versucht, ihr zu erklären, wo sie Fehler gemacht hatte. *Hier, Muriel. Schreib einfach diesen Scheck über zweiundneunzig Dollar an P.U.D. aus.*

Als sie Waldo kennengelernt hatte, hatte es immer noch Schecks gegeben, die nicht gedeckt waren. Nur zu gern hatte sie ihm die Verantwortung dafür übertragen. *Mach dir keine Sorgen, Liebling. Ich übernehme die Rechnungen. Du schreibst einfach deine Bücher.* Wenn sie jetzt zurückblickte, erkannte sie, dass sie wie eine Analphabetin war, die niemals die Fähigkeit erworben hatte, die sie brauchte. Stattdessen hatte sie immer wieder Ausreden gefunden, um ihre Defizite zu umgehen.

„Jetzt lass uns erst mal mit dem arbeiten, was du hast, und sehen, wie wir es aufteilen können", sagte Pat und unterbrach damit Muriels Gedankengänge.

Zwei Stunden später hatten sie sämtliche Ausgaben und Einnahmen von Muriel in einer Tabelle zusammengefasst. Das, was sie ausgab, war deutlich mehr als das, was hereinkam. Das konnte sogar Muriel erkennen. Sie würde Waldos BMW verkaufen müssen, und auch das Haus würde man sofort zum Kauf anbieten müssen. Das war keine große Überraschung. Trotzdem hatte sie gehofft, dass sie noch ein bisschen mehr Zeit haben würde, um erst mal wieder auf die Füße zu kommen.

„Wahrscheinlich wird dir nicht viel bleiben", sagte Pat, „aber es sollte zumindest so lange reichen, bis du dein nächstes Buch fertig hast."

Ob es wohl je ein neues Buch geben würde?

Das Haus zum Verkauf anzubieten war schon schwierig genug. Das reichte fürs Erste an emotionaler Belastung. Einen Schritt nach dem anderen, sagte sie sich, als sie Mountain Meadows Real Estate anrief und einen Termin mit dem Makler vereinbarte.

Das Gespräch war ermutigend. Am Ende hatte sie das Gefühl, in die richtige Richtung zu gehen. Jetzt hatte sie einen Plan und eine Tabelle, und allein das machte ihr schon Mut. So als könnte sie alles bewältigen. Ach Stephen, du hättest bestimmt nie gedacht, dass ich das schaffe. Aber es sieht so aus, als könnte ich es doch.

Und wenn sie es schaffte, so unerfreuliche Dinge wie ihre Finanzen zu regeln, dann konnte sie ganz bestimmt auch helfen, ein Schokoladenfestival auf die Beine zu stellen, und mit dafür sorgen, dass es ein Erfolg wurde.

Bailey kam am Mittwochmorgen vor dem Festivalwochenende mit zwei großen Koffern und ihrem Handgepäck am Sea-Tac-Airport an.

„Ich bin hier. Das Spiel kann beginnen!“, verkündete sie und fiel Samantha in die Arme. Im wahrsten Sinne des Wortes. Weil sie nicht darauf achtete, wohin sie trat, stolperte sie über den Trolley eines Mitreisenden.

„Und du hast deinen halben Hausstand mitgebracht“, stellte Samantha fest, während sie dafür sorgte, dass ihre Schwester ihr Gleichgewicht wiederfand.

„Das ist alles für das Dinner und den High Tea, Sammy“, sagte Bailey und strich sich ihre kastanienbraunen Locken aus dem Gesicht. „Ich habe jede Menge Deko-Artikel im Ein-Dollar-Shop gefunden. Ich weiß zwar, dass wir im Geschäft im Moment ein bisschen klamm sind, aber kannst du mir die Auslagen erstatten? Bis ich den nächsten Cateringjob gemacht habe, bin ich zurzeit auch ein bisschen knapp bei Kasse.“

Bailey war „ein bisschen knapp bei Kasse“, seit sie zwölf war. Genau wie Mom war sie nicht gerade ein Mathegenie. Samantha graute es schon vor der Rechnung. Ihre Schwester schaffte es, selbst in einem Ein-Dollar-Shop ein Vermögen auszugeben.

Samantha griff nach einem Koffer. „Gib mir die Rechnung, dann bekommst du das Geld zurück“, sagte sie. Irgendwie. Nach allem, was sie für die unterschiedlichen Events hatten kaufen müssen, summierten sich die Ausgaben. Und wenn es so weiterging, würde sie Bailey mit Schokoladenmünzen auszahlen müssen, die in Gold gewickelt waren.

„Ich kann es kaum abwarten, alles zu inspizieren", sagte Cecily und nahm den anderen Koffer.

Also musste Bailey nur noch ihren Trolley ziehen und konnte sich bei ihrer großen Schwester einhaken. „Das wird ein Riesenspaß."

„Riesenspaß", das war das Motto, nach dem Bailey lebte. Sogar die Gründung ihres Cateringgeschäfts war mehr Spaß als Arbeit gewesen, da Dad sie großzügig unterstützt hatte. Aber Samantha war darauf nicht neidisch. Gegen nichts in der Welt würde sie die Erfahrungen, die sie mit Sweet Dreams gemacht hatte, eintauschen wollen. Sie hatte sich hochgearbeitet, hatte angefangen, im Laden Schokolade zu verkaufen, und leitete jetzt das Unternehmen. Das war etwas, worauf sie stolz sein konnte.

„Wir werden Spaß haben", stimmte Cecily zu, „jetzt, wo die Krise abgewendet wurde", fügte sie hinzu und meinte damit den Erdrutsch.

Na ja, *eine* Krise, immerhin. Sie brauchten immer noch dringend Geld. Aber da war eine weitere Anzeige in der Zeitung in Seattle, die die Gäste ermutigte, den Pass zu überqueren. Und die Sendung im Fernsehen. Dadurch sah es so aus, als wäre ihre Panik am Anfang unnötig gewesen. In den Pensionen wurden wieder Zimmer reserviert, und die Ladenbesitzer schöpften ebenfalls neue Hoffnung. Die gesamte Stadt hatte hart daran gearbeitet, um diese Sache in Rekordzeit auf die Beine zu stellen. Und die Touristen würden bestimmt von Icicle Falls schwärmen. Und, natürlich, von der Sweet-Dreams-Schokolade.

Trotzdem würde Samantha erst wieder durchatmen können, wenn das Wochenende vorüber war. Sie kam sich vor wie ein Jongleur, der versuchte, ein Dutzend Fackeln in der Luft zu halten, während er einen Stepptanz auf einem Hochseil vollführte. In High Heels. Sie hatte alle Fingernägel abgekaut und sechs Pfund zugenommen, weil sie aus lauter Frust so viel Schokolade gegessen hatte. Aber wenn das Festival ein Erfolg wurde, hatte sich jede Minute Stress gelohnt, und dann waren auch die Extrapfunde zu verkraften.

„Ich habe das ultimative Dessertrezept für unser Schokoladen-Dinner", prahlte Bailey. „Schokoladen-Trüffel-Trifle, natürlich mit unserer Schokolade."

„Das klingt echt dekadent", meinte Cecily. „Es wäre ein Wunder, wenn wir an diesem Wochenende nicht alle an einer Überdosis Schokolade sterben."

Das fürchtete Samantha auch. Sie war schon auf dem besten Weg dorthin. Gab es eigentlich so etwas wie die Anonymen Schokoholics? Wenn ja, würde sie wohl beitreten müssen.

„Oh, und übrigens habe ich noch weitere gute Neuigkeiten, eigentlich die besten überhaupt", fuhr Bailey fort.

„Du hast einen Millionär gefunden, der uns Geld geben will", scherzte Samantha. *Schön wär's.*

„Fast genauso gut. Ich hatte am Sonntag einen Cateringjob bei einer Feier zu Ehren eines Babys, und ihr werdet nie erraten, wen ich da getroffen habe."

„Mimi LeGrande", sagte Samantha sarkastisch. Cecily hatte es geschafft, den Namen von Mimis Produzenten herauszubekommen. Doch leider hatte sie keine Antwort auf ihre E-Mails erhalten.

„Ich habe die Cousine ihres Produzenten getroffen", meinte Bailey triumphierend. „Ich habe ihr versprochen, ihr nach dem Festival ein paar Kostproben zu bringen."

Samantha starrte ihre kleine Schwester ungläubig an.

„Oh, wow", rief Cecily beglückt. „Gut gemacht, Schwesterherz!"

„Das kannst du laut sagen", stimmte Samantha ihr zu.

Den Weg über den Freund eines Freundes einzuschlagen war nicht immer von Erfolg gekrönt, aber einen Versuch war es wert. Das Festival stand, und jetzt hatten sie noch die Möglichkeit, an Mimi LeGrande ranzukommen. Mom sagte immer: „Alles Gute kommt zu derjenigen, die warten kann." Es sah so aus, als hätte Mom recht.

Sie machten sich vom Flughafen auf den Weg nach Hause, und

Bailey erzählte munter weiter. Samantha blickte auf die Straße und sah eine erfolgreiche Zukunft vor sich.

Wie schön, dass Mom wieder Interesse am Leben zeigt, dachte Cecily, als sie ins Büro ging, um die Präsentschachteln für den Traummann-Wettbewerb zu überprüfen. Als sie zu Hause weggegangen war, hatten Mom und Bailey über Rezepte gefachsimpelt. Sie waren so damit beschäftigt gewesen, dass sie kaum mitbekommen hatten, wie Cecily sich verabschiedet hatte. Ja, Moms Blick verriet immer noch, wie traurig sie war, und oft ging sie auch früh ins Bett. Doch das war verständlich, wenn man bedachte, wie wenig Zeit erst seit Waldos Tod vergangen war. Wenn man sich überlegte, was ihre Mutter alles durchgemacht hatte, fand Cecily es genau genommen erstaunlich, dass ihre Mutter überhaupt in der Lage war, das Leben zu meistern.

Was war das wohl für ein Gefühl, wenn man zwei Männer fand, die einen vergötterten, und man dann beide verlor? Cecily konnte es sich nicht vorstellen. Sie konnte sich ja nicht einmal vorstellen, überhaupt einen netten Mann für sich zu finden.

Irgendwo da draußen gab es sie, die netten Männer. Ein paar von ihnen hatte sie während ihrer Zeit als Partnervermittlerin verkuppelt. Aber es war eine seltene Spezies.

Gerade als sie am Laden eintraf, kam auch Luke Goodman von der anderen Seite der Straße heran. Das war zum Beispiel einer der Netten, ein wahres Bollwerk von Mann.

„Hallo! Wir haben deine Präsentschachteln fertig“, begrüßte er sie. „Willst du mal sehen?“

„Deshalb bin ich hier“, erwiderte sie und folgte ihm ins Lager. Hinter Luke Goodman herzugehen war so, als ginge man hinter einer Mauer entlang. Bei ihm konnte eine Frau sich richtig sicher fühlen.

Kannte sie eine Frau, die zu ihm passen würde?

Du bist nicht mehr im Geschäft, ermahnte sie sich.

Trotzdem, so schnell konnte man nicht von alten Gewohnheiten lassen. Vielleicht Bailey? Nein, ihre kleine Schwester konnte sie sich mit diesem Mann nicht vorstellen, auch wenn er einen guten Einfluss auf sie hätte. Aber Bailey war selbst noch ein Kind, und Luke hatte schon eine Tochter, die er großziehen musste.

„Ich wünschte, du wärst eine Stunde eher gekommen. Ich hätte deine Hilfe beim Einkaufen gebrauchen können“, sagte er.

„Oh? Was denn?“

„Ein Kleid“, sagte er trocken.

„Ist wahrscheinlich schwierig, eins in deiner Größe zu finden.“

Er grinste. „Für Serena. Ich sollte meine Expertenmeinung abgeben. Mom war mit ihr bei Gilded Lily's, um ihr ein neues Kleid für diesen High Tea zu kaufen, und sie hatten zwei in die engere Auswahl genommen.“

Einkaufen, einer der großen Spaßfaktoren, wenn man eine kleine Tochter hatte. Kleine Mädchen, Babys – Cecily hörte auf einmal ein lautes Tick-tack-tick-tack in ihrem Hinterkopf.

Hastig griff sie nach einem mentalen Hammer, um dem Schuldigen eins über die Rübe zu geben. Eine tickende biologische Uhr war noch lange kein Grund, sich übereilt auf eine Beziehung einzulassen. Heutzutage nicht mehr. Biologische und kulturelle Aspekte passten nicht immer besonders gut zusammen; die hohen Scheidungsraten waren ein eindeutiger Beweis dafür. So wie es schien, fanden sich Paare heutzutage nicht mehr, um für immer zusammenzubleiben.

Selbst in Icicle Falls waren Scheidungen nicht mehr unbekannt. Sie dachte an Cass Wilkes und Charlene Albach, beides großartige Frauen, die eigentlich selig bis an ihr Lebensende hätten sein sollen. Und sie hatte Gerüchte gehört, dass auch ihre alte Schulfreundin Ella O'Brien, die Gilded Lily's, den Laden ihrer Mutter, führte, Probleme hatte. Sie konnte nur hoffen, dass an diesen Gerüchten nichts dran war.

Ella und Jake waren schon seit der Highschool zusammen. Es war das erste Paar gewesen, das Cecily verkuppelt hatte. Ella hatte nichts erzählt, als sie vor ein paar Wochen zusammen essen gewesen waren. Trotzdem, während der letzten fünf Jahre hatten sie mehr oder weniger den Kontakt verloren, und das waren nicht unbedingt Neuigkeiten, die man beim ersten Mal herausposaunte, wenn man eine alte Freundin traf. Schon gar nicht, wenn diese Freundin dich mit deinem Mann zusammengebracht hatte.

Inzwischen waren Cecily und Luke im Lager angekommen. Als sie all die Bestände in den Regalen sah, grinste sie. An diesem Wochenende würde die Stadt unter einer Lawine von Schokolade begraben werden. Cecily zitterte ein wenig, nicht nur vor Kälte, sondern auch vor Aufregung, und rieb sich die Arme. Prompt zog Luke seine Lederjacke aus und legte sie ihr um die Schultern – noch mehr Pluspunkte für ihn. Danach führte er sie zu einem Stapel mit Kartons, die in einer Ecke standen.

Er öffnete einen davon und holte eine kleine rosafarbene Schachtel heraus, die mit einer goldenen Schleife und dem Goldmedaillon mit dem Firmenlogo versehen war. Das Logo zeigte eine schlafende lächelnde Mondsichel mit langen, mädchenhaften Wimpern. Die Schachtel bezeichneten sie als Kleeblatt. Darin lagen vier verschiedene Pralinen – eine mit gesalzenem Karamellgeschmack, eine Zitronencremetrüffelpraline, umhüllt mit weißer Schokolade, eine Trüffelpraline mit dunkler Schokolade und Nugatfüllung und eine mit Pfefferminzgeschmack. Das Kleeblatt gehörte zu den beliebtesten Kreationen in ihrem Angebot.

Luke reichte Cecily eine Schachtel, damit sie sich die Aufmachung ansehen konnte. „Perfekt“, sagte sie.

„Ich nehme an, bei eurem Schönheitswettbewerb wird ordentlich was los sein“, sagte er und schaute auf die vielen Kartons.

„Wir sind ausverkauft“, erklärte Cecily stolz. Anfangs hatte Samantha die Idee zwar abgelehnt, doch jetzt freute Cecily sich insgeheim darüber, dass sie ihrer großen Schwester beweisen konnte, dass die eben doch nicht alles wusste. Alle, mit denen sie gesprochen hatte, waren ganz aufgeregt wegen des großen Events. Genau genommen waren alle begeistert von dem Festival, und sie genoss die Vorfreude, die die ganze Stadt ergriffen hatte. Schokolade zu promoten machte eindeutig mehr Spaß als passende Partner für undankbare Klienten zu finden.

„Die hier werden bestimmt der Hit“, sagte Luke voraus, während sie die Schachtel wieder in den Karton legte. „Lass mich hinterher wissen, wie sie angekommen sind."

„Kommst du nicht selbst vorbei, um es dir persönlich anzuschauen?", fragte sie. „Das wird bestimmt eine tolle Show."

„Kein Interesse. Obwohl meine Mom versucht, mich noch dazu zu überreden, auf den Ball zu gehen. Um die Firma zu unterstützen."

„Das solltest du auch, du Märchenprinz. Vielleicht findest du dort deine Prinzessin."

Er lehnte sich gegen die Wand und musterte sie nachdenklich. „Meinst du?"

Ach herrje. Jetzt hatte sie ihm auch noch eine Steilvorlage geliefert. „Na ja, man weiß ja nie", antwortete sie leichthin. „Ich könnte ja noch mal meine Kupplerkünste spielen lassen und schauen, ob ich sie für dich finde."

„Hat es im Märchen auch so funktioniert?"

„Na ja, man könnte die gute Fee ja als Kupplerin bezeichnen, oder?"

Er schüttelte den Kopf. „Sie hat nur die Kleider und die Kutsche bereitgestellt. Der Zauber ging von Aschenputtel und dem Prinzen aus. So wie im wirklichen Leben."

Cecily zeigte anklagend mit dem Finger auf ihn. „Du bist ja ein Romantiker."

Luke zuckte mit den Schultern. „Was ist daran so schlimm? Ich glaube an Magie."

Das hatte sie auch einmal getan. Doch in Beziehungen hielt die Magie nie lange vor.

„Wie auch immer, auf einem Ball kann viel passieren. Man muss nur unvoreingenommen an die Sache herangehen", fuhr er fort und tippte ihr spielerisch auf die Nase.

„Ich werd's mir merken", erwiderte Cecily.

Beschwingt ging sie vom Lager hinüber ins Büro. Auf einmal war sie ganz glücklich. So als wäre ein wenig von der Magie, über die sie gesprochen hatten, von Lukes Finger in sie hineingeströmt, als er sie berührt hatte. Er ist wirklich ein netter Mann, dachte sie. *Und welche Frau, die noch bei Sinnen ist, hat kein Interesse an so einem netten Mann?*

Oben im Büro traf sie auf Jonathan Templar, der gerade gehen wollte.

„Dieser Mann verdient einen Orden“, sagte Elena. „Er hat uns wieder mal gerettet.“

Ihr Festplatten-Held schob seine Brille hoch. „Na, das ist ja nun doch leicht übertrieben.“

„Oh nein. Das ist es überhaupt nicht, glaub mir“, beharrte Elena, an Cecily gewandt. „Er ist der König der Computer.“

„Stimmt“, sagte er lächelnd und schloss den Reißverschluss seiner Jacke.

„Was treibt dich denn eigentlich her, *chica*?“, wollte Elena von Cecily wissen.

„Ich muss noch ein paar Sachen für den Traummann-Wettbewerb vorbereiten“, antwortete Cecily.

Bei ihren Worten runzelte Jonathan die Stirn. Er verbarg seine Missbilligung schnell, aber nicht schnell genug.

„Ich glaube, dem guten Jonathan gefällt unser Wettbewerb nicht“, neckte Cecily ihn.

„Hey, wenn er Geld einbringt“, meinte er diplomatisch.

„Aber es ist unter Ihrer Würde, stimmt's?“

„Ich bin nicht gerade ein Traummann“, verkündete er.

„Oh, ich weiß nicht“, meinte Elena und musterte ihn abschätzend. „Ohne die Brille ... und nach ein paar Besuchen im Fitnessstudio ... wäre da durchaus Potenzial. Findest du nicht, Cecily?“

„Auf jeden Fall“, stimmte die ihr zu.

Jetzt wurde Jonathan knallrot. „Äh, ich muss los. Schönen Tag noch.“ Ehe die beiden Frauen antworten konnten, war er aus der Tür.

„Armer Jonathan“, sagte Cecily. „Wir haben ihn in Verlegenheit gebracht.“

„Er braucht mehr Selbstvertrauen“, erklärte Elena. „Du solltest ihm mal eine nette Frau suchen.“

„Das ist nicht mehr mein Job“, erklärte Cecily. „Außerdem gibt es nur eine Frau, die er will, und das ist Lisa Castle.“

Elena stieß einen verächtlichen Laut aus. „Die. Die bekommt er doch nie. Warum wollen nur so viele Männer Frauen, von denen sie nicht einmal eines Blickes gewürdigt werden?"

„Fehlgeleitete Loyalität? Wahnsinn? Wer weiß? Das ist ein weiteres Mysterium der Liebe." Und warum fühlten sich so viele Frauen von der falschen Sorte Mann angezogen? Wenn sie irgendwann einmal in der Lage war, dieses Rätsel zu lösen, hätte ihr Liebesleben vielleicht endlich eine Chance.

Seufzend setzte sie sich auf den zweiten Bürostuhl und machte sich an die Arbeit, um die letzten Einzelheiten für den Traummann-Wettbewerb zu klären. Nachdem sie das erledigt hatte, schaute sie noch schnell ihre E-Mails durch.

Bevor sie zum Flughafen gefahren waren, um Bailey abzuholen, hatte sie an alle Kandidaten des Traummann-Wettbewerbs geschrieben und ihnen den Ablaufplan für die Veranstaltung am Abend in der Festival Hall geschickt. Die meisten hatten freundlich geantwortet.

Haltet die Krone bereit, hatte Bill Will geschrieben. *Und was hältst Du davon, mit mir Kajak fahren zu gehen, wenn ich gewinne?*

Der gute alte Bill, immer voller Selbstvertrauen. Aber seine Konkurrenz war nicht zu verachten. Ein paar richtig gut aussehende Männer hatten ihre Bewerbungen eingereicht.

Das Bild von Todd Black schoss ihr durch den Kopf. Mit seinem dunklen Piratenlook war er wohl fast ein sicherer Gewinner. Aber was war er doch für ein Heuchler – meldete sich tatsächlich in letzter Minute an, nachdem er sich so über sie lustig gemacht hatte. Anscheinend hatten die Preise, die es zu gewinnen gab, einen unwiderstehlichen Reiz auf ihn ausgeübt.

Wenn man vom Teufel sprach – hier war eine E-Mail vom Piraten höchstpersönlich: *Ich habe mich da nicht angemeldet.*

Sie tippte zurück: *Wirklich? Ich habe hier im Büro Ihr Foto und den Anmeldebogen vor mir liegen. Sie haben die Deadline gerade noch so geschafft.*

Einen Moment später klingelte das Telefon. „Todd Black möchte dich sprechen", informierte Elena sie.

„Okay, Sie hatten Ihren Spaß“, sagte er, ohne Cecily überhaupt die Möglichkeit zu geben, Hallo zu sagen.

Luke hatte in ihr ein warmes, glückliches Gefühl ausgelöst. Aber allein mit Todd am Telefon zu sprechen zündete in ihr eine kleine Wunderkerze. „Aber jemand hat Sie für unseren Wettbewerb angemeldet“, sagte sie und löschte die Wunderkerze umgehend, indem sie sich daran erinnerte, dass Todd Black ein zynischer Kerl war. „Nettes Foto übrigens. Darin sehen Sie tatsächlich wie ein echter Skiprofi aus.“

„Bin ich.“

„Dann war das ja eine gute Wahl.“

„Ich hab es nicht eingereicht“, knurrte er.

„Wer denn dann?“, fragte sie. „Eine Ihrer Freundinnen?“ „Woher soll ich das wissen, verdammt? Das Foto stammt von meiner Facebook-Seite. Da hätte es jeder ausdrucken können. Wahrscheinlich hat es mein Barkeeper für einen gelungenen – wenn auch schlechten – Scherz gehalten.“

Also war ihr Wettbewerb ein schlechter Scherz. „Toller Scherz. Er hat die fünfundzwanzig Dollar Teilnahmegebühr bezahlt.“

„Behalten Sie das Geld, aber streichen Sie mich von der Liste. Ich habe nicht vor, vor einer Horde geiler Frauen in meinen Boxershorts herumzustolzieren.“

„Wie Sie wollen“, sagte Cecily. „Sie will sowieso niemand in Boxershorts sehen.“ Vor ihren Augen tauchte ein Bild von Todd Black in Boxershorts auf, die mit Valentinsherzen bedruckt waren. Er war kein wandelndes Bollwerk wie Luke, aber er war sehr männlich, und wahrscheinlich verfügte er über ein paar sehr ansehnliche Muskeln. Obendrein zierten bestimmt auch noch dunkle Härchen seinen kräftigen Oberkörper. Jetzt gab es keine Wunderkerzen in ihrem Inneren mehr. Oh nein. Die waren von Raketen ersetzt worden.

„Mir fallen da ein paar Frauen ein“, meinte er. „Ich gebe auch private Vorführungen“, fügte er betont aufreizend hinzu.

Schon wurde die nächste Rakete gezündet. „Vielen Dank für die Auskunft. Falls ich eine hirnlose Tussi treffen sollte, schicke ich sie umgehend zu Ihnen.“

„Ha, ha“, meinte er nur und legte auf.

„Oh, sehr originell“, erklärte sie dem Rufton. Sie knallte den Hörer ein wenig vehementer als nötig auf. Erst danach merkte sie, dass Elena an ihrem Schreibtisch saß und sie wissend ansah. „Was ist?“, wollte Cecily wissen.

„Nichts, nichts“, antwortete Elena leichthin.

„Nichts ist das richtige Wort“, murmelte Cecily. Todd Black war ein großes Nichts. War es hier drinnen auf einmal wirklich so heiß?

21. KAPITEL

Je gewagter eine Idee ist, desto größer ist manchmal der Erfolg.
Muriel Sterling, *Die Verbindung von Arbeit und Vergnügen: Wie man Arbeit und Liebe erfolgreich miteinander verknüpft*

Schokoladenfestival, Veranstaltungskalender

Freitagabend:

17.00–19.30 Uhr: Schokoladen-Spaziergang, gesponsert von der Sweet Dreams Chocolate Company.

Die Teilnehmer können besondere Schokoladengetränke und -desserts probieren und erhalten zum Abschluss eine Kostprobe aus dem Sortiment der Sweet Dreams Chocolate Company.

Teilnehmende Restaurants: Zelda's, Schwangau, Der Spanier, Italian Alps Pizza

20.00 Uhr: Festival Hall, Große Zeremonie, um Icicle Falls Traummann zu küren, gesponsert von der Sweet Dreams Chocolate Company.

Samstag

8.00 Uhr: Geführte Wanderung über den Lost Bride Trail, gesponsert vom alpinen Wanderverein

Genießen Sie eine Wanderung in der herrlichen Umgebung und erfahren Sie mehr über die Legende der verlorenen Braut.

9.00–11.00 Uhr: Frühstück für Verliebte, serviert im Breakfast-Haus

10.00–15.00 Uhr: Straßenfest

Kommen Sie und erfreuen Sie sich nicht nur an den kulinarischen Köstlichkeiten, sondern auch an den Kostbarkeiten, die von einheimischen Künstlern ausgestellt werden. Und versäumen Sie es nicht, am Stand von Sweet Dreams vorbeizuschauen, um sich mit dem „Schokoladen-Survival-Paket" einzudecken und unseren frisch gekürten Traummann zu treffen, der von 10.00 Uhr bis mittags anwesend sein wird.

11.00 Uhr: Die Romantik der Blumen, im Lupine Floral

Kommen Sie und lernen Sie die Sprache der Blumen kennen. Sie erhalten Tipps, wie Blumenarrangements am besten halten, und wenn Sie sich an der Verlosung beteiligen, können Sie einen Lupinen-Strauß für Verliebte gewinnen.

13.00 Uhr: Rundgang durch die Sweet Dreams Chocolate Company

Kommen Sie, schauen Sie sich an, wie die köstliche Schokolade produziert wird, und lassen Sie sich mit unserem Traummann fotografieren.

14.00 Uhr: Schokoladen-High-Tea mit dem Traummann im Icicle Creek Inn, gesponsert vom Gingerbread-Haus und der Sweet Dreams Chocolate Company. Für Reservierungen bitte im Icicle Creek Inn melden.

17.00 Uhr: Wein- und Schokoladenprobe im D'Vine Wines.

Kosten Sie Dessertweine aus den ansässigen Winzereien zusammen mit den vor Ort produzierten Pralinen von Sweet Dreams Chocolate.

18.30 Uhr: Sweet-Dreams-Dinner im Zelda's, gesponsert von der Sweet Dreams Chocolate Company und Zelda's Restaurant.

Karten für die Veranstaltung sind im Zelda's erhältlich und müssen im Vorverkauf erworben werden. Begrenzte Anzahl an Plätzen, also reservieren Sie frühzeitig!

20.00 Uhr: Sweet-Dreams-Maskenball in der Festival Hall, gesponsert von der Sweet Dreams Chocolate Company.

Karten für den Ball können im Sweet-Dreams-Geschäft oder an der Abendkasse erworben werden.

Sonntag

10.00–14.00 Uhr: Schatzsuche

Besuchen Sie unsere Geschäfte und gehen Sie auf Schnäppchenjagd! Es gibt alle möglichen Schätze zu entdecken. Viele Geschäfte bieten wertvolle Preise an, die den ganzen Tag über immer wieder an die Kunden vergeben werden.

Zu gewinnen gibt es: ein Dinner für zwei im Ludwig's. Eine Übernachtung im Icicle Creek Inn. Eine Flasche Riesling im D'Vine Wines. Eine Flussfahrt auf dem Wenatchee River mit Adventure Outfitters. Einen Gutschein für ein kleines Lebkuchenhaus, das Ihnen von Gingerbread-Haus direkt nach Hause geschickt wird. Eine Schneekugel von Kringle Mart (im Wert von fünfzig Dollar). Eine Schachtel Pralinen von Sweet Dreams Chocolate Company. Einen Hut, gestiftet von Mad Hatter Novelty Hat Company. Einen Einhundert-Dollar-Gutschein vom Sleeping Salon and Spa. Einen Gutschein im Wert von fünfundzwanzig Dollar für den Mountain Escape Bookstore.

Wir hoffen, dass Sie unser erstes Schokoladenfestival genießen werden!

Inzwischen liefen die Vorbereitungen auf Hochtouren. Das Dekorationskomitee, angeführt von Heinrich und Kevin, hatte sich selbst übertroffen, indem es Körbe mit künstlichen rosa und weißen Blumen in der ganzen Stadt aufgehängt und die Bäume mit roten und rosa Lichterketten in Herzform geschmückt hatte. Die Restaurants boten Menüs für Verliebte an, und die Spitzenköche der Stadt hatten sich schwer ins Zeug gelegt, um Rezepte mit Sweet-Dreams-Schokolade zu kreieren. Außer Johnsons Apotheke nahmen alle Geschäfte an der Schatzsuche teil, sodass die Besucher von Laden zu Laden gehen mussten, um die Schnäppchen und Gewinne zu entdecken. Heinrich und Kevin hatten außerdem spezielle Blumensträuße für Lupine Floral gestaltet, in denen Pralinen von Sweet Dreams steckten. Zudem boten sie kleine Blumensträuße für den Schokoladenball an. Im Weingeschäft von Ed York gab es währenddessen am Samstagabend, bevor das bereits ausverkaufte Schokoladen-Dinner bei Zelda's stattfand, eine Wein- und Schokoladenprobe.

Natürlich wollten auch die gemeinnützigen Vereine und Clubs in nichts nachstehen und beteiligten sich ebenfalls. Der alpine Wanderverein führte Wanderungen am Lost Bride Trail durch. Vom Rotary Club wurde das Frühstück für Verliebte im

Breakfast-Haus gesponsert, und die Erlöse wurden der Tafel gespendet. Die Kirchen der Stadt boten einen kostenlosen Taxiservice für alle an, die ein wenig zu viel Wein zur Schokolade getrunken hatten, und sämtliche Künstler, Clubs und Jugendgruppen der näheren und weiteren Umgebung würden ihre Stände aufbauen, sodass die Touristen alles Mögliche erwerben konnten, seien es Holzschnitzsachen oder Elefantenohren. Samantha fand den Stand des Bavarian Brews besonders attraktiv. Dort wurden alle Heißgetränke mit Schlagsahne und einer Sweet-Dreams-Praline gekrönt.

Die Aufregung war überall in der Stadt spürbar. Und ihr Zentrum war der Traummann-Wettbewerb.

„Ich bin sicher, dass mein Brandon gewinnt", hatte Olivia gesagt, als Samantha vorbeigekommen war, um sich zu erkundigen, wie die Vorbereitungen für den Schokoladen-High-Tea liefen.

„Kommst du auch, um ihn anzufeuern?", fragte Samantha, ohne irgendwelche Versprechungen zu machen. Wenn es nach ihr ginge, hätte Brandon gar nicht mitmachen dürfen. Die Versuchung für Bailey war ja noch größer, wenn er nur halb bekleidet vor ihrer Nase über die Bühne stolzierte.

„Oh, natürlich komme ich", sagte Olivia. „Alle Mälls kommen. Um deine Mutter zu unterstützen", fügte Olivia hinzu. Samantha konnte sich ein Grinsen nicht verkneifen, und Olivias runde Wangen färbten sich rosa. „Na ja, und natürlich, um die ganzen gut aussehenden Männer zu bewundern."

„Olivia, du bist ja eine ganz Schlimme", neckte Samantha sie.

Die ältere Dame errötete noch tiefer. „Es gibt ein paar Sachen, an der eine Frau immer Gefallen findet, und eine davon ist Schokolade. Die andere kannst du dir sicher denken", meinte Olivia.

„Ja, ich glaube, schon", erwiderte Samantha lächelnd. Und sie musste zugeben, dass ihre Schwestern einen Treffer gelandet hatten. Auch wenn dieser ganze Traummann-Wettbewerb irgendwie billig war: Er kam richtig gut an und brachte zudem ordentlich Geld ein. Und je mehr Geld sie einnahmen, desto besser, so viel war sicher.

„Alle reden von dem Wettbewerb, weißt du? Na ja, eigentlich über das ganze Festival", meinte Olivia. „Ich glaube, wir werden richtig Spaß haben. Alle kommen."

Und gaben Geld aus. Samantha lächelte, als sie sich vorstellte, wie sie am Montagmorgen in die Bank marschieren würde, um einen dicken Batzen Geld einzuzahlen. *Da hast du's, Blake Preston.*

„Brown will hochkommen, um sich dieses Schokoladenfestival anzusehen", sagte Darren zu Blake. „Ich hab ihm gesagt, dass Sie ihn gern herumführen und zum Mittagessen einladen."

Gern? In welchem Paralleluniversum? „Tut mir leid", erklärte Blake kurz angebunden. „Ich fürchte, da kann ich Ihnen nicht helfen. Ich bin am Samstag nicht da." Eigentlich hatte er sich das Straßenfest anschauen und einen Großeinkauf am Sweet-Dreams-Stand machen wollen, aber jetzt nicht mehr.

„Sind Sie nicht?" Darren klang überrascht. „Das ist keine gute Werbung."

„Nun ja, es ist auch nicht unbedingt gute Werbung, mit dem Typen gesehen zu werden, der sich das Geschäft eines unserer Kunden einverleiben will."

„Preston, hören Sie mal", begann Darren.

Blake unterbrach ihn. „Tut mir leid, Darren. Ich muss leider passen."

„Und was soll ich jetzt mit Brown machen?", wollte Darren wissen.

„Hey, die Fahrt hierher ist schön", antwortete Blake. „Und falls Sie essen gehen wollen, versuchen Sie's doch mal im Zelda's. Da gibt es richtig gute Steaks."

Als Blake auflegte, stieß Darren noch immer wüste Drohungen aus. Aber er würde sowieso keine der Drohungen wahr machen, und das wussten sie beide. Blake machte einen guten Job und zog neue Kunden aus den umliegenden Orten an Land. Er war ein exzellenter Filialleiter. Aber er war kein guter Prügelknabe, und nach dem grauenhaften Besuch in der Schokoladenfabrik wollte er sich einfach nicht noch einmal vor Darrens

Karren spannen lassen. Der konnte gefälligst selbst mit seinem Kumpel herfahren. Sollte Trevor Brown doch weiter von Samanthas Firma träumen und so viel Bratwurst essen, wie er wollte. Blake hoffte, er würde dran ersticken.

Am späten Freitagnachmittag war die Stadt voller Touristen: unerschrockene Abenteurer, die von Laden zu Laden gingen und die Waren in großen Tüten herausschleppten. Und am Abend war die Festival Hall gerammelt voll mit Frauen aller Altersklassen. Wahrscheinlich gab es im Saal genügend Östrogen, um den gesamten Wald in Flammen zu setzen, und definitiv hing genügend Parfum in der Luft, um jeden, der unter einer Allergie litt, auf direktem Weg in die neue Klinik zu befördern. Der Lärmpegel war genauso hoch wie bei einer riesigen Gänseschar.

„Ich würde sagen, da habt ihr einen echten Hit gelandet", meinte Cass, als die Juroren an ihrem Tisch Platz nahmen.

„Ich würde sagen, wir müssen mit einem Aufstand rechnen", erwiderte Samantha. Sie fragte sich wirklich, wer für Sicherheit sorgte sollte. Denn die Hälfte der Polizeikräfte war als Teilnehmer registriert. Am Eingang zum Saal sah sie, wie Dots Tochter Tilda schmunzelnd die Menge betrachtete, groß und beeindruckend in ihrer Polizeiuniform.

Genau wie ihre Mutter war Tilda hart wie der Panzer einer Schildkröte. Niemand legte sich mit ihr an, und wenn Tilda einen wegen Geschwindigkeitsüberschreitung anhielt, brauchte man gar nicht erst versuchen, sich herauszureden. Ein Strafzettel war einem sicher. Aber selbst für Tilda könnte es heute schwierig werden, diese Menge unter Kontrolle zu halten. Aufgeputscht von Schokolade und Hormonen, waren die Frauen bereit, es richtig krachen zu lassen. Die Männer konnten sich schon glücklich schätzen, wenn die Meute ihnen nicht die Hemden vom Leibe riss.

Ach ja. Sie zogen die Hemden ja freiwillig aus.

Die Wettbewerbsmusik setzte ein – natürlich *It's Raining Men* –, und die Menge begann zu kreischen. Bailey kam in einem weißen Smoking auf die Bühne, den sie im Ausverkauf in einem Verleihgeschäft erstanden hatte und anschließend hatte ändern lassen. Dazu trug sie High Heels, die Unheil verkündeten. Mit ihren Kurven und dem kastanienbraunen Haar sah ihre Schwester aus wie Betty Boop 2.0.

Die Musik verstummte, und Bailey sprach in das Mikrofon, das sie in der Hand hielt. „Herzlich willkommen zum ersten Sweet-Dreams-Traummann-Wettbewerb. Seid ihr bereit, euch zu amüsieren?"

Das Publikum applaudierte und johlte. Samantha warf einen Blick hinüber zu Cecily und Mom. Mom lächelte höflich, ganz Dame. Obwohl Samantha sich sicher war, dass sich alles in ihr dagegen sträubte und sie sich fragte, wie sie sich zu diesem Quatsch hatte überreden lassen können. Cecily sah einfach nur selbstzufrieden aus. Okay, es sei ihr gestattet, dachte Samantha. Die Sache hier würde ein Riesenerfolg werden und ordentlich Geld einbringen.

„Okay, meine Damen", sagte Bailey jetzt auf der Bühne. „Hier kommen unsere Männer!"

Die Musik setzte wieder ein, und eine Herde von Muskelpaketen kam auf die Bühne getrabt, einige von ihnen selbstbewusster als andere. Natürlich musste Bill Will kurz stehen bleiben und sich in die Pose eines Mr Universums werfen. Die Menge kreischte erneut.

Das war wirklich billig. Samantha seufzte und machte sich auf einen langen Abend gefasst.

Doch letztlich entpuppte sich dieser als sehr viel unterhaltsamer, als sie angenommen hatte. Es gab zwar keinen Talentwettbewerb, aber Cecily und Bailey hatten sich andere Aktivitäten überlegt, mit denen sich die Männer präsentieren konnten. Unter anderem gab es einen Wettbewerb im Tauziehen, der im Mittelgang zwischen den Stühlen abgehalten wurde, sowie einen Süßholzraspler-Wettbewerb, in dem die Männer mit dem besten Anmachspruch Punkte in Originalität und Ehrlichkeit sammeln konnten.

Bill Will bekam eine hohe Punktzahl mit seinem „Ich habe

gerade den Kick des Tages bekommen. Ich habe dich gesehen.“ Aber Joe Coyote eroberte das Herz der Jurorinnen und des Publikums, als er sagte: „Ich hab’s nicht so mit lockeren Sprüchen. Also kann ich nur wiederholen, was ich zu Lauren gesagt habe, als ich sie kennenlernen wollte: ‚Ich weiß, dass dich jeder Mann hier für immer haben will, aber könntest du mir nicht eine Chance geben und mit mir ausgehen?‘“ Das wurde mit einem kollektiven Seufzen belohnt.

In der Endrunde sollte jeder Bewerber erklären, warum er der erste Traummann von Icicle Falls wäre.

Als Bailey Brandon Wallace diese wesentliche Frage stellte, antwortete er anzüglich: „Weil du von nichts anderem mehr träumen kannst, wenn ich dich erst mal geküsst habe.“

Samantha gefiel der Blick nicht, mit dem er ihre kleine Schwester dabei bedachte. War es für Brandon Wallace, den Skihelden, nicht Zeit, von zu Hause abzuhauen?

Cecily beugte sich vor und flüsterte: „Ich hätte jemand anderen moderieren lassen sollen.“

Wohl wahr. Bailey und Brandon waren altersmäßig nur ein Jahr auseinander. Schon als Kind war sie schrecklich in ihn verliebt gewesen und hatte ihm sogar ihren Schatz, eine Steinsammlung, geschenkt. Auf der Highschool hatte sie ihm dann ihre Unschuld geschenkt. Als er sich nach der Schule anderweitig orientiert hatte, war der Schaden jedoch schon angerichtet gewesen. Baileys Herz war verschlossen, und Brandon hatte noch immer den Schlüssel dazu.

Sogar von ihrem Platz aus konnte Samantha sehen, wie ihre Schwester errötete. Doch Bailey blieb cool. „Das ist ein ziemlich vollmundiges Versprechen“, sagte sie. „Meinst du, du kannst dem auch gerecht werden?“

Sofort kam er näher auf sie zu. „Soll ich es demonstrieren?“

Natürlich wollte das Publikum das. „Ja, ja, ja!“

„Also, ich gehöre nicht zu den Juroren“, sagte Bailey und versuchte ihm auszuweichen.

Aber sie hatte es ein bisschen zu eilig und verlor das Gleichgewicht. Die Menge stieß einen kollektiven Freudenseufzer aus, als Brandon sie auffing und sagte: „Leg ein gutes Wort für mich ein.“ Mit einer übertrieben dramatischen Bewegung bog er sie nach hinten und gab ihr einen Kuss, der so heiß war, dass er damit all die kleinen Pralinen in den rosa Schachteln zum Schmelzen bringen konnte, die sie am Eingang verteilt hatten. Noch einmal ertönte ein kollektives Seufzen der Begeisterung, während Samantha frustriert aufstöhnte.

Nachdem er Bailey wieder losgelassen hatte, stand sie völlig benommen da. Offensichtlich hatte sie vergessen, dass sie eigentlich moderieren sollte.

Anscheinend bemerkte das jedoch niemand, denn mindestens die Hälfte der Frauen im Saal war ebenfalls völlig benommen.

„Ach herrje“, sagte Brandons Mutter schließlich peinlich berührt.

Das durchbrach den Zauber. Die Frauen erwachten wieder zum Leben, lachten und klatschten.

Olivia kannte nicht alle Einzelheiten von Baileys und Brandons bewegter Vergangenheit (was für alle Beteiligten nur gut war). Aber sie wusste genug, um verlegen zu sein. Im Gegensatz zu ihrem wilden Sohn. Der schien nicht die geringste Eile zu haben, die Bühne wieder zu verlassen. Bevor er sich hinüberbeugte und Bailey etwas ins Ohr flüsterte, bedeckte er das Mikro mit einer Hand.

Sie sah ihn stirnrunzelnd an und machte einen Schritt von ihm fort. Als sie das Mikrofon wieder an sich nahm, hatte sie auch ihre Würde wiedererlangt. „Danke, Brandon“, sagte sie und entließ ihn. „Und jetzt kommen wir zu unserem letzten Bewerber: Joe Coyote.“

Joe humpelte auf die Bühne, und Lauren und der Rest ihrer Clique pfiffen begeistert und klatschten. Obwohl Joe infolge eines Betriebsunfalls nicht länger im Baugewerbe arbeiten konnte, hatte er immer noch den athletischen Körper eines Bauarbeiters. Auch die braun gebrannte Haut und sein schwarzes Haar trugen nicht unerheblich zu seinem Charme bei. Aus der Ferne war die Narbe auf seinem Gesicht, die sein attraktives Äußeres ein wenig trübte, kaum zu sehen.

„Also, Joe, warum solltest du unser erster Traummann sein?“, begrüßte Bailey ihn.

Er zuckte mit den Schultern. „Das weiß ich ehrlich gesagt auch nicht so genau.“

„Weil du der Beste bist!“, rief Lauren aus der dritten Reihe, und ihre Freundinnen klatschten begeistert mit.

„Wenn du nicht findest, dass du unser erster Traummann werden solltest, warum hast du dich dann überhaupt angemeldet?“, wollte Bailey wissen.

Einige der Männer waren von den Gewinnen angelockt worden, oder sie hatten wegen einer Wette mitgemacht. Andere, wie der arme Joe, der aussah wie ein Hirsch, der sich aus Versehen ins Lager des Jägers verirrt hatte, beteiligten sich, weil ihre Freundinnen sie dazu gedrängt hatten.

„Na ja, Lauren hat mich gebeten, mitzumachen“, antwortete er und sah hinüber zu ihr. „Und ich würde alles für sie tun.“

Einmal mehr ertönte ein kollektives Seufzen aus dem Publikum, bevor die Frauen anfingen, laut zu klatschten, und schließlich bekam Joe Standing Ovations.

„Da steht unser Traummann“, sagte Cass.

Ganz offensichtlich.

Der Traummann wurde offiziell gekürt, und die Zweit- und Drittplatzierten, Enrico Vargas, einer der nettesten Männer von Icicle Falls, und der Skifreak Brandon Wallace erhielten beide einen Monat freien Eintritt im Bruiser’s-Fitnesscenter – was eigentlich ein Witz war, da beide längst Mitglied waren. Nachdem der Wettbewerb vorüber war, gesellten sich die Teilnehmer zum Publikum. Dann verließen alle langsam den Saal, um bei Zelda’s oder im Italian Alps weiterzufeiern. Vermutlich verlagerte so manches Paar die Feier auch in privatere Gefilde.

„Ich würde mal sagen, das wird bestimmt zu einer jährlichen Tradition“, sagte Cass und beglückwünschte Samantha.

„Ja, wir könnten es dazu machen“, stimmte Samantha zu. Wenn sich alles andere an diesem Wochenende ebenfalls als so ein Erfolg entpuppte, war sie eine glückliche Frau.

„Hat jemand Lust auf eine Pizza?“, fragte Cass.

„Ja“, erwiderte Cecily. „Ich verhungere gleich.“

Als wäre das etwas Neues. Wie ihre Schwester es schaffte, *nicht* zweihundert Pfund zu wiegen, war Samantha ein Rätsel.

„Möchtest du auch noch Pizza essen?“, fragte Cecily ihre Mutter.

„Nein, danke. Geht ihr ruhig und habt noch ein bisschen Spaß.“ Moms Lächeln wirkte jetzt doch sehr angestrengt. Wie albern ihr das alles vorkommen musste, nachdem sie erst vor Kurzem mit Tod und Verlust hatte zurechtkommen müssen!

„Sicher?“, fragte Cass.

„Ja, ich bin mir sicher“, sagte Mom. „Ich sehe euch später.“ Sie küsste ihre Töchter und umarmte Cass, bevor sie sich durch die Besucher schlängelte, die noch verblieben waren, und nach draußen verschwand.

Die drei Frauen sahen ihr nach. „Es muss hart sein, was sie gerade durchmacht“, sagte Cass traurig. „Scheidung, Tod – irgendwie ist man letztlich immer allein.“

„Nicht immer.“ Cecily zog die Stirn in Falten. „Du solltest dich nicht so abkapseln. Ich habe so das Gefühl …“

Cass hob abwehrend eine Hand. „Oh nein. Ich habe von deinen Gefühlen gehört. Danke, ich verzichte.“

Cecily verzog das Gesicht, und Samantha musste lachen. „Du bist nicht mehr im Geschäft, schon vergessen?“

„Nein, und jetzt weiß ich auch, warum“, erklärte Cecily. „Ich gehe und hole Bailey.“

„Gute Idee“, rief Samantha ihr nach.

Bailey redete mit ein paar Frauen. Doch da kam Brandon Wallace auf sie zu wie ein Hai auf ein paar verlockende Beine, die im Wasser baumelten. Samantha war erleichtert, als sie sah, wie Cecily ihre kleine Schwester fortzog. So war sie wenigstens vor den Haifischzähnen sicher. Jedenfalls fürs Erste.

Als sie ankamen, war in der Pizzeria schon viel los. Beim Duft von Knoblauch, Oregano und Tomatensoße begann Samanthas Magen prompt zu knurren. Um sich abzulenken, schaute sie sich um, wer noch alles da war. Während sie darauf wartete, ihre Bestellung aufzugeben, winkte sie einigen Leuten zu, die sie erkannte. Anschließend bahnte sie sich einen Weg durch die Menge zu ihrem Tisch. Auf halbem Weg sah sie, wer am Nachbartisch saß.

Oh verdammt. Icicle Falls war zwar eine Kleinstadt, aber musste sie wirklich überall, wo sie hinging, auf die Schlange Blake treffen?

22. KAPITEL

Eine Frau kann durchs Leben gehen und dabei das eine oder andere leugnen (wie zum Beispiel die Tatsache, dass sie älter wird oder zunimmt). Aber wenn sie die Liebe verleugnet, ist ihr Leben nicht lebenswert.
Muriel Sterling, *Erkenne, wer du bist: Eine Frau geht ihren Weg*

Wieso hatte sie Blake nicht entdeckt, als sie in die Pizzeria gekommen waren? Dann hätte sie sofort umkehren können. Ich gehe einfach an ihm vorbei und tue so, als würde ich ihn nicht sehen, entschied Samantha. Was natürlich vollkommen lächerlich war. Sie hätte blind sein müssen, um ihn nicht zu sehen. Da saß er, in voller Lebensgröße, und teilte sich eine Pizza mit Jimmy Robinson, dem Filialleiter des Supermarkts, und Tennessee „Angeber" Swank, dem Big Brats gehörte, ein Diner, der sowohl bei Einheimischen als auch bei Touristen beliebt war.

Trotzdem: Mit Blake zu reden war wirklich das Letzte, worauf sie jetzt Lust hatte. Sie war schon fast an seinem Tisch und beschleunigte ihr Tempo, um direkt an ihm vorbeizurauschen, als er ihren Namen rief. Okay, also musste sie so tun, als ob sie blind *und* taub wäre.

Aber war das so klug? Die Zukunft ihrer Firma war mit der Bank, für die dieser Mann arbeitete, eng verknüpft. Es war in ihrem eigenen Interesse, die Stacheln nicht wieder auszufahren, sondern nett zu sein. Wahrscheinlich hätte sie das von Anfang an tun sollen. Bäh.

Höflich, wie er war, stand Blake auf, ein Muskelpaket, das sich unter Jeans und einem Sweatshirt verbarg. Wenn er heute Abend auf der Bühne der Festival Hall gestanden hätte, hätte sie ihn ohne Hemd sehen können.

Es interessiert dich überhaupt nicht, wie er ohne Hemd aussieht, redete sie sich ein. Du willst nur, dass er dich in Ruhe lässt. Und zwar jetzt und für immer.

Höflich begrüßte sie seine Freunde, wünschte allen drei einen guten Appetit und wollte weitergehen.

Bevor sie den Wunsch in die Tat umsetzen konnte, sagte Blake: „Ich habe gehört, Ihr Wettbewerb war ein voller Erfolg. Herzlichen Glückwunsch."

Das Lächeln, das sie aufsetzte, hätte nicht mal die diplomatische Cecily toppen können. Allerdings fiel es ihr nicht gerade leicht. „Danke. Ich bin mir sicher, dass auch alle unsere anderen Veranstaltungen ein Erfolg werden. Wir haben schon eine Menge Geld eingenommen, und ich gehe davon aus, dass es noch viel mehr wird, bevor das Wochenende um ist."

Wahrscheinlich reichte es nicht, um die Schulden auszugleichen, aber es sollte doch sicherlich genügen, um Blakes hartes Herz zum Schmelzen zu bringen und ihn und seinen bösen Chef davon zu überzeugen, mit ihnen zusammenzuarbeiten. Darum ging es doch schließlich im Geschäftsleben, oder? Um Menschen, die zusammenarbeiteten. Die Banken arbeiteten doch auch ständig mit Donald Trump zusammen. Und der war nun wirklich Spitzenreiter, wenn es darum ging, Kredite aufzunehmen.

„Ich hoffe, Sie verdienen ein Vermögen", sagte Blake.

Skeptisch hob sie eine Augenbraue. „Tun Sie das? Wirklich?"

„Natürlich. Glauben Sie mir: Mir gefällt die Situation, in der wir uns befinden, genauso wenig wie Ihnen."

„Na, das ist doch tröstlich", meinte sie nur und ging weiter. *Heuchler.*

„Das sah ja nach einer ziemlich höflichen Begegnung aus", stellte Cecily fest, als Samantha sich an den Tisch setzte.

„War es auch", erwiderte Samantha. „Wenn es sein muss, kann ich auch diplomatisch sein." *Mehr oder weniger.*

„Ich hätte nichts dagegen, diplomatische Beziehungen zu ihm aufzunehmen", warf Cass ein.

Cecily schüttelte gespielt empört den Kopf. „Was für schmutzige Gedanken."

Cass zuckte mit den Schultern. „Was soll ich sagen? Der Anblick all dieser Muskelpakete auf der Bühne heute Abend hat wohl meinen Appetit geweckt."

„Ich wette, Cecily könnte jemanden für dich finden", meinte Bailey, die die Unterhaltung vorher nicht mitbekommen hatte.

„Ehrlich gesagt will ich keinen Kerl", erklärte Cass. „Mir reicht der Ärger mit meinem Ex."

„Aber bist du denn nicht manchmal einsam?", wollte Bailey wissen. „Hast du nie das Bedürfnis, dich mit jemandem zusammenzutun?"

„Doch. Aber um dieses Bedürfnis zu ersticken, brauche ich nur an Mason zu denken", erwiderte Cass.

Die Unterhaltung wandte sich anderen Themen zu, doch Samanthas Gedanken blieben an den Worten „Bedürfnis" und „zusammentun" hängen. Wie es wohl wäre, sich mit Blake Preston zusammenzutun, um gewisse Bedürfnisse zu befriedigen?

Oh nein. Vergiss es. Das passiert weder jetzt noch sonst irgendwann.

Am Samstag wurde die Innenstadt von Icicle Falls von einer wahren Menschenmenge überflutet. Die Leute drängten sich in den Geschäften und Restaurants und schlenderten von einem Stand zum nächsten. Kinder flitzten mit Schweineohren und Zuckerwatte in der Hand durch die Menge. Viele Besucher belagerten den Stand der Icicle-Falls-Gemeinde, an dem es heiße Schokolade gab, und an Cass' Stand gingen der Schokoladenschmuck und die Cupcakes weg wie warme Semmeln.

Aber Cecily freute sich sehr, zu sehen, dass am Sweet-Dreams-Stand am allermeisten los war. Die Touristen standen Schlange, um Äpfel zu kaufen, die mit weißer Schokolade überzogen waren, oder Schokolade mit Pfefferminzgeschmack und die kleinen Schachteln mit je vier köstlichen Pralinen. Und natürlich, um Icicle Falls ersten Traummann zu treffen, der für Fotos – vor allem mit Damen mittleren Alters – posierte.

Als Joes Frau ihn bat, so zu tun, als würde er sie mit Schokolade füttern, sah er so verlegen aus, als hätte sie ihn gebeten, Tampons für sie zu kaufen. Doch er erfüllte ihre Bitte mit stoischer Ruhe. Und öffnete damit Tür und Tor für andere ausgefallene Ideen. So musste er nicht nur faltige Wangen küssen, sondern auch Frauen hochheben und so tun, als wäre er ein Superheld, der mit ihnen davonflog, während von allen Seiten die Kameras klickten.

Cecily sah ihm zu, wie er damit kämpfte, eine ziemlich füllige Kundin hochzuheben. Der arme Joe. Hoffentlich hob er sich keinen Bruch. Und wenn doch, konnte sie nur hoffen, dass er die Arztrechnung nicht an Sweet Dreams weiterreichte. Dann würde Samantha sie umbringen.

Dabei sah Samantha heute gar nicht so aus, als wollte sie jemanden umbringen. Sie lächelte und unterhielt sich mit den Kunden, während sie deren Geld entgegennahm.

Sie und Bailey betreuten den Stand in der Morgenschicht, zusammen mit Elena, die ihre Hilfe angeboten hatte. Cecily und Mom würden den Nachmittag übernehmen, während Bailey sich um den Schokoladen-High-Tea in Olivias Pension kümmerte. Am Abend wollten sie dann alle zusammen zum Schokoladen-Dinner und zum Ball gehen.

Jetzt hatte Samantha sie entdeckt und winkte. Cecily kam seitlich an ihren Stand, damit sie reden konnten.

„Wie sieht der Saal aus?“, fragte Samantha.

„Fantastisch! Ich kann es kaum erwarten, zu sehen, wie er nachher wirkt, wenn alle Kerzen angezündet sind.“

„Also ist alles erledigt?“

„Fast. Mom ist nach Hause gegangen, und ich bin verschwunden, als Kevin letzte Hand an die Blumengestecke angelegt hat.“

„Wunderbar.“

Bailey reichte zwei Teenagern die weißen Schokoladenäpfel. „Lasst es euch schmecken“, sagte sie zu ihnen. Die Mädchen verschwendeten keine Zeit damit, darauf zu antworten, sondern bissen einfach in ihre Äpfel und zogen weiter. „Unglaublich, oder?“, sagte sie zu Cecily und deutete auf die Menschenmassen, die vorüberzogen.

Cecily nickte. „Ich würde mal sagen, da haben wir einen echten Hit gelandet.“

„Wir brauchen mehr Äpfel“, verkündete Bailey.

„Ich fasse es nicht, wir sind wirklich schon fast ausverkauft.

Wir hätten gestern wohl doppelt so viele davon vorbereiten sollen." Samantha sah Cecily flehend an, und die wusste sofort, was jetzt kam. „Kannst du noch mehr Äpfel besorgen und rüber in die Küche flitzen, um noch mal drei Dutzend zu machen?"

Cecily hatte gehofft, dass sie ein paar Minuten Zeit haben würde, um sich am Stand zurechtzufinden, bevor ihre Schicht begann. Doch sie nickte und meinte: „Kein Problem." An diesem Wochenende mussten schließlich alle mit anpacken.

„Ich kann helfen", sagte eine tiefe Stimme hinter ihr.

Sie drehte sich um. Hinter ihr standen Luke Goodman und seine Tochter. Die kleine Serena trug Leggins und einen Rock, außerdem einen rosa Parka mit Kunstpelzkragen. Sie wirkte wie eine Mischung aus Schneehase und Ballerina, also einfach nur süß! Und ihr Dad sah mit seiner Jeans, dem Flanellhemd und der Winterjacke auch nicht schlecht aus.

„Hallo", sagte Cecily. „Amüsierst du dich?", fragte sie Serena.

Das Mädchen nickte. „Wir holen jetzt Schokoladenäpfel, und ich gehe zum Teetrinken."

„Das hört sich gut an."

„Und mein Daddy geht auf einen Ball", fuhr Serena fort. „Und da trifft er eine Prinzessin."

Luke errötete. „Man weiß ja nie."

„Mondschein und Magie", sagte Cecily lachend.

„Also, brauchst du Hilfe mit den Äpfeln?", fragte er.

Im Gegensatz zu ihrer großen Alphatier-Schwester und ihrer kleinen Power-Schwester hatte Cecily nichts dagegen, sich ab und zu eine Verschnaufpause zu gönnen. Ein bisschen Hilfe in der Küche von Sweet Dreams wäre nett. Aber sie wollte Luke nicht von seiner Tochter fortreißen, und sie wollte ihm keine falschen Hoffnungen machen. Sie sah in ihm nichts anderes als einen guten Freund. So vertraulich in der Küche zusammenzuarbeiten könnte sich womöglich als ein Rezept für verletzte Gefühle entpuppen. Da war es besser, auf Distanz zu bleiben.

„Nein, danke, ich schaffe das schon", sagte sie. „Ihr beiden solltet euch amüsieren."

„Komm, Daddy, lass uns Äpfel kaufen", sagte Serena und zog

an seinem Arm. Das war ungefähr so, als würde ein Welpe versuchen, einen Berg zu bewegen.

Der Berg ließ sich mitziehen, doch während er sein Portemonnaie herausholte, fragte er Cecily: „Könntest du mir für heute Abend einen Tanz reservieren?“

Es wäre unhöflich gewesen, das abzulehnen. „Okay“, antwortete sie.

Er war so ein netter Mann. Eigentlich müsste sie sich darauf freuen, mit ihm zu tanzen. Was war nur los mit ihr?

Als sie auf der Suche nach Granny-Smith-Äpfeln in den Supermarkt ging, grübelte sie immer noch über diese Frage nach. Wenn sie Luke eine Chance geben würde, würde er sicher auch ihre Hormone in Schwung bringen. Bestimmt konnte er großartig küssen. Schließlich war er verheiratet gewesen und hatte ein Kind. Also musste er auch wissen, was eine Frau antörnte.

Es war viel zu lange her, dass jemand sie angetörnt hatte.

Plötzlich, als käme er direkt aus ihrer Fantasie, griff ein männlicher Arm um sie herum. Dabei berührte er ihren Arm und brachte ihre Hormone von null auf hundert. Wow, was war das denn?

Todd Black!

„Ich brauche Äpfel“, sagte er und hielt demonstrativ einen hoch.

„Hätten Sie was gesagt, dann hätte ich Ihnen Platz gemacht.“ Was machte er hier? Wieso drängte er sich in ihre Gedanken und spielte mit ihrem Hormonspiegel? „Hätte ich ja gemacht, aber Sie waren so damit beschäftigt, die Äpfel zu befummeln, dass ich nicht stören wollte.“

Okay, jetzt war es offiziell: Todd Black war der lästigste Mann in ganz Icicle Falls. Wahllos griff sie nach den Äpfeln und steckte sie in die Plastiktüte. „Okay, okay, ich beeile mich, damit ich Ihnen nicht mehr im Weg bin. Ganz offensichtlich können Sie es ja kaum erwarten.“

„Oh nein. Ich kann warten. Ich lebe nach dem Motto ‚Ladies first‘.“

„Das bezweifle ich“, konterte sie.

„Sind wir heute ein bisschen mürrisch?", neckte er sie. „Nimmt Sie der Stress mit dem Festival so mit?"

„Nein." Natürlich klang das jetzt ziemlich schnippisch.

„Sind Sie sich sicher? Sie sehen nämlich ganz schön gestresst aus. Bei mir drüben gibt es keinen Stress, und wir haben die ganze Nacht lang offen."

„Oh, vielen Dank für das Angebot", sagte sie und legte die Äpfel in den Einkaufswagen, „aber ich bin heute Abend auf dem Schokoladenball."

„Und jeder, der etwas auf sich hält, ist auch da", kommentierte er sarkastisch.

„So könnte man es sagen", erwiderte sie freundlich. Sie würde sich nicht von seinen Beleidigungen ködern lassen.

„Na dann, Cinderella, passen Sie auf, dass Sie nichts verlieren", sagte er. Er griff sich noch einen Apfel und biss hinein.

„Den haben Sie noch nicht bezahlt", empörte sich Cecily.

„Wir spielen jetzt und zahlen später." Er hielt ihr den Apfel vor den Mund. „Na los. Wir wissen doch beide, dass Sie es auch wollen."

Sie hatte genug von seinen dummen Bemerkungen. „Sie können mich mal", brauste sie auf. Mist, jetzt hatte er es doch geschafft, sie auf hundertachtzig zu bringen.

„Gern, wann immer Sie wollen", rief er ihr hinterher, als sie wutentbrannt mit ihrem Wagen davonschob.

Als sich Samantha mit ihren Schwestern auf den Weg zum Schokoladen-Dinner im Zelda's machte, schwebte sie auf einer Endorphin-Glückswolke. Vor einer Stunde hatte sie ein dickes Bündel Bargeld im Safe deponiert. Mit dem Traummann-Wettbewerb hatten sie gute Einnahmen erzielt, und ihr Schokoladenstand war ein Riesenerfolg gewesen, genau wie laut Cecily der High Tea.

„Wie könnte man auch typisch englische Scones mit weißer Schokolade und Lavendelgeschmack oder in Schokolade getauchte Erdbeeren nicht mögen?", hatte Bailey gesagt.

In der Tat.

Jetzt waren die drei Schwestern unter sich. Mom hatte am Stand mitgeholfen und war auch beim Tee dabei gewesen, doch zum Dinner und Ball hatte sie ihre Töchter allein geschickt, weil sie angeblich erschöpft war. Samantha wusste, dass es eher daran lag, dass sie lieber allein zu Hause blieb, um in Erinnerungen zu schwelgen, als auszugehen und anderen Paaren beim Tanzen zuzusehen.

Weil sie nach dem Dinner keine Zeit mehr hatten, nach Hause zu gehen und sich umzuziehen, trugen sie alle schon ihre Abendgarderobe. Samantha kam sich schrecklich overdressed vor. „Wir sehen aus wie Mädels auf dem Weg zum Abschlussball", sagte sie, als sie vor dem Restaurant aus Cecilys Auto stiegen.

„Wir sehen toll aus", korrigierte Bailey sie.

Bailey hatte sich in geliehenen Sachen herausgeputzt. Unter dem Kunstpelz trug sie ein cremefarbenes schulterloses Kleid, verziert mit Rosen aus Satin, in dessen Ausschnitt Moms Perlen besonders gut zur Geltung kamen. Cecily wirkte in ihrem mitternachtsblauen Designerkleid, das sie in einem Secondhandshop in L. A. entdeckt hatte, äußerst elegant. Samanthas Kleid war aus grünem Taft mit einem schwarzen Tüllunterrock, der ihr das Gefühl gab, eine Reinkarnation von Scarlett O'Hara zu sein. Ihre Schwestern hatten darauf bestanden, es für sie zu kaufen. Und als Cecilys alte Freundin Ella sich geweigert hatte, ihre Kreditkarte zu akzeptieren, hatte sie nachgegeben. „Tut mir leid, Samantha, aber deine Schwestern haben gewonnen."

„Das kommt selten genug vor", hatte Cecily gewitzelt. „Dieser Moment wird in die Geschichte eingehen."

Apropos in die Geschichte eingehen, dachte Samantha, als sie das Restaurant betraten. Diesen Moment würde sie sicher noch lange in Erinnerung behalten.

Viele der anderen Gäste waren auch schon festlich gekleidet, offenbar bereit, die ganze Nacht lang zu tanzen. Als Samantha sich umsah und in lauter bekannte und strahlende Gesichter blickte, verspürte sie einen Anflug von Stolz. Alle freuten sich darüber, dass das Festival so erfolgreich war. Sie waren angetreten, das Unmögliche möglich zu machen, und es war ihnen gelungen.

„Was für ein schönes Kleid", sagte eine Frau, die in der Schlange vor ihnen stand und ebenfalls darauf wartete, dass ihr ein Tisch zugewiesen wurde.

„Danke", murmelte Samantha.

„Sie tragen alle wirklich fantastische Kleider", fuhr die Frau fort und musterte auch Bailey und Cecily. „Gehen Sie noch auf den Maskenball, von dem ich gehört habe?"

„Ja, genau, das haben wir noch vor", erwiderte Bailey fröhlich.

„Wow", sagte die Frau. „Sie wissen hier wirklich, wie man so was anpackt."

Samantha dankte ihr. Den Kommentar musste sie sich merken, um ihn vor den anderen Mitgliedern der Handelskammer zum Besten zu geben, wenn das Festival vorüber war.

„Erzählen Sie es gern all Ihren Freunden weiter", sagte Bailey.

„Oh, das tue ich bestimmt", versprach die Frau. „Sie machen das doch nächstes Jahr wieder, oder?"

„Auf jeden Fall", meinte Samantha selbstbewusst. Sie hatten ihre Anfangsschwierigkeiten gehabt, aber tief in ihrem Inneren wusste sie, dass sie jetzt wieder auf Erfolgskurs waren.

„Ihr seht toll aus", begrüßte Charley sie. „Jetzt bedauere ich fast doch, dass ich mir keine Karte besorgt habe."

„Wir können dich ja reinschmuggeln", bot Cecily an.

Charley schüttelte den Kopf. „Ich will nicht riskieren, dass ich einen Märchenprinzen treffe. Aber ich hoffe, ihr findet ihn."

Bailey streckte einen Fuß vor, um ihren durchsichtigen Acrylabsatz zu zeigen, der mit Strasssteinen verziert war. „Ich bin bereit. Ich habe meinen Glasschuh an."

Samantha hoffte nur, dass sie nicht vorhatte, den Schuh (oder irgendetwas anderes) Brandon Wallace zu schenken. Wenn sie jemanden für ihre Schwester aussuchen könnte, würde sie sich für Brandons älteren Bruder Eric entscheiden. Das war ein absolut pflichtgetreuer Mann und sehr zuverlässig. Nur würde er Bailey leider zu Tode langweilen.

Was war nur mit ihnen los? Warum bekamen die Sterling-Schwestern die Sache mit den Männern nicht auf die Reihe?

Während Charley ihre Schwestern zu ihrem Tisch führte,

einer heiß begehrten Nische in der Ecke beim Kamin, drehte Samantha noch eine Runde durchs Restaurant, um sich mit den Gästen zu unterhalten. Als „Gesicht“ von Sweet Dreams wusste sie, dass sie all die Leute begrüßen musste, die sich für diese Veranstaltung eingesetzt hatten. Es machte ihr auch überhaupt nichts aus. Im Gegenteil, sie war glücklich darüber, alle zu treffen, die heute hier waren.

Na ja, fast alle. Was hatte Blake Preston denn hinausgetrieben? Seit wann interessierten ihn Schokolade oder Sweet Dreams? Da saß er doch tatsächlich am Tisch mit seiner Großmutter, seiner Mutter und einer Frau, die seine Schwester sein musste. Na toll, jetzt spielte er den brillanten Gastgeber, der sich an ihrer, wie er wohl hoffte, Henkersmahlzeit ergötzte.

Doch sie würden sich aus dieser misslichen Lage befreien. Und sobald sie das geschafft hatten, würden sie ihr Konto bei der Bank der Herzlosen sofort kündigen, noch bevor er sagen konnte: „Ihr Geld oder Ihr Geschäft.“

Sie begann ihre Runde am äußersten Ende von dem Platz, an dem er saß, und begrüßte Lily Swan und ihr Tochter Ella.

Lily sah aus, als wäre sie direkt den Seiten einer *Vogue* entsprungen. Sie trug ein trägerloses schwarzes Kleid und hatte ihre perfekt blondierten Haare hochgesteckt, sodass ihr langer Schwanenhals besonders gut zur Geltung kam. Um diesen Hals hing eine goldene Kette, an der ein einziger Diamant funkelte – geschmackvoll, aber teuer, so wie die Frau, die ihn trug. Lily war schon über fünfzig, sah aber aus wie vierzig. Immer noch, nach all den Jahren, schüchterte sie Samantha ein bisschen ein, vielleicht weil Samantha vermutete, dass Lily sie im Grunde immer noch als das böse kleine Mädchen ansah, das ihr ein paar Ohrringe hatte stehlen wollen. Damals, als sie noch neu in der Stadt gewesen war und ihren Laden gerade erst eröffnet hatte.

„Samantha, Sie sehen fantastisch aus“, sagte sie mit ihrer zurückhaltenden Lily-Swan-Stimme.

„Das liegt nur an dem Kleid“, erwiderte Samantha. „Ihre Tochter hat einen ganz ausgezeichneten Geschmack, Mrs Swan.“ Und außerdem ein großes Herz. Ella hatte Bailey und Cecily einen so großzügigen Rabatt eingeräumt, dass Samantha nach dem Akt schwesterlicher Großzügigkeit nicht allzu sehr unter Schuldgefühlen leiden musste.

„Wenn es um Kleidung geht, hat sie tatsächlich einen guten Geschmack“, sagte Lily. Samantha vermutete, dass das durchaus doppeldeutig gemeint war. Ach ja, Mutter-Tochter-Beziehungen – die waren immer kompliziert.

Samantha lächelte Ella an. „Das kann man wohl sagen. Wo ist Jake?“

„Er hat einen Gig in Wenatchee“, erwiderte Ella.

Jake war ein Musiker, der um Anerkennung kämpfte. Also war ein Gig, soweit Samantha das beurteilen konnte, eine gute Sache. Aber Lily stieß einen Seufzer aus, und Ella runzelte die Stirn.

Okay, es wurde Zeit, weiterzuziehen. Samantha wünschte ihnen einen guten Appetit und trat an den nächsten Tisch zu Pat und Ed.

Er sah in seinem Smoking sehr distinguiert aus, und sie trug ein bernsteinfarbenes Kleid, das klassisch wirkte. Wahrscheinlich besaß sie es schon seit Jahren. Samantha hoffte, dass sie, wenn sie in Pats Alter war, auch noch in dieses Kleid von heute hineinpasste. Vielleicht schaffte sie es – wenn sie aufhörte, so viel von den Sachen aus ihrem eigenen Laden zu essen.

Ed begrüßte sie mit erhobenem Weinglas. „Großartige Idee, Samantha. Das wird ein toller Abend.“

Da hatte er recht. „Ich hoffe, es ist nicht zu früh, um zu konstatieren, dass unser Festival ein voller Erfolg ist“, sagte sie.

Pat nickte. „Anders kann man es nicht nennen. Ich habe Zelda’s schon seit Ewigkeiten nicht mehr so voll erlebt. Ich glaube, heute Abend sind sogar ein paar Leute von außerhalb hier.“

Samantha schaute sich im Restaurant um. „Oh, da bin ich mir sogar sicher.“ Und diese Leute würden bestimmt ihren Freunden davon erzählen. Und im nächsten Jahr würden noch mehr Gäste kommen, egal ob es geschneit hatte oder nicht.

Während sie ihren Blick durch den Raum schweifen ließ,

merkte sie plötzlich, dass sie beobachtet wurde. Wie Nägel von einem Magnet angezogen wurden, wurde ihre Aufmerksamkeit auf den Tisch gelenkt, an dem Blake Hof hielt – und sie wie ein lüsterner Jugendlicher musterte, der an einer Straßenecke herumlungerte. Sie redete sich ein, dass er ein Schuft und ein Geizhals war und das Kribbeln auf ihrer Haut und die Hitze, die sie auf einmal durchströmte, nichts mit irgendwelcher Anziehungskraft zu tun hatte. Es war einfach nur warm hier drinnen.

Als er bemerkte, dass sie ihn dabei ertappt hatte, wie er sie beobachtete, winkte er ihr kurz zu. Sie winkte zurück und drehte ihm dann den Rücken zu.

An sechs weiteren Tischen blieb sie stehen. Dann konnte sie das Unausweichliche nicht länger hinausschieben. Sie musste an Blakes Tisch gehen. Als sie näher kam, stand er auf, und Samantha brachte ein eisiges, aber höfliches Lächeln zustande.

Eigentlich hätte es ihn sofort in eine riesige Eisskulptur verwandeln müssen, doch leider passierte das nicht. „Du siehst heute Abend bezaubernd aus“, sagte er zu ihr.

Und du siehst aus wie eine Schlange in einem Anzug. „Danke“, murmelte sie.

„Sicher kennst du meine Großmutter Janice, aber hast du meine Mutter und meine Schwester schon kennengelernt?“

Die Ärmsten sind mit ihm verwandt, dachte sie. „Vielen Dank, dass Sie heute Abend gekommen sind“, sagte sie, nachdem er die Vorstellung abgeschlossen hatte.

„Oh, das hätten wir uns im Leben nicht entgehen lassen“, sagte Janice.

Janice Lind war eine der Frauen, die die Stadt am Leben hielten. Sie half ehrenamtlich bei der Tafel mit, und jedes Jahr gewann ihr Kuchen den ersten Preis beim Backwettbewerb, der veranstaltet wurde, um Spendengelder für die historischen Gebäude der Stadt einzutreiben.

Ihre Familien verkehrten nicht in denselben Kreisen, aber man kannte sich, und Janice kaufte häufig Schokolade bei ihnen, um sie zum Beispiel zu Weihnachten zu verschenken. Jetzt saß sie hier mit ihrem Enkel, dem Mann, der die Schlinge um Samanthas

Hals geschlungen hatte. Wahrscheinlich wusste sie nicht, was für ein gemeiner Kerl er war.

Wenn sie es nicht weiß, dann verbreitet er deine missliche Lage wenigstens nicht in der ganzen Stadt, dachte Samantha. Das war ja immerhin etwas. Auf jeden Fall mehr, als sie von Del Stone behaupten konnte.

„Vielen Dank", sagte sie zu Janice. Dann konnte sie nicht umhin, sich wieder an Blake zu wenden. „Ich bin überrascht, dich hier zu sehen. Schließlich bist du doch ein viel beschäftigter Mann." Hatte Pissy ihr das nicht erzählt?

„Ich möchte gern meinen Teil zum Gelingen des Festivals beitragen", sagte er.

„Oh, du tust doch schon so viel", meinte Samantha. Noch ehe er darauf etwas antworten konnte, entschuldigte sie sich und ging zu ihrem Tisch. Sie würde nichts mehr runterbekommen. Blake Preston hatte ihr den Appetit verdorben.

„Was für ein bezauberndes Mädchen", stellte Gram fest, als Samantha an den Tisch zurückging, an dem ihre Schwestern saßen.

Bezaubernd war noch eine Untertreibung.

„Ich glaube, das brauchst du Blake gar nicht erst zu sagen", neckte seine Schwester ihn.

Er warf ihr einen Blick über den Tisch zu, der besagte: Hör auf, sonst ...

Tess und ihr großes Mundwerk – sie hatte ihn während ihrer gesamten Kindheit damit genervt, entweder, weil sie gepetzt oder ihn geärgert hatte. Obwohl sie jetzt beide erwachsen waren, genoss es seine kleine Schwester immer noch, ihn ab und zu zu ärgern. Sollte er allerdings mal ihre Hilfe brauchen, wäre sie sofort für ihn da, genauso wie er für sie.

Jetzt schien sie blitzschnell zu begreifen, dass sie einen Scheinwerfer auf etwas gerichtet hatte, von dem die verkupplungssüchtigen Frauen seiner Verwandtschaft nicht erfahren sollten. Gerade als ein hoffnungsvoller, neugieriger Funke in den Augen seiner Mutter aufglomm, trug sie ihren Teil dazu bei, die Fährte wieder zu verwischen, indem sie meinte: „Jeder Mann mit Augen im Kopf kann sehen, wie attraktiv Samantha Sterling ist." Einen Nachsatz musste sie allerdings noch hinterherschieben: „Wenn man Rothaarige mag."

Mochte er. *Vielen Dank, Schwesterherz.* Eben hatte sie ihn davor gerettet, mit tausend Fragen überhäuft zu werden. Samanthas finanzielle Probleme waren nicht für die breite Öffentlichkeit bestimmt. Deshalb wäre es schwierig gewesen, zu erklären, dass die äußeren Umstände ihn zu ihrem Erzfeind gemacht hatten. Egal wie sehr er sich wünschte, dass es nicht so wäre.

Trotzdem: Wenn sich die Möglichkeit bot, für ihn eine Frau zu finden, damit sie noch mehr Enkelkinder bekam, entwickelte sich seine Mutter zu einem romantischen Bluthund. „Du solltest mal mit ihr ausgehen", erklärte sie.

„Sie ist eine Bankkundin", sagte Blake und hoffte, dass damit das Thema beendet war.

„Die Hälfte der Bevölkerung in dieser Stadt ist Kunde bei euch", schalt Gram ihn.

„Sie interessiert mich sowieso nicht besonders", log Blake.

„Da kommt unser Salat", sagte Tess. „Das sieht ja interessant aus. Ich habe noch nie Salat mit Pfefferminzschokoladenblättern gegessen."

Damit brachte sie Mom und Gram auf ein neues Thema. Zum Glück, dachte Blake. Und es gab noch etwas, wofür er dankbar war – keine von ihnen kam mit auf den Ball. Wenn sich die Chance bot, mit Samantha zu tanzen, würde er sich keine Sorgen machen müssen, ob sie ihn mit ihr sahen. Es war schon schwierig genug für ihn, Samantha davon zu überzeugen, dass er nicht der leibhaftig gewordene Teufel war. Da brauchte er nicht noch seine Familie, die ihm von der Seitenlinie aus gute Tipps gab oder ihn über den grünen Klee lobte. Er konnte seine romantischen Schlachten allein schlagen.

Doch es war ja gar keine Schlacht. Er befand sich mitten im Dritten Weltkrieg. Missmutig blickte er auf seinen Salat. Pfefferminzschokoladenblätter. Bäh. So konnte man einen Salat auch ruinieren. Und zwar vollkommen.

„Dieses Dinner wird dir bestimmt gefallen", meinte Bailey, nachdem Samantha sich wieder zu ihnen gesellt hatte.

„Ich kann es kaum erwarten, die Schokoladen-Pasta zu probieren", sagte Cecily.

Samantha bezweifelte, dass sie überhaupt etwas genießen konnte, jetzt wo Blake Preston ihr den Appetit verdorben hatte.

Doch das änderte sich, sobald das Essen auf den Tisch kam. Jeder Gang kitzelte ihre Geschmacksnerven mit neuen Variationen. „Das ist echt köstlich", sagte sie zu Bailey, die sich das Menü zusammen mit Charley ausgedacht hatte.

„Warte, bis du das Dessert probiert hast", brüstete sich Bailey.

Samantha hoffte, dass sie überhaupt noch Platz dafür hatte. Wenn sie so weitermachte und auch noch den Nachtisch aß, platzten womöglich noch die Nähte ihres Kleides.

Kurz bevor der Nachtisch serviert wurde, bekamen die Gäste noch eine Extraeinlage geboten: Ein Mann kniete sich vor eine junge Frau und öffnete eine kleine schwarze Samtschachtel, in der ein Diamantring lag.

Die Frau riss die Augen auf und nickte sprachlos, während alle anderen Gäste applaudierten.

„Das ist ja süß", schwärmte Bailey. „Sind es Einheimische? Ich kenne sie gar nicht."

„Ich glaube, nicht", sagte Samantha.

„Dann finde ich es mal heraus", verkündete Bailey.

„Bailey Sterling, die Detektivin", meinte Samantha. Als ihre Schwester davonwirbelte, schüttelte sie den Kopf.

„Na ja, er hat ihr in aller Öffentlichkeit einen Antrag gemacht", stellte Cecily fest. „Wahrscheinlich brennen die beiden darauf, ihre Freude mit jemandem zu teilen."

Und tatsächlich. Bailey hatte sich kaum vorgestellt, als die drei sich auch schon angeregt unterhielten. Kurz darauf kehrte Bailey ganz aufgeregt an den Tisch zurück.

„Sie kommen aus Seattle", berichtete sie. „Sie sind extra für das Festival hergekommen. Wie cool ist das denn? Und wisst ihr, was das Beste ist?"

„Sie wollen, dass du eine der Brautjungfern wirst", riet Samantha.

Bailey sah sie stirnrunzelnd an. „Sehr witzig."

„Was denn?", fragte Cecily neugierig.

„Sie hat die verlorene Braut gesehen. Sie haben eine der geführten Touren mitgemacht, und sie hat die Braut tatsächlich gesehen."

„Das ist doch nur eine Legende", meinte Samantha abschätzig.

„Aber sie hat die Braut gesehen, und jetzt ist sie verlobt", beharrte Bailey, als wäre damit alles geklärt.

„Das ist doch noch nur eine Geschichte, um Touristen anzulocken", erklärte Samantha erneut. Wenn es funktionierte, würde der perfekte Mann ihr heute Abend einen Antrag machen, vorzugsweise einer mit massenhaft Geld.

Bailey seufzte. „Sammy, manchmal bist du eine echte Spielverderberin."

Zum Glück wurde in diesem Moment das Dessert gebracht, und so war Bailey vom Thema „Verlorene Braut" abgelenkt.

Aber in Samanthas Kopf hatte sich das Bild von einem gesichtslosen Mann festgesetzt (der aussah wie ein Tackling Dummy im Anzug – Blake Preston, grrr!). Er schob ihr einen dicken Diamanten auf ihren Finger. *Manche Sachen sind besser als Schokolade.*

Nein! Verschwinde aus meinem Kopf.

Aber lass die Schokolade da!

23. KAPITEL

Das Beste an der Liebe ist das Rätselhafte und das Überraschende daran.
Muriel Sterling, *Erkenne, wer du bist: Eine Frau geht ihren Weg*

Cecily hatte gesehen, wie ihre Mutter zusammen mit Kevin und Heinrich den großen Abend vorbereitet hatte, und die Kreativität ihrer Mutter hatte sie beeindruckt. Doch als sie jetzt das fertige Produkt sah, als sie und ihre Schwestern in die Festival Hall kamen, blieb ihr fast die Sprache weg. Der Ort war von einer leeren Halle in einen Ballsaal verwandelt worden, der einer Königin würdig gewesen wäre. Die Decke war mit weißen und goldenen Stoffbahnen abgehängt, die dem Ganzen eine sehr elegante Note verliehen. Auf den Tischen, die an der Seite des Saals aufgestellt worden waren, sorgten magentafarbene Kerzen für romantisches Licht und beleuchteten die Kugelvasen, die üppig mit weißen Rosen gefüllt waren. Die Stühle an den Tischen waren mit seidenen Weinranken verziert worden, und Kerzen und Ranken schmückten auch die Tische, auf denen die Getränke standen. In den Ecken des Saals hatte man große Bodenvasen voll grüner Zweige und weißer Blumen platziert. Die Bühne war mit weiteren weißen und goldenen Stoffbahnen, Bodenvasen und Blumen verkleidet und abgehängt worden, sodass der DJ verborgen blieb. Seine Musik hatte schon einige Gäste auf die Tanzfläche gelockt, und die wiegten sich jetzt im Takt zur Musik, die aus allen Richtungen zu kommen schien – Nat King Cole und seine Tochter Natalie, die ihr *Unforgettable* zum Besten gaben.

So wie auch diese Nacht für ihre Schwester unvergesslich werden würde, hoffte Cecily. Samantha hatte gerade eine schwarzgoldene Faschingsmaske aufgesetzt, die Cecily für sie in Los Angeles gefunden hatte und mit der ihre grünen Augen noch rätselhafter wirkten. Und sie strahlte über das ganze Gesicht.

Samantha hatte wirklich hart gearbeitet, damit dieses Wochenende Wirklichkeit werden konnte, und sie verdiente es, diesen Augenblick des Erfolgs auszukosten. Aber Cecily wurde das ungute Gefühl nicht los, dass das Festival sie nicht retten konnte. Natürlich würde sie das ihrer Schwester gegenüber nicht erwähnen. Es war unnötig, sie noch weiter zu deprimieren. Sie hatte keine Fingernägel mehr, die sie abkauen konnte.

Bailey setzte ihre Maske auf. Und im nächsten Moment war sie verschwunden, um eine alte Freundin zu treffen. Samantha wurde von Ed York aufgehalten (so groß und dünn, wie er war, war er unschwer zu erkennen), sodass Cecily allein am Rande des Saals entlanggehen und alles in sich aufnehmen konnte. Während der nächsten halben Stunde beobachtete sie, wie eifrige Tänzer die Tanzfläche eroberten. Wie viele Tickets sie wohl verkauft hatten? Würden mehr Gäste anwesend sein, als der Saal eigentlich verkraften konnte? Wenn ja, hoffte sie, dass der Chef der Feuerwehr es nicht bemerkte. Er hatte ebenfalls ein Ticket gekauft, war hier also wohl irgendwo in der Menge zu finden.

Jetzt spielte der DJ ein etwas schnelleres Stück, nämlich *Somebody Like You* von Keith Urban. Bill Will trat zu ihr, herausgeputzt in einem Cowboyhemd mit Perlknöpfen und seiner besten schwarzen Jeans. Seinen Cowboyhut hatte er durch eine alberne Hofnarrenmaske ersetzt.

„Wie wäre es mit einem Tänzchen?", fragte er.

Cecily schaffte es kaum, ein „Sicher" herauszubringen, bevor er sie mit einem schnellen Twostep davonwirbelte.

Was ihm an Anmut fehlte, machte Bill Will mit Enthusiasmus wett. Dabei rempelte er fast die anderen Tänzer über den Haufen, die das Pech hatten, ihm in die Quere zu kommen, während er und Cecily durch den Saal fegten. Vielleicht war das doch keine so gute Idee gewesen.

Kurz darauf trat er auf ihr Kleid, und sie hörte, wie es irgendwo riss. Es war definitiv keine gute Idee gewesen.

„Mist", murmelte er. „Verdammt, es tut mir leid, Cec… ich meine, geheimnisvolle Lady."

Sie tätschelte seinen Arm. „Ist schon okay, mein lieber Hofnarr. Das hätte jedem passieren können."

„Mir eigentlich nicht. Aber, hey, ich in es gewohnt, mit Frauen zu tanzen, die viel kürzere Kleider tragen."

Darauf würde sie wetten. „Ich glaube, ich habe eine Sicherheitsnadel in meiner Handtasche." Zum Glück war sie auf alle Eventualitäten vorbereitet.

Er nickte, und dabei hüpften die spitzen Enden seiner Maske wie große Welpenohren auf und ab. Cecily ließ ihn – wahrscheinlich mit einem knallroten Gesicht – stehen und verschwand. Das war ein weiterer Vorteil eines Maskenballs: Niemand bekam mit, wenn man vor Verlegenheit errötete.

Sie schaffte es, das Kleid mit ein paar Sicherheitsnadeln wieder zusammenzuflicken, bevor sie in den Ballsaal zurückkehrte – allerdings hielt sie sich jetzt vorsichtshalber am Rand auf. Es war sicherer, nur zuzusehen. Gerade als Bryan Adams *When You Love Someone* zu singen begann, sah sie, wie ein großer Mann mit einer Maske aus dem Phantom der Oper auf sie zukam. Luke.

„Was macht das Kleid?", fragte er.

„Hast du mich beobachtet?", neckte sie ihn.

„Ertappt. Wie wär's? Es ist ein langsamer Tanz, und ich verspreche auch, den Riss nicht noch größer zu machen."

Er streckte ihr die Hand entgegen. Es wäre unhöflich gewesen, sie nicht zu ergreifen. Also legte Cecily ihre Hand in seine und ließ sich von Luke auf die Tanzfläche führen. Er schlang einen Arm um sie, zog sie vorsichtig an sich und begann sich mit ihr im Takt der Musik zu wiegen. Cecily spürte, wie sich die Nadel auf ihrem Erotikbarometer bewegte. Na ja, wenn man beim Tanzen so eng an einen harten männlichen Körper gedrückt wurde, müsste man schon tot sein, um nichts zu empfinden.

„Weißt du, du kannst einem Mann wirklich den Atem rauben", sagte er.

„Luke, ich bin nicht auf der Suche nach irgendwas oder irgendwem. Nach dem Festival …" Ja, was? Würde sie wieder von hier verschwinden. Wer oder was sollte sie hier schon halten?

Er lächelte. Es war ein sehr nettes Lächeln. „Damals, als ich meine Frau getroffen habe, war ich auch nicht unbedingt auf der Suche, wenn ich ehrlich bin."

Oh, du lieber Himmel. Cecily gefiel die Richtung, die diese Unterhaltung genommen hatte, überhaupt nicht. „Luke, du bist ein netter Mann."

„Du bist nicht die Erste, die mir das sagt. Bist du auf der Suche nach einem nicht so netten Mann, Cecily, geht es darum?"

„Ich habe dir doch schon gesagt, dass ich überhaupt nicht auf der Suche bin."

Er fuhr sacht mit der Hand über ihren Rücken, sodass sich in ihr eine angenehme Wärme ausbreitete. „Heißt das, dass du nicht bereit bist, in etwas Gutes hineinzustolpern?"

„Ich …" Warum fühlte sich ihre Kehle auf einmal so trocken an? „Wir würden kein gutes Paar abgeben."

Er nickte langsam. „Mit solchen Sachen kennst du dich natürlich aus."

„Ja, tue ich", verteidigte sie sich.

„Hör mal zu, wie wäre es mit einem Deal? Ich dränge dich nicht, aber falls du dich entschließen solltest, hierzubleiben, bekomme ich die Chance, deine Meinung zu ändern. Ist das ein faires Angebot?"

„Dir gegenüber ist es nicht fair."

„Ich kann damit leben", erklärte er leichthin.

Er zog sie noch ein kleines Stück näher an sich und machte ihr damit noch einmal mehr bewusst, dass er ein Mann und sie eine Frau war. Im nächsten Augenblick wirbelte er sie herum, und Cecily spürte, wie ihr Kleid wunderbar mitschwang, wie sich ein starker Arm noch fester um sie schloss und sie daran hinderte, nach hinten wegzukippen. Sie nahm das warm schimmernde Kerzenlicht und die gefühlvolle Melodie des Liebesliedes in sich auf, und eine leise Stimme in ihrem Hinterkopf wisperte: Du könntest nach Hause kommen und bleiben.

Samantha sah ihn schon von Weitem auf sich zukommen. Er trug einen schwarzen Smoking und eine venezianische Maske, die sein ganzes Gesicht bedeckte. Aber natürlich war die große Statur des Footballspielers unverkennbar. Als er auf sie zumarschierte, sah er nicht nach einem Banker aus – eher wie ein James

Bond, der mit Anabolika aufgepumpt war –, und die Augenschlitze in der Maske glitzerten im Kerzenlicht. Sie wollte nicht mit ihm tanzen. Doch, wollte sie. Nein, wollte sie nicht.

Du musst höflich sein, ermahnte sie sich und beendete damit die innere Diskussion. Also blieb sie still stehen und versuchte die Schmetterlinge in ihrem Bauch zu ignorieren. Das war doch lächerlich. „Hallo, Blake“, begrüßte sie ihn.

Er schüttelte den Kopf. „Das hier ist ein Maskenball, schon vergessen? Niemand kennt irgendwen. Ich bin nur ein Mann, der mit der schönsten Frau im ganzen Saal tanzen möchte.“

Garth Brooks sang mit schmachtender Stimme *To Make You Feel My Love*, und ehe Samantha etwas sagen konnte, hatte Blake einen Arm um sie geschlungen und sie an sich gezogen. Ihr Inneres verwandelte sich in flüssige Lava. *Manche Sachen sind besser als Schokolade.* Oh Hilfe!

Denk ans Geschäft. „Der Ball ist ein großer Erfolg.“

„Ich will nicht über den Ball reden“, sagte er leise. „Ich will über gar nichts sprechen. Ich möchte dich nur spüren.“

Sie konnte ihn definitiv spüren. Und er fühlte sich ausnehmend gut an, mit diesen kräftigen Muskeln und dieser männlichen Energie. Wenn sie nicht aufpasste, würde sie gleich hier an Ort und Stelle dahinschmelzen. *Reiß dich zusammen, Samantha.*

Wenn sie sich an ihre finanzielle Situation erinnerte und an die Rolle, die die Bank dabei spielte, dürfte ihr das ja wohl nicht sonderlich schwerfallen. „Nett gesagt. Vor allem wenn man bedenkt, dass du mir meine Firma wegnehmen willst.“

„Egal, was du auch denken magst, Samantha: Ich bin nicht dein Feind.“

Sie sah zu ihm auf. „Wirklich? Wer soll das denn glauben?“

Er seufzte. „Glaub mir, mir gefällt die Situation nicht.“

„Mir auch nicht“, erwiderte sie und ging wieder auf etwas mehr Abstand zu ihm.

„Lass uns heute Abend, wenigstens während dieses Tanzes, nicht mehr daran denken“, sagte er leise.

Sie sollte ihr Familienerbe vergessen, ihre Zukunft und all die Menschen, die auf sie angewiesen waren, nur weil er mit ihr tanzte? Wofür hielt er sie denn? Allerdings wusste sie genau, was sie von ihm halten sollte. Zischend erlosch das Feuer in ihrem Inneren. „Du hast vielleicht Nerven! Ich bin dabei, alles zu verlieren, und du erwartest von mir, dass ich einfach hier mit dir herumtanze und alles vergesse?"

„Samantha."

„Die Maske, die du da trägst, ist keine ‚Lone Ranger'-Maske, und ich habe keine Lust, eine heile Welt vorzugaukeln, indem ich mit dir tanze", erklärte sie.

Genau genommen konnte sie jetzt auch nicht mehr hierbleiben und den Abend genießen. Jedes aufgesetzte Lächeln wäre lediglich eine Farce. Obwohl das Lied noch nicht zu Ende war, löste sie sich aus Blakes Armen und verließ die Tanzfläche. Der Saal war ein buntes Kaleidoskop an Farben und Schönheit. Doch Samantha konnte momentan nur die düstere, graue Zukunft sehen, die vor ihr lag. Sie holte ihren Mantel aus der Garderobe ab und verließ die Festival Hall. Dieser Tag, der so erfolgreich begonnen hatte, hinterließ auf einmal nur noch einen sehr bitteren Nachgeschmack.

Während sie in ihre Wohnung zurückeilte, erntete sie neugierige Blicke von den Touristen. Kein Wunder. Sie sah aus wie Aschenputtel auf der Flucht.

Erst als sie zu Hause ankam, fiel ihr ein, dass sie ihren Schwestern gar nicht Bescheid gesagt hatte, dass sie verschwinden wollte. Irgendwann würden sie merken, dass sie nicht mehr da war, und sich auf die Suche nach ihr machen. Also rief sie auf Cecilys Handy an und hinterließ eine Nachricht, dass es ihr nicht gut ging. Anschließend zog sie ihr Ballkleid aus und einen Pyjama an und ging schnurstracks ins Bett, wo Nibs es sich sofort mit ihr gemütlich machte.

„Was soll ich nur machen?", fragte sie, während sie ihm das Kinn kraulte.

Leider hatte auch Nibs keine Lösung parat.

In dieser Nacht schlief sie nur wenig. Die meiste Zeit über lag sie wach und dachte an all die Menschen, die auf ihrer Gehaltsliste standen, all die Familien, die ihr Vertrauen in Sweet Dreams setzten. Hatte Blake wirklich ernst gemeint, was er gesagt hatte? Wenn er nicht ihr Feind war, konnte er dann nicht ihr Verbündeter sein? Bei diesem Gedanken fiel ihr wieder ihre anfängliche Hoffnung ein. Wenn sie der Bank eine große Summe des Kredits zurückzahlte, würde er doch bestimmt einen Weg finden, die Laufzeit des Kredits zu verlängern, oder?

Es war eine schwache Hoffnung, aber es war die einzige, die ihr noch blieb. Die einzige Lösung, auf die ihr müdes Hirn noch kam. Als Samantha aus ihrem unruhigen Schlaf erwachte, ging gerade die Sonne in einem Farbenmeer von Orange- und Goldtönen auf. Ein neuer Tag.

Sie machte sich eine Schüssel mit Müsli, ging unter die Dusche und fühlte sich besser. So viel besser, dass sie sich zum Laufen im Riverfront Park aufmachte. Es war ein klarer, frischer Morgen, ein fast perfekter Tag. Auf dem Weg nach Hause hörte sie drüben in Gerhardt's Gasthaus Gerhardt Geissel in sein Alphorn blasen. Das war sein normales Wochenendritual. Etwas später würden dann die Kirchenglocken zu läuten beginnen und die Einwohner zum Gebet einladen. Wenn die Glocken läuteten, würde sie selbst schon am Sweet-Dreams-Stand stehen und wie verrückt beten, dass sie ein Vermögen mit ihrer Schokolade verdiente.

Ihr Handy klingelte um neun Uhr. Cecily. „Ich wollte nur mal hören, wie es dir geht. Fühlst du dich immer noch nicht wohl?"

„Mir geht es wieder gut." Und außerdem war sie wild entschlossen, die Probleme zu meistern. Was hatte sie denn auch sonst für eine Alternative? Aufgeben kam nicht infrage.

„Bist du sicher? Sonst können Mom, Bailey und ich uns auch allein um den Stand kümmern, wenn es dir nicht so gut geht."

„Danke, aber ich bin nachher da", sagte Samantha. „Wie war der Ball gestern Abend noch?"

„Ein rauschender Erfolg."

„Ich hoffe, Bailey hat sich nicht mit Brandon Wallace davongestohlen." Sie hätte bleiben und ein Auge auf ihre Schwester halten sollen.

„Sie hat sich mit niemandem davongestohlen. Außerdem waren auf der Tanzfläche viel zu viele Männer hinter ihr her, als dass Brandon eine Chance gehabt hätte, ihr zu nahe zu kommen."

„Das ist auch gut so", erklärte Samantha. „Und wie war es bei dir? Mit wie vielen Männern hast du getanzt?"

„Ich hab irgendwann aufgehört zu zählen."

„Und? War irgendjemand Spezielles dabei?" Samantha hatte gesehen, wie Luke Goodman ihre Schwester angesehen hatte. Cecily wäre ein Dummkopf, wenn sie ihm einen Korb gab. Allerdings war Cecily nicht gerade die Hellste, wenn es um ihr eigenes Liebesleben ging. Warum übersahen Frauen nur immer das Gute, das direkt vor ihrer Nase lag?

„Nein", erwiderte Cecily locker. Um danach, noch ehe Samantha weiterbohren konnte, fortzufahren: „Also, Mom sagt, sie will sich mit dir um zehn am Stand treffen. Bailey und ich kommen dann um eins, um euch abzulösen." Ende der Diskussion.

„Okay", erwiderte Samantha. Sie hatte den Wink verstanden. Sie wusste sowieso nicht, warum sie im Privatleben ihrer Schwester herumstocherte. Schließlich hatte sie mit ihrem eigenen genug zu tun.

Nachdem sie noch eine Tasse Kaffee getrunken hatte, machte sie sich auf den Weg. Auf der Hauptstraße tummelten sich schon eine Menge Leute. Viele von ihnen trugen verrückte Zylinder und anderen kreativen Kopfschmuck aus dem Mad-Hatter-Hutladen. Sie ging an jungen Familien vorbei, an Gruppen von Freundinnen, die offensichtlich ein Frauenwochenende genossen, und an Paaren, die Hand in Hand durch die Straßen schlenderten. Auch auf der Eisbahn war schon viel los. Viele Kinder und Teenager umkreisten in halsbrecherischem Tempo die älteren Eisläufer, die eher gemächlich ihre Kreise zogen. Genau so sollte Icicle Falls aussehen, und sie hatte dazu beigetragen, dass es wahr geworden war.

Lächelnd traf Samantha am Stand von Sweet Dreams ein, und sie lächelte den ganzen Vormittag lang, während sie und ihre Mutter Geld einnahmen und dafür Glückseligkeit in Form von Schokolade verteilten. Und es wurden immer mehr Menschen, die durch die Stadt strömten.

„Ich glaube, heute sind noch mehr Leute unterwegs als gestern“, sagte Bailey, als sie und Cecily aufkreuzten, um Samantha und ihre Mutter abzulösen.

„Je mehr, desto besser“, beschied Samantha. „Unsere Vorräte hier am Stand gehen langsam zur Neige. Ich laufe mal schnell rüber in den Laden und hole Nachschub.“

Solche Besorgungen erledigte sie nur allzu gern – mehr Schokolade holen, damit sie noch mehr verkaufen und noch mehr Geld verdienen konnten. Oh ja, es bestand immer noch Hoffnung. Gib niemals auf, gib niemals nach.

Samantha eilte gerade die Hauptstraße entlang, als sie ihn entdeckte. Ihr Lächeln schwand, und das Herz rutschte ihr in die Hose. So hatte sich bestimmt Rotkäppchen gefühlt, als sie am Bett ihrer Großmutter gestanden und festgestellt hatte, dass die Großmutter mit den großen Zähnen gar nicht ihre Großmutter war. *Damit ich dich besser fressen kann.* Trevor Brown schlenderte mit dieser anderen Schlange aus der Bank – wie hieß sie noch mal? – die Straße entlang, die Hände in den Taschen, und schaute sich das ganze Spektakel an, wie ein König, der seine Untertanen beobachtet. Natürlich war er hier, um alles auszuspionieren. Wahrscheinlich überlegte er schon, wie er sein eigenes Festival organisieren könnte, wenn er ihre Firma erst einmal geschluckt hatte.

Nun, er würde sie nicht bekommen. Eher würde Samantha sie in die Luft sprengen, als dass dieser billige Schokoladenhersteller sie in seine gierigen Finger bekam. Sie biss die Zähne zusammen und marschierte zum Lager, schnappte sich eine Kiste mit ihren gesalzenen Karamellbonbons, eine mit den unterschiedlichsten Pralinen und die letzte Kiste mit den kleinen Kleeblattschachteln. Nachdem sie alles auf einen Rollwagen gestellt hatte, ging sie zurück zum Stand.

Und da stand er doch tatsächlich direkt davor und quatschte ihre kleine Schwester voll.

Samantha kniff die Augen zusammen, trat hinter den Stand und stellte sich neben Bailey. „Mr Brown, was führt Sie denn hierher?“ Als ob sie das nicht wüsste.

Er lächelte sie gönnerhaft an. „Ich dachte mir, ich sehe mir das alles mal an. Sie haben tolle Arbeit geleistet, um dieses Festival auf die Beine zu stellen."

„Danke", sagte sie steif. „Ohne all die anderen aus unserer Stadt hätte ich es nicht geschafft. Hier in Icicle Falls halten wir noch zusammen."

„Tun Sie das?"

Sie hob ihr Kinn eine Spur höher. „Ja, das tun wir." Jetzt richtete sie den Blick auf Blakes Chef. „So haben wir das hier schon immer gemacht."

„Ach ja? „, sagte er. „Na, dann wollen wir doch mal Ihre Schokolade probieren. Was empfehlen Sie uns?"

Dass Sie in den Fluss springen.

„Alles ist köstlich", antwortete Bailey, die keine Ahnung hatte, dass sie sich gerade mit dem Erzfeind unterhielt.

„Versuchen Sie doch mal die gesalzenen Karamellbonbons. Sie sind süß, haben aber Biss."

„Oh, ich glaube, die sind ausverkauft", sagte Samantha kühl.

„Nein, Sammy, sind sie nicht", widersprach Bailey. „Aber Sie kommen gerade noch rechtzeitig", informierte sie die Männer, „denn viele haben wir nicht mehr."

„Was kosten die?", wollte Trevor Brown wissen.

Als ob er das nicht selbst sehen könnte. Es stand groß und fett gedruckt auf dem Schild hinter ihnen. Bailey nannte ihm den Preis, und er reichte ihr das Geld.

„Ich nehme auch welche", sagte sein widerlicher Begleiter.

Ich hoffe, ihr erstickt dran, dachte Samantha, als Bailey ihm die Tüte reichte. „Wir machen die beste Schokolade im ganzen Bundesstaat", verkündete sie. „Ein Bissen sollte genügen, um Ihnen zu beweisen, dass es sich lohnt, in uns zu investieren. Für die Bank", fügte sie hinzu. *Nicht für dich, Trevor Brown.*

„Nicht schlecht", erklärte Bankschlange Nummer zwei.

Nicht schlecht? Das war alles, was er dazu zu sagen hatte? Jämmerlich.

„Sie produzieren gutes Zeug", meinte Trevor.

Besser als ihr allemal. Samantha bemühte sich, wenigstens andeutungsweise ein Lächeln zustande zu bringen.

Jetzt musterte Trevor den Rest der Auslage. „Buttertoffee mit Lavendelgeschmack? Interessant."

Okay, jetzt reichte es. „Ich bin sicher, dass Sie auch noch an die anderen Stände gehen möchten", sagte Samantha, bevor er mit seiner Schokoladenspionage weitermachen konnte. „Genießen Sie das Festival." Sie drehte ihnen den Rücken zu. „Bailey, kannst du bitte die Kisten auspacken?"

Bailey warf ihr einen erstaunten Blick zu, antwortete aber: „Okay."

„Hilf ihr mal, Cecily", bat Samantha ihre Schwester. *So. Habt ihr es endlich begriffen, ihr Geier? Verschwindet.*

Sie wandten sich ab wie Wölfe, die nur darauf warteten, dass das Lagerfeuer der Camper niederbrannte. Samantha war auf einmal ganz übel.

„Wer waren denn diese Typen?", fragte Bailey leise, während sie die Kisten auspackten.

„Der Ältere ist Trevor Brown."

Bailey hob die Brauen. „Trevor …"

„Von der Firma Madame C's Chocolates."

Bailey schnappte entgeistert nach Luft. „Wir haben unsere Köstlichkeiten gerade an Madame C verkauft? Ach du lieber Himmel. Wer war der andere Typ?"

„Einer von den großen Bankganoven."

„Größer als Blake Preston?"

„Blake ist sein Schoßhund."

Bailey ließ den Kopf hängen. „Und ich stehe hier und rede mit ihnen, als wären es nette Kunden. Du meine Güte, was bin ich nur blöd."

Cecily tätschelte ihren Arm. „Du wusstest es ja nicht."

„Aber jetzt weißt du Bescheid", sagte Samantha. „Wenn sie noch mal wiederkommen sollten, sag ihnen, wir wären ausverkauft."

„Oder dass wir ihresgleichen hier nicht bedienen." Auf Baileys Gesicht erschien ein böses Lächeln. „Leider hegen wir Vorurteile gegenüber miesen Ratten."

Und es waren wirklich miese Ratten. Allein ihre Anwesenheit in der Stadt verdarb Samantha den Tag. Also versteckte sie sich im Büro, statt herumzuwandern und ihre Freunde aus der Handelskammer an ihren jeweiligen Ständen zu besuchen.

Dort gab es genug zu tun, aber selbst Berge von Arbeit konnten sie nicht von ihren Sorgen ablenken. Während sie am Schreibtisch saß, kämpfte sie mit ihnen. Und selbst als sie ins Bett ging und versuchte zu schlafen, waren sie allgegenwärtig. Schließlich, nach zwei Bechern warmer Milch (bäh!), schlief sie ein.

Eine Weile lang schlief sie noch tief und fest. Doch dann begab sie sich ins Land der Träume und stellte fest, dass sie die Center Street entlanglief. Außer ihr waren nur noch zwei Männer unterwegs – Trevor Brown und sein Kumpan aus der Bank, und die beiden zielten mit Gewehren auf sie.

„Samantha, Sie können aufhören, davonzulaufen", rief Trevor. „Wir kriegen Ihre Firma so oder so."

„Nein", schrie sie und lief weiter die gepflasterte Straße entlang. Sie bog um die Ecke in die Mountain Vale, wo ihre Wohnung lag, und raste die Treppe hinauf zu ihrer Haustür. Die Männer waren ihr dicht auf den Fersen, aber irgendwann unterwegs hatten sie sich in große sabbernde Wölfe verwandelt, und jetzt gaben sie ein unheimliches Geheul von sich. Sie schlug ihnen die Tür vor der Nase zu. „Ihr bekommt mich niemals!"

Sie stolperte in die Küche, die ungewöhnlich gut bestückt war, und fing an, Zutaten herauszuholen. Als Nächstes nahm sie ihren Wasserbadtopf aus dem Regal und starrte ihn an. „Was mache ich hier?", fragte sie sich selbst.

„Du rettest deine Firma", antwortete leise eine weibliche Stimme. „Und ich werde dir helfen."

Ach du meine Güte, da tanzte doch tatsächlich ein Geist neben ihr herum. Die Frau war jung, hatte kastanienbraunes Haar und trug Kleidung, die längst aus der Mode war. Samantha erkannte sie sofort von dem Bild, das im Sweet-Dreams-Büro an der Wand hing. Urgroßmutter Rose.

„Ich hoffe, dass das gute Qualität ist", sagte Urgroßgranny

und deutete auf einen Block weißer Schokolade, den Samantha auf die Arbeitsplatte gelegt hatte.

„Natürlich“, versicherte Samantha ihr. „Du weißt doch, dass wir nur die besten Zutaten verarbeiten.“

Urgroßgranny nickte zustimmend. „Na, dann hol jetzt das Rosenwasser heraus und lass uns an die Arbeit gehen.“

Und genau das taten sie auch.

Als Samantha aufwachte, blinzelte sie verwundert. Es war das erste Mal, ein wunderbares, unglaubliches erstes Mal! Sie hatte gerade neue Rezepte für Sweet Dreams erträumt. Und sie erinnerte sich sogar daran. Ein Wunder war geschehen!

Hastig warf sie die Bettdecke beiseite und lief zum Computer, um alles schnell aufzuschreiben, ehe die Einzelheiten aus ihrem Gedächtnis verschwanden. Dann schaute sie auf die Uhr. Es war erst acht, aber zum Glück öffnete der Supermarkt schon um acht Uhr.

Sie machte sich gar nicht erst die Mühe, sich anzuziehen, zog sich einfach ihren Mantel über den Pyjama, schlüpfte in ein Paar Stiefel und eilte los, um Sahne und Butter zu besorgen. Draußen warteten an diesem sonnigen, herrlichen Morgen keine Wölfe. Auf sie warteten nur neue Möglichkeiten.

24. KAPITEL

Manchmal vergisst man, was man an der Familie hat.
Muriel Sterling, *Der unschätzbare Wert der Familie*

Bis zum Vormittag hatte Samantha drei neue Pralinensorten kreiert, die sie in den Sweet-Dreams-Katalog aufnehmen konnten. Sie war in heller Aufregung, und das lag nicht am vielen Zucker. Ich hab's geschafft, jubilierte sie. Sie hatte es tatsächlich geschafft, eine neue Praline zu erträumen, genau wie Urgroßgranny Rose.

Ihr Handy klingelte. Es war Cecily. „Ich habe gerade einen Haufen Geld zur Bank gebracht."

Tatsächlich. Die Summe, die Cecily nannte, war beeindruckend hoch. Nicht hoch genug, um die Bank auszuzahlen, aber doch bestimmt hoch genug, um Blake und seine Geierbande zu beeindrucken. Oh, was für ein großartiger Morgen!

„Und ich habe gerade drei neue Pralinen gemacht", brüstete sich Samantha.

„Ernsthaft?"

„Ernsthaft. Ich springe schnell unter die Dusche, und dann treffen wir uns alle bei Mom, um sie zu probieren."

„Ich sag Bailey Bescheid. Sie wollte zum Tee zu Olivia gehen."

Um die Chance zu nutzen, Brandon anzuschmachten. Offenbar hatte Samantha gerade noch rechtzeitig angerufen.

Sorgfältig verpackte sie die Proben ihrer neuen Kreationen. Da fiel ihr ein, dass sie noch schnell im Büro anrufen musste, um Elena Bescheid zu sagen, dass sie erst nach dem Mittagessen kommen würde.

„Sieh zu, dass du so schnell wie möglich kommst", klagte Elena. „Heute Morgen haben schon wahnsinnig viele Leute angerufen, um über das Festival zu reden. Mein Ohr tut mir schon weh, und ich bekomme nichts erledigt."

„Du bist ein Schatz. Habe ich dir das in letzter Zeit eigentlich mal gesagt?"

„Nein, aber das weiß ich ja", erwiderte Elena, und Samantha

konnte das Lächeln in ihrer Stimme hören.

„Hol dir eine Tafel Schokolade und gönn dir eine Pause", bot Samantha an. „Ach nein, warte. Verdirb dir deine Geschmacksnerven noch nicht, ich bringe nachher etwas Neues mit."

„Was Neues?" Jetzt war Elena neugierig geworden.

„Wir haben neue Rezepte", verkündete Samantha stolz. Und vielleicht sogar eins, das sie berühmt machen würde.

„Warum vergeudest du dann noch Zeit am Telefon? Beeil dich und komm endlich her."

Als Samantha den Anruf beendete, lächelte sie. Oh ja, damit konnte sie Aufregung verbreiten.

Im Haus warteten ihre Schwestern und ihre Mutter schon gespannt auf sie. „Oh, das ist ja alles so aufregend", meinte Bailey, als Samantha die kleine Schachtel öffnete.

„Sie sehen toll aus", befand Mom ehrfürchtig.

Ja, das taten sie wirklich. Weiße Schokoladentrüffel, verziert mit einer zarten Rosenknospe. „Hier kommen die Schokoladenrosen", sagte Samantha.

Alle drei griffen nach einer Praline, und Samantha beobachtete, wie ihre Familie hineinbiss. Cecily riss erstaunt die Augen auf. „Die sind ja unglaublich."

„Oh", stöhnte Bailey. „Ich bekomme gerade einen Schokoladenorgasmus."

Mom warf ihr einen strafenden Blick zu, dann wandte sie sich an Samantha. „Sie sind köstlich. Ein wunderbarer Tribut an deine Urgroßmutter Rose."

„Das war das Mindeste, was ich tun konnte", sagte Samantha und erzählte ihnen von ihrem Traum.

„Wow", hauchte Bailey. „Das ist ja beeindruckend. Was ist das für eine Sorte?", fragte sie und deutete auf die nächste Praline.

„Erst die Geschmacksknospen reinigen", erinnerte Samantha sie und holte ein Baguette heraus.

Bei der nächsten Köstlichkeit hatte Samantha Milchschokolade mit Lavendelgeschmack kombiniert. „Die schmeckt auch köstlich", lobte Mom.

Auch bei der dritten Neukreation hatte Samantha mit einem Blütengeschmack experimentiert, und sowohl ihre Mutter als auch ihre Schwestern hoben nach dem Probieren den Daumen.

„Das wird bestimmt ein echter Verkaufsschlager“, prophezeite Cecily. „Genau genommen sogar drei. Wir sollten die Pralinen in eine hübsche, mit Blumen verzierte Schachtel tun und sie unseren Schokoladengarten nennen.“

„Oh, die Idee finde ich klasse!“, rief Bailey. Sie schnippte mit den Fingern. „Die muss ich unbedingt zu Caroline bringen. Wenn sie die gekostet hat, will sie bestimmt, dass Mimis Produzent sie auch probiert.“

„Mimi LeGrande?“, fragte Mom.

„Bailey hat eine Frau kennengelernt, die ihren Produzent kennt“, erklärte Cecily.

„Ach du meine Güte“, meinte Mom schwach.

Es war ihre letzte Chance, um aus den roten Zahlen zu kommen. Und es war jetzt wirklich fünf vor zwölf. Samantha hatte nicht die Absicht, darauf zu warten, dass die Uhr zwölf schlug. „Wir müssen dir sofort einen Flug buchen“, sagte sie und sprang auf, um in Moms Arbeitszimmer an den Computer zu gehen.

„Na, dann packe ich wohl lieber mal schnell“, sagte Bailey.

Sie fanden einen Flug am späten Nachmittag für Bailey, und während Cecily sie zum Flughafen brachte, ging Samantha zur Bank, um Blake einen Scheck zu überreichen. Natürlich deckte er nicht den vollen Betrag, den sie der Bank schuldeten, aber es war eine beachtliche Summe.

„Sehr beeindruckend“, sagte er, als er die Zahl sah.

„Beeindruckend genug, um dich davon zu überzeugen, die Regeln ein bisschen zu dehnen? Wir sind kurz davor, einen Beitrag in einer großen Show im Food Network zu bekommen.“

Lügen war nicht unbedingt das beste Geschäftsprinzip. Aber Samantha entschied, dass sie ja nicht direkt log, sondern eher eine Vorhersage traf. Wenn sie in *All Things Chocolate*, einer Sendung, in der es wirklich nur um Schokolade ging, erwähnt wurden, würde ihr Geschäft boomen. Und warum sollte das nicht klappen? Bailey hatte bei einer Freundin des Produzenten einen Fuß in der Tür. Die Pralinen waren unglaublich lecker. Mimi LeGrande würde hin und weg sein.

Blake stieß einen Seufzer aus und sah sie ernst an. „Ich habe es dir doch schon gesagt: Ich bin auf deiner Seite. Und glaub mir, ich habe mich für dich stark gemacht. Aber es gibt ein paar Dinge, über die ich keine Kontrolle habe, und das gehört dazu."

„Es ist eine miese Art, Geschäfte zu machen", informierte sie ihn.

Sein Kiefer verspannte sich sichtlich. „Ich muss so handeln. Samantha, mir sind die Hände gebunden. Mir gehört diese Bank nicht. Ich arbeite nur für sie."

Als Henker. „Und? Schläfst du nachts noch ruhig?", fragte sie angewidert.

„Im Moment? Nein, eher nicht."

„Wie tröstlich."

Er runzelte die Stirn und schüttelte den Kopf. „Hör mal, es muss doch einen Weg geben, wie wir die Bank aus der Sache herausbekommen. Habt ihr denn niemanden in der Familie, der euch helfen kann?"

„Das soll wohl ein Witz sein, oder?", fragte sie verbittert. Welches Familienmitglied sollte das wohl sein? Ihre Mutter, die die Zahlungen für ihr Haus nicht mehr leisten konnte und kein Geld aus einer Lebensversicherung bekam? Ihre Schwestern, die fast genauso pleite waren wie sie selbst? Vielleicht Onkel Ralph, Dads älterer Bruder, der in Florida von seiner Pension lebte und nebenbei noch stundenweise auf einem Fischerboot arbeitete? *Für wie doof hältst du mich eigentlich?* „Wenn ich jemanden wüsste, der so viel Geld hat, wäre ich nicht als Erstes zur Bank gekommen." Sie spürte, wie ihr die Tränen in die Augen schossen, und blinzelte heftig, um sie zu unterdrücken.

Blake holte tief Luft. „Ich kann mir nur annähernd vorstellen, was du im Moment durchmachst, aber ich möchte, dass du dir einmal Folgendes vorstellst."

Sie stellte sich schon etwas vor, nämlich, wie verkehrt das alles hier lief.

„Stell dir vor, du kommst zurück in dein Büro und eine deiner

Angestellten kommt zu dir und erzählt, dass sie kurz davor ist, ihr Haus zu verlieren. Sie ist mit drei Monatsmieten im Verzug, und sie bittet dich, ihr das Geld vorzuschießen. Was tust du?"

„Ich gebe ihr das Geld, damit sie ihre Schulden bezahlen kann", fuhr Samantha ihn an. Sie hatte jetzt wirklich nicht die Nerven, sich irgendwelche Parabeln aus der Geschäftswelt anzuhören.

„Tust du das wirklich?", konterte Blake. „Aber du hast kein Geld. Es steht nicht in deiner Macht, ihr zu helfen."

„Dann würde ich …", Samantha verstummte. Was würde sie tun?

„Würdest du die Firma, die sowieso schon in Schwierigkeiten steckt, noch weiter belasten und damit auch die anderen Angestellten in Gefahr bringen?", fuhr Blake fort.

Mehr brauchte er gar nicht zu sagen. Sie hatte schon verstanden. Betreten senkte Samantha den Blick und versuchte die Tränen zu verbergen, die trotz aller Bemühungen, sie zurückzuhalten, über ihre Wangen kullerten.

„Samantha", sagte er sanft und streckte die Hand über den Schreibtisch aus, um sie auf ihren Arm zu legen.

Hier saß sie nun, mitten in der Festung des Feindes, und doch fühlte sich diese große Hand tröstlich an. Wie jämmerlich.

„Glaub mir, das Ganze zerreißt mich förmlich", versicherte er ihr.

Warum hilfst du mir dann nicht? Doch sie sprach den Gedanken nicht laut aus. Er hatte es ihr ja gerade erklärt. Er hatte selbst Verpflichtungen. Es gab Menschen, denen gegenüber er sich verantworten musste. Menschen, die auf ihn und die Bank angewiesen waren. Es war nicht sein Job, sie zu retten und das Chaos zu ordnen, das in ihrer Firma angerichtet worden war. Natürlich hatte sie das schon die ganze Zeit gewusst, tief in ihrem Inneren, wo sie nicht hatte nachschauen wollen.

Sie sollte etwas sagen … irgendetwas. Aber es war schwierig, etwas zu sagen, wenn man so einen Kloß im Hals hatte. Also nickte sie nur.

„Ich wünschte, ich könnte dir helfen", sagte er. „Wenn jemand eine Auszeit verdient hat, dann du. Wenn mir die Bank gehören würde, wäre das Gespräch jetzt ganz anders verlaufen."

Samantha erhob sich und stand auf wackligen Beinen. „Wir haben immer noch sechzehn Tage Zeit."

Blake stand ebenfalls auf. „In sechzehn Tagen kann viel passieren."

Ja, dachte sie, als sie aus der Bank ging. Es konnte alles Mögliche passieren.

Und irgendetwas wird passieren, redete sie sich ein, wild entschlossen, positiv zu denken. In letzter Minute würde eine Rettung kommen. Baileys neue Freundin würde die Pralinen weiterleiten, und Mimi LeGrande würde begeistert sein. Warum auch nicht? Samanthas Traum war ein Zeichen und ein Geschenk gewesen. Sie würden sich aus diesem Schlamassel befreien.

So optimistisch gestimmt ging sie zurück ins Büro, um sich den Anrufen zu widmen und sich auf den Erfolg vorzubereiten.

Blake starrte auf seinen Computermonitor, ohne etwas zu sehen. Er wünschte, er hätte Samantha von den Fäden erzählt, die er hinter den Kulissen gezogen hatte, im Bemühen, ihr zu helfen. Vielleicht hätte er sich dann nicht ganz so nutzlos gefühlt, als er in ihre großen grünen Augen geschaut hatte, in denen die Tränen geschimmert hatten.

Doch wahrscheinlich hätte er dann nur wie ein inkompetenter Prahler geklungen. Was hatte er schon groß getan? Er hatte dafür gesorgt, dass die Genehmigungen endlich erteilt wurden. Und dass er nach Seattle gefahren war, um seine Beziehungen in der Zeitung und bei der Fernsehproduzentin spielen zu lassen, war auch nicht unbedingt der Rede wert. All das hatte schließlich auch nicht bewirkt, dass sie ihr Darlehen zurückzahlen konnte. Das wäre viel Wind um nichts.

„Ich hasse es, so impotent, so machtlos zu sein", murmelte er.

Als er ein nervöses Hüsteln und das Rascheln von Papier hörte, drehte er sich um. In der Tür stand seine Sekretärin Sheri.

„Ich kenne einen guten Arzt", sagte sie und errötete.

Na toll!

„*Que bonita!*“, rief Elena aus, als Samantha ihr eine der neuen Pralinen reichte. Elena probierte die Trüffelpraline mit dem Rosengeschmack und schloss begeistert die Augen. „Oh *chica*, die wird sich wie verrückt verkaufen.“

„Dagegen hätte ich nichts einzuwenden“, erwiderte Samantha. Jetzt musste nur noch Mimi LeGrande die Daumen heben. Und warum sollte sie das nicht tun, wenn Mimi diese Trüffel erst mal probiert hatte?

Samantha ging in ihr Büro, setzte sich an den Schreibtisch und blickte auf das Familienfoto an der Wand. „Wir werden es schaffen, ihr Lieben“, versicherte sie ihm. Dann fuhr sie den Computer hoch und machte sich an die Arbeit.

Als Bailey anrief, saß sie immer noch dort.

„Oh Sammy“, schluchzte ihre Schwester.

So verkündete man keine guten Nachrichten. Samanthas Magen verkrampfte sich.

„Es tut mir so leid.“

„Was tut dir leid? Was ist passiert?“

„Die … die … Pralinen“, jammerte Bailey.

Oh nein. Samantha wappnete sich. „Was ist mit den Pralinen passiert?“

„Ich … ich … ohhh.“

Scheiße. „Was hast du?“, drängte Samantha sie. Wollte sie wirklich die schrecklichen Einzelheiten hören?

„Ich hab sie fallen lassen.“

„Du … hast sie fallen lassen.“ Da musste doch die eine oder andere überlebt haben. „Na gut, wisch sie ab und …“

„Und sie sind überfahren worden.“

„Wie bitte?“, fragte Samantha schwach.

„Ich war auf dem Weg zur Gepäckabholung und habe sie gerade diesem netten älteren Herrn gezeigt, den ich getroffen hatte. Und dann, na ja, ich weiß auch nicht, wie es passiert ist, aber plötzlich sind sie mir runtergefallen.“

So unbeholfen, wie ihre Schwester immer war, konnte Samantha sich das gut vorstellen.

„Na ja, irgendwie sind sie dann über den Boden gerollt, und

ehe ich sie aufsammeln konnte …" Bailey begann wieder zu schluchzen.

„Es ist okay", log Samantha. „Was genau ist dann passiert?"

„Du kennst doch diese kleinen Wagen, mit denen Leute auf dem Flughafen herumgefahren werden, oder?"

Samantha war froh, dass sie saß. „Eins von den Dingern ist über die Schokolade gefahren", sagte sie benommen.

„Hat sie total platt gefahren. Oh Sammy, es tut mir so schrecklich leid."

„Ist schon okay", sagte Samantha, obwohl es alles andere als okay war.

„Schick mir noch eine Schachtel", bat Bailey sie. „Ich verspreche auch, dass ich sie nicht fallen lasse."

Samantha stieß einen tiefen Seufzer aus. Wenn man nicht alles selber machte … „Nein, ich komme selbst runter", entschied sie. „Und wir überspringen die Verbindungsfrau. Finde heraus, wo Mimi LeGrande essen geht. Wir bringen ihr Schokolade zum Dessert."

„Okay", sagte Bailey schniefend. „Sammy, es tut mir wirklich leid."

„Ich weiß", erwiderte Samantha. Dabei dachte sie: Schicke niemals ein Mädchen los, um den Job einer Frau zu erledigen.

Kaum hatte sie das Gespräch beendet, da rief schon Cecily an.

„Hast du hellseherische Fähigkeiten oder was?", fragte Samantha.

„Alles in Ordnung bei dir?"

„Bailey hat dich angerufen?" Das konnte sie noch gar nicht geschafft haben. Sie hatten ihre Unterredung doch gerade erst beendet.

„Ja."

Da dämmerte es Samantha. „Sie hat dich zuerst angerufen."

„Sie hatte Angst, es dir zu sagen."

Angst vor ihrer großen bösen Schwester. „Bin ich so ein Ungeheuer?"

„Nein", versicherte Cecily ihr sofort. „Aber sie hat sich so schrecklich und schlecht gefühlt."

„Es ist nicht ihr Fehler“, erklärte Samantha. „Ich hätte selbst hinfahren sollen.“

„Nein. Es war richtig, das zu delegieren.“

„Etwas so Wichtiges delegiert man nicht.“ Und schon gar nicht an Bailey.

„Du kannst doch nicht alles selber machen. Du brauchst auch Leute in deiner Ecke.“

Damit sie sich auf dich setzen können, wenn du schon am Boden bist.

„Was wollen wir jetzt machen?“, fragte Cecily.

„*Ich* werde neue Pralinen machen und sie morgen nach L. A. bringen.“ Das Ganze würde ihr Konto noch mehr belasten, aber was getan werden musste, musste getan werden.

„Soll ich mitkommen?“

„Nein. Das ist lieb von dir, aber das schaffe ich schon alleine.“ Das Letzte, was sie brauchte, war noch mehr Hilfe.

„Okay. Ach übrigens, ich habe vorhin Emily Brookes getroffen.“

Pissys Handlangerin. War das auch nur im Entferntesten von Interesse? „Und?“

„Na ja, erinnerst du dich noch daran, wie die Genehmigungen für das Festival auf einmal da waren? Du rätst nie, wer dahintergesteckt hat.“

„Pissy“, scherzte Samantha. Da wäre wirklich die Krönung.

„Blake Preston.“

Samantha ließ fast das Telefon fallen.

„Nachdem ich das erfahren hatte, kam ich ins Grübeln und hab mal ein paar Erkundigen eingezogen und ein paar Telefonate geführt“, fuhr Cecily fort. „Weißt du noch, dass ich von der Produzentin von *Northwest Now* immer keine Antwort bekam? Na rate mal, wer nach Seattle gefahren ist, sie ausfindig gemacht und persönlich mit ihr gesprochen hat.“

Doch nicht etwa … „Blake?“

„Genau. Er hat auch dafür gesorgt, dass der Artikel in der Zeitung erschienen ist.“

„Oh“, meinte Samantha schwach.

„Ja, oh“, stimmte Cecily zu. „Ich hab übrigens gesehen, wie du den Maskenball verlassen hast.“

Oh-oh, jetzt kam die wohlverdiente Standpauke von ihrer Schwester, der Partnervermittlerin. „Ich habe mich nicht wohlgefühlt“, erklärte Samantha, schließlich war es nicht ganz unwahr. Doch da hatte sie sich im Vergleich zu jetzt noch richtig gut gefühlt. Vor Scham wäre sie am liebsten im Boden versunken.

„Vielleicht hast du mehr gefühlt, als du wolltest“, widersprach Cecily. „Wie auch immer, ich fand nur, dass du das wissen solltest.“

Samantha verabschiedete sich. Danach saß sie an ihrem Schreibtisch und blickte in den grauen Himmel hinaus. Der Wetterbericht sagte für den folgenden Nachmittag heftige Schneefälle voraus. Endlich. Aber bis dahin wäre sie längst über den Pass und am Flughafen. Allerdings würde sie vorher noch in der Bank vorbeigehen müssen, um ein Friedensangebot zu machen.

Menschen waren nicht nur gut oder nur schlecht. Blake war kein Cartoon-Bösewicht, aber er hatte einen guten Sündenbock abgegeben. Genauso wie Waldo. Irgendwie hatte sie es sich zur Gewohnheit gemacht, andere Leute für ihre Probleme verantwortlich zu machen – was angesichts der Tatsache, dass sie so gern alles und jeden herumkommandierte, schon pure Ironie war.

Seufzend stieß sie sich vom Schreibtisch ab. Morgen war Valentinstag. *Oh Amor, bitte sei nett zu mir. Ich könnte ein bisschen Hilfe gebrauchen.*

Es fiel ihr nicht leicht, am nächsten Tag in die Bank zu gehen. Sie kam sich vor wie ein Büßer, aber Samantha tat es trotzdem. Blake sah sie kommen und fuhr sich mit der Hand unter den Hemdkragen wie ein Mann, der sich auf eine unangenehme Begegnung gefasst machte – nicht gerade überraschend, wenn man an ihre bisherigen Zusammentreffen dachte.

Sie setzte sich ihm gegenüber und schob eine Schachtel mit ihren neuesten Kreationen über den Schreibtisch. „Ich muss mich bei dir bedanken."

Er sah sie skeptisch an. „Wofür?"

„Ich habe gerade erfahren, was du alles hinter den Kulissen getan hast. Es tut mir leid, dass ich mich dir gegenüber so schrecklich benommen habe."

Er zuckte mit den Schultern. „Mir tut es leid, dass ich nicht mehr für dich tun konnte."

„Du hast reichlich getan. Du hättest ja mal was sagen können."

„Hätte es einen Unterschied gemacht?"

Sprich, hätten sie zusammen ausgehen, zu einem Paar werden können? Wenn sie miteinander geschlafen hätten, wäre es ihr dann immer noch so vorgekommen, als wäre sie mit dem Feind ins Bett gestiegen? „Ich weiß es nicht", sagte sie wahrheitsgemäß. Letztendlich wollte seine Bank immer noch ihre Firma schlucken. Sie war sich nicht sicher, ob sie das ignorieren konnte.

Er nickte langsam.

„Das ist unser neuestes Produkt", sagte sie und deutete auf die Schachtel. „Es ist ziemlich bemerkenswert."

„Davon bin ich überzeugt", sagte er.

„Ich mache mich jetzt auf den Weg nach L. A., um Mimi LeGrande zu treffen."

Der Blick, den er ihr zuwarf, besagte: Wer ist denn das?

„Sie ist die Moderatorin von *All Things Chocolate*, die Sendung auf dem Food-Network-Sender, die ich gestern erwähnt habe. Ich muss dir ja wohl nicht erklären, was es für unser Geschäft bedeuten würde, wenn sie uns in ihrer Sendung porträtiert."

„Ich hoffe, dass es euch einen Riesenerfolg beschert", sagte er.

Sie lächelte ihn an. „Das glaube ich dir sogar", antwortete sie und stand auf.

Auch Blake erhob sich. „Viel Glück. Und einen schönen Valentinstag."

Ach ja. Das war ja heute.

„Komm, ich bringe dich zur Tür."

Als sie vor der Bank an ihrem Auto standen, sagte er: „Vielleicht können wir, wenn du wieder zurück bist …"

Noch bevor er den Satz beenden konnte, schüttelte sie den Kopf. „Es tut mir leid, das kann ich nicht. Nicht solange ich nicht weiß, ob ich meine Firma gerettet habe."

Er nickte. „Ich verstehe."

Samantha lag es auf der Zunge, hinzuzufügen: Aber ich würde gern. Ich wünschte, du wärst Klempner oder Tischler, alles andere, nur nicht mein Banker. Stattdessen stieg sie in ihren Wagen und fuhr fort.

Blake ging zurück in die Bank und ließ sich auf seinen Schreibtischstuhl fallen. Samanthas Geschenk verspottete ihn. Schokolade, genau das, was er nie haben wollte. Seit er nach Icicle Falls zurückgekehrt war, hatte er eine Menge Dinge bekommen, die er nicht haben wollte – Stress, Ärger, Kopfschmerzen und Zurückweisungen von der Frau, deren Leben er zu ruinieren half.

Verdammt, er wollte ihr Leben nicht ruinieren. Er wollte an ihrem Leben teilhaben. Er konnte sich kaum konzentrieren, als er George Tuttles Darlehensantrag bearbeitete, und es fiel ihm schwer, den jovialen Bankfilialleiter zu mimen, als er mit Del Stone und Ed York im Zelda's zu Mittag aß. Als die Kellnerin vorschlug, dass sie den neuen Schokoladen-Trifle zum Nachtisch probieren sollten, der am Wochenende der große Hit gewesen und jetzt zu einem Bestandteil der Speisekarte geworden sei, brach es ihm fast das Herz.

Nach dem Essen kam seine Großmutter vorbei, und Blake nutzte die Gelegenheit, um ihr die Pralinen zu schenken. Wenigstens irgendjemand sollte sie genießen. Gram litt weder unter Allergien noch unter Schuldgefühlen.

„Bezaubernd", sagte sie. „Ich nehme sie heute Abend mit zu meinem Buchclubtreffen. Die anderen sind bestimmt davon begeistert. Alle lieben die Schokolade von Sweet Dreams."

Sie klang wie eine Werbetafel. *Alle lieben die Schokolade von Sweet Dreams.* Was bedeutete, dass niemand ihn lieben würde, wenn er ihrer Firma den Garaus machte. Und zu Recht.

Um sechs ging er ins Fitnessstudio, um seinen Frust abzuarbeiten, und lief auf dem Laufband, bis ihm der Schweiß herabtropfte. Doch seine Frustration legte sich nicht. Nicht einmal eine Runde am Punchingball half. Er wollte nicht auf etwas einschlagen, sondern auf jemanden, nämlich auf dieses Arschloch Darren Short. Noch einmal schlug er zu und stellte sich dabei vor, dass es Darrens überheblich grinsendes Gesicht war, das er da malträtierte. *Jetzt weißt du, wie es sich anfühlt, wenn man Schläge einstecken muss. Das hast du auch den Sterlings angetan.*

Als Blake fertig war, war er ausgepowert und müde, doch es ging ihm nicht besser. Samantha Sterling stand vor dem Abgrund und würde fallen, wenn ihr nicht jemand zur Hilfe eilte. Sie brauchte einen Helden.

Er erinnerte sich, wie er sich als Kind vorgestellt hatte, dass er als Erwachsener ein muskelbepackter Superheld wäre (natürlich mit einem Cape), der davonflog, um Menschen zu retten, die von den Bösewichten ins Verderben gerissen wurden, oder wie er jemanden in seinem Batmobil rettete.

Er hatte nur einen Oldtimer Camero und einen Geschäftsanzug, aber er musste einen Weg finden, um zu dem Helden zu werden, der er immer sein wollte. Bevor es zu spät war.

25. KAPITEL

Es gibt nichts, was eine Frau nicht erreichen kann, wenn sie es sich in den Kopf gesetzt hat.
Muriel Sterling, *Erkenne, wer du bist: Eine Frau geht ihren Weg*

Muriel, vielen Dank, dass Sie mir Exklusivrechte einräumen. Ich weiß, dass wir dieses Haus verkaufen können", sagte Nenita Einhausen, die für Mountain Meadows Real Estate arbeitete. „Mir fallen schon ein paar Familien ein, die daran Interesse haben könnten."

„Sogar um diese Jahreszeit?", fragte Muriel. „Ich hätte gedacht, dass die Leute erst im Frühjahr anfangen zu suchen." Nicht dass sie es sich leisten konnte, bis zum Frühjahr zu warten.

„Der Frühling steht doch schon vor der Tür", erwiderte Nenita. „Und ich habe da eine Familie, die unbedingt aus der Stadt weg will, um in einer Kleinstadt zu leben. Dieses Haus wäre genau das Richtige für sie."

Es wäre perfekt für jeden. Es war perfekt für sie und Waldo gewesen.

Es fiel Muriel schwer, sich davon zu trennen. Im Moment kam ihr Leben ihr vor wie eine Achterbahn, die man mit einer Geisterbahn kombiniert hatte. Waldos Tod, die Sorgen um die Firma, jetzt auch noch der Verlust des Hauses – sie konnte nur hoffen, dass diese schreckliche Fahrt bald vorüber war.

„Wir brauchen es wahrscheinlich gar nicht groß zu bewerben", fuhr Nenita fort. Sie stellte ihre Kaffeetasse auf den Wohnzimmertisch und begann herumzugehen, um alles zu inspizieren. Ein kleines, dünnes Energiebündel in einem schwarzen Kostüm. „Sie wissen sicher noch, was wir gemacht haben, als wir Ihr letztes Haus verkauft haben. Wir müssen ein paar von diesen Familienfotos abnehmen und ein bisschen etwas von dem Schnickschnack wegpacken."

Muriels Familienerinnerungen und geliebte Schätze. Du

meine Güte, wie konnte man nur Hummelfiguren nicht mögen?

Aber es war ja nichts Neues; sie hatte das schon einmal mitgemacht. Aber als sie das andere Haus verkauft hatte, war sie ja schon mit Waldo zusammen gewesen. Sie hatte sich von einem Ort verabschiedet, mit dem sie wunderbare Erinnerungen verknüpfte, aber sie war umgezogen, um neue Erinnerungsmomente zu erleben. Dieses Mal zog sie einfach nur um.

„Und … oh.“ Nenita blieb stehen und blickte zum Kamin, auf dem die Urne mit Waldos Asche stand. „Ist das …?“

Muriel nickte. „Ja, das ist Waldo.“ Ihr geliebter, wunderbarer Ehemann.

„Na ja, ich weiß ja, wie viel er Ihnen bedeutet hat. Aber vielleicht könnten Sie, äh, einen anderen Platz für ihn finden? Nur während wir das Haus zeigen“, fügte Nenita schnell hinzu.

„Wo soll ich ihn denn hinbringen, auf den Speicher?“, fuhr Muriel sie an. Aber sie wusste, dass Nenita recht hatte. Auf Waldos sterbliche Überreste zu stoßen würde potenzielle Käufer abschrecken. „Es tut mir leid. Das war unhöflich. Ich werde einen etwas unauffälligeren Platz für ihn finden.“

„Ich bin sicher, dass er es verstehen würde.“

Muriel nahm die Urne und presste sie an ihre Brust. Armer Waldo. Armer, armer Waldo. „Ich bringe ihn zum Friedhof.“ Bisher war sie dazu noch nicht bereit gewesen. Aber sie war auch nicht bereit gewesen, ihr Haus zu verkaufen. Manchmal gab es Dinge, die eine Frau einfach tun musste, egal ob sie bereit war oder nicht.

„Gute Idee“, stimmte Nenita ihr zu. „Ich schieße draußen mal ein paar Fotos. Vielleicht könnten Sie solange ein paar Fotos abnehmen und ein Feuer im Kamin anzünden. Dann können wir ein paar schöne Fotos vom Wohnzimmer machen. Die Küche ist fantastisch, so wie sie ist. Davon mache ich auch noch ein paar Bilder. Ach ja, und natürlich die Schlafzimmer.“

Wie gut, dass Muriel ihr Bett gemacht hatte.

„Ich setze die Fotos gleich morgen auf unsere Internetseite, und bis zum Ende der Woche wird das Haus auf diversen Immobilienseiten erscheinen. Ich bin sehr zuversichtlich, dass es großes Interesse daran geben wird“, sagte sie, während sie ihre Kamera aus der Tasche angelte.

Großes Interesse. Das ist doch genau das, was du willst, Muriel, ermahnte sie sich. Bald würde im Haus das Lachen einer neuen Familie erklingen, würden die Kuchen einer anderen Frau auf der Arbeitsplatte abkühlen, würde am Ende des Jahres der Weihnachtsbaum einer anderen Familie hinten in der Ecke am Fenster stehen. So war das Leben.

Ein Umzug kann ein Abenteuer sein, redete sie sich ein, und hoffte, dass sie wusste, wovon sie redete.

Samantha war auf dem Weg, die Firma zu retten, und Mom erholte sich von ihrem Treffen mit der Maklerin, indem sie mit Freundinnen zum Essen ausging. Cecily hatte heute Abend frei und wusste nicht so recht, was sie mit sich anfangen sollte. Am Nachmittag hatte es endlich geschneit, und da sie schon seit ihrem Umzug nach L. A. keinen Spaziergang mehr durch den Schnee gemacht hatte, entschied sie sich, dass ein bisschen frische Luft nicht schaden könnte.

Sie borgte sich ein Paar Stiefel aus Moms Schrank und machte sich auf, die kühle, klare Luft zu genießen, die mit dem Neuschnee gekommen war. Dadurch, dass sie die Berghänge direkt vor der Haustür hatten, lief Cecily Ski, seit sie drei war. Sie liebte es, den Wind im Gesicht zu spüren, wenn sie den Berg hinunterschoss, und ihr gefiel auch die Schönheit beim Langlaufen. Aber genauso viel Freude bereitete es ihr, wenn sie ab und zu einfach einen ruhigen Spaziergang machen konnte. Und nach dem hektischen Festivalwochenende war es nett, einmal abzuschalten.

Die Häuser, an denen sie vorbeiging, erinnerten sie an Gemälde von Kinkade, so kuschelig und heimelig inmitten des Schnees. Warmes Licht drang durch die Fenster nach draußen, und drinnen saßen Familien, aßen Abendbrot oder schauten Fernsehen. Mit den bayerisch anmutenden Gebäuden, die alle mit Schnee bedeckt waren, wirkte die Innenstadt wie aus einem Märchen. Ein paar einzelne Flocken tanzten durch die Luft, von den altmodischen Laternen in Szene gesetzt. Cecily marschierte ziellos weiter und genoss die Ruhe.

Doch plötzlich war es mit der Ruhe vorbei. Lautes Bellen riss sie aus ihren Gedanken, und sie stellte fest, dass sie schon am Stadtrand angekommen war. Und sie wurde von einem Empfangskomitee begrüßt. Wie aus dem Nichts kam ein Pitbull auf sie zugerast und bellte wie verrückt. Als Kind war Cecily einmal von einem Hund gebissen worden, und seitdem traute sie Hunden nicht mehr über den Weg. Und der Hund, der da auf sie zugeschossen kam, war ganz sicher nicht derjenige, der ihr Vertrauen in seine Spezies wiedererwecken würde. Als das Tier zähnefletschend auf sie zukam, blieb sie vor Angst wie angewurzelt stehen. Einen Meter vor ihr verharrte auch der Hund. Und zwar um eine richtige Show abzuziehen. Er bellte laut weiter und sabberte vor sich hin.

Nur ein Parkplatz trennte sie von einem sicheren Hafen, Todd Blacks Man Cave. Wenn sie es bis dahin schaffte. Aber das würde sie nicht. Wie angewurzelt stand sie auf dem schneebedeckten Boden. Und das Biest vor ihr knurrte und weidete sich an ihrer Angst. Es war Essenszeit. Wahrscheinlich war er hungrig. Nein! Sie spürte, wie ihr Herz immer schneller schlug.

„Elmo!“ erklang ein scharfer Befehl. Einen Moment später tauchte ein Mann in Parka, Jeans und Kampfstiefeln auf. „Elmo, verdammt, bei Fuß.“

Der Hund schenkte Cecily noch ein Abschiedsknurren, dann trottete er zu seinem Herrchen.

„Tut mir leid, Lady, er ist aus dem Truck entwischt“, sagte der Mann.

Cecily konnte ihn kaum verstehen, denn in ihren Ohren klingelte es. Kleine Glocken. Schlittenglocken? Irgendwie war ihr auf einmal ganz schwindelig. Als Nächstes merkte sie, dass sie zu fallen begann und nichts dagegen unternehmen konnte. Hey, wer hatte denn auf einmal das Licht ausgeschaltet?

Jetzt war um sie herum alles dunkel, und die kleinen Glocken läuteten immer noch. Vage nahm Cecily männliche Stimmen wahr und spürte, dass sie von kräftigen Armen aufgehoben wurde. Kurz darauf hörte sie andere Stimmen und Musik, Gretchen Wilson sang *Here For The Party.* War sie auf einer Party? Wann ging denn das Licht wieder an?

Man legte sie auf eine Couch, und eine Stimme, die vertraut klang, befahl: „Bringt mir eine 7Up."

Langsam kehrte das Licht zurück, und ein Kopf tauchte in ihrem Gesichtsfeld auf. Todd Black?

Er grinste. „Willkommen zurück."

„Wo ist der Hund?", fragte sie schwach.

„Wieder in Sams Truck. Es tut ihm übrigens wirklich leid."

„Das Vieh hätte mich fast zum Abendessen verspeist", sagte Cecily und versuchte sich aufzusetzen.

Todd schob sie sanft zurück. „Warum gönnen Sie sich nicht noch ein bisschen Zeit?" Noch ein Mann tauchte mit einer Getränkedose in der Hand auf. „Komm schon, du Idiot. Wo ist das Glas?", meinte Todd stirnrunzelnd.

„Oh. 'tschuldigung", sagte der Typ und verschwand.

„Also, was führt Sie in meine Gefilde?", fragte Todd. „Wollten Sie auf einen Drink vorbeischauen?"

Jetzt kam sie doch hoch. „Nein." Oh, wieder drehte sich alles vor ihren Augen.

„Ich hab Ihnen doch gesagt, Sie sollen liegen bleiben", sagte er und drückte sie wieder auf die Couch.

Er war ihr so nah, dass ihr der Duft seines Aftershaves in die Nase stieg – ein schlichter würziger Männerduft. Das macht dich nicht an, ermahnte sie sich fest. Sie versuchte den Mann, der neben ihr saß, zu ignorieren und konzentrierte sich stattdessen darauf, sich das Zimmer genauer anzusehen. Es war kein großer Raum, gerade groß genug für einen alten Schreibtisch, auf dem ein Laptop stand, und einen robusten Stuhl dahinter, für einen Aktenschrank und diese abgewetzte Ledercouch, auf der sie lag. Eine altmodische Schreibtischlampe und das schwache Licht, das von einer Straßenlaterne hereinschien, spendeten nur wenig Licht, sodass sich ihr Teil des Zimmers im Halbdunkel befand.

Der andere Mann, offenbar Todds Barkeeper, kam mit einem Glas voller Eiswürfel zurück. Todd nahm es entgegen, öffnete die Dose und goss die Limonade ein. „Hier", sagte er und reichte ihr das Glas. „Das müsste eigentlich helfen."

„Danke", murmelte Cecily. Es half wirklich. Der Barkeeper verschwand so leise wie ein Schatten aus dem Zimmer, und sie ließ den Kopf wieder auf das Sofakissen sinken.

„Ich habe gehört, das Festival war ein voller Erfolg", meinte Todd.

„Ja, das stimmt."

„Bill Will hat erzählt, dass er auf dem Ball mit Ihnen getanzt hat."

Bei der Erinnerung an den furchtbaren Tanz musste Cecily lächeln.

Todd runzelte die Stirn. „So ein guter Tänzer kann er nicht gewesen sein."

„Das habe ich auch nicht behauptet."

„Ich hab mal einen Tanzwettbewerb gewonnen."

„Das glaube ich nicht", spottete sie.

Er nickte. „Doch. Ich hatte eine Freundin, die darauf abgefahren ist."

Cecily konnte nicht widerstehen und fragte: „Was für eine Art von Tanz?" *Dirty Dancing?*

„Salsa. Schon mal probiert?" Er trank den letzten Schluck aus der Dose. Wieso fand sie das sexy?

Das hatte sie immer schon mal lernen wollen. „Nein, ich war mit anderen Dingen beschäftigt", antwortete sie. Sie musste zugeben, dass sie ziemlich zickig klang.

„Würde Ihnen gefallen." Unter halb gesenkten Lidern sah er sie an. Es war ein sehr vertraulicher Blick, der gut zu dem schummrigen Licht im Zimmer passte. „Aber der beste Tanz ist Tango. Das ist fast so wie Sex auf der Tanzfläche."

„Na, das muss ich dann wohl mal irgendwann probieren." Plötzlich fühlte sich ihr Mund staubtrocken an. Hastig trank sie noch einen Schluck.

Die Musik in der Bar war leiser geworden. Jetzt wurde irgendein Liebeslied gespielt. Cecily beschloss, dass es Zeit war, nach Hause zu gehen.

Todd beugte sich vor. Jetzt war sein Mund so nah, dass sein warmer Atem über ihr Ohr strich. „Ich könnte es Ihnen jetzt zeigen."

Sie drehte den Kopf, sodass ihre Münder sich fast berührten. „Ähm."

Mist! War sie verrückt geworden? Sie verhielt sich wie ein Fisch, der sich gerade ködern lassen wollte. Todd Black war überhaupt nicht ihr Typ. Na gut, er *war* ihr Typ, aber genau das war das Problem. Sie musste dringend ihren Männergeschmack ändern.

Ganz bewusst zog sie den Kopf zurück und aus der Gefahrenzone, bevor sie die Beine über die Kante des alten Ledersofas schwang. „Besser nicht. Für heute hatte ich schon genügend Aufregung."

Er stieß einen verächtlichen Laut aus. „Okay, dann bringe ich Sie nach Hause."

„Ich kann allein gehen."

„Hoffen Sie, Elmo noch mal zu begegnen?"

„Okay, Sie können mich nach Hause bringen."

Er grinste. „Dachte ich's mir doch."

Erst dieser kleine Plausch in seinem schummrigen Büro, jetzt die intime Zweisamkeit in seinem Auto – sie hätte doch eine Begegnung mit Elmo riskieren und zu Fuß nach Hause gehen sollen, überlegte Cecily. Diese Nähe machte sie ganz nervös.

„So, was kommt denn jetzt, nachdem das Festival vorbei ist und alle tonnenweise Geld verdient haben? Geht es zurück nach L. A., um einsame Herzen zusammenzubringen?"

Was für eine deprimierende Vorstellung. Sie zuckte mit den Schultern.

„Wissen Sie, Kleinstädte sind gar nicht so schlecht. Viele interessante Leute lassen sich in Kleinstädten nieder. Zum Beispiel Männer, die tanzen können."

„Viele Männer können tanzen", erwiderte sie herablassend.

„Nicht so wie ich."

Eben hatte sie noch aus dem Fenster gestarrt, doch jetzt drehte sie sich herum, blickte auf das kantige Kinn und sah den selbstsicheren Ausdruck, den er zur Schau trug. „Mit wie vielen Mädchen haben Sie denn schon getanzt?"

„Genügend." Er grinste sie an. „Sie mögen doch ... tanzen, oder?"

„Kann man so sagen, ja."

„Warum haben Sie es so eilig, aus Icicle Falls zu verschwinden?"

„Es wird Zeit."

„Ja. Ich schätze, Kleinstädte können einem ein bisschen Angst machen. Man kommt Menschen in so kleinen Orten sehr viel schneller näher. In der Großstadt kann man sich leichter verstecken."

„Was soll das denn heißen?"

„Nichts."

„Ach du meine Güte", meinte sie missmutig. „Wissen Sie, was Kleinstädte noch bieten? Amateurpsychologen und Männer, die sich langweilen und eine neue Schürze brauchen, der sie hinterherjagen können."

„Aha. Und in welche Kategorie gehöre ich Ihrer Meinung nach?"

„In beide", sagte sie. Inzwischen waren sie in ihrer Straße angekommen. „Vielen Dank fürs Nachhausebringen. Sie können mich hier rauslassen."

Die Mälls hatten während des Abendessens viel zu besprechen, wobei das Schokoladenfestival das vorherrschende Thema war. Alle waren sich darüber einig, dass es ein echter Erfolg gewesen war, und Muriel bekam viel Lob für die tolle Dekoration des Ballsaals und beim High Tea.

„Du hast wirklich ein Händchen für diese kreativen Dinge", sagte Dot. „Aber erzähl uns doch mal, wie du inzwischen mit deinen Finanzen zurechtkommst."

„Na ja", antwortete Muriel. „Ich glaube, ich mache langsam – dank Pat – ein paar Fortschritte. Du warst sicher ziemlich schockiert über meine Ignoranz."

„Ach, überhaupt nicht." Pat schüttelte den Kopf. „Das ist doch verständlich. Schließlich musstest du dich nie um diese finanziellen Dinge kümmern."

„Als wir gerade frisch verheiratet waren, habe ich Duncan anfangs auch unsere Finanzen anvertraut", erzählte Dot. „Eines Tages ging er los, um Hundefutter zu kaufen, und kam mit einem Truck nach Hause, den wir uns beim besten Willen nicht leisten konnten. Damit hatte sich das Thema erledigt. Danach bekam er nur noch Taschengeld zugeteilt. Wenn es um das Thema Geld ging, war der Mann ein hoffnungsloser Fall."

Muriel wurde ganz blass, als sie sich auf einmal vorstellte, wie sie als hoffnungsloser Fall losging und etwas ähnlich Dummes anstellte.

„Du schaffst das schon", versicherte ihr Pat.

„Ich hoffe", meinte Muriel. „Wir haben alle meine regelmäßigen Ausgaben aufgelistet, damit ich einen Überblick habe und weiß, was ich jeden Monat bezahlen muss. Jetzt bin ich also besser organisiert, doch ich brauche Geld. Zum Glück habe ich einen kleinen Scheck für mein Buch bekommen und konnte so für diesen Monat das Hausdarlehen bezahlen." Sie warf einen Blick in die Runde. „Aber ich weiß, dass es so nicht weitergehen kann. Nenita war heute bei mir. Ich will versuchen, das Haus zu verkaufen."

„Oh nein", protestierte Olivia. „Du und Waldo, ihr habt das Haus doch so geliebt."

„Nein, Waldo hat das Haus geliebt. Es sollte unser Haus sein, aber ohne ihn muss ich dort nicht mehr wohnen bleiben."

„Wenn du das Haus verkaufst und damit das Schlimmste abgewendet hast, bist du bestimmt erleichtert", sagte Pat.

Pat wirkte so ausgeglichen und gelassen, wie sie in ihrer Jeans, der frisch gebügelten weißen Bluse und dem grünen Blazer samt passendem Schal dasaß. Offenbar war es ihr nicht schwergefallen, sich in das Schicksal als Witwe zu ergeben. Sie war wie ein Schmetterling, der auf einer Daunendecke gelandet war.

Muriel dagegen kam sich vor wie eine Fliege, die gegen eine Windschutzscheibe geprallt war. Aber wessen Fehler war das denn? Sie hatte sich zurückgelehnt und war glücklich darüber gewesen, dass jemand anderes alles Finanzielle für sie geregelt hatte. Nie hatte sie sich Sorgen darum gemacht, woher das Geld kam und wohin es ging. Die große, kosmische Windschutzscheibe war schon seit Langem auf sie zugesteuert gekommen. Es war schon fast ein Wunder, dass sie nicht schon eher dagegengeknallt war.

„Wenn ich diesen Geldsachen doch nur mehr Aufmerksamkeit geschenkt hätte“, lamentierte sie.

„Wie heißt es so schön? *Shit happens*, sonst bräuchten wir keine Toiletten“, stellte Dot fest.

Olivia verzog das Gesicht. „Was soll das denn heißen?“

„Es heißt, dass alles Mögliche passieren kann“, antwortete Dot. „Man kann nicht auf alles vorbereitet sein. Auch wenn die Pfadfinder das gern behaupten.“

„Meinst du denn, dass du nach dem Verkauf des Hauses genug Geld übrig hast, um dir ein neues zu kaufen?“, wollte Olivia von Muriel wissen.

Sie wäre pleite. Also schüttelte sie den Kopf. „Ich suche mir eine nette Mietwohnung.“ Sie konnte nur hoffen, dass sie auch eine fand.

„Hier bei uns in der Stadt gibt es nicht besonders viele Wohnungen, die man mieten kann“, stellte Dot fest.

„Du könntest bei mir zur Untermiete in ein Zimmer ziehen“, bot Olivia ihr an.

Muriel hätte nie gedacht, dass sie schon bevor sie eine alte Frau in einem Pflegeheim war, nur noch ein Zimmer würde bewohnen müssen. Aber sie hatte sich auch nie vorstellen können, dass sie einmal mehr oder weniger mittellos sein würde. Selbst wenn sie ihr Haus verkauft hatte, würde ihr nur wenig Geld zum Leben zur Verfügung stehen. Wenn sie das Geld, das ihr erster Mann ihr vermacht hatte, vernünftig angelegt hätte, statt es zusammen mit Waldo mit vollen Händen auszugeben, wäre sie jetzt nicht in dieser misslichen Lage. Trotzdem, sie hatte noch Zeit, um Veränderungen anzugehen, um ihr Leben wieder erträglicher zu machen. Sie würde das Zimmer nehmen. Das war immer noch besser, als ihren Töchtern zur Last zu fallen, die alle drei nicht wirklich in der Lage waren, ihr zu helfen.

Das war das Tolle an Freunden. Sie ersparten einem so viele Demütigungen. „Danke“, murmelte sie.

„Ich habe eine andere Idee“, sagte Pat langsam. „Du könntest das Cottage mieten.“

„Dein kleines Gästehaus? Aber das nutzt du doch für Touristen“, widersprach Muriel.

„Es steht die Hälfte des Jahres leer. Ich würde mich über einen Dauermieter freuen. Sag mir einfach Bescheid, wenn du es brauchst. Ich mache dir auch ein gutes Angebot“, fügte Pat lächelnd hinzu. „Es ist klein, aber die Aussicht ist nicht zu toppen.“

Ein bezaubernder kleiner Weinberg und im Hintergrund die Berge – die Aussicht würde die Größe des Hauses mehr als wettmachen. Und auch wenn es nicht so groß war wie ihr jetziges Haus, hatte es immerhin mehr als ein Zimmer. Muriel hatte das Gefühl, als hätte man ihr eine riesige Last von den Schultern genommen. Das Haus zu verkaufen würde hart werden, aber sie konnte es schaffen. Zum ersten Mal in ihrem Leben würde sie allein wohnen und lernen, auf eigenen Füßen zu stehen. Und das war eine Lektion, für die man sogar einige Unannehmlichkeiten in Kauf nehmen konnte.

„Und in der Zwischenzeit sag Bescheid, wenn du Geld brauchst“, sagte Dot.

Was hatte Muriel noch mal nicht an Dot gefallen? Sie konnte sich nicht mehr erinnern. „Danke. Ich danke euch allen.“

„Keine Ursache. Wir Mälls halten zusammen“, erklärte Dot.

Während der Abend voranschritt und die Frauen miteinander ihre Probleme und Träume besprachen, wurde Muriel immer mehr bewusst, dass sie einen riesigen Schritt getan hatte. Sie würde wieder aufleben. Nicht sofort, aber irgendwann.

Sie wünschte nur, sie könnte dasselbe auch von ihrem Familienunternehmen sagen. Das war auch alles ihre Schuld. Was sollte sie nur tun, um die Firma zu retten? Den Rest des Abends lauschte sie nur mit einem Ohr der Unterhaltung der anderen, während sie über diese Frage nachgrübelte. Als der Nachtisch gebracht wurde, war sie zu der Erkenntnis gelangt, dass sie nichts weiter tun konnte, als zu beten, dass es Samantha gelingen würde, Mimi LeGrande ausfindig zu machen.

Los Angeles. Gab es wirklich Leute, die hier freiwillig lebten, überlegte Samantha, als Bailey ihren alten VW-Käfer durch den Verkehr auf dem Freeway vom Flughafen lenkte. „Das ist ja wie auf einem Ameisenhügel“, sagte sie und sah sich um.

„Ja, aber es ist warm“, konterte Bailey.

„Warm und voller Smog.“ Genau wie beim letzten Mal, als sie ihre Schwestern besucht hatte. Was fanden die an dieser Stadt nur so toll?

„Aber es ist aufregend hier. Es wimmelt von Filmstars, es gibt Swimmingpools und Palmen. Und natürlich noch das Meer.“

Da ist es genauso diesig und voll wie überall sonst auch, fand Samantha. Und dann dieser Verkehr – wie schaffte ihre Schwester es, das auszuhalten, ohne verrückt zu werden? Samantha war völlig egal, wie viele Palmen es hier gab. Niemals würde sie ihre kleine Heimatstadt in den Bergen und die frische Luft gegen dieses Chaos eintauschen. Außerdem war es nett, vier Jahreszeiten zu haben. Wie lange konnte ein Mensch sich schon Palmen ansehen, ohne sich schrecklich zu langweilen?

„Eins fehlt mir allerdings“, gab Bailey zu.

Nur eins? „Und das wäre?“

„Meine Familie.“ Bailey seufzte. „Manchmal frage ich mich, warum ich so weit die Küste runtergezogen bin.“

„Du hast auf Mitzi und Bitzy gehört“, erinnerte Samantha sie. Bailey war mit den Zwillingen seit der Grundschulzeit befreundet, und als die beiden beschlossen hatten, nach L. A. zu ziehen, um Filmstars zu werden, hatten sie so ein buntes Bild von Glamour und Erfolg gezeichnet, dass Bailey nicht hatte widerstehen können. Bisher war noch keine der Schwestern ein Star. Die eine hatte nur eine Statistenrolle in einem zweitklassigen Film ergattert, und die andere arbeitete als Kellnerin.

Bailey verzog das Gesicht. „Du hast sie nie gemocht.“

„Weil sie Idiotinnen sind.“ Sei still, ermahnte sie sich.

Bailey ließ das Thema Mitzi und Bitzy fallen und meinte stattdessen: „Ich bin immer noch gern hier, aber ich hasse es, dass ich dich und Mom nur ein paar Mal im Jahr zu sehen bekomme. Aber na ja“, fuhr sie fort, bevor Samantha ihr vorschlagen konnte, ihre

Sachen zu packen und mit nach Hause zu kommen, „wenn ich erst mal eine berühmte Chefköchin bin, lasse ich euch einfach einfliegen, wann immer ihr wollt."

Was wohl nie passieren würde. „Und du kannst zu uns fliegen, um uns zu besuchen", sagte Samantha. Wenn sie dann immer noch in Icicle Falls lebte. Wenn sie nicht ans andere Ende des Landes ziehen musste, um einen neuen Job zu finden. Bei dem Gedanken spürte sie einen Stich im Herzen. Sie umklammerte den Karton mit den auf Eis gelegten Pralinen, den sie auf ihrem Schoß liegen hatte. Die Pralinen waren die ganze Zeit sicher im Karton geblieben ... nichts von wegen sie herausnehmen und jemandem zeigen.

„Auf jeden Fall", sagte Bailey, „habe ich hier ja inzwischen auch tolle Freunde, die mir Gesellschaft leisten."

Wie Mitzi und Bitzy, die beiden egoistischsten Lebewesen der Welt? „Freunde können eine Familie nicht ersetzen. Die Familie liebt dich, egal, was passiert." *Zum Glück.*

Bailey kaute auf ihrer Unterlippe, während sie von einer Spur in die andere wechselte.

Samantha musste sich sehr beherrschen, um nicht ständig „Pass auf!" zu rufen und nach dem Lenkrad zu greifen. Himmel, die Leute hier fuhren ja alle wie Verrückte. Das würde ihr natürlich nur halb so viel ausmachen, wenn sie selbst hinter dem Steuer säße. „Bailey! Da vorne, die bremsen alle."

Bailey, die gerade so dicht auf eine rote Corvette aufgefahren war, dass die beiden sich auch hätten paaren können, nahm den Fuß vom Gas. „Sammy, es tut mir wirklich leid, dass ich die Pralinen habe fallen lassen."

„Das hätte jedem passieren können", versicherte Samantha ihr. Vor allem Bailey, aber sie hatte ihr Herz auf dem rechten Fleck, und Samantha wollte ihr nicht ein noch schlechteres Gewissen einreden.

„Aber es ist nicht irgendjemandem passiert, sondern mir", meinte Bailey niedergeschlagen. „Ich wollte so gern für dich da sein, Sammy."

„Warst und bist du doch auch", beruhigte Samantha sie. „Und

das weiß ich wirklich zu schätzen."

Es war schon lustig, dass sie immer geglaubt hatte, ihre Familie bräuchte sie. Wenn sie jetzt an die letzten Wochen dachte, stellte sie fest, dass das auf Gegenseitigkeit beruhte. Moms Liebenswürdigkeit und Kreativität, Cecilys harte Arbeit, Baileys unerschütterliches Vertrauen in sie – all das hatte wie eine Quelle gewirkt, die ihr Kraft gegeben und sie wie ein stetiger Strom vorangetrieben hatte. Sie stand tief in der Schuld ihrer Familie.

Am nächsten Tag gingen sie ins Spoonie's, eines der neuen, angesagten Restaurants in Los Angeles. Besonders bekannt war es für Suppen, selbst gebackenes Brot und die vielen exotischen Eissorten, die es zum Dessert gab. Die Einrichtung war schlicht, aber sehr originell. Passend zum Namen hingen Windspiele aus alten Silberlöffeln von der Decke, und auch die Wände waren mit Löffelsammlungen geschmückt. Die Tische waren mit weißen Leinentischtüchern und kleinen Vasen mit seidenen Gänseblümchen gedeckt – ein kleines bisschen Nostalgie in dieser Stadt, die sonst neue Trends setzte. Das Restaurant war brechend voll, und obwohl sie reserviert hatten, bekamen sie nur einen Tisch direkt neben der Küche. Bailey musste ihren Stuhl ganz nah an den Tisch heranschieben, damit sie nicht von der Küchentür getroffen wurde, wenn die aufschwang.

Trotzdem war es nicht schwierig, Mimi LeGrande in dem Gewimmel auszumachen. Sie war eine knabenhafte Frau so um die vierzig, mit kurzem dunklen Haar. Sie trug Jeans, einen schwarzen Pullover und den auffallenden, aber wunderschönen Schmuck, für den sie bekannt war. Sie saß da und redete mit einem Mann, der entweder ihr Produzent oder irgendeine andere wichtige Persönlichkeit war. Fasziniert betrachtete Samantha Mimis Halskette, die aus rosa und schwarzen Perlen sowie funkelnden Steinen (wahrscheinlich Swarovski) bestand, und bekam feuchte Hände. Lag es daran, dass sie neidisch war, oder einfach daran, dass ihr auf einmal bewusst wurde, welche Möglichkeiten da drüben warteten … und Kaffee tranken?

„Wie gut, dass wir schon jetzt hier sind", sagte Samantha zu

Bailey. „Wären wir später gekommen, hätten wir sie womöglich verpasst."

„Die essen aber auch echt früh zu Mittag." Bailey blickte auf ihr Handy. „Es ist doch erst kurz nach zwölf."

Gerade war der Kellner zu ihnen gekommen, um sie darüber zu informieren, was heute auf der Speisekarte stand, als Bailey hinüberdeutete und meinte: „Oh verflixt. Sie gehen schon. Schnell!" Sie sprang auf und schob den Stuhl zurück. Im selben Moment kam ein weiterer Kellner aus der Küche. Er trug ein großes Tablett mit einer Suppenterrine und tiefen Tellern darauf. Und weil Bailey Bailey war, prallte sie natürlich mit diesem Tablett zusammen.

Wie ein Jongleur schwankte der Kellner zur Seite und versuchte alles im Gleichgewicht zu halten.

Wahrscheinlich wäre ihm das auch gelungen. Wenn Bailey nicht die Hand ausgestreckt hätte, um ihm zu helfen, das Tablett gerade zu halten. „Es tut mir leid", sagte sie bedauernd.

„Ich hab's schon." Als er versuchte ihr aus dem Weg zu gehen, geriet das Geschirr ins Rutschen.

„Vorsicht!", rief der Kellner, der an ihrem Tisch stand.

Doch es war zu spät. Schon kam der nächste Kellner aus der Küche, auch er mit Tellern und einer Suppenschüssel beladen. Innerhalb von Sekunden landete alles mit einem lauten Scheppern auf dem Boden. Bailey stand da und starrte entsetzt auf das Chaos, das sie angerichtet hatte. Samantha saß solange auf ihrer Seite des Tisches und lief dunkelrot an. Mein Gott, war das peinlich!

Mimi und ihr Begleiter schauten sich das Spektakel kurz an, während sie sich von ihrem Tisch entfernten. *Ach, das Fußvolk mal wieder.*

Mist. So konnte man *die* Kapazität, was Schokolade anging, definitiv nicht beeindrucken.

Aber es war Samanthas einzige Chance. Sie holte tief Luft, ließ Hurrikan Bailey allein, um mit dem Desaster fertig zu werden, und eilte hinter Mimi her.

An der Tür hatte sie zu ihr aufgeschlossen. „Ms LeGrande!"

Die Frau drehte sich um und hob eine Augenbraue. *Kenne ich Sie?*

„Ich glaube, Sie haben gar keinen Nachtisch gegessen“, sagte Samantha. „Ich bin Samantha Sterling, meiner Familie gehört Sweet Dreams Chocolates, und ich würde Ihnen gern eine kleine Kostprobe unserer Pralinen mitgeben.“ Sie hielt Mimi die Schachtel hin, die mit einer rosa Schleife verziert war. Mimi hatte einfach keine andere Wahl, als sie zu nehmen (jedenfalls nicht, wenn sie auch nur einen Funken Anstand hatte).

Mimi betrachtete die Schachtel. „Sweet Dreams?“

Offensichtlich hatte sie noch nie von ihnen gehört.

„Unsere Firma befindet sich in Icicle Falls, im Staat Washington. Wir heißen Sweet Dreams, weil meine Urgroßmutter, die die Firma gegründet hat, das erste Rezept im wahrsten Sinne des Wortes geträumt hat.“

Das entlockte Mimi fast ein Lächeln. „Tatsächlich?“

„Dies hier sind unsere neuesten Trüffelpralinen. Ich hoffe, dass ich in die Fußstapfen meiner Urgroßmutter treten kann. Ich habe die Rezepte erst vor ein paar Nächten geträumt, und ich glaube, sie werden Ihnen gefallen. Wir nennen sie unseren Schokoladengarten.“

Jetzt war Mimi neugierig geworden. Zu Samanthas Überraschung und großer Freude trat sie in den Empfangsbereich, fand einen leeren Stuhl und setzte sich mit der Schachtel in der Hand hin.

Samantha hielt den Atem an, als Mimi eine Praline auswählte und vorsichtig abbiss. Dann hob sie beide Augenbrauen. „Was ist denn das für ein Geschmack? Ich könnte schwören, dass es nach Rosenwasser schmeckt.“

Samantha nickte. „Genau das ist es.“

„Probier mal eine, Miles.“ Mimi hielt ihrem Begleiter, der neben ihr stand, die Schachtel hin.

Der Mann wählte eine aus und steckte sie in den Mund. Und lächelte. „Sehr lecker.“

„Und Sie sagen, die haben Sie nachts in einem Traum kreiert?“, hakte Mimi neugierig geworden nach.

Samantha nickte.

„Wo war noch mal Ihre Firma?"

Samantha ließ eine Werbekampagne vom Stapel, die sowohl ihre Urgroßmutter als auch ihre Kollegen der Handelskammer stolz gemacht hätte. Wenn die Frau jetzt nicht mehr nach Icicle Falls kommen wollte, um sich Sweet Dreams anzusehen, dann war mit ihr irgendetwas nicht in Ordnung.

„Das klingt ja recht faszinierend", sagte Mimi. „Haben Sie eine Visitenkarte dabei?"

Ja, ja, ja! „Ja, selbstverständlich", sagte Samantha ganz ruhig, ganz die abgeklärte Geschäftsfrau, und zog eine Karte heraus. Innerlich vollführte sie währenddessen einen Freudentanz.

Anschließend ging sie zum Tisch zurück. Dort waren die Kellner damit beschäftigt, das Chaos zu beseitigen, während Bailey dasaß und so aussah, als hätte man sie zum Schuldirektor geschickt. Aber als sie Samantha entdeckte, grinste sie. „Sie fand sie toll, oder? Das sehe ich dir an, so wie du strahlst."

„Sie hat nach meiner Visitenkarte gefragt."

Bailey sprang auf, um sie zu umarmen. Da kam noch ein Kellner, beladen mit einem vollen Tablett, aus der Küche.

Während es durch die Luft segelte, meinte Samantha: „Ich glaube, wir sollten lieber woanders essen gehen."

Mimi LeGrandes Produzent Miles rief Samantha am nächsten Tag an, als sie auf ihr Flugzeug nach Seattle wartete. Mimi würde gern in der nächsten Woche eine Sendung mit ihnen machen. Ob ihr Montag recht wäre?

Mehr als recht. Samantha brauchte kaum noch das Flugzeug, um nach Hause zu fliegen.

Als Mimis Crew in die Stadt einfiel, um die Sendung zu drehen, wurden noch einmal die Scheinwerfer und die Kameras eingeschaltet, und es hieß „Action".

Cecily hatte einen riesigen Präsentkorb zusammengestellt. Mimi nahm ihn als selbstverständlich hin und quittierte ihn mit einem knappen „Danke". Mom runzelte daraufhin die Stirn, was allerdings kaum bemerkt wurde – von Mimi schon gar nicht. Sie war viel zu sehr damit beschäftigt, sich im Laden umzusehen. „Klein“, verkündete sie, „aber ganz reizend.“

Okay, mit „reizend“ konnten sie leben.

Nachdem die Filmaufnahmen abgeschlossen waren, gingen Mimi und Miles zum Lunch ins Schwangau und ließen Samantha, ihre Mutter und ihre Schwester schockiert zurück.

„Habe ich ihn richtig verstanden?“, fragte Cecily schwach.

Samantha nickte. Mehr brachte sie nicht zustande, denn ihre Kehle war wie zugeschnürt. Die Sendung würde erst im Mai ausgestrahlt werden. Ihre wunderbare Fantasie von einer Flut an Bestellungen, die ihnen einen wahren Geldsegen bescherten, war geplatzt. Sicher, nach der Ausstrahlung würden ganz viele Bestellungen eintreffen. Aber bis dahin wäre es zu spät, um ihrer Familie zu helfen. Den Lohn für ihre harte Arbeit würden die neuen Besitzer von Sweet Dreams ernten.

Es war ein rabenschwarzer Tag für die Sterlings. Damit schwand auch ihre letzte Hoffnung.

Bei dem Gedanken daran, dass Sweet Dreams Chocolates womöglich in die Hände von Trevor Brown, dem König billiger Schokolade, fallen würde, wurde Samantha ganz schlecht.

Also, was willst du jetzt tun?

Gute Frage. Sie ging in ihr Büro und schloss sich darin ein, um Pralinen zu essen und nachzudenken.

26. KAPITEL

Liebe macht uns alle zu Helden.
Muriel Sterling, *Vermischung von Arbeit und Vergnügen: Wie man Arbeit und Liebe erfolgreich miteinander verbindet*

„Ich wünschte, du würdest nicht wegfahren, Liebes", sagte Mom, als Cecily ihr Gepäck in Moms Wagen lud. „Es wird Zeit. Hier gibt es nichts mehr für mich zu tun", antwortete Cecily.

Sie wünschte, es gäbe etwas, aber das Schokoladenfestival war vorüber, sie hatten den Kampf, die Firma zu retten, verloren, und damit blieb ihr nur, in den Sonnenuntergang fortzureiten. Gestern waren alle ihre Hoffnungen zunichtegemacht worden. Es gab nichts mehr, was sie für ihre Schwester tun konnte. Sie hatten alle ihre Möglichkeiten ausgeschöpft.

„Musst du wirklich gehen?", hatte Luke gefragt, als sie im Laden von Sweet Dreams angehalten hatte, um sich von allen zu verabschieden. Er war mit ihr nach draußen gegangen, und obwohl ihre Mutter am Kantstein gewartet hatte, der Motor noch lief und die Leute den Bürgersteig entlanggingen, war es ihr vorgekommen, als wären sie beide allein gewesen.

„Ich habe mein Flugticket", sagte sie.

„Du brauchst es ja nicht zu benutzen."

„Mein Leben spielt sich in Kalifornien ab." Und es bestand aus einem Exfreund, der immer noch versuchte, sie anzupumpen, und einer Firma, die sie aufgegeben hatte. Tolles Leben.

„Überteuerte Immobilien und oberflächliche Leute?"

„Das findet man überall." Und sie waren ja nicht alle oberflächlich. Sie hatte in der Stadt der Engel eine Menge netter Leute getroffen.

„Hier nicht", antwortete Luke. „Hör mal, Cec. Ich weiß, dass du mir ziemlich deutlich zu verstehen gegeben hast, dass du nichts mit mir anfangen willst. Aber ich glaube, wir würden gut zusammenpassen."

Luke brauchte eine Frau, die ihn auch zu schätzen wusste. Keine Frau mit verräterischem Herzen, das sich ständig für böse Jungs interessierte. Keine Frau, die die Nase voll hatte von der Liebe und den Männern. „Ich muss los“, hatte sie gesagt und sich von ihm entfernt. „Pass gut auf dich auf, Luke.“

„Er ist ein netter Mann“, hatte Mom gesagt, als sie auf der matschigen Straße davongefahren waren.

„Ja, das ist er.“

„Er wird einer Frau ein wunderbarer Ehemann sein.“

„Ja, das stimmt. Ich wünschte, ich wüsste jemanden für ihn.“

„Ich wüsste jemanden.“

Es war eindeutig gewesen, worauf ihre Mutter hinauswollte. „Nicht mich.“

„Warum nicht? Du bist eine bezaubernde Frau, er ist ein wunderbarer Mann.“

„Die Chemie zwischen uns stimmt einfach nicht“, meinte Cecily achselzuckend. Na ja, da ist schon ein bisschen, aber nicht genug.

„Vielleicht habt ihr nicht genügend Zeit zusammen im Labor verbracht. Gefühle können wachsen.“

Davon hatte sie auch schon gehört.

„Wahrscheinlich kommt dir Icicle Falls lächerlich klein vor, nachdem du jetzt schon so lange in der Großstadt gelebt hast. Aber die Menschen, die hier leben, haben alle ein großes Herz. Ich glaube, es hat dir gutgetan, wegzugehen. Aber vielleicht würde es dir noch besser tun, wenn du zurückkämst.“

Cecily hatte nichts darauf erwidert, und Mom hatte das Thema fallen lassen. Während sie über den Pass gefahren waren, hatte sich ihre Unterhaltung anderen Themen zugewandt, aber sie konnte die Worte ihrer Mutter nicht vergessen.

Wenn sie wieder in L. A. war, würde sie ihren Hausstand zusammenpacken und die Wohnung verkaufen. Und dann? Sie hatte keine Ahnung. Was wollte sie machen, wenn sie erwachsen war? Und wo wollte sie leben?

Sie wollte in Icicle Falls leben. Erst als sie zurückgekehrt und sich dort engagiert hatte, war ihr klar geworden, wie sehr sie ihren Heimatort vermisst hatte.

Alle sagen, dass man nicht wieder nach Hause ziehen kann, erinnerte sie sich, als ihr Flugzeug im sonnigen Kalifornien landete. Aber sie würde es gern tun. Sie wollte einer kreativen Beschäftigung nachgehen und Zeit mit ihrer Mutter verbringen. Sie wollte ihren Morgen mit einem Latte macchiato im Bavarian Brews beginnen oder im Gingerbread-Haus vorbeigehen, um einen von Cass' leckeren Keksen zu probieren.

Das Flugzeug hielt schließlich an, und um Cecily herum gingen überall die Handys wieder an. Im ganzen Flugzeug herrschte auf einmal rege Geschäftigkeit: Die Leute teilten ihren Liebsten mit, dass sie sicher gelandet waren. Sie holten das Gepäck aus den Fächern und verließen nacheinander das Flugzeug. Jeder hatte irgendein Ziel, hatte jemanden, der auf ihn wartete. Cecily fühlte sich inmitten der Menschenmenge merkwürdig einsam.

Sehnsüchtig dachte sie daran, wie viel Spaß es ihr gemacht hatte, den Traummann-Wettbewerb zu planen, wie nett einige der Leute gewesen waren, die sie bei der Arbeit im Zelda's getroffen hatte. (Was war eigentlich so schlimm daran, als Kellnerin zu arbeiten?) Sie dachte an den Tanz mit Luke beim Maskenball. Und dann erschien auch noch ungebeten Todd Black mit seinem Piratengesicht vor ihren Augen. Er grinste sie an.

Da stand sie hier in einer großen, aufregenden Stadt und hatte nichts Besseres zu tun, als an eine Kleinstadt in den Bergen zu denken. Aber hier gab es nicht wirklich etwas für sie zu tun. Hier gab es weder eine Zukunfts- noch eine Berufsperspektive.

Das Leben geht weiter, ermahnte sie sich, während sie ihr Gepäck vom Laufband nahm.

Das Leben geht weiter, sagte Samantha sich, als sie das Telefon zur Seite legte. Tränen traten ihr in die Augen. *Es tut mir leid, Urgroßgranny. Ich habe es versucht. Ich habe es wirklich versucht.*

Zumindest sah es so aus, als ob ihre Firma in guten Händen landen würde. Vorausgesetzt, den Leuten von Elegance Chocolates gefiel, was sie sahen, wenn sie am Freitag zur Besichtigung von Sweet Dreams kamen.

Aber warum sollte es ihnen nicht gefallen? Sie bekamen eine tolle Firma zu einem Spottpreis. Ja, im letzten Jahr hatte es Probleme gegeben, aber Samantha hatte ihnen die Zahlen der letzten fünf Jahre geschickt. Und jeder, der auch nur ein bisschen Ahnung von der Materie hatte, würde erkennen, dass dies hier ein vorübergehender Einbruch war.

Man hatte ihr versichert, dass die Mitarbeiter ihre Jobs behalten konnten. Die Einzige, die anschließend ohne Job dastehen würde, wäre sie. Sie konnte den Gedanken, dass jemand anderes kommen und Sweet Dreams leiten würde, kaum ertragen, doch genau das würde passieren. Nach einer kurzen Übergangszeit würde sie nur noch Geschichte sein. Die Chefs von Elegance Chocolates würden natürlich ihren eigenen Geschäftsführer einsetzen wollen. Das wusste Samantha, ohne überhaupt fragen zu müssen. *Neue Besen kehren gut. Weg mit dem Alten, rein mit dem Neuen.*

Bisher hatte sie sich noch nie als alt empfunden, aber in diesem Zusammenhang war sie genau das. Du hast das Richtige getan, versuchte sie sich zu beruhigen. Wenn Elegance die Firma übernahm, würde alles gut enden. Es würde zwar nicht mehr Sweet Dreams geben, aber ihre Schokolade würde weiter produziert werden, und ihre Mitarbeiter hätten alle noch einen Job. Das war das, was zählte. Was sie selbst anging: Nun, sie würde schon etwas finden … irgendetwas.

Aber was würde sie tun, wenn die Leute von Elegance nach der Besichtigung entschieden, dass sie ihre Firma doch nicht wollten? Allein bei dem Gedanken daran wurde ihr schlecht.

Elena unterbrach ihre Gedanken. „Blake Preston ist hier und möchte dich sehen“, sagte sie über die Gegensprechanlage.

Das trug nicht gerade dazu bei, dass es Samantha besser ging. So musste es sich wohl anfühlen, wenn man in der Wüste verdurstete, während die Geier schon über einem kreisten. *Noch sind wir nicht tot.* Sie straffte die Schultern. „Schick ihn rein.“

Er marschierte in ihr Büro wie ein Mann, der ein Ziel verfolgte. „Blake, ich weiß nicht, was du hier machst, aber bis zum Ende des Monats gehört mir diese Firma noch“, sagte sie.

Er lächelte nur. „Bis zum Ende des Monats, und danach auch", korrigierte er sie und legte einen Scheck auf den Tisch.

„Was soll das?"

„Es soll einen Familienbetrieb in den Händen lassen, in die er gehört – in den Händen der Familie, die die Firma gegründet hat."

Samantha kam sich vor wie Alice im Wunderland, als die ins Kaninchenloch gefallen war. „Ich verstehe nicht ..."

„Ein verfrühtes Weihnachtsgeschenk oder ein verspäteter Valentinsgruß, wie auch immer du es nennen willst", sagte Blake und schob den Scheck weiter zu ihr hin.

Sie nahm ihn und starrte ihn ungläubig an. Was zum Teufel ...? „Ein persönlicher Scheck?"

„Du musst ihn nur einlösen und einzahlen. Ich erwarte dich morgen." Er drehte sich um und wollte gehen.

„Warte." Sie sprang vom Schreibtischstuhl auf und rannte zu ihm. „Aber woher hast du so viel Geld?"

„Ist das entscheidend?"

„Ich muss das wissen", beharrte sie. Woher um alles in der Welt hatte er das Geld?

„Sagen wir einfach mal, ich habe meine Bankverbindungen genutzt", erklärte er.

Samantha zog die Brauen zusammen. „Was soll das heißen?" Ihre Vermutungen verdichteten sich zu einer grässlichen Gewissheit. „Sag mir nicht, dass du ein Darlehen aufgenommen hast."

Blake zuckte mit den Schultern. „Sogar Banker können Angestelltendarlehen bekommen. Das hätte mir eigentlich auch schon eher einfallen können. Meine einzige Entschuldigung ist, dass ich den anfänglichen Betrag nicht hätte aufnehmen können, sodass das gar nicht in Betracht kam. Doch nachdem du nach Kalifornien geflogen warst, habe ich angefangen, nachzudenken. Und ich habe festgestellt, dass wir dank des Festivals bei einer Summe angelangt sind, mit der ich arbeiten kann."

Es war trotzdem noch eine riesige Summe und eine riesige Verpflichtung. Guten Gewissens konnte sie so ein Opfer von ihm nicht annehmen. „Das kann ich nicht akzeptieren", sagte sie und hielt ihm den Scheck wieder hin.

„Warum nicht?" Der Blick, den er ihr zuwarf, zündete mal wieder die Wunderkerzen in ihrem Inneren.

„Es ist zu viel."

„Ach ja? Willst du damit sagen, dass deine Firma es nicht verdient, gerettet zu werden?"

„Ich rette sie schon. Ich werde sie an Elegance verkaufen."

Er nickte und dachte offenbar darüber nach. „Ich nehme an, die produzieren gute Schokolade?"

„Sehr gute", antwortete sie und bemühte sich, ihre Stimme gelassen klingen zu lassen.

„Ist es das, was du möchtest, Samantha?", fragte er leise.

„Natürlich ist es das nicht", rief sie. „Aber ich kann doch nicht einfach so dein Geld nehmen."

„Kannst du nicht ein Darlehen von einem Freund annehmen?"

Oh, wie sehr sie einen Freund gebrauchen konnte! Sie biss sich auf die Lippe.

Er kam noch einen Schritt näher. „Von einem Freund, der vielleicht … irgendwann … etwas mehr sein möchte?"

„Ich … weiß nicht." Welche Bedingungen waren an dieses Darlehen geknüpft? Würde er ihre Firma leiten wollen? Erwartete er, dass sie mit ihm schlief? Hm. Wäre die Bedingung so schlimm?

„Du bekommst das Geld ohne irgendwelche Bedingungen", sagte er, als hätte er ihre Gedanken gelesen. „Ich glaube, dass du die Firma wieder in die schwarzen Zahlen bringen kannst, und das wäre gut für die ganze Stadt. Wenn du dich nicht wohl dabei fühlst, die Sache einfach mit einem Handschlag zu besiegeln, können wir auch einen Vertrag ausarbeiten. Wie auch immer, das Geld gehört dir. Ich bin ins Bankwesen gegangen, weil ich Menschen helfen wollte. Und es gibt niemanden, dem ich mehr helfen möchte."

„Ich fasse nicht, was ich da höre", sagte sie. Sie musste wohl träumen. Wo war Urgroßgranny mit noch mehr Rezepten?

„Ich sage dir doch schon die ganze Zeit, dass ich nicht dein Feind bin, Samantha."

In ihrem Kopf wirbelten die Gedanken durcheinander. Sie hatte so hart darum gekämpft, diese Firma zu erhalten, hatte im wahrsten Sinne des Wortes jeden Weg ausprobiert, und letztlich kam es zu der ganz simplen Lösung, dass jemand ihr zur Seite stand? Wie konnte das angehen? „Ich weiß nicht, was ich sagen soll."

„Wie wäre es mit Danke?", neckte er sie.

„Danke", sagte sie und brach in Tränen aus.

Blake zog sie in die Arme, und sie spürte, wie seine Lippen ihre Haare streiften. Wie herrlich es sich anfühlte, in den Armen des Erzfeindes zu liegen! Ehemaliger Erzfeind, korrigierte sie sich.

„Eines könntest du aber auch noch sagen", murmelte er.

„Was?"

„Dass du mit mir ausgehst."

Jetzt musste sie gleichzeitig lachen und weinen. „Es könnte sein, dass ich den einen oder anderen freien Abend in meinem Kalender habe."

Sie besiegelten den Deal mit einem Kuss, einem tiefen, herzerweichenden Kuss. Oh ja, es gab tatsächlich Dinge, die noch besser als Schokolade waren, und Blake hatte ihr gerade eine sehr nette Kostprobe davon gegeben.

Plötzlich wurde er ernst. „Ich muss noch ein Geständnis ablegen."

Oh-oh. Samantha wappnete sich. „Was für eins?"

„Ich bin allergisch gegen Schokolade."

Sie starrte ihn mit offenem Mund an. „Auf die Schokolade, die ich dir gebracht habe?"

„Der Buchclub meiner Großmutter fand sie köstlich. Alle finden Sweet-Dreams-Schokolade köstlich."

„Außer dir." Was für eine Ironie des Schicksals.

Er grinste. „Ist schon okay. Ich bin mehr an der Frau interessiert, die sie herstellt."

Um es ihr zu beweisen, küsste er sie noch einmal.

„Also, was meinst du: Wann hast du Zeit für diese Verabredung?", fragte er, nachdem sie sich ein wenig voneinander gelöst hatten, um nach Luft zu ringen.

„Oh, vielleicht sobald ich Mom und meine Schwestern angerufen habe, um ihnen die gute Nachricht zu erzählen", meinte sie lachend.

Als Erstes rief sie Cecily an. Ihre Schwester freute sich für sie, klang aber nicht besonders überrascht. „Ich hatte das schon so im Gefühl", meinte sie nur.

„Was hast du sonst noch so im Gefühl?", fragte Samantha und lächelte Blake an.

„Na ja, ich habe das ganz dumme Gefühl, dass Blake immer noch neben dir steht. Habe ich recht?"

„Ja. Übrigens, es wird viel Arbeit machen, die Firma wieder aufzupäppeln, und ich könnte Hilfe im Bereich Marketing und Werbung gebrauchen. Ich weiß ja, dass du eigentlich in Los Angeles lebst. Aber ich fände es toll, wenn du wieder hierher ziehen würdest. Was meinst du: Habe ich eine Chance, dich davon zu überzeugen?"

„Ich glaube, keine zehn Pferde könnten mich noch aufhalten", erwiderte Cecily.

Oh, was war das Leben auf einmal schön!

Samantha und Blake feierten, indem sie zum Dinner ins Zelda's gingen. „Wollt ihr Nachtisch?", fragte Maria.

Samantha lächelte Blake an. „Ja, aber nicht hier."

Maria, die nicht auf den Kopf gefallen war, witzelte: „Lass mich raten. Ihr wollt lieber Schokoladenküsse."

„Etwas viel Besseres", meinte Samantha grinsend.

Muriel spazierte mit ihren beiden Ehemännern den Lost Bride Trail entlang. „Es sieht so aus, als ob es Sweet Dreams noch eine ganze Weile geben wird", erzählte sie ihnen. „Samantha hat die Firma gerettet."

„Da fällt mir ja ein Stein vom Herzen", sagte Waldo.

„Mir auch", stimmte Stephen zu. „Das Einzige, was mir noch

mehr gefallen würde, wäre, wenn es jemanden gäbe, der sie glücklich macht."

„Ich glaube, da hat sie jemanden gefunden", meinte Muriel.

Er lächelte. „Wie schön." Er blickte den Pfad entlang. „Wir müssen jetzt weiter. Meinst du, du schaffst es jetzt?"

Sie lächelte die beiden an. „Ja, ich glaube, schon. Ihr zwei könnt ruhig gehen. Mir geht es gut hier."

Die beiden küssten sie und setzten ihren Weg fort. Muriel sah ihnen hinterher, bis sie in dem Nebel verschwanden, der die Berge einhüllte.

Sie erwachte und stellte fest, dass sie allein in ihrem Bett lag. Durchs Fenster schien das morgendliche Sonnenlicht. Sie lächelte, warf die Bettdecke zur Seite und stand auf. Ein neuer Tag lag vor ihr.

Es war Mai geworden. Üppiges Grün überzog die Landschaft, in den Weinbergen sprossen die Reben, und die Obstbäume blühten. Dieser Samstag war der perfekte Tag für eine Wanderung, die Sonne strahlte von einem vollkommen blauen Himmel.

Blauer Himmel oder nicht, Samantha hatte sich entschlossen, endlich ihre Wäsche zu waschen und vielleicht mal die Wohnung sauber zu machen. Und das sagte sie Blake auch, als er eine kleine Wanderung vorschlug. Putzen hatte noch nie zu ihren Lieblingsbeschäftigungen gezählt, aber in letzter Zeit kam sie wegen der vielen Arbeit gar nicht mehr dazu. Denn ihre freie Zeit verbrachte sie mit Blake. Wenn sie aber nicht bald mal etwas unternahm, würde ihr das Gesundheitsamt die Wohnung sperren.

„Komm schon, Schatz. An einem Tag wie diesem kann alles andere warten."

So gesehen ... „Ich hole meine Kamera", sagte sie.

Zwei Stunden später wanderten sie den Lost Bride Trail entlang. Die Sonne schien ihnen warm auf die Schultern, und das Rauschen des Wasserfalls versprach ihnen gleich hinter der nächsten Kurve einen herrlichen Ausblick. Normalerweise brauchte man keine zwei Stunden zum Wasserfall – es sei denn, man blieb öfter stehen, um Fotos zu machen ... oder um zu knutschen.

„Ich weiß noch, wie ich früher als Pfadfinder hierher gewandert bin", erzählte Blake. „Damit schließt sich jetzt wohl der Kreis."

„Allerdings ohne die anderen Jungs", meinte Samantha.

„Mir gefallen Mädchen sowieso besser." Um es ihr zu beweisen, zog er sie an sich. Wie immer zündete die Berührung mit diesem großen durchtrainierten Körper Tausende von Wunderkerzen in ihrem Inneren.

Blake schaute sie mit einem zärtlichen Lächeln an. „Habe ich dir in letzter Zeit eigentlich gesagt, wie erstaunlich du bist?"

„Oh, das sagst du doch nur, weil es wahr ist", witzelte sie.

„Ach ja? Woher willst du wissen, dass ich es nicht einfach nur sage, um meine Investition zu sichern?"

Die Antwort darauf war einfach. Das hungrige Glitzern in seinen Augen verriet ihn.

Er eroberte ihren Mund mit einem sinnlichen Kuss und strich mit den Fingern durch ihr Haar. Das war kein Scherz mehr. Es war ihnen ernst.

Nach einer ziemlich langen Pause gelangten sie schließlich doch noch zum Wasserfall.

„Sieh dir das an", sagte sie. „Einfach fantastisch."

„Kann man so sagen", stimmte er zu.

Sie drehte sich um und stellte fest, dass Blake überhaupt nicht den Wasserfall bewunderte und dass wieder dieses Glitzern in seinen Augen lag. Oh-oh, das versprach eine weitere längere Verzögerung, bevor sie den Rückweg antreten konnten.

„Gib mir mal die Kamera", sagte er. „Ich mache ein Foto von dir."

Sie reichte ihm den Fotoapparat.

„Tu doch mal so, als würdest du Ausschau nach der verlorenen Braut halten", meinte Blake.

„Ach, das ist doch Schwachsinn." Sie hatte die verlorene Braut gesehen und … na ja, jetzt war sie mit Blake hier. Trotzdem.

„Na komm schon, sei kein Spielverderber", lockte er sie.

„Okay." Sie drehte sich um, beschattete die Augen mit der Hand und tat so, als würde sie etwas suchen.

Und genau in dem Moment sah sie die Frauengestalt hinter dem Wasserschleier. Samantha bekam eine Gänsehaut und schnappte nach Luft.

„Das ist perfekt“, sagte Blake. „Fertig.“

Sie drehte sich mit aufgerissenen Augen zu ihm um. „Hast du sie auch mit drauf?“

„Wen?“, fragte er verwirrt. „Ach so. Ha, ha.“

„Nein, echt. Sie ist direkt da drüben.“ Samantha ließ den Blick ihrem ausgestreckten Finger folgen und sah … nichts. „Sie war da. Ich habe sie gesehen.“ Sie nahm die Kamera und klickte zurück zu dem Foto. Darauf war nur eine Frau zu sehen, eine verrückte Frau.

Jetzt musterte Blake sie interessiert. „Hast du sie wirklich gesehen?“

Es war sicher nur Einbildung gewesen. Samantha schüttelte den Kopf und tat die Legende der verlorenen Braut mit einer Handbewegung ab. „Nein, nein, es war bestimmt nur ein Schatten.“

Oder die vielversprechende Aussicht auf all das, was noch kommen sollte.

EPILOG

Träume werden wahr

Die heiß ersehnte Folge von *All Things Chocolate* wurde in der folgenden Woche ausgestrahlt. Die Sterlings veranstalteten eine Fernsehparty in Pats niedlichem kleinen Cottage. Sie versuchten so viele Freunde und Bekannte wie möglich in Muriels neues Heim hineinzuquetschen, das einen herrlichen Blick auf Ed Yorks Weinberg bot.

„Ich muss sagen – und ich sage das ja nicht sehr oft –, für diese Pralinen könnte man sterben", sagte Mimi LeGrande und hielt eine von Samanthas neuen Kreationen in die Kamera. „Aber ich kann Ihnen garantieren: Sie sterben mit einem Lächeln auf den Lippen."

Als sie den Zuschauern empfahl, dem Laden von Sweet Dreams und Icicle Falls einen Besuch abzustatten, applaudierten alle.

„Du hast es geschafft, Sammy", sagte Bailey. „Du hast uns gerettet."

„Nein", korrigierte Samantha sie. „Wir *alle* haben es geschafft."

„Gott sei Dank", murmelte Ed. „Und das hier." Er deutete auf den Fernseher. „Das hier bringt euch bestimmt tonnenweise Bestellungen ein."

„Und Touristen", fügte Olivia hinzu. „Ich wette, im nächsten Jahr kommen doppelt so viele Leute zu unserem Schokoladenfestival."

„Eins nach dem anderen", bremste Ed sie. „Jetzt müssen wir erst mal noch unser Oktoberfest auf die Beine stellen."

Mom und Cecily halfen bei den Vorbereitungen. Und deshalb war sich Samantha sicher, dass es ein Riesenerfolg werden würde.

Ihre Schwester war zurück in ihre Heimatstadt gekommen und hatte sich gleich voll engagiert. Sie arbeitete ehrenamtlich bei der Tafel mit und saß (zusammen mit Mom) in dem Komitee, das zukünftige Festivals plante – was ein echter Gewinn für die

Stadt war. Auch für Sweet Dreams war sie ein Gewinn, denn ihre Werbestrategien für die Firma waren grandios, sowohl die Konzepte als auch die Durchführung.

Mom plante nicht nur Festivals, sondern schrieb auch an einem neuen Buch. Es war ein Kochbuch, das den Titel *Der süße Traum eines Schokoladenliebhabers* tragen sollte. Doch das hielt sie nicht davon ab, mehrmals in der Woche in den Betrieb zu kommen, um Cecily mit dem Marketing zu helfen.

Samantha, die an Blake gekuschelt auf dem Sofa saß, schaute all die Menschen an, die ihr so viel bedeuteten. Als sie daran dachte, wie sehr sie alle einander geholfen hatten, um diese schwierigen Zeiten durchzustehen, war sie fast überwältigt vor Dankbarkeit. Waldo hätte diese Party begeistert mitgefeiert, dachte sie lächelnd. *Alles hat sich zum Guten gewendet, Waldo. Damit bist du entlastet.*

Blake gab ihr einen Kuss, der ein wahres Feuerwerk versprach, wenn sie erst mal wieder allein waren. Dann ging er zum Küchentresen, wo der Sekt stand. Er füllte ihre Gläser noch einmal, drehte sich dann um und räusperte sich. „Wenn wir schon am Feiern sind, möchte ich Samantha eine sehr wichtige Frage stellen."

„Wann ich dir dein Geld zurückzahle?", scherzte sie.

Er kam zum Sofa zurück und hielt ihr das Sektglas hin. „Eher, was du davon hältst, mich zu deinem stillen Teilhaber zu machen?" Auf dem Boden des Glases funkelte und glitzerte etwas.

„Oh, ich fasse es nicht. Es ist ein Ring!", rief Bailey.

„Ich wusste die ganze Zeit, dass ihr zusammengehört", meinte Cecily triumphierend.

Samantha war die einzige der Schwestern, die sprachlos war. Sie starrte auf das Glas und den Diamanten darin. Dann schaute sie Blake an. Ihre Firma war gerettet, die Zukunft für Icicle Falls sah auch wieder rosig aus, und jetzt bat der wunderbarste Mann auf Erden sie doch tatsächlich, ihn zu heiraten. Konnte es noch besser werden?

„Ich weiß, dass ich deine Schokolade nie wirklich werde schätzen können, aber ich weiß, was ich an dir habe. Samantha Sterling, ich bin unsterblich in dich verliebt. Willst du mich heiraten?"

„Ja!" Sie sprang auf und küsste ihn. Und die anderen applaudierten lachend.

Während sie den Ring aus dem Glas angelte und auf den Finger steckte, sorgten ihre Mutter und ihre Schwestern dafür, dass alle ein volles Sektglas hatten.

Nachdem das vollbracht war, hob Ed York sein Glas. „Lasst uns auf Samantha und Blake trinken. Auf eine süße Zukunft für euch beide."

„Darauf trinke ich gern", sagte Blake und küsste seine zukünftige Frau.

Samantha schloss die Augen und genoss den Augenblick. Selbst die zarteste Schokolade konnte es nicht mit Blakes Küssen aufnehmen. Wie hatte Waldo einmal gesagt? Kann das Leben noch besser werden?

Samantha war überzeugt davon. Schließlich hatte sie Blake an ihrer Seite.

– ENDE –

Rezepte der Sterlings

Wenn Sie je nach Icicle Falls kommen, hoffen wir natürlich, dass Sie Sweet Dreams besuchen. Bis dahin probieren Sie doch einfach einmal unsere Lieblingsschokoladenrezepte.

Samantha Sterling

Die Schokoladenrose – Weiße Schokoladentrüffel

(Unsere Freundin Sheila Roberts hat versucht, die zu machen, ist aber leider daran gescheitert. Doreen Geidel dagegen hat es geschafft und war glücklich. Doreen, du bist ein echter Chocolatier!)

Ergibt: 48 Stück

Zutaten:

2 Tüten à 14 oz (ca. 420 g) weiße Schmelzschokolade mit Vanillegeschmack, z. B. Wilton's Candy Melts (eine Tüte für die Ganache, die andere für den Überzug)

250 g Crème double

½ – ¾ Teelöffel Rosenwasser (beginnen Sie eher mit einer kleineren Menge, bei Bedarf können Sie immer noch mehr hinzufügen)

Anleitung:

Für die Ganache legen Sie die Schmelzschokoladenstücke in eine flache Schüssel. Bringen Sie die Crème double langsam zum Kochen, gießen Sie sie dann über die Schokolade und rühren Sie die Masse um, bis alles geschmolzen ist. Wenn die Ganache warm ist, ist sie sehr cremig. Wenn Sie die Masse mit dem Schneebesen aufschlagen und anschließend in den Kühlschrank stellen, wird sie fest. Das kann einige Stunden dauern, sodass Sie Zeit haben, etwas anderes zu tun (Sie können zum Beispiel einen Sheila-Roberts-Roman lesen).

Nachdem die Ganache abgekühlt und fest ist, formen Sie daraus Pralinen und legen diese auf Pergamentpapier. Erhitzen Sie die zweite Tüte Schokolade im Wasserbad und tauchen Sie jede Praline in die geschmolzene weiße Schokolade. Nach dem Trocknen an einem kühlen Ort lagern.

Baileys Schokoladen-Trüffel-Trifle

Für 8 Personen

Zutaten:

1 Sandkuchen (ca. 300 g)

125 ml Himbeerlikör (Sie können den Trifle aber genauso gut ohne Alkohol zubereiten – auch dann schmeckt er köstlich)

250 g Himbeermarmelade

1 Beutel Schokoladenpudding (weiße Schokolade – ohne Kochen)

500 ml Vollmilch

500 g frische Himbeeren

250 g Schlagsahne

1 Teelöffel Vanillezucker

1 Esslöffel Zucker (bei Bedarf – wenn Sie Ihre Sahne gern süß mögen)

250 g grob gehackte dunkle Schokoladentrüffel

Anleitung:

Schneiden Sie den Kuchen in Scheiben und dritteln Sie diese. Legen Sie den Boden einer Auflaufform mit der Hälfte der Kuchenstücke aus. Träufeln Sie die Hälfte des Likörs darauf und bestreichen die Schicht mit der Hälfte der Marmelade. Rühren Sie das Puddingpulver mit der Milch an und streichen Sie die Masse auf die Marmelade. Geben Sie die Himbeeren und die gehackten Trüffel hinzu. Wiederholen Sie den Vorgang mit den restlichen Zutaten. Schlagen Sie die Sahne mit dem Vanillezucker und dem Zucker steif und bestreichen Sie damit den Trifle.

Icicle Falls Moose Munch

(Dieses Rezept veröffentlichen wir mit freundlicher Genehmigung unserer Freundin Dee Dee Giordana.)

Ergibt je nach Größe 24–36 Stück

Zutaten:

500 g Cap'n Crunch Peanut Butter Cereal (Erdnussbutter-Frühstücksflakes)

500 g zerbrochene Salzstangen

500 g geröstete Erdnüsse

1 Tüte Schmelzschokolade (z. B. Wilton's Candy Melts), Vanille- oder Schokoladengeschmack

Anleitung:

Mischen Sie die ersten drei Zutaten miteinander. Schmelzen Sie die Schokolade in der Mikrowelle oder im Wasserbad. Gießen Sie die flüssige Schokolade über die anderen Zutaten. Arbeiten Sie zügig, damit die Schokolade nicht fest wird, und geben Sie die Masse löffelweise auf Pergamentpapier. Wenn die Schokolade fest wird, ehe Sie alles portioniert haben, erhitzen Sie die Masse einige Sekunden lang in der Mikrowelle, bis die Schokolade wieder geschmolzen ist, und fahren Sie dann fort.

Weißer Buttertoffee mit Lavendelgeschmack

Ergibt je nach Größe 9–12 Stück

Zutaten:

500 g Rohrzucker

125 g Sahne

125 g Milch

1 Löffel Maissirup

½ Teelöffel Salz

1 Löffel Butter

¾ Teelöffel Lavendel (Sie können auch mehr nehmen, sollten jedoch mit dieser kleinen Menge beginnen. Genau wie Rosenwasser ist auch Lavendel sehr kräftig im Geschmack!)

Anleitung:

Fetten Sie die Seiten eines 2-l-Topfes ein. (Dadurch verhindern Sie, dass sich Zuckerkörner an den Topfseiten festsetzen und dort ungewollt karamellisieren, wenn die Toffeemasse anfängt zu kochen.) Geben Sie den Zucker, Milch, Sahne, Maissirup und Salz in den Topf und bringen Sie die Zutaten unter ständigem Rühren langsam zum Kochen. Wenn die Masse fest zu werden beginnt, nehmen Sie den Topf vom Herd und lassen die Toffeemasse abkühlen, ohne umzurühren, bis sie lauwarm ist. Fügen Sie nun die Butter und den Lavendel hinzu und schlagen die Masse kräftig durch, bis sie sehr fest wird und den Glanz verliert (gutes Training!). Streichen Sie die Masse in eine gefettete rechteckige Form (ca. 23 x 23 cm). Teilen Sie die Masse in Quadrate, während sie noch warm ist. Schneiden Sie sie aber erst ganz durch, wenn sie kalt und fest ist. Lagern Sie die Toffees an einem kühlen Ort. (Wenn Sie es denn schaffen sollten, sie überhaupt so lange aufzubewahren. Viel Glück dabei!)

Achtung: Wenn Sie die Toffeemasse zu lange und zu stark erhitzen, bekommen Sie Karamell – auch nicht schlecht, aber wir dachten, wir sollten Sie warnen.

Die Toffees halten sich übrigens länger, wenn Sie sie im Kühlschrank lagern. Legen Sie einen luftdichten Behälter mit Pergamentpapier aus und legen Sie auch zwischen die einzelnen Lagen Toffee Pergamentpapier. Auf diese Weise halten sich die Toffees bis zu drei Wochen. Vor dem Servieren bitte rechtzeitig aus dem Kühlschrank nehmen und auf Zimmertemperatur bringen.

Bärenhäufchen

(Dieses Rezept verdanken wir unserer Freundin Carol Hostetter.)

Ergibt 24 Stück

Zutaten:

500 g Milchschokoladenplätzchen

1 Teelöffel Butter

125 g Rosinen

125 g Mandelsplitter (Sie können auch Walnüsse verwenden)

Anleitung:

Bringen Sie die Schokoladenplätzchen und die Butter in einem Wasserbad zum Schmelzen. Nehmen Sie den Topf vom Herd und geben Rosinen und Mandeln zu. Teelöffelweise auf Pergamentpapier geben. Vor dem Servieren abkühlen lassen.

Lesen Sie auch:

Lisa Kleypas

Das Winterwunder von Friday Harbor

Band-Nr. 25633
7,99 € (D)
ISBN: 978-3-86278-483-7

1. KAPITEL

Bevor seine Schwester starb, führte Mark Nolan das typische ruhelose Leben eines Junggesellen und pflegte ein eher gleichgültiges Verhältnis zu seiner Nichte Holly. Er empfand vage Zuneigung, hatte aber keine echte Beziehung zu ihr. Sie sahen einander nur auf Familienfesten. Zu ihren Geburtstagen sowie zu Weihnachten schenkte er ihr immerhin stets etwas, meistens waren es Gutscheine. Das war das Äußerste, an mehr Kontakt war Mark nie interessiert.

Aber das änderte sich grundlegend, als seine Schwester Victoria an einem regnerischen Abend bei einem Autounfall auf der Interstate 95 in Seattle ums Leben kam. Sie hatte nie ein Testament erwähnt oder über ihre Zukunftspläne für Holly gesprochen. Mark wusste also nicht, was jetzt aus Vicks sechsjähriger Tochter werden sollte. Seine Schwester war nicht verheiratet, und sie hatte niemandem verraten, wer Hollys Vater war, nicht einmal ihren engsten Freunden. Mark war sich nahezu völlig sicher, dass sie auch dem Vater selbst nie von seiner Tochter erzählt hatte.

Als Victoria seinerzeit nach Seattle gezogen war, hatte sie sich einer sehr unkonventionellen Clique angeschlossen, darunter vor allem Musiker und andere Künstler. Daraus ergab sich eine Reihe kurzer Affären, die Victoria zunächst das bunte künstlerische Ambiente boten, nach dem sie sich gesehnt hatte. Schließlich aber musste sie sich eingestehen, dass ein erfülltes Privatleben allein nicht ausreichte. Man brauchte auch ein regelmäßiges Einkommen.

Also bewarb sie sich bei einem Softwareunternehmen und bekam eine Stelle in der Personalabteilung. Die Firma zahlte gut und erwies sich auch bei den Sozialleistungen als großzügig. Leider musste Victoria ungefähr zeitgleich feststellen, dass sie schwanger war.

Als Mark sie nach dem Vater fragte, meinte sie nur: „Es ist besser für alle Beteiligten, wenn er aus dem Spiel bleibt."

„Du brauchst aber jemanden, der dir hilft", protestierte Mark. „Der Typ sollte wenigstens seinen finanziellen Verpflichtungen nachkommen. Ein Kind großzuziehen ist nicht gerade billig."

„Ich komme allein klar."

„Vick, ein Leben als alleinerziehende Mutter – das würde ich niemandem wünschen!"

„Sei ehrlich. Du schiebst doch schon Panik, wenn du überhaupt nur an Kinder denkst. Ich verstehe das, sehr gut sogar. Wenn man bedenkt, wie unsere Kindheit ausgesehen hat ... Aber ich will dieses Baby, und ich werde ihm eine gute Mutter sein."

Sie hatte ihr Versprechen gehalten. Victoria hatte sich als sehr verantwortungsbewusste Mutter erwiesen. Sie war geduldig und lieb zu ihrem einzigen Kind. Sie schenkte Holly Geborgenheit und Schutz, ohne sie zu sehr zu behüten. Woher sie ihre mütterlichen Fähigkeiten nahm, war Mark ein Rätsel. Es konnte sich nur um Instinkte handeln, denn eines stand fest: Von ihren Eltern hatte sie das nicht gelernt.

Mark wusste ohne jeden Zweifel, dass er über keinerlei Vaterinstinkte verfügte. Deshalb warf es ihn völlig aus der Bahn, als er erfuhr, dass er nicht nur seine Schwester verloren, sondern obendrein ein Kind bekommen hatte.

Nie hätte er erwartet, zu Hollys Vormund bestimmt zu werden. Er kannte seine Fähigkeiten recht genau, und er hatte keine Angst, unbekannte Situationen zu meistern. Aber sich um ein Kind kümmern zu müssen – das überstieg seine Vorstellungskraft bei Weitem.

Wenn Holly ein Junge gewesen wäre, hätte er sich vielleicht eine klitzekleine Chance eingeräumt. Jungen waren nicht sonderlich schwer zu durchschauen. Das weibliche Geschlecht hingegen war Mark stets ein Rätsel geblieben.

Schon vor langer Zeit hatte er akzeptiert, dass Frauen einfach schwierig waren. Sie sagten Dinge wie: „Wenn du nicht von allein drauf kommst, werde ich es dir auch nicht verraten." Sie bestellten nie selbst ihr Dessert, und wenn sie einen fragten, was sie anziehen sollten, wählten sie am Ende immer etwas ganz anderes als das, was man ihnen vorgeschlagen hatte.

Obwohl Mark also niemals von sich behaupten würde, Frauen zu verstehen, betete er sie an. Er liebte die Überraschungen, die sie ihm bereiteten, ebenso wie ihre undurchschaubaren und faszinierenden Stimmungsschwankungen.

Aber wenn es darum ging, eines dieser seltsamen Wesen aufzuziehen – um Himmels willen, nein! Das Risiko war viel zu groß. Niemals könnte er einem Mädchen ein gutes Vorbild sein, geschweige denn eine Tochter auf die Fallstricke der modernen Gesellschaft vorbereiten. Dafür reichten seine Fähigkeiten einfach nicht aus.

Mark und seine Geschwister waren in einer Familie aufgewachsen, in der die Eltern einen Zermürbungskrieg gegeneinander führten und die Kinder dabei für ihre Zwecke manipulierten. Infolgedessen waren die drei Brüder Mark, Sam und Alex heilfroh gewesen, eigene Wege gehen zu können, kaum dass sie erwachsen waren.

Victoria dagegen hatte sich immer die enge Beziehung und den Zusammenhalt gewünscht, die ihre Familie ihr nie hatte bieten können. Beides hatte sie als alleinerziehende Mutter für Holly gefunden und war glücklich damit.

Aber eine unglückliche halbe Drehung am Lenkrad und ein schlüpfriges Stück nasser Asphalt waren ihr zum Verhängnis geworden. Ihr Wagen war außer Kontrolle geraten, und Victorias Leben hatte grausam früh geendet.

Sie hatte in dem Ordner mit ihrem Testament einen verschlossenen Briefumschlag hinterlassen, der an Mark adressiert war. Darin stand:

Niemand außer Dir kommt als Vormund infrage. Holly kennt weder Sam noch Alex. Ich schreibe dies in der Hoffnung, dass Du es nie lesen musst, aber falls doch: Kümmere Dich um meine Tochter, Mark! Steh ihr bei! Sie braucht Dich. Mir ist klar, wie überwältigend Dir diese Verantwortung vorkommen muss, und es tut mir leid. Ich weiß, dass Du Dir das nie gewünscht hast. Aber Du kannst es.
Du wirst mit allem zurechtkommen.
Zermartere Dir nicht den Kopf, wie Du das anstellen sollst. Hab sie einfach lieb! Der Rest ergibt sich von allein.

„Du willst sie wirklich zu dir nehmen?" Sam hatte die Frage am Tag der Beerdigung gestellt, nach einem Empfang in Victorias Haus. Es war ein unheimliches Gefühl, sich in diesem Haus aufzuhalten. Alles war noch so, wie sie es hinterlassen hatte. Die Bücher im Regal, ein Paar Schuhe, achtlos hingeworfen auf dem Boden der Abstellkammer, ein Lippenstift auf der Ablage unter dem Badezimmerspiegel.

„Natürlich nehme ich sie zu mir", antwortete Mark. „Was bleibt mir denn sonst übrig?"

„Was ist mit Alex? Er ist verheiratet. Warum hat Vicky ihre Tochter nicht ihm und Darcy anvertraut?"

Mark warf ihm einen vielsagenden Blick zu. Die Ehe ihres jüngsten Bruders ähnelte einem virenverseuchten Computer. Selbst im abgesicherten Modus liefen darauf Programme, die auf den ersten Blick harmlos wirkten, aber im Hintergrund Übles anrichteten.

„Hättest du den beiden dein Kind anvertraut?", fragte Mark.

Langsam schüttelte Sam den Kopf. „Vermutlich nicht."

„Also sind du und ich alles, was Holly hat."

Sam musterte ihn misstrauisch. „*Du* gehst hier eine Verpflichtung ein, nicht ich. Es hat schon seinen Grund, warum Vick nicht mich zum Vormund bestimmt hat. Ich kann nicht mit Kindern umgehen."

„Trotzdem bist du Hollys Onkel."

„Ja, ihr Onkel. Meine Verantwortung beschränkt sich darauf, schlechte Witze über Körperfunktionen zu reißen und bei Familienfesten zu viel zu trinken. Ich bin ganz und gar kein väterlicher Typ."

„Das bin ich auch nicht", gab Mark finster zurück. „Aber wir müssen es versuchen. Es sei denn, wir wollen sie in eine Pflegefamilie geben."

Sam runzelte die Stirn und rieb sich mit den Händen übers Gesicht. „Wie steht Shelby zu dieser Sache?"

Bei der Erwähnung seiner Freundin schüttelte Mark den Kopf. Sie war Innenarchitektin, und sie waren einander begegnet, als sie die Inneneinrichtung des Luxushauses eines Freundes in Griffin

Bay geplant hatte. „Ich gehe erst seit ein paar Monaten mit ihr. Entweder, sie kommt damit zurecht, oder sie lässt mich sitzen. Die Entscheidung überlasse ich ihr. Und ich werde sie nicht darum bitten, mir zu helfen. *Ich* trage die Verantwortung. Und du auch."

„Vielleicht kann ich manchmal den Babysitter spielen. Aber zähle nicht allzu sehr auf meine Hilfe. Ich habe alle meine Rücklagen in mein Weingut gesteckt."

„Obwohl ich dir geraten hatte, das nicht zu tun, du Genie."

Sam senkte die Lider über die Augen, die so blaugrün wie die seines Bruders waren. „Wenn ich auf deine guten Ratschläge hören würde, müsste ich ja deine Fehler wiederholen, statt meine eigenen zu machen." Er stockte. „Wo bewahrt Vick eigentlich ihren Schnaps auf?"

„In der Speisekammer." Mark ging zu einem Schrank, kramte zwei Gläser heraus und gab Eis hinein.

Sam durchstöberte die Speisekammer. „Schon irgendwie komisch – wir trinken ihren Schnaps, und sie ist … tot."

„Sie wäre die Erste, die uns dazu auffordern würde."

„Vermutlich hast du recht." Sam kam mit einer Flasche Whiskey zurück an den Tisch. „Hatte sie eine Lebensversicherung?"

Mark schüttelte den Kopf. „Schon, aber sie hat die Prämien nicht bezahlt."

Sam musterte ihn besorgt. „Ich schätze, du wirst das Haus zum Verkauf anbieten?"

„Ja. Aber ich glaube nicht, dass es etwas einbringen wird. Der Immobilienmarkt gibt zurzeit nicht viel her." Mark schob seinem Bruder sein Glas hin. „Nicht knausern, bitte."

„Keine Bange." Sam füllte die Gläser fast bis zum Rand. Dann setzten sie sich wieder einander gegenüber, stießen schweigend miteinander an und tranken. Der Whiskey war gut, floss glatt durch Marks Kehle und füllte seinen Bauch mit angenehmer Wärme.

Mark war überrascht, wie gut es ihm tat, mit seinem Bruder zusammenzusitzen und zu reden. Es sah ganz so aus, als stünden die Auseinandersetzungen ihrer Kindheit – die ständigen Streitereien und kleineren Vertrauensbrüche – ihnen nicht mehr im Weg. Jetzt waren sie erwachsen. Sie konnten vielleicht sogar Freunde werden, was ein Ding der Unmöglichkeit gewesen war, solange ihre Eltern noch gelebt hatten.

Alex dagegen konnte man gar nicht nahe genug kommen, um ihn zu mögen oder zu verabscheuen. Er und seine Frau Darcy waren zu der Beerdigung erschienen. Auf dem anschließenden Empfang waren sie nur etwa fünfzehn Minuten geblieben und dann gegangen. Sie hatten kaum ein Wort mit jemandem gewechselt.

„Sie sind schon weg?", hatte Mark ungläubig gefragt, als ihm ihre Abwesenheit aufgefallen war.

„Wenn du gewollt hättest, dass sie länger bleiben", meinte Sam, „hättest du die Trauerfeier im *Nordstrom* in Seattle abhalten sollen."

Zweifellos fragten sich die Leute, wie es möglich war, dass die drei Brüder auf San Juan, einer Insel mit gerade mal achttausend Einwohnern, wohnten, und doch so wenig miteinander zu tun hatten.

Alex lebte mit seiner Frau in Roche Harbor auf der Westseite der Insel. Wenn er nicht gerade für sein Immobilienunternehmen arbeitete, führte er Darcy zu gesellschaftlichen Ereignissen nach Seattle aus. Mark seinerseits hatte gut in der kleinen Kaffeerösterei zu tun, die er in Friday Harbor gegründet hatte. Sam, der sich fast ständig in seinem Weingut aufhielt und dort seine Rebstöcke hegte und pflegte, fühlte sich der Natur weit stärker verbunden als den Menschen.

Aber sie hatten eines gemeinsam: ihre Liebe zu San Juan. Sie gehörte zu einem Archipel von beinahe zweihundert Inseln im Staate Washington, von denen einige auch in den Bezirken Whatcom und Skagit lagen. Die Nolans hatten ihre Kindheit im Regenschatten der Olympic Mountains verbracht, einer Gegend, die gut vom grauen Klima des amerikanischen Nordwestens abgeschirmt war.

Sie waren in der salzigen Meerluft groß geworden, hatten beinahe ständig den Schlick des feuchten Bodens an den bloßen Füßen gehabt. Sie genossen die milden Morgenstunden, die klaren Tage unter blauem Himmel und die schönsten Sonnenuntergänge der Welt. Nichts war faszinierender als der Anblick der flinken Wasserläufer, die zwischen den Wellen umherhuschten. Oder dem der Weißkopfseeadler, die am Himmel kreisten und sich auf Beute stürzten. Oder dem Tanz der Schwertwale, deren glatte geschmeidige Körper auf- und wieder abtauchten, deren Rückenflossen die Salish Sea durchschnitten, während sie Jagd auf die wandernden Lachse machten.

Die Brüder hatten jeden Quadratzentimeter der Insel erkundet, waren auf den vom Wind zerklüfteten Hängen über der Küste, in den düsteren Schatten der Wälder und auf den Wiesen herumgetollt, auf denen Wildblumen mit faszinierenden Namen blühten: Schokoladenlilie, Sternschnuppe, Meeresröte. Kein Gewässer, kein Fleckchen Erde, kein Stück Himmel war auch nur annähernd so vollkommen wie San Juan.

Obwohl sie alle auf verschiedene Colleges gegangen waren und versucht hatten, sich woanders heimisch zu fühlen, hatte die Insel sie immer wieder zurückgelockt. Sogar Alex, der nüchterne, kalte, ehrgeizige Alex, war zurückgekommen.

Hier kannte man noch die Bauern, deren Produkte man aß, und den Typen, der die Seife herstellte, mit der man sich wusch. Man grüßte die Besitzer der Restaurants, die man besuchte, mit Vornamen, und konnte gefahrlos per Anhalter unterwegs sein, weil die freundlichen Inselbewohner gern jeden mitnahmen, der gerade eine Mitfahrgelegenheit brauchte.

Victoria hatte als einziges Familienmitglied etwas gefunden, für das es sich lohnte, San Juan zu verlassen. Sie hatte sich in die Glastürme und Häuserschluchten von Seattle verliebt, in das städtische Kulturleben, die modern und stilvoll ausgestatteten Restaurants, in denen dem Gaumenkitzel gefrönt wurde, und in das alle Sinne beflügelnde Labyrinth des Pike Place Market, des größten Wochenmarktes von Seattle.

Auf Sams Bemerkung, dass die Leute in der Stadt für seinen Geschmack zu viel redeten und grübelten, hatte sie geantwortet, dass Seattle sie klüger mache.

„Ich brauche nicht klüger zu werden“, hatte Sam daraufhin gemeint. „Je klüger man ist, desto mehr Gründe hat man, sich elend zu fühlen.“

„Das erklärt natürlich, warum wir Nolans immer so wahnsinnig gut drauf sind“, hatte Mark daraufhin eingeworfen und ihre Schwester damit zum Lachen gebracht.

Kurz darauf war sie wieder ernst geworden. „Das gilt aber nicht für Alex. Ich glaube nicht, dass er bisher auch nur einen Tag seines Lebens glücklich war.“

„Alex will gar nicht glücklich sein“, hatte Mark erwidert. „Er ist schon mit weitaus weniger zufrieden.“

Mark schob die Erinnerungen beiseite und fragte sich, was Victoria wohl sagen würde, wenn sie wüsste, dass Holly auf San Juan aufwachsen würde.

Ihm wurde erst bewusst, dass er laut gedacht hatte, als Sam ihm antwortete: „Glaubst du ernsthaft, das hätte sie überrascht? Vick wusste, dass du die Insel nie verlassen würdest. Du hast hier deine Kaffeerösterei, dein Zuhause und deine Freunde. Ich bin sicher, dass sie wusste: Wenn ihr etwas zustoßen sollte, holst du Holly nach Friday Harbor.“

Mark nickte. Er empfand eine innere Leere und Niedergeschlagenheit. Was der Verlust der Mutter für das Kind bedeutete, darüber mochte er gar nicht nachdenken.

„Hat sie heute irgendwas gesagt?“, fragte Sam. „Ich habe keinen Piep von ihr vernommen.“

Seit Holly vom Tod ihrer Mutter erfahren hatte, schwieg sie. Wenn man sie etwas fragte, nickte sie nur oder schüttelte den Kopf. Ihr Gesichtsausdruck wirkte entrückt und verstört. Sie hatte sich tief in sich selbst zurückgezogen, und niemand konnte sie dort erreichen.

In der Nacht, in der Victoria ums Leben gekommen war, war Mark vom Krankenhaus direkt zu ihrem Haus gefahren, in dem sich ein Babysitter um das kleine Mädchen gekümmert hatte. Gleich am nächsten Morgen hatte Mark dem Kind gesagt, was geschehen war. Und seitdem war er praktisch nicht eine Minute von ihrer Seite gewichen.

„Nichts", antwortete er. „Wenn sie bis morgen nicht anfängt zu reden, gehe ich mit Holly zu ihrem Kinderarzt." Er atmete flach und zittrig aus, bevor er hinzufügte: „Ich weiß nicht mal, wer ihr Kinderarzt ist."

„Am Kühlschrank hängt ein Zettel mit Namen und Telefonnummern", meinte Sam. „Hollys Arzt steht auch darauf. Ich schätze, Vick hatte den Zettel für den Babysitter dort hängen. Damit er im Notfall weiß, an wen er sich zu wenden hat."

Mark erhob sich, ging hinüber zum Kühlschrank, nahm den Haftnotizzettel ab, der dort hing, und steckte ihn in seine Brieftasche. „Großartig", meinte er sarkastisch. „Jetzt weiß ich wenigstens genauso viel wie der Babysitter."

„Es ist ein Anfang."

Mark setzte sich wieder an den Tisch und nahm einen kräftigen Schluck von seinem Whiskey. „Es gibt da etwas, was ich mit dir bereden muss. Meine Wohnung in Friday Harbor ist zu klein für mich und Holly. Ich habe dort nur ein Schlafzimmer, und es gibt keinen Hof, auf dem die Kleine spielen könnte."

„Willst du die Wohnung verkaufen?"

„Vielleicht vermiete ich sie."

„Und wo willst du dann hin?"

Mark schwieg lange und nachdrücklich, bevor er antwortete: „Du hast jede Menge Platz bei dir."

Sams Augen weiteten sich. „Nein, habe ich nicht."

Vor zwei Jahren hatte Sam fünfzehn Morgen Land an der False Bay gekauft, um sich seinen lang gehegten Traum von einem eigenen Weingut zu erfüllen. Das Ackerland bestand aus gut durchlässigem Sand- und Schotterboden – ideal für den Weinanbau im kühlen Klima der nordwestlichen Pazifikküste. Auf dem Grundstück war ein riesiges baufälliges viktorianisches Farmhaus mit umlaufender Veranda, vielen Erkerfenstern, einem großen Eckturm und bunten Dachschindeln.

Das Haus als renovierungsbedürftig zu bezeichnen wäre ausgesprochen schmeichlerisch gewesen. Sämtliche Holzteile ächzten und knarzten, Wände und Dach waren teilweise abgesackt, die Decken hingen durch. Und wenn es regnete, tropfte es an allen Ecken und Enden, ohne dass festzustellen war, wo das Wasser eindrang. Alle vorherigen Bewohner hatten im Haus Spuren hinterlassen: Sie hatten Badezimmer errichtet, wo nie welche vorgesehen gewesen waren, dünne Zwischenwände aus Spanplatten eingezogen, flache Wandschränke mit klemmenden Schiebetüren eingebaut, Kirschbaumregale mit mehreren Farbschichten zugekleistert und die typischen Holzverzierungen im Zuckerbäckerstil mit billiger weißer Farbe übertüncht. Auf den alten Hartholzdielen war entweder Linoleum verlegt worden, oder es lagen so dicke Flokati-Teppiche darauf, dass alles, was zu Boden fiel, unauffindbar darin verschwand.

Das Haus hatte aber auch seine positiven Seiten: Es bot mehr als genug Platz für zwei Junggesellen und ein sechsjähriges Kind, hatte einen großen Hof und einen noch größerer Obstgarten. Außerdem war die False Bay Marks Lieblingsecke der Insel.

„Kommt gar nicht infrage“, wehrte Sam ab. „Ich lebe gern allein.“

„Was hast du zu verlieren, wenn du uns bei dir wohnen lässt? Wir würden dich komplett in Ruhe lassen und kein bisschen stören.“

Uns. Wir. Diese Worte waren offenbar im Begriff, das „Ich“ in den meisten Sätzen zu verdrängen, die Mark künftig von sich geben würde.

Lesen Sie auch:

Claire Garber

Die Liebe ist ein Dieb und der Pirat der Träume

Ab April 2013 im Buchhandel

Band-Nr. 25658
8,99 € (D)
ISBN: 978-3-86278-707-4

Delaware war fast neunzig Jahre alt, aber sie sah aus wie eine glamouröse Siebzigjährige. Sie trug eine dunkle Sonnenbrille und einen kamelhaarfarbenen Mantel mit einem Pelzschal um den Hals, den sie streichelte, während sie sprach. Als wir an diesem kühlen Septembermorgen auf der Terrasse saßen und auf den See schauten, ließ sie den Blick immer wieder in die Ferne gleiten. Und wenn sie sprach, tat sie das langsam und betont, und dabei tropften die Worte wie flüssiger Honig aus ihr heraus, in dem typisch gedehnten Tonfall der Texaner, wo jede Silbe sorgfältig ausgesprochen wird.

„Kate, als Ihre Grandma Josephine mir Ihre Idee erklärt hat, da war ich, das muss ich gestehen, erst einmal ein wenig skeptisch, ob ich etwas zu Ihrer Untersuchung in Bezug auf die Liebe beitragen kann. Ich komme aus einer anderen Generation als Sie, und daher kann ich Ihnen nicht versprechen, dass irgendetwas von dem, was ich zu sagen habe, für die Frauen von heute relevant ist. Ich kann nur meine wahre Geschichte erzählen." Ich war bereits schwer begeistert von ihr.

„Alles, was Sie sagen, ist relevant. Wir verlieben uns noch immer, wir träumen noch immer von der einzig wahren Liebe. Und wir alle versuchen doch, Arbeit und Beziehung miteinander in Einklang zu bringen, Kinder zu bekommen und Freundschaften aufrechtzuerhalten. Sie gehörten mit zur ersten Generation von Frauen, die das versucht hat. Sie sind genau die richtige Person für dieses Interview. Sie haben eine Revolution in Gang gesetzt!" Ich war total uncool.

„Das ist nett gesagt. Aber es kam mir nicht wie eine Revolution vor, so viel ist einmal sicher. Damals, als ich die ganze Zeit gearbeitet habe, fühlte ich mich eigentlich immer nur überfordert, hatte ein wenig Angst und kam mir ziemlich alleingelassen vor. Aber es gehört sich nicht, ständig zu jammern. Das gehörte sich damals nicht, und ich finde, es gehört sich auch heute nicht. Ich war ein Mädchen vom Dorf und bekam die Chance, eine Traumkarriere zu machen. Ich habe mit einigen der größten Schauspieler jener Zeit vor der Kamera gestanden, habe mit unglaublichen Regisseuren gearbeitet. Es gehörte zu meinem Job, einige der fantastischsten Männer zu küssen, allerdings, um die Wahrheit zu sagen, waren die meisten von ihnen schwul. In den Augen der Öffentlichkeit hat es wohl so ausgesehen, als hätte ich alles gehabt. Und es stimmt, ich war sehr privilegiert. Aber gleichzeitig spürte ich in mir eine gewisse Leere."

„Glauben Sie, dass diese Leere daher kam, weil Sie sich nicht verliebt hatten? Warteten Sie vielleicht auf die Liebe?"

„Na ja, natürlich dachte ich häufig an die Liebe und die Tatsache, dass sie in meinem Leben fehlte. Während meine Freundinnen alle nacheinander ihre Männer fanden, was sie alle sehr viel schneller taten als ich, habe ich mich sicherlich auch manches Mal gefragt, warum die Liebe nicht in mein Leben getreten war. Ob ich vielleicht der Typ von Frau war, der sich nicht verlieben konnte. Dass man vielleicht doch nicht alles haben konnte. Dass mir vielleicht, weil mir eine großartige Karriere und finanzielle Unabhängigkeit vergönnt waren, das Geschenk der Liebe und das gemeinsame Leben mit einem geliebten Menschen versagt bleiben würden."

„Haben Sie denn aktiv nach der Liebe gesucht?"

„Lustig, dass Sie danach fragen, denn ich habe gerade vor ein paar Wochen in meinen alten Tagebüchern gelesen und bin dabei auf den Eintrag gestoßen, der letztlich dazu geführt hat, dass ich Sie doch angerufen habe. Ich habe ihn geschrieben, acht Monate, bevor ich meinen Mann kennengelernt habe. Wenn es Ihnen recht ist, würde ich es Ihnen gern vorlesen." Sie griff in ihre Handtasche und holte ein altes, ledergebundenes Tagebuch heraus. Sie öffnete es und begann zu lesen.

5. Juni

Liebes Tagebuch,
ich bin besorgt. Ich habe Angst. Ich glaube, ich habe eine ungesunde Neigung zum Warten. Ich fürchte, ich tendiere dazu, Sachen in der Schwebe zu lassen, Dinge abzuwarten. Liebes Tagebuch, ich bin immer so beschäftigt. Ich glaube, es ist für einen Menschen gar nicht möglich, noch beschäf-

tigter zu sein als ich. Aber heute wurde mir klar, so beschäftigt oder so erfolgreich ich als Schauspielerin auch sein mag, bin ich doch eigentlich immer am Warten. Ich warte auf diese eine Sache, ich warte darauf, dass etwas passiert. Ich warte darauf, mich zu verlieben, und ich glaube, mir war vorher gar nicht bewusst, dass ich warte.
Gestern Abend war ich wieder mal verabredet. Er arbeitet an der Wall Street in irgendeiner Bank. Er hat mir seinen Job erklärt, aber als er anfing, über Zinssätze und Prozentpunkte zu reden, hatte er meine Aufmerksamkeit verloren. Er war ein netter Mann, gut aussehend, so wie Banker eben aussehen, und er war auch sehr interessiert an dem Stück, in dem ich ab nächster Woche mitspiele. Aber ich konnte den Abend nicht genießen. Weil ich bereits nach dreißig Sekunden wusste, dass er nicht der Richtige für mich ist. Wie kann man so etwas so schnell erkennen? Ich sollte es doch besser wissen, als ein Buch nur nach seinem Umschlag zu beurteilen. Doch weil ich entschieden hatte, dass er nichts für mich ist, konnte ich den Rest des Abends nicht mehr genießen. Ich konnte nicht einfach dasitzen, das Essen genießen, den Wein, die interessante Unterhaltung über Themen, mit denen ich nicht sonderlich vertraut bin. Ich müsste doch eigentlich ein neugieriger Mensch sein, eine Künstlerin, die jede einzelne Erfahrung mit offenen Armen annimmt und absorbiert. Aber ich verspürte nichts weiter als eine nagende Enttäuschung und Sehnsucht nach etwas, das ich noch nie gehabt hatte, nach etwas, das mir nie versprochen worden war, nach etwas, das ich noch nie erlebt hatte. Dieser Mann sagte nicht: ‚Delaware, geh mit mir essen. Ich bin der Mann deiner Träume.' Trotzdem bin ich mit ihm essen gegangen, und in gewisser Weise hatte ich diese Erwartungen an ihn, oder zumindest hegte ich gewisse Hoffnungen. Hoffnungen, die ich so tief in meinem Unterbewusstsein begraben habe, dass mir meistens gar nicht bewusst ist, dass sie existieren. Wie ist es möglich, etwas zu vermissen, das man nie gehabt hat? Wie soll ich denn jemals jeden einzelnen Moment des Lebens genießen, Minute für Minute, Sekunde für

Sekunde, wenn ich immer unbewusst nach dieser Sache, nach der Liebe Ausschau halte; wenn ich ständig durch die Gedanken an etwas anderes abgelenkt werde; wenn mir ständig bewusst ist, dass etwas fehlt, statt einfach das zu genießen, was ich habe. Möglicherweise war ich nie wirklich ganz bei mir selbst. Was für eine schreckliche Vorstellung! Und wieso hat der Mensch dieses überwältigende Bedürfnis, sich dadurch zu definieren, dass er Teil eines Paares ist?

Sie steckte das Tagebuch wieder in ihre Handtasche, bevor sie fortfuhr:

„Wie Sie sehen, habe ich immer, wenn ich mich verabredete, jeden Mann genau unter die Lupe genommen, um herauszufinden, ob er der Richtige ist, ob er den Ansprüchen genügt. Es war keine bewusste Handlung. Meistens passierte das unbewusst, aber ganz sicherlich war ich nicht frei von den Gedanken an die Liebe."

„Ich habe irgendwo gelesen, dass Sie sich verpflichtet fühlten, zu heiraten. Stimmt das?"

„Na ja, es schickte sich damals nicht wirklich für eine Frau, unverheiratet zu bleiben. Das sorgte für zu viel Unruhe. Die Frauen der Studiobosse hätten es sehr viel lieber gesehen, wenn ich verheiratet gewesen wäre. Bei den Frauen der Schauspieler war es genauso. Auch die Gesellschaft fand keinen großen Gefallen an einer Frau, einer sexuell aktiven Frau, die außerhalb der Ehe herumwilderte. Von daher war ich in gewisser Weise sehr erleichtert, als ich Richard traf. Was nicht heißen soll, dass ich ihn nicht geliebt hätte. Ich wusste von der ersten Minute an, als er den Raum betrat, dass er der Richtige für mich war. Wir trafen uns auf einer After-Show-Party von einem Off-Broadway-Stück, in dem ich die Hauptrolle gespielt hatte. Er war ein junger Regisseur, mit großen Flausen im Kopf. Er scherte sich nicht um die Konventionen, die alle anderen von uns einengten. Es war berauschend, in seiner Nähe zu sein. An jenem Abend lud er mich auf einen Kaffee ein und zeigte mir das Skript für ein Stück, in dem ich mitspielen sollte. Er hätte mir das Drehbuch für eine Waschmittelreklame zeigen können, und ich hätte eingewilligt, daran mitzuwirken. Er war der Richtige. In meinem Körper breiteten sich Gefühle aus, denen ich völlig ausgeliefert war. Gefühle der Liebe, von denen ich wusste, dass sie nie wieder verschwinden würden. Gott sei Dank empfand er genauso! Ich hatte mal eine Freundin, die sich in einen Schweizer verliebt hatte, doch er erwiderte ihre Gefühle leider überhaupt nicht. Was für eine prekäre Lage für eine Frau. Deine einzig wahre Liebe will nicht deine einzig wahre Liebe sein!"

Ich liebte die Art und Weise, wie sie die Worte mit ihrem texanischen Dialekt betonte.

„Als Richard also auf der Bildfläche erschien, als die Liebe endlich auftauchte, wie hat das Ihr Leben verändert?"

„Richard und ich begannen fast sofort, miteinander zu arbeiten. Die Sachen, die man leidenschaftlich gern tut, mit dem Mann zu teilen, den man leidenschaftlich liebt, das war wie ein wahr gewordener Traum. Er war in kreativer Hinsicht einfach brillant, und ich glaube, dass er für einige der besten Vorstellungen meines Lebens verantwortlich ist. Ich gehörte nicht zu den besten Schauspielerinnen, aber er gab mir die besten Drehbücher und stellte mir die besten Schauspieler zur Seite. Er veränderte mein Leben in jeder möglichen Hinsicht. Ich war wie besessen von ihm und meinen Gefühlen für ihn. Innerhalb eines Jahres waren wir verheiratet und unzertrennlich."

„Also war es für Sie eine positive Erfahrung, sich zu verlieben?"

„Ich glaube an eine gewisse Balance im Leben. Jedes Hoch bringt auch ein Tief mit sich. Und so war es auch mit Richard. Mit meiner Karriere ging es steil nach oben, was ich sicherlich größtenteils ihm zu verdanken hatte. Aber selbst wenn ich Traumangebote bekam, wollte ich nichts annehmen, was uns für längere Zeit getrennt hätte. Natürlich konnte ich auch keine Rollen in Stücken oder Filmen annehmen, wo er als Regisseur abgelehnt worden war oder wo ich mit einem Regisseur arbeiten würde, den er für einen Konkurrenten hielt. Also wurde aus meiner Karriere und aus meinem Liebesleben eine Art Schachspiel. Bei jeder Gelegenheit, die sich mir bot, musste ich die nächsten fünf Schritte im Voraus genau abwägen. Wohin würde diese Rolle mich bringen? Wo würde ich leben? Wie würde Richard mich besuchen können?

Würde es sein Selbstvertrauen als Regisseur erschüttern, wenn ich diese Rolle annahm? Je häufiger ich jedoch meine Entscheidungen diesen Fragen unterwarf, um meine Beziehung zu Richard im Gleichgewicht zu halten, desto instabiler wurde sie. Im Nachhinein kann ich sagen, wenn ich einfach nur konsequent geblieben wäre, mir konsequent die richtigen Rollen aus den richtigen Gründen ausgesucht hätte, dann hätte Richard immer gewusst, was er von mir zu erwarten hatte. Ich glaube, man sollte eine gewisse Konsequenz in Beziehungen nicht unterschätzen. Dein Partner sollte in der Lage sein, sich auf dich und auf deine Entscheidungen verlassen zu können sowie auf das, was du bist, denn das hat eine stabilisierende Wirkung auf jede Beziehung. Und ich glaube, Richard hätte mich mehr respektiert, wenn ich mehr ich selbst geblieben wäre. Wenn du anfängst, dich kleiner zu machen, um deine Beziehung im Lot zu halten, dann erreichst du damit nur, dass dein Partner dich nicht wiedererkennt. Du bist nicht länger die Frau, in die er sich verliebt hat, er verliert den Respekt dir gegenüber, und auch du verlierst den Respekt vor dir, dieser Person, die sich kleiner macht und ständig Kompromisse eingeht. Und irgendwann ärgert man sich über den anderen. Bei uns war es Richard, der sich über mich ärgerte. Die Liebe war die größte Freude in meinem Leben, aber sie fügte mir auch den größten Schmerz zu. Das Zerbrechen unserer Ehe hat mich fast umgebracht. Der Schmerz, die Beziehung zu beenden, die Trennung von ihm, all die zerstörten Hoffnungen und Träume, das war zu viel für mich. Sie wissen sicherlich, dass ich nach dem Ende meiner Ehe vier Jahre lang keinen Film gedreht habe. Meine Welt war zusammengebrochen. Wenn ich weniger von der Liebe, weniger von Richard erwartet hätte, vielleicht wären wir dann noch zusammen."

„Delaware, darf ich Sie etwas fragen? Haben Sie noch Kontakt zu Richard?" Ich wusste, dass die Frage mit meiner Untersuchung nichts zu tun hatte, aber ich musste es einfach wissen.

„Nein, Schätzchen. Das halten wir nicht aus. Wir haben uns einmal noch getroffen, fünf Jahre nach unserer Scheidung. Sobald wir uns sahen, wussten wir beide, dass wir einander immer noch lieben. Aus diesem Grund haben wir uns nie wieder gesehen, aus

Respekt vor unseren neuen Partnern und weil ich glaube, dass keiner von uns den Schmerz noch einmal ausgehalten hätte, wenn die Sache auch beim zweiten Mal nicht funktioniert hätte. Ich weiß nicht, warum wir es als Paar nicht geschafft haben. Es ist eins der größten Rätsel und größten Unglücke in meinem Leben. Aber ich weiß, dass wir uns bis zum Tag, an dem wir sterben, lieben werden. Er ist ich. Ich bin er. Aber zusammen sind wir irgendwie zu viel und gleichzeitig zu wenig."

Ich wäre am liebsten in Tränen ausgebrochen. Es war so tragisch. Am liebsten hätte ich Richard angerufen und ihm gesagt, er solle gefälligst die Kurve kriegen, sich zusammenreißen und sich den Herausforderungen der Liebe stellen.

„Delaware, was würden Sie tun, wenn Sie an meiner Stelle wären, wenn Sie mit dreißig auf einmal unerwartet allein wären? Ich meine, wenn jemand Ihnen an Ihrem dreißigsten Geburtstag gesagt hätte, dass Sie Ihr Leben lang allein bleiben würden, was hätten Sie dann alles getan? Was hätten Sie anders gemacht? Welchen Ratschlag haben Sie für mich?"

„Was ich an Ihrer Stelle tun würde, wenn ich keine Chance mehr auf Liebe hätte?" Sie blickte hinaus auf den See. „Du meine Güte, was hätte ich getan? Na ja, ich hätte einiges im kreativen Bereich anders gemacht. Das auf jeden Fall. Es gibt diverse Filmrollen, in Filmen, von denen Sie sicherlich gehört haben, die ich dann übernommen hätte. Und keiner meiner Partner wollte je Kinder haben, nicht einer von ihnen, was an sich schon merkwürdig ist. Also nehme ich an, dass ich ein Kind adoptiert hätte, wenn es nur nach mir gegangen wäre und ich nicht auf die Gefühle und Bedürfnisse irgendeines Mannes hätte Rücksicht nehmen müssen. Ich hätte gerne eine Familie gehabt. Kinder brauchen Eltern und Großeltern, genauso wie Großeltern und Eltern Kinder brauchen. Die Energie und das Licht, die ein Kind in ein Zimmer bringen kann, und die Liebe und Stabilität und Weisheit, die ein Elternteil einem Kind bieten kann, sind unbegrenzt. Es ist die ultimative, auf Gegenseitigkeit beruhende Beziehung. Richard meinte, wenn ich ein Kind bekäme, wäre ich nicht länger Delaware O'Hunt. Das ist die einzige Sache, die ich ihm niemals verzeihen werde.“ Sie zog ihren Mantel enger um sich. „Wissen Sie, ich zähle nicht gern negative Dinge auf oder grüble darüber nach, was gewesen wäre, wenn. Ich glaube, ob ich mich verliebt hätte oder nicht, wenn ich mir angewöhnt hätte, die für mich richtigen Entscheidungen zu treffen, dann hätte ich nichts versäumt. Das wäre also mein Ratschlag. Wenn ich in der Lage gewesen wäre, genau zu erkennen, was mich glücklich macht; wenn ich ein klares Bild meiner Zukunft vor Augen gehabt hätte, und, wie man so schön sagt, von den Dingen, die einem Freude bereiten, ohne dass man dabei abhängig von einem anderen Menschen ist, dann hätte ich einfach nur mir selbst treu bleiben müssen, wenn die Liebe noch einmal aufgetaucht wäre. Denn wenn man anfängt, Entscheidungen zu treffen und dabei jemand anderes im Kopf hat, wenn man dessen Wünsche und Bedürfnisse versucht zu erahnen, dann ist es wie beim Spiel ‚Stille Post'. Über die Jahre entwickeln sich Dinge zu einer Geschichte, die man selbst nicht mehr erkennt. Und vermutlich verliert man dann genau das, was man so ängstlich hat festhalten wollen, so wie es Richard und mir ergangen ist. Also, bleiben Sie sich selbst treu. Dann kann sich jeder darauf verlassen.“ Sie hielt einen Moment lang inne und lächelte still vor sich hin. „Und ich würde nicht eine Sekunde meines Lebens damit verschwenden, mich zu fragen, wie ich aussehe, das sollte verboten werden, bis man mindestens Mitte siebzig ist, und selbst dann finde ich, dass Frauen noch verdammt gut aussehen. Das ist ein Ratschlag, den ich Ihnen gern mit auf den Weg geben möchte. Es tut mir leid, Schätzchen, wenn ich Sie enttäuscht habe. Ich vermute, die Frauen von heute wollen, dass ich ihnen erzähle, ich hätte reichlich Sex gehabt, wäre auf der Chinesischen Mauer herumspaziert, wäre aus einem Flugzeug gesprungen oder hätte sonst was Extremes getan. Aber das Einzige, was ich wirklich bereue, ist, dass ich mich selbst enttäuscht habe, dass ich mir selbst nicht treu geblieben bin. Jene Entscheidungen haben niemandem etwas Gutes gebracht. Also, lernen Sie, gut zu sich selbst zu sein. Das ist es, was die Liebe mir gestohlen hat. Das ist es, was ich mir zurückgeholt habe, als die Liebe verschwunden war. Das ist es, was ich jetzt von Ihnen erwarten würde.“

Susan Mallery
Eine Marcelli geht aufs Ganze
Band-Nr. 25652
8,99 € (D)
ISBN: 978-3-86278-508-7
352 Seiten

Susan Mallery
Eine Marcelli gibt nicht nach
Band-Nr. 25639
8,99 € (D)
ISBN: 978-3-86278-491-2
352 Seiten

Susan Mallery
Eine Marcelli weiß, was sie will
Band-Nr. 25655
8,99 € (D)
ISBN: 978-3-86278-587-2

Victoria Dahl
... dann klappt's auch mit der Liebe
Band-Nr. 25645
7,99 € (D)
ISBN: 978-3-86278-500-1
eBook: 978-3-86278-575-9
336 Seiten

Victoria Dahl
Ich komme, um zu schreiben
Band-Nr. 25594
7,99 € (D)
ISBN: 978-3-86278-320-5
eBook: 978-3-86278-410-3
368 Seiten

Victoria Dahl
Ich komme, um zu spielen
1,99 € (D)
ISBN eBook: 978-3-86278-682-4
Kurzroman

Band-Nr. 25644
8,99 € (D)
ISBN: 978-3-86278-499-8
432 Seiten

Danielle Stevens
Das Geheimnis der Maori-Frau

Auf der Flucht vor der Vergangenheit zieht die Tierärztin Shelly Makepeace mit ihren beiden Kindern nach Neuseeland, wo sie hofft ein neues Leben anfangen zu können. Doch weder ihre Tochter noch ihr Sohn sind glücklich über den Wegzug aus den USA. Außerdem ist ihr auch in der neuen Heimat nicht jeder wohl gesonnen: Zwischen ihrer Familie und der Nachbarfamilie scheint seit Jahrzehnten ein mysteriöser Streit zu bestehen; die Ursache kennt sie nicht. Einzig der Farmer Josh Wood bleibt ihr zugetan … Wird sie es, allen Widerständen zum Trotz, doch noch schaffen, in der neuen Heimat Fuß zu fassen?